王度庐作品大系　武侠卷　肆

王度庐·著／王芹·点校

卧虎藏龙

山西出版传媒集团

北岳文艺出版社·太原

上

图书在版编目（CIP）数据

卧虎藏龙：全 2 册 / 王度庐著 . — 太原：北岳文艺出版社，2015.7（2018.1 重印）
（王度庐作品大系）
ISBN 978-7-5378-4395-9

Ⅰ . ①卧… Ⅱ . ①王… Ⅲ . ①侠义小说－中国－当代 Ⅳ . ① I247.5

中国版本图书馆 CIP 数据核字（2015）第 085291 号

书名：卧虎藏龙　　　　策　划：续小强　　　书籍设计：张永文
著者：王度庐　　　　　　　　　刘文飞　　　印装监制：巩　璠
点校：王　芹　　　　责任编辑：刘文飞

出版发行：山西出版传媒集团·北岳文艺出版社
地址：山西省太原市并州南路 57 号
邮编：030012
电话：0351-5628696（太原发行部）　　010-57427866（北京发行部）　　0351-5628688（总编办）
传真：0351-5628680
网址：http://www.bywy.com　E-mail：bywycbs@163.com
经销商：新华书店　印刷装订：山西人民印刷有限责任公司

开本：890mm×1240mm　1/32　总字数：590 千字
总印张：19.875　版次：2015 年 7 月第 1 版　印次：2023 年 3 月山西第 3 次印刷
书号：ISBN　978-7-5378-4395-9
定价：68.00 元（全二册）

出版前言

王度庐（1909—1977），原名葆祥（后改葆翔），字霄羽，出生于北京下层旗人家庭。"度庐"是1938年启用的笔名。他是中国现代文学史上著名的武侠言情小说家，独创"悲剧侠情"一派，成为民国北方武侠巨擘之一，与还珠楼主、白羽（宫竹心）、郑证因、朱贞木并称为"北派五大家"。

20世纪20年代，王度庐开始在北京小报上发表连载小说，包括侦探、实事、惨情、社会、武侠等各种类型，并发表杂文多篇。20世纪30年代后期，因在青岛报纸上连载长篇武侠小说《宝剑金钗》《剑气珠光》《鹤惊昆仑》《卧虎藏龙》《铁骑银瓶》（合称"鹤-铁五部"）而蜚声全国；至1948年，他还创作了《风雨双龙剑》《洛阳豪客》《绣带银镖》《雍正与年羹尧》等十几部中篇武侠小说和《落絮飘香》《古城新月》《虞美人》等社会言情小说。

王度庐熟悉新文学和西方现代文化思潮，他的侠情小说多以性格、心理为重心，并在叙述时投入主观情绪，着重于"情""义""理"的演绎。"鹤-铁五部"既互有联系又相对独立，达到了通俗武侠文学抒写悲情的现代水平和相当的人性深度，具有"社会悲剧、命运悲剧、性格心理悲剧的综合美感"。他的社会言情小说的艺术感染力也很强，注重营造诗意的氛围，写婚姻恋爱问题，将金钱、地位与爱情构成冲突模式，表现普通人对个性解放、爱情自由和婚姻平等的追求与呼唤。这些作品注重写人，写人性，与"五四"以来"人的文学"思潮是互相呼应的。因此，王度庐也成为通俗文学史乃至整个中国现代文学史研究中绕不过去的作家，被写入不同类型的文学史。许多学者和专家将他及其作品列为重点研究对象。

王度庐所创造的"悲剧侠情"美学风格影响了港台"新派"武侠小说的创作，台湾著名学者叶洪生批校出版的《近代中国武侠小说名著大系》即收录了王度庐的七部作品，并称"他打破了既往'江湖传奇'（如不肖生）、'奇幻仙侠'（如还珠楼主）乃至'武打综艺'（如白羽）各派武侠外在茧衣，而潜入英雄儿女的灵魂深处活动；以近乎白描的'新文艺'笔法来描写侠骨、柔肠、英雄泪，乃自成'悲剧侠情'一大家数。爱恨交织，扣人心弦！"台湾著名武侠小说作家古龙曾说，"到了我生命中某一个阶段中，我忽然发现我最喜爱的武侠小说作家竟然是王度庐"。大陆学者张赣生、徐斯年对王度庐的作品进行了大量的整理、发掘和研究工作，并给予了很高的评价。徐斯年称其为"言情圣手，武侠大家"，张赣生则在《王度庐武侠言情小说集》的序言中说："从中国文学史的全局来看，他的武侠言情小说大大超过了前人所达到的水平"，"他创造了武侠言情小说的完善形态，在这方面，他是开山立派的一代宗师。"

此次出版的《王度庐作品大系》收录了王度庐在不同时期的代表作和有影响力的作品，还收录了至今尚未出版的新发掘出的作品，包括他早期创作的杂文和小说。此外，为了满足不同领域的读者的需求，此版还附有张赣生先生的序言、已知王度庐小说目录和王度庐年表，以供研究者参考。这次出版得到了王度庐子女的大力支持和密切配合，王度庐之女王芹女士亲自对作品进行了点校。可以说，他们的支持使得《王度庐作品大系》成为王度庐作品最完善、最全面的一次呈现。在此，我们表达最诚挚的谢意。

在编辑过程中，我们依据上海励力出版社，参考报纸连载文本及其他出版社的原始版本，对作品中出现的语病和标点进行了订正；遵循《第一批异形词整理表》（GF1001-2001），对文中的字、词进行了统一校对；并参照《现代汉语大词典》《汉语方言大词典》《北京方言词典》《北京土语辞典》等工具书小心求证，力求保持作品语言的原汁原味。由于编辑水平和时间有限，难免有疏漏之处，敬请广大读者批评指正！

北岳文艺出版社

二〇一五年六月三十日

总　序

　　王度庐是位曾被遗忘的作家。许多人重新想起他或刚知道他的名字，都可归因于影片《卧虎藏龙》荣获奥斯卡奖的影响。但是，观赏影片替代不了阅读原著，不读小说《卧虎藏龙》（而且必须先看《宝剑金钗》），你就不会知道王度庐与李安的差别。而你若想了解王度庐的"全人"，那又必须尽可能多地阅读他的其他著作。北岳文艺出版社继《宫白羽武侠小说全集》《还珠楼主小说全集》之后推出这套《王度庐作品大系》（以下简称《大系》），对于通俗文学史的研究，可谓功德无量！

　　王度庐，原名王葆祥，字霄羽，1909年生于北京一个下层旗人家庭。幼年丧父，旧制高小毕业即步入社会，一边谋生，一边自学。十七岁始向《小小日报》投寄侦探小说，随即扩及社会小说、武侠小说。1930年在该报开辟个人专栏《谈天》，日发散文一篇；次年就任该报编辑。八年间，已知发表小说近三十部（篇）。1934年往西安与李丹荃结婚，曾任陕西省教育厅编审室办事员和西安《民意报》编辑。1936年返回北平，继续以卖稿为生，次年赴青岛。青岛沦陷后始用笔名"度庐"，在《青岛新民报》及南京《京报》发表武侠言情小说（同时继续撰写社会小说，署名则用"霄羽"）。十余年间，发表的武侠小说、社会小说达三十余部。1949年赴大连，任大连师范专科学校教员。1953年调到沈阳，任东北实验中学语文教员。"文革"时期，以退休人员身份随夫人"下放"昌图县农村。1977年卒于辽宁铁岭。

早在青年时代，王度庐就接受并阐释过"平民文学"的主张。他的文学思想虽与周作人不尽相同，但在"为人生"这一要点上，二者的观念是基本一致的。

从撰写《红绫枕》（1926年）开始，王度庐的社会小说（当时或又标为"惨情小说""社会言情小说"）就把笔力集中于揭示社会的不公、人生的惨淡，以及受侮辱、受损害者命运的悲苦。

恋爱和婚姻是"五四"新文学的一大主题。那时新小说里追求婚恋自由的男女主人公面对的阻力主要来自封建家庭和封建礼教，作品多反映"父与子"的冲突——包括对男权的反抗，所以，易卜生笔下的娜拉尤被觉醒的女青年们视为楷模。到了王度庐的笔下，上述冲突转化成了"金钱与爱情"的矛盾。

正如鲁迅所说：娜拉冲出家庭之后，倘若不能自立，摆在面前的出路只有两条——或者堕落，或者"回家"。王度庐则在《虞美人》中写道："人生""青春"和"金钱"，"三者之间是相互联系着的"，而在当时的中国社会里，金钱又对一切起着主导性的作用。他所撰写的社会言情小说，深刻淋漓地描绘了"金钱"如何成为社会流行的最高价值观念和唯一价值标准，如何与传统的父权、男权结合而使它们更加无耻，如何导致社会的险恶和人性的异化。

王度庐特别关注女性的命运。他笔下的女主人公多曾追求自立，但是这条道路充满凶险。范菊英（《落絮飘香》）和田二玉（《晚香玉》）付出了生命的代价；虞婉兰（《虞美人》）终于发疯，生不如死。唯有白月梅（《古城新月》）初步实现了自立，但她的前途仍难预料；至于最具"娜拉性格"，而且也更加具备自立条件的祁丽雪，最终选择的出路却是"回家"。

这些故事，可用王度庐自己的两句话加以概括："财色相欺，优柔自误"（《〈宝剑金钗〉序》）。金钱腐蚀、摧毁了爱情，也使人性发生扭曲。人是"社会关系的总和"，他的社会小说正是通过写人，而使社会的弊端暴露无遗。

在社会小说里，王度庐经常写及具有侠义精神的人物，他们扶弱抗强，甚至不惜舍生以取义。这些人物有的写得很好，如《风尘四杰》里的天桥四杰和《粉墨婵娟》里的方梦渔；有些粗豪角色则写得并不成功，流于概念化，如《红绫枕》里的熊屠户和《虞美人》里的秃头小三。

上述侠义角色与爱情故事里的男女主人公一样，也是现代社会中的弱者。作者不止一次地提示读者，这些侠义人物"应该"生活于古代。这种提示背后隐含着一个问题：现代爱情悲剧里的那些痴男怨女，如果变成身负绝顶武功的侠士和侠女，生活在快意恩仇的古代江湖，他们的故事和命运将会怎样？这个问题化为创作动机，便催生出了王度庐的侠情小说，这里也昭示着它们与作者所撰社会小说的内在联系。

《宝剑金钗》标志着王度庐开始自觉地把撰写社会言情小说的经验融入侠情小说的写作之中，也标志着他自觉创造"现代武侠悲情小说"这一全新样式的开端。此书属于厚积薄发的精品，所以一鸣惊人，奠定了作者成为中国现代武侠悲情小说开山宗师的地位。继而推出的《剑气珠光》《鹤惊昆仑》《卧虎藏龙》《铁骑银瓶》[①]（与《宝剑金钗》合称"鹤-铁五部"）以及《风雨双龙剑》《彩凤银蛇传》《洛阳豪客》《燕市侠伶》等，都可视为王氏现代武侠悲情小说的代表作或佳作。

作为这些爱情故事主人公的侠士、侠女，他们虽然武艺超群，却都是"人"，而不是"超人"。作者没有赋予他们保国救民那样的大任，只让他们为捍卫"爱的权利"而战；但是，"爱的责任"又令他们惶恐、纠结。他们驰骋江湖，所向无敌，必要时也敢以武犯禁，但是面对"庙堂"法制，他们又不得不有所顾忌；他们最终发现，最难战胜的"敌人"竟是"自己"。如果说王度庐的社会小说属于弱者的社会悲剧，那么他的武侠悲情小说则是强者的心灵悲剧。

王度庐是位悲剧意识极为强烈的作家。他说："美与缺陷原是一个东西。""向来'大团圆'的玩意儿总没有'缺陷美'令人留恋，而且人生本来是一杯苦酒，哪里来的那么些'完美'的事情？"（《关于鲁海娥之

---

① 这里叙述的是发表次序。按故事时序，则《鹤惊昆仑》为第一部，以下依次为《宝剑金钗》《剑气珠光》《卧虎藏龙》《铁骑银瓶》。

死》)《鹤惊昆仑》和《彩凤银蛇传》里的"缺陷"是女主人公的死亡和男主人公的悲凉;《宝剑金钗》《卧虎藏龙》《铁骑银瓶》里的"缺陷"都不是男女主角的死亡,而是他们内心深处永难平复的创伤;《风雨双龙剑》和《洛阳豪客》则用一抹喜剧性的亮色,来反衬这种悲怆和内心伤痕。

王度庐把侠情小说提升到心理悲剧的境界,为中国武侠小说史做出了一大贡献。正如弗洛伊德所说:"这里,造成痛苦的斗争是在主角的心灵中进行着,这是一个不同冲动之间的斗争,这个斗争的结束绝不是主角的消逝,而是他的一个冲动的消逝。"①这个"冲动"虽因主角的"自我克制"而消逝了,但他(她)内心深处的波涛却在继续涌动,以致成为终身遗恨。

李慕白,是王度庐写得最为成功的一个男人。

有人说,李慕白是位集儒、释、道三家人格于一身的大侠;这是该评论者观赏电影《卧虎藏龙》的个人感受。至于小说《宝剑金钗》里的李慕白,他的头上绝无如此"高大上"的绚丽光环——古龙说得好:王度庐笔下的李慕白,无非是个"失意的男人"。

在《宝剑金钗》里,李慕白始终纠结于"情"和"义"的矛盾冲突之中,他最终选择了舍情取义,但所选的"义"中却又渗透着难以言说的"情"。手刃巨奸如囊中取物,李慕白做得非常轻易;但是他却主动伏法,付出的代价极其沉重。他做这些都是自愿的,又都是不自愿的。出发除奸之前,作者让他在安定门城墙下的草地上做了一番内心自剖,这段自剖深刻地展示着他的"失意",这种心态可以概括为三个字——"不甘心"。

在本《大系》所收"早期小说与杂文"卷中,读者可以见到王度庐用笔名"柳今"所写的一篇杂文《憔悴》,其中有段文字,所写心态与上述李慕白的自剖如出一辙。读者还可见到,《红绫枕》里男主角戚雪桥为爱

---

① 弗洛伊德:《戏剧中的精神变态人物》,张唤民译,载《二十世纪西方美学名著选》(上),复旦大学出版社,1987。

人营墓、祭扫时的一段内心独白，其心态又与柳今极其相似。于是，我们看到了王度庐、柳今、戚雪桥（还有一些其他角色，因相关作品残缺而未收入《大系》）与李慕白之间的联系——李慕白的故事，是戚雪桥们的白日梦；戚雪桥、李慕白们的故事，则是柳今、王度庐的白日梦。

不把李慕白这个大侠写成一位"高大上"的"完人"，而把他写成一个"失意的男人"，这是王度庐颠覆传统"侠义叙事"，为中国武侠小说史做出的又一贡献。

玉娇龙，是王度庐写得最为成功的一个女人。

玉娇龙的性格与《古城新月》里的祁丽雪有相似之处，但是她的叛逆精神更加决绝、更加彻底。为了自由的爱情，她舍弃了骨肉的亲情。同时，她也舍弃了贵胄生活，选择了荆棘江湖；舍弃了城市文明，选择了草莽蛮荒。

对玉娇龙来说，最难割舍的是亲情；最难获得的，是理想的婚姻。她发现自己选择罗小虎未免有点莽撞，所以又离开了他。她获得了自由的爱情，却在事实上拒绝了自由的婚姻。这与其说反映着"礼教观念残余""贵族阶级局限"，不如说是对文化差异的正视。尽管如此，这位"古代娜拉"并未"回家"，而是毅然决然地踏上一条不归路。这条路是悲凉的，同时又是壮美的。

玉娇龙和李慕白都是"跨卷人物"。《剑气珠光》里的李慕白写得不好，因为背离了《宝剑金钗》中业已形成的性格逻辑。《铁骑银瓶》里的玉娇龙则写得很好，她青年时代的浪漫爱情，此时已经升华为伟大的、无私的母爱。她青年时代的梦想，终于在爱子和养女的身上得以成真，但是他们携手归隐时的心态，也与母亲一样充满遗憾。

王度庐的上述成就，都是源于对传统武侠叙事的扬弃，这也使他的武侠悲情小说拥有了现代精神。

王度庐又是一位京旗作家。

清朝定都北京之后，即将内城所居汉人一律迁出，由八旗分驻内城八区。王度庐家住地安门内的"后门里"，属于镶黄旗驻区，其父供职于内务府的上驷院。内务府是一个由满洲上三旗（镶黄、正黄、正白旗）内"从龙包衣"①组成的机构，专门管理皇家事务。由此可知，王氏当属编入满洲镶黄旗的"汉姓人"，这一族群不同于"汉人""汉军"，满人把他们视为同族②。

满人崛起于白山黑水之间，性格刚毅尚武，自立自强，粗犷豪放。入关定鼎之后，宴安日久，八旗制度的内在弊端开始呈现，"八旗生计"问题日益突出，以致最终导致严重的存亡危机。王度庐出生时，恰逢取消"铁杆庄稼"（即旗人原本享受的"俸禄"），父亲又早逝，全家陷于接近赤贫的境地。他的早期杂文经常写到"经济的压迫"，"身世的漂泊，学业的荒芜"，疾病的"缠身"，始终无法摆脱"整天奔窝头"的境况。他的许多社会小说及其主人公的经历、心境，也都寄托着同样的身世之感和颓丧情绪。这种刻骨铭心的痛楚，蕴含着当时旗人不可避免的噩运，汉族读者是难以体会这种特殊的苦痛的。

同时，王度庐又十分景仰旗族优秀的民族精神。他的作品，明确书写旗人生活的有十多部；他所塑造的许多旗籍人物身上，都寄托着他对民族精神的追忆和期许。

从这个角度考察玉娇龙，首先令人想到满族的"尊女"传统。满族文史专家关纪新认为，这一传统的形成，至少有四点原因：一、对母系氏族社会的清晰记忆；二、以采集、渔猎为主的传统经济，决定了男女社会分工趋于平等；三、入关之前未经历很多封建化过程；四、旗族少女在理论上都有"选秀入宫"机会，所以家族内部皆以"小姑为大"。③玉娇龙那昂扬的生命力，正是满族少女普遍性格的文学升华。《宝刀飞》可能是第一部把入宫前的慈禧，作为一位纯真、浪漫而又不无"野心"的旗族姑娘加以描绘的小说。作者以"正笔"书写入宫前的她，用"侧笔"续写成为"西宫娘娘"之后的她，沉重的历史

_____

① "包衣"，满语，意为"家里人"，在一定语境下也指"世仆""仆役"；"从龙"，指从其祖先开始就归皇帝亲领。王度庐在一份手写的简历里说：父亲在清宫一个"管理车马的机构"任小职员，这个机构当即内务府所属之上驷院。
②按："满人"专指满族；"旗人"这一概念则涵括满洲、蒙古、汉军三个八旗的所有成员，其内涵大于"满人"。
③参阅关纪新：《多元背景下的一种阅读——满族文学与文化论稿》，辽宁民族出版社，2013，第219页。

感里蕴含几分惋惜，情感上极具"旗族特色"。

在《宝剑金钗》和《卧虎藏龙》里，德啸峰虽非主人公，却可视为旗籍"贵胄之侠"的典型。他沉稳、老练，善于谋划，善于掌控全局，比李慕白更加"拿得起、放得下"。他的身上比较完整地体现着金启孮所说京城旗人游侠的三个特征：一、凌强而不欺下，一般人对他们没有什么恶感。二、多在八旗人居住的内城活动，没什么民族矛盾的辫子可抓。三、偶或触犯权势，但不具备"大逆不道"的证据，故多默默无闻。①铁贝勒、邱广超和《彩凤银蛇传》里的谢慰臣都属此类人物。

进入民国之后，由于政治、经济原因，京中旗人的精神状态呈现更趋萎靡甚至堕落之势（《晚香玉》里的田迂子即为典型），但是王度庐从闾巷之中找到了民族精神的正面传承。《风尘四杰》实际写了五个"闾巷之侠"——那位"有学有品而穷光蛋"②的"我"，也算一个"不武之侠"。作者清楚地认识到：虽然早非"侠的时代"，但是天桥"四杰"③身上那种捍卫正义，向善疾恶，刚健、豁达、坚韧、仗义、乐观的民族精神，却是值得弘扬光大的。这已不仅仅是对旗族的期许，更是对重振中华民族传统美德的期许。

凡是旗人，都无法回避对于清王朝的评价。王度庐在杂文里认为，"大清国歇业，溥掌柜回老家"④乃是历史的必然，人民期盼的是真正实现"五族共和"。他更在两部算不上杰作的小说中，以传奇笔法描绘了两位清朝"盛世圣君"的形象。《雍正与年羹尧》里的胤禛既胸怀雄才大略，又善施阴谋诡计。他利用"江南八侠"的"复明"活动实现自己夺嫡、登基的计划，又在目的达到之后断然剪除"八侠"势力。但是，他对汉族的"复明"意志及其能量日夜心怀惕惧，以至"留下密旨，劝他的儿子登基以后，要相机行事，而使全国

---

① 参阅关纪新：《老舍与满族文化》，辽宁民族出版社，2008，第80页。

② 语见王度庐早期杂文《中等人》，原载于北平《小小日报》1930年4月5日"谈天"栏，署名"柳今"。

③ 民国初年，"天坛附近的天桥大多数的女艺人、说书人、算命打卦者都是满人"。转引自关纪新：《老舍与满族文化》，辽宁民族出版社，2008，第122页。

④ 语见王度庐早期杂文《小算盘》，原载于《小小日报》1930年5月20日"谈天"栏，署名"柳今"。

恢复汉家的衣冠"。书中还有一位不起眼的小角色——跟着胤祯闯荡江湖的"小常随",他与八侠相交甚密,又很忠于胤祯。"两边都要报恩"的尖锐矛盾,导致他最终撞墙而殉。作者展示的绝不限于"义气",这里更加突出表现的是对汉族的负疚感和对民族杀伐史的深沉痛楚。王度庐对历史的反思已经出离于本民族的"兴亡得失",上升为一种"超民族"的普世人文关怀。《金刚玉宝剑》中的乾隆,则被写成一个孤独落寞的衰朽老人,这一形象同样透露着作者的上述历史观。

满族入关后吸收汉族文化,"尚武"精神转向"重文",涌现出了纳兰性德、曹雪芹、文康等杰出满族作家,其中对王度庐影响最大的是纳兰性德。"摇落后,清吹那堪听。淅沥暗飘金井叶,乍闻风定又钟声。"[1]纳兰词的凄美色调,融入北京城的扑面柳絮和戈壁滩的漫天风沙,形成了王度庐小说特有的悲怆风格。

旗人的生活文化是"雅""俗"相融的,王度庐继承着旗族的两大爱好:鼓词(又称"子弟书""落子")和京剧。他十七岁时写的小说《红绫枕》,叙述的就是鼓姬命运,其中还插有自创的几首凄美鼓词。至于京剧,据不完全统计,仅在《落絮飘香》《古城新月》《晚香玉》《虞美人》《粉墨婵娟》《风尘四杰》《寒梅曲》七部小说中,写及的剧目已达九十六折[2]之多!作为小说叙事的有机内涵,王度庐写及昆曲、秦腔、梆子与京剧的关系,"京朝派"(即京派)与"外江派"(即海派)的异同,"京、海之争"和"京、海互补",票社活动及其排场,非科班出身的伶人、票友如何学戏,戏班师傅和剧评家如何为新演员策划"打炮戏",各色人等观剧时的移情心理和审美思维……他笔下的伶人、票友对京剧的热爱是超功利的,而她(他)们的社会角色和物质生活则是极功利的——唯美的精神追求与惨淡的现实生活构成鲜明反差,映射着

---

[1]纳兰性德:《忆江南》——当年王度庐与李丹荃相爱,曾赠以《纳兰词》一册,李丹荃女士七十余岁时犹能背诵这首词。

[2]由于现存《虞美人》和《寒梅曲》文本均不完整,所以这一数字是不完整的。而未列入统计对象的《宝剑金钗》《燕市侠伶》等作品中,也常含有京剧演出、观赏等情节,涉及剧目亦复不少。

人性的本真、复杂和异化。他又善于利用剧情渲染故事情节和人物情感，例如《粉墨婵娟》中，凭借《薛礼叹月》和《太真外传》两段唱词，抒发女主人公不同情境下的不同心绪，展示着"戏如人生、人生如戏"的微妙契合，极大地增强了小说的诗意。

入关以后，旗人皆认"京师"为故乡，京旗文学自以"京味儿"为特色。王度庐的小说描绘北京地理风貌极其准确，所述地名——包括城门、街衢、胡同、集市、苑囿、交通路线等等，几乎均可在相应时期的地图上得到印证。《宝剑金钗》《卧虎藏龙》主人公的活动空间广阔，书中展示清代中期北京的地理风貌相当宏观，又非常精细。玉娇龙之父为九门提督，府邸位置有据可查，作者由此设计出铁贝勒、德啸峰、邱广超府第位置，决定了以内城正黄旗、镶黄旗（兼及正红旗、正白旗）驻区为"贵胄之侠"的主要活动区域。李慕白等为江湖人，则决定了以"外城"即南城为其主要活动区域。两类侠者的行动则把上述区域连接起来，并且扩及全城和郊县。《落絮飘香》《古城新月》《晚香玉》《虞美人》等社会小说中，主人公的活动空间相对狭小，所以每部作品侧重展示的是民国时期北平城的某一局部区域：或以海淀—东单—宣内为主，或以西城丰盛地区—东单王府井地区为主，等等。拼合起来，也是一幅接近完整的"北平地图"。上述小说之间所写地域又常出现重合，而以鼓楼大街、地安门一带的重合率为最高。作者故居所在地"后门里"恰在这一区域，在不同的作品里，它被分别设置为丐头、暗娼等的住地。这里反映着作者内心深处存在一个"后门里情结"，他把此地写成天子脚下、富贵乡边的一个小小"贫困点"，既体现着平民主义的观念，又是一种带有幽默意味的自嘲。

王度庐小说里的"北京文化地图"，是"地景"与"时景"的融合，所以是立体的、动态的。这里的"时景"，指一定地域中人们的生活形态，包括节俗、风习。无论是妙峰山的香市、白云观的庙会、旗族的婚礼仪仗、富贵人家的大出丧、"残灯末庙"时的祭祖和年夜饭、北海中元节的"烧法船"，乃至京旗人家的衣食住行，王度庐都描写得有声有色，细致生动。这些"时景"与故事情节融为一体，成为展示人物性格、心理的重要手段；同时也颇具独立的民俗学价值。王度庐在小说里常将富贵繁华区的灯红酒绿与平民集市里的杂乱喧闹加以对比，而对后者的描绘和评论尤具特色。例如，《风尘四杰》里是这样介绍天桥的："天桥，的确景物很多，让你百看不厌。人乱而事杂，技艺丛集，藏龙卧虎，新旧并列。是时代的渣滓与生计的艰辛交织成了这个地方，在无情的大风里，秽土的弥漫中，令你啼笑皆非。"他笔下的天桥图景，喷发着故都世俗社会沸沸扬扬的活力和生机，嘈杂喧嚣而又暗藏同一的内在律动；它与内城里的"皇气""官气"保持着疏离，却又沾染着前者的几分闲散和慵懒。这又是一种十分浓厚、相当典型的"京味儿"！

"京味儿"当然离不开"京腔"。王度庐的语言大致是由两部分组成的：叙事以及文化程度较高角色的口语，用的是"标准变体"，即经过"标准化处理"的北京话，近似如今的"普通话"；底层人物的语言，则多用地道的北京土语，词汇、语法都有浓厚的地域特色，比一般的"京片儿"还要"土"。故在"拙""朴"方面，他比一些京派作家显得更加突出。

由于众所周知的原因，王度庐的作品散佚严重，这部《大系》编入了至今保存完整或相对完整的小说二十余种，另有一卷专收早期小说和杂文。

笔者认为，1949年前促使王度庐奋力写作的动力当有三种：一曰"舒愤懑"；二曰"为人生"；三曰"奔窝头"。三者结合得好，或前二者起主要作用时，写出来的作品质量都高或较高；而当"第三动力"起主要作用时，写出来的作品往往难免粗糙、随意。当然，写熟悉的题材时，质量一般也高或较高，否则，虽欲"舒愤懑""为人生"，也难以得到理想的效果。是否如此，还请读者评判、指正。

徐斯年

二○一四年十一月于姑苏香滨水岸

凡　例

　　一、《鹤惊昆仑》《宝剑金钗》《剑气珠光》《卧虎藏龙》《铁骑银瓶》，抒写四代侠士、侠女的爱恨情仇，合称"鹤－铁五部"，是王度庐的侠情小说代表作。它们最初连载和最初出版单行本的顺序如下：

　　《宝剑金钗记》，初载于1938年11月16日至1939年4月29日《青岛新民报》。1939年9月由报社首印单行本，后由上海励力出版社重印，改题《宝剑金钗》。

　　《剑气珠光录》，初载于1939年7月30日至1940年4月5日《青岛新民报》，报社亦随即印行单行本，后由上海励力出版社重印，改题《剑气珠光》。

　　《舞鹤鸣鸾记》，初载于1940年4月7日至1941年3月15日《青岛新民报》，报社亦曾随印单行本，后由上海励力出版社重印，改题《鹤惊昆仑》。

　　《卧虎藏龙传》，初载于1941年3月16日至1942年3月6日《青岛新民报》，后由上海励力出版社印行单行本，改题《卧虎藏龙》。

　　《铁骑银瓶传》，初载于1942年3月7日至1944年《青岛新民报》和被合并后的《青岛大新民报》，后由上海励力出版社印行单行本，改题《铁骑银瓶》。

　　二、《青岛新民报社》印行的《宝剑金钗》单行本，前有作者自序一篇，为其他版本所无。此序价值甚高，现已收入。

　　三、《舞鹤鸣鸾记》连载时，正文之前原有序言一则，出版单行本时删去，兹转录如下备考：

内家武当派之开山祖张三丰,本宋时武当山道士,曾以单身杀敌百余,因之威名大振。武当派讲的是强筋骨、运气功、静以制动、犯则立仆,比少林的打法为毒狠,所以有人说"学得内家一二,即足以胜少林"。此派自张三丰累传至王咸来,咸来弟子黄百家,又将秘传歌诀,加以注解,所以内家拳便渐渐学术化了。可是后因日久年深,歌诀虽在,真功夫反不得传。自清初至近代,武当派中的侠士实寥寥无几,有的,只是甘凤池、鹰爪王、江南鹤等。甘凤池系以剑术称,鹰爪王专长于点穴,惟有江南鹤,其拳剑及点穴不但高出于甘王二人之上,且晚年行踪极为诡异,简直有如剑仙,在《宝剑金钗记》与《剑气珠光录》二书中,这位老侠只是个飘渺的人物,如神龙一般。而本书却是要以此人为主,详述他一生的事迹。又本书除江南鹤之外,尚有李慕白之父李凤杰,及其师纪广杰。所以若论起时代,则本书所述之事,当在李慕白出世之前数十年了。

四、《卧虎藏龙》因被改编为李安执导的同名电影而知名。对比原著,可以看出电影剧本大量吸收了《宝剑金钗》的内容,但与原著也存在不少差别,值得读者注意和玩味。

五、本版"鹤-铁五部",均以上海励力出版社印行的单行本为底本,参核连载本而定稿。

目录

第一回　一朵莲花初会玉娇龙
半封书信巧换青冥剑

《剑气珠光》以李慕白赠剑于铁小贝勒，杨小姑娘许配于德啸峰之长子文雄，李慕白偕俞秀莲同往九华山研习点穴法而结束全书。

岁月如流，转瞬又是三年多。此时杨小姑娘已与文雄成婚。她放了足，换了旗装，实地做起德家的少奶奶了。这个瘦长脸儿、纤眉秀目的小媳妇，性极活泼；虽然她遭受了祖父被杀、胞兄惨死、姐姐远嫁的种种痛苦，但她流泪时是流泪，高兴时还是高兴，时常跳跳跃跃的，不像是个新媳妇。好在德大奶奶是个极爽快的人，把儿媳也当作亲女儿一般看待，从没有过一点儿苛责。

这时延庆的著名镖头神枪杨健堂已来到北京，在前门煤市街开了一家全兴镖店。他带着几个徒弟就住在北京，做买卖还在其次，主要的还是为保护他的老友德啸峰。

德啸峰此时虽然仍是在家闲居，但心中总怕张玉瑾、苗振山那些党羽前来寻衅复仇。所以除了自己不敢把铁砂掌的功夫搁下之外，并叫儿子们别把早先俞秀莲传授的刀法忘记了，并且请杨健堂每三日来一趟，就在早先俞秀莲居住的那所宅院内，教授儿子和儿媳枪法。

杨健堂的枪法虽不敢称海内第一，可也罕有敌手，有名的银枪将军邱广超的枪法就是他所传授出来的。他使的枪是真正的"梨花枪"，这枪法又名曰"杨家枪"。宋朝时名将李全，号称"李铁枪"，他的妻子杨氏枪法尤精,收徒甚众。所以,梨花枪虽然变化不测,为古代冲锋陷阵之利器,但是实在是一种"女枪",即柔弱女子也可以学它。

枪法既是杨家的,杨健堂自身又姓杨,德少奶奶也姓杨,而且又拜了杨健堂为义父,所以杨健堂就非常高兴,认真传授。不到半年,杨小姑娘就已技艺大进。至于她的丈夫文雄,却因身体柔弱,而且性子喜文不喜武,所以反倒落在她的后头。

这天,是初冬十月的天气,北京气候已经甚寒。但杨健堂仍然穿着蓝布单裤褂,双手执枪,舞的是"梨花摆头"。他向杨小姑娘、文雄二人说:"快看!这梨花摆头所为的是护身,为的是拨开敌人的兵器,你们看!"

杨小姑娘注目去看,看不见枪杆摇动,只见枪头银光闪闪,真如同片片梨花。杨健堂又变换枪法,练的是"拨草寻蛇法无差,灵猫捕鼠破法佳。封札沉绞将彼赚,提挪枪法现双花。诈败回身金蟾落……"拨枪影翻飞,风声嗖嗖地响。正练到这里,忽听有人拍手笑道:"真高!好个神枪杨健堂,亚赛当年王彦章!"

杨健堂收住枪法,一看,便笑道:"你又来了。"杨小姑娘和文雄也齐都过来,向说话的这人叫道:"刘二叔,您吃过饭吗?"

这个人连连地弯腰,笑着说:"才用过!少爷跟少奶奶练武吧!别叫我给搅了!"这人年有三十来岁,身材短小,可是肩膀子很宽,腰腿很结实。他穿的是青缎小夹袄、青绸单裤,外罩着一件青缎大棉袄,纽子不扣;腰间却系着一条青色绣白花儿的绸巾,腰里紧紧的;领子可是敞开着。头上一条辫子,梳得松松的。白净脸,三角眼,小鼻子,脸上永远有笑容。这人是近一二年来京城有名的英雄,姓刘名泰保,外号人称"一朵莲花"。

他是杨健堂的表弟,延庆人,早先也跟他表兄学过"梨花枪",也保过三天半的镖。可是他生性嗜嫖好赌,走入下流,时常偷杨健堂的钱,便被杨健堂给赶走了。他走后足有十多年,杨健堂也不知他的生死,简直就把他给忘了。

可是去年春间,他忽然出现于北京城,先拜访德啸峰,后来又谒见邱广超,自称是特意到北京来找李慕白比比武艺。因为李慕白没在北京,也没人理他,他就流浪在街头,事事与人寻殴觅斗。后来,杨健堂发现了他，便把他叫到镖店里。因见他在外漂流了十多年，竟学了一身好武艺，便要叫他做个镖头。他可不愿意干，依然在街上胡混。

有一天，大概他是故意的，在街上单身独打十多个无赖汉，冲撞了铁小贝勒的轿子。铁小贝勒见他武艺甚好，就把他带回府内。一问，知道他是神枪杨健堂的表弟，是为会李慕白才到北京，便笑了笑，留他在府中做教拳师傅。其实现在铁小贝勒已成了朝中显要，不再舞剑抡枪玩鹰弄马了。刘泰保也无事可做，每月关三两银子，把自己打扮得阔阔的，整天茶寮酒馆去闲谈，打不平，管闲事。所以来京不足二年，京城已无人不知"一朵莲花"之名。他是每逢三、六、九就来此看看他的表兄教武，如今又来到了。

杨健堂就说："要看可以，可是只许站在一边，不许多说话！"

刘泰保微笑着。文雄跟杨小姑娘也都闭不上嘴，因为他们都觉得刘泰保这个人很是滑稽，只要是他一来了，就能叫大家开心。

当时杨健堂正颜厉色，好像没瞧见他似的，又抖了两套枪法。一朵莲花刘泰保在旁边不住地说："好！好！真高！"

杨健堂收住枪式，叫文雄夫妇去练。文雄和杨小姑娘齐都低头笑着，仿佛无力再举起枪来。杨健堂就拿枪把子顶着刘泰保的后腰，说："走！走！你这猴儿脑袋在这里，他们都练不下去！走！"

刘泰保笑着说："我不说话就是了！难道连让我在旁边看着全不许吗？真不讲理！"

后腰有枪杆顶着，他不得不走，不料才走到门前，还没迈出门槛，忽见有几位妇女正要进这院里来。杨健堂立时把枪撤回，不能再顶他了。刘泰保也吓得赶紧退步，躲到远远的墙根下。文雄和杨小姑娘正笑得肚肠子都要断了，他们立时也肃然正色，放下枪，规规矩矩地站着。

原来第一个进来的着旗装的中年妇人正是德啸峰之妻德大奶奶，随进来的是一位年轻小姐，身后带着两个穿得极为整齐的仆妇。杨健堂照例地是向德大奶奶深深一揖，德大奶奶也照例请了个"旗礼"蹲儿安，然后指指身后，说："这是玉大人府里的三姑娘，现在是要瞧瞧我儿媳妇练枪。"

此时靠墙根儿的刘泰保一听这话，不禁打了一个冷战，心说：爷爷！我今天可真遇见贵客啦，原来这是玉大人的小姐！玉大人是新任的九门提督正堂，多显赫的官呀！当下一朵莲花就斜着他的三角眼向那位小姐窥了一下，他更觉得找个墙窟窿躲躲才好，因为这位小姐简直是个"月里嫦娥"。

她年有十六七岁，细高而窈窕的身儿，身披雪青色的大斗篷，也不知道是什么缎的面儿，只觉得灿烂耀眼，大概是银鼠里儿，里面是大红色的绣花旗袍。小姐天足，穿的是那种厚底的旗人姑娘穿的平金刺锦，还带着闪闪的小玻璃镜儿的鞋。头上大概是梳着辫子，辫子当然是藏在斗篷里，只露着黑亮亮的鬓云，鬓边还覆着一枝红绒做成的凤凰，凤凰的嘴里衔着一串亮晶晶的小珍珠。这位小姐的容貌更比衣饰艳丽，是瓜子脸儿，高鼻梁，大眼睛，清秀的两道眉。这种雍容华艳无法可譬，只可譬作为花中的牡丹，可是牡丹也没有她秀丽；又可譬作为禽中的彩凤，凤凰没人看见过，可是也一定没有她这样富贵雍容；又如江天秋月、泰岱春云……总之是无法可譬。刘泰保的心里只想到了嫦娥，可是他不敢再看这位嫦娥一眼。

此时杨健堂拘拘谨谨地到一旁穿上了长衣裳，扣齐了纽扣。文雄和杨小姑娘全都过来，向这位贵小姐长跪请安，都连眼皮儿也不敢抬。德大奶奶就向她的儿媳说："你三姑姑听说你在这儿练枪，觉得很新鲜，要叫我带她来看看。你就练几手儿熟的，请三姑姑看看吧！"又向那位贵小姐笑着说："请三妹妹到屋中坐，隔着玻璃瞧您的侄媳妇练就是了。外边太冷！"

那位贵小姐却摇了摇头，微笑着说："不必到屋里去。我不冷，我站远着点儿瞧着就是啦！"她向后退了几步，并由一个仆妇的手中接过来一个金手炉，她就暖着手，掩着斗篷，并斜瞧了刘泰保一下。刘泰保窘得真恨不得越墙而逃，心说：我是什么样子，怎能见这么阔的小姐呢？

此时文雄也躲到一旁，杨丽芳就立正了身，右手握枪，枪尖贴地。她此时梳的是一条长辫，身上也是短衣汉装，脚虽放了，仍然不大。还穿着很瘦的鞋，因为练武之时必须如此才能利落，练完了回到大宅内才能换旗装。当下她拿好了姿势，先是低着眼皮儿，继而眼皮儿一抬，英气流露，先以"金鸡独立"之式，紧接着"白鹤亮翅"，又转步平枪，双手将枪一捺，就抖起了枪法。只见枪光乱抖，红穗翻飞，杨小姑娘的娇躯随着枪式，如风驰电掣，如鹤起蛟腾，真是好看。

靠墙根儿的刘泰保瞧得出来，这套枪法起势平平，但后来变成了钩挪枪法。行家有话："钩挪枪法世无匹，乌龙变化是金蟾。"到收枪之时，杨小姑娘并没喘息，刘泰保却心说：这姑娘的枪法一点不错，只可惜力弱些。到底是个女人！

此时那位贵小姐却吓得变颜变色的，几乎躲在了仆妇的身后，说："哎哟！把我的眼睛都给晃乱了！"又问杨小姑娘说："你不觉着累吗？"

杨小姑娘轻轻放下枪，走过来笑着摇摇头，说："我不累！"

那位贵小姐又问："你练了有多少日子？"

杨小姑娘说："才练了半年。"

那位小姐就惊讶着说："真不容易！要是我，连那杆枪都许提不起来！"

德大奶奶在旁也笑着说："可不是，我连枪杆都不敢摸！你这侄媳妇她也是小时在娘家就练过，所以现在拿起来还不难，这武功就是非得从小时候练起才行。你还没瞧见过早先在这院子住的那位俞秀莲呢！手使双刀，会蹿房越脊，一个人骑着马走江湖，多少强盗都不是她的对手。她长得很俊秀，说话行事却一点儿也不像是个女的。"

那位贵小姐微微笑着，说："以后我也想学学。"

德大奶奶却笑着说："唉！你学这个干什么？我们这是没有法子，你大概也知道，是因为……不敢不学点儿武艺防身！"德大奶奶说着话，她们婆媳俩就把这位艳若天仙一般的贵小姐请到房中去歇息，饮茶，谈话。

靠墙根儿的一朵莲花刘泰保这时才缩着头溜出了大门，才走了几步，就听身后有人叫道："泰保！"

一朵莲花回头去看，见是他的表兄杨健堂也出来了，气愤愤向他说："我不叫你到这里来，你偏这里来。你看！今天弄得多不好看！我在这里倒不要紧，我已经快五十岁了，又是他家的干亲家；你二三十岁，贼头贼脑的, 算是个什么人? 今天这位小姐是提督正堂的闺女, 有多么尊贵, 你也能见?"

一朵莲花刘泰保赶紧说: "哎呀我的大哥! 不是我愿意见她呀! 谁叫我碰上了呢? 他们这儿又没后门, 我想跑也跑不了!"

杨健堂说: "这地方以后你还是少来。别看德啸峰现在没有差事, 可是跟他往来的贵人还是很多, 倘若你再碰上一个, 不大好。啸峰虽然嘴上不能说什么, 可是心里也一定不愿意。"

刘泰保一听这话, 不由有点儿愤怒, 说: "我也知道, 德五认识的阔人不少, 可是我一朵莲花刘泰保也不是个缺名少姓的人!"

杨健堂说: "你这算什么名? 街上的无赖汉认识你, 人家达官显宦的眼睛里谁有你?"

刘泰保赶紧拍着胸脯说: "我是贝勒府的教拳师傅!"

杨健堂也带气说: "我告诉你的都是好话, 你爱听不听! 还有, 你别自己觉着了不得, 教拳的师傅也不过是个底下人。其实, 你在贝勒府连得禄都比不了, 你还想跟大官员平起平坐吗? 见了大门户的小姐你还不知回避, 我看你早晚要闹出事儿来!"

二人说着话, 已出了三条胡同的西口, 杨健堂就顺着大街扬长而去。

这里刘泰保生着气, 发怔了半天, 骂声: "他妈的!" 随转身往北就走, 心中非常烦闷, 暗想: 人家怎么那么阔? 我怎么就这么不走运? 像刚才那个什么小姐, 除了她的模样比我好看, 还有什么? 论起拳脚来, 我一个人能打她那样的一百个。可是他妈的见了人, 我就应当钻地缝。人家那双鞋都许比我的命还值钱, 他妈的不公道! 又想: 反正那丫头早晚要嫁人, 当然不能嫁我。只要她嫁了人, 我就把她的女婿杀了, 叫她一辈子当小寡妇, 永远不能穿红戴绿!

愤愤地, 他受了表兄的气, 却把气都加在那位贵小姐的身上了。然而又无可奈何, 人家是提督正堂的女儿, 只要人家的爸爸说一句话, 我一朵莲花的脑瓜儿就许跟脖子分家! 死了倒不怕, 只是活到今年三十二了, 还没个媳妇呢! 一想到媳妇的问题, 刘泰保就很伤心。他想: 我还不如李慕白, 李慕白还姘了个会使双刀的俞秀莲, 我却连个会使切菜刀、能做饭温菜的黄脸老婆也没有呀!

他脑子里胡思乱想,信步走着,大概都快走到了北新桥,忽听"铛!铛!铛!"一阵锣声,刘泰保立时打断了心中的烦恼,蓦然抬头一看,却见眼前围着密密的一圈子人,个个都伸着脖子,瞪着眼,张着嘴,发呆地往圈里去看。人群里是锣声急敲,仿佛正在表演什么好玩意儿。刘泰保心说:耍猴子的,没多大看头儿!遂也就不打算往人群中去挤。可是才走了两步,忽然听这些瞧热闹的人齐都叫好,刘泰保不禁止步回头,就见由众人的头上飞起了一对铁球,都有苹果大小,一上一下,非常好玩。刘泰保认识这是"流星",这种家伙可以当作兵器使用,江湖卖艺的人若没有点儿真功夫,绝不敢耍它。

他便分开了众人,往里硬挤。挤进去了,就见是个年有四十多岁、身材很雄健的人,光着膀子,正在场中舞着流星锤。这种流星锤是系在一条鹿筋上,鹿筋很长,手握在中端,抖了起来,两个铁锤就在空中飞舞。这人可以在背后耍,在周身上下耍,耍得人眼乱,简直看不见鹿筋和铁锤,就像眼前有一个风车在疾转似的。

刘泰保不由赞了一声:"好!"又扭头去看在旁边敲锣的那个人,却使他更惊愕了。原来敲锣的是个姑娘,身材又细又小,简直像棵小柳树儿似的。年纪不过十五六,黑黑的脸儿,模样颇不难看。头上梳着两个抓髻,可是发上落了不少的尘土。穿的是红布小棉袄,青布夹裤,当然不大干净,可是脚上的一双红鞋却是又瘦又小又端正,不过鞋头已磨破了。这姑娘铛铛地有节奏地敲着铜锣,给那卖艺的人助威。

那卖艺的人好像是她的爸爸。流星锤舞了半天,卖艺人就收锤敛步,他的女儿也按住了铜锣,父女俩就向围观的人求钱。那父亲抱拳转了一个圈子,说:"诸位九城的老爷们,各地来的行家师傅们!我们父女到此求钱,是万般无奈!"旁边的女儿也吐出娇滴滴的言语,帮着说了一句:"万般无奈!"那父亲又说:"因为家乡闹水灾,孩子她娘被水淹死了,我这才带孩子漂流四方!"他女儿又帮着说了一句:"漂流四方!"

那父亲又说:"耍这点土玩意儿来求钱,跟讨饭一样!"女儿又帮着说了一句:"跟讨饭一样!"

刘泰保觉着这女儿怪可怜的，就掏出几个铜钱来掷在地下。那女儿说了声："谢谢老爷!"刘泰保却转身挤出了人群，一边走一边又想：这姑娘怪不错的，怎会跟着她爸爸卖艺呢？

行走不远，忽听一阵咕噜咕噜的骡车响声。刘泰保又转头去看，就见由南边驰来了两辆簇新的大鞍车，全是高大的菊花青的骡子拉着。前面那辆车放着帘子，后面那辆车上坐着两个仆妇。刘泰保不由又直了眼。原来这两个仆妇正是刚才在德家遇到的侍从那位正堂家小姐的仆妇，不用说，第一辆车帘里一定就坐着那位贵小姐了。刘泰保发着怔，直把两辆车的影子送远了，这才又迈步走去。身后还能听得见锣声铛铛。他心里就又骂了起来：他妈的!

当下一朵莲花刘泰保就一路暗骂着，回到了安定门内铁贝勒府。可是生了一会儿气，喝了一点儿酒，舞了一趟刀，又睡了一个觉，过后也就把这两件事都忘了，只是从此他不再到德家去了，也没再去看他的表兄杨健堂，因为上回的事，他觉得太难为情了。

转瞬过了十多天，天气更冷了。这日是十一月二十八，铁小贝勒的四十整寿。府门前的轿舆车马云集，来了许多贵胄、显官及一些福晋名妇、公子小姐。府内唱着大戏，因为院落太深，外面连锣鼓声都听不见。外面只是各府的仆人，拥挤在暖屋子里喝酒谈天，轿夫、赶车的人都蹲在门外地下赌钱押宝。本府的仆人也都身穿新做的衣裳高高兴兴地出来进去。只有一朵莲花刘泰保最为苦恼无聊，因为他不是主也不算仆，更不是宾客。里院他不能进去，大戏他也听不着，赏钱也一文得不到，并且因为那很广大的马圈已被马匹占满，连他舞刀打拳的地方都没有了。他进了"班房"，各府的仆人都在这里高谈畅饮，没有人理他，而且每个仆人都比他穿得还讲究。他披着一件老羊皮袄，到门外跟那些轿夫押了几宝，又都输了。他心里真丧气，又暗骂道：他妈的! 你们谁都打不过我!

这时忽听远远传来一阵驱人净街之声，立时那些赌钱的轿夫们抄起了宝盒子，跑到稍远之处去躲避，门前有几个仆人也都往门里去跑。刘泰保很觉惊讶，向西一望，见是有五匹高头大马驮着五位官人来了。刘泰保就说："这是什么官儿，这样大的气派?"身后就有两个贝勒府的仆人拉着他, 悄声说:"刘师傅! 快进来! 快进来!"

刘泰保惊讶着, 被拉进了"班房", 就听旁边有人悄声说:"玉大人来了!"刘泰保这才蓦然想起, 玉大人就是新任的九门提督正堂。他遂就撇了撇嘴说:"玉大人也不过是个正堂就完了! 难道他还有贝子贝勒的爵位大? 还比内阁大学士的品级高?"旁边立刻有人反驳他说:"喂! 你可别这样说! 现官不如现管, 就是当朝一品大臣抓了人, 也得交给他办。提督正堂的爵位不算顶高, 可是权大无比!"

这时有许多仆人都扒着窗纸上的小窟窿向外去看, 刘泰保又撇嘴说:"你们这些人都太不开眼了! 提督正堂也不过是个老头子, 有什么可看的? 他又不是你们的爸爸!"刘泰保这样骂着, 别人全没听见, 全都相争相挤着去扒纸窗窟窿, 仿佛等着看外面的什么新奇事情似的。刘泰保也觉得有些奇怪。

这时旁边有个本府的仆人, 名叫李长寿, 是个矮小的个子, 平日最喜欢跟刘泰保开玩笑。当下, 他就过来拍了拍刘泰保的肩膀, 笑着悄声说:"喂! 一朵莲花! 你不想瞧瞧美人吗?"

刘泰保撇嘴说:"哪儿来的美人儿? 你这小子别冤我!"

李长寿说:"真不冤你! 你会没听说过? 北京城第一位美人, 也可以说是天下第一, 玉大人的三小姐!"

刘泰保仿佛吃了一惊, 又撇了撇嘴, 说:"她呀? 我早就瞧得都不爱瞧了!"虽然这样说着, 他可连忙推开了两个人, 抢了个地方, 拿手指向窗纸戳了一个大窟窿, 把一只眼睛贴近了窟窿, 往外去看。只见外面什么东西也没有, 就是平坦的甬路, 站着四个穿官衣、戴官帽、足登薄底靴子、挂着腰刀的官人。一瞧这威风, 就知道是提督正堂带来的。大概是玉大人已下马进内去给铁小贝勒拜寿, 可是夫人和小姐的车随后才到, 所以这四个官人还得在这里站班。刘泰保就又暗骂道:"妈的, 怎么还不来? 再叫我瞧瞧。"

待了半天, 才见两个衣着整齐的仆妇搀进来一位老夫人, 老夫人年纪有五十多岁, 梳着两把头, 穿着紫缎子的氅衣。旁边另有一个仆妇, 捧着个银痰盂。这老夫人一定就是正堂的夫人了。随后进来的就是那位玉三小姐,立时,仿佛嫦娥降临到了凡世,偷着看的人全都屏息闭气,连一点儿声音也不敢作。

刘泰保这时也直了眼睛,只可惜旁边还有一人挤他,没叫他看见那位小姐的正脸。但是他已看见了那小姐,今天是换了一件大红绣花的斗篷,真如彩凤一般。玉三小姐带着仆妇,随着她的母亲,翩然进了里院,里院的锣鼓之声也吹送到了外面。这可见里院早先是有许多人正谈笑,所以锣鼓声反被扰乱而模糊不清,现在里院的人也一定都直了眼,都止住了谈笑,所以锣鼓声反倒觉得清亮了。当下,这里的人个个转身松了口气,都点头啧啧地说:"真漂亮!画也画不了这么好的美人,简直是天仙!"

刘泰保这时也像失了魂,发呆地问道:"那位姑娘是玉夫人的亲女儿吗?"

旁边有个也不知是哪府的仆人,就说:"不但是嫡亲女儿,还就是这独一个。姑娘有两位哥哥,一位在安徽,一位在四川,都做知府。这位姑娘才回到北京不过三个月,早先随她父亲在新疆任上,一来到北京,就把北京各府中的小姐少奶奶全都盖过去了,不单模样好,听说还知书识字,才学顶高!"

刘泰保说:"这家伙!哪个状元才配娶她呀?"

那个人又说:"状元?状元再升了大学士,也娶她不起呀!"刘泰保听了,一吐舌头。这时外面那四个站班的官人进来喝茶,这屋中的人也就不敢再提这件事了。

此时里院也十分地热闹,台上的戏是一出比一出好。台下,那华贵的大厅之内还有一位最惹人注目的来宾,就是那位玉三小姐。谁都知道,这位小姐今年才十八岁,是属龙的,所以名字就叫作玉娇龙。这位小姐在老年人的眼中是端娴、安静,在中年人的眼中是秀丽、温柔,而在一般与她年纪差不多的人眼中,又都羡慕她的举止大方。她真如娇龙彩凤一般,为这富丽堂皇的大寿筵增加了无限光华,添了许多的彩泽。

约莫有下午四点钟,玉娇龙就侍奉她母亲先辞席归去。临走的时候,当然又是万目睽睽,直把这一片彩云、一只锦凤给送走。席间,众人仿佛全都像是失掉了什么似的，只留下了一种印象，仿佛有袅袅余香，飘飘瑞霭，尚未消散。

到了六点钟，台上煞了戏，宾客们聚毕了晚筵，都先后辞去，立时冠带裙钗都走出了府门。府门外舆起车驰，又是一阵纷乱。内院华灯四照，十几名仆役在这里收拾残肴剩酒，福晋夫人们就都归到暖阁去休息了。还有几位宾客未散，这就是几位显宦和九门提督正堂玉大人，一同在西房中。房中燃着几支红烛，桌上摆着几碗清茶，靠着楠木隔扇有两架炭盆，为室中散出春天一般的暖气。

铁小贝勒坐在主位，先与几位官员计议了一两件朝中的事情，然后就谈起闲话。先谈京城的闲事，后来又谈到前门外那些镖行人，时常互相比武或聚众殴斗之事。那位玉正堂就非常愤恨，他捻着胡子说："那些东西真可恶！他们多半是盗贼出身，虽然保了镖，走向正路，可是依然素行不改。我一定要督饬人时时监守他们，只要他们有了坏事，便一定抓来严办！"

铁小贝勒却笑道："也不能说镖行尽是坏人，其中真有身负奇技、行为磊落的英雄。果若朝廷能用他们，他们也很可以建功立业！"说到这里，突然想起了李慕白，心中不由触动一种故人之思。默坐了一会儿，铁小贝勒忽然说："我有一个物件，大概你们诸位还没看见过。"随转首向身旁侍立的得禄说："你把那口宝剑取来！"

铁小贝勒所藏的名剑虽多，可是如今得禄一听，就晓得他要的是那口三年前在书房之内突然发现的斩铜断铁的宝剑。当下他答应了一声，就走出屋去。书房是在第三重院落内的西廊下，早先铁小贝勒接待李慕白便是在这屋内，现在却锁得很严。里面只藏着许多铁小贝勒所喜爱的古玩、瓷器、书籍等等，宝剑就在那墙上挂着。

得禄身边带着钥匙，叫一个小厮拿着灯，就开锁进屋，由壁上摘下来宝剑。然后出屋，把剑交给小厮抱着，又去锁门。正在锁门之际，忽然由廊子的南边跑来一人，很急地说："什么东西？是宝剑吗？来！给咱看看！"说着便由小厮的手中将剑夺了过去。

得禄一看，这人是一朵莲花刘泰保，就赶紧说："贝勒爷等着叫客看呢! 快拿来!"

刘泰保已将剑抽出了半截, 只觉得寒光逼目, 他就非常地惊讶, 心说: 这一定是一口真正的宝剑! 刚要详细把玩, 却被得禄给抢过去, 拿到里院去了。

铁小贝勒将剑接到手中, 先仔细地看了一番, 便不禁露出笑意, 随命得禄捧剑轮流着送到几位客人的眼前去观阅。几位客人多半是文官, 本来对于宝剑这种东西没有眼光, 也没有爱好, 他们只是用手摸摸剑柄, 都赞声: "好! 这一定是宝物。"

传到那位正堂玉大人的眼前, 玉大人却接过来用手掂了一掂, 又以指弹剑锋, 只听当啷啷地响, 如鼓琴之声。玉大人就面露惊讶之色, 就近灯烛, 持剑反复地看了半天, 说了声: "啊呀! 这口剑可以削铜断铁吧?"

说话间, 铁小贝勒微笑着离了座, 转头一望, 见红木的架格上摆着一只古铜的香炉, 不太大, 可是铜质又红又亮。铁小贝勒命得禄将香炉拿过来, 放在几上, 下面垫上棉椅垫。这时众官员一见小贝勒要试他的宝剑, 就齐都立起身来。铁小贝勒由玉大人的手中接过宝剑, 将白绫的袖头挽起, 举起剑来向下一挥, 只听锵然一声, 立时将一只很坚硬的古铜香炉劈成了两半, 下面的棉椅垫也被割了一条大口子。看的人齐都惊讶变色, 啧啧地说: "剑真锐利!" 铁小贝勒却微微露笑, 又把剑交给玉大人, 令他看剑锋上有无一点儿损伤。

玉大人又就近灯烛详细地看了半天, 他喘着气, 把红烛的火焰吹得乱动。看了半天, 他才说: "毫无损伤, 这真是世间罕有的名器! 不知此剑有什么名称, 是'湛卢'还是'巨阙'?"

铁小贝勒摇头说: "我也不知此剑的名称。不过据我看, 此剑铸成之时, 至少也在三百年以上。我是在无意之中得来的, 在我手中已有三年, 因为终日无暇, 所以也不时常把玩此剑。"

旁边有官员就说: "此时若再有个剑法好的人, 让他拿着这口剑到院中舞一舞, 那才好看呢!" 铁小贝勒因这话不由又想起了李慕白, 暗想: 似那样剑法高强、明书知礼、慷慨好义的少年, 真是罕见! 可惜因为他杀死了黄骥北, 身负重案, 竟永远也不能出头见人了。莽莽江湖, 不知他现在漂流于何地！因此，铁小贝勒又面带愁容，感叹不置。

旁边的几位宾客因见主人不欢，便先后辞去，只留下那位提督正堂玉大人。他仍然就着烛光详细把玩那口宝剑，苍白胡子都要被灯烛烧焦了。铁小贝勒坐在远处喝了一口茶，打了个哈欠，他这里还没放下宝剑。待了半天，他才恋恋不舍地将剑放在桌上，又向铁小贝勒说："卑职家中有剑谱二卷，书上把古来名剑的尺寸及辨别之点，全都说得很详细。明天卑职把那两卷书送来，请贝勒爷按剑对证一下，必可知此剑的名称和铸造的年代。据卑职观察，此剑多半是'青冥'，为三国时东吴孙权之故物。"

铁小贝勒点头说："好！玉大人明天就把那两本剑谱带来，咱们考据一下！"玉大人连声应"是"，告辞走了，铁小贝勒便也回寝去休息。

这里得禄已令小厮将那削成了两半的古铜炉拿出屋去了。他又叫小厮执着灯，自己双手托着宝剑，走回书房。才走到书房的门前，就见那里黑乎乎地站着一个人，用灯光一照，才看出又是一朵莲花刘泰保，原来他还在这儿等候着，并没走开。

刘泰保迎面笑着说："禄爷！现在可以叫我看看宝剑了吧？我在这儿等了半天啦！"说着，他就要伸手去拿。

得禄却向后退了一步，说："刘师傅，你怎么不知道规矩？贝勒爷的东西，咱们怎能随便乱动？"

刘泰保一听这话，却大大地不悦。他把嘴一撇，说："看看又算什么？又看不下一块铁来，你也太不知道交情！"

得禄说："这不在乎什么交情不交情。贝勒爷的东西，他叫收起来，我就赶紧收起来，不能叫别人胡瞧乱瞧！"说着，他就开了锁，进屋又把宝剑挂在壁间。

一朵莲花刘泰保在廊下气哼哼地骂道："奴才骨头！"一顿脚转身就走，嘴里还叽里咕噜地骂着。

刘泰保住的是在马圈旁边的两间小屋，李长寿跟他在一铺炕上睡。今天忙了一天，得了许多赏钱，又喝了不少的酒，心中很是舒服，人也有点儿醉醺醺的，所以此时天才过了二鼓，李长寿已然躺在炕上沉沉睡去。

他打着鼾声，给屋中喷散出一股恶臭的酒气。刘泰保又愤愤地骂了一声，便也躺在炕上，盖上棉被。可是他才躺了一会儿，忽然又滚身下了炕，拍拍胸脯，自言自语地说："他们把那口剑宝贝似的藏起来，不许我看？我一朵莲花倒要看一看，非看不可，拼出了脑袋我也要看！"于是，他开了屋门，就站在窗外，只见满天的星斗一颗一颗的眨着眼睛，都跟小贼一样。北风呼呼地吹着，天气十分冷。墙外的更鼓敲了两下便不敲了，仿佛是打更的人冻死了。这么广大的府邸，白昼是那样的繁华热闹，现在却是萧条凄清。刘泰保就在窗外站立了半天，屋里的一盏油灯都自己烧灭了。他疾忙进到屋内，将身上的那件老羊皮袄脱下来，往炕上一扔，正盖在李长寿的头上，李长寿却还打着鼾声没醒。

刘泰保挽挽袖头，把两只鞋脱下来，开门往屋外就走。一出屋子，他的脚步可就轻了。他慢慢地走着，转过了前院，才一探头，却见那班房里灯光辉煌，屋里有许多人在压着嗓子说话，大概是正在那里赌钱。刘泰保赶紧缩头回来，靠墙站立，心说：不行！这些人还都没睡，西廊下一定还有人出来进去地走。我跑到书房里偷偷去看宝剑，要被人看见了，拿贼办我，那个罪过还了得！真要把我交到提督衙门，那个嫦娥的爸爸喊一声"砍头"，那我一朵莲花吃饭的家伙可就没啦！当下刘泰保只得回屋，又披上老羊皮袄，等待时间。

三更已然敲过，大概都快打四更了，刘泰保这才又推开皮袄出屋，悄悄往外走去。就见那下房的灯光已熄，大概那些赌钱的人赌兴已尽，全都睡去了。刘泰保就放开了胆，一直往里院去走，心说：把宝剑取到手中，先拿回屋里看个够。如若是个平常的玩意儿，我就还他，人不知鬼不觉；要真是一口好剑，真能断铁截铜，那我一朵莲花就远走高飞，拿着宝剑找李慕白斗一斗去！

当下他顺着西廊一直走到书房前，伸着双手就去摸锁头。不料手一触到门上，他就吓得几乎惊叫起来，原来锁头早已没有了，一定是早就被人拧开了，一定是有人进了屋。刘泰保立时飞身上房，毫无声响。他本想要喊声拿贼，可是又觉得那太泄气：我刘泰保在铁府教拳就是护院，护院就管拿贼，单骑捕盗，独建奇功，我用得着毛嚷嚷吗？于是他就从房上掀下两片瓦，心想：先将贼人激出来，趁他不备，我一瓦就打晕他的头，一瓦就叫他半死！

于是刘泰保就在房上站了个骑马式，右手高高举起瓦片，低着头向下面说："屋里的朋友，出来见见面，别羞羞怯怯的！刘太爷不难为你，顶多打你两个脖儿拐，叫你以后认得我一朵……"他的话还未说完，忽然觉得屁股上挨了一脚，就咕咚一声整个摔下房去，手中的瓦也碎了，脸也摔得生疼。他气得挺身立起，一顿脚又飞上房去，喊一声："好小子！"原来四顾无人。刘泰保也不敢再喊了，就蹿房越脊往各处寻找了一番，依然没有贼人的踪影。他走回屋，穿上鞋，抄起了钢刀，这才又跑到前院，大喊道："有贼！有贼！"

立时下房里的人全都惊醒。打更的人也听见了喊声，镗镗敲起锣来。刘泰保又提刀上了房。少时，各房里的仆人全都出来了，刘泰保就在房上大喊道："刚才我出来撒尿，看见房上趴着个贼人，我回去取刀的工夫，他就跑了！你们快查看查看，哪间房里短少了什么东西？"

他这一嚷嚷，仆人都在院中纷纷乱找，点了十几只气死风灯。有的人手中还提着腰刀，拿着铁尺。这时街上的更夫也听见了府内的警锣之声，乱敲起梆子来了。一霎时，巡街的官人便带着十几名捕役赶到。府里却出来那位值班的侍卫，吩咐大家不许乱嚷，以免惊了贝勒爷。说话时，得禄也由里院走了出来，说："别嚷嚷！别嚷嚷！爷已然惊醒了，问是什么事儿。快查查！哪间屋子的门开了？"

于是，谁也不敢再大声说话，就由巡街的官人在前，两个侍卫和得禄带领仆众在后跟随，刘泰保也手提单刀搀在里面，把各个院落、房屋，甚至每一个墙角全都查到。结果是没看见一个人影，没丢一点东西，没寻到一点痕迹，就单单是书房的锁头被人拧落，室中单单就少了那口"青冥"宝剑！

立时，得禄就皱了眉，转头一看刘泰保，就见刘泰保的那张脸儿真似一朵莲花，又青又肿；脑门子都碰破了，流了血。他也发了呆了。得禄就着急地说："这可怎么办？贝勒爷最喜爱那口宝剑，削铜截铁！刚才贝勒爷还拿着叫几位客看呢，提督正堂玉大人明天还要送剑谱来，考查考查那宝剑的名字呢! 现在被贼偷了去, 谁的命赔得起? "说话时又用眼盯着刘泰保。

刘泰保也觉出来了, 这件事自己的嫌疑实在不小, 随就愤愤地说: "禄爷! 你光着急也不顶用。你去回复贝勒爷, 就说宝剑被贼偷去了, 我刘某自告奋勇, 愿意去拿贼寻剑。给我十天的限, 如果拿不到贼人, 寻不回来宝剑, 我一朵莲花愿意割脑袋! "

他说毕了这话, 旁边的人齐都向他看来, 那两个侍卫也全都面现怒色。本来说话的要是个仆人, 早就要受申斥了, 可是他究竟算是个教拳的师傅, 侍卫不好意思说他什么, 就只恶狠狠地瞪了他一眼。刘泰保手提钢刀愤恨着, 仿佛丢失了那口宝剑, 他的心里比谁都难过。

当下侍卫先请官人们到外面去等候, 他们进到里面向贝勒爷去请示。这间失盗的书房里支着一只气死风灯, 两个仆人在此看守。刘泰保告了会子奋勇, 也没人答言, 侍卫、官人甚至于仆人们, 都只怀疑地看着他, 却没有一个人跟他谈句话。他就非常闷闷不乐, 出了书房, 提着刀气愤愤、懒洋洋地往外走去。

走到前院, 见官人都进东边班房里喝茶去了, 刘泰保就走到窗前, 侧耳向屋中去听, 就听屋中人谈话的声音都是既低微又含糊, 他不由越发起疑、生气, 心说: 不用说了, 这群忘八蛋一定都疑惑宝剑是被我偷去了! 他妈的, 今天我拼出命去了, 非得弄得水落石出, 诬赖我一点儿都不行!

他提着刀在窗外站着, 竟忘了天黑风寒, 时间已至四鼓。待了一会儿, 见得禄又带领一个提着灯的小厮走出, 刘泰保就迎上去, 问道: "禄爷! 怎么样? 我的话你替我回上去了没有? 要叫我办, 明天我就着手访查, 不必再通知什么提督衙门。"

得禄却不耐烦听, 摆摆手说: "你别说啦! 你就睡觉去吧! "说着就走进班房去了。

刘泰保冷笑了笑, 站在窗外, 又侧耳向屋中去听, 就听是得禄的声音, 说: "诸位请回去吧! 贝勒爷说, 失了一口剑是小事情, 不愿意深究! "

刘泰保一听, 心中非常敬佩, 暗想: 铁小贝勒这个人也太宽宏大量了! 一口断铁截铜的宝剑硬被贼人盗走, 他不但不心痛、不气愤, 反倒不愿深究，这真是少有！早先他待李慕白不定是多么好了。我来到这里，他却没大理我，如今趁着这件事，我倒要显一显我的才能，把贼人捉获，把他的宝剑追回。一来叫他赏识赏识；二来我不能便宜了那个贼，他白盗走一口宝剑，又白踹了我一脚；三来我把宝剑追回，小贝勒一高兴就许赏给了我；四来我得赌这口气，别叫得禄那些人永远疑惑是叫我偷去了；五来……六来……越想精神越紧张，便决定明天就着手访查。刘泰保回到屋中，那李长寿还打着沉重的鼾声没有醒。他倒在炕上拉过被，盖上皮袄，单刀就放在身畔，睡了一个觉。

　　次日醒来，天色有六点多钟，他就连脸也不洗，滚身下炕，披上老羊皮袄，腰里藏着一把短刀，并带上了几吊零钱。今天一朵莲花刘泰保要做侦探，他的精神特别大。出了府门，到了安定门大街，虽然寒风吹着他昨夜摔破了的脸，但他不怕疼，挺着胸脯，又着腰儿，胳臂肘先在前开路，仿佛若有一句话不对，他就要举手打人。

　　他走到了"西大院"。这西大院是北城的一个著名茶馆。这种茶馆不是单卖清茶，还卖炒菜、卤面、烙饼等等。地面极宽，与大戏院差不多，足可以容下四五百人。每天早晨，北京城的一般游手好闲的人，都要来此消遣、聚谈。如今一朵莲花刘泰保一进了这茶馆，就觉得热气腾腾，脸跟耳朵全都十分舒服。他把老羊皮袄一脱，搭在左臂上，两眼东瞧西望。栏杆上挂着许多鸟笼，全是各茶客携来的，叽叽喳喳叫着，声音很是杂乱。有许多人都站起身来，带笑招呼他说："刘爷！请这里坐！今天来得早啊！"刘泰保也笑着向招呼他的人点头，并说："还早？快七点钟了！"

　　这时有个人过来拖了他一把。他扭头一看，原来这人是个秃头，长得跟一只癞犬一样，穿着可是青绸小皮袄、青绸夹袄，抹着一脸的鼻烟。这个人是本街著名的土棍，外号叫"秃头鹰"，平日吃宝局、打群架，无所不为，无人敢惹，可是他叫刘泰保打过，因此他佩服刘泰保，二人结成好友。当下刘泰保就说："老秃！你拉我有什么事儿？"秃头鹰说："你这儿来！我听来一件新闻，打算告诉你。"刘泰保笑着说："你还有什么新闻？一定又是大姑娘养孩子的事儿！"

　　秃头鹰把刘泰保拉到自己的座位旁，他就往一个虬角的小碟里倒了点儿鼻烟，往脸上抹着，又给刘泰保倒了一碗茶，探着头问道："昨天晚上，听说你们府里出了事儿？"他说话时的声音极小，并且眼睛向旁处溜着。

刘泰保倒不禁吃了一惊，说："啊呀！你这秃头鹰的耳朵倒真长！"

秃头鹰赶紧使了个眼色，说："小声！"刘泰保回头看看，只见远处有两个人，都穿着短衣，都很阔，正在那边同别人谈话。秃头鹰就悄声说："那两个人是张八、庞九，都是提督衙门的班头，轻易也不来到这儿喝茶，今天大概也是为你们那件事！"

刘泰保一听，却不由得生气，就故意大声说："这真是岂有此理！贝勒爷已经不愿深究了，还用得着他们献什么殷勤？"

秃头鹰赶紧把他揪了一下，说："老刘，你这不是成心找麻烦吗？"又悄声些说："昨晚的事虽然府中不愿深究，可是衙门还吃不住。你想，昨天幸亏是府中只丢失了一口宝剑，倘若有人拿着宝剑进去，做出点儿事，那可怎么好？因此今天各处官人都查得很严！"

刘泰保用拳头一捶桌子，说："他妈的！倘若有人敢说那件事有我的什么嫌疑，我就割他的脑袋来！"

秃头鹰更悄声一些说："不是假话！真有人疑惑是你！"

刘泰保立起身来，一把抓住秃头鹰，瞪着眼睛说："你告诉我，谁说来的？我立时找他去！"

秃头鹰把他按着又落了座，就笑说："别人没疑惑你！只是我想，有你老哥在府中教拳，还能叫府里失了盗，这于你老哥的名气可不大好听。我想你老哥今天应当出趟南城，到各客栈各镖店里去访一访，如若有什么从外处来的江湖英雄，你就探听探听……"

刘泰保却微微笑着，摆摆手说："镖行客栈里别说英雄，连狗熊也准保没有！我一朵莲花绝不到他们那儿去瞎找。现在……"说到此处，他把声音压得极小，说："我跟你打听一件事儿，你可知道北京城新近来了父女二人，爸爸是耍流星……"

秃头鹰接着说："女儿是踏软绳？"

刘泰保摇头说："女儿踏软绳我倒没瞧见。现在他们那父女还没离开此地吗?"

秃头鹰笑着点头说:"还没离开,昨天在鼓楼西我还看了半天呢!这几天他们常在那地方练,一天挣的钱不少。那个小姑娘模样还不错,脚儿更可爱,就是跑惯了江湖,肉皮儿太黑,要是多搽一点儿粉,也真值几吊钱。你老哥打算怎么样?是想探一探吗?"

刘泰保没有言语,秃头鹰却又笑着说:"我劝你老哥千万别费那事。那是江湖上的小玩意儿,别瞧他们能踏软绳,要叫他们蹿房越脊可就不行啦。常常有这种人到北京来求钱混饭。前年还有个二十来岁的小伙子带着个十七八岁的媳妇,夫妻俩耍十二口刀,也在北京耍了有两三个月,后悄没声儿地就走了。你要疑惑那爸爸跟女儿是飞贼,那你老哥可是自找着白费事儿!"

刘泰保摇摇头,微笑着不言语,又喝了一碗茶。他就微笑,说:"老秃,多则十天,少则三日,我要叫你看看,我刘泰保不用官人帮助,要破这件案子!老秃你看着!"说话时,他解开胸怀,露出了他那像石头一般的胸脯。只见肉皮上用针刺的有茶碗口大小的一朵莲花,下面有荷叶托着。那荷叶却不像是用针刺的,是一块黑色的带着皱纹的疤,像是拿烧红了的铁器烙的。

刘泰保就指了指,笑着说:"为什么我叫一朵莲花,你现在明白了吧? 五年前,我在一个地方当过官差,捉拿过大响马焦黑龟,破过谭子山,曾单身探虎穴,叫贼人在我的身上留下过记号! 烙的时候,我连眉也没皱,后来伤好了,我瞧它像一个荷叶,顶好玩的,这才在上面刺了一朵莲花!"

秃头鹰发着怔,刘泰保却扣好了纽子,就站起身来,又微笑着说:"我走了! 事情我告诉你,你可别满处给我宣扬。你一宣扬,把贼惊跑,我可要割下你的鼻子来,叫你闻不得鼻烟!"

秃头鹰连连说:"不能! 不能! 我一定嘴严,走了风声,刘爷找我,有什么分派我的地方,只要有一句话,我一定效力!"

刘泰保微笑着,说:"少不了你! 我这就跟打狐狸一样,没有你这条细狗哪儿成?"说着,刘泰保又扭头向那边的两个提督衙门的官人看了看, 他就嘴一撇, 表示了一个轻视的态度, 然后离座向外走去。许多茶客又都站起来向他恭维了几句。

刘泰保出了茶馆, 先回到府里去吃饭, 然后换了一身青绸子的小棉裤袄, 拿了两串钱提在手里, 就又向府外走去。他一直到了鼓楼, 此时不过正午才过, 向一个摆小摊的打听。据那摆小摊的人说, 那耍流星锤的得过一点钟才能来, 这两天都在西边玉大人的门前耍。

刘泰保一听"玉大人"三个字, 心里却又疑惑, 暗想: 莫非是我猜错了? 那父女如果是盗剑的飞贼, 他们如何敢在提督大人的宅门前卖艺呢? 离了这个小摊, 由鼓楼向西去走, 眼看快要走到了德胜门, 又转回来。他见路北有不少家大宅第, 可是不晓得哪座大门才是玉宅, 心中不免又胡思乱想, 暗道: 若再能看见那位嫦娥一眼, 才真算有缘呢!

来回走了两趟, 忽然迎面正遇见那卖艺的父女从西边走来, 刘泰保就注意地看他们。只见那个做父亲的穿着一件很破旧的青布大棉袄, 头戴毡帽, 手中提着卖艺的兵器, 除了流星锤之外, 还有一对花枪。这花枪十分特别, 枪杆是铁的, 尺寸不太长, 两杆枪共有四个枪尖。这种东西名叫双枪, 刘泰保只记得《八大锤》那出戏中的陆文龙是耍的这种枪, 但还没见过练武的人有谁使用, 当下他就十分惊愕。又见那女子今天换了一身红, 弓鞋也是红的, 纤腰间系着一条白罗巾。头上的两个抓髻是又黑又亮, 每边插着一朵绢做的玫瑰花。脸上也脂粉薄涂, 朱唇微点, 耳边还戴着一副镀金的耳坠, 手里提着铜锣和一盘粗绳, 袅袅娜娜像一条小金鱼似的随着她的父亲走。

刘泰保走过去了, 又翻回头来, 就在后面紧紧地跟随着这父女二人。往东走了不远, 来到一家大宅门前, 这父女二人就止住了步。

刘泰保仰目一看, 这大宅门是在一座高坡上。门前有八株大槐树、十几个拴马桩, 大门和车门前全都有上马石。那大门是新髹的朱漆, 上悬巨大的匾额, 匾上是歌功颂德的几个字。向里一看, 是雕砖的照壁, 四周也是画栋雕檐, 十分豪华阔绰。刘泰保心说: 这一定就是那玉大人的府第了! 那个嫦娥就是在这里住, 这真是富埒王侯! 也难怪那天我表兄抱怨我, 在德家我跟那姑娘虽然是巧遇, 可也实在是大不应当。再也别到德家去了!

此时玉宅里有几个穿得很阔的仆人都下了台阶,都把色迷迷的眼睛盯住那姑娘看,笑着问:"来啦?"卖艺的人点头微笑,说:"来啦!凤凰不落无宝地,我们不敢说自己是凤凰,不过是个老鹌鹑带着个小鹌鹑,可也愿挑选有宝的地方儿来走。今天我要练几手'流星赶月',也叫我闺女练一套看家的本领,名叫'喜鹊登枝倒衔花'!"说着把家伙都扔在地下,回首向他的女儿说:"伙计,敲起锣来!"立时行人驻足,连玉宅的仆人带刘泰保,围了半个圈子。

那女子扔下绳子,挽了挽红衣的瘦袖,就铛铛铛敲响了铜锣。卖艺的人脱去了上衣,向四下一抱拳,然后说:"父女逃难到京城!"女儿敲锣答道:"京城真是好京城!"卖艺的人又说:"各路财神都在此!"女儿敲锣答道:"八仙庆寿笑哼哼!"卖艺的人假做出发怔的神气,问道:"八仙庆寿是应当笑腾腾,你怎会就是笑哼哼呢?"女儿收住锣声笑着答道:"因为铁拐李的腿疼,何仙姑的肚子又疼,所以说是笑哼哼。"卖艺的人说:"为什么何仙姑的肚子会疼呢?莫非吃蟠桃吃得太多了?"女儿摇头说:"不是!"脸上微微现出些红晕,媚笑了笑说:"因为何仙姑她要生小孩!"这样一说,把大家全都逗笑了。

刘泰保却绷着脸儿,纳着闷儿,心说:厉害!看这样子,这女儿不单是卖艺,还许是卖身;不单是个贼,还许是个娼妓。此时那卖艺的人已然舞起了流星,那女儿在旁一面敲锣,一面还闭着嘴飞起了媚眼,向那几个玉宅的仆人去掠。那几个仆人都笑着,直着眼,不去看流星,却专看那女儿的粉面和莲足。

少时,卖艺的人就收住了流星,又抱拳说:"我耍的流星大概诸位全都瞧得腻烦了,现在还是叫我的闺女来踏软绳吧!"说着,就把那根粗绳子系在两杆枪上,然后将两杆枪插在地下,就成了个软绳的架子。这卖艺的人由他女儿手中接过了铜锣,铛铛铛敲了几下。那女儿就踢脚伸拳,打了几个姿势,是"柳穿鱼""连枝箭""金刚跌",个个姿势都非常利落。刘泰保看了越发忍不住地惊异。又听卖艺的人敲锣说道:"八仙庆寿笑腾腾,蟠桃会时显奇能,果老骑驴绳上走……"那女儿听了这句话,立时腰肢一拧，如同蝴蝶一般，翩然踏上了软绳。两只莲足灵巧地在绳上行走，双手腕叉在腰上，袅袅娜娜如杨柳迎风。旁观的人都齐声叫好。

刘泰保尤为惊讶，因为自己在江湖上虽曾看见过几个绳妓，但她们踏软绳全是手中有东西，或是拿着两头重的一根竿子，或是手里提着两个沉重的东西，像如今这女子徒手在绳上跳跃，自己还是初次看见，于是眼睛也发直了。

卖艺的人又敲锣说道："湘子吹笛真可听！"女儿在绳上蹲着行走，双手做吹笛之状。卖艺的人又敲了一下锣，说："采和的花篮献祥瑞！"女儿突然一翻身，手向上，头向下，在绳上连走几步。刘泰保也不禁叫道："好啊！"铛铛敲着锣，卖艺的人又说："铁拐李的葫芦显威风！"接着，锣声紧，卖艺的人口中连珠一般地念道："曹国舅的鼓板叮叮响，汉钟离的扇子呼呼风，吕洞宾把莲花采了一朵，……"他的女儿在绳上站立，说道："错了，吕洞宾是使宝剑，莲花却是何仙姑的。"卖艺的人说："他们二位神仙都把自己的玩意儿玩腻啦。现在换着使用啦！"紧敲着铜锣，说："何仙姑的宝剑逞英雄。只见她，鹞子翻身鹰展翅，仙人照掌虎扑胸，剪腕点范双架笔……"只见那女儿随着锣声口令，就轻转纤腰，频挥玉手，宛转如飞燕，急快似流莺，在绳子上打了一套绝妙的拳法。最后卖艺的人把锣使力地敲了一下，随手按住了锣音，又说："金盘落月并无声！"那女儿翩然而下，一双莲足落地，真是一点儿声音也没有。

围观的人齐都连声叫好，这父女就拱手求钱。刘泰保就把手中的一串钱向场子里一抖，哗啦哗啦洒了满地。不单那卖艺的父女齐向刘泰保来望，就是旁边的人也都转头看这位"阔大爷"。刘泰保却高扬着脸儿，表现出一种闲散全不在意的神气。旁边的人也都扔了几个钱，卖艺的人作揖称谢，然后捡起钱来又练。这卖艺的人又耍起了流星，那几个玉宅的仆人却都回头看了看，大概是看见了管辖着他们的人，就一齐都回去了。可是这里围观的人仍然不少，那父女练得都很高兴。

又待了一会儿，忽然有两个官人手摇着皮鞭把闲人驱散，刘泰保也躲到南墙角。卖艺的父女捡起家伙来就跑，两个官人还拿着鞭子追赶。刘泰保看着不平，就赶紧走过去拦阻，说："他们卖艺求钱也不容易，你二位老爷何必要把他们赶走？"那两个官人把刘泰保打量了一番，其中的一个就带着气问说："你是干什么的？"刘泰保说："我是铁贝勒府中的教拳师傅，姓刘，今天也是来这儿看看玩意儿。"

两个官人一听，这才都转为笑脸。一个就说："刘爷你不知道，我们哥儿俩是提督衙门的，这路北的大门就是玉大人的宅子。玉大人办事最严，好清静，连卖零食的人都不许在门前喊叫，这卖艺的家伙却带着他的女儿整天在宅门口敲锣乱吵。前天宅里姑娘又出来瞧了瞧他们，他们就更得意了，索性天天来啦！在宅门口招这一群闲人，这算怎么回事儿呀？提督大人今天心里又正不痛快！"

刘泰保笑着说："算了！算了！把他们赶跑也就是了，不必再追他们啦！"说着向那两个官人点点头，就往东走去。

此时那卖艺的人提着双枪和流星，他那女儿拿着绳子跟铜锣，往东随跑着随回头来望，有一群人还跟随着他们，刘泰保也赶上了。就到鼓楼后的一片广场，又围了一个圈子，这父女又练起了流星跟软绳来了。他们父女是练一会儿，歇一会儿，再练一会儿，围着看的人是这个走了那个又来，不过是走的少来的多，所以越来越显着人稠密。

刘泰保看了多半天，便在附近找了个小饭馆，喝了几盅酒，吃了两碗面。他心里寻思着：那卖艺的父女俩，他们要不是贼，我敢输脑袋！有那么灵巧的腰腿，精熟的武艺，他们能安分卖艺不偷盗？天下没有这么痴的人。说不定昨夜把我端下房去的，就是那耍流星的家伙，斩铜截铁的宝剑一定在他们的手中。他们在玉宅的门前练把戏，一定就是为探道，也是预备到玉宅里去偷！他扔下酒饭钱，又挤进了场子。就见那女儿站在软绳上跳跃着，舞起了流星，比她的父亲舞得还好。旁边的人没有一个不吃惊不发痴。

刘泰保看了一会儿，把手中的钱都扔完了，便又挤出去，躲到一边等着。直等到天色晚了，那父女才收了场子，观众也都散去。那父女提着他们卖艺的家伙就走了，刘泰保却在后面跟随着。那父女是往西走，晚霞正映照着那女子的红衣裤和头上的红花。父女二人都像很疲乏的样子，慢慢地走，刘泰保也就在后面有二十步之外慢慢地跟随。走的是鼓楼西大街，经过玉宅门前之时，那卖艺的人又往坡上看了一眼。刘泰保在后面却不住暗中冷笑着。

　　一直往西，过了德胜桥，还往西，眼前就展现出一片严冬的风景。只见一个七八顷宽阔的大湖，湖水都结成了坚冰。湖边扶疏地有几十株古柳，柳丝在这时是也看不见一条了，只有歪斜的枝干，在寒风之中颤抖。在湖心偏西有乱石叠成的一座山，就仿佛是一座岛似的。上面树木丛生，并有红墙掩映，里面有一座庙宇。湖的四周都是房屋。有的是雕梁画栋的楼房，似是富贵人家的别墅；有的却是蓬门土屋，是极贫穷的人家。地旷人稀，天色已晚，从城墙那边吹来的风分外寒冷。暮鸦在枯枝上乱噪着。刘泰保夏天曾来过此地，他晓得这是北京的名胜，文墨人叫它"净叶湖"，俗名儿叫作"积水潭"。

　　此时那卖艺的人是顺着东岸往北走着，他的女儿在后跟随，刘泰保又跟在那女儿的后边。前面卖艺的人并未注意，那女儿却走到一株枯柳树的旁边，忽然纤腰一转，回过头来，把她明媚的两只小眼睛向刘泰保一盯，又嫣然一笑，锣跟绳子都放在一只手内，另一只手掠起了腰下垂着的白绸汗巾，耍了个花儿，又一笑，媚眼儿乱转，然后转身颠跑了几步，就跟上了她的父亲。刘泰保心说：啊呀！这是向我调情呀！小娘儿们你别跟刘大爷要这花样，刘大爷是铁罗汉，不受你这狐狸精的迷惑！

　　又往前走了不远，路北就有一座破烂房子，屋顶是用稻草跟泥灰盖的，院墙是用碎砖头浮垒成的，街门只是荆棘扎成的，这人家一定很穷寒。卖艺的人就推门进去了，那女儿临进去之时，又回首向刘泰保笑了一笑，轻佻地耍了耍汗巾，这才进去。刘泰保也向那女儿一笑，心里却说：小妹子！我在这儿等着你，你快把宝剑送出来吧！

　　那父女都回家去了，刘泰保却仍在湖边闲走。天际的红霞已纷纷下落，四周遭都渐渐发黑了。刘泰保刚才喝的那几盅酒的酒力也都消散，身上觉得很冷，便一耸身跳到冰上，打算溜几下冰，溜完了到德胜桥找个小铺喝几盅酒，却再想主意。不想才溜了两下，他就啪嚓一声，在冰上摔了个大马趴。此时却听岸上有女子咯咯地一阵笑。刘泰保挺身而起，一耸身又跳到岸上，仔细一看，笑的人正是那卖艺的女子。刘泰保上前一把将她抓住，说："小妹子，你还笑我？今天我赏了你多少钱？若不是亏了我，那提督衙门的人赶上你，至少也要在你这嫩肉上抽几鞭子！"

女子却笑着说："你别拉我！留心把碗打了！"

刘泰保低头一看，才见女子的手中有一只粗碗，就问说："你要买什么去？"

那女子笑着说："我到桥边去打酱油，回来好做晚饭。吃完晚饭我爸爸要到茶馆听评书，那时候大爷你可以去找我。"

刘泰保笑着说："真的吗？"

女子说："我冤你做什么？今天我一见。就知道你是个做官的，又有钱，又爱做好事。"

刘泰保放了手，又拍拍女子的肩膀，笑着说："你捧我啦！你快买酱油快回去做饭，快叫你爸爸去听书。不到八点我准找你去，咱们拍手为记。"

那女子笑着点头说："好吧！你先回家吃点儿草料去吧！"说着她顺着湖岸往南跑去了，一边跑一边还回头咯咯地笑。刘泰保的心里不禁起了点儿异样的感觉，仿佛魂都消了。

站在这里受了半天寒风，忽然见由南边又来了一条黑影，迎近一看，正是那女子买了酱油回来了。刘泰保就笑着说："小妹子你先别走，我要问你句话，你姓什么？"他伸手去抓，那女子却向一旁去躲，真如流莺穿柳一般，嗖的一声就躲开跑过去了。刘泰保赶紧去追，那女子咯咯地笑着，跑得极快，一霎时就进了那荆扉，跑回家去了。刘泰保追到门前，隔着破墙往里去看，就见院里东屋有很明亮的灯光，可听不见人的说话声。他便笑了一笑，转身走去。唱了二簧，摇摇摆摆地到了德胜桥。摸摸里衣还有两张钱庄的票子，他就进了一家小酒馆，要了一壶白干，借以消磨时间，心里却忘不了那黑黑的一点也不难看的脸儿，明媚的眼睛，娇痴的笑，双抓髻、红衣裤、小红鞋、白汗巾，玲珑的身子还会飞。由此又想到了那口斩铜截铁的宝剑，心中骄傲地想：一定能成功，不但宝剑追回，还得交上一场桃花运。

一壶酒他喝了多半天，这时差不多就有八点钟了，刘泰保心说是时候了，遂就给了酒钱，出了门。迎面的北风一吹，他那微薄的酒力就涌了上来，觉着身子有点儿飘飘然的。他就仿佛怀着新郎将要入洞房时的那种心情，可是又极力自制着，暗道：我可别忘了，今天我来是为探案，不是要找什么风流的便宜！否则不单贼捉不着，宝剑觅不回来，还许坏了我一朵莲花的名头。

当下他摇摇摆摆地又来到了积水潭边，顺着湖边往北走去，远远地就望见了那座破烂房子，有点儿灯光从砖头垒成的墙缝儿滤过来。可是一闪就过去了，刘泰保心说：怎么那姑娘是拿着灯上茅房去啦？不然就是在院子里捉蟋蟀？可是这时候又哪儿来的蟋蟀呀？

他迈腿跑了几步，少时就来到了那破房子前，扒着洞往里看了看。里面的东屋窗上有隐隐的灯光，可是听不见里边有人说话。刘泰保就啪啪鼓了两下手掌，然后退后了两步，又"啪啪"鼓了两下。这里夜静地旷，拍手的响声很是清脆，院里只要是有人，不会听不见的；可是刘泰保看了半天，那荆棘的门户却不见启开。刘泰保就不由"啪啪啪"连声又拍了几下手，等了一会儿，依然是芳踪杳然。他心说：好丫头，你可别骗刘老爷呀！于是"啪啪……"连气拍起手来，并且非常有节奏，嘴里并唱着："哗啦啦又把门儿开，开门一看原来是张秀才，张秀才……"

忽然啪的一声，也不知是从哪儿飞来的一块小砖头，正正打在刘泰保的后脑瓢儿上。刘泰保吓了一跳，也不再往下唱了，回头向四下寻觅，却听在一株大柳树的后边有女子的咯咯笑声。刘泰保就说："好丫头，你敢戏耍我！"

追到柳树后，却见那女子收住了笑声，不住地顿脚抱怨，说："你可唱什么呀？我爸爸才走，院子里还有街坊呢！叫人家听见了算是怎么回事呀？"

刘泰保说："谁叫我拍了手你不应声呢，你不应声我就唱。"

那女子娇声笑了笑，又说："拍手只准拍一下，你连气儿地拍，多讨厌！听见了我也不能理你。"

刘泰保也笑了，摸摸后脑瓢儿，说："你这一砖头真打得不轻，都鼓起来一个疙瘩了！也就幸亏是你打的我，换一个别人，刘太爷能饶他？"

女子笑着说:"哎呀刘太爷!真的,我还没问你姓什么呢?刘太爷你在哪个衙门里当差呀?"

刘泰保说:"先别问我。我得先问你姓什么?有名字没有?"

女子笑了一声,仿佛是低头思量了一会儿,才带点儿羞涩地说:"我叫蔡湘妹!"

刘泰保说:"好名字!'湘妹'叫出来有多么娇嫩呢!你爸爸名叫什么?告诉了我,以后我好请教!"

蔡湘妹说:"我爸爸他没有名字,人家就叫他蔡九。"

刘泰保又问:"蔡九爷出去听评书去了吗?"

湘妹笑着说:"他不出去,我怎会出门来等你?"

刘泰保点头说:"好啦,那么外边太冷,咱们到你家里谈谈去好不好?"

湘妹点头说:"好!慢慢!你跟着我可别大声儿,小心被我们街坊听见!"

刘泰保说:"街坊还能管得着你往家里让朋友?"

说着湘妹在前边快跑着,刘泰保在后跟随。到了门前,湘妹就把那荆棘的门扉推开了一道缝儿,她一侧身就进去了,进去却又推住门。刘泰保笑着,也侧身进去。不料门上的树枝子就挂住了他的衣裳,"嗤"的一声划破了一块。刘泰保便低声骂道:"你家这个门真缺德!"

湘妹暗笑着,陪着刘泰保进到东房里。刘泰保进屋一看,这屋中是乱七八糟,靠南墙是半屋子烂纸,都是像穷人由街上拾来的,里边大概什么脏纸都有。靠东墙是一张破桌,大概用手一推就得塌架,上面放着粗碗粗筷子。桌底下是一只木桶、一只木脸盆,盆里的水已冻着很厚的冰。屋里很冷,四壁全都透风,当中一只破白泥炉子,里面有几个煤球,像是都快灭了。窗台上有一盏清油灯,灯里用的是纸捻,光焰一跳一跳的,大概油都快烧完了。北墙一铺土炕,炕上有一领芦席,席上放着双枪、流星、软绳、铜锣等几件他们用以谋生的家伙;另外还有两份铺盖、一只木箱。那只木箱虽然不大,而且很旧,可是锁得很严,刘泰保不由对之非常注意。另外还有点东西,就是小脚鞋的鞋底,上边还连着针线,是没有纳完。

刘泰保说："真冷！你们这屋里怎会这么冷？一天挣那么些个钱，可不生个旺火？也不把墙裱糊严了！"

蔡湘妹说："挣多少钱呀？也就是这两天的买卖还好。前些日，有时一整天连五百钱也挣不来。原来北京城的人更吝啬，净是白看玩意儿的，等到我们练完了作揖求钱的时候，他们可一转身走了，白叫我们苦人流了半天汗。这房子是我们租的，买卖要是不好，过几天就得离开北京，再到别处谋生去。谁像你们大老爷，一间小屋能生七八个旺火炉，才一进我们的屋里来，就挑剔说嫌冷。嫌冷？你给我们叫几百斤煤来！"她伶牙俐齿，半笑半嗔地说了这一番话，仿佛跟刘泰保一点儿也不生疏。

刘泰保不禁有些销魂，笑着说："好吧！明天我给你们叫二百斤煤来，不但煤，连面、灯油我都可以供给你们。"

湘妹笑着说："那可好啦！我们算是遇见财神爷啦，我们也不必再在街上敲锣卖艺了！"说着她把火炉又添了几个煤球，然后就盘腿坐在炕头上，拿起那小鞋底儿来低头纳着。又问说："刘太爷，你的大名是怎么称呼呀？在哪个衙门里当差呀？"

刘泰保说："你可别叫我刘太爷，我姓刘行二。"

湘妹说："刘二爷就是了。"

刘泰保说："称不起爷，我上不在衙门当差，下不在街头讨饭，平日就是无家无业，游手好闲。可是银钱随手去，也随手来。没有高亲贵友，可是到处有人帮忙。"

湘妹抬起头来问说："你到底是个干什么的呀？"

刘泰保说："我呀，说出来你也许不明白，恭维我们的人称我们是好汉、光棍；不恭维我们的人，叫我们是混混、无赖，俗名叫作地痞，官名叫作流氓！"

湘妹一听，抬眼看了刘泰保一下，便不再言语了，神情上显出来一种失望的样子。

刘泰保见灯光在窗上映出她的俏影，抓髻上的两朵玫瑰花颤颤巍巍的影子，前边留着刘海发，尤为动人。两只手儿，一手拿着鞋底，一手拿着针线，一起一落的，那手指仿佛撩动着谁的春心。一身红，盘膝坐着，腰间垂下的白罗巾故意掩住了一双莲钩。刘泰保笑着，也坐在炕上，离湘妹不远，他就说："可是你别看不起我。我刘二虽然是个混混，可是在京城也有些名头，顺天府、都察院、提督衙门，连上带下没有一个不认识我的。都察御史、提督正堂、文武官员，没有一个不跟我称兄唤弟！"

蔡湘妹嫣然一笑说："你就别吹啦，我早就瞧出来你不是个无来由的。今天提督衙门的那两个官人，要追住我们拿鞭子抽，你上前两三句话就把他们给拦住了，我还瞧见他们冲着你笑呢！正经，我们求你一件事……你认得玉大人吗？认得玉大人府中的大总管也行。"

刘泰保听了，不禁觉得奇怪，遂就说："玉大人是我的老朋友，他坐在轿子里不理我，可是我给他拜年，他亲手搀扶叫我老弟。现在九城的地面是他管着，可是没有我帮忙也不行。无论哪一省的大案贼混进了北京，我说拿就拿，说放就放。有我，流氓们不敢在街上滋事，因为他们都是我手下的；没有我，纵使他有五百班头、七千捕快，也是不中用。你打算求我办什么事？快说吧！"

蔡湘妹默然了一会儿，就说："也没有什么难办的事，就是我们想多挣些钱。我们父女是甘肃省的人，在家里种庄稼，本来很好，可是去年黄河发了大水，水过了房顶儿，把我娘给淹死了。我们父女幸亏是腰腿灵便，躲到树上才没被水给淹死。可是水退了之后，我们的庄稼也全都完了，没得吃，没得穿，也没得住。没有法子，幸亏我爸爸还会耍点玩意儿，又教给我踏软绳。"

刘泰保赶紧插话问说："你学了一年多就会踏软绳啦？"

蔡湘妹说："可不是，那还有什么难练的？只要腰腿灵便，就容易学，那不像是读书写字，得下十年的寒窗苦功夫。"刘泰保就点了点头。

蔡湘妹又说："我学会了这点儿能耐，就跟着我爸爸漂流四方，走过山西、陕西、河南、直隶，上半月才来到北京。我们卖艺吃饭，可是有时连饭也吃不饱。幸亏是前两天，在玉大人府门前卖艺，玉大人的小姐出来看了半天，赏了我五两银子，还问我十几，我说十六岁。问我的脚怎么会裹得这么小，我说是从小时裹的。我瞧玉小姐很喜欢我，我也爱玉小姐，她长得多好呀！我想要自卖自身，到她府里去当个丫鬟！"

刘泰保吃了一惊，赶紧笑了笑说："踏软绳有多么自由，山南海北随意去。给人家当丫鬟，那苦极了，真比牛马还不如。你别看她们穿的衣裳好，可没有你舒服！"

蔡湘妹摇摇头，显出感伤的样子，说："不！我可愿意穿好衣裳，住那高楼大厦，这么受一辈子穷，我真不愿意！再说我跟着我爸爸，也是个累赘，要没有我，我爸爸早就投营效力去了，现在也许都做了武官。所以我想托个人，叫我卖身到玉大人的府里去，顶好是叫我去伺候那位玉小姐。这事先别跟我爸爸去说，等事情办到了，他一定也就愿意了，他放心了我，就可以自奔前程去了！"

刘泰保听了，略略发怔，想了一会儿，就点头笑着说："这件事容易办，要到玉宅里当个丫鬟，我一句话就行。可是你别忙，等一半天我见着正堂大人跟他去说，叫他把你收到宅里。虽然使用着，可别当奴仆看待，一定行！"

蔡湘妹笑了笑说："那敢则好！那我可就跳出来啦！这样走一辈子江湖，跟我爸爸卖一辈子艺，怎是个下场头呢？"

刘泰保笑着说："其实你要急着找个安身立命的所在，也不必要去当丫鬟。你看我今年才三十二，也不算老，我家里也没有媳妇，可以跟你爸爸说，叫你嫁给我，吃喝穿戴管保比在玉宅当丫鬟都好。"

蔡湘妹却拿那只小鞋底打了刘泰保的脑门一下，脸通红着，笑着说："你不是好人！你要存着这个心，你就快走吧！"

刘泰保笑着说："我说的也是实话，难道你去当一辈子丫鬟，就不想嫁人啦？"

蔡湘妹娇媚地笑着，摇头说："我不想那事，我还小呢……"说着，把眼睛抬起来，又掠了刘泰保一下，就羞涩地说："这时要叫我做新媳妇，我爸爸一定要生气，可是他要知道我到玉宅去做丫鬟，他又一定喜欢。你等着，我在玉宅住个一年半载之后，那时你再接我出来。"

刘泰保说："我跟玉正堂是朋友，要由他宅中接出个丫鬟来，至多了也就做我的妾，要做正太太可就太丢我的人啦！"

蔡湘妹说："什么妾不妾，我倒不在乎，得啦！你就快走吧！一会儿我爸爸就许回来,他要瞧见我跟你说话,一定得打死我。你快走吧!快点儿给我去办。明天晚上来时,记住了,拍一下巴掌我就听见啦,别在门儿口唱戏。快走!快走!明天见!"

刘泰保还笑着不想走开;湘妹就下了炕,用双手推他,一边儿推一边儿娇笑。刘泰保又向炕上的那只木头箱子盯了一眼,就笑着,被推出屋去。湘妹在屋里,一手关门,还向外面悄悄地娇声说:"记住了!快去给我办!能叫我在玉宅里住半年就行,出来,我就是你的人!"

一阵风吹来,刘泰保觉得脑后砖头打的那个地方很痛,就冷冷地笑着,向屋里说:"好吧!我走啦,明天我还来。我还想给你打两件首饰,因为你到玉宅去做丫鬟,也跟出一回阁差不多,也得有几件食妆,不然旁的丫鬟可就瞧不起了!"

屋里没有言语,门关上了,窗上的灯光照出蔡湘妹的俏影。玫瑰花儿颤动着,嗤嗤地发出轻微的纳鞋底拉线之声。刘泰保又不由一阵销魂,但他转身就走,自己小心地开了荆扉,走出门去,却见湖边的寒风甚紧,天色漆黑,星星一颗颗地在天空跳跃。酒意已失,刚才被湘妹弄得那阵昏头昏脑的劲儿也过去了。此时身上就是有些冷,但头脑却非常地清楚。他往东走着,就想:可怕!蔡湘妹要想到玉宅去做丫鬟,她不定是怀着什么心,小者她是想偷盗玉宅的什么贵重东西,大者就许于玉正堂大有不利。那丫头绝不是平常的人,她要不是瞧着我今天跟衙门里的那两个人说话,她也不能跟我调情。总之,她一定是另有贪图,打算要我这傻大脑袋。好!明天咱俩再说!他一边想一边走。

这时天色才不过二鼓,大街上的买卖还有几家尚未关门上板。回到安定门内,刚走到贝勒府,见门前的大门已然关闭了。门前很黑,刘泰保将要上前去打门,忽然看见左边的大石头块子的后边,有个很矮的黑乎乎的人影。他就像个鹞子似的一耸身跳了过去,把那黑东西抓住。原来是个要饭的小孩儿,手里还抱着个火盆,火盆啪的一声掉在地下摔了个粉碎。小乞丐叫了声:"爷爷!"

刘泰保骂道:"你这小子!黑乎乎的跑到这儿来蹲着,是存着什么心呀?"

小乞丐说:"是酒馆的一位大爷叫我给贝勒爷送一封信!"

刘泰保惊讶地说:"什么?信?拿来先给我看!"他由小乞丐的手中接过来一个小小信封,可是这时四边没有灯,地下的两块碎炭也都快灭了,看不清楚信上写的是什么字,赶紧又问说:"是什么人叫你给送来的?"

小乞丐说:"是一位年轻的大爷。他在酒馆里喝酒,我在酒馆外要饭,他出来就把我揪到一边,叫我送这封信,给了我一块银子。可是我来到这儿,府门就关上了!"

刘泰保说:"哈!送一封信就给一块银子,你这小子倒真发了大财。快告诉我,叫你送信的那个人走了没有?"

小乞丐说:"给了我银子跟信,他就往南去了。"

刘泰保问说:"那人是穿什么衣裳?"

小乞丐说:"穿黑衣裳。"

刘泰保又问:"戴什么帽子?"

小乞丐说:"戴黑皮帽子。"

刘泰保再问:"身材有多么高?说话是哪省的口音?"

小乞丐说:"身材不矮,说本地话。"

刘泰保一怔,又问:"是瘦是胖?脸儿是黑是白?"

小乞丐说:"不瘦不胖,脸儿也不黑不白。"

刘泰保便抬脚骂道:"快滚开!"小乞丐在地下滚了一个滚,就跑了。

刘泰保把信揣在怀内,就上前打门。打了半天,府门还是没开,旁边的车门却响了。刘泰保赶紧走到车门前,就见里边开门的是本府的两个仆役,身后还有四个官人,有人提着一只大灯笼。官人抽出腰刀来怒声问道:"你是干什么的?半夜里敢来叩打府门?拿下!"

却有本府的仆人说:"这是本府的教拳师傅。"

遂又问说:"刘爷!你怎么这时候才回来?你不知道这两天府里紧吗?玉大人现在还在这里呢!"

刘泰保微笑着说:"我不知道,我出去跟朋友谈了会子闲天,没想到就忘了时候了。麻烦众位,对不起!"

四个官人的声气也都改为缓和了,有一个就说:"这几天府里既有事，你还是晚上少出门！"

刘泰保连声答应说："以后再也不出去了。"

当下他进了车门，门随之咣当一声关上了。出了车房就是马圈，今天圈里的马匹特别多，刘泰保猜出来，玉正堂来了，一定带来了不少的官人。他心说：这叫作贼走了关门，有什么用？还不如我一朵莲花，头一天就探出了线索，在蔡湘妹那里入进了腿。如今又得来这一封信，一定也与昨天那件事有关。

刘泰保走进了小屋内，正好李长寿没在屋，灯又很亮，火也很暖。他就先将屋门关上，然后掏出那封信来。就见封皮上写着"呈交贝勒铁公"，是方头方脑儿的隶体字。拆开信一看，原来信笺只有半张，是很贵重的"朱丝栏"信笺，字也是十分整齐的隶体，写着：

字呈铁公：宝剑为鄙人取去，暂借一用，约五年后，必可璧还。今闻爵座不欲深究，感戴至极，鄙人本为……

以下的半张仿佛已经写好，觉得不妥，又给撕去了。

刘泰保看了，不禁呆呆地发怔，心中十分烦恼，把这半张信笺收在信封里，又揣在贴身的小褂口袋里，把屋门开开。他却急得在满屋子里乱转，心说：不对！凭蔡湘妹跟她爸爸，还会写隶字？这盗剑的一定是另一个人。今天白费了半天事，虽然也占了点儿小便宜，可是脑后也挨了一砖头。这件事儿我弄错了，与蔡家父女无关，由明天起，我还得重新去找线索！

他在屋中转了半天，便躺到炕上去睡，脑里却还在思索着这件事。感觉到是一片茫茫，无从下手。心里又想着蔡湘妹，他真有点儿睡不着觉。待了半天，李长寿回屋来了，推了他一下，说："刘爷，你这么早就睡？不赌一下去吗？今儿班房里可真热闹，光是提督衙门来的人就有二十多个，两份牌九，一份骰子。"刘泰保假装睡觉，没有言语。李长寿就由他的一个小木匣子里取出些钱来，又跑出去捞本儿去了，少时刘泰保就真睡着了。到了次日起来，还有点发怔，到西大院跟秃头鹰又谈了半天，仍然是感觉到毫无线索可寻。他就在西大院吃过了午饭，又到前门外煤市街全兴镖局，去找他的表兄神枪杨健堂。

此时杨健堂正在家，一见了他的面，就说："我正要找你去呢！"随把他拉到柜房里，屏去了众人，就向他问说："你做的那是什么事呀？"

刘泰保发着怔说："哎呀大哥，我做了什么事啦？你这么大惊小怪的！"

杨健堂说："反正你自己明白，别跟我装痴！"刘泰保就不由有些生气。杨健堂又说："前天夜里，你们府里丢失了宝剑，现在闹得九城无人不知，提督衙门派了许多官差，在各处捉拿盗剑的贼人。你知道那宝剑的来历吗？那是李慕白送给铁小贝勒的，李慕白若是在九华山得了此信，他也一定要下山来为铁小贝勒寻剑，他的武艺你惹得了？"

刘泰保冷笑着说："岂有此理！我又不是盗剑的贼人，李慕白也罢，提督衙门的官人也罢，问得着我吗？"

杨健堂说："你说问不着你，可是连我都相信剑是叫你偷去了！"

刘泰保气得脸色发紫，抡起了拳头，对方若不是他的表兄神枪杨健堂，他这一拳早已打了下去。他恨恨地骂道："这一定是得禄说的，除去了他，谁也不敢疑惑我！好啦！我回去找他去，旁的都别说，我先给他一个白刀子进去，红刀子出来！"

杨健堂冷笑着说："你真不要命了？你就闯祸去吧！反正你不过是我的表弟，也不是我的亲兄弟，连累不着我！"

刘泰保顿脚急得要死，说："大哥你怎么真相信他们的话！早先偷过你的钱倒是真的，可是现在我怎敢偷盗府里的宝剑呢？前天夜里府里失了宝剑，昨天我就在外边访查了一天，打算查出来线索，好给我自己洗刷干净。可是他妈的访查了一天，倒是得着了一点儿头绪，没想到后来又弄乱了！"

杨健堂见刘泰保这样着急的神情，才相信不是他偷的，遂坐在椅子上，皱着眉想了一想，就说："这件事你真得设法洗刷干净了！得禄为人忠厚，他虽然疑心剑是被你盗的，可是他并没对别人去说，只是昨天找了德啸峰，叫啸峰劝你把剑再偷偷地交还，也就算没有事儿了。"

刘泰保顿脚说："要了我的命我也交不出剑来呀！那宝剑我连细看也没看过！"

杨健堂说："这么说一定是有飞贼大盗现在潜伏在京师。铁小贝勒以为，盗剑的人必是一位侠客，所以他不愿意深究，可是提督玉大人对此事却极为震怒，他已限官人在三天之内捉获贼人，追回宝剑。可是我怕三十天也破获不了。你现在又没有事做，倒真应当下些功夫，在各处转转，访一访京城现在有什么可疑的人，同时我也给你帮忙，在各镖店、各客栈也替你访一访。"

刘泰保拍着胸脯说："我早就发了誓，不追回宝剑，我不姓刘。好！大哥你既肯帮忙，咱们就分头办事。你再叫德啸峰告诉得禄，我一朵莲花不是盗剑贼，信不信由他，反正十天之内，我把人赃俱获，送到衙门去处理！"

杨健堂说："别应他日期，咱们极力访查就是了！"

刘泰保站着喘了喘气，就说："那么我走了，我今天再在街上转一天，寻不出线索来我不回去吃饭！"

说着，他就走出了全兴镖局，在前门大街转了半天，又进了城，在西城各处去绕，不觉就到了鼓楼前。向西一看，就见那玉大人的宅子前又是一大圈子人，刘泰保就想：访查这蔡家父女没用！就算他们是飞贼，可也一定不会写隶字，宝剑未必是他们偷的。可是不知为什么，那边就像有吸力似的，把他又吸到了那边的人群里。此时蔡九又在要舞着流星锤，蔡湘妹在旁边铛铛地鼓锣。她斜着眼看了刘泰保一眼，刘泰保就朝她张嘴一笑，蔡湘妹却没笑，也没招呼他，只是用她那纤手拿着锣锤紧紧地鼓锣。

刘泰保看了一会儿，蔡九的流星锤还未要完，又有两个玉宅的仆人挤进了圈子，摆着手说："别练啦！别练啦！"

蔡九赶紧收住流星锤，作揖说："再叫我这闺女踏踏软绳，我们爷儿俩就收场了，因为今天挣的钱，还不够我们爷儿俩的店钱饭钱呢！"

两个玉宅的仆人却说："不是不许你们练，是我们宅里的小姐要瞧瞧你女儿踏软绳。"

蔡九立刻笑着说："那真是宅里的小姐抬举我们。我一定叫我闺女卖点儿力气，孝敬宅里小姐一段儿好玩意儿。"

旁边蔡湘妹就笑着问说："是到宅里练，还是在门外练？"

玉宅的仆人说："宅里全是砖地，不能叫你们那枪头子插碎砖地，你们就在这儿练吧！"说着就张着手驱逐闲人，像赶狗似的说："躲开！都躲开! 往远处瞧去! "

刘泰保首当其冲, 因为他是站在最里层的, 就被个玉宅的仆人硬推了一下。他立时就翻了脸, 骂着说: "喂! 小子, 你睁眼瞧瞧人, 别硬推! "

玉宅的两个仆人都瞪眼说: "怎么? 你还要发横吗? 快滚快滚! "

刘泰保挽起了袖头, 说: "跟你爸爸说话, 就这么不客气? 小子睁眼看看我是谁? "

玉宅的仆人说: "管你是谁呢, 也得滚开! "

刘泰保一看, 蔡湘妹正在瞧着自己, 这个脸他不能丢, 随就把胸脯一拍, 准备打架。这时围观的人全都被驱走了, 只剩下刘泰保一人, 他就决定不走。高坡上却有两个官人提着鞭, 瞪着眼往近走来, 玉宅的两个仆人就说: "好! 官人来啦, 你也别发横, 上提督衙门说去吧! " 刘泰保很着急, 心说: 不好! 光棍不吃眼前亏, 如今我不但要吃亏, 还要丢人!

这时高坡上有人喊叫道: "卖艺的人预备着点儿, 小姐要出来了! "

刘泰保更觉得难为情, 心说: 昨天我还在蔡湘妹的面前吹了半天。说我跟玉大人是好朋友, 小姐也是我的熟人, 如今要真叫人家的奴仆皂隶给赶走, 那才叫丢人泄气呢! 于是他赶紧放下了袖头, 走过去向那两个官人拱手, 笑着说: "二位吃过饭了? 这玩意儿练得真不错。怎么, 宅里小姐也想出来看看吗? 小姐专爱看这些武玩意, 前几天在德五爷家里, 我就看见这里的小姐看那里的德少奶奶耍花枪呢! "

两个官人本来是瞪着眼来, 一听刘泰保说了这话, 他们的眼睛就都不瞪了, 一个就说: "请往东边旁站站吧, 宅里小姐一会儿就出来了。"

刘泰保点头说: "好, 好。" 他慢条斯理地往东走了几步便站住了, 然后抬眼向蔡湘妹笑了笑, 蔡湘妹似乎没看见他。那玉宅的两个仆人和提督衙门的官人都远远地望着刘泰保, 他们彼此谈说着, 仿佛猜不透刘泰保是个怎样的人物。

此时, 蔡九已把双枪插在地上, 软绳架子支好, 高坡上就出现了几个仆妇。蔡湘妹用手掠掠头发, 揪揪衣裳, 把腰间的白罗巾也弄平展了。此时坡上, 玉宅的大门里就出现了那位玉三小姐玉娇龙。

刘泰保站的地方很合适, 一抬头就看见了玉小姐, 他见玉小姐今天没穿斗篷，只穿的是一件石青色的缎皮袍，双手揣在一个水獭皮的手筒里。蔡湘妹在下面向坡上拜了一拜，玉娇龙就微微笑着，清脆地说了声儿："练吧！"于是蔡湘妹一挥身，双足就踏上了软绳。这时蔡九也躲到一边，也用不着敲锣了。只见湘妹在绳上蹁跹跳跃，手舞足飞，真如娇莺穿柳，彩燕掠波！此时天际又满铺着霞云，全都灿烂着，下望着这绳上飞翔着的少女。

坡上是几个老家人和仆妇，全都看直了眼。那位小姐玉娇龙却微微笑着，她的眼珠随着蔡湘妹的身子乱转。坡下的两个官人和两个仆人，也全都发了呆。刘泰保倒不大看蔡湘妹的技艺，他只是留心着玉娇龙，觉得这位小姐真是太美丽了，太华贵了。尤其是她脸上的那种微微的笑，就像是将要开放的牡丹花似的，那种大方的笑，是蔡湘妹所不会有的。

刘泰保看够了玉娇龙，又去看蔡湘妹，想到这绳上的少女就是昨夜灯畔的情人，不由得一阵销魂。看着眼前的两个女子，他早已眼花缭乱，把丢宝剑、寻贼人、洗冤屈的事情全都忘了。正在这有些飘飘然的当儿，忽听许多人都哎呀一声惊叫，原来蔡湘妹一失足，就如一朵花由树上坠下来一般，立时她的身子就挺卧在地下，晕厥了过去。

第二回　舞杖飞镖黄昏战古堡
安弓设网深夜御奇人

　　立时，蔡九和玉宅的仆人们全都惊慌着跑过去。刘泰保的心中也咚咚乱跳，赶紧上前，就见蔡湘妹身上虽没有伤，可是摔着了后脑。她闭着眼，紧着眉，面色苍白，如同死了一般。她的爸爸蔡九就顿脚放声大哭，说："这可真坑了我，我就指着这个女儿吃饭了啊！"

　　忽然刘泰保喊叫说："不要紧啦！眼珠儿活动啦！还能有救！"众人一看，果见蔡湘妹睁开了眼睛，可是她眼泪直流，哭泣起来。

　　蔡九就唉声叹气向官人和玉宅的仆人作揖，请求着说："我的闺女受了这么重的伤，住家又离此太远，在街上躺卧着也不行。想把我闺女抬进宅里，马棚下也行，叫她歇一歇，缓过气儿来我好带着她走。"

　　玉宅的仆人都说："这好办，这好办！我们替你向小姐请求请求，一定可以许你女儿进宅里歇一歇。灌点儿姜汤，在屋里暖一暖也就好了！你别着急。"

　　此时坡上的玉娇龙早已进到宅内去了。仆人进去请示，半天才托着一个纸包儿出来，下了坡，就向蔡九说："宅里小姐说，你女儿由绳上摔下来受了伤是可怜！可是小姐又说宅里不能容许闲人进去，赏给你们二十两银子，我们这儿套车，你住在哪儿，我们把你的女儿送去。给你这银子，你拿着给你女儿养伤去吧！"

　　刘泰保一听，不由得十分不平，就忍不住说："为给小姐开心她才练，因为练才受了伤，一个小姑娘抬进你们宅里歇会儿也不算要紧，怎么那位小姐的心就这么狠！"

那蔡九又连连作揖，哀求说："马棚下就行！因为我们住的店是在前门外呢，太远！拿车把她拉回去她可就死啦！"刘泰保听了这话，却觉得十分可疑，心说：明明他们就住在西边不远的积水潭，怎么会是在前门外？这蔡九一定要叫他的女儿进宅子去养伤，是什么意思呢？奇怪！

那玉宅的仆人却连连摇头说："不行！不行！小姐不许你们进门，就没有法子通融！"

蔡九的脸上却现出怒色，点头说："那好啦！既然小姐不心疼苦人，我也没法子。我可不能叫我闺女伤得这么重又让车去颠，也不劳诸位送，我把她背回去就得了！"说着，他接过了那包银子，把流星跟铜锣全都用搭包系在腰上，由地上背起来他的女儿，愤愤地向西就走。他的左臂还得夹着那两杆枪，差不多完全仗着右臂背他的女儿，可是走得却非常之快。那蔡湘妹垂着头趴在她父亲的背上，那后影儿真是可怜，刚才她还在绳上跳跃如飞，现在竟连动弹一下都不能了。

这里许多的人都谈说着，惋惜着，说那姑娘摔得真不轻，以后怕是再也不能踏绳了。又有人说玉三小姐也未免太无情，一个女孩儿家，叫她到宅里老妈子住的屋里养养伤也不算要紧呀！刘泰保刚才是很吃惊，很难过，此时却只有惊疑，因为低头看地面上没有一点儿血，既然连血都没流，怎么把人摔晕？扭头一看，见蔡九已然背着湘妹走远了，他便也向西去走，直跟随到积水潭。

这时天色已黄昏，四周又是寥寥无人，忽然见蔡九把他的女儿放下来了，刘泰保就赶紧藏在一株大柳树后，偷眼去看。只见湘妹先是坐在地下，后来父女回头向后一看，见没有人跟着，那湘妹就站起来了。她接过了双枪跟着她的父亲走，还是走得很快，一会儿就回到那破墙里去了。刘泰保不由得笑了，说："好！真会冤人！我就在这儿等着她，说不定回头她又要去买酱油。"于是刘泰保就在这里来回走着，又到那破房子前隔着墙往里去偷看，见那东屋已点上了灯，可是侧耳听了一听，却听不见那父女谈话。

　　刘泰保等了半天，天已昏黑，仍不见湘妹出来，也不见蔡九出门。他拍了两下巴掌，里面也无人应声，更不见有小砖头打来。刘泰保的心中有些惆怅，腹中也饿了，就想：先吃饭去，有什么话回头再说！于是他就回身走了。

　　走到德胜桥，又进了昨天喝酒的那家小铺，他就喝了一壶酒。隔壁就是个卖面饭带清茶并且有人说评书的地方。刘泰保叫来了半斤葱花饼吃了，然后又到那书场里转了个圈子。说评书的说的是《彭公案》，座间有二十多个面孔，刘泰保都仔细看过了，却不见有那耍流星的蔡九。

　　出了书场，他又信步走到了湖滨，这时远处传来了更锣两下，天色异常地黑，寒风格外地紧。刘泰保又走到那破房子前，扒着砖头往里再看，只见东屋的灯光已熄。刘泰保又清脆地啪啪拍了两下巴掌，里面还是没有回声。他退后了几步，又扯开嗓子唱道："哗啦啦又把门儿来开……"才唱了一声，赶紧拦住了自己，心说：别叫他们注意我。我索性等到夜里，跳进墙去探听探听他们父女的行动。于是他就走远了几步，蹲一会儿，站一会儿，又走一会儿。这湖的四周，冰寒风紧，树木萧萧，简直如同一个死世界一般，只有刘泰保还在此活动着。

　　又过了许多时，忽见那荆棘的门扉启开了，刘泰保赶紧躲在一株树后，就见门里走出黑乎乎的一个人影。看这人的身材，不是蔡湘妹，却是湘妹的爸爸蔡九，他出了门就往东去了。刘泰保心说：奇怪！现在已过了三更，这老家伙又出门是想往哪里去呢？于是等蔡九向东走了几十步，刘泰保就在后边暗暗跟随。蔡九走得很快，他也跟得很快。离了湖边，到了德胜门大街，往北，再往东，这条街就是鼓楼西街，刘泰保就明白了，就跟随得蔡九愈近。又走了一会儿，就见蔡九上了高坡。刘泰保心中好笑，说：好家伙，果然我没猜错！遂也伏着身上坡去。

　　这坡上就是玉正堂的宅院，此时大门早已闭得很严，门前连一条狗也没有，只有八株槐树，枯枝被寒风吹得沙沙地乱响。那蔡九的身上本来是穿着一件大棉袄，到此时他就把棉袄脱下，卷了一卷，放在一株树的枝干上，然后转着头向四下看了一看，刘泰保忙伏在地下。那蔡九看得四下无人，便一耸身蹿上了玉宅的瓦房，霎时就没有了踪影。

刘泰保心说：不知这家伙是安着什么心？多半是要偷盗什么宝物。自己原想也蹿上房去，看看蔡九的动作，但又觉着不大好，自己若帮助玉宅把贼捉住，那于自己并无好处，未必就能因此洗刷了自己偷窃宝剑的嫌疑，而且徒然与蔡九结仇，徒然令湘妹伤心；若是不帮助玉宅，只上房去看看，万一被玉宅的人捉住，自己可又要与贼人同罪。

当下他在地下蹲了一会儿，忽然想出一个主意，就暗道：先别叫他去偷人，我且偷一偷他吧！于是就站起身来，跑过去，把树上放着的那件大棉袄取下来，披在自己的身上，跑下了高坡，蹲在一个墙角，往坡上去望，心中倒很担心，恐怕蔡九的夜行术不高。他想玉正堂家的官人一定不少，而且这两天也必加紧防卫，万一真把蔡九捉住，那湘妹可就成了个孤女了。

他两眼直直地向坡上去看，过了许多时也不见那里边发生什么动静。忽然有一条黑影，又从房上飘然而下，正是那蔡九。蔡九的手中也仿佛并没偷来什么箱笼包裹。脚落实地之后，他就到那株树上去取他寄存的大棉袄。立时他就发了怔，四下转头，又跑下了高坡。刘泰保却一耸身上了南墙，趴在墙头向下笑着，暗暗地说：老小子！你别纳闷儿，你的棉袄披在我的身上了！

此时蔡九在下边各处找了半天，并且微微笑着，口中说出了几句江湖间所用的黑话。刘泰保完全听得懂，他却只是暗笑着，一句话也不回答。蔡九所说的意思就是："朋友，你别闹着玩呀，露出面儿来，咱们叙叙交情！我今天没得着手，不信你翻翻我的身上，翻出来就全是你的。天冷，没皮不行，把棉袄还给我，明天我请你喝酒！"他自言自语地说了几句话，并没人答言，就气了，骂了两声；但他也不敢在此多加停留，就往西去了。刘泰保跳下了墙，再跟随着往西走去。前面的蔡九还时时向后去看，可是因为天色太黑，星月之光又极为模糊，刘泰保又随得很远，并且躲躲藏藏，所以他无法看得见。

少时回到了积水潭，蔡九越过了破墙回家去了。刘泰保在湖边站立了半天，才走近那破墙前，向里看了看。东面屋里并无灯光，他就把棉袄脱了，挟在臂下，一耸身跳过了破墙，脚落平地后，并无声音。他压着脚步走到窗前,向里去偷听,窗里只有微微的鼾声,却无人说话。刘泰保就蹲下身去,想待一会儿屋中的人睡熟之后,再进去盗他们那只木箱子。不料他正在这儿蹲着,忽觉得后腰有一下疼,原来是有人用小脚儿踹他一下。他赶紧挺腰站起,同时回身,就见身后正是蔡湘妹那窈窕的身影。他刚要说笑,蔡湘妹就拉了他一下,于是二人就先后越墙而出。

湘妹往西就跑,刘泰保在后追随,走到西边的湖畔,刘泰保就笑着说:"妹子你站住吧! 今天你玩的把戏可比哪天玩得都好,不但踏软绳,你还会躺在地上装死,可惜你蒙不了我的眼睛。你这事儿也办错了,要想混进玉宅,还是得托我的人情。昨晚上你要是对我说实话,我今天不至于叫你白摔了一下,结果还是进不了玉宅的大门!"说着,他得意地笑着。

蔡湘妹便拿小拳头擂了他一下,说:"算是你能,还不行? 我问你,你现在干吗又来啦?"

刘泰保笑着说:"我给你爸爸送棉袄来了。"

蔡湘妹说:"我爸爸刚才回来真生气,他也猜出来是你。你不是什么正堂的朋友,我们看出来了,你也跟我们是一条线上的人!"

刘泰保说:"那你可看错了!"

湘妹又说:"我一半求你,一半劝你,以后你别搅我们,行不行? 搅了我们,可没有你什么好!"

刘泰保说:"你先别吓我! 你们放心,我要安心搅你们,刚才就叫你爸爸回不来。"

蔡湘妹冷笑一声,说:"我爸爸才不怕呢!"

刘泰保说:"咱们今天索性把话说开了,你们的来历我既然知道了,不妨我也把我的来历告诉你们。我并不是无来由,我是铁贝勒府中的教拳师傅一朵莲花刘泰保,我的来意你大概也明白,就是你快把那口宝剑给我交出来! "

蔡湘妹听了这话,不禁一怔,着急地说:"什么话? 我哪儿知道你有什么宝剑!"

刘泰保笑着说:"别装痴!"

湘妹顿脚说:"我们跟你装痴干什么? 你可别疑惑我们是贼!"

刘泰保说："你们是贼不是贼我管不着，交出来那口斩铜截铁的宝剑就算没事！"

蔡湘妹急得直顿她那一双莲足，说："胡说八道！宝剑还能有什么斩铜截铁的？你别讹人。当着星星月亮我敢起誓，我们要偷过你的宝剑，就叫我们父女都不得好死！"说到这里，蔡湘妹就趴在一株柳树上呜呜地哭了起来。

刘泰保也不由得呆了，便过去劝解说："你别哭！风冷，你穿的衣裳又少，小心哭坏了身子！"

蔡湘妹顿脚说："因为你冤屈我嘛！"

刘泰保叹气道："我也没拿准是你们盗去的，可是那口剑真使我受了冤屈。现在天这么晚，地方又这么冷，我也不必跟你细谈，明天白日我再来，咱们再细细说。今天既然说开了，以后你们的事情我绝不搅，可是我劝你们别净跟玉家想法子，他们不好惹！好啦，你也别哭啦！回去吧，明天见！"说着就把棉袄交给湘妹。

湘妹这时也不哭了，反倒笑着说："原来你就是一朵莲花刘泰保呀？我早听人说过你的名字，还听人说你的武艺比李慕白还高呢！"

刘泰保笑着说："我要是李慕白，你就是俞秀莲。今天咱们两人既说开了，那以后就是一家人，得多亲近一点，得彼此帮忙。好啦，话别多说，风太冷，你回去吧！明天见。"说着就往东去走。蔡湘妹在后跟随，笑着叮咛说："明儿你要来，还是晚一点儿才好。"刘泰保就答应了一声。走到那间破房子前，湘妹又踢了刘泰保一脚，就笑着跳墙进去了。

刘泰保这时倒不禁垂头丧气，心说：瞎费了半天的牛力，不过探出练把式的父女确实是贼，可是宝剑的事仍然毫无线索，这可怎么办？他慢慢地走到铁贝勒府，这时都快到五更天了。刘泰保本想要跳墙进去，又一想：别那么办，倘若被人一眼看见，那口宝剑更得是我偷的了！他随转身走走，穿着寂静无人的胡同，摸着黑走去，直走到天色黎明，原来已然走到了前门。这前门旁边有不少人都在等着开城，他也蹲在人群里，等了半天，城门就开了。他出了城，找了一个澡堂子，洗了澡就睡觉。一直睡到下午两点，醒来叫菜饭吃过，便出了澡堂到全兴镖店。杨健堂也没在柜上，因为今天是腊月初一，杨健堂好佛，每逢初一、十五，他必要费一整天的工夫，到各庙里去烧香。刘泰保在这里跟几个镖头闲谈了一会儿，就进城回到贝勒府。

他的心里非常烦闷，他同屋子住的那李长寿又不住地和他开玩笑，说他昨夜没回来，一定是宿娼去了。刘泰保也不辩白，只是闷闷地坐着。宝剑的事他是寻不出一点儿线索，他只好想蔡湘妹。昨夜里蔡湘妹那种娇啼婉转真让他觉得可爱，又想到她昨天装作摔死，想要混进玉宅，却又觉得极为可疑，到底是为什么事，他们要下那么大的决心呀？恐怕绝不是只为盗些钱财吧？又想起昨天的那位玉小姐，她无论如何也不许湘妹进她的宅门，这也真奇怪！莫非那位玉小姐昨天已然看破，也知道蔡湘妹是假装摔伤？……哎呀，这可真奇怪！莫非玉小姐也是一位心明眼快、了不得的人物吗？哈哈！这件事倒很有意思。谁管她与盗剑的事有无相干，我倒要设法去探一探。

此时，刘泰保的脑子里忽然像开了一扇窗，辟了一条道路。他立时嗖地站起，精神倍增，等到李长寿出屋之际，就取出了他的百宝囊。这百宝囊是他十来年走江湖所用的东西，里边有万能的钥匙，无论什么坚固的锁头也能开得了；还有火折子，无论多大的风，也能取火照人照物。此外还有小刀子、小钩子、写字用的炭块、涂脸用的白灰等等。当下一朵莲花刘泰保就带上他那把万能钥匙，又由车门出府，一直往积水潭走去。

此时天色约在下午四点钟，还不算太晚。到了积水潭，见冰上有许多小孩子正在溜冰嬉戏。他一直走到了破房子前，推开荆棘的门扉，正想走进去，一看，见东屋门上挂着锁头，心说：怎么，这父女二人又都出去卖艺去了？昨天假装摔得那么重，今天就好了伤，又出去踏软绳，那可真叫人疑惑了。

刘泰保掏出万能钥匙，上前开锁，却见北屋中出来个贫婆子，很不客气地喊着说："喂！喂！别开人家的锁呀！人家爷儿俩全没在家！"

刘泰保转脸笑了笑，说："不要紧，我是蔡姑娘的舅舅。"说话时，他已把锁开开了。

进到屋中，就见那两杆枪和流星、铜锣等等全都在炕上，木箱依然靠在炕里。刘泰保就跳到炕上，用手中的钥匙将木箱的锁开开。打开箱盖一看，自己倒很失望，原来没有什么，只有两三件女人的衣裙、几件首饰和二三十两白银。刘泰保就细细地翻查，却由一条青缎裙子的中间抽出一个大信封，上面是印的蓝色的宋体字，写着"会宁县公文"。刘泰保十分纳闷，抽出里面的文件再看，就见大意是：

今有本县捕役蔡德纲，为缉拿大盗碧眼狐狸耿六娘归案治罪，所过州郡府县，请尽力予以协助是荷！

公文上还盖着印，开列着蔡德纲的年貌，正与耍流星的蔡九无异。刘泰保不禁惊讶，心想：哎呀！我做侦探不料竟探到侦探的身上了！原来蔡九是个官人，蔡湘妹踏软绳是帮助她的爸爸办案呀！可是……了不得！刘泰保一回想，蔡德纲父女隐身江湖，千方百计想要混进玉宅，以及昨夜蔡德纲私入玉宅之事，就明白了，暗道：不必说啦！那大盗碧眼狐狸耿六娘现在一定是藏匿在玉宅之内，他们寻不着犯人的证据，又惧怕玉正堂的威严，所以才不敢下手缉捕！

他一边想，一边将箱子盖好，刚要照旧锁上，不料门一开，蔡湘妹就进到屋中。她看出来刘泰保是偷开了他们的箱子，颜色改变，直着眼看刘泰保。刘泰保却坐在炕上微微地笑着，说："现在好了，你们知道了我的真姓名，我也知道你们的来历。咱们真是一条线上的人了，应当多亲近亲近！"

蔡湘妹却瞪着眼，仿佛惊恐似的悄声说："你既知道了，我们也没法子，就求你别跟外人去说，别搅我们，就得了！"

刘泰保说："我自然不能搅你们，你们办的是公事。再说你们父女千里迢迢，来到北京，费这么大的事办案，真不容易。可是我的心里闷得慌，提督玉大人是专管拿贼的，莫非他们的宅子里还窝藏着什么强盗凶犯吗？请你告诉我，我心里明白了，我就走。"

蔡湘妹仍然急急地说："你快走吧！待会儿我爸爸就回来了。他不许我把实在的来历告诉了人，就怕的是搅了他办案。他也知道我认识你，昨夜里我把你的来历也告诉他了，他可是说，一朵莲花刘泰保是神枪杨健堂的表弟，跟李慕白是一伙，李慕白又跟耿六娘都是一家人。"

刘泰保诧异着说："李慕白跟你们现在所要捉的犯人都是一家子？"

蔡湘妹点头说："他们全是武当派。"

刘泰保说："奇怪！你干脆据实告诉我吧！碧眼狐狸耿六娘到底是玉宅的仆佣，还是玉宅的戚属？你告诉我，我能帮助你们办案！"

蔡湘妹却推他说："你快走！你明天晚间再来，我一定详细告诉你！"说着，连推带央求，把刘泰保推出了屋子。

刘泰保站着发了会子怔，笑了笑，向屋里说："好，明天见吧！"

蔡湘妹在屋里说："明天你二更天来，就在门外等着我，别拍手也别唱戏！"刘泰保笑了笑，出了门，顺着湖边走去。

他并不走开，走到东岸，站在一株大柳树后，向这边看着。看了半天，就见那蔡九蔡德纲回来了，走得很急，好像是有什么急事似的，推开那荆棘的门扉就进去了。刘泰保依然站在柳树后向那边去望。又待了一会儿，忽见那扇门又启开了，蔡德纲在前，湘妹在后，先后走了出来，湘妹的手中还提着那一对双枪。

刘泰保看了，更觉得十分惊异，因为这时天色已然晚了，满天都是灿烂的霞光，可是这父女二人竟像是要出去卖艺的样子。刘泰保也挪动了身子，跟在他们的后面就一直走到大街，就往北去走，往德胜门那边去了。少时就出了德胜门，刘泰保心中非常诧异，暗想：他们提着双枪，天这么晚出城去，是要做什么呀？随也就跟着出了城。此时有许多客商乡民都纷纷往城外去走，人是非常的杂乱，前面那蔡家父女随走着随回头向后来望，但刘泰保掺在人群里，竟没有被他们看出。

少时走出了关厢，仍然往北，走了二三里，面前就有五六丈高的黄土高坡。这在北京人叫它"土城"，乃是辽金时代的城垣遗迹，上面树木丛生，轻易也没有人走上去。只见那蔡家父女就提枪顺着梯级向上走去。那父女一到高处，刘泰保在后面就无法藏匿了。蔡湘妹头一个向下看见了刘泰保，就赶紧告诉了她的父亲。那蔡德纲就又走了下来，迎着刘泰保，把拳一抱，说："刘爷！今天跟了我们前来，是要看看热闹吗？"

刘泰保也拱拱手，带笑说："今天我是特来看看蔡班头你大展其才，捉拿巨盗！"

蔡德纲说："不敢当! 刘爷的大名我早已晓得, 现在是贝勒府中的教拳老师, 就是一位贵人了。兄弟的来历既已被刘爷探知, 我也不必再隐瞒了。兄弟在甘肃会宁县当差二十多年, 也破获了不少重案, 但都没有像这次这样棘手, 因为现在这贼人是隐藏在一处富贵人家内, 我们就是看见了她, 也不敢下手缉拿。此贼的武艺精绝, 飞檐走壁无所不能, 如今若拿她不成, 反纵她逃去, 她家的主人一定要翻脸, 反要说我有意诬赖她。她家的主人权势极大, 我若招惹了他, 我的性命便要不保。所以我费了许多的力, 才与那贼人约定, 今天在此见面比武。少时她就来到, 交起手来, 她若败了, 她情愿束手就擒; 我若是败了, 我们便回到本县去见县官认罪, 辞掉了差使, 再也不与她作对。"

刘泰保向四下看了一看, 见并无别人, 遂就悄声问说: "蔡老班头你当初就把事办错了, 你来到北京没到衙门去投递公文吗? "

蔡德纲说: "我只在宛平县投了公文, 可是那没用, 贼人现在是藏在提督正堂大人的私宅中, 宛平县也不敢派人去抄! "

刘泰保又问: "犯人是男是女? 他藏在玉宅做什么? "

蔡德纲说: "犯人碧眼狐狸耿六娘, 是年有五十多岁的妇人。她是三十年来陕甘之间有名的大盗。她的武艺是武当派, 善于点穴, 武艺与江南鹤原是一家传来。"

刘泰保吃了一惊, 又听蔡德纲说: "本来近十年来, 她已销声匿迹不知去向; 可是在六年之前, 我们县里突然来了一个老妇人, 专会扎针给人治病。自从这老妇人一来到我们县里, 县中就接二连三地出了几条命案, 有两个大绅士全都被杀。经我多方探查, 才知是那老妇人所为, 那老妇人便是碧眼狐狸耿六娘。我就设法去拿她, 费了千方百计, 并有我的妻子帮助我, 没想到我们不是她的对手, 我妻子就死在了她的钢刀之下; 我也中了她的点穴, 让她从容逃去! "

刘泰保又问: "那么她是一个贼人, 怎会又混进了玉宅呢? 你们又怎么探出来的呢? "

蔡德纲说: "详细情形就难以知道了, 碧眼狐狸自逃走后, 便无下落。我受了点穴, 调养了半年多才好。我妻子已死, 没人帮助我了, 我就将武艺传授给了我的女儿湘妹，但我时时未忘捕盗缉凶，并想替我的亡妻报仇。前年冬天我在县里领了公文，出外来寻贼，带着我的女儿到处卖艺，州郡府县全都走遍，可也没有那碧眼狐狸的下落。直到上月，我们父女到了北京，这才探出碧眼狐狸是藏在玉大人的内宅做仆妇，而且是个很有权势的仆妇，玉正堂的太太和小姐全都极为信任她。你想，我们可怎能下手呢？"

刘泰保又说："你们既不能进到玉宅去捉她，可是把她叫到这里来比武，你们准能得胜吗？"

蔡德纲说："不是我约她的，是她约我的。昨天我女儿在玉宅门前诈伤，意图混进玉宅，好当众把她捉住，她已然明白了，所以她叫那小姐无论如何也不准我女儿进门。昨夜我私入玉宅，她也晓得。她怕我们这样苦苦与她纠缠，她的隐私终要败露，所以她今早就买了个小叫花子在街上找着我，给我送了一封信……"

刘泰保听了这话不禁吃了一惊，又听蔡德纲往下说："她那信上就写着是今天下午二时在这里见面，与她比武。我们如时前来，可是等了半天，她并没到。我们只好进城，可是才到德胜门大街，又遇见了那个小乞丐，他说他又遇见了那位老婆婆，那老婆婆又说是改到晚间，在这土城……"

刘泰保赶紧问说："碧眼狐狸的信在你身边没有？可以拿出来给我看看她的笔迹吗？"

蔡德纲说："你不用看，那封信是用香火头儿写的，笔迹极为模糊不清。耿六娘真是个惯贼，她办事处处细密，不露痕迹，就是那送信的小叫花子，也只是在街上花几个钱买来给她办事的，那小叫花子也不知她的来历和住处。"

刘泰保发了一会儿呆，又说："蔡班头，不瞒你说，咱们是同行，我现在是正在寻访那铁府盗剑的贼人。刚才听你这么一说，咱们两人办的案，就许是一案。好了，今天我们彼此帮助，只要碧眼狐狸来到，咱们就设法把她捉住，然后，我把宝剑追回，你把犯人解走。等她来了，大家都要卖点儿力气才行！"

他们二人说话之时，蔡湘妹也下了土城，就站在她父亲的身后。蔡德纲这时见有了帮手，也甚为高兴，就从他女儿的手中要过一杆枪来，交给刘泰保，说："刘兄，你也没带来兵刃，把这杆枪交给你使用吧！那碧眼狐狸确是凶悍异常，到时你千万要小心应付，并提防着她的点穴法！"

刘泰保笑着说："点穴我倒不怕，因为我的身上无穴可点。只是我跟你姑娘每人用一杆枪，到时你老哥可使用什么呀？正差事还是要你去当，我们不过是帮手，难道到时候你空着手拿贼吗？"

蔡德纲却由腰间解下了流星锤，说："我有这家伙，足可以敌她。我和我女儿每人身边还带着五支飞镖。"

刘泰保说："飞镖我不会打，扎枪我又嫌它太笨，不如把流星锤给我使用。不瞒你说，咱们真是同行，不但现在同办一案，早先我也卖过艺，也耍过流星锤。"蔡湘妹跟在后面不禁一笑。刘泰保就接来流星锤。蔡德纲父女每人使用一杆枪，并把怀中的飞镖都预备好了，以便到时说掏就能掏出，说打就能打出。

三个人的精神全都十分紧张，一同上了土城向南瞭望。这时天已薄暮，郊外的大道上已没有了行人。瞭望一会儿，刘泰保就跑下土城，迎着往南走了几步。忽然他看见对面来了一个人，这人是弯着腰，拄着一根拐杖，蹒跚着，走得很慢，好像是个老妇人。刘泰保赶紧伏身趴在地下，手中紧握着了流星锤。少时对面的人来到近前，虽然因为天色黑了，面目看不大清楚，可是那龙钟老态，未免令刘泰保的心中生疑，心说：别弄错了！倘若一锤误把人家乡下的老太婆打死，那可真糟糕！所以这拄拐杖的老妇人从他身旁经过之时，他就没敢下手。

此时蔡德纲、蔡湘妹也都由土城上跑了下来，每人一杆双头儿的扎枪就把大道拦住。蔡德纲大喝一声，说："碧眼狐狸，你今天还想逃走吗？趁早过来就捕！"蔡湘妹也恨恨地说："今天我非得替我娘报仇不可！"

只见那老妇人忽然把腰直起，身材原来很高。她把手中的拐杖一举，此时刘泰保也从后面慢慢地爬过来，"铛"地向地下一击，原来她这根拐杖是铁的。只听她发出一种怪厉的声音，说："蔡九，你真太欺负我了！当初我是行侠仗义，才杀了几个人，你就逼得我无处容身。我投到玉宅已有五年，我安分守己。不再与人争气，你何必要从甘肃到此来逼我？昨天你的女儿几乎就要混进玉宅，要揭穿了我的底，你好狠毒！现在没有别的话说了，我就是要你们父女的性命！"

她的话才说到这里，蔡湘妹早已一枪刺来，铛的一声，就被碧眼狐狸的铁拐杖架开。蔡德纲的枪也同时刺到，碧眼狐狸也用杖相迎。那父女的两杆枪如飞蛇似的嗖嗖紧刺，忽上忽下，向前进逼。碧眼狐狸的铁杖飞舞，如同一朵黑云护身，使对面的双枪无法得手。就听嗖嗖嗖，呼呼呼，双枪单杖交战了十余回合，不相上下。

此时碧眼狐狸只顾了眼前，却不料嘣的一声，不知是谁，一流星锤正打在了她的后腰上，碧眼狐狸赶紧忍痛蹿身跳到了路旁。刘泰保就像个猴子，舞着流星锤又奔上来打。碧眼狐狸一进步，铁拐杖正戳在刘泰保的左肋，刘泰保觉着上身一发麻，赶紧躺在地下，就地一滚，骨碌碌像个球似的滚出了很远，这手武艺名叫"就地十八滚"，专破点穴。

此时嗖嗖蔡湘妹连打了两只飞镖，全被碧眼狐狸躲开。父女又双枪齐上，紧扎急搠。可是碧眼狐狸的身躯躲闪得太灵活了，同时她的铁拐杖真是神出鬼没，使蔡家父女无法得手。碧眼狐狸一边舞杖，一边警告道："小心些！我要点穴了！"正在说着，就听嘣的一声，后边又是一流星锤，正打在她的脖子上，差一点儿就是后脑。她大怒，翻身抢杖，刘泰保却又滚跑了。

此时，碧眼狐狸暴跳如雷，波口大骂，一面舞杖护身，一面回身就走，因为她觉着后腰与脖子全都十分疼痛。她自知对方的人多，不易取胜，只好设法脱身。此时嗖嗖两只飞镖又打来，虽然都被她躲开，但蔡家父女的双枪又紧紧逼上，同时刘泰保忽出忽没的，总在她的身后以流星锤搅乱她的棍法。

碧眼狐狸愤怒极了，忍着锤伤，前敌后护，舞杖如飞，并时时以点穴的招数，想要点倒一两个人。但蔡家父女早已提防着她点穴，所以处处躲开，两杆枪联络在一起左右应合，使碧眼狐狸的铁杖无隙可乘。那刘泰保又会"就地十八滚"，即或铁杖点在他的穴道上，至多了他疼一下，在地下一滚，便能够穴道自开，所以碧眼狐狸是毫无办法，被三个人包围住了，纵使武艺高强，也难以取胜，难以逃脱。

蔡德纲一面把枪法变新，一面高兴地喊道："女儿! 刘大哥! 快卖点儿力气，今天非把她捉住不可!"

碧眼狐狸也波口大骂，杖舞如飞。如此战了四五十回合，碧眼狐狸趁空就往土城上跑。蔡德纲当前，湘妹和刘泰保在后，一步也不放松地向上去追。

这时，忽听嘚嘚的一阵蹄声，从南边飞驰而来一匹马。碧眼狐狸从城上往下就跳，一直迎着马跑去，口中喊道："徒弟，徒弟，快来帮我!"

刘泰保不由得惊讶说："哎呀! 这贼婆原来还有个徒弟!"蔡德纲说："管他是谁，一齐捉来!"于是三个人又跑下了城坡，各持兵刃追了过去。

此时马已来到，借着星月的微光，可以略略看出，是一匹青马，马上的人也穿着青衣。蔡湘妹一镖打去，却被马上的人接住了，嗖地又打了回来，正从刘泰保的耳边飞过去，把刘泰保吓得哎哟了一声。马上的青衣人抽剑跳下，飞奔过来迎敌。

蔡德纲说："快给我流星锤!"便与刘泰保换了兵器。刘泰保就挺枪上前，骂声："小子你是什么人，快通名姓!"那青衣人却不还言。刘泰保拧枪就刺，青衣人以剑轻轻一拨，就听咔嚓一声，刘泰保手中的枪便被削成两截。他这一惊真非同小可，回身便跑，说道："哎呀! 宝剑原来是被你盗去了?"

青衣人纵步向前去追，蔡湘妹拧枪向前，喀的一声，枪又两段。蔡湘妹赶紧一镖打去，却又被青衣人接住。宝剑在蔡湘妹的头上一晃，湘妹赶紧伏身，青衣人趁势一脚，就将湘妹踢到一旁。蔡德纲舞动着流星锤奔了过来，那青衣人躲开了锤，将剑斜斫。蔡德纲赶紧闪身躲开，紧跑几步，嗖嗖嗖嗖四只钢镖一连串打来，全都被青衣人以剑磕落在地。

蔡德纲大惊，问了声："你是谁?"一言未了，青衣人却将手中接到的一只镖打回，蔡德纲哎哟一声就仰卧在地。

此时刘泰保已跑到高处，把一些砖头土块向下乱打，但全都被青衣人避开。蔡湘妹由地上捡起断枪，又扑过来与青衣人拼命，青衣人只把宝剑向湘妹的头上一晃，一脚又将湘妹踹倒。此时那碧眼狐狸耿六娘在一旁喘过了气，抢着铁杖又跑过来，说："非得把他们全都打死才能除根！"
却被青衣人拦住了。青衣人拉着她走开，并把她抱上马去，从容地收了宝
剑，就挥鞭纵马向南飞驰而去。

刘泰保在后紧追，眼看着快将马追上来，他便喊了一声："小子，趁
早将剑送回贝勒府！不然，一朵莲花早晚要你的命！"马上的两个人一句
话也没说，就一直向南驰去。刘泰保还想再追，但脚下已然没有了力气。
他站住身，喘了喘气，只好往回走，心中挂念着：老蔡的伤大概受得不轻！
不知湘妹可有什么闪失没有？

他一步一步走回到土城下，却听得一阵哀啼，是蔡湘妹声音哭喊着：
"爸爸呀！爸爸呀！……"刘泰保大吃一惊，赶紧跑到近前，就见湘妹伏在
她父亲的身上，放声号哭。

刘泰保惊讶着问道："怎么样啦？"上前蹲下身，摸住了蔡德纲的手，
觉得已然冰凉；又按了按脉，脉已停了。刘泰保就愤愤地说："这也很好！
他玉正堂府里的人把外县来此办案的捕役杀死，这场官司咱们可是非打
不可了！"

蔡湘妹止住了哭声，哽咽着说："打什么官司？就是衙门来问贼人的
真情，咱们也是不敢说呀！说出来，宛平县的知县也不敢据实禀报。贼人
捉不着，玉正堂一生气，倒许办咱们一个诬赖的罪名！"

刘泰保咬着牙发了一会儿呆，便点头说："你想得也很周到，不愧是
班头之女。现在你爸爸既已死了，你哭也是无用，以后咱们再设法替他报
仇，缉凶捕盗就是了。你们现在带着公文没有？"

蔡湘妹说："公文在我的身边带着了。"

刘泰保说："好啦！那么咱们就赶快把你爸爸的尸体送到关厢，报官检
验。到时你不要多说话，谁要向你问我是什么人，你就说我是你的舅舅。"

蔡湘妹说："舅舅不好，就说你是我们的朋友好了！"

刘泰保点头说："怎么说全行，你就把地下的破枪拾起来吧！那也算
是个证据。"

蔡湘妹凄惨地答应了一声，从地下摸着了两根断枪。当下刘泰保就
把蔡德纲的尸体背起来，他在前，湘妹在后，一同离了土城往南去走。刘

泰保随走随说话，劝解湘妹，湘妹却一路上不住地啼哭。

这时天色已然昏黑，郊外的风又吹得很猛很寒，四下全是黑茫茫的，连一盏灯光也看不见。及至来到德胜门关厢里，就听已经敲到二更，两旁的铺户多半已关上了门。来到一所官厅的前面，刘泰保把蔡德纲的尸体放在地下，就走进去，喊着说："老爷们，快来看看！现在出了人命案啦！"

官厅里只有一位值班的老爷，带着两个官兵，一听说出了人命案，全都吓了一跳。

刘泰保向那哭哭啼啼的蔡湘妹要过来会宁县的公文，说："死的是甘肃会宁县派到京城来捉拿大盗碧眼狐狸耿六娘的班头蔡德纲，这是他的女儿蔡湘妹，我是他的朋友一朵莲花刘泰保。我是在铁小贝勒府做教拳的师傅，前门外全兴镖店的大掌柜神枪杨健堂是我的表兄，东城铁掌德五爷他是我的好友。因为蔡班头知道大盗碧眼狐狸藏匿在某巨宅之内——到底是什么宅门，我可也弄不清楚——今天我和他恰巧在街头相遇，蔡班头知道碧眼狐狸出了德胜门，他就请我帮忙，于是带着他女儿，我们一共三人，出了城直追到土城，就追上了碧眼狐狸。我们刚要下手逮捕，不料那女贼竟敢拒抗官差。我们与她交手，堪堪就要把她拿住，不料就又来了一个骑着黑马的强盗。这人是碧眼狐狸的徒弟，因为天色黑了，他的模样儿我们可没看清，不过大概他年纪不大，也是在那某巨宅内匿藏着的贼人。他手使一口宝剑，……老爷你可记住了！他那口宝剑正是前几天我们贝勒府中所失，提督玉正堂正在督人寻查的那口斩铜截铁的宝剑，所以我们的刀枪全都被削折啦！"说着，叫湘妹把手中的断枪扔在地下。

刘泰保就又说："我们手里没有家伙儿啦，只好用飞镖打他。不想那个人手中也有镖，他啪的一镖，蔡班头就受伤倒地了。及至两贼骑马逃走之后，我们再看蔡班头，他就已然断了气，我们才把尸体背了来，请老爷们检验。至于那两个贼人，此时大概还未混进城去，请老爷们就快些搜索。还有，验毕之后，赶紧请老爷替我们禀报提督衙门，请玉大人替我们缉凶。那个贼人藏匿在贵人的宅门里，那宅门是哪家我虽说不清，可是一定在鼓楼附近。"

刘泰保的话如同连珠一般的说了出来，那位老爷听了，脸色都吓白了，因为这案情实在不小，随就命人打着灯笼出去看了看死尸。只见致命的伤是在前胸，血流得很多，那只镖还深深地插在肉里。蔡湘妹又趴在她父亲的身上啼哭了一阵。

此时又来了十几位巡街的官人，其中有的认识刘泰保，就说："刘二爷，您怎么在这儿啦？"刘泰保又指手画脚地把案情说了半天。官人就请他跟蔡湘妹先找家店房歇息，等到明天天亮了，再验尸办案。

于是刘泰保就在官厅的对面找了一家店房，与湘妹分屋住下。那蔡湘妹悲痛她父亲的惨死，直直哭泣了一夜。刘泰保也一夜未得安眠，因为事到现在，宝剑虽已有了下落，可是那两个贼人仍难捉获；碧眼狐狸既是凶悍异常，她那个徒弟尤为厉害，说不定趁夜就能来杀害自己和湘妹，于是刘泰保一夜提防着，直到天明，方才睡了一会儿觉。

次日，这德胜门关厢就比往日特别热闹，有许多人赶来看验尸。刘泰保代表蔡湘妹到宛平县和提督衙门去回话，这一天他是大出风头。各城的人都晓得了那卖艺的父女原是拿贼的捕头，贼人是藏在什么府里，于是就有些人在私下乱猜，并有些好事的人各处去找刘泰保，打算询问详情。刘泰保这一天真是忙极了，在衙门里回过话，又同着蔡湘妹领尸备棺，将蔡德纲暂厝在甘肃义地里。

晚间，刘泰保觉着湘妹独自在积水潭居住有些不妥，便送湘妹到前门外煤市街找了一所店房去住，他却在全兴镖店里。一更之后，刘泰保就向杨健堂说："天不早了！我有点儿心跳，蔡湘妹一个人住在那儿真有点儿不妥！"

杨健堂说："你也是太爱过虑，那店房就在咱们斜对门，又是一座大店，还能有什么人到那儿去杀害她吗？"

刘泰保却摇了摇头，说："那可说不定！越是大店房，人才越杂呢！总而言之，我想那碧眼狐狸跟她的徒弟，绝不肯善罢甘休，因为今天已然闹得满城风雨，她们在那大宅门里，必定心神不安。倘若一朝事情败露，她们便全是死罪。我想她们纵不能立时逃命，可也一定要设法把湘妹剪除。现在连我一朵莲花刘泰保都有性命之虞，你是我的表兄，你也得当心些！"

杨健堂说："我倒不怕她什么碧眼狐狸，不过京城中竟有此等的大盗，真是可恨！我想明天去见德五，叫他去见铁贝勒、邱广超、玉正堂，由我们帮助官人，总要急速把犯人捉住才行！只是，你们说那两个贼人都藏在某大宅门，你们这话可有什么根据？"

刘泰保便说："根据全有。事情也是千真万确，可是此时我不敢说。因为听说这两个贼都是武当派，武艺与江南鹤、李慕白原是一家，说不定他们还彼此相识呢。"

杨健堂却说："岂有此理！我知道江南鹤并无徒弟，李慕白也没有什么师兄弟，这一定是贼人拿江南鹤、李慕白二人的名气来吓人！"

刘泰保说："真假不说，不过我昨天与她们一交手，就看出她们的武艺全是武当派。武当派的剑法我不怕，我顶怕的是……"说话时用手向窗外一指，说："咱们此时在屋中说话，她们就许正在窗外窃听，假若我对你说出了她们的底细，立时就许一口剑飞进来要了我的小命！"

杨健堂也面色立变，从身后抄起了扎枪，站起身来，目瞪着窗外，就像窗外真有什么人似的。他愤愤地说："泰保，你自管说，说出来那贼人藏匿的地点，明天我自然就有办法！"

刘泰保却笑着说："大哥，你就别管闲事儿了！你一个人开着两家镖店，是有身份的人，同不得我。我刘泰保却是光蛋流氓，毫无顾虑。如今虽然死了蔡德纲，可是我已探出了宝剑的下落。现在无论是谁都已知宝剑不是被我所盗，虽然贼人没拿住，可是我成功了。我要和贼人斗到底！非得五花大绑把两个贼人捆上交官，我姓刘的才算罢休！"说时，刘泰保傲气十足，请杨健堂去放心休息。

他等到三更，就提了一口单刀出外巡查。此时夜静无人，各铺户和各客栈住的人全都熟睡了。刘泰保跳墙进了蔡湘妹住的那家店房，站在湘妹的窗前，偷听了一会儿，听窗里湘妹虽在梦中，可仍有抽噎哭泣之声。刘泰保觉得很可怜，心里有点难受，便蹿上房去，趴在房上保护下面房里的人。长夜沉沉，直到五更，天上的黑色渐渐淡了，刘泰保才跳出墙去，偷偷回到全兴镖店里，略略睡了一会儿，天光就已大亮。起床匆匆漱洗毕，他便到对门店房里去看湘妹。

此时湘妹已然起床，双抓髻改了一条长辫，并且换上了白头绳。红衣服已然脱下，换了青布短袄青布裤，鞋上也钉了白布。脸上的脂粉也没搽，越显得黑，可越显得俏。

一见刘泰保进屋来，她就惊慌慌地说："你知道吗？昨天半夜里，这店房里进来了人！"

刘泰保笑着悄声说："那是我。因为我不放心你，所以我保护了你一夜。"

湘妹却仍纳闷，说："你在我枕旁留下那些银子，是什么意思呢？"说时有点儿脸红。

刘泰保惊讶得不禁失声，说："什么？银子？"

蔡湘妹就由她那木箱里拿出一封银子来，说："这不是！昨天晚上我把屋门关得很严，可是今天早晨我睁眼一看，屋门叫人托开了，我的枕旁却发现了这一封银子！"

刘泰保惊讶得脸色发白，心说：这还了得！昨晚我在房上趴了半夜，两眼时时往下看着，居然还有人能从容进屋，是我的眼睛瞎了？还是屋里进了鬼呢？遂就勉强笑了笑，说："吓了你一跳吧？是我跟你闹着玩呢！因为我的银子没有地方放，才送来叫你替我收着，……可是，这儿住着还是不大妥，今天咱们还得搬家！"

蔡湘妹的脸上此时虽无胭脂，可是显出一些桃红色。她忸怩着，斜眼瞧着刘泰保，含情说道："以后你别再弄这事，再想拿银子来买我，我可就要恼了！反正我的爹妈是全都死了，我无依无靠，你又对我这样帮忙，我还有什么话可说？我只好就跟着你吧！可是我爸爸才死，就是孝服成亲吧，也得过了这个月。这些银子先留在我这里，等到时候好请客人吃喜酒！"

刘泰保喜欢得笑了，连连点头，可是心里还不禁打冷战，暗想：那位半夜里来送银子的先生，绝不是为叫我们办喜事吧？多半这是碧眼狐狸的徒弟所为。他昨夜拦阻了他的师傅，不叫斩尽杀绝，可见他还有点儿慈心，镖杀蔡德纲也一定非他所愿。昨天见我们没揭穿他的底，他倒有点儿不好意思了，所以才送银两，叫湘妹给她爸爸办丧事倒许是真的！

当下刘泰保发了半天呆，只好将错就错，又劝慰了湘妹一会儿，方回到全兴镖店。见了杨健堂，没提说昨晚有人到湘妹的枕旁去送银两之事，只说湘妹要嫁他。

杨健堂却说："你跟人家的姑娘混得这么熟，只好娶人家了，我只盼你以后务些正业。"

刘泰保就说："不久我必把两个贼人全都捉获，提督衙门至少也得派我个差使，叫我管辖几十名马步班头。"

镖店里的几名镖头，一听说刘泰保快要娶媳妇了，都说："你得请我们喝酒！还得立时就带我们见见新嫂子去！"

刘泰保说："我还没娶过来呢！姑娘害羞，你们还是不要去见她才好，反正早晚准叫你们都见得着。现在我先请你们去喝酒去！"

众人齐说："好！好！现在咱们就走！"

当下刘泰保就从柜上拿了几两银子，带着众人喝酒去了。这几个镖头是瞪眼薛八、歪头彭九、花牛儿李成、铁骆驼梁七、跛腿金刚高勇，都是些久走江湖的镖头，常在街头生事的无赖汉。他们到大街上找了一家酒楼，大吃大喝了一顿，便由刘泰保付了钱，各自下楼分手。

那些人都带着些醉意，跑往花街柳巷胡闹去了。刘泰保却闷闷地在街上行走，心里想着今晚怎样应付贼人，怎样才能进玉宅破案；可是他越想越烦，简直没有一点儿办法。

正在低头走着，忽听面前有人问道："上哪里去？"这声音真跟霹雳一样，把刘泰保吓了一大跳，赶紧抬头一看，只见此人年纪四十上下，身高体大，面色紫黑，穿着大皮袄，上套皮马褂，头戴皮帽子，好像是个由口外来的喇嘛僧。刘泰保赶紧作揖，笑着说："孙大哥，多日没见哪！"

这位大汉原是现在京城最有名的镖头，侠女俞秀莲的师兄，人称五爪鹰孙正礼。他跟刘泰保也很相熟，当下就问说："刘泰保，我听说你前天做了一案？"

刘泰保却笑着说："大哥，你弄错了！我没做案，我是办了一案。可是到现在还没办出头绪来！"

孙正礼气愤愤地说："你快去探听，只要探出那碧眼狐狸的下落，无论她是藏在谁的府里, 你告诉我, 我就去捉她。北京城有五爪鹰在此, 不能容这等贼人横行!"

刘泰保笑着说:"这倒很对路, 你老哥是只神鹰, 专能捉拿妖狐!"

孙正礼笑了, 说:"真的! 你快探去, 到时我替你捉贼!"

刘泰保点头说:"好好!"

孙正礼又说:"我师妹快来了, 你知道不?"

刘泰保听了这话, 倒吃了一惊, 又很是喜欢, 说:"真的吗? 俞秀莲小姐要来了吗? 那么李慕白怎么样? 也一块儿来吗?"

孙正礼说:"她跟他不是一家子, 怎会一同来? 前几天有由巨鹿来的老乡, 说我师妹已由江南回家, 大概不久就要来京。咱们别等她来, 就把狐狸捉住才好!"

刘泰保说:"那是自然! 咱们这样的大汉子连个狐狸都捉不住, 都要等着人家姑娘来才能下手, 那咱们以后还怎能向人前称英雄?"

孙正礼听了这话很高兴, 遂点点头, 说:"你快去探! 探出消息来就找我, 我有办法。"

刘泰保连说:"好好!"

当下二人分手, 孙正礼大踏步往南去了。刘泰保往北走了几步, 就进了煤市街, 先到全兴镖店里借了两口钢刀, 然后就急急忙忙到客栈里去见蔡湘妹。此时蔡湘妹正在低头愁坐, 脸上挂着泪痕, 旁边桌上放着的菜饭她都没有动。

刘泰保就说:"事到如今, 你光伤会子心, 又顶得了什么用? 咱们还得把饭吃得饱饱的, 打起精神来报仇捉贼。刚才我在街上遇见了俞秀莲的师兄五爪鹰孙正礼, 他说他师妹就要到北京来了, 他愿意帮助咱们探案。那家伙太怔, 一时我还不敢领教, 可是俞秀莲若来到, 那可真是咱们的好帮手。三年以来, 她在江南闯荡, 听说武艺较前更高。她若来到, 十个碧眼狐狸也不是对手。现在最要紧的就是咱们得设法把贼人稳住, 千万别打草惊蛇, 盼着咱们的帮手快些来到, 那时再……"

蔡湘妹却皱了皱眉, 说:"你净指着人家还行?"

刘泰保说:"我也不是指着人家。自从前天土城交手, 我才知道碧眼狐狸实在武艺高强，咱们三个人尚且不能把她捉住，如今只剩了两个人，又怎能成？再说她那个徒弟，我看武艺还在她以上。尤其是那口宝剑，无论你手中有什么兵刃，碰上它就折；你纵有天大的本领，也是没办法。再说……你可别害怕！从昨天到现在，我时常见有形迹可疑的人在身后跟着我。"蔡湘妹一听，就吓得颜色变白。

刘泰保又说："有咱在此，碧眼狐狸时刻不能安心，因为只有咱们知道她的底细，她哪能不设法剪除咱们呢？现在这里住着也不妥，咱们还得赶快迁往别处。这两天咱们先守，莫攻，俗语说'未曾打仗先学守'，咱们且时时防备，别叫贼人要了咱们俩的命。等到三五天之后，那时贼人也就懈怠了，同时也许衙门已经探出些线索，咱们的帮手也就来了。到那时咱们再下手，给她个迅雷不及掩耳的手段，叫那狐狸师徒全都不能逃脱！"

他说了这番话，蔡湘妹也只好依着他，当下二人就秘密地搬家。刘泰保扛着那只木箱和被褥，拿着蔡湘妹卖艺时的那只铜锣，湘妹拿着两口刀，他们就悄悄地搬到了东边名叫上头条胡同的一家店房内。到了这店里，找了个房间，刘泰保一看，屋门倒很严紧，是二层门，外层是跟窗户一样的糊着纸的风门，里边却是二扇木板门，上下插关也都完备。屋中有一把沉重的椅子和两条板凳，还有洗脸盆，刘泰保心中就暗暗盘算着。

待了会儿，店掌柜进来，就向刘泰保拱手问说："这位爷是从哪儿来的？"

刘泰保操着江南的口音，说："吾从杭州府来。"

店掌柜出屋之后，刘泰保就悄声嘱咐湘妹说："你可别开口！咱们在此隐藏几日，人不知鬼不觉，看她碧眼狐狸还有什么办法？"

湘妹见刘泰保这样鬼鬼祟祟，就非常不高兴，说："怎么会把你吓成这样呀？自己先藏在屋里，还办什么案？你别管行不行？我爸爸死了，我自己会去捉贼！"

刘泰保连连摆手说："俗语说：'知己知彼，百战百胜。'你一个人去拿贼，不但贼拿不到，还得白送死。现在我不怕碧眼狐狸，却怕她那个徒弟，那个人的武艺咱们想也想不出。宝剑斩铜断铁还不算，他能够在咱们眼前走过去，咱们大睁两眼全看不见他！"

蔡湘妹气得把拳头向炕上一击，铛的一声正击在了铜锣上。她生气地说："我看你是叫那贼人给吓糊涂啦！干脆，你别管啦！"

刘泰保连连摆手，说："你先听我几天话，这几天内晚上睡觉警醒些，白天我出去替你探听，你先别出门。因为你一个女人家，又在街上卖过那些日子的艺，差不多的人全都认识你。"湘妹便皱着眉不再言语。

当日刘泰保连屋子也没出，到了晚间，湘妹就说："你带我藏在这儿，难道你就不到府里教拳去了吗？"

刘泰保笑着说："府里的事不要紧，我教拳不过是个名目，是贝勒爷赏我一碗闲饭吃。其实我自从进府门，连一套拳也没教过，有时我一个人打拳，也没人理我。"

吃过晚饭，屋中点上了灯，刘泰保将两口钢刀预备在手下，房门虚掩着，他就与湘妹对坐着，彼此谈说闲话。先谈江湖杂事，后来渐渐谈到二人彼此的身世。他们二人说话的声音都很低微，蔡湘妹是有时擦擦眼角，露出很难过的样子，有时又微微地笑着。刘泰保是一边说着话，一边注意着门，并且只要院中有人喊着找房间，他必要推开门出去，站在背灯之处看看进来的是什么人。蔡湘妹这时的神情也带出些凛惧。

二更之后，刘泰保就说："我们得防备一下，你在屋里，我在屋外，看看有什么事情发生没有？如若没事儿，就算贼人不注意咱们了；若是有事儿，明天咱们还得搬家。你困不困？"

蔡湘妹摇头说："我不困，干脆你在屋里我在屋外好了，我看我的夜行功夫比你还高明一点儿。"

刘泰保想了想，就说："好吧！可是你带着飞镖，到动手时要小心些！"

蔡湘妹："你放心，我比你强！"

刘泰保笑了笑，又找出个小刀，把窗子启开，然后又关上。他便把屋门关上，插上插关，又顶上板凳和大椅子。

蔡湘妹捶了他一下，悄声说："你这是什么意思呀？门关得这么严，可把窗子又弄得活动了，难道贼人只由门走，不会钻窗子？"

刘泰保摆了摆手，悄声说："这种房子的窗子多半是不常开的，贼人来了一定先用刀启门。他启门时不能没有一点儿响声，那时我就推开窗子伸出手去给他一刀。"

蔡湘妹却说："不容你用刀去砍他，我早就用飞镖打他了。"

两人轻声说话，起先各房中还都有客人的说话声和唱戏声，现在全都宁静了。外面的风刮得很紧，远处的更锣仿佛已敲了三下，刘泰保回身吹灭了灯，两人每人手中握着一把刀，连大气儿都不敢喘。待了半天，外面毫无动静，蔡湘妹就悄声说："你是瞎疑心吧？不能有贼人前来吧？"

刘泰保哑着声儿回答道："贼要是不来，自然更好，可是万一要来了呢？"

正在说着，忽听房上一阵瓦响，刘泰保赶紧止声，推了湘妹一下。他手中的刀挨近窗子，身子蹲在炕上；蔡湘妹就蹲在他的身后，一手持刀，一手摸着镖。这时，房上骨碌碌的一阵乱响，湘妹就要推窗跳出屋去，刘泰保却一手把她拦住，趴在她的耳边悄声说："别慌张！这不定是怎么回事儿呢，不像贼，天下没有这么笨的贼！"接着就听"嗷嗷"一阵小孩子哭似的声音，仿佛是发自房上，原来是猫儿打架。湘妹就悄声骂道："讨厌的猫！"

二人屏息了一会儿，房上的几只猫就跑到别处打架去了。这里只是呼呼的风声，吹得窗上的纸沙沙作响，湘妹就说："我出去吧！"

刚要启窗出屋，忽听隔壁的屋里有人大声嘶叫，声音极为可怖。刘泰保与湘妹全都大吃一惊，接着又听有人唤叫："二哥！二哥！醒一醒！你是怎么啦？"嘶叫之声停止了，那个人由梦中醒来，跟他的伙伴说："我梦见我掉在井里头了！"接着又是笑声和谈话声。湘妹又轻声骂说："讨厌！"因为隔壁屋中的客人醒了，谈上了话没完，所以湘妹也不能出屋查贼去了。她就靠墙一躺，打了个哈欠；刘泰保仍然在窗里持刀伺伏。

过了许多时，邻屋中又发出了沉重的鼾声。刘泰保就回手推了湘妹一下，说："你可别睡！我出屋去瞧瞧。"于是他轻轻启窗钻了出去，抢刀飞身上房。一阵猛烈的北风几乎将他刮倒，他四下观看，只见黑沉沉的，星繁月暗，下面没有一盏灯光，各房上没有一点儿黑影，连更声此时也全听不见了。在房上站立了半天，他就渐渐地灰心，暗想：是我太多疑了！今天我们把家搬得这么严密，哪能还被贼人知道呢？

正在想着，忽见有一条黑影蹿上房来，刘泰保赶紧退了一步，举起刀来。上房来的这人却发着细声说："是我！"

刘泰保说："你在屋里。我在屋外，待会儿咱们俩再换班。"

湘妹却悄声发着怒说："算了吧！别在这儿受穷风啦！半夜不睡觉，可瞎拿贼，哪儿来的贼？连个贼影贼屁也没有呀！"

刘泰保摇头说："你别管我，你先回屋里去，我在这儿再站一会儿！"

湘妹却蓦然把他的身子向下一推，咕咚一声，刘泰保就摔了下去。湘妹随之一跃而下，笑着推开了窗子，二人钻进屋去。这时别的屋里就有客人使着声儿咳嗽。湘妹掩着嘴笑，刘泰保揉了揉胯骨，并故意惊诧地大声说："有贼！"放下刀，随手点上灯，湘妹笑得都接不上了气。

忽然刘泰保哎呀一声，湘妹也吓了一跳，原来灯光照着桌上放着一张字柬。刘泰保双手发颤，将字柬拿起来去看。蔡湘妹也颇认识几个字，她趴在刘泰保的身后，发着怔，往字柬上去瞧，只见上面写着很整齐的隶字，是：

昨送银若干，谅已收到，该银系赠二君之路费也，请二君即日离京，庶免杀身之祸！

刘泰保持着信柬发呆，蔡湘妹却提刀推窗出屋。刘泰保不放心湘妹，也赶紧提刀钻出窗去，上了房一看，湘妹已然没有了踪影。刘泰保就哑着嗓音向四下叫道："湘妹！回来吧！回来吧！"也不见有人应声。他的心里很着急，又不放心屋里，便跳下房去，悄悄走到窗前，用刀将窗支开。看了看屋中无人，这才钻身进去，又在屋中各处寻找了一番，就再也没发现什么可疑之物。

待了会儿，窗子又一响，刘泰保疾忙回身举刀，却见进屋来的是湘妹。刘泰保就悄声问说："你上哪儿去啦？"

蔡湘妹气得脸红，说："我追到大街上了！"

刘泰保随说："你见了什么没有？"

蔡湘妹说："我就看见一家铺子门前蹲着两个小叫花子。"

刘泰保吃了一惊，说："你没上前问问吗？"

蔡湘妹说："我持刀向两个小乞丐逼问，小乞丐什么话也没说出来！"

刘泰保说:"好啦!有什么话明天再说吧!总算这个贼的本领高强就是了!"

湘妹又把那张字柬要过来看了一看,抬头看了刘泰保一眼,说:"昨天晚上,我枕边那些银子也是这个人给送来的吧!"

刘泰保脸上不禁红了红,点头说:"对了,我一听你说枕边发现了银子,我就知道是那人所为,可是我又不愿意叫你害怕,所以我才说是跟你闹着玩了。我为什么要这样加紧防备,现在你明白了吧?我看这人有意思,还不错,他还送咱们路费,劝咱们离开京城,以免给他泄露了事情,可是……"

蔡湘妹说:"无论如何也不能罢休,我非得给我爹娘报仇不可!"

刘泰保忙摆手说:"小声说话!"又趴在湘妹的耳边说:"你别着急!明天我一定有办法。无论他们的行踪怎样诡秘,我……"说到这里,他便不再往下说了,随就灯也不熄,与湘妹瞪着眼不睡觉,如此就挨到了次日天明。幸亏没有什么惊人的事情再度发生。

湘妹因为这两日忧伤过度,昨天又一夜未睡,所以天一亮,店房里的人一起来,她就在炕上盖好了被睡去了。刘泰保挣扎着精神,洗了洗脸,就出去了。一出门,就看见店门前蹲着个小乞丐,很长的头发,身上披着个麻布片,手里拿着个破瓦盆。刘泰保出了胡同往北走,那小乞丐也在后面跟着往北走,刘泰保心中就暗笑。直到前门,顺着城墙往西,走了不远,回头一看,那个小乞丐仍然在自己身后三四十步之远的地方跟随着。刘泰保倒背着手儿,仰面望着天边的朝阳,从从容容地转身,又往东走。那小乞丐就在城根向阳之处坐下了。刘泰保来到临近忽然变脸,过去就是一脚,将小乞丐踢得哎哟一声躺在了地下。他一脚踏住小乞丐的前胸,骂道:"小子!你敢给贼人当探子,替贼人随着你刘太爷?走!我把你送到衙门,砍你的泥头!"

小乞丐叫着说:"老爷!我没跟着你。我是要在这个城根晒晒暖儿!"

刘泰保打了小乞丐两个嘴巴,骂道:"你快说实话,刘太爷还许能饶你的性命,不然你看!"他掀掀衣襟,露出了裤带上插着的一把尖刀,瞪着眼说:"快些实招!刘太爷的眼里可揉不进沙子去,是什么贼人指使你的? 给了你什么便宜? 快些说!"

那小乞丐战战兢兢地说:"老爷! 不是我要跟着你, 是长虫小二他派我们跟着你。"

刘泰保说:"长虫小二是谁?"

小乞丐说:"是我们的头儿。他叫我们八个人跟着你, 你住在哪儿, 一天都干了什么事, 晚上他来向我们问, 一天给我们一个人二百钱。我们谁要是不听他的话, 或是胡说, 他就打死我们!"

刘泰保晓得京城的乞丐都有头目, 那头目的话, 乞丐们不敢不听。这一定是那碧眼狐狸买通了乞丐头目, 所以自己的一切行动全都瞒不了他们, 他们探了出来就全去报告碧眼狐狸师徒。当下刘泰保愤愤地又逼问说:"那长虫小二现在在什么地方? 你领我去找他!"

小乞丐说:"他在桂家祠堂住着, 我可不敢带老爷去, 我带了你去, 他一定要我的命!"说着, 这小乞丐不住哭泣, 并且跪下叩头求饶, 弄得刘泰保倒有些不忍, 遂就问说:"桂家祠堂在什么地方?"

小乞丐说:"在后门里, 那儿住着不少要饭的, 可是长虫小二他不要饭, 别人要来的饭他挑好的吃。他又有钱, 各城的要饭的全都怕他, 都不敢不听他的话, 待会儿他就许到南城来。"

刘泰保又问说:"他长的是什么模样?"

小乞丐说:"他是小脑袋, 细脖子, 跟一条长虫似的; 可是有力气, 谁都打不过他。"

刘泰保气愤愤地说:"告诉他, 小心一点儿刘太爷, 早晚我要抓住他打个半死! 还告诉你们那些同伴, 谁要是敢再跟随着我, 谁可就是不要命了!"说毕, 又踹了这小乞丐一脚, 就转身走去。

回到店房里, 刘泰保就向湘妹说:"收拾东西, 咱们还得搬家!"

蔡湘妹是才睡醒, 正在对镜梳辫子, 她愤愤地说:"我不搬! 我是办案的人, 我爸爸死了, 会宁县的差事就算是叫我当了! 人家做捕役的捉贼还捉不到, 咱们反倒躲贼, 这要是传了出去, 多叫人笑话呀! 你要是害怕你走吧, 丢人丢你一朵莲花, 丢不着我姓蔡的!"

刘泰保哼了一声, 说:"你别以为我是真怕, 我要怕, 我不会离开北京走吗？不过，光棍不吃眼前亏，贼人的夜行功夫那么好，随时都可以取咱们的首级。咱们要是那样死了，可有多么冤。现在我的办法就是一方面藏将起来，叫他们抓不着咱们，一方面去搜索贼人的证据，只要是叫咱们抓住一点儿证据，那我就挺身去见玉正堂，叫他清一清他们的宅子！"

湘妹冷笑着说："证据哪能那么容易抓住？一辈子抓不着证据，一辈子也别拿贼了？我瞧要像你这样慢慢儿地办案，有一百个贼也早就跑了！"

刘泰保脸红着，一顿脚说："别管怎样，三天之内我要把贼捉住。捉不着贼，我这辈子也不见你！"

蔡湘妹手编着发辫，又瞪了刘泰保一眼，说："你一朵莲花究竟有多么聪明？捉不着贼你走，你走怕什么？到别处你照样可以去吹牛，去混饭，也不过是我倒霉，把我抛下就完了！"

刘泰保笑了笑，又叹了口气说："你不知道，今天我就可以下手。刚才我抓了一个叫花子，我已追问出他们是受他们的头儿指使，专门追随咱们，探出咱们的行踪，就去报告贼人。他们的头儿名叫长虫小二，我想那人多半就是碧眼狐狸的徒弟。"

蔡湘妹说："她那徒弟是个骑着马的，又有许多银子，哪能是个乞丐头儿呀？"

刘泰保摇头说："那可说不定！北京这地方是藏龙卧虎，许你蔡湘妹假装卖艺去探案，就许人家隐身乞丐去做贼。我今天就非把那长虫小二抓住不可，可是抓住了他，却抓不住碧眼狐狸，碧眼狐狸不但被惊跑了，她还得来要咱们的性命。咱们在这儿住着，她们已知道了，要想下手还不容易？"

湘妹怔了一怔，就问说："那么，今天晚上咱们可上哪儿住去？你能想得出稳妥的地方吗？"

刘泰保说："我想先带你回铁贝勒府，那府里的人多，这几天晚上又都有防备。咱们到那儿去住，贼人就是知道了，也未必敢去下手！"

蔡湘妹说："人家府里能容许我住？"

刘泰保说："那有什么不能？咱们又不是去住正房，去住大厅，不过是在马圈的小屋子里借住一二天。案子一破了，咱们就去租房子。"

蔡湘妹说："我算是你的什么人呀？你两三天没到府里去，忽然又带回一个女的，不叫别人说闲话吗？"

刘泰保笑着说："说什么闲话，还不许我娶媳妇吗？"湘妹脸红着，又捶了刘泰保一下。刘泰保就说："现在咱们既在一块儿了。虽然尚未办喜事成亲，可是也得叫人看着像那么一回事儿。趁着你辫子还没梳好，赶紧改个头，衣服也得换上一件鲜艳的。咱们成亲全为的是合起伙来给你爸爸报仇，只要捉住了碧眼狐狸，给你爸爸报了仇，他老人家也就瞑目了，穿孝不穿孝那倒不要紧。"

蔡湘妹听了，脸上又现出一阵悲戚之色，随就改换了头样；刘泰保就出去雇车。他雇来了一辆骡车，回来见湘妹已把头改好，仍然是两个抓髻。湘妹又叫他暂时出屋去，待了一会儿又叫他进屋，刘泰保就见湘妹已换上了一件银灰色的小棉袄，缎子的，上面绣着花；脸上也涂了一些胭脂，相当的娇艳，有七八分像是新娘了。湘妹却低着眼皮儿坐在炕上，刘泰保乐得闭不上嘴。刘泰保把两口刀、铜锣、软绳全都裹在包裹里捆好，就叫来店伙，算清了账，由店伙帮助，把铺盖和木箱全都搬了出去。蔡湘妹轻移莲步，随着刘泰保出了店门。她先上了车，刘泰保就把棉车帘子放下，叫赶车的往北去赶，他在车后边跟随着。

走出胡同，就有两个小乞丐靠墙站着，一看见了刘泰保，他们就向东跑去。刘泰保押着车进了前门，又看见身后远远有个小乞丐，仿佛在暗中跟随着。刘泰保假作拾鞋，顺手由地下捡起来一块碎瓦，故意慢慢地走。等着那个小乞丐走得离着他不远了，他就蓦然回身，一瓦飞去，打得那小乞丐捧着头回身就跑。刘泰保骂了几声，依旧跟着车走。岔岔道地两眼向左右张望，并且时时回头。

直走到安定门大街，他就看见了两个街头上的闲汉，这两个闲汉见了刘泰保全都恭恭敬敬地点头弯腰，刘泰保就说："老弟们快些找秃头鹰去！叫他到府里找我，我有点事儿，要吩咐他给做！"那两个闲汉一齐答应着。刘泰保就叫骡车赶到了铁小贝勒府，在车门前停住了。

刘泰保开发了车钱，就一手提着铺盖卷儿，一手提着木箱，带着湘妹进了车门，到了马圈。有几个铁府的仆人看见刘泰保带着个媳妇回来了，都一齐笑着追过来看。刘泰保是满面喜色，带着湘妹进到屋里。李长寿正躺在炕上看着一本小书，嘴里唱着，一见刘泰保带来了个标致的女子，便惊愕地直着眼爬下炕来，穿上鞋。刘泰保请外面的人也进屋来，他给湘妹一一介绍，然后指着湘妹说："这是你们的嫂子。"又向李长寿笑着说："没有别的话，今天你得让位，搬到别处去住。这里要做我们的新房。"

李长寿说："我搬到哪儿去呀？"旁边的人全都大笑。湘妹本来是芳颜通红，低着头不语，到这时她也不禁笑了。

旁边的人就有的向刘泰保说："你硬把家眷搬到这儿住可不一定行，府里向来没有这个规矩，你得找得禄去商量商量。"

刘泰保说："等一会儿我就去。这几天我真疲乏。匆忙着成了家，可又一时租不出房子来，我只好把她带到这里。得禄要是不许我们在这儿住，就叫他给我们找房子去。天气这么冷，眼看快到年底了，难道我们两人在露天过日子？"

又有人向他询问那土城捉贼、蔡捕头身死之事。原来大家都已知道刘泰保这两天是替人打官司，并且猜出他这媳妇就是捕头之女、踏软绳的姑娘。

此时里面的得禄已经知道刘泰保回来了，就来到这屋里，说："刘师傅！这两天你跑到哪儿去啦？爷叫你进去，有话要问你！"刘泰保赶紧找出了长袍子穿上，随得禄出屋，到里院去见铁小贝勒。刘泰保自去年来此教拳，铁小贝勒也没传唤过他一回，如今他感到这真是特别的荣幸，打起了精神，蹑着脚步，随得禄进到第四重院落内的北屋。

此时铁小贝勒是刚下朝，才更换了便衣，坐在太师椅上。手里托着水烟袋，态度非常和蔼，向刘泰保询问道："那个贼人藏在什么所在，你已探出来了吗？"

刘泰保说："我还没探出来！"铁小贝勒又说："那么你们怎知道那贼人是藏在大府里呢？"

刘泰保说："因为蔡班头父女曾见那女贼坐在一辆大鞍车上，她像是个女仆，车里边还坐着官眷。他们要追车，却没有追着。"

铁小贝勒又问："是在哪里看见的车辆？"

刘泰保不假思索地说:"是在鼓楼。"

铁小贝勒一怔,笑着说:"莫非贼人是藏在我这里?"

刘泰保连连摇头说:"本府用的人都是有来历的,贼人绝不能混在这里。现在我求爷说一句话,命我探访此案,因为那蔡捕役的闺女孤苦无依,她已然跟了我。我立志要捉获贼人,第一为爷追回宝剑,第二为我的岳父报仇。"

铁小贝勒笑了笑,就说:"好吧!我就派你去办吧!只要探出贼人的下落,不必用你下手缉捕,我自会通知提督玉大人。可是你千万要仔细些,若没得着真凭实据,可是不准胡说,不然你诬赖了名门大府,人家不依,要办你的罪,那时可连我也不能维护你!"

刘泰保连声答应,又趁势请求说:"那蔡姑娘跟了我,我们可没地方居住。我带了她来,打算就在马圈那两间房里暂住几天,求爷准许!"

铁小贝勒又笑了笑,并不还言,只问旁边的得禄说:"你家里有富余的房屋吗?"

得禄回答说:"有几间,可是都太窄小。"

铁小贝勒就向刘泰保说:"府中的规矩,是不准下边的人带家眷进屋住的,不能为你开了例。得禄的家中有房子,你今天就可以搬到他那里去住。"

刘泰保只好答应,退了出来。回到马圈,一进屋,见屋中只是湘妹一人,刘泰保就扬眉吐气地说:"咱们有了后台老板啦。贝勒爷命咱们探案,只要探出贼人的窝处,获得准确的证据,贝勒爷就能够给咱们想办法。可是有一样咱们不能在此居住,回头还得搬走,搬到得禄那里去。得禄是这府里的管家,他的宅门一定不小,贼人也未必敢去。"

正在说着,得禄就进来了,刘泰保赶紧笑着说:"禄爷,以后咱们可就是街坊了,您多关照着!"

得禄说:"没法子,既然爷吩咐了嘛。可是刘师傅,你住在我那儿可要老实一点儿!"

刘泰保点头说:"一定老实。你看我这媳妇也是很老实的,到了你宅里,准保是大门不出,二门不迈。"

得禄点头说："好，好，我已派人回去收拾房子去了，待会儿那人回来，就可领你们夫妇去。"说着又把手中的两个元宝放在桌上，说："这是贝勒爷给你们贺喜的，我的礼物等我回去再办。"

刘泰保说："那可真不敢当。我们两个还用进里院道谢去吗？"

得禄摆手说："不用了，我替你们谢了吧！我家里什么家具都有，都借给你们，你们就不必另置了，只把铺盖带过去就行了！"

刘泰保笑着说："好啦！"又说："我们的铺盖也很简单！"他笑着，把得禄送出屋去，就见有个刷马的小厮点手叫他。刘泰保走近前，那小厮就说："秃头鹰在外边等着你呢！"刘泰保赶紧出了车门，就见秃头鹰手里提着三个鸟笼子，站在府门西边的墙角，刘泰保赶紧走过去。秃头鹰就笑着说："刘爷你大喜！"

刘泰保说："有什么可喜！这两天跟贼人斗，脑袋差点儿就斗掉了！"遂把这两天两夜的事情大概说了一遍，然后就说："现在我托你给办一件事儿，就是无论如何，今天也得把那长虫小二抓来见我！"

秃头鹰说："抓长虫小二还不容易，抓来把他送到哪儿呢？"

刘泰保说："下午三点钟我一定到西大院，你就把他抓到那儿去等我开审好了。"秃头鹰答应了一声，就提着鸟笼走了。刘泰保又进车门回到屋里，待了一会儿，得禄派往家里去的那个小厮就回来了，向刘泰保说："刘师傅，房子都收拾好了，您这就搬了去吗？"

刘泰保问说："离这里远不远？"

小厮说："不远，就在北边，那地方名叫花园大院。"

刘泰保说："好，这就搬了去。"遂叫这小厮帮他搬铺盖。他自己拿着木箱，湘妹在后面跟着，就这样连车也没坐，由贝勒府搬到得禄的家中了。

得禄的家是新盖的小房，总共不过十间，分内外两院。得禄的母亲、妻子和一个用人是住在里院，外院两间南屋、两间北屋，全都借给了刘泰保。刘泰保一看房子很结实，人蹿了上去不至于蹬碎了瓦。房门和窗子也全很严密，贼人也不至于钻进来。他将铺盖、箱子全都拿进北屋内，就见屋内也有几件家具，很够用。刘泰保就打发那小厮出去打酒叫饭。

小厮走后，他就向湘妹笑着说："咱们在这儿过日子倒很好。案子慢慢办，别愁，今天把那长虫小二抓来，就可以得到点儿头绪。咱们在这儿住着，但愿贼人不知道，可是晚上也得提防着一点儿。"

湘妹见屋中很干净，她也很高兴，就铺炕，擦玻璃，拂桌子，生火，居然真做起了主妇。少时那小厮叫来了酒菜饭食，两人用毕，刘泰保就把那小厮打发走了。他同湘妹又谈了会儿闲话，就躺在炕上睡了个觉。

一觉醒来，已是下午三点多钟，刘泰保就披上了老羊皮袄，暗带短刀，出了门。四顾没看见什么小乞丐，也没有什么可疑的人，他就扬眉吐气地走到了西大院茶馆。只见茶馆门首蹲着个乞丐，身穿破烂棉袄棉裤，长的是小脑袋细脖子，年纪有十七八岁，满脸是污泥，并有不少眼泪和鲜血，可见是刚才挨了一顿打。旁边就有两个人，都是秃头鹰的手下，在那里看守着这个乞丐。一见刘泰保来到，这两个人就齐说："刘爷！我们把长虫小二抓来啦！"

刘泰保低头一看，就问说："原来你就是长虫小二呀？你给碧眼狐狸当探子，也应该阔啦，怎么还是穿得这么破烂呀？"

长虫小二跪下叩头说："我真不知道那老婆子是贼，我住在祠堂的破墙里，天天讨饭，没偷过人家的东西。前几天才有那老婆子跟一个穿青衣裳的人来找我，给我钱，叫我给贝勒府送一封信，也找过那卖艺的人两回。前天、昨天，他们又叫我们到处跟着刘二爷，把刘二爷住的地方天天告诉她。"

刘泰保脸色一变，赶紧问说："那穿青衣的人是年轻的还是年老的？长的是什么模样？譬如现在街上见了面，你能认出他来吗？"

长虫小二摇头说："认不清！他们去到祠堂找我的时候，都是在半夜里，那穿青衣裳的人又站得很远，没跟我说过一句话。他们的脸全用东西围着，我看不清。"

刘泰保又问："办一回事儿，他们给你多少钱？"

长虫小二说："一天给我二吊钱，我还得分给别人！"

正说话时，那秃头鹰由茶馆里走出。见了刘泰保，他就说："在这儿说话不便，有话他也必不肯实说。来！把他押出城去，先把他收拾一顿，然后再问他！"

长虫小二赶紧又哭着叩头，说："我说的全是实话呀！"

刘泰保向秃头鹰摆了摆手，和颜悦色地向长虫小二说："别怕！别怕！我知道你说的都是实话。你受那贼婆子的支使不过是为了钱，可是你却不知道刘二爷更有钱。"说着，由身边摸出一块银子，塞在长虫小二的手里，说："先给你这块银子，叫你想法子认清了那贼婆子和青衣人的面目，记住他们说话的声音。若再能探出他们的家，我赏银二两；弄个小剪子把他们的衣服偷偷剪下块儿来，或是偷来他们身边的什么东西交给我，我就赏银十两，并且以后时时照应你。"

旁边秃头鹰也说："刘二爷是贝勒府的老师，你巴结上他这么阔的人，你小子就不必要饭了！"长虫小二连声答应，并且跪在地下叩头道谢。

刘泰保就说："你走吧！办了事告诉秃大爷，我就知道了。"说毕，他请秃头鹰和两个闲汉进去喝茶。

秃头鹰又悄声说："刘爷，你刚才办的事不错，很漂亮，可是……为什么不晚上去到那地方趴着，到时候那两人一去，咱们就上手把他们扭住呢？"

刘泰保说："你们能有多少人帮助我？"

秃头鹰说："要十个就来十个，要二十就来二十。"

刘泰保说："顶好能有一百人。"

秃头鹰说："一百人我也找得来。可是那太多了，趴在地上都是一片黑，贼人看见了还能敢往近走？"

刘泰保笑着说："不是说笑话，二百人、三百人也是梁山泊的军师——吴（无）用。那俩贼武艺太高，夜行的功夫太好，我领教过两三次，所以我真不敢跟他们碰头了。现在我只是想弄着点儿证据，再不然我就等过几天，我有个朋友来到北京，叫她帮帮我。"

秃头鹰问说："你这朋友是怎样的一个人物？武艺高吗？"

刘泰保微笑说："是个女的。"

秃头鹰很诧异，说："哪儿来的那么些个女的，都叫你认识了？"

刘泰保微笑着站起身来，会过茶钱，说："这位女的，非同小可！我也没见过,可是久闻其名,武艺虽不见得比我高,可是也足以做我的帮手。有她帮助我,再有我的媳妇跟着出点儿力气,我们一男二女,准叫贼人不能逃脱。现在先叫你们三位闷一会儿吧!"说毕,拱手走去。

　　他买了点儿米面,叫了点儿柴炭,回到家里,把刚才的事向湘妹谈说了一番,随着两人就做晚饭。吃完了饭,天色还早,又有府里的李长寿等人送来了礼,给他们贺喜,刘泰保、蔡湘妹又陪这些人喝了半天酒,应酬了半天。打过了二更,这些人才走去,刘泰保与蔡湘妹又把钢刀放在身畔,警备了半天,可是直到三更,并无事情发生。这两三日来他们全都没睡好觉,到此时精神真挣扎不住了,两人对着面不住地打哈欠。刘泰保不禁笑了,就说:"今天把贼人的探子已全制服了,咱们搬到这儿来,贼人也一定不知道,别瞎提心啦!关上门睡吧!"于是刘泰保就去关门。

　　这时湘妹已然懒洋洋地躺在了炕上,刘泰保关上了门,又搬了一把椅子顶上。椅子刚刚顶上了门,却听沙沙地一阵响,由门缝外送进来一张纸帖。刘泰保吓得赶紧伏身,爬到炕边,揪了湘妹的腿一下。湘妹吓了一跳,赶紧坐起。刘泰保指了指门,只见那张纸片才由门缝进来,飘到门里。

　　蔡湘妹抄起刀来向外怒声骂道:"什么东西!"愤愤地下地要去开门,刘泰保赶紧拦她。这时,就听嗖的一声,一种暗器穿透了纸窗飞进屋来。蔡湘妹赶紧伏身,可是不斜不偏,她右边的抓髻上正正插了一支弩箭。这箭只有三寸长,很细,就仿佛是个簪子似的插在了湘妹的发上,吓得湘妹也不敢骂。两人在地下蹲着,足足有一个多钟头,方才站起身来,两人的脚都蹲麻了。蔡湘妹由发上拔出来小弩箭,看箭头子非常锐利。

　　刘泰保拾起那张纸片一看,又是整整齐齐的隶字,一共只有十五个字,是:

　　三天之内,汝二人如不离京,必有大难!

　　刘泰保此时反倒不害怕了,只气得他面色煞白,瞪起来三角眼,连连点头说:"好,好!这样逼咱们,咱们可就跟她们拼出去了!"于是他生着气又把门顶上了一张桌子,噗的一声吹灭了灯,就与湘妹去睡了。后半夜只有窗纸被风吹得刷刷地响,倒是没有什么事情发生。

　　次日清晨,刘泰保到贝勒府借了一匹快马,骑着马出南城,先到全兴镖店见了杨健堂，说明自己现已搬了家，可是那家也十分不平安，头一天夜里就闹贼，请他今晚派人去帮助防夜。临走时刘泰保又借走了两杆扎枪，再到泰兴镖店去找孙正礼。孙正礼没在镖店中，说是出去到城根练拳去了。刘泰保也留下了话，说自己现已住在安定门内花园大院，今晚请孙镖头前去，有要事商量，并且叫他别忘了带家伙。然后刘泰保骑马拿着两杆扎枪进城。

回到家中，他把枪交给湘妹，说明了今天他的主张。湘妹听了也很高兴，说："你快把马送回府去，咱们这就走。"

刘泰保说："别忙，你先做饭，菜得多预备几样，今晚还有不少朋友要来呢！"

蔡湘妹高高兴兴地说："你可快去快回来！"刘泰保笑着答应，出门上马走了。

今天刘泰保特别兴奋，他将马匹送回铁府，又去了西大院。见了秃头鹰，他就高声谈论捉贼之事，气愤愤地拍桌子摔板凳，再也不像前两日那样低声谈话、唯恐人知的样子。

少时出了西大院，又回到家里，蔡湘妹已然做好了饭。两人吃了，刘泰保擦擦嘴说："咱们走吧！"于是湘妹拿起了软绳和铜锣，刘泰保拿着两杆扎枪一把刀，两人都穿着短衣出了屋。

才一出大门，迎面正遇见得禄。得禄惊讶着问说："你们两口子要上哪儿去呀？"

刘泰保笑着说："卖艺去，挣几个零钱花。"

得禄说："你们可别去胡闹！"

刘泰保："胡闹？贝勒爷的命令叫我们去探案！"

得禄说："贝勒爷昨天不过是一时高兴，随口说说。"

刘泰保说："贝勒爷是金口玉言，随便说的话，也跟旨意差不多。禄爷，我们今天去了，也许就探出案来，可也许就惹下大祸，你可挂念着我们一点儿。只要我们一天不回来，你就派人去打听我们！"说着笑着，便带着湘妹走去。

两人随行随谈笑，很快便来到了鼓楼西大街玉宅的门前。他们的身后早已跟上了许多人，都说："这可怪了！这姑娘不是那个捕头的女儿吗？捕头被贼杀死了，她怎么又跟着这男子出来卖艺呢？"又有人说："你们不认识？这男子就是一朵莲花刘泰保，他跟那女的大概是相上了。如今出来装模作样地来卖艺，不定打算的是什么主意呢！"

此时日已傍午，刘泰保在玉宅门前的高坡下招了一大圈子人。他先把两杆扎枪系好了绳子，插在地下，安上了软绳的架子。蔡湘妹低身将红缎弓鞋的鞋带系紧，刘泰保就拿起锣来，铛铛敲了几下，昂首向众人说道："玩意儿搁了两天，如同搁了两年。前天夜里土城闹的那件事想诸位都已知道了，这几天我葬丈人，娶媳妇，弄得没有一点儿工夫，今天才带着老婆出来，练几手玩意儿给诸位解闷。好！闲话少说，咱们就敲起锣来！"

随着铛铛的锣声，蔡湘妹一跃上绳，两手摇摆，如同燕子飞翔。刘泰保就敲锣高声唱道："行行走走到京城，捉拿碧眼狐狸精！碧眼妖狐有几个？"

他仰面看着绳上的湘妹，湘妹一边跳跃，一边伸着两个手指，说："有两个！"

刘泰保点点头，又来回走着敲锣唱道："是大狐精与小狐精。"接着恨恨地说："捉住大狐犹可想，捉住小狐我不容情，剥它的皮来吃它的肉，把它的骨头我用火烘。它的肉我做麻辣酱，它的皮我做一条领子挡挡寒风。诸君若问我名和姓，"一拍胸脯，说："我是一朵莲花刘英雄！"又指指绳上的湘妹，说："这是我的媳妇蔡家女花容。铛铛铛，锣声响，小狐大狐快出来，出来晚了我要……"

刘泰保不是在敲锣卖艺，简直是指着坡上的玉公馆波口大骂了；旁边围观的人一看要出事，有许多就赶紧避开了。此时有提督衙门的两个官人手摇皮鞭走下了高坡，将众人驱散。蔡湘妹就跳下绳子来，由地下抄起了钢刀，刘泰保从容摆手说："别莽撞！看我对付他们！"

此时两个官人带着五六个玉宅的仆人气势汹汹地走过来，其中一个人就举着皮鞭向刘泰保发横地问道："谁叫你跑到这儿来卖艺？"

刘泰保昂然说："当朝一品、铁贝勒铁二爷，叫我来此卖艺！"

两个官人和玉宅的仆人全都吓了一跳。那个官人又绷着脸问说:"你有什么凭据?"

刘泰保说:"我是铁府教拳的师傅,那就是凭据!"

官人又问:"你既是教拳师傅,可为什么又来此卖艺?"

刘泰保笑了笑,说:"卖艺不过是为隐身,说实话,兄弟是为来探案。因为敝府中丢失了一口宝剑,贝勒爷命我来访。我查来访去,知道那贼人是隐藏在一个大宅门里,所以无论哪个宅门,我都要走走访访!"

几个仆人一齐瞪眼说:"你为什么单单到我们这儿来呢?"

刘泰保笑着说:"别处我还没得工夫去,因为你们这儿离着我的家门近,所以我才先来给你们诸位耍玩意儿!"

两个官人和众仆人全都气得脸色煞白。他们彼此谈话,有的就说:"这小子是成心来捣乱,有意损伤大人的面子,把他抓走就是了。"却又不敢上手。结果官人往东去了一个,这里的几个人就向刘泰保说:"你别走,我们请示大人去了!"

刘泰保故意问道:"大人是谁?"

仆人们答道:"大人就是提督玉正堂,你小子留神脑袋就是啦!"

刘泰保冷笑道:"原来是他呀?他来了我们正好耍一趟玩意儿。跟他讨些赏钱!"于是回首向湘妹说:"伙计别闲着,再练几手玩意儿,给这几位解解闷儿,他们给咱们请财神爷去了!"

湘妹听了他这话,就噗嗤一笑,又飞身上绳,宛转跳跃。刘泰保又使力敲锣唱道:"有缘来见玉正堂,正堂跟咱是老乡!"

一个玉宅的仆人过来拦他,被刘泰保一脚踢翻。蔡湘妹一边跳着,一边咯咯地笑,并说:"你是正堂的把兄弟。"

刘泰保敲锣说:"他家的小姐是你的干娘!"

玉宅仆人个个擦拳摩掌,指着刘泰保说:"这小子嘴里胡说八道!"

刘泰保打了个飞脚,说:"诸位别上前来,碰了可是自讨苦吃!"又敲锣高声唱说:"玉宅门里养着几条犬。"湘妹站在绳上,手指大门说:"还有两条狐狸会上墙!"刘泰保笑一笑,一边敲锣一边想词儿。

这时由东边来了十几名雄赳赳的官人,个个拿着单刀铁尺、绳子锁链。刘泰保就向湘妹说："伙计下来吧！收拾起来家伙，玉大人要请咱们走堂会！"湘妹就跳下绳来。

那十几名官人已然赶到，不容分说，就抖锁链把刘泰保锁上。刘泰保把锣交给官人，说："这倒不差，你们把我锁起来干什么？是要拿我去当猴儿要吗？"

有个官人就抖手打了他一个嘴巴，刘泰保却微微笑着，说："打的声儿真脆！可是你们哥儿几个睁睁眼睛，看看刘泰保是谁？不是吹！今天到衙门，玉老头儿放我便罢，若不放我，咱们就翻起大案来。我的脑袋不要紧，他的顶儿翎子可也保不住。"又回首向湘妹说："伙计别害怕！壮起点胆儿来，这场官司一定是咱们赢！"

此时湘妹也被官人锁上了，她只是说："哟！你们别揪我呀，再敢动手我可就要骂你们啦！别推我，我自己会走！兔崽子！"

刘泰保在前面洋洋得意，蔡湘妹在后，略略低着头，十几名官人押解着他们。街上的人都躲得远远的，连看也不敢看，刘泰保和蔡湘妹就被押到提督衙门。

此时玉大人正在坐堂，一听说把扰乱家宅的犯人捉到，立刻提上。刘泰保见了玉大人先请了个安，笑着说："玉大人您一向好呀？"

玉大人把惊堂木一拍，喝道："混账！你敢上堂来无礼！"两旁官人齐都喊喝恫吓，把刘泰保和蔡湘妹按得跪倒。

玉大人气得花白的胡子乱动，先向刘泰保说："你叫什么名字？"

刘泰保说："姓刘名泰保，外号一朵莲花，在铁贝勒府当教拳师傅，颇蒙优待。如今是因为府中丢失了一口斩铜断铁的宝剑，贝勒爷命我探查。我怕露出形迹，这才带着女人出来卖艺访拿贼人。我这女人是会宁县蔡班头之女，于月前随父来京探案，在宛平县顺天府投有公文可证。她的父亲是前天在德胜门土城被贼杀死了，这也经官验过尸。贼人碧眼狐狸耿六娘现在藏匿在一家大宅门内做佣仆，她还有个徒弟帮助她，盗去了宝剑，杀死了官捕，并买通了乞丐长虫小二探听我们的行踪，连日连夜到我们夫妇的寓所去投信恐吓……"说着，由衣袋里掏出昨晚由门缝里送来的那张纸片，说："这是贼人的笔迹，请大人过目。"

这张纸片由旁边站的官人接过来，呈到当中坐着的大人手中。玉大人接过来一看，那威严的脸色却显出有点诧异的样子，又向蔡湘妹审问了几句话，便命衙役将刘泰保、蔡湘妹带下去押起。玉大人随又派了十名官人到自己的宅门，把大门监守住，无论宅中什么人，也不许擅自出入。然后又命人备马，就带着四名官人往贝勒府谒见铁小贝勒去了。

当日，九城的人都已传遍，都说一朵莲花刘泰保携带着那踏软绳的女子，搅闹玉大人的宅门，已被提督衙门捉拿了去。可是到了下午三点多钟，刘泰保和蔡湘妹又被释放出来了，卖艺的那些家伙也全都没被扣。刘泰保依然扬眉吐气，蔡湘妹还是跟着他说说笑笑，夫妻俩就走回了花园大院。

这时天色还早得很呢，可是他的家门前就见站着个大汉子。这人身穿短衣裤，手提着明晃晃的钢刀，见了刘泰保就说："小子你怎么才回来啊？我等得都心急了！"

刘泰保笑着说："我的孙大哥！您真是急性子，我是请您晚上来帮我防贼，您怎么这么早就来啦？"

孙正礼说："我等不得！我早就吃完晚饭了。"

刘泰保说："好！托您办点什么事，可倒真耽误不了。"遂拉着湘妹向他引见，并请孙正礼进到自己家里。

刘泰保不敢把刚才的事情说出来，因为知道孙正礼的性情，听说他早先同着俞秀莲到过河南，沿路上不晓得给俞秀莲惹了多少事。如今，倘若把玉宅门前骂贼的事情说出来，这个怔家伙就真许提刀跑到玉宅硬闯进去捉贼。所以进到屋里，他只叫湘妹生火炉，烧水，倒茶，想法跟孙正礼说闲话。

孙正礼却不耐烦听，只说："你这小子不会办事！那天在土城你要是先请上我，我早就把贼人捉住了，你的丈人也不至于死！"

刘泰保只好点头说："是！所以我很后悔嘛！那时我也忘了请孙大哥了。"

正在说着话，忽听得街门响，孙正礼立时抄刀出屋，刘泰保赶紧追出屋去，外面原来是得禄回来了。得禄看见了孙正礼手中的大刀，吓得他脸都白了。幸亏孙正礼认识他，刀没有抢起。刘泰保赶紧把孙正礼推回屋去，说："大哥！您先别急！贼人也不能立刻就来，这是我们的房东。"孙正礼点了点头。

得禄在外边叫着说："贝勒爷叫你立时就去！"

刘泰保答应了一声，又向孙正礼说："孙大哥您先坐！贝勒爷现在叫我，我去一会儿就回来，回头还有我表兄杨健堂来到。今晚贼人多半准来，到时候全要仗大哥动手，现在先请你养养神！"

孙正礼点点头，放下刀又说："快回来！"

刘泰保答应了一声，便出屋同着得禄走出街门。得禄愁眉不展地说："您今天闹的这是什么事？若不是有贝勒爷替你说话，玉大人一定要重办你！"

刘泰保笑着说："没有贝勒爷当后台，我也不敢这么办。"

得禄说："玉大人现在还在府中，他气极了，要叫你指出那贼人是他们家里的什么人？"

刘泰保笑着说："我也没说贼人是窝藏在他家呀！今天我原是想着，凡是大宅门我就要访一访，不想头一下就碰到玉老爷的家门。"

得禄说："你这是强辩，谁也不能相信你今天干的事是毫无用意。本来这几天你们就在外胡说什么贼人藏在大宅子里，今天你又去玉宅的门前大骂，这不是你已说明白了吗？贼人就是藏在他的宅子里。"

刘泰保矢口否认说："我没骂，我也没说。"

二人来到贝勒府内，得禄先进里面回禀，待了一会儿，就把刘泰保传进里院。铁小贝勒今天的神色也不大和气，问说："你今天为什么敢到玉大人的宅前搅闹？"

刘泰保恭谨地回答说："我没敢去搅闹，我是因为昨天听了爷的吩咐，今天就设法去寻贼，为的是替爷追回来那口宝剑！"

旁边坐的玉大人气得住不住地喘息，说："刘泰保，你的意思一定以为那女贼碧眼狐狸是藏匿在我家了？"

刘泰保说："小人不敢说。不过蔡德纲临死以前，曾告诉过他的女儿，说那女贼是藏在鼓楼附近的大宅门内。"

玉大人站起身来，说："我带着你去到我家里，上上下下由你认。只要你认出了贼人，我必将贼人交官正法，然后我甘受朝廷的处分！"

刘泰保说："我不敢去认！因为那天在德胜门外土城交手时，天色已然黑了，我没看清楚贼人的面貌。我只知道贼人是个老婆子，猫着腰，手拄着拐杖，拐杖是铁打的，那就是她的兵器。她猫着腰也是假装老态，她若是直起腰来，比我的身材还高。"玉大人仿佛吃了一惊。

刘泰保又说："她还有一个徒弟，年有二十来岁，身材很细，穿着青衣裳。那个人才真正是盗剑的主犯、杀人的正凶。他天天夜里去找我们搅闹，在我媳妇的枕畔放银两，留下字柬，逼着叫我们离开北京。因为有我们夫妇在此，知晓他的底细，他们早晚一定要犯案。"说着，他又取出来前夜在店房中得到的那张字柬，交给铁贝勒。

铁小贝勒看着，就笑了笑，说："这个贼倒真写得一手好汉碑！"

玉大人此时神情十分不安，就说："我的家中上下也有百余人，也许有什么歹人潜伏其中。现在我已派人看守起来了，无论何人，不许私自出入。现在我就要回家去亲自搜查，倘若搜出了可疑之人，我就自请处分。"说毕，便向铁小贝勒告辞，径自走了。

这里铁小贝勒又嘱咐刘泰保，说："以后不可这样冒昧行事。倘若再到谁家的宅门前去吵闹，出了事，我可无法再护你！"

刘泰保连声答应，退了出来，喜不自胜。可是一看，天色已然不早了，他就赶紧回家。

此时他的家中已来了五位朋友，除了孙正礼之外，还来了瞪眼薛八、歪头彭九、花牛儿李成、铁骆驼梁七，这都是杨健堂派来的，各个带来兵刃，预备到夜间替刘泰保夫妇捉贼。秃头鹰也来报信，说是长虫小二已被提督衙门捉去了。刘泰保就笑着说："好了！咱们的手法今天使得已然差不多了，现在就看那两个贼人的手段如何了，看她们能否逃得罗网！"

第三回　银镫销夜小姐恨鸾音
宝刀生光女侠歼狐首

　　少时，天色已黑，此时鼓楼西坡上的玉正堂公馆，戒备得十分严密。玉大人已返回玉宅，他本来已是六十多岁的人了，曾做过很多显赫的官职，建立过许多功勋，两位公子又都在外省做知府，所以他是世代的簪缨、当时的显贵。今天竟为一个市井无赖刘泰保所辱，他的心中实在不大痛快。他带着仆从回到宅门前，就见宅前的高坡上有五六名官人，大门前也站着两个，全都亮出来腰刀，在手中捧着，一见大人回来了，都一齐肃立。玉大人下了马，走进门，跟班的两个仆人贵来和禄来，都在身后紧随。

　　向来玉大人下了衙门便先到内宅去更衣，今天可不然了，他顺着穿廊先到了客厅之内。客厅内此时是空寂无人，厅中陈设的又都是些花梨紫檀的器具和古瓶铜鼎等等，十分黑暗，什么东西也看不清。贵来赶紧点上两支蜡烛，烛台也是古铜的，烛光摇摇燃起，这大厅内的一个角落就有了光明。玉大人走到东壁，吩咐道："拿灯来！"贵来、禄来二人就每人捧着一只烛台，赶紧走到东壁，分别站在大人的左右。玉大人却仰面向壁间去看，壁间悬挂着一副对联，对联上写的是："朗月麟门德慈永庇，春风虎帐功业长垂。"上款是"麟轩姻伯大人钧赏"，下款是"姻愚侄鲁君佩谨书"。下面盖着两颗朱红的方形图章，阳文的是名戳，阴文的却是某科的"探花"。这对联的笔法写得极为浑厚，字体是"八分"的隶书。

玉大人从身边取出来一张纸片来，这纸片就是今天在大堂上那市井无赖刘泰保交出来的字柬，上面也是隶书，写着是"三天之内，汝二人如不离京，必有大难。"玉大人看看这字柬，又看看那对联，简直觉着字体毫无两样，分明为一人所书。玉大人脸上立时现出惊讶的样子，他捻着花白的胡子发怔了半天，心说：怪事事！鲁君佩是我最喜爱的人，他常到我宅中来，我早就有意将女儿娇龙许配于他。他是新中的进士第三名，翰林院的编修，是位少年才子，他父亲也做过工部侍郎，难道他还会做飞贼吗？岂有此理！岂有此理！玉大人把纸片收起来，微皱着眉，又出了客厅，顺着廊子慢慢地走，直往内宅去。早有仆人站在屏门向内传达了，说："大人回来啦！"

此时内宅里各屋中都已点上了灯，那北房玉太太的屋中早有人推开了门，挑起了软帘。两个仆妇迎出来，都说："大人回来了！"平日玉大人从未正眼看过仆妇，所以他宅里的十几个仆妇的面貌他全都认不清。今天他却与往日不同，见了这两个仆妇，他就用眼去盯。

走进屋里，太太由里间迎出来，也问说："大人回来了？"玉大人点了点头，便到里间的木床上坐下。一个仆妇献上茶来，另一个仆妇送来水烟袋。玉太太就问："大人用过饭了吗？"

玉大人点点头，说："我在铁府用过了。"

玉太太已看出大人脸上的忧烦之色，但是不敢多问。玉大人抽了两口水烟，便微微一使眼色，旁边的仆妇赶紧退出。这屋中的灯光照着老夫妇的影子，玉大人就向他的夫人低声说了今天那件怪案，并取出那张纸片给夫人看。

玉太太也很为惊讶，说："鲁君佩绝不能与此案有关吧？"

玉大人说："当然不能有关。他是一位翰林，身体又那么胖，怎能做飞贼？"喝了一口茶，又悄声说："只是那刘泰保说，他已探出贼人碧眼狐狸耿六娘是藏在我家做仆妇，年纪有五十多岁，猫着腰。还有她的徒弟，是个二十来岁的小厮，身材很细，大概也是咱们家里用的人。你想，咱们家里用的人太多，万一真有什么人潜伏其中，那岂不可怕？所以，今天我就派人看守了宅子，不许人擅自出入。我想即时就把内外宅所有的男女仆人叫齐，只要稍有可疑，便给他们两个月的工钱，叫他们立时走开！"

玉太太赶紧摆手说："那使不得！刘泰保既是个市井无赖，就许是他倚仗铁贝勒的势力，有意向我们家里讹诈。"

玉大人摇头说："不是讹诈！前夜德胜门外土城确实死了一个外县的捕役，那捕役带着女儿以卖艺为名，暗中访贼。听说他们常在咱们的门前卖艺，龙儿也常出去看。"

玉太太沉思了一会儿，就说："咱们家里用的人虽多，可也是数得出来的。女仆中四个丫鬟都还很小。老妈子，我这屋中用的钱妈、史妈、薛妈，都已跟随我多年，在新疆时她们就是伺候我，还有庆妈、张妈，虽是新雇来的，可都是有来历，而且她们也都不老。伺候龙儿的胡妈、高师娘，你又都知道，跟咱们也都有五六年了，都是一点儿过错也没有。若说到猫着腰的老仆妇，只有冯妈，她的头发都白了，还有痰喘的毛病，她又是咱们大少爷的奶妈，自我嫁过来一年后，就雇了她来，她还能有什么靠不住的吗？"

玉大人默默不语，忽然想起了那个高师娘，五年以前的事情就在他的脑中翻起。在新疆时，他做过十多年赫赫的武职，那时只有女儿娇龙随侍。娇龙在六岁时便能读书写字，那时请了一位教书的老师，是云南的一个不第才子，名叫高云雁。这个人真是奇才，不但经史皆通，而且能书善画，对于兵书战术，尤为娴熟。他（玉大人）曾经过几次大战，全是因向那高云雁讨教，才得了大胜，建了奇功。所以高云雁不但是他家的教书先生，而且是营中的一位师爷。

那高云雁孤身一人，从不向人讲述他的家世，平生专好游览山水，每三年必要出游一次，每次须半年始归。在五年之前，忽然高云雁领来了一个妇人，说是他的妻子，夫妻就同住在衙门内。两年之后，忽然高云雁得病死了，遗下妻室，无家可归，便也在内宅帮助做些针线活计，一半是佣仆，一半是客，无论上下都呼她为"高师娘"。

当下玉大人想，只有这个高师娘有点可疑，但是可疑的应是她的丈夫。她本人虽是已有五十岁上下，但不猫腰，而且为人沉默寡言，规矩谨慎，四五年来终日在屋中剪裁缝纫，从未做过一件错事。

玉大人捻着胡子细想了想，觉得自己的宅中实在没有什么碧眼狐狸，而且外院的年轻仆人也全是些老仆人的子弟，没有外人，真叫他茫然，无从去寻找线索。

此时玉太太又在旁边进言说："我劝大人对此事也不必动声色，门前宅内虽应当防范，可是也不应露出形迹来。一来，免得使贼人心虚，逼出来什么歹心；二来，倘若咱们家中本来没有什么歹人，自己先弄得风声鹤唳，叫外边的人知道了，必定要耻笑！"

玉大人点了点头，觉得太太说的话很对，抽了两口水烟，又说："明天先把君佩叫来，拿这张字帖给他看看。"

玉太太笑着说："依我看，何必叫他知道了此事又生气？古今天下还有过翰林做贼的吗？"

玉大人说："他的字虽写得好，可又不是什么有名的书家，他的笔迹落在外面的又不多，怎会这贼人把他的字模仿得是一般不二？"

玉太太也有些惊疑，但又见大人是太兴奋了，遂又笑着说："我们幸亏没把龙儿许配给他！"

玉太太一提到女儿的婚事，玉大人也就想到了另一件事情上，就赞叹说："要说起来，鲁君佩真是一位少年才子，二十四岁就中探花，入翰林院，还真是少有。自从他家老太太拒了陈中堂的小姐，就属意在龙儿的身上。我想只要他们再来提说，咱们就答应了他。本来两家就是老亲，以后做了新亲，就来往得更近了。龙儿今年也十八岁了，难道还耽误着她吗？"

玉太太微微皱眉说："龙儿她仿佛已知道了，可是我看她是不大乐意似的。本来，鲁君佩是个少年才子，可是长得相貌也太蠢！"

玉大人脸上现出怒色来，说："女儿的婚事岂能由她自己做主！我想把她的婚姻订了，以后就不能叫她常出门，站在门前看踏软绳的，那成什么体统？"玉太太听了也不敢多言。玉大人又抽了一袋水烟，便走往自己的卧室更衣休息去了。

少时天将二鼓，玉宅的规矩，无论上下，除了值班守夜的人之外，一到二更天便都要熄灯休息。玉太太抽着短杆旱烟，在屋中坐着闷闷地思索，忽然旁边伺候的仆妇薛妈就说："小姐来啦!"

　　旗人家的规矩，凡是小姐、少爷、儿媳，每天晨昏必要到父母的房中请安两次。玉娇龙小姐的父亲是位武将，在早先戎马倥偬时便已免去了这项礼节。可是她一早起来晨妆甫毕和每晚临睡之前，还必须来给母亲问安行礼。

　　当下她见了母亲，行礼已毕，就笑着问说："母亲! 咱们家里今天是有什么事呀? 高师娘要到菩萨庙去烧香，门前全都不叫她出去!"问完了话，就像小孩儿一般，扭头头笑着看她的母亲。她乌黑的发上戴着个珠子穿成的蝴蝶，在灯影里不住颤动着。她细条的身子上穿着葱心绿的上面绣着红花的缎子旗袍，袖头露出点儿银鼠里子，大襟上的第一个纽扣上佩着一串珠子，是翠玉琢成，垂着金穗子; 两个金耳坠也在灯下发光。这位小姐真似一条美丽而神秘的金龙一般。玉太太便把仆妇屏去，低声把玉大人刚才所说的话，向女儿重述了一番。

　　玉娇龙小姐听了并不惊讶，只是微微凝着秀丽的双目，闭着樱桃一般的嘴唇，纳闷了一会儿，说："咱们家里没有什么可疑的人呀?"

　　玉太太点头说："我也不信咱们家里藏着什么歹人，可是，你父亲拿着一张贼人写的字帖，据说是鲁君佩的笔迹。"

　　玉娇龙小姐说："鲁君佩本来就不是好人，父亲偏叫他常到咱们家里来!"

　　玉太太叹了一声，就说："唉! 你怎么这样说话? 鲁家是咱们的老亲，君佩又是一位少年探花、翰林院学士。"

　　玉娇龙似乎生气地说："那为什么他又当贼杀人呢?"

　　玉太太又叹息说："他怎能是贼? 人家的家世比咱们还好! 这一定是贼人故意模仿他的笔迹。"

　　玉娇龙小姐暗暗地哼哼冷笑，说："当贼的还用得着模仿别人的笔迹吗?"

　　玉太太皱了皱眉，又亲密地对女儿说："我看你父亲的意思是决定了，鲁家若再提亲，他就要答应。据我看，鲁君佩虽然相貌差些，可是才真好……"

玉娇龙小姐不待她母亲把话说完，她那娇艳如花的脸儿上就突然升起了一种惨白的颜色，珠子般的眼泪在睫毛上沾着，她悲戚地摇了摇头。

玉太太见女儿这般情形，又不禁叹了一声，说："事情可也不能立时就定规，你父亲这两天很是烦恼，也无心去办理这事，你就放心吧！别净为此事烦闷，慢慢地我想法子再劝阻你父亲，现在你歇着去吧！"

玉娇龙小姐虽然没说话，可是悲戚之色并不稍减。她就慢慢退身出了里间，转过身来，仆妇们齐都说："小姐您歇着去吧！"玉娇龙小姐微微点了点头，轻移绣履，屋里的仆妇持着灯烛送出来，玉娇龙小姐就带着丫鬟绣香踏着画廊往西边那闺阁走去。

这时墙外的更声正交两下，天黑如墨，黯然无星，似将落雪。北风吹得甚紧，将那边仆妇手中的灯烛都刮灭了。玉娇龙小姐回到屋内，此时另一个丫鬟名叫吟絮的已将床上的香衾铺好，铜盆中的木炭埋上。绣香烘暖了手，才过来替小姐摘下耳边的坠子，摘下头上的花朵。吟絮捧着一碗茶献上来，细瓷的小茶碗放在个银碟子里，放在那嵌石的红木桌上。玉娇龙小姐仍然是纤眉不展，珠泪未干，低着头不语。一只雪白的长毛猫跳到小姐的身上，扬着头咪叫了一声。玉娇龙伸出那柔荑一般戴着金翠戒指的纤手，轻轻地抚摸着猫身上的白绒似的长毛，芳容才渐渐现出些喜悦，唇边也露出一个浅浅的笑窝。

两个一般儿高、年岁都在十四五、穿着一样的缎子衣裳的俏皮丫鬟吟絮、绣香也一齐笑了。绣香就说："小姐，您可天天的愁什么呀？"吟絮说："再有几天就到年下啦，今年小姐还带我们逛花灯去吗？"玉娇龙小姐说："到时再说，我还未必活到了过年！"两个丫鬟一听这话，齐都咬住了下嘴唇，吧嗒嗒落下眼泪来。玉娇龙反倒噗哧笑了，说："你们替我难受什么？我还没哭呢。你们睡去吧！"

两个丫鬟拭拭眼泪，刚要转身，忽听外屋有人问说："小姐歇下了吗？"绣香赶紧打开软帘，向外边说："还没睡呢，高师娘请进来吧！"外面那高师娘进来。

这是一个五十岁上下的妇人，身材很高，长的是一张长脸，脸上已有了些皱纹，头发也有许多根全都苍白了。她穿的是灰布的棉衣裤，镶着白边，可知是个寡妇。手里却拿着一块红绸面儿白绸里子的东西，上面还绣着花朵。她含笑走进来，把这东西拿给玉娇龙看，问说："这是小姐叫我做的兜肚，我看是裁长啦，应当去下一块。"

玉娇龙把那兜肚接到手里，略微看了看，就说："不必去啦！高师娘你也去睡吧，我又不忙着要穿，明天再做吧！"高师娘点点头，就拿着兜肚走了。

这里玉娇龙微微笑着，用手抚摸着她的爱猫，向两个丫鬟努努嘴。两个丫鬟就都退出屋去，把房门关好，便一齐回她们的寝室睡觉去了。

小姐这闺阁一共是三间房子，靠北墙有一扇木门，里边还有个小小的套间，那是两个丫鬟住的地方，因为小姐好静，晚间不愿别人在她的屋里睡。她是最讨厌别人的鼾声和呓语的。这三间房子是两明一暗，外屋摆的是琴、棋、书、画。有个很大的后窗，临窗一张红木桌子，那是小姐每天读书习字之处。有时启开后窗，冬天可以看见一片雪景、茅亭假山；春天就可以看见十多株海棠树，并莳着几畦芍药。右边是个榆木的隔扇，上面嵌着满月形的玻璃窗，悬着红绸的夹软帘。里面还有两扇很严密的屋门，这就是小姐的卧室。

卧室靠后墙是装着楠木隔扇的卧榻，隔扇上嵌着许多小幅的字画。字是正、草、隶、篆皆有，画是工笔、写意俱全，并有"意云轩主人"的很小的图章。丫鬟们都晓得，这全是小姐自己书画的。左边靠隔扇是一张小书案，上面陈设着端砚、徽墨、古瓷的笔架和水盂，并有一两件精致的小摆设。书案上还放着两卷书，是《史记》和《唐诗》，这是为小姐随时翻阅解闷的。此外并有一匣"朱丝栏"的信笺，小姐有时微微有些感触，就常常命丫鬟磨墨，她玉手执笔，填一阙词或做几首诗。右边是妆台，有檀木镶翡翠的镜奁，并摆着两只白银镂花的灯台。靠窗是红木的茶几和两把小椅子，茶几上并无什么茶具，只有一只玉瓶，里边插着一枝正在开的梅花。窗上是两扇大玻璃，里面挂着碧罗窗帷，外面遮着木板，这是下窗；上面还有窗棂，却是用白绫裱糊着。窗外就是走廊了。

此时窗外的寒风吹得那白绫不住颤动，屋里却很是静默的，只有玉娇龙小姐在小书案之旁坐着，纤手抚摸着在她的膝上熟睡了、浑身长白毛、只有鼻梁上有一块黑点儿的爱猫。半天，她才把猫抱起，亲了一下，叫着猫的名字小声说："雪虎！"猫儿柔顺地叫她放在地下，咪咪叫了两声，跳到一个有棉垫子的椅上睡去了。

玉娇龙小姐懒懒地站起身来，走到妆台旁，向镜里看了看自己的芳颜，不禁又泛着一阵愁色，又向镜里微微一笑，这是一种冷笑。她俊秀的眼里冒出一股剑似的令人凛惧的寒光，但旋又恢复原状。她依然娇懒地拉开抽斗，取出一个很小很矮的银烛台，拿了一支小蜡，燃着了，便吹灭了那两支高烛。屋中立时发暗了，只有小烛台摇动着微光。她就手执烛台，轻轻走到外屋，将门户窗棂仔细检查了一遍，又回到屋里来，关上里间的屋门，将灯放在床里的一只小炕桌之上。

当她揭起幔帐时，一种麝香和温暖之气就溢散出来。她自己更换了寝衣，上了床，盖上闪缎的丝棉被，将乌云似的发鬈掠在绣枕旁，伸着她那戴着翡翠镯子的皓腕，取出来一本书。这本书很小，可是很厚。书皮上有一行字，其中有个字是"哑"字，仿佛是一本很神秘的书。小烛台的光焰虽小，可是将这床幔以内照得通明。这位玉娇龙小姐就拥着香衾，将这本神秘的小书细细翻。

此时，更鼓连敲了三下，由前院敲到后院，由后院又敲往花园去了。这一夜，玉宅里有许多人巡逻防夜，一点惊扰也没有。而在很远之处，一朵莲花刘泰保那里也是无事发生。刘泰保夫妇跟孙正礼、薛八、彭九、李成、梁七，全都一夜没有睡觉，钢刀都没离手。一到鸡鸣了，天亮了，孙正礼就把手中的钢刀当啷往地上一摔，打了刘泰保一拳，说："你这小子骗我，他娘的哪里看见一根贼毛？"

刘泰保赶紧赔笑说："大哥你别生气，这几天要是真没有贼，是我瞎造谣言，那我一朵莲花算是个什么东西啦？这不用说，一来是玉正堂把家宅看得太紧，二来是孙大哥的威名把贼给镇住了，所以贼才不敢来。我谢谢大哥跟众位啦！"遂向众人抱了抱拳。

薛八、彭九等人齐说："没有什么的，今天晚间我们还来，省得我们在镖局聚赌了。只要你不嫌骚扰，我们替你防守半个月，管保贼人得自己逃开北京！"

刘泰保笑着说："这不过是暂时的办法，我们净躲在家里求诸位来保护着，也不像话。虽然铁贝勒昨天已嘱咐我，不叫我再管闲事，可是你们的弟妹在会宁县的官差还没交代呢，她爸爸也不能白死。我再等五天，玉正堂如对此案仍旧没有办法，他家里还养着那大狐精与小狐精，那我就要另出妙计……可是现在我那条妙计还没有想出来。干脆吧，凭我刘泰保的计谋，再仰仗诸位的武艺，我非得有一天，叫两个狐精现露了原形，把那口宝剑放在桌上，咱们大家细看一遍，然后交还铁府，那时我才能甘心！"

众镖头齐都哈哈大笑，说："好！我们帮着你露这次脸，出这口气！我们帮到底！"

孙正礼却说："到临完我再看。你这小子若是冤我，我就揪下你的头！"

刘泰保笑着说："好啦好啦，快到年底了，把我的头揪下来给孙大哥，你去给财神爷上供！"大家又一阵说笑。湘妹也一边打哈欠，一边娇声地笑着。

随后，孙正礼和那四个镖头就都出去了。刘泰保夫妇把他们送出门外，回到屋来，把刀枪都放在一块儿。两人对脸打着哈欠，这才关上屋门开始睡觉。及至醒来已是三点多钟，窗外却密密地落起雪来。蔡湘妹做好了饭，两人吃了。刘泰保又要到西大院去找秃头鹰，蔡湘妹就叫他顺便带回来衣裳材料。傍晚刘泰保才回来，做了晚饭正在吃，孙正礼又来了。待了一会儿，薛八、彭九、李成、梁七也全都来到。薛八带来了一副骨牌，他们就推了一夜牌九，这一夜，仍然没有贼人的踪影。

两三日后，什么事情也没发生，可是来这里帮助拿贼的人却越来越多。秃头鹰和李长寿他们连上房也不会，可是也都来了，因为这里已变成了赌场，弄得房东得禄天天向刘泰保交涉。可是刘泰保只是向他作大揖，说："面子事儿！人家都是好心来替我们防贼熬夜，推个小牌九儿也不算什么，怎好把人家赶出去呢？"

得禄说："什么叫替你我防贼？你不搬来，我们这儿什么事儿也没有！"

刘泰保笑着说："那可不敢说！早先没闹过贼，以后可保不住不闹。你不信我们就搬走，可是贼人要是再来，你预备下酒席请我们来防夜。我们可都不管！"得禄也就不敢再说什么了。

刘泰保此时虽因案子没破，心里烦闷，可是别的事倒都很顺心。在这里住房不花钱，晚间他也加入赌团，凭他的精熟的赌术，简直没有一回不赢。而且蔡湘妹这个娇滴滴的绳上女，已然做了他的媳妇，两人是非常恩爱。

　　不过就是蔡湘妹的心里还略微有点不痛快，因为她以前是连年漂泊江湖，帮助她父亲探案，没有一刻生活安定，而且她父亲管束得她又严。如今父亲死了，虽然她很悲伤，可是反倒觉着自由了。尤其现在是新婚，眼前又快到了新年，她真是非常的快乐。就是，贼人既是不来了，这些守夜的朋友连宵聚赌，丈夫的心又仿佛不专一在她的身上，所以她总有点不痛快。

　　幸是这外院是南北房，守夜聚赌的人都在南屋里，她在北房还可以做做针线或睡觉；但是晚间睡了，白天又睡不着，可是白天她的丈夫一朵莲花又非休息不可，所以她在屋中觉着闷，就常到门首去，穿着一身红衣裳倚着新油漆的黑门儿。她看小孩儿们在雪地里打架，看卖年货的穿着胡同来来往往，都觉得很有趣味。并且附近的小门户里住的爱站门口的妇女，都渐渐与她熟识了，一见了面就彼此问："您吃饭啦？""您瞧今儿的天气倒还不太冷？"于是她认识了张家的三婶子、李家的二嫂子、马家的大姑娘、徐家的老太太，那些人也都认识了这个新媳妇，并且都知道她的丈夫就是铁府的教拳师傅，在街上出了名的一朵莲花。

　　这天是腊月十五，再有半个月就是年。晚饭后，孙正礼和那些赌徒又都来了。蔡湘妹帮助丈夫应酬了一阵，就坐在炕头发愁。刘泰保看出来了，见屋中没有人，就安慰他的媳妇，小声说："你别发愁！过几天他们镖店里就开了赌啦，他们也就不能再来啦！咱们办点儿年货，好好过个年，灯节以后再想办法，那时俞秀莲也就来啦。你现在要觉得闷得慌，可以到里院找得禄的老太太聊天儿。"

　　蔡湘妹摇着身子说："谁跟她们聊天？她们学来些府里的习气，我这样儿的，跟你又不是明媒正娶，人家从根儿上就看不上眼！"

　　刘泰保啧啧嘴儿，皱着眉说："这可怎么办呢？我还得到那屋里应酬那几位大爷去。顶是孙大爷难应酬，他恨不得叫我做一回贼，叫他捉住才行！"

　　蔡湘妹说："我要到李二嫂子家里去玩玩。"

刘泰保说："那你就去吧！天还早，我跟你关门去。"

于是蔡湘妹站起身来，移近了灯，对着镜子又梳了梳头发，就很轻快地出了屋子。南屋里灯光摇摇，窗上人头乱动，有孙正礼的粗声说："我看着你们推！谁敢在牌上生了病，我就给他一刀！"刘泰保给他媳妇开了门，这时天已黑了，蔡湘妹就往隔壁李二嫂子家里去了。

李家也只是夫妻二人，连个孩子都没有。李二是在铁贝勒府打杂，非得二更天后他不能回家。蔡湘妹今天也不是第一次来，李二嫂子对蔡湘妹、刘泰保和铁府的宝剑，以及碧眼狐狸的事全知道，所以蔡湘妹一到她家里，两人又把这件事谈了半天。李二嫂子就说她有个娘家哥哥，在西城鲁侍郎家当厨役。鲁家的少爷是位进士，现在要娶玉宅的三小姐做少奶奶了。可是鲁家少爷人才虽好，可太蠢，又高又胖，仿佛是庙里塑的哼哈二将似的，长得一点儿也不清秀。听说玉宅的三小姐又是个美人儿，大概不能够乐意，可是亲事就算定了，过年就要娶。蔡湘妹听她提到了玉宅的小姐，就心中一动，暗道：哼！叫她美！叫她不准我进她那宅门！该嫁个蠢女婿叫她一辈子伤心！

谈了一会儿闲话，同院住的妇女又来了一个，三个人就在一起抹纸牌。不知不觉李二就回来了，原来此时已将到三更时候。蔡湘妹就笑着说："二嫂子明天见吧！"李二嫂子把她送到门首，说："慢慢儿走！"蔡湘妹很敏捷地走着，还回头笑声说："您请回吧！"

此时天色昏暗，月光已被乌云遮住。这个花园大院是个很宽敞的地方，只稀稀的有几户人家，李家与刘泰保虽说是邻居，其实相隔着还有数十步之远。蔡湘妹迈动着莲足，还没有走到自家门首，忽觉眼前有一条黑影一闪。她不禁打了个寒战，就见那条黑影仿佛很高大，往自己住房的后面去了。蔡湘妹吓得紧跑几步，来到门前，她连叩门都顾不得了，就飞身上墙，飘然而下。南屋里却跳出来一条大汉，喊声"有贼"，手抡钢刀向她就砍。蔡湘妹疾忙躲开，惊叫着说："孙大哥！是我！"

孙正礼这才收了刀。刘泰保也跑出屋来，一看是他的媳妇，就问说："你怎么不拍门，可跳墙呢？"

蔡湘妹惊慌地说："我看见一条黑影跑到咱们屋后头去啦！"

孙正礼说："什么？好呀！"说着便飞身上房，手提钢刀四下张望。

刘泰保在下边说："大哥你下房来！也许不是贼！"此时屋中的那些赌徒，也全都扔下了手中的骨牌，提着家伙出来了。

孙正礼顺着房跑，跳到墙外，四下寻找，口中并骂着说："碧眼狐狸！贼婆娘！你出来见见我五爪鹰！"话音刚落，就听嗖的一声风响。孙正礼赶紧低头，抢刀回身，当啷一声就把贼人的刀磕开。贼人一伏身，用地趟刀法来取他的下部。孙正礼跳跃到一旁，斜身一跃而上，抢刀直砍，贼人反刀法去迎。

这时刘泰保一些人各执刀枪跑出门来，贼人便虚晃一刀向大院跑去。孙正礼持刀紧追，他已看出这贼人确实是个妇人，身材很高，脖子上系着一个很高的皮领子，连面目都挡住了。跑到大院她并不走，孙正礼持刀追上去，二人又狠狠地杀了两合。刘泰保等众人也都追上去，团团地把贼人围住，齐声喊着："拿！拿！拿！"

碧眼狐狸蹿耸跳跃，左拦右拒，手中的一口刀舞动如飞，并厉声说："我与别人无仇，只要一朵莲花的性命！"

刘泰保却冷笑着，抢刀猛进，并叫着说："哥儿们卖点儿力气，别放走了狐狸！"五口刀、两杆枪便从四下杀来。碧眼狐狸却如同疯了一般，抢刀乱砍，说话之间她就砍伤了三个人，现在只仗着孙正礼、刘泰保和蔡湘妹了。相战又五六合，碧眼狐狸回身就跑，孙正礼在后紧追，刘泰保又拾起一块砖头向贼人的后影去打，可是贼人跑得极快，一霎时跑到城墙根，就没有了踪影。孙正礼站住步，提刀大骂了几声，刘泰保夫妇赶到，这才把他劝了回去。

此时那些受伤的人都已搀到院里。原来除了铁骆驼梁七的左臂上受了一刀，鲜血已流满了身，闭着眼呻吟，躺在炕上，骨牌压在他的臂下都已染红。花牛儿李成、歪头彭九根本就没受伤，刚才是吓得趴下了；瞪眼薛八跟秃头鹰他们就没有上手。孙正礼提着刀出屋，又上了房。

这里刘泰保取出了刀创药给梁七敷上，望着他的媳妇蔡湘妹，却不住地皱眉，心说：这可怎么好？我请来的朋友多半是饭桶！我们两口子跟五爪鹰，三个人才能对付一个贼人。幸亏今天来的只是碧眼狐狸，倘若她那个徒弟再来了，再带来那口斩铜断铁的宝剑，那不就糟糕了吗？他愁眉不展地回头向秃头鹰说："你出去把官厅的人找来吧！他要死了再报，那可就晚啦！"

秃头鹰却摇了摇秃头，张口就说："我可不去！我还留着我这颗秃脑袋给人拜年呢！"

蔡湘妹一顿莲足，说："我去！"

刘泰保却把她拦住，说："你去还不如我去呢！"

正要走，孙正礼就进屋来，问说："什么事？"

刘泰保说："这件事得报官，不然梁七死了，也算一件命案。他们都怕碧眼狐狸，都不敢到大街上去，只好我跑一趟，把官人找来。"

孙正礼说："我去，你们看家。"说着，孙正礼又转身出屋。

刘泰保夫妇都说："孙大哥要小心！"

孙正礼愤愤地说："我不怕！"他也不用开门，就飞身上墙，然后跳到墙外。

刘泰保不放心，也提刀出来，却听外面咕咚一声响，并有孙正礼的骂声："好贼婆！……"刘泰保大惊，喊声："不好！"随之跳到墙上，却见外面一人也跳将上来。刘泰保吓得哎哟一声，摔下墙来。贼人却抢刀自墙上跃下，寒光一道，向刘泰保砍来，狠狠地说："我要的就是你的命！"刘泰保就地一滚，躲开了贼人的刀，反将刀横扫，向贼人的腿上去削。贼人一跳躲开了，弯腰抢刀，向刘泰保就劈。刘泰保又很快地滚开，贼人去追，此时忽听吧的一声，贼人的背上中了一镖，蔡湘妹挺枪向贼人就刺。碧眼狐狸返身抢刀相迎，刘泰保从身后滚来，又用刀去削贼人的腿。贼人忍痛跃起，一口刀前后翻飞。

此时屋中的几个人齐声大喊："拿贼！"秃头鹰并抄起了湘妹卖艺用的那面铜锣，铛铛铛乱敲起来。外面的孙正礼也爬过墙来，虽然他已负伤，可是还奋勇抢刀而上。碧眼狐狸又一耸身就上了房，孙正礼就喊道："追！"可是他已然蹿不上去了。刘泰保挺身站起，可是他也不敢上房。蔡湘妹又飞去一镖，却被贼人用刀磕落在地。

那贼人碧眼狐狸就趴在后厦，嘿嘿冷笑，说："刘泰保！今天再饶你一次，以后你若再敢欺侮我，我就……"

刘泰保骂着说："贼婆娘你滚下来！用不着你饶我，我刘太爷今天跟你拼啦！"

房上立时飞下一片瓦来，刘泰保赶紧躲开了。孙正礼气得怪叫，大骂，李成、彭九、薛八等人也都各持钢刀出来。蔡湘妹从李成手中要过来一口刀，气愤愤地一顿脚飞身上了房；刘泰保也随着上去，却见房上的碧眼狐狸已然逃走了。他们夫妻在屋顶上，孙正礼等人在院中又都波口大骂，骂了半天，却没有人还言。

刘泰保夫妇只得跳下房来。这时秃头鹰还在屋里敲锣呢，刘泰保就喊说："别敲了！"屋中的人却没听见，锣声依然铛铛铛紧响。刘泰保气愤愤地走进屋去，却看不见人，一低头，才看见敲锣的人是蹲在桌子下了。刘泰保踹了秃头鹰一脚，又摆摆手，秃头鹰坐在地下，这才不敲了。他探出头来问说："贼走了吗？"刘泰保也没言语。

这时蔡湘妹和李成搀着孙正礼进了屋，孙正礼仍然气愤愤地大骂。他的后腰上是一块刀划伤，虽然伤口不大，可是鲜血如注。他歪身躺在炕上，便起不来了。众人齐都皱着眉发着怔，湘妹倒是很得意，说："刚才我那一镖一定是打着贼了，不然贼还不能走呢！"

刘泰保却摆着手，紧皱眉头说："打了她一镖也不能弄死她，等她的伤好了，还是要来找咱们。这总不是长久的办法，咱们得另想个万全之策！"

孙正礼咬着牙说："明天我去告御状！我告玉提督家里纵养贼人！"

刘泰保摇头，叹息，说："没有准证据，又认不清贼人的模样，就是告了御状，咱们也占不了什么便宜！"又叹了一口气。

这时秃头鹰从桌底下钻来，问说："还报官不报啦？"

刘泰保也不理他，就走到炕前，向孙正礼问说："孙大哥，你觉着伤势怎么样？"

孙正礼的脑门子往下流着黄豆大的汗珠，咬着牙说："这算什么？来！给我再上点儿刀创药，明天晚上我还来给你们防夜！"此时梁七在旁边呻吟得更紧，刘泰保夫妇就忙着分着给两个受伤的人敷药。

少时里院的得禄也出来询问详情。刘泰保就把刚才的事告诉了他，得禄又害怕，又烦恼，并主张去报官。刘泰保却冷笑着，说："刚才我也想去找官人，现在我却想找来也没用。这样的贼人窝藏在玉提督的家里，我不信他不知道，说不定碧眼狐狸还许是就正堂的夫人呢！"

得禄说："你也别胡说！玉正堂的夫人可是大学士的小姐！"

刘泰保又冷笑说："小姐？小姐才靠不住呢！"

得禄在这屋里发了半天的怔，也就回到里院去了。里院得禄的家眷全都战战兢兢，再也睡不着；外院的人更是个个垂头丧气。

不多的工夫，天光就亮了，刘泰保自己跑出去雇来了两辆骡车，就叫李成、彭九等人跟着两辆车，送孙正礼和梁七各回镖店。秃头鹰也走了。刘泰保是极为烦恼，倒头就睡。

当日，刘泰保一天也没有出门。晚饭后，神枪杨健堂来了，那薛八、彭九、李成、秃头鹰等人全都没敢再来。杨健堂为人沉稳有胆气，武艺在孙正礼之上，所以刘泰保又放下些心。一夜依然是小心防备，刀枪不离身，蔡湘妹又预备下几支飞镖，可是并未发生什么事故。

刘泰保也相信碧眼狐狸昨天是中了飞镖，伤得一定不轻。次日他就找了秃头鹰，叫他去想法儿探听玉宅里有什么人受了伤，或是有什么人忽然得了病。晚间，秃头鹰来了，说是玉宅防范甚严，仆人不许随便出入，那大门里究竟发生了什么事，外人是无从得知。刘泰保只好在心里存着这个疑团，他暗咒着碧眼狐狸因为那一镖就死了才好。一连又是六七天，贼人并未再来搅闹，杨健堂也懒得每天由南城到北城来了。

此时年关已近，别人都纷纷买面办肉，索账还账，里院得禄家更是高兴，连年菜都着手烹调起来。刘泰保却终日没有一点儿欢容，心里只想着捉贼防贼。湘妹叫他买办什么东西，他都摆手说："忙什么的呢？反正误不了你过年就得啦！"

他虽然并没说今年这个年不过了，可是二十三祭灶的那一天，他连一块灶糖也没买。晚间，蔡湘妹听着别人家里放鞭炮，就非常心烦。才点上灯，她就铺好了被窝独自睡去了。

刘泰保把屋门关上，手里拿着口朴刀，坐在炕头，一边劝他媳妇，一边叹息着，说："你也真是小孩子气。唉！你想我还有什么心肠儿过年呢？早先我只是心高气傲，自以为了不得，我到北京来的原因，就为的是会会江湖闻名的李慕白。但是现在，我竟叫一个碧眼狐狸和个小狐狸弄到如此地步，我出门见着人，都觉着没脸，还过年？"

蔡湘妹说："你豁不出去嘛！你要豁得出去，咱们每人一口刀，闯进玉宅去捉贼！"

刘泰保说："唉！那没有用。见着碧眼狐狸跟她那徒弟，咱们也是不敢认，白白叫玉正堂抓住，办咱们个持刀闯入家宅的罪名。玉正堂心里正恨着咱们两人哪！"

蔡湘妹冷笑着说："哼！咱们两人？你说得有多么亲热！可是既然过日子嘛，今儿连祭灶都不祭了，叫别人瞧着，咱们这哪像个人家？真是，我跟了你，还不如跟着我爸爸的时候好呢！"说着，眼泪扑簌簌地落了下来。

刘泰保忙替媳妇擦眼泪，笑着说："你别烦！只要捉拿住碧眼狐狸，找回来宝剑，那时咱们天天过年，天天吃饺子。"

蔡湘妹把小嘴一撇，说："哼！凭你呀？这辈子也捉不着碧眼狐狸，还想找回宝剑？做梦吧！"

刘泰保说："哈！由我老婆就先看不起我，我一朵莲花还算是什么男子汉大丈夫？好啦！有你这句话，贼再来了你别上手，看我一个人……"

正在说着，忽听外面门环吧吧一阵响，响声还似乎很急。刘泰保吃了一惊，蔡湘妹赶紧把他推开，惊慌着说："听！……"刘泰保微微冷笑，站起身来，手提朴刀，开了屋门，昂然走出，在院中高声问道："找谁？"这里蔡湘妹也赶紧推被坐起，疾忙穿上鞋，抄刀找镖。这时却听外面街门开了，有杨健堂的说话声，并听她丈夫在往屋中让人。蔡湘妹就赶紧放下刀，随手点起灯来，却见屋门一开，先进来的是一个女子。这女子头上梳着辫子，显然是未嫁，年纪也就是二十三四，身材不高不低，很俏拔；眼睛灵活而有神，脸上微微有点儿瘦，并带着些风尘之色；披着一件青绸的棉斗篷，并不华丽。随后进来的是杨健堂和刘泰保，刘泰保不但是满面笑容，而且有点儿惊慌莫措，并向她说："见见！这是俞大姐！"

蔡湘妹一时想不起这是谁，只规规矩矩地站着，把两手叠在胸前拜了一拜。这位俞姑娘也微笑着还礼。刘泰保就恭恭敬敬地让坐，又忙着去扎火炉，并叫湘妹给倒茶。湘妹诧异着，见这位俞姑娘在椅子边坐下，脸上还带着点儿笑。湘妹送过茶来，这位俞姑娘轻轻说声："不要客气！"湘妹就站在桌子旁边，借着灯光，眼睛直直地看着这位姑娘的脸，就见她连耳坠都没戴。又低头偷眼看着，见她的脚比自己的脚大，穿的是黑布鞋。

此时杨健堂坐在姑娘的对面，笑着说："好了！今晚我倒盼着碧眼狐狸师徒前来，叫他们碰一碰钉子！"

刘泰保说："那还用说？碧眼狐狸若来到，一定是逃不了。姑娘的武艺高强，天下皆知，谁不知镖杀苗振山、大败张玉瑾的巨鹿县俞姑娘？何况这三年您又学会了点穴！"

蔡湘妹吃了一惊，她想不到原来这位不速之客，就是鼎鼎大名的侠女俞秀莲。立时她就笑了，说："俞大姐，前两年在甘肃我都听人说过您，我想见您极了！您是几儿来的呀？"

俞秀莲微微笑着，说："我今天下午才到。我此次来，专为看我的德五哥、德五嫂。他那两个儿子是我的徒弟，儿媳杨丽芳也早就与我相识。我本想住上两天就走，还回到家乡过年去，可是就听德五哥说了你们被碧眼狐狸欺侮之事。我听了真生气，北京城怎能容这样的贼人横行！所以我叫人去请杨大哥，杨大哥带我来找你们。你们放心，只要贼人今天能来，我绝不叫她逃得活命！"这姑娘以前说话是慢慢地、轻轻地，但说到了末几句，她的声音十分沉重有力，并且眼里露出一种英悍之风。

刘泰保这时十分高兴，极为恭谨。可是他今天跟俞秀莲是初次见面，有许多话他不敢问，也不敢说，只把碧眼狐狸与那小狐狸的情形详细说了一遍。

俞秀莲丝毫不觉得奇异，只说："不要紧，今夜她们若不来搅闹，明天你设法激她前来，到时我自有办法。可是我这次来到北京，只想住三四天，还得赶紧回去。我不愿别人都知道我来了，你还是不要在外去说才好。"

刘泰保连连点头，说："那是自然，我们若说出来俞姑娘前来帮助我们，那碧眼狐狸师徒一定惊吓得远扬，宝剑更没法追回来了！"俞秀莲点了点头，杨健堂就叫刘泰保同他到南屋去。

这北屋里只有俞秀莲和湘妹，湘妹又把炕上的被褥叠好。俞秀莲却站起身来，脱去了青绸斗篷。她里面只穿着青布的短衣短裤，又瘦又单寒，可是她一点儿也没有怕冷的样子；腰间系着一条青丝带子，挂着刀鞘。她把刀鞘摘下来放在桌上，蔡湘妹就见是一对双刀，刀柄上系着很长的青绸飘带。她笑着走过来，摸摸刀柄，问说："这是俞大姐使用的吗？"俞秀莲微微点头。

湘妹就将双刀从鞘中抽出来半截，只见寒光夺目，心说：在这两口刀之下不知死过了多少凶悍的盗贼！她说声："真是好刀！"掠起眼波来，羡慕地看着俞秀莲，又问说："听说有位李慕白，是大姐的……"

俞秀莲很自然地说："他是我的恩兄。"蔡湘妹点点头，心说：幸亏我没说错了话！

俞秀莲拉着蔡湘妹的手，笑着问说："听说你的武艺也很好，还会打镖，会踏软绳。"

湘妹脸红了红，说："我的武艺比您可差得远啦！您别提了，提了我真要羞死。大姐练的是真正武当派的功夫，我们练的却是江湖上的俗玩意儿！"

俞秀莲拍着蔡湘妹的肩膀，说："你怎么这样客气？"湘妹笑了笑，又说："以前我听人说大姐的英名，我以为您一定是身材很高大，黑脸，像五爪鹰孙大哥似的，现在一看，……您长得真俊！"

俞秀莲没言语，湘妹又说："玉宅里有一位小姐，长得也太好了。我原想混进玉宅，给那位小姐去当丫鬟，顺便探访她宅子里藏匿的贼人，可是没办到。那位小姐跟德宅的大奶奶、少奶奶都很好，她们常来常往，您将来在德宅一定能遇见她。她长得真美，我真喜欢她，可是她不如您，您的脸上有一种英雄之气。"

俞秀莲摇了摇头，说："她们富家小姐是应当长得好看。小姐的身后必定有丫鬟伺候，假若丫鬟都顶美，小姐却难看，那一定的叫别人笑话。你也很美，假若你不美，别人就该说你是个丑媳妇了。我却不能同你们相

第三回　银镫销夜小姐恨鸳音　宝刀生光女侠歼狐首

比，自我十六岁时就在江湖飘荡，如今已是六七年了。我无论走在什么地方，向来是孤身一人。可是一个女子在外边真不容易！投店都不方便。我只恨我长得太不雄壮，我恨我不幸生来是个女儿之身！"俞秀莲说话时，似乎是有点儿感慨，但面上并无什么悲戚之色。她同湘妹两人闲谈着，不觉得天色就不早了。那南屋中灯光也未灭，刘泰保跟他的表兄杨健堂也像越谈话越多。

这一夜无事发生，第二天杨健堂走了，俞秀莲雇了一辆车，又回东四牌楼三条胡同德家。蔡湘妹得安心地睡早觉，刘泰保却到西大院去找秃头鹰。这几天刘泰保门也不大出，没什么精神，如同一朵莲花儿缺了水，快要枯萎。今天却像遇着了甘霖，他的脸色特别鲜明，扬眉吐气的在西大院茶馆见着了秃头鹰，头一句话就问："老秃！有什么新闻没有？"

秃头鹰摇着秃头，说："一点什么事儿也没有！昨天祭完灶我还跑到鼓楼西绕了个弯儿呢，看见玉宅大门紧闭，连点儿狐狸的骚气都没闻见。据我看，是你弄错了！狐狸另有狐狸窝，绝不是在玉宅。"

刘泰保撇嘴笑了笑，把秃头鹰的鼻烟往自己的鼻子上抹了一把，握着拳头低声说："告诉你个准信儿！我刘泰保眼看就要大功告成，一两天内准保抓着狐狸，得回来宝剑！"秃头鹰笑了笑，刘泰保说："不是吹！现在我添了个膀臂，有人帮助我！"

秃头鹰问说："谁帮助你？是有名的人吗？"

刘泰保说："自然有名！是我媳妇的大姐。"

秃头鹰一笑，说："你媳妇的大姐只能帮助她给你做一双鞋。"

刘泰保说："你爱信不信！现在你到我家里去，我求你点事儿！"

秃头鹰问说："什么事儿？"

刘泰保说："你先别问！"他拉起秃头鹰来就走。

回到家里，北屋关着门，湘妹还没睡醒。刘泰保叫秃头鹰进南屋里去等着。他就进到里院，先咳嗽了一声，问说："得禄大哥起来了没有？"

得禄正在刷牙漱口，听见刘泰保的声音，他就推开门，说："请进来！"

今天得禄的脸上特别和气，刘泰保拱手说："我不进去啦！大哥你把笔墨纸砚借给我用一用吧，我穷得过不了年，得跟人家借点儿印子钱，写一张字据。"

得禄把笔墨拿出来，并给了两张很厚的毛边纸。刘泰保接到手里才要走，得禄却又叫他站住，笑着问说："你知道俞秀莲来了吗？"

刘泰保摇头说："我不知道。"

得禄说："昨天我可听见德宅的用人说了，俞秀莲到了北京，住在德家，可还是梳着辫子，大概她没跟李慕白在一块儿。"

刘泰保说："管人家呢！"

得禄说："俞秀莲专爱行侠仗义，抱打不平，你应当到啸峰家设法央求，叫她替你拿贼。"

刘泰保笑着说："禄大哥你太看不起兄弟啦！我自己惹下的贼，自己没法子拿，去求一个女流之辈，那我可有多么泄气！"说着话一笑，转身走了。

他到了外院南屋，把笔墨纸砚都放在桌上，拉着秃头鹰的胳臂说："求你给画一张画，要画个小脚儿的老妈，可要有狐狸尾巴。"

秃头鹰气说："我哪会画画儿呢？画个忘八还可以，老妈儿我不会画！"

刘泰保举起拳头，比着秃头鹰的脑袋，说："你要不画我就打你，快画！先画个老妈儿，照你媳妇的模样儿画出来就行！"

秃头鹰没法子，又笑又气，只好用五个指头拿着笔，费了半天事儿，才画了个老妈儿。脑袋大，腿短，两只小大脚撇着；脸上是五个黑点，算是鼻子、眼睛、嘴。刘泰保在这老妈儿的腿旁加添了一条狐狸尾巴，好像是一把扫帚。又在下面画了个小狐狸，其实一点儿也不像狐狸，也不像猫，是个"四不像"。刘泰保把着秃头鹰的手，在空白上又写了"碧眼狐狸死在眼前"八个大字，然后说："好了，麻烦你了！"

秃头鹰瞧着他自己画的那个老妈儿，却不住地笑，说："老哥！你又想起什么主意来啦？"

刘泰保笑着说："你别多问！三天之内，我要拿狐狸肉包饺子请你吃。给你一张狐狸皮，你拿回去给你媳妇做耳朵帽儿，并且我还叫你开开眼，看看那口斩铜断铁的宝剑！"说着，把秃头鹰推走。

下午，刘泰保很安适地睡了个大觉。吃完了晚饭，不多时，俞秀莲就来了。刘泰保向他媳妇要了一支钢镖,用那上写着"碧眼狐狸死在眼前"的画着老妈儿的纸包上这支镖,他就走出门去了,在街上转了半天,就转到了玉宅的门前。此时天色尚未打二更,但玉宅的大门已然关了,高坡上没有一个人。天色昏黑,风很大。刘泰保脱掉了鞋揣在怀里,却从怀里掏出来那用骂人的图画包着的钢镖,鼓起胆气,飞身上房,将这支镖连那张图画,一扬手打进玉宅的院落里。他赶紧又跳下来,连鞋也不穿就跑,身后却听锣声紧响。回到家里,他一句话也没说,心情十分紧张,料定碧眼狐狸非来不可。可是直到天亮,仍是毫无动静。

到了第二天,刘泰保就到西、南、北城各茶馆去宣扬,说是自己在三天之内,一定要捉获碧眼狐狸。同时就听有人秘密地说:"玉宅昨晚又出了事……"刘泰保连听也不敢听,就赶紧溜走了。这一天他就没回家,直到晚间二更天他才回去,一看,俞秀莲已然来了,媳妇正陪人家说话儿。蔡湘妹一见刘泰保,就说:"喂!你回来啦!今儿可有两个官人来传你!"

刘泰保点头说:"我知道,那是提督衙门来的。他们明天再来,就说我初一那天一定去给他们拜年。"又向俞秀莲说:"大姐!今天晚上贼人一定来,您防备着点儿!"

俞秀莲说:"我愿她现在就来。快点儿把你们这件事办完,我还得赶紧回家去呢!"

刘泰保又叫媳妇给俞大姐换碗热茶,他就拿上一口刀,带上百宝囊,往南屋里去了。没进屋时,把火折子晃着了,刀在前,人在后,到了屋内,四下照着无人,他才把门关上,熄了火折子,躺在炕上。

这时窗外黑天沉沉,寒风呼呼,此地靠近城墙,连更声都不易听到,也不知是什么时候了。北屋里灯光通明,火也很旺,蔡湘妹跟俞秀莲谈得很是相投,她忘了困倦,并且着笑。俞秀莲也很喜欢湘妹的活泼天真,就也笑着说:"可惜你已嫁了,不然咱们做个伴儿有多好?我可以带着你到许多有名的好地方去,像九华山、雁荡山、峨眉……"

正说着,忽然她噗的一声把灯吹灭。蔡湘妹吃了一惊,就见俞秀莲已站起身来,轻轻把双刀抽出。蔡湘妹也赶紧掣刀在手,并拿着一支镖,俞秀莲却向她摇头。窗外是只有风声，并无旁的声音。俞秀莲轻轻把门启开，一跃出屋，紧接着一跳脚就上了北房。房上有一贼人抡刀向她就砍，俞秀莲左手的刀猛磕前去，就听呛啷一声，右手的刀又挟着疾风削来。贼人不敌，赶紧跳出墙外，两脚才落实地，俞秀莲已经追下来了。贼人就见刀光在眼前一晃，她赶紧横刀去迎，却不料俞秀莲另一只手中的刀同时砍至，正劈在她的左腕上。贼人哎哟一声，回身就跑。

这贼人跑得极快，又加着负伤逃命，简直如同飞一般。秀莲在后紧追不舍，顺着城墙一直往西，跑了四五里路，忽然又往南。此时秀莲眼看着就要追上了，距离贼人不过六七步，忽然贼人一转身，把她右手曳着的那口刀向秀莲飞来，秀莲赶紧向旁一躲。贼人掉头拼命又跑，秀莲又紧追，这就来到了鼓楼西大街。贼人跑上了一座高坡，秀莲随着追上去，贼人却蹿上了一家大宅院的屋宇。秀莲也蹿上去，自后一刀砍去，贼人就"啊"的一声惨叫，滚下房去。秀莲也跳下去，就见是一所花园。

贼人哎哟哎哟的在地上乱滚。秀莲赶过去挥刀要结果了贼人的性命，此时忽见有一条细长的黑影扑来，手中的剑光向秀莲就刺。秀莲用刀相迎，却听"锵"的一声，右手中的刀就被对方的宝剑给削落了一截。秀莲惊道："啊！你就是盗剑贼！"她并不退后，疾忙将右手的刀柄撒手，左手的刀换在右手，嗖嗖嗖连声猛砍，同时却躲避着宝剑。对方的人也抖起了剑光，紧紧迎敌，不肯稍让，相战十余合不分胜负。

此时前院已然铛铛鸣起了锣声，使剑的人抡剑向秀莲猛劈，秀莲却托住了她的右腕，同时对方可也把秀莲擎刀的那只手揪住了。不过秀莲却吃了一惊，因为她觉出这个贼人的手腕很是柔腻，并且腕上有个很硬的圆圈子，好像是一支玉镯。这个人穿着青衣，半个脸也蒙着黑纱。秀莲抬起左脚尖要向对方的小肚子去点，对方却用脚蹬住，倒是只大脚。

此时前院已人声鼎沸，梆锣乱敲，这个人就急急地夺开手；秀莲揪不住他，便撒了手，同时也抽回刀来，跳起来又砍。那人舞剑招架三四合，返身便跑，秀莲仍然紧追。那人虚晃一剑，就钻进一个后窗户里。此时灯光已扑进花园里来，秀莲就飞身上了房，顺着房走去，只见下面有一二十人都打着灯笼，提着刀棍，拥往花园里去了。

秀莲在房上鹭伏鹤行，很快地就由这所大宅院跳到了邻家的房上。走出很远，才跳下来，这里就是条昏黑的小巷。穿过两条小巷便看见巍巍的城墙，她又顶着城墙往东去走。此时她的手中只剩下一口刀了，因为这对双刀是她父亲当年在世时给她订打的，如今折了一口，她不免有些伤心。她晓得刚才斩断自己钢刀的那口宝剑，就是李慕白在三年之前从柳建才手中得来，又献给铁小贝勒的那口剑。不过，刚才那使剑的人却极为可疑，那个人的剑法相当的精熟，有几处剑法都好像李慕白曾使用过。尤其那个人的手腕和腕子上的圆镯……

俞秀莲一路思索，回到了刘泰保的家门，越墙进去。刘泰保夫妇都提着刀从屋中奔出，俞秀莲笑着说声："是我！"刘泰保夫妇赶紧放下了刀，问说："俞大姐，捉住贼人了没有？"俞秀莲进了屋，摆摆手，把刀放在桌上，说："我的一口刀被她们的宝剑削折了，明天还得去配一口，分量就怕不能一般儿沉了！"刘泰保和蔡湘妹齐都吓得发了怔。

俞秀莲自己倒了一碗茶喝着，又摆手说："你们不用担心了！明天就可以得到消息。不过这件事关系重大，你们不要再到各处去胡说，反正年前我一定叫那贼人把宝剑交出。交出宝剑，别叫他再胡为，也就算了。因为我还要赶紧回巨鹿，不能常在北平住。再说，我们都与德啸峰相识，倘若我们把玉正堂逼得太甚了，难免他就迁怒于德家！"

刘泰保点头，三角眼里的眼珠不住地乱转，他猜不透俞秀莲刚才与大小狐狸们争斗的结果是如何，更猜不透俞秀莲有什么方法才能索回宝剑来。此时俞秀莲有点疲倦的样子，刘泰保提着刀又往南屋里去了。秀莲叫湘妹关上了门，说："咱们放心睡吧！我敢保贼人不能再来了。"

蔡湘妹铺好了被褥，她可不躺下。俞秀莲却头朝着里，和衣卧下。蔡湘妹也躺下，可还是不敢脱鞋。两人合盖着一床棉被，脸相对着，蔡湘妹就低声问："俞大姐，刚才您把贼人追到哪儿，您就回来啦？"

俞秀莲却说："你不必细问了！明天你就可以晓得。现在我准保贼人不能再来搅闹，只要把宝剑要回来，我就走了。可是在我走之前，我要见一见那位小姐玉娇龙。因为今天白天我在德家，听德家婆媳也说，玉娇龙长得真是太好看了，文章书画全都好。她常到德家去，因为他两家本是老亲。德啸峰在三年前充发新疆之时，玉大人正在那里做领队大臣，一切都蒙他照应。在那里德啸峰就知道玉小姐，听说玉小姐在新疆时不像现在这样安闲，她也会骑马，会拉弓射箭，还时常在山林里打猎。我想这个人一定很有意思，明后天我想见一见她。"

蔡湘妹说："其实，那玉小姐也不过就是长得好，穿的衣裳阔，也没有别的啦！马可怕她骑不了，小孩儿玩的弓箭，她或者能拉得动，您明天一见她就知道了，身子弱极了，胆子又极小。我爸爸在她们门前耍流星，她既要看，可又怕流星脱了绳打着她，您没瞧见她那忸怩的劲儿呢！若不是几个老妈护着她，一阵风儿就许把她吹倒。您说她知书识字，能写会画，倒许是真的，可是人呀，不见得怎么能干！我们两人要是换个过儿，她当我，我做她，准保她连我那菜都做不出来，还别说飞镖跟软绳了。我呀，哼！也不能容许一个大盗在我的宅里藏着！"

俞秀莲笑了笑，说："你可知道，人是不可貌相？"

蔡湘妹笑着回答说："海水还不可斗量呢！将来，我也许能穿上她那么阔的衣裳，可是我比不了她的，就是模样儿和身量。"

俞秀莲又问："她的身量有多么高？"

蔡湘妹抬手比着，说："比您还高那么些个，可是腰比您细。没有您这么强壮！"俞秀莲听了，半闭上了眼睛。

蔡湘妹在枕边又掠掠自己的头发，坐起来，慢慢解开她那双绣鞋。少时俞秀莲睡去了，蔡湘妹可还是不敢睡，又下了床，扒着玻璃往南屋去看，却见南屋里黑乎乎的，正想：不知他今晚敢睡不敢睡，却听那屋里拍了一下巴掌。蔡湘妹就向玻璃上唾了一口，轻轻飞着骂声："促死！"回身见俞秀莲翻了一下身，并听她长出了一口气。

后半夜无事。次日清晨，俞秀莲就叫刘泰保出去往玉宅附近，看看那里有什么事情发生没有。直到快要吃午饭的时候，刘泰保跑回来了，惊慌慌地，说："玉宅的大门我不敢去，我派了秃头鹰去打听，秃头鹰说，今天玉宅的大门前特别森严，不许闲人上高坡。秃头鹰亲眼看见由玉宅车门抬出一口棺材来，也没有吹鼓手，听说是他们宅里的一位师娘，昨天得了暴病死了……"

秀莲冷笑着，说："这么一说，碧眼狐狸是再也不能和你们作对了。"

刘泰保说："碧眼狐狸死了，是俞大姐除去了一个恶人，可是还有后患，我怕的就是她那个徒弟。她那徒弟是个男的，多半是玉宅的小厮，本事比碧眼狐狸高强百倍。他师傅死了，他还能不给她报仇吗？"

俞秀莲摇头说："我看他就是想要报仇，也不能闹得怎么样。昨天我也会着了那个人，他的武艺虽然不错，可是我也能敌得过他，不过我想他还不至于像他师傅那样的坏！"又问说："你们没打听出来那碧眼狐狸既是称为什么师娘，想必还有个师傅，可是那个师傅又是怎样一个人呢？"

刘泰保说："他们详细的来历咱们打听不出来，不过听人说这死的贼人，是在玉宅专管做小姐的活计的，平日为人很老实，常出来到小庙烧香。秃头鹰说他只见棺材由车门里抬出来，却没看见有人哭，也没见有人穿孝，大概这个狐狸也是个光杆单身。"蔡湘妹在旁边听了她丈夫的话，不住地笑。

俞秀莲就叫刘泰保去给雇车，并说："我到德家去看看。晚上我再来！"刘泰保跑出去，少时雇来了一辆车。

俞秀莲披上她那件青绸棉斗篷，说了声："晚上见！"就出门上车走了。

俞秀莲三年以前在北京时，本是住德家的另一个院子里，那里屋中的陈设也俱全，还有秀莲的一些衣物存放在那里。可是这次俞秀莲来，说是只住三四日便要回家，她又与德家婆媳最为相投，别后三年来的事，通宵达旦也说不尽，又突然加上了刘泰保的这件事，所以她的随身行李全没往那边去搬，一来了就直接到了德大奶奶的房中。

今天已是腊月二十六，再有四天就是年下了，所以德大奶奶特别忙碌。她指挥着仆妇把各房中的器皿全都要擦亮。少奶奶杨丽芳这几天也不练武了，胭脂也比往常搽得多，旗袍也比往常穿得漂亮，旗髻上并插着绫绢花。只是她的两只脚，虽然放了，可还是小得厉害。忽然，她就向婆母说："俞姑娘回来了！"等到俞秀莲进屋，她赶紧过去替俞秀莲脱下斗篷。

德大奶奶笑着说："我的妹妹，你简直是奔忙的命！人走到哪儿，麻烦事儿也就跟到哪儿！三年没见你的面，好容易你来了，偏偏又遇见个倒霉的刘泰保，没容你下马喘喘气儿，就把你给拉了去替他拿贼，又是大年底的。干脆，今儿晚上你别去啦！贼踏破了他的房子咱也别管。咱们高高兴兴地过一个大年吧！"

俞秀莲却坐在炕上，笑着说："事情也快要办完了，至多今天我再到他家里去一趟。刘家的小媳妇倒很有趣儿的。"

德大奶奶说："我听人说也不错。本来人家也是当官差的女儿，不是指着踏软绳为生的。刘泰保那小子倒捡了个便宜，可委屈了人家的姑娘！"

俞秀莲说："不过我看刘泰保也不是什么坏人。"

德大奶奶说："坏不坏倒不说，就是那个人太讨厌，太没眼色。你侄子跟你侄媳妇他们练武，他就常常跑来看，还在旁边叫好儿。有一回碰上玉宅的三小姐了，他也不知回避，闹得我倒怪难为情的。他人不同李慕白，李慕白人家规矩，跟你五哥的交情又厚。他，看他那身穿着打扮？再说并没什么交情，他不过是杨老师的表弟。其实杨老师也把他腻烦透了！"

俞秀莲笑了笑说："江湖人全是那样儿。"

德大奶奶也笑着说："幸亏我没走过江湖。可是我瞧你整年在外面跑，可永远是小姐似的。这次来了，我看身上还是没有什么土气。"杨丽芳站在她婆母的身后瞧着俞秀莲，俞秀莲也笑着，又说："我想见见玉娇龙。"

德大奶奶说："你要见她可容易，我叫寿儿去，立时就能把她请来。"

俞秀莲说："真的吗？五嫂子您有那么大的的本事吗？"

德大奶奶笑着说："别人我请不动，她我可是一请就到。前两天我在邱大奶奶那儿还见着她呢！我们两人见面是一回比一回熟。我知道她这些日子也是很烦闷的，因为那个刘泰保怔说她们宅里藏着什么狐狸，她父亲非常不高兴。要说跟刘泰保斗吧，却又真不值得，再说又关系着铁贝勒的面子；要说不理他吧，却又真真可气，所以老头子天天愁眉不展，这是一个原因。还有就是玉三小姐的亲事快要订了，嫁一个丑翰林，她那样的人才怎能愿意？前天我去的时候，正见她跟邱大奶奶哭，大概就是提到她的伤心事儿了！"

俞秀莲说："谁管她嫁给什么丑翰林俊翰林，您就快把她请来叫我见见吧！"

德大奶奶想了想，说："没个题目可也不好去请。这样吧，我叫人去叫一桌酒席，连邱大奶奶一齐请，给你作陪，咱们吃晚饭好不好？"

俞秀莲说："现在午饭还没吃呢，晚饭得等到什么时候？"

德大奶奶说："不！请她们早些来呀！就说你在这儿啦，她们一定赶忙来，因为邱大奶奶也很想你。玉三小姐她跟你虽没见过面，可是她也知道你的大名，她跟我打听过你早先的事情，还问过你几时才来北京。"

俞秀莲说："还是先不告诉她们才好，等到她们来了，您再给我跟玉娇龙引见！"

德大奶奶笑着说："你大概是怕她知道你帮助刘泰保，她恨你？好吧！我这就派人去请。"于是回身把这话告诉了杨丽芳。杨丽芳传给了仆妇，仆妇又到外院去传给男仆寿儿，寿儿就分头去请女客。

这德大奶奶跟杨丽芳婆媳二人又忙着更换衣裳；俞秀莲也打开自己的行李，取出一件元青色的绸子棉袄，换了一双青摹本缎的绣花鞋，并将辫子重梳了梳，多上了一点儿头油，脸上也搽了些脂粉。待了会儿，德大奶奶修饰完毕了，回身看了俞秀莲一眼，就笑着说："你这么一打扮，我看比玉娇龙还俊！"

此时仆妇进来，请她们到饭厅去用午饭。正在吃饭的时候，寿儿就在窗外回复着说："邱大奶奶今天要回娘家，不能够来，说是谢谢这里奶奶啦。玉三小姐是三四点钟准来！"

俞秀莲听了，就说："她那么晚才能来，真叫人不耐烦等她。早知道这样，咱们应当约她来吃午饭！"午后等了多时，寿儿又来到窗外喊说："回事！玉三小姐来啦！"德大奶奶赶紧迎了出去。杨丽芳对着穿衣镜照了照，也随着她婆母出去迎接。俞秀莲站起身来，就听屏门外传来一阵轻柔的笑声，足音杂沓，她隔着窗上的玻璃往外去看。

第四回　冷笑娇嗔深闺索宝剑
　　　　　灯光鬓影元夜遇情人

　　就见德家婆媳让进院来一位十七八岁的小姐。果然，这位小姐的身材是细而长的，可是并不见得怎么弱；披着银红缎子绣花的皮斗篷，露出缠着金线的辫根，发上斜簪着一只衔着珠子的红绒凤凰；脸上敷着脂粉，那一定是一种贵重的脂粉，颜色鲜艳，并且调合，不像一般俗气女子脸上脂粉搽得那么怪气。这位小姐的面貌不仅是美丽，还表现出一种大方。她带着春风一般的笑，语声不大，但是很清楚，举措适宜而不粗野。

　　跟德大奶奶谦让了半天，她一定要请德大奶奶在前面走，德大奶奶却执意不肯，直说："您到我们家里来啦，哪有我们先走的？"玉娇龙就笑着说："那么少奶奶先请！"杨丽芳便笑着赶紧往后退。随侍玉娇龙的两个仆妇和一个装饰比杨丽芳还要漂亮的丫鬟，都笑着说："德太太，您是我们三小姐的老嫂子，您就别客气啦！"

　　俞秀莲看到这里，就翩然走进了套间，放下了软帘，隔着帘子听。德大奶奶已把玉娇龙让进来了，她们很客气地让座谈话。德大奶奶问玉娇龙这两日在家做些什么，玉娇龙笑着回答说："什么也没做。我是想出来看看五嫂，但又怕五嫂子的事情忙，再说我一来了，少奶奶就要受累！"

　　杨丽芳也婉转地说了两句谦逊的话，后来就听德大奶奶说："今儿我不但是请了三小姐，还请了邱大奶奶呢！可是她今天要回娘家，把我的约会给谢绝了。本来年底我也想着，三小姐在家事情一定比往常多，我应当等到过了年再请您。可是，这两天我们这儿来了一位客，是个有名的人，您早先跟我说过，想见见她，正好她今儿也就想见见您。"

玉娇龙似乎有点儿纳闷，笑着问说："是哪一位呀？"

德大奶奶就说："怎么，客请来了，她倒躲避起来啦？少奶奶，你快请俞姑娘去！"又轻声对玉小姐说："是俞秀莲来了，住两天她还要走，今儿我设法叫她耍一回双刀，给您看看！"

此时杨丽芳已笑着走进套间，到了秀莲的近前，她就笑着悄声说："玉娇龙来啦，我奶奶请您去见见！"俞秀莲便微笑着，从容地走出了套间。

此时玉娇龙已站起身来。看见了俞秀莲，她的脸色不由得一变，仿佛十分地惊讶，但这种异状是一闪就过去了，仍然平和。

德大奶奶就笑着给介绍说："这是玉宅的三小姐，这是早先我们家里的老师俞小姐，您姐儿俩，一位是专会练武，一位是就爱瞧人练武。"

俞秀莲向这位贵小姐点点头，微笑着，眼光如同利箭似的射在玉娇龙的脸上。玉娇龙也点点头，不自然地笑了笑，眼光也直盯着俞秀莲，仿佛是说：你这样瞧我，我就也这样瞧你！两人互相瞪了一会儿，忽然玉娇龙天真地笑了，瞧着德大奶奶说："我觉得这位俞姐姐很眼熟？"俞秀莲就说："我看你也眼熟，仿佛昨儿晚上咱们见过面似的！"德大奶奶笑着说："那大概是你做梦啦！请坐吧！请坐吧！"杨丽芳托着茶盘送上茶来。

玉娇龙就带笑问说："我早就听德五嫂子提说过您，说是您真有本事。"

俞秀莲就也笑着说："我的本事比三小姐可差多了，我就会蹿房越脊，不会钻窗户。"

玉娇龙脸色又一变，仿佛不解这话，就依旧笑着问说："俞姐姐是几时来到北京的？"

俞秀莲说："我是才来了两三天。要是早来，咱们也就早见着啦！"

玉娇龙又笑着说："您是来到德五嫂子这儿过年吗？"

俞秀莲摇头说："不是，我到北京来是为办点儿东西，打算买一块青纱的蒙头手巾，再买两张狐狸皮。"

玉娇龙说："对啦，听说今年的狐皮很便宜。"

俞秀莲说:"可也分大狐小狐,大狐的不太值钱,小狐的总难得些!"玉娇龙笑了笑,低着头喝了一小口茶。

这时德大奶奶的脸倒不住地发红,因为俞秀莲说的这话仿佛有些颠三倒四的,心说:到底是跑惯了江湖的,见着了生人不知说什么才好。她遂就在中间掺言,把两人的话给岔开了。伺候玉娇龙的丫鬟瞧了俞秀莲一眼,就拿着小姐的斗篷,退到一边。杨丽芳在旁很替俞秀莲着急,心说:这位俞姑姑今天是怎么啦?人家宅里这几天正闹着什么碧眼狐狸的事情,才见面就跟人说这些话,不是成心讥笑人家吗?

此时玉娇龙又看了俞秀莲一眼,就转脸去向德大奶奶说:"我们家里的那件事还没完,外面的谣言是一天比一天多,闹得我父亲要辞官,我母亲也天天发愁!所以今天您一请我,我就来了,因为我在家里也很烦恼!"说时,她的脸上就现出来一种愁色。

德大奶奶听玉娇龙自己先提说出来,这才敢问,就皱着眉问说:"宅里用的,不全是一些老人吗?"

玉娇龙把两只手放在膝上。此时她穿的是雪青缎子的皮旗袍,低着头,凤凰嘴里的那串珠子直垂下来,来回摆动着。她就抑郁地说:"虽然都是些用了多年的下人,可是究竟其中有没有什么坏人,谁也不敢说。我父亲是觉着外面的谣言虽不可信,可是自己也得洗刷洗刷嫌疑。就打算把里外用的人全都撤换,然后自己辞官。可是有许多亲友就都来劝他老人家,说是不可因为一点儿无根据的事就辞官,辜负了朝廷的恩泽;并且有几个下人,我母亲是向来离不开。因为这种种原因,年前恐怕还不能决定怎么办。我虽然自己另住一间房里,不大过问家里的事。可是每天见了谁,谁都是愁眉不展的样子。夜里也是一夕数惊,我也不知是有些什么事,别人也都不告诉我。五嫂子您想,天天如此,谁能受得了!"

德大奶奶露出不平的样子,说:"这真是想不到的事情,一个小瓦片竟会绊倒了人!您家的老太爷也太慈善,不会给个全都不管吧?下人有不好的,立时革除,外面有人造谣言,就抓了去押起来!"说到这里,就望了望俞秀莲,说:"俞妹妹你也别只信刘泰保的一面之词,你看看,那些个无赖汉把人家那么大的府第搅成什么样儿了?你是出了名的侠女,你替我打这个不平，把刘泰保杀了！"

玉娇龙也不禁笑了，说："也不怪那姓刘的，若没有有权势的人障他，他也不敢这样做。再说，我们用的下人也太多了，其中难免良莠不齐。俗语说'无风草不动'，怎么姓刘的不给别人造谣言，单说我们？可见……"

德大奶奶说："那是因为老太爷办事太认真了，大概把他们那些流氓得罪啦！刘泰保也就是个流氓的头儿，他又仗着贝勒府的势力。"

玉娇龙微微叹了口气，抬眼望了望俞秀莲，就说："我要是像这位俞姐姐似的可就好了，我也不必会武艺，只要我能够一个人走到外边去，就好了！"

德大奶奶却说："您是千金小姐，别说一人出外，就是走出闺阁一步，也得叫丫鬟婆子扶着呀！我们这位俞大妹子家里就是保镖的，从小时就跟着她老人家在江湖上闯。"

玉娇龙说："所以我真羡慕俞姐姐。今天我跟俞姐姐见了面，求俞姐姐拿我当个小妹妹看待，别当作外人才好！"

杨丽芳站立在旁边，听了玉娇龙的话，却瞧了秀莲一眼。俞秀莲起先是微微冷笑，但这时她也有些发怔，心中拿不定自己的主意。因为听了玉娇龙的的这番话，分明她是一向独处深闺，别说外面的事，就是她们宅里发生了什么，也不能立时就知道；这样温柔典雅，说话又很可怜的，真不由使自己心软了，而且有些后悔刚才说话鲁莽。她便细细地观察玉娇龙，这身材、腰儿又分明像昨天晚上使宝剑的那个人，尤其是下面叠着的腿儿，露出一双大足，她穿的是浅红色的绫袜、花盆底的平金嵌玉的旗人女鞋，脚很瘦可是要穿上一双靴子，也跟男子无异。俞秀莲又注意玉娇龙的双腕，见她戴的是一双玲珑的金镯，纤纤的手指上有翠戒、金圈，十分的柔腻，不像是会要宝剑的。

这时，玉娇龙也眼望着俞秀莲，俞秀莲就笑了笑，说："我是不会说客气话的，刚才玉妹妹说的话，我实不敢当。不过我想尊府里的事，实在不是一件等闲的事！我在江湖闯荡已有四五年，什么事都遇见过。专有一种大盗，为逃避官人追捕，时常隐名埋姓，或是男扮女装，去给人做奴仆，并常常勾串那宅门里的公子小姐。他拿着主人的短处，主人明知道他是贼，可也不能奈何他。"

玉娇龙点头说："这类事我也听说过，可是我们家中绝不会有。我的兄嫂都在任上，家中只是我父母和我三个是主人。"

俞秀莲说："既然府上的人口很少，用的下人又多，自然有点查不到，我想这只有小姐你给想法子了。务必要仔细调查男女仆的来历，好堵住外面的谣言。不然真若再闹出什么事，恐怕就是贵府的大人辞官也不中用，因为既然身为九门提督，家中却纵容着盗贼居住，这罪名可不小！到事情出来时，您也难辞不孝之名！"

玉娇龙听了微微有些发怔。德大奶奶却叹了口气，说："你要是三小姐，事情可就好办了，你可以拿着刀一个一个地去逼问，三小姐她哪儿成？连她们家里用的一共有多少人，她都不知道！女用人她还可以追问追问，男用人她简直就见不着面。再说，哪有一个小姐审问用人的呢？"

玉娇龙也叹息说："现在要是我大哥或我二哥在家，那就好办了！"

德大奶奶说："也不用老爷们在家，只要有位能干的太太、奶奶就行。没出阁的小姐，在家里就跟客似的，什么事情也不能多管！"

杨丽芳又给换上茶来，玉娇龙却轻轻地站起，德大奶奶和俞秀莲便也全站了起来。这里的仆人又向炭盆里添了几块炭。玉娇龙却走到一个乌木的长几旁，那几上有两盆水仙，白玉般的花朵，黄金似的花蕊，翡翠似的枝叶，娇艳可爱，散发出阵阵的清香。玉娇龙就伸着素手，指指花儿，笑着向德大奶奶说："这花儿真长得好！我房里也种了两盆，可是直到现在还没有开花。"

德大奶奶说："那也许是您的屋子冷一点儿。我们为这几盆花，晚上连炭盆都不灭。"

玉娇龙就点了点头。她斜对着这盆花，仿佛脑子里在想什么。德大奶奶、杨丽芳都羡慕地瞧着这位小姐，因为她的芳姿陪衬上这水仙花，更显着美丽，真仿佛一幅名家所绘的仕女图似的。俞秀莲一转眼珠，心里就想着：我试探她一下，这一下就可以看出她是个怎样的人了。于是她忽然变得活泼起来，笑着说："这样好的水仙我也没看见过，五嫂子真是个好花儿匠!"说着,便向玉娇龙走去。

走到相离有两步之远处,俞秀莲忽然把目光又投在玉娇龙的身上,笑着说:"玉妹妹,你穿的衣裳这是什么材料?我看看吧!"她向前伸手去摸,可是她伸着手指直直地向玉娇龙的胸间去点,用的是点穴的姿势,其时极快。

不料指头还没挨着那缎子衣裳,玉娇龙就早把她的双手握住了,芳容微紫,但还故作微笑,说:"哎哟!俞姐姐的手怎么这么凉呀?"

俞秀莲一翻手,握着她的双腕,手指用力一箍。这要是别人早就得哎哟哎哟怪叫起来,可是玉娇龙的芳容反倒转为平和,微笑着说:"姐姐你别闹,我怕你的手凉!"

俞秀莲冷冷一笑,放下了手,玉娇龙赶紧转身躲开了。俞秀莲独自对着水仙,点头冷笑着说:"我明白了!"

德大奶奶这时也有点儿发怔,问说:"你明白什么啦?"

俞秀莲说:"要想瞒我可不行,趁早跟我说实话!"

德大奶奶笑着说:"什么事情呀,叫你查出来啦?"

俞秀莲说:"我查出您这水仙是用炭盆烘的,不然不能开得这么茂盛。"

德大奶奶上前拉了她一把,笑着说:"得啦我的妹妹,您别露出您是从乡下来的呀!这水仙可不像韭黄,得用火烘。"

俞秀莲便也笑了笑,见玉娇龙又坐在那边的椅子上独自饮茶,把里衣的两只红绫袖头放下来,遮住了她的两只腕子。杨丽芳瞧瞧玉娇龙,又瞧瞧俞秀莲,脸上露出惊讶之状。德大奶奶却有点儿不高兴的样子,陪着玉娇龙没话找话。谈了半天,天色就不早了,德大奶奶就吩咐在屋中开饭。于是仆妇、丫鬟忙着收拾好了饭桌。德大奶奶跟杨丽芳就请玉娇龙坐在首席,俞秀莲坐在次座,德大奶奶作陪。杨丽芳先是不肯坐,后来玉娇龙就笑着说:"少奶奶你也坐下吧!咱们跟一家人是一样,不必讲究那些规矩礼节。"德大奶奶也向儿媳说:"你坐下吧!"杨丽芳这才在最末一个凳儿上坐下。

此时俞秀莲跟玉娇龙是并坐着,玉娇龙的衣香都扑在了她的鼻里。

俞秀莲就把手放在桌下，暗暗地拧了玉娇龙的腿一下。玉娇龙没有言语，把一杯酒递给俞秀莲，说："俞姐姐您喝酒吧！"俞秀莲又用力掐了她一下，玉娇龙微微皱眉，俞秀莲笑了，这才照常地饮酒谈闲话。玉娇龙也欢欢喜喜地，并且跟俞秀莲特别亲近。

少时，银烛点上了，烛光照着玉娇龙，更像彩云中的仙子似的。酒肴没用了多少，可是宾主已一齐离席。玉娇龙的丫鬟擎着水盂，请小姐漱口。这时，俞秀莲也很平和地跟玉娇龙谈些闲话。时间已交了初更，玉娇龙就向德大奶奶告辞。德大奶奶还要挽留，玉娇龙却说："因为家里有事，回去晚了怕不大好。"又回头向俞秀莲笑着，说："俞姐姐，过两天我接您到我们家里去过年。"当时仆妇便打着红纱灯笼，玉娇龙又披上皮斗篷，丫鬟搀扶着她向外走去。俞秀莲也送到屏门，自己就回去，到了屋里就不住地笑。

待一会儿，德大奶奶也送客回来，见了俞秀莲，她就带着笑抱怨说："俞大妹妹您今天是怎么啦？怎么见着她一点儿客气也没有啊？今天幸亏是她，没有什么小姐的习气，若换个别的人，真得叫我在当中为难！"

俞秀莲笑着说："本来我是个野人，哪儿会富贵人说的客气话？可是也只有她，我还肯和她谈几句，要换个别人，我才不理她呢！"

德大奶奶又说："大妹妹，我央求你一件事。你冲我的面子，别再帮助刘泰保欺负人家啦！不然将来真要出了点儿什么事，我跟您五哥都对不起她家！"

俞秀莲摆手说："五嫂子放心，我办事一定要讲情面，不能叫他们那样的大人家露丑，也不能给五哥五嫂招事。我今晚再到刘家去一趟，明天就可以把事情办好，我也就要走了！"

德大奶奶说："这次你来，怎么不像早先啦？我瞧你仿佛改了脾气啦！"俞秀莲不语，望着旁边的杨丽芳一笑。杨丽芳却也发呆，猜不透俞秀莲的心事。

俞秀莲自己倒着茶喝了两碗，然后脱去了她那身仅有的漂亮衣裳，换上青衣裤青鞋，跑出屋去，叫车房里的人给她备马，然后跑回来，披上她的那件斗篷。

德大奶奶就叹息说："你们这江湖的性情真难改，我要是个男子，我也绝不娶你们这样儿的。"

俞秀莲笑着说："你娶了玉娇龙那样的小姐，也是靠不住！"说着，披着斗篷往外就走。路过书房前，见窗里灯光灼灼，并有德啸峰的吟诗之声。俞秀莲走到车房，见她那匹铁青色的健马已经备好，就牵马出门，上马挥鞭而去。

此时天上星光闪闪，迎面寒风凄凄，大街上只有几辆骡车没精打采地走着。打更的人敲着锣跟梆子，像鬼魂似的，贴着路旁晃晃悠悠地走着。俞秀莲策马飞驰，嘚嘚的马蹄声敲打着石头道，风吹得她的斗篷噗噗地响。

她少时就到了花园大院刘泰保的门前。她将马靠近了墙，将身站在马鞍上，一看北房中有灯光，她就叫着说："蔡妹妹开门来！"里边蔡湘妹、刘泰保全出来。

俞秀莲在墙上露着半身，笑说："把门开开吧！"

蔡湘妹赶紧开门，到外面一看，她就喜欢着说："俞大姐，这是您的马呀？"

俞秀莲由鞍上跳下来，说："我嫌车走得慢，所以我骑着马来。你会骑马吗？"

蔡湘妹说："会骑，可是骑不好，也不会在马上耍玩意儿。"她过去想要接过马来在门前跑一趟，过一过骑马的瘾，刘泰保却把她拉了一把，说："请大姐里面坐吧！"

蔡湘妹就同俞秀莲进了门，刘泰保也把马匹拉进院来。俞秀莲到屋中，就笑着向湘妹说："今天我在德家见了一位江湖朋友，又把咱们那件事寻出来许多头绪，待会儿我再走一趟，就能把宝剑索回了。碧眼狐狸已死，这件事就算完了，我们也不必再深究了。"

蔡湘妹还有点愤愤地说："可是，用镖杀死我爸爸的是那个小狐狸，捉不着他，我还是不能甘心！"

俞秀莲说："那天你们黑夜交手，谁能分得出镖是谁放的？事情既是由碧眼狐狸而起，碧眼狐狸既死，也就算了，何必一定不饶人？"

正在说着，刘泰保也进了屋。他悄声说："玉宅昨晚死的那个高师娘，确实是碧眼狐狸无疑。玉正堂也知道了，今天没到衙门去办事，听说是犯了老病，在家休养了。外边有人又传说玉正堂要辞官。"俞秀莲点了点头。

在这里，三个人又谈了一会儿闲话，不觉天已二鼓。俞秀莲就将里衣扎束利落了，单刀插在背后，外面披上斗篷，就叫湘妹随她去关门。临出门之时，她说："三更以后，我就回来了。"

出了门往北，顺着城墙往西，四下黑乎乎的，一个人她也没遇见。她按照昨夜追赶碧眼狐狸的那条路走去，走得不快，打过三更，方才到了玉宅的大门前。一见门前并无防备，她就将斗篷脱下，飞身上房，踏着房瓦去走。就见昨天所到的那花园里，假山石前支着两只很亮的灯笼，还有几个人在那里徘徊。

俞秀莲就回避着花园去走，越过了几重房屋，就寻着了昨夜有人钻进后窗去的那座大厦。她趴在前檐，往下一看，见院中没有灯光，下面这房子里却透出来灯光闪闪。俞秀莲很为惊讶，心说：玉娇龙到这时候为什么还不睡觉？她把斗篷放在房上，探下身盘住了廊柱，揪住了廊下的椽子，平着身，如同燕子飞翔时一般。她探首到窗前，由身边取出个小剪子来，剪破了窗上糊着的白绫，用一只眼往里去看。就见屋中并没有人，只是那张小书案上放着一盏银灯，灯下压着一张纸，纸上写着几行大字：

秀莲姐：知君今夜必来，请勿相逼，妹已知过，今后当敛迹矣！

俞秀莲噗哧一笑，悄悄说了声："好聪明！"忽见那边床上的红幔帐一启，露出玉娇龙的半身。她穿着青色的寝衣，头上的辫子已分为两条，分披在前胸上。俞秀莲又向里悄声说："好漂亮！小姐，请你下床！"

玉娇龙微笑着，慢慢地下了床，像没事人儿似的到了灯前，指指她的腕子，做出一副委屈的样子。

俞秀莲笑着说："这是便宜你！不瞧你长得美，我一定掐得更重。快把宝剑拿出来，我就走！"

玉娇龙拿起笔来，簌簌地又往纸上写，见她写的是：明晚必送还原处，不能无信。

俞秀莲笑着说："好啦! 再叫你把那宝剑玩一天。"玉娇龙仰着脸向窗子一笑, 秀莲就说："我走啦!"说毕, 退身回到房上, 就见窗里的灯光也灭了。

俞秀莲挟起了斗篷, 伏着身, 踏着屋瓦, 又走到临街的墙上, 跳将下来, 披上斗篷就走。一面走, 一面觉得好笑。才走了不到百步, 忽觉有人从后面捶了她一拳, 捶得她背上很痛。她赶紧闪身回首去看, 就见一条黑影蹿到一家房上去了。

俞秀莲脱了斗篷追将上去, 那人咯咯地一阵笑, 分明是个女子的声音。俞秀莲去赶, 黑影又跳下房去, 俞秀莲也下来, 问说："好个贼小姐, 你是要做什么去?"黑影却一闪就不见了。俞秀莲心中很是敬佩, 又很疑惑, 不知她又要去做什么, 未免担心着刘泰保和蔡湘妹, 就赶紧往回走。

走到城墙下往东, 又行了不远, 却听见马蹄之声, 嘚嘚的, 迎面来了。马上的人看到俞秀莲, 就高声问说："是俞大姐吗? 我接您来了!"

俞秀莲就笑着说："我不领你的情! 你不是为来接我, 你是要骑骑我的马。"

蔡湘妹笑着来到临近, 问说："怎么样了? 俞大姐, 您可探出来那碧眼狐狸到底是玉宅里的什么人?"

俞秀莲一跃上马, 说："别说闲话, 快回去吧! 你们家里这时又许有事!"随就一马双驮, 顺着城墙, 冲进夜色, 往东疾走。

少时就回到了刘泰保的家门前, 马到墙边, 蔡湘妹站在鞍上, 一跳进了墙, 把门开开。这时刘泰保也出来了, 他就把马牵进去, 把街门依然关好。俞秀莲先进了屋, 刘泰保、蔡湘妹随后进来。俞秀莲先问说："我走后这里有什么事没有?"

刘泰保摇头说："没有什么事!"

俞秀莲说："那么再待一会儿那个人也许来。"

蔡湘妹赶紧问说："是什么人呀?"

俞秀莲笑了一笑, 说："就是那盗剑的贼人。可是她并不是个贼, 也不是碧眼狐狸的徒弟, 也不在玉宅里住。这人倒是个很有意思的人, 我不愿逼她过甚, 她也直央求我, 说她情愿悔改, 并答应得明天晚间就把宝剑送回铁贝勒府。"

刘泰保有些发怔，问说："这家伙准能够把宝剑送回去吗？"

俞秀莲点头说："她既能盗走，当然就能够送还。其实，今天我本能从她的手中要过来，不过我知道她是很喜爱那口剑的，索性叫她再多玩一天吧！明天叫她自己送回，在她的面子上也好看些。总之，我现在是急于要回家去，不愿把这人逼得太急了，否则我走之后，于你们很有不利。"

蔡湘妹纳闷地问说："这人到底姓甚名谁呢？是个干什么事儿的呀？"

俞秀莲摆手说："你们不必细问了。这人非常奇怪，但又非常可爱，她的武艺并不在我以下。因为刚才在她那里谈话不方便，所以我们没有多谈，待会儿她也许能到这里来找我，不然她就是到德家去找我了。你们夫妇就不必多管了，现在事情我已替你们办完，大概明后天我就要回巨鹿县去，明年二三月间我再来。那时我想在北京多住些日，与这人深交一交，到时我也许能把她向你们夫妇引见引见。"

蔡湘妹拉着俞秀莲的胳膊说："俞姐姐您怎么这么闷人！快告诉我吧，那人到底是姓什么？"

俞秀莲摆手说："我真不能够说出她的姓名。此人在北京颇有名声，而且与我相识，关系着许多情面，无论见着谁，我也不愿告诉此人的姓名。不过你们就放心吧！宝剑明天夜里必可在铁府发现，这个人若是舍不得宝剑，不肯交出，我还是不走。"

蔡湘妹坐在炕头翻着眼睛思索，刘泰保却是一副十分没精神的样子。俞秀莲坐了一会儿，便说："我走了！我想此人一定是到德家找我去了，她一定以为我住在德家。"又笑着说："你们夫妇可别在暗中跟着我，不然若遇见她，她仍然要跟你们为难。我逼她不要紧，你们却不行。她不怕你们！"

蔡湘妹便站起来说："天这么晚了，您可怎么回去呀？大街上净是巡街的官人，倘若把您拦住，很是麻烦！"

刘泰保也说："德家的人一定也都早睡啦，俞大姐您索性等到天亮再走吧！"

俞秀莲摇头说："不要紧，我穿着黑胡同去走，遇不着人。回到德家我会自己开门把马拉进去,不能惊醒他们。"蔡湘妹还要拦阻,刘泰保便偷偷地瞧了她一下。

当下俞秀莲穿上斗篷,出屋牵马,叫蔡湘妹把街门敞开。她出门上马,在黑夜茫茫之下走去。蔡湘妹听得蹄声去远,她才关好了街门。回到屋里,却见她丈夫刘泰保把茶壶扔在地下摔了个粉碎,又把卖艺的铜锣当啷往地下一摔,气愤愤地还要去摔灯。蔡湘妹赶紧把他抱住,说:"哎哟!你是怎么啦?你疯啦?摔什么呀?日子还过不过啦?"

刘泰保又顿脚,喘吁吁地说:"气死我了!……他妈的求人就这么难?替咱们管闲事,咱们一口一声叫她大姐,临完了她想放贼就随便放?宝剑不拿回来交给我,还得叫贼施展一手儿能耐送回府去。他妈的咱们白费了十几天的力,图的是什么呀?……真气死人!"

蔡湘妹摆手说:"你小声!她或许没有走远。"

刘泰保拍着胸脯,嚷着说:"叫她听见我也不怕呀!我一朵莲花刘泰保也不是没名少姓的人!不错,他们的武艺高,可是刀对刀,我刘泰保还不含糊!反正她是一条命,我也是一条命!"

蔡湘妹顿脚着急地说:"你恨人家干什么呀?要没有人家,咱们连碧眼狐狸都斗不了!"

刘泰保说:"我不生气别的,我就是生气她不把宝剑带回来给我,叫我去送还府里。你想,我在贝勒府里夸下了海口,我说过,不追回宝剑我誓不为人,结果,他妈的我连宝剑的影儿都没追着,人家宝剑自己飞回去啦!你说我还有什么脸教拳?还有什么脸去见人?"

蔡湘妹说:"明天那个贼把剑送回府内,他大概也不敢留下姓名,你就说是你给送回去的就得啦!"

刘泰保嘿嘿笑着,用手指着他的媳妇说:"你这个主意出得有多妙!那么一来,我不是更成了飞贼了吗?唉!"

蔡湘妹又说:"要不然明天你就去通知府里的人,说是你已经探知,今夜贼人必到府中来,叫府里预备着,到时连贼带剑一齐拿下!"

刘泰保忙摆手说:"小声儿!……这个主意倒不错,可是我想贼不能那么痴,他一看见那里有防备,不但他不自投罗网,可能连剑也不打算交了。我倒是有一个办法……"

蔡湘妹赶紧问说："什么办法?"

刘泰保得意地笑着，悄声说："明天夜里咱们两人也偷偷到府里，贼人去了，咱们若看着能够得手，就给他个连珠镖，连贼带剑打下房去。要是看着不得手，咱们就趴在房上别声，等贼人将剑交回，他前脚走开，咱们后脚又把剑拿走。拿回家里先玩几天，然后再献还府里，就说是咱们给找回来的。那么一来，贼人连影儿也不知道，俞秀莲也无从打听，咱们的面子也就挣回来啦!"

蔡湘妹捶了他一拳，笑着说："好个坏主意!"

刘泰保说："坏主意? 只有这个办法是又省事，又遮脸。"

蔡湘妹说："得啦! 就这么办吧，别再说啦。"遂就弯腰捡了地下的铜锣跟破碎了的茶壶，关上了屋门睡觉。

这一夜，虽然他夫妇明知道不会有什么事发生，可是两人还都睡不好，钢刀和飞镖还预备在身畔。刘泰保心中又很懊悔，所以直到第二天上午十点多钟他方才起来。此时湘妹已出去买来了菜，正在做呢。刘泰保见他媳妇的手儿很能干，不是只会踏软绳的。他又把这一个月来的事情前前后后想了一番，觉得自己虽然奔忙劳碌，受气担惊，还连累上几位朋友都受了重伤，可是风头也实在出得不小。宝剑虽没被自己亲手寻回，大小狐狸虽没被自己亲手杀死或捉住，可是如今总算是他们失败了。没这件事，自己也娶不了这么好的媳妇儿。细说起来，运气还算走得不错，就是今天晚上送回宝剑的这事，无论怎样欺神瞒鬼，也得挣回点儿面子来，以后好在街上见人。他就一边穿衣扣纽子，一边笑着向湘妹说："得啦! 今儿晚上还有临末的一阵，咱们就收兵啦! 多买点儿菜、肉，痛痛快快过个大年。天下的事想都想不到，在去年这时候，我哪里想得到今年会有你呢! 你那时不定在黄河边儿，或是黑河沿儿呢，也绝想不到会嫁我呀!"

蔡湘妹一边切着面条，一边说："我是真没想到嫁了你这么一块料，真丢人! 也算是我的命!"

刘泰保笑着说："嫁了一朵莲花你不自觉光荣，反倒骂我是块料。我就料，也是金料、玉料，贵重的材料，绝不能是草料。闲话少说，快点儿下面,吃完了我还要出去走走,宝剑不能是今晚叫他送回府里就完了。至少得交给我,叫我去送回,还得让我看看他小狐狸的模样儿才行!"

蔡湘妹切了面条,拉长了下在锅里。她皱着眉,眼泡里浸着泪水,又说:"这么就完了,我总不甘心!我爸爸我妈妈就都白死了吗?"边说边拿她的红袖头擦着眼泪。

刘泰保却说:"那些事儿等过了年之后再说,日子很长呢!只要小狐狸不死不走,只要我一朵莲花不丢脸,我就有朋友,就有办法。俞秀莲私放贼人,咱们不求她也不理她啦!将来的事咱们慢慢办。你就瞧吧,早晚有那一天,我得叫岳父岳母瞑目。"

蔡湘妹下面捞面,先伺候刘泰保吃完。刘泰保换的是一件青绸小棉裤小棉袄,雪白的袜子,青缎鞋,丝线腿带,外穿青市布面儿的二毛皮袄。他把脸洗得很亮,辫子梳得很光,就出门去了。

他摇摇摆摆地先到了铁贝勒府内,李长寿等人都笑着向他说:"刘师傅,怎么样了?别净忙着捉狐狸,忘了跟新嫂子过年呀!"

刘泰保笑着说:"哪能忘?到初一我还要请你们到我家里喝酒去呢!你那嫂子包出来的饺子比她的鞋尖还小!"

正在说着,忽见得禄从里院出来,手里拿着一份礼物,不知是里边赏给什么人的。刘泰保赶上前去,把他拦住,说:"禄爷,我先告诉你一个信儿。我办的那件案子,眼看就要大功告成,明天后天,我就能将贝勒爷的那口宝剑寻回来,呈上。"得禄却噗哧一笑。

刘泰保说:"你别笑!我一朵莲花不是吹牛皮,准能……"

得禄说:"还等着你去给找?宝剑昨天早就找回来啦!"刘泰保吃了一惊,直瞪着两只三角眼。

得禄就半笑着悄声说:"你是自找麻烦,瞎忙了一个多月。宝剑的事,本来就跟什么碧眼狐狸无干!"

刘泰保说:"你瞎说!"

得禄说:"瞎说?那口宝剑,人家怎么拿走的,又怎么给送回来啦!并且昨晚连书房的锁头都没开,门窗户壁上一点儿痕迹没有。也不像前几天咱们家里,你那伙人一上房,瓦就咯吱咯吱乱响。所以还是贝勒爷说得对，这是侠客所为，宝剑他借去用了用，送回来是毫无伤损。"

刘泰保怔得浑身冰凉，话都说不出来了。得禄又嘱咐他说："得啦！你们两口子就安心过年吧！别再多管闲事儿啦。过了年，找房搬家，我给你们出房钱买家具都行！"

刘泰保满面通红，说："你别骂我！现在既然这样，我就求你一件事。我为这口宝剑不容易，不是我逼着追着，那他妈的侠客也许还舍不得把宝剑送回。现在求你把宝剑拿出来，叫我看一看！"

得禄说："你还疑心他送回来的是假的吗？今天早晨发现了，贝勒爷那时还没上朝，立时看了看，试了试，一点儿没错。"

刘泰保摆手说："我不是说是假，我是想开开眼。奔忙了一个多月，如今宝剑自己飞回来啦，还不叫我看看吗？"

得禄点头说："好吧！可是贝勒爷现在还没下朝，宝剑搁在那儿，谁也不敢动。等爷回来，我替你请示请示，我想爷没有什么不答应的。"

刘泰保怔了一会，就点头说："好吧！"得禄就拿着礼物进班房里去了。

刘泰保垂头丧气地走出了府门，本想回家去懊睡一天，可是自觉得连见自己的媳妇儿全没有脸。忽然想起，事情不能就如此完结。贼人退回了宝剑，可见他们是心虚气馁，我刘泰保应当乘胜进攻。好，找俞秀莲去，现在宝剑的事不提了，可是还得把小狐狸捉住，那才能挣回我一朵莲花的脸面。于是，刘泰保就急急地往东四牌楼走去。

此时天色已快到正午，走到三条胡同德宅的门首，见双门紧闭，他就上前去打门。门从里面开了，出来的是赶车的福子，刘泰保就说："你认识我吧？"

福子点头，笑着说："我认识！您是刘爷，您是找我们老爷吗？"

刘泰保说："你们老爷不见倒不要紧，我找的是在这儿住的俞姑娘。"

福子说："俞姑娘走啦！您不知道吗？"

刘泰保吃了一惊，赶紧问说："什么时候走的？"

福子说："刚才，大概有九点多钟。她走后，玉宅三小姐打发人送来礼物，没赶上，又退回去了！"

刘泰保发着怔说："什么事儿，要这样急着走？她家里又没有男人！"

福子就笑了笑。

刘泰保又问说:"德五爷在家没有?我要见见!"

福子说:"请您到门房坐一会儿吧!我进去看看。"

刘泰保就迈进了门槛,福子把大门又掩上,便往二门里去了。这里刘泰保只在门里站着,心中十分不痛快。少时,福子又出来说:"我们五爷有请!"刘泰保更不高兴,心说:德五一个大闲人,也这么大的架子。

福子把他领进了书房,德啸峰起身拱手相迎,刘泰保也抱拳笑问说:"五哥现在每天干些什么?"

德啸峰赔着笑,又微叹着说:"十分无聊!不过是看看书,练练大字,我倒像个才入塾的小学生了!"遂请刘泰保落座,自己给斟茶。房中的炭火很暖,桌上堆着许多书籍。德啸峰穿着绛紫色的丝棉袍,脸上倒是很胖,自从留了胡子后,越显得有福的样子。他手里托着水烟袋,悄声问:"府里的那口宝剑已经送回去了吧?"

刘泰保吃了一惊,赶紧又作笑说:"五哥怎么知道得这么早?"

德啸峰说:"我是听俞姑娘说的。她今天早晨就走了,临走之时叫我派人去告诉你,说是宝剑已在昨夜送还铁府。可是我这里因为用人不得闲,又想你天天在府里,宝剑若是忽然璧返,你不会不知道的,所以还没容我去告诉你,你就来了。"

刘泰保暗暗喘了口气,心中恨恨地想:好个俞秀莲!你简直是看不起我。宝剑昨夜就送回铁府了,你并不是不知道,可是你偏要骗我,说什么今晚才能够送回去!

德啸峰又悄声说:"有一件秘密的事情,我要告诉你,你可千万别对外人去说!"

刘泰保直着眼睛问:"什么事?"

德啸峰说:"俞秀莲此次来京,是有用意的。"

刘泰保又问:"是有什么用意?"

德啸峰说:"她并未对我明说,这不过是我的猜想。因为前几年李慕白在北京杀死了黄骥北。他在京城有案,所以不敢放胆前来。如今据我猜,俞秀莲此次来,就是为探听探听风声,李慕白此时多半就住在巨鹿县。俞秀莲来京住了这几日，她见京中之人已不再注意李慕白早先的那件事了，所以无论别人怎么挽留她在此过年，她也一定要走。她多半是要赶回巨鹿县，把京城的近况告诉李慕白，然后他们二人好一同前来。老弟，你就等着吧！你不是从去年就想见见李慕白吗？等他来了，我一定要给你们二位介绍。"

刘泰保一听，不由得笑了，说："哈哈！这么一说，李慕白跟俞秀莲早就成了两口子啦？"

德啸峰摇头说："还不至于！他们二人全都生性古怪。俞秀莲未尝不钟情于李慕白，可是李慕白为人太为迂腐，恐怕他还是不愿意。不过我倒愿意他们二人成亲，然后我出点儿力，把李慕白的官司疏通疏通，就叫他们二人在京长住，免得他们连年漂泊江湖。"

刘泰保说："五哥你对朋友太厚了，不怪有人说你是当代的孟尝君！"

德啸峰叹道："我若有孟尝君那样的富贵，我也不能见朋友们漂流奔走。即如老弟，空负一身武艺，如今做了这闲散的教拳师傅，岂不是淹没了！"

刘泰保脸一红，怔了一会儿，又悄声问说："五哥，兄弟还要跟你打听点儿事。俞秀莲昨天对我说，她已见着了那盗剑的贼人，她完全知道那人的底细和来历。可是她又瞒着我，不告诉我那人是谁。也许她是不放心我，因为我跟她的交情太浅；不过，她不至于瞒五哥吧？请五哥告诉我那贼人是谁，省得我的心里纳闷儿。我又非官非吏，手里没有火签，身边没有捕票，我知道他是谁，也绝不敢去拿他。碰巧他若不弃，我还许跟他交交朋友呢！"

德啸峰摇头说："我也实在不知道，不然我告诉你可又有什么？我已经把李慕白将要来京之事告诉了。只是据我想，那盗剑之人一定是个非常人物，武术不在李、俞二人之下。此人也绝不是盗贼，他取去宝剑之事，不过是一种游戏！"

刘泰保撇嘴说："好！他这么一游戏，我刘泰保的名头几乎完了！好，五哥再会！"他起身抱拳，告辞而出，德啸峰把他送出了大门。

刘泰保走出三条胡同，就直往前门外，先到泰兴镖店去看孙正礼。孙正礼的伤势虽未痊愈,可是吃喝照常。碧眼狐狸已死,宝剑已送回铁府的事情他全都知道,因为今天早晨俞秀莲临走之时,已到他这里来过了。他仍然十分不服气,说:"小刘,你等我的伤好了,咱们再干!我师妹饶了小狐狸,咱们不能饶!"刘泰保又到全兴镖店去看杨健堂和梁七。梁七的伤势虽略重些,可是也不至有生命危险。他们这里的人,对于俞秀莲办的事倒还都不晓得,刘泰保也没对他们说。

约莫下午四点多钟,刘泰保才走进城。他心中仍是很烦闷,有一口气堵在胸中,总是出不来。走到北城,将转弯鼓楼之时,忽然一扭头,看见身后边有个小叫花子。刘泰保生气地回身就要奔过去打,可是又见那小乞丐是往一家铺户门前要饭去了。刘泰保又就想:我打个小乞丐做什么?他妈的我武艺不高,遭人愚弄,自己不要强,想拿一个小乞丐出气,我算什么英雄?一边走,一边暗自叹气。忽然对面来了一个人,叫着说:"刘大爷!"刘泰保抬头一看,见是北城的一个小土痞,肩膀上扛着一串钱,仿佛是要上赌局的样子。这人把刘泰保拉到一旁,悄声问说:

"怎么样了?刘爷您这几天一定够忙的。碧眼狐狸死了,小狐狸怎么样了?"

刘泰保昂起胸来,说:"事情已快办完了,宝剑已被我索回,交回了铁府。小狐狸,我先容他过个年,等到过年我再捉他归案!"说着扬头一笑走去。但是他心中却极羞惭,暗想:这样鼓着肚子装胖子的事,长了也是不行呀!早晚闹得京城无人不知,我一朵莲花早晚得被人称为"饭桶"。那时我还有什么脸教拳?还有什么脸见人?

他无精打采地走进了铁小贝勒府,直头就去找得禄,问说:"怎么样?该跟爷说说,把宝剑让我看看吧?"

得禄说:"刚才我已替你请示了,爷说可以,还要叫你去见见,有话要吩咐你!"

刘泰保一听,倒不禁一怔,就说:"好啦!请大哥给我回一声,爷现在要是闲着啦,我就去见一见!"

得禄说:"你在这儿等着。"

当下刘泰保就把纽扣都扣齐,拍拍皮袍,站在廊下静候。少时,得禄就传他进去。铁小贝勒穿着便衣，正在椅子上坐着饮茶。刘泰保进来行了礼，铁小贝勒颔首微笑，就问说："宝剑被人又送回来的事情，你可知道？"

刘泰保脸通红着，点点头说："小的知道了。"

铁小贝勒说："这件事你出力不少，可是因你办事太急，竟把玉正堂给得罪。最近他要称病辞官，但是我劝他不必。因为你是我这里用的人，你在他的门前辱骂了他，并在外面传说他宅中匿藏着强盗，他因此才辞官。那显系我对他不起。他与本府有多年的交情，又是现时的一位干员，在新疆也立过不少的边功，倘若我纵容着一个教拳的师傅，逼着一位提督正堂去了职，也难免叫人说我管束不严，纵容家人，欺辱官府。"

刘泰保刚要辩白，铁小贝勒就说："我赏你五十两银子，你还是离开这府里吧！我晓得你的武艺很好，在这里也委屈了你，你还是应当去镖行，或投行伍，将来才能有发展！"

铁小贝勒说的这些话，声气极为温和，而且仍露出一种怜才之心。刘泰保却挺起胸来，说："贝勒爷不必说啦，我明白啦！蒙贝勒爷知遇，叫我在府上住了一年多。如今辞散了我，并不随便派个人摆摆手就叫我滚出去，还亲自叫我来，当面告诉我。这种洪恩，我刘泰保掉了脑袋也不能报答！"

旁边得禄直向他使眼色，暗示着叫他别说这些粗话。刘泰保却装作没看见，只愤慨着说："我因为在府中吃了一年多的闲饭，自己惭得慌，才想借着寻宝剑立一件功，可是没想我武艺不高，手段拙笨，弄坏了。就是贝勒爷不辞我，我也没脸再干了！再说到提督正堂玉大人，他跟我远日无冤近日无仇，他是统辖九门军马的大官，我是个草民，天大的胆子我也不敢欺负他！唉！事已如此，我也不敢多说话使贝勒爷生气，我走就是啦。请贝勒爷告诉玉正堂，以后他也不必跟我这个草民一般见识。至于爷赏我的那五十两银子，我不敢不收，可是我求爷还是收回成命，因为我不短少钱花。我会保镖，我女人会卖艺，走到哪儿都能混饭。不应当得的赏，我收下了也得害一场病！好，请爷歇着吧！我走啦！若干年后，我刘泰保拿性命来报您的洪恩！"说着深深请了个安，转身就走，脸煞白着。

得禄追出他来，悄声说："你是疯了？谁敢在爷跟前那样说话？你没看见他后来是很生气的样子？本来全是玉正堂给你使的坏，其实你刚才要求一求爷, 爷也就把你留下啦, 还许能把你荐到别处!"

刘泰保回身撇嘴一笑, 说:"禄大哥您还不知我们这种人的脾气? 砍头断腰都行, 向人央求, 求人赏饭, 可是绝办不到!"

得禄说:"那么宝剑你还看不看啦?"

刘泰保不自然地一笑, 说:"那还看什么? 老哥就别打趸我啦。我们今天就搬家, 您对我的好处, 我也决忘不了!"

得禄把他拉住, 说:"你别搬, 在我那儿住上二年三年也不要紧!"又悄声说:"今天晚间我就去找德五爷, 叫他另给你想办法!"

刘泰保摆手说:"算了, 我刚从他那儿来, 咱们现在栽了跟头, 丢了饭碗, 还能去累朋友吗?"

得禄也摆手说:"不是! 你得另外找事, 顶好托德五爷荐你到邱广超家去教拳, 有个府门的面子, 玉正堂还不至于把你怎么样, 不然你在京城还住不住!"

刘泰保一听这话, 却翻了脸, 冷笑着说:"什么? 玉正堂还能收拾我? 好! 大官坐着八抬轿, 小子我只命一条。我的嘴闭得紧又紧, 给他瞒着许多事, 他要是真逼急了我, 那我可就……哈哈! 禄爷你放心, 我不搬走了, 我也决定忍事, 可是将来……你就知道! 我刘泰保要在京城出头, 他玉正堂要在当街丢脸! 再见, 再见!"说着, 他拱拱手往外就走。

出了府门, 忍着满腔的怒气, 他回到家里, 见了湘妹。湘妹正趴在炕上裁衣裳, 一见他回来了就赶紧下炕, 说:"哎哟, 敢则天不早啦! 我净顾了裁衣裳, 也忘了做饭啦!"

刘泰保故作笑容, 说:"还做什么饭? 饭碗都打啦!"

湘妹一怔, 又笑着说:"昨儿晚上你只摔了个茶壶, 饭碗要打啦, 那你就更缺德啦!"

刘泰保正色说:"是真的! 他妈的玉正堂打了我的饭碗, 将来还许要我的命!"遂就把今天的事, 以及刚才铁小贝勒所说的那些话, 全都愤愤地叙说了一遍。

湘妹一听就哭了, 说:"你怎么这么老实? 铁小贝勒辞散你的时候, 你不会把碧眼狐狸死在玉宅的事跟他说吗?"

刘泰保冷笑说:"人家宅里死了人,报个暴病,就可以销赃灭迹。为咱们的一两句话,还能刨了坟,开棺检验是怎么死的?再说咱们是什么人?铁小贝勒能为了咱们就得罪玉正堂?"

湘妹擦着眼泪说:"你不是说铁小贝勒向来对会武艺的人都顶好吗?"

刘泰保说:"会武艺的人可也得分谁!李慕白来了许行,我刘泰保可没有那么大的礼面!现在我倒不恨铁贝勒,别说我还以教拳师傅的名义在外招摇,就是不招摇也该辞,本来我在他府里就是吃闲饭。我只恨的是玉正堂,我给他留脸面,他可不给我留活路!"

蔡湘妹跳起来说:"谁叫你给他留脸?咱们不会把碧眼狐狸死在他家,小狐狸现在还藏在他家的事情,给他满处去抖露吗?"

刘泰保点头说:"从今天起,咱们自己得抖露抖露他们,可是第一得先搬家,别连累人家得禄啦。我打算明天就搬到全兴镖店。第二,咱们得预备点儿暗器,光是镖不行,还得买只弹弓,因为那小狐狸的耳风长,只要咱们在外一抖露他家的事情,他就许知道。玉正堂倒未必能抓得着咱们,可是到了晚间,他一定又来……"

蔡湘妹哼了一声,说:"你一定又怕啦!又软啦!你不用管,你在家里忍着,明儿我出去给你去挣脸!"

刘泰保笑着说:"我要指着媳妇儿给我挣脸,我刘泰保就更完了!"接着又冷笑着说:"别急,也别着急,吃喝咱们暂时还不发愁,钱花完了,咱们两人还到玉宅门前去卖艺。明天先搬家,搬了家买肉过年,慢慢再思量妙计。现在我刘泰保是栽倒了,可是我要不爬起来,不跳起多高来,我就枉走了十年江湖!"说着,由桌下拿出来酒瓶子,就着上午的剩菜就喝酒;忽而大骂,忽而又冷笑,简直像疯了一般。蔡湘妹在旁边气得只是流泪。晚饭草草做了,用毕,也没有人来,仿佛别人都已晓得刘泰保丢了人,失了业,没人愿意再理他啦。

刘泰保喝了个半醉,躺在炕上就睡。蔡湘妹刷洗干净了盘碗,挑起了油灯,坐在炕边缝她的新衣。这新衣是预备过年穿的,并预备跟隔壁张家的媳妇比一比的。白天剪好,高高兴兴地预备晚上赶做,可是如今高兴全都没有了，手拿着针线却懒得缝，胸中仿佛有个东西在堵着，这口气若不出，真受不了。

刘泰保呼噜呼噜地睡了一会儿，忽然他又睁开了眼睛，说："到底是求人不行！俞秀莲与小狐狸私通，老狐狸还不一定死了没死呢？今天我到德家的时候，听他们那边的人说，俞秀莲今天走后，接着就是玉宅的三小姐派人来给她送礼，可见俞秀莲趋炎附势。来这儿不到十天，就跟玉宅小姐有了交情，她怎会从玉宅捉贼呢？咱们是上当啦！"

蔡湘妹也很愤恨，她手里拿着针线发呆，只皱着眉说："你睡觉嘛！"刘泰保气愤愤地又骂"他妈的"，翻了个身，待会儿又呼噜呼噜地睡去了。屋中酒气不小，又臭又辣，蔡湘妹的心中是又酸又痛。做了一点儿活计，灯油已然熬得快干了，蔡湘妹就暗暗把衣服扎束便利，并带上了三只镖、一把短刀，然后又拉了一条棉被给刘泰保盖上。她找着门锁，轻轻吹灭了灯，出了屋，轻轻地锁上门。

这时离着除夕还有两天，天很黑，银星无数，北风虽然仍紧，可是已有些春意。蔡湘妹只穿着青布单裤、青布小夹袄，外套着一个很瘦的薄棉背心，这背心上就附带着镖囊。她头挽着发髻，上蒙一块青纱，脚下是青袜青鞋，顺着城墙根飞跑，这时听着更鼓已敲过了三下。

同如同一只猫似的，就爬到了玉大人门前的高坡上。这时大门紧闭，里外全没有响动。她坐在地下换了一双棉花底的软鞋，也是青色的。只见她就飞身上房，像她踏软绳似的，轻轻地踏着屋瓦向后院走去。只见前院还有几处屋里有灯光，后院却是一片漆黑，分不清哪间屋子是什么人居住。她在屋上趴了一会儿，然后悄悄沿着廊柱爬下来。脚落平地之后，她就蹲在一间北屋的窗户前，细心地向屋中去听。只听屋中有钟摆声嘀嗒嘀嗒地响着，却听不见有人打呼和说梦话。

蔡湘妹蹲伏着走，到了屋门前一摸，原来门上有锁，晓得这屋中没人居住，随就转身仍然蹲伏着走。进了一个小门，又是一重院落，这院子却比前面那院子还大。她蹲伏着走到南屋，刚到了窗下，就听屋中有咪的一声猫叫。她要去摸门，屋中却点起灯来，蔡湘妹蹲着，一点儿也不敢动。

待了半天，听屋中没有什么响动，她又回身慢慢站起来，抓着窗板的缝儿往里去看。就见里面还有窗帘遮着，室中灯光虽明，可是从外面往里看，却什么也看不见。蔡湘妹一鼓勇气，就嗖地站起身来，取出小刀，想要去撬门。不想这时前院就有人声沸起，说："房上查去，也许跑到后院去啦！"一阵脚步杂沓之声，急急地像是有许多人都往这边来了。

蔡湘妹大惊，赶紧攀着廊柱又上了房。只见外院灯火辉煌，可是那南房，就是刚才有人起来点上灯的那间屋，这时反倒灯光忽灭。蔡湘妹心说不好，站起身来就跑，可是这时"拿贼"之声四起，灯光闪闪，刀剑锵锵，连房上都是人。蔡湘妹已觉无路可逃，她着急极了，掏出一只钢镖，趴在房上不动。

这时有十几个官人和仆人已经进到这院里，他们彼此说："别惊了太太！别惊了小姐！"还有个人拿着根长竹竿，竹竿上拴着个灯笼，打起来往房上去照。蔡湘妹扬手一镖，正巧把灯笼打灭。下面的人大惊，齐都往后退，说："在房上啦！留神他的镖！……"又有人嚷嚷着说："房上的贼，你别打镖！下来！我们也许放你走！"

蔡湘妹两只手全拿着镖，在房上站了起来，向下大声说："忘八蛋！看你们谁敢上房？我不是要来偷你们，我就是要见见玉正堂……"才说到这里，忽然觉得右腿一痛，仿佛被蛇咬了一下似的，她立脚不住，就咕咚滚下房来。摔了一下刚要忍痛爬起，几个力大的仆人就上前把她按住。有人说："是个女贼！"蔡湘妹咬着牙挣扎，啐说："快放开我！"一脚踢去，正踢在一个人的眼睛上。那人哎哟一声，按着眼睛，跑到了一边。湘妹又两脚乱踢，但胳臂和身子全都被人用力按住，并有人拿来绳子，将她捆上。

湘妹就放声大哭，说："你们杀死我吧！叫你们玉家一家人全都不得好死！玉正堂，你老忘八！家里藏着贼，杀死了我爸爸，还给我男人使坏，叫贝勒府散了他的工！老忘八，你出来见我……"她像一只牝狼，虽然被捉住了，可是还不住狂号，还要咬人。

这时按着她的官人和仆人，齐都惊诧着说："这不是那踏软绳的女的吗？"

蔡湘妹泼口大骂,说:"你妈的屁!你们既然认得我,就快些把我放开!我是蔡班头的女儿,刘泰保是我的丈夫。你们家里有碧眼狐狸,俞秀莲把你们的底细都探出来了!……咱们打官司吧,我跟姓玉的打官司去!玉正堂!你老混账!脱了你的官衣,跟老太太我打官司去!"

这时各屋中的灯光全都亮了,西屋中的小姐带着两个丫鬟出来,小姐就叫丫鬟转吩咐众仆人,说:"放开她!"又说:"你别骂,有什么话慢慢说!"仆人和官人齐都听了小姐的吩咐退后。

蔡湘妹的手脚都被绳子捆着,她歪着头,借灯光一看,见是那位穿着花旗袍、厚底鞋的小姐玉娇龙,也不由有点儿害羞,就说:"小姐,你叫他们快放开我,我不是贼,我是找你父亲讲理来啦!"玉娇龙却不理她,叫丫鬟叫开她母亲住的那北屋的门,她就走进去了。

这时玉大人也起来了,有四名官人捧着刀保护着他。他就站在廊子下,气得胡须乱动,大声喝着说:"把贼人抬到前院,我要审问!"

蔡湘妹骂着说:"你要审问我?我还要审问你呢!你们家里养着贼,贼受伤死了,假说是暴病。咱们就打官司吧!我丈夫手里拿着你们的证据呢!老混蛋!"

玉大人气得顿脚,吩咐道:"打!"

蔡湘妹就哭着说:"打吧!打死我还有我丈夫,打死我丈夫还有杨健堂、俞秀莲、李慕白……"

此时有官人就提来皮鞭,刚要上前用刑,正堂夫人带着两个仆妇出来,连连摆手说:"要打她也得带到衙门去打,咱们家里不是用刑的地方!请老爷先到屋中歇歇气,都不要吵嚷!"于是官人和仆人们个个退后,蔡湘妹是躺在院中放声大哭,玉正堂气得哼哼地不住喘息,随着太太进到北屋里去了。

北屋里玉大人夫妇大概是斟酌了半天工夫,少时玉大人又出屋来,唉声叹气,说:"都往前院去!"当下仆人排成行,官人保护着玉大人,都屏声静气地顺着廊子往前院去了。这里只扔下了两盏灯笼,四个守着的人也都离蔡湘妹躺着的地方很远。

少时,小姐玉娇龙又带着两个仆妇和丫鬟从北屋出来,吩咐说:"把她身上绑的绳子解开!"仆妇却都不敢上手,玉娇龙说:"不要怕!解开了她,她不能够打你们!"仆妇们战战兢兢地蹲下身,费了半天力,才把蔡湘妹手上和脚上的绳子全都解开。蔡湘妹仍然躺着上放声大哭,并不起来。

玉娇龙就弯下腰,亲自拉了她一把,说:"你是很好的人。你在我们门前踏软绳,我也看过两回,我很喜欢你。既然你今天来,是要讲什么理,那你就起来,随我到屋里去,我们可以慢慢地说。"两个丫鬟也上前来搀扶。

人家的手都是那么柔腻,而且一走近来,就衣香四溢,蔡湘妹反倒觉着有点儿不好意思,随就自己坐起来。她刚要站起,却觉得右腿发痛,低头一看,原来是一支三寸长的小箭插在肉里。湘妹咬着牙拔了出来,顺着腿就流了许多血。湘妹痛得哎哟哎哟直叫,拿着箭给玉娇龙看,说:"小姐看见这支箭了没有?碧眼狐狸的徒弟有一次半夜到我们家里去搅闹,他就放过这么一箭!现在还说什么?刚才捆我的那些人里,一定就有碧眼狐狸的徒弟,这不是证据吗?"

玉娇龙看着那支箭只是皱了皱眉,并没说什么,只叫两个丫鬟搀着湘妹,往南屋去。南屋里此时已点上了灯,仆妇并搬进来一只炭盆。屋中的木器全都是又黑又亮,还摆着许多古瓷、玉器,墙上挂的镜屏也都是珍珠和翡翠镶的。玉娇龙指着一把雕刻得很精细的椅子,说:"你坐下!"

蔡湘妹低着头,揪揪衣襟,坐下,擦擦眼泪,又拿手掠掠头发,倒觉得无话可说了。

玉娇龙又吩咐:"倒茶来!"

当时有仆妇送上来暖壶,倒了两杯茶,一杯给她们小姐,一杯由一个穿得极为华丽、长得挺美的大丫鬟,双手捧着金茶盘,送到湘妹的面前。湘妹抬起脸来,脸通红,用双手接过,说声:"不敢当!"并且笑了笑。她偷眼瞧着玉娇龙,就见玉娇龙是坐在她的对面,身上的衣服放光。头上虽因为是才惊起来,没戴什么花朵和珠翠,可是也很整齐,不像是躺在枕头上滚了半天的样子。这位小姐的神色并不严厉,只是微微有些忧愁的样子,说道:"你姓什么?"

蔡湘妹说:"我叫蔡湘妹,我爸爸蔡德纲是甘肃会宁县的捕头。我爸爸被你们这里的人给杀死了,我就跟了刘泰保。他是铁贝勒府教拳的师傅,因为这里的大人恨上他啦,在贝勒爷的跟前说了他的坏话,贝勒爷就辞散他啦,我这才来见大人,要讲讲理!"

玉娇龙说:"你应当白天来。深夜前来,身上又带着铁器,这不跟贼人是一样了吗?幸亏你是个女子,不然,绝不能把你放开!"

蔡湘妹却翻起眼来,说:"小姐您可别这样说话。我白天来,不容上府门的高坡,就得叫你们的家奴给打走,还能叫我见得着大人,见得着小姐?……我会踏软绳,就会上房,今儿我来了,就没想再活着!小姐您把小狐狸牵出来,叫他吃了我吧!要不然把我押到衙门,定我死罪。可是我临死的时候,我也得嚷嚷嚷嚷!我们有凭据,我丈夫手里跟他朋友的手里都有你们这儿的凭据,我们会去鸣冤,告御状!"

玉娇龙脸色微变,摆手说:"你别急,慢慢说!"接着叹了口气,说:"近日外面的谣言很多。"

蔡湘妹说:"不是谣言,那都是真事!都是我们两人在外边嚷嚷的!玉大人要是不想办法,不把那小狐狸正法,我们的话还多!反正我丈夫的差事也没啦,我们与其饿死,还不如叫玉大人把我们杀了呢!"

玉娇龙说:"你们也许是错信了别人的话,我们家里绝不能倚着势力去欺人。我整日在屋中,别说外面,就是宅里的事情,我也不大明白。不过听说你丈夫刘泰保闹得太厉害了,他在门前大骂,并扔进来一支镖和一张骂人的字画。这无论是什么人也不受如此的欺辱。我父亲年纪已老,禁不住气,所以就想要辞官,可是铁贝勒又劝阻,不叫他老人家辞。至于我父亲叫铁贝勒把你丈夫的差事辞散的话,那绝不能有,你想我父亲是提督正堂,官也不算小,他岂肯与你丈夫一般见识呢?本来,你丈夫那样搅闹官宅,就应当拿到衙门去治罪。我父亲不是办不到,也不是怕你们告御状,只是他老人家不肯跟一个平常的人斗气,而且也时常引疚自责。因为家里的用人也有三四十,其中难免良莠不齐,外面的话,也许是不无根据,所以这几日来,家中就裁去了许多人。并且在时时调查,如若有情形可疑的,无论是男仆女仆,一定要拿到衙门去治罪。"

蔡湘妹说："小姐! 你叫我到你们家里住几天行不行? 只当做丫鬟似的, 叫我在你们宅里查查贼人是谁, 我总能够探出来!"

玉娇龙摇头说："这可不行, 这宅里岂能随便叫人来住? 今天是因为我母亲听你哭得太可怜了, 才不办你的罪名, 并命我向你解说。你明白了, 你就回去吧! 嘱咐你的丈夫, 以后不许他再在外面胡说。你有什么冤屈, 你自可以到衙门去告状, 我们这里若发现贼人, 我们自然会拿办!"

正在说着, 就见又有一个仆妇从外面进来, 到了玉娇龙的面前, 说: "太太吩咐, 请小姐到屋里歇着去吧! 天不早啦, 别看累着。这位堂客, 太太问她是在哪儿住, 要派人把她送回去。"

玉娇龙就向湘妹问说: "你家住在什么地方?"

湘妹喝了一口茶, 说: "住在安定门里花园大院。"

玉娇龙吩咐仆人: "叫人套车去吧!" 又向湘妹带点笑容说: "以后你若有工夫, 可以找我来谈谈闲话。我母亲也是很慈祥的人, 她若不喜欢你, 今天哪能劝住我父亲? 你来时只要穿戴得整齐一点, 到门房把来意说明了, 他们绝不能拦挡你。"

蔡湘妹听了这话, 却很是喜欢, 就脸红着, 低头说: "小姐, 今儿我错了! 我不该! 求您在老太太、老大人跟前替我请罪。我太糊涂! 过几天我腿上的伤好了, 我一定登门来赔不是!"

玉娇龙说: "不要紧! 只要你明白我们宅里不是护庇着强盗, 也不是倚官欺人, 就是了! 将来我一定求我父亲, 求他老人家见着铁贝勒时给你丈夫说情, 再叫你丈夫回去。"

湘妹笑着说: "那我可真谢谢您啦! 我半夜里到您府上搅乱, 真是该死……" 说到这里, 又不住流下眼泪。

玉娇龙小姐起身歇去了, 两个丫鬟也随她走出, 屋中只剩下两个仆妇。湘妹擦净了眼泪, 又东瞧西相, 觉得人家真是阔, 人家大人、太太真通情理, 人家小姐也太温和, 不拿架子, 自己真是太冒昧, 太该死! 所以恨不得快些离开这里。等了一会儿, 车才套好, 因为她右腿痛得不能行动, 就仍然由两个仆妇搀她出门, 并由一个仆妇跟车。

这时天已四更过了, 街上没有一个行人, 车子碌碌地走着, 湘妹就跟那仆妇说闲话。那仆妇就说："今天幸亏小姐起来了，她给你求了太太，太太才求了大人，没办你罪。要不然一定打你一顿，押到女监里去。你多大的胆子呀？敢半夜里私进家宅，还敢大骂玉大人，谁敢那么骂呀？"

湘妹惭愧着说："得啦，您别再提了！那时候我也是糊涂啦！"又谈说了些宅里的事，这仆妇又劝湘妹以后别再这么干，车就到了湘妹的家门首。

那赶车的上前一打门，就见墙头跳上一人，手持明晃晃的钢刀，厉声问说："找谁的？"

赶车的吓得哎呀了一声，湘妹便在车里叫着说："你下墙来吧！是我回来啦！"

刘泰保听出他媳妇的声音，这才跳下墙来，说："你跑到哪儿去啦？我睡了一觉醒来，你就没有影儿啦！这是谁家的车？"

蔡湘妹说："这是玉宅的车，我受了伤啦，你快把我搀下车去！"

刘泰保气得一抡刀，说："啊呀！玉宅把你伤了，还派了大鞍车把你送回来，倒还怪讲面子的！可是我刘泰保现在连饭碗都没有啦，还能有钱给你治伤？走吧，我再送你回去，几时他们把你的伤治好，几时我才能把你接回来！"

蔡湘妹着急地说："你别打算讹上人家。话很长，搀我进去，我再慢慢跟你说。"

赶车的跟仆妇全都说："宅里既然叫我们给送来，您就得开门，让她进去。要不然，我们回去也不好交代！"

刘泰保口中还骂着，先把钢刀扔进墙去，然后他又跳了进去，这才把门开了，由车上搀下蔡湘妹，蔡湘妹还向送她来的那仆妇道谢。刘泰保一手关好了街门，一手搀着他媳妇，进到屋里。看见湘妹腿上的血迹，他直气得不住地顿脚。湘妹把手里拿着的那支小弩箭交给她丈夫，说："不要紧，伤不重，我跛不了！你快把刀创药拿来，给我上上！"

刘泰保气得脸白，一边取了刀创药，一边向湘妹询问详情。湘妹此时的精神倒还很大，她一边躺下，解开裤角，露出右腿上的伤，叫刘泰保给她上药，一边把刚才的事详细说了一番。刘泰保听着，又是暗骂，又是冷笑。

湘妹说完了，就咳了一声，说："这件事儿，我办得真是太怔了一点儿。你不知，我听说你受了委屈，我是多么生气呢！我把玉大人骂了一场，那老头子可能平生也没受过。玉小姐人，真好！说起话来通情讲理……"

　　刘泰保却哼哼地冷笑，说："你真比我还痴！不但白中了一箭，还受了一回骗！玉娇龙，真他妈的厉害！她明知把你夹打一顿也是无用，并且你要拼命地一嚷嚷，我要跑到宫门一告御状，她家中也真受不了！所以她才出来做好人，甜言蜜语，七纵七擒，为的是使你心服，不再搅他们的乱。可是由此，更足见他们是心虚。小狐狸是谁，他们必定知情！"

　　蔡湘妹听了她丈夫这话，又不由得发怔，就说："我可也觉着怪！我在房上，还没看见房下有人拉弓，箭就射在我的腿上啦！"

　　刘泰保手里拿着那支短箭，就近了灯台细看，就说："这种小家伙何必用拉弓，藏在袖口里，一抬手就射出来了！你刚才不是说玉娇龙有两个丫鬟，紧紧随着她，也都顶阔，长得也都赛过嫦娥，碰巧那两个丫鬟之中有一个就是那小狐狸！"

　　蔡湘妹回想刚才的事，说："可是！我看见一个丫鬟直冲着我撇嘴。"

　　刘泰保说："撇嘴倒没有什么的。不过我想，就拿今天晚上你在她家里这场大闹，居然他们就能把这口气忍下去了，可知他们必定是心里有鬼，得完且完，不敢闹大发啦。好啦，今天且记下你这件功劳。好在我也不干事啦，咱们先过了这个年，你也养养伤。灯节之后，他们防范得也就懈怠了，那时咱们再慢慢访查，寻得证据，然后我刘泰保要做一件惊天动地之事！准保叫玉正堂给我作揖，玉娇龙登门自荐，要做我的小老婆。"

　　湘妹抢过那支小箭来，就要往刘泰保的身上扎。刘泰保骄傲地笑着说："过年再说！你帮助我，咱们得争这口气！"

　　湘妹说："净顾了争气，也不找事，难道咱们俩就喝西北风吗？"

　　刘泰保摆手说："那不要紧，我刘泰保早先不教拳，也没挨过饿。以后我这教拳师傅的空架子倒了，我更无论哪一行儿都能干了！"刘泰保愤愤地说着，又到院中拾起了刀，拿回屋里，然后关好了屋门，预备再睡。这时天色都已黎明了，蔡湘妹腿痛得又直呻吟，所以他更不容易睡得着。

　　次日，刘泰保到南城，找他表兄要了一些秘制的刀创药，回来就带来些纸元宝、蜡台、鸡鸭鱼肉等等，并在屋门前贴上了鲜红的春联，在屋里贴了一张胖娃娃的年画。年底房子不大好找，客栈也都不收客人，所以他也不想搬家了。好在得禄还跟他很好，贝勒府的五十两银子赏钱，也替他领下，给他送来了。蔡湘妹虽然腿上有伤，可是她不大在乎，索性一点儿也不休息，打扮得花枝招展，专门在屋里做年菜，摆佛上供，倒很高兴。刘泰保也说："管他娘的！过了年再说，反正日子长着呢！他跑不了，我也死不了，早晚是得出那口气！"如此，残年就轻轻度过。

到了大年初一，又是初二、初三，北京城换了一番新气象。家家铺子关上门板敲锣鼓，人人穿新衣、戴新帽，坐着大鞍车到各处拜年。爆竹声到处乱响着，大家仿佛都疯狂了，酣醉了，那么的高兴。

此时，独有玉正堂的宅中却不似往年那么火炽。

玉正堂由新疆调回北京才不过数月，往年他都在外省，宅中不过住着族人和看家的仆人，可是那时倒比今年热闹。今年虽然有不少官员乘着车辆来此拜年，仆人也都得了不少的赏钱，可是老爷、太太、小姐，没有一个人是高兴的。正堂大人因为公事纷纭、家事烦恼，终日没有一点欢乐的笑容。太太是因为老爷不乐，所以她也抑郁寡欢，而且这些日子来，时常犯她那心口痛的老病。小姐玉娇龙也是时常的身体不适，而且她已有许多日没有出门，只镇日在深闺里。不出门的原因第一是家庭忧烦，第二也是病，第三就是她已将发辫改了个旗女的头髻，换句话说，她已不是个可以随便出去玩乐的姑娘，而是个待嫁的少女。

按照旗人的规矩，凡是姑娘在十三四岁时，便要留满了发，而一到十七八岁就要梳头，一梳上了头，就可以有人来提亲了。这种头与妇人的发髻无异，只是鬓角稍微有些差别，在家中时是挽着很高的云髻，出外会亲友、赴宴会、游玩等等，还必要戴上那黑缎子扎成的"两板头"。一个旗人的女子到了这时期，那就如同是一朵花苞已然开放，所等待的只是男人来折取了。

玉娇龙因为奉了父母之命，不得不过了初一就换了装束。她的心里是很悲痛的，自知这种芳春似的少女时期已经很短，恐怕不到半年自己的亲事便要规定，而未来的夫婿还多半就是那又蠢又丑的鲁翰林。她着实很抑郁，而且愤恨，但是她不敢再违背父母之命。因为她十分地后悔，她觉得父亲的烦恼、母亲的忧愁，以及几个月来家中的变故，外遭无赖之辱，内有风鹤之惊，全都是由她一人所致。她想要忍屈尽孝，以赎前愆，但是她的这种心情，除她自己，是没有第二个人能知道的。

　　初一的那天，丑翰林鲁君佩就来拜年。现在是十三日了，鲁君佩又来拜节。玉娇龙知道他来了，眉头就紧紧地皱起，在屋中坐着，手拿着铜箸，细细地拨弄炭盆里的灰。丫鬟绣香、吟絮在旁，一个擦着铜墨盒，一个修剪瓶中的梅花。盆里的水仙都低着头，默默地。那只白猫蹲在小姐的身旁，用洁白的小爪儿挠着小姐身上戴着的绣花荷包的穗子。室中只有钟摆声嘀嗒地响，声音还算比较大些。这时候忽然玉太太屋里用的钱妈进屋来，说："小姐！鲁宅里的老太太来啦！太太请您过去见见！"

　　玉娇龙吃了一惊，心说：刚才听说鲁君佩来了，现在怎么他的母亲又来到？莫非今天就要有什么事？她点点头，钱妈便转身出去了。吟絮赶紧过来给小姐整理头上的绒花，玉娇龙却把头一躲，眼睛瞪着吟絮，说："你要做什么？"吟絮赶紧缩住手，脸通红，低下头去，不敢言语。

　　玉娇龙就站起身来，自言自语地说："我去见她那么一个人，还用得着打扮得多么好吗？"

　　绣香赶紧过来，把吟絮推开，抱不平似的悄声说："小姐，您不必再打扮，就这样儿去见那鲁太太，也不必跟她讲什么规矩礼路，慢怠她点儿！她也就对您……"

　　玉娇龙脸上红了红，说："谁叫你来多嘴？"她抑郁地往屋外去走，绣香也随她出去。

　　这时将要过响午，阳光很暖。庭中的腊梅，廊下的迎春花，都欣然地展开着黄金般的花朵。顺着廊子往东走，北屋中就有人正在谈话，绣香在前拉开了门，里边的仆妇便打起了软帘，说："小姐来啦！"

　　玉娇龙一到门前，她就不禁愕然，原来在外屋椅子上坐的正是她的父亲玉大人，穿着便服，手里拿着水烟袋。斜对面凳子上坐的却正是那位鲁君佩。鲁君佩肥胖高大的身子穿着官服，胖脸，凹鼻子，小眼，极不成样的一副面貌，旁边可放着四品的文官顶戴。玉娇龙看了这人一眼，便厌恶地低下了眼皮，先向父亲行礼。玉正堂却说："见见你鲁大哥哥！"

玉娇龙不得已，转身向着鲁君佩。鲁君佩早已站起身来，两人全都低着眼皮对请了个深安。鲁君佩还含笑问说："还过年来，妹妹可好？"玉娇龙却没有答言。

仆妇把她请到里间，里间是玉太太陪着鲁太太。鲁太太也是一位高身材很胖的老太太，年有五十多了，穿戴很是富丽。她的丈夫鲁侍郎虽是个二品官，可是近因患疯瘫病退休，朝廷赏给他头品衔，所以如今她是一品夫人的装束。玉太太吩咐玉娇龙行礼，鲁太太便命随身带来的仆妇上前搀扶。

玉太太又吩咐玉娇龙说："你君佩大哥现在放了顺天府的府丞，你还不给鲁伯母道喜吗？"玉娇龙又向鲁太太请安道喜，鲁太太却把她的双手拉住，笑着说："你过了年，怎么没到我们家里去？我很想念你的！"这位太太说话时带着亲热的笑意，玉娇龙却不言语。

对面坐的玉太太代替着说："她因为梳了头，也不大出去啦，今年我还没带她到什么地方拜年去呢！也因为是她的身子不好。"

鲁太太惊讶着说："是有病吗？觉得怎么样？没请大夫看看吗？"

玉娇龙仍然是不语。丫鬟绣香在旁代答着说："我们小姐也没有什么大病，就是有时痰喘咳嗽！"

鲁太太变色说："那可很要紧，我怎么没听人说？"

玉太太看了女儿一眼，说："这也是过了年才犯的，以前不这么重。因为是年下，就没请大夫来看，只是把家里有的几副丸药叫她吃了。"

鲁太太说："也许是惊着了，去年的事，真是谁听了谁都要生气！我家的大人虽然病得不能动弹，可是听说了这些事，气得就要去见刑部潘大人和都察院广大人。君佩也很生气，怕惊着这里他三妹妹，就是有别人拦住了。因为听说那个土棍刘什么保，是有铁小贝勒在身后保护他！"

玉太太摇头说："那倒不是。刘泰保不过是他府里的一个教拳的，年前铁小贝勒已然把他辞了，所以这些日子他们也不敢再胡作非为了！"

此时外屋里，玉大人和鲁君佩也正在谈说此事，就听玉大人叹息说："今年我觉得精神很坏，大概也就是只能过眼前这个灯节了！我早就想要上本辞官，因为我不但是脸面已经全失，身体也实在不能再活几年了。只是，铁贝勒他必要拦阻我，我不明白他是什么居心！"

鲁君佩说："老伯也不要为此事烦恼。铁小贝勒为人向来如此，他家中专爱养些市井无赖。前几年京城有个李慕白，闹得比这刘泰保还要厉害，就是因有铁小贝勒护庇着他。譬如东城住的德五，他不过是个在内务府做过小差事的人，而且前几年还充发过一回新疆，可是铁贝勒跟他走得还是很近。那德五就是专门结交江湖的匪人，那刘泰保多半就是他给荐去的！"

玉大人说："我知道，一个德啸峰，一个邱广超，他们都自譬作孟尝、平原。不过德五那人还不错，在新疆时我很关照他，因为细说起来，他家跟咱们两家也都是老亲。近来我知道他很安分，刘泰保做的事，大概与他无关。"

鲁君佩说："慢慢地，我替老伯惩治那刘泰保。老伯怕外人说闲话，不能由提督衙门拿办他，可是我由顺天府去拿他，谅外人也不至说什么话！"

玉大人却连连说："不必了！不必了！咱们何必跟他一个市井小人惹这闲气呢！"

此时里屋的玉娇龙只顾了专心听外屋的谈话，却不觉得鲁太太已跟她很亲热地说了半天，并把身边的一个玉佩解下来。这是个玉刻的"二龙戏珠"，随着玉的纹理刻出来一条白龙、一条绿龙，当中嵌着一块金作为珠子。鲁太太说："这个我送给你戴吧！这是我们家传的东西，据说戴上能够压惊镇邪。你大哥哥进场考试的时候，我就把这个给他戴。现在我瞧你也是多灾多病的，你就戴上吧！戴上几天，病就能够好了。"

玉娇龙一听这话，非常惊愕。因为这件事，分明就是鲁太太下了订礼，而自己的父母也一定已然答应了那件婚事，否则他家传的东西，岂能随便送给外人呢？她非常生气，恨不得劈手把夺过来，摔在地下，使它粉碎，但又见她母亲说："你就收下吧！给鲁伯母道谢！"

玉娇龙的心中十分难过，因为她母亲自过年来实在没有一天不病的，自己的病不过是一种掩盖烦恼的假话，可是父母确是自经去年的那场事，全都宿疾屡发。如今自己又怎忍得当着老人家的面, 叫鲁太太难堪呢? 遂就依了母亲的话, 深深向鲁太太施礼致谢, 鲁太太亲手把这双龙玉佩戴在玉娇龙的身上。

玉娇龙低着脸, 心中忍抑着悲痛气愤。此时外屋那可厌的鲁君佩已被她父亲请往书房, 说是看什么字画去了。玉娇龙这半天都是站立着, 她母亲叫她坐她也不肯坐, 后来倒是鲁太太说: "姑娘, 你要觉着心里不大舒服, 就回到你的屋里歇息去吧! 不必应酬我。"

玉太太也说: "对啦, 你回屋里躺着去吧!" 玉娇龙这才转身出屋, 绣香也随着她出去。

玉娇龙一出北屋, 就走得很快, 回到了自己的屋中, 把那双龙玉佩揪下来向地下就摔, 啪的一声, 玉佩摔到椅子底下去了。那只长毛的白猫立刻扑过去, 用爪子去挠。绣香惊慌得变色, 赶紧蹲在地下把猫拦住。拾起玉佩来一看, 这玉倒真结实, 没有摔碎。只是那两条龙的犄角有点儿残缺。她就赶紧给藏在小桌的抽斗里了, 又劝慰小姐说: "小姐, 您躺下歇一会儿吧!"

玉娇龙冷冷地笑着, 一声也不言语。她两板头上的绒花乱颤, 厚底鞋踏着平亮的砖地, 来回地走。忽然她的目光触到卧榻隔扇上她自己绘的画、写的字, 自己刻的图章"意云轩主人"。这个"云"字就刺痛了她的芳心, 她站住了身子, 发了一阵惆怅。

此时那只白猫又上了茶几, 吟絮跑过来叫着说: "雪虎! 雪虎! 别上茶几, 别把花瓶扑下来, 雪虎听话!" 这个"虎"字又使小姐一阵变色。

忽然钱妈走进来说: "鲁太太要走啦, 太太叫小姐送一送。"

玉娇龙摇头说: "我不送!" 钱妈吓得一怔, 绣香、吟絮就赶紧向钱妈使眼色, 叫钱妈出去。

钱妈走了一会儿, 玉娇龙忽然又站住身微微地叹息, 自觉得鲁太太把玉佩赠了自己, 自己若不出去送她一送, 也实在叫母亲的面上难堪, 于是就又转身出屋。可是到了廊下一看, 那鲁太太已然走了, 玉娇龙就又回到屋来, 命吟絮给她摘下来两把头, 取下花来, 她就上床去歇息, 心中仍十分烦恼。

直到晚间，绣香来悄悄地告诉她，说是："小姐您别忧虑，我都替您打听明白了！鲁太太今儿来，就为的是拜年，并没提别的事，您别烦恼。我还听钱妈说，她也向鲁宅今天来的妈妈们打听了，据说是他家少爷现在升了官，有不少人家给提亲，大概……不能求到咱们这儿！"

玉娇龙生气地说："谁管他们那些闲事儿呢！以后他们鲁家无论是谁来，我决不见！"虽然这样说着，但心中颇为安慰，她倒很愿意那丑翰林娶个别家的美貌小姐，省得来向自己纠缠。此时远近的鞭炮声仍然稠密地响着，年华如逝水，自己又添了一岁。瓶中的梅花展着春意，几上的银灯却似含愁，玉娇龙又不禁暗自伤心。

又过了一天，这天便是正月十五，上元佳节。往年在新疆时，官衙内摆列着许多花灯，玉娇龙是最为高兴的。去年自新疆返京，她早预备着，今天把京城内各处的花灯尽兴地看上几天，可是没料到家庭突遭忧患，使她也无这情趣了。倒是玉太太怕女儿烦闷得病重了，所以自己挣扎着病体，要带女儿去看花灯。在才过午饭时，便已命人出去准备了。她们预定的观灯地点是在鼓楼前，为的是离着宅子不远。在彼时北京最繁华的街道共有三处，俗呼为："东单，西单，鼓楼前"。今天这三处全有花灯。

此时是晚间八点多钟，天作深青色，一轮明月由东方向西渐渐移动，但是此时没人注意月亮，全都聚集着看下面的花灯。大街很长，两边都是商号，每个铺子都悬着灯，有的是玻璃做的四方形的宫灯，有的是可着壁挂着一副一副的纱灯。无论是玻璃灯还是纱灯，全画着工笔的人物，画的都是些小说故事，什么《三国志》《五才子》《聊斋》《封神榜》等等。图是连环的，从头到尾地看了，就等于是读了一部小说。所以这些灯前，人都拥满了，一个挤着一个，连风都不透。

马路上也是车马喧嚷，那些平常不大出门的官员太太、贵府的小姐，今天都出门观灯来了。一般的老太婆、旗装汉装的少妇们、少女和小孩子们，个个花枝招展，红紫斑杂，笑语腾腾，也都在此往来着、拥挤着。灯光夺了月色，一些有钱的少爷们，并在人丛中放花盒、扔爆竹，咚咚响着，烟火喷起跟树一样高的火花，天际的红灯儿、绿灯儿，也忽起忽落。并有商号放花盒，花盒里能变出各色各样的新奇玩意儿。所以人是越来越多了，简直成了一大锅人粥、一大片人沙、一望无边的茫茫人海。而那些街头无赖也大肆活跃，暗中摸索妇女，暗中伤损人的新衣，偷钱，无恶不作。……所以嚣杂的欢笑声里，掺着女人的怒骂声，呼唤挤失了的孩子之声，跟起哄声……像海潮似的，像雷雨似的，声音大极了，混乱极了。

此时玉宅的家眷，是在一家大绸缎庄的楼上。这是白天就预订好了，绸缎庄正好借此敬奉敬奉阔主顾，尤其这家主顾又是统管市面的九门提督，所以预备得极为周到。烧着四盆炭，预备着香茶，并在沿着楼栏摆设了一排椅子。在此居高下望，满街的灯光人影，火树银花，全都收在目底，并且两旁没闲人。玉娇龙和她的母亲，全都是梳着两板头，玉娇龙还戴了满头的绒花和珠翠，衣服也极为华丽。绣香梳着大辫子，也穿着缎衣，在身旁伺候，并有四名仆妇，往来着点烟送茶。靠着楼梯有两名男仆和提督衙门的几名官人把守，连本店的伙计全都不许上楼来。

看了多半天，天色交到了二更，街上的那些灯，因为蜡烛将要烧尽，所以也显得发暗。花盒都已放完，所以游人也渐渐地散了，只有爆竹声还稀稀响着。

这半天，玉娇龙和她母亲全都十分高兴，玉太太说："到底是京城热闹！我们在新疆住了那十几年，真是把人住得眼界都窄了。今天我往下看看，这些人，这些灯，真使得我有点儿眼乱！其实，我还是在京城生长大了的呢！"

玉娇龙笑了一笑，摇摇头，满头的绒花乱动，说："我看新疆自有新疆的好处，我很想新疆！"

玉太太就问绣香说："你说是京城好，还是新疆好？"

绣香也微笑着说："我说都好！"

玉太太笑着说："你倒不得罪人！天不早啦，告诉他们把车预备下，咱们也该回去啦。"

于是仆妇赶紧答应了一声，去吩咐男仆，男仆又去传达到楼下。三辆大鞍车就都在这绸缎庄的门前预备下，两名官人挂着刀在旁把守。这时玉宅母女就下了楼，由丫鬟婆子搀扶着走出了绸缎庄。早已有很多人围着等着观看，天边的月色，四周的灯光，照着如同仙妃一般的玉娇龙。玉娇龙却低着头，那青缎的两板头、许多金钗和绒花掩着她的芳颜。

刚走几步，还没有上了车，忽听得"噗"的一声，玉娇龙不禁打了个冷战。她把头抬起，满头的绒花乱颤，丫鬟仆妇全都惊得叫起来，原来是由人丛之中射出来了一个东西，正射在玉娇龙的两板头上。绣香企着脚，从小姐的头上拔出来那个东西，惊讶着说："哟，是一支箭！"

玉娇龙低眼一看，这箭不过三寸长，很细。她立时就神色大变，眼光向人丛中去投。这时官人都已亮出来腰刀，驱逐众人。那许多游人有的哎哟喊叫着，有的哭着，因为一个挤着一个，想要快跑也不能够。

玉太太是已经上了车，一看见起了乱子，就赶紧叫过仆妇来问："出了什么事儿？"

仆妇说："人群里有坏人，射了小姐一箭！"

玉太太吃了一惊，问说："伤着了没有？"

仆妇说："倒没伤着！箭很小，射在两板头上，把缎子扎穿了，头上的花儿也坏了。小姐倒是很平安！"

玉太太听了，非常地生气，但又见四边的人乱跑、乱哭、乱喊，官人们的皮鞭抽得啪啪响，并有马蹄杂沓之声。玉太太赶紧又叫男仆去拦阻官人，说："不要乱赶人！搜查那放箭的人就是了，与别人何干？不许赶人！不许打人！"

有了正堂太太的吩咐，官人们才都住了手，那些惊跑的人还都哭着喊着，马路上却已无人。这三辆车就由骑着马的官人保护着，回往玉宅去了。

到了宅内，玉太太仔细看了看女儿。见女儿并未受伤，才放了心。她又看了看那支小箭，却不禁惊异，说："这支箭跟那次射刘泰保媳妇的箭，不是一个样吗？"仆妇们也齐都惊诧。

娇龙小姐却默然不语，玉太太又安慰着说："你也回屋歇息去吧！这是匪人故意生事，多半又是那刘泰保干的。你别害怕！带上鲁太太给你的那个玉佩，就可以压惊镇邪！你睡去吧！"

玉娇龙答应了一声，向母亲请了安，就带着丫鬟出了屋。只见月光澄洁，碧清如水，廊柱和栏杆的影子铺在地上，如用淡墨画出来的一样。风清清的，盆梅、迎春都溢着芳香。履声轻微，衣裳习习，回到了屋内，吟絮已经把一切的寝褥、灯烛、熏香全都预备好了。两个丫鬟服侍小姐下了头，换了衣服，小姐便愁眉不展地说："你们睡去吧！"绣香、吟絮两个丫鬟全知道，今天小姐观灯，出了一件惊险之事。如今见小姐的神色是特别地不安，容颜是从来没有过的愁惨，两个丫鬟就彼此使着眼色，谁也不敢多说一句话，谁也不敢迈重一步。两人悄悄地轻轻地关好了房门，回到套间休息去了。

两个丫鬟一走，玉娇龙的神情更为凄惨，她便趴在桌上痛哭起来。虽然她不敢哭出声来，可是抽搐得很厉害。那只长毛的白猫蹲在地下，翘首望着它的主人，好像很纳闷似的，因为这美丽的女主人向来也没有这样伤心过。玉娇龙在这里哭泣，阖宅没有一个人能够知道，她的心绪更没有人晓得。

当夜她哭泣着直到深更，方才睡去。由次日起，她就不能起床了，可是她的脸上只有愁态，并无病容。请了大夫来按脉诊察，也说是没有什么大病。所以大家全晓得小姐就是因为上元节观灯的那天，受些惊吓，以致病了。于是就有亲友出头，主张请巫婆收魂，请僧道禳解，但是玉正堂齐都严词拒绝。有人提出了快些给小姐订下婚姻，快些嫁出去，这件事玉大人倒颇觉得有理。于是时常与夫人背着女儿密谈，而鲁太太和鲁君佩更与这宅里常来常往。

过了几日，里外的仆人全都知道了，本宅的三小姐娇龙姑娘，已由大人、太太之命许嫁了新任顺天府丞的鲁翰林，已经下了小订，下月就放大订，到秋天菊花开时就要迎娶。现在只是还瞒着小姐和小姐屋里的那两个丫鬟了。

这时是正月月底了，到了晚间，星光满天，已没有了月色。前些日玉宅防夜既严，现在也防卫得疏懒一些了。这一天是深夜子时以后，整个的玉宅除了防夜人住的班房，全都已熄灭了灯光。娇龙小姐病已渐愈，这两天在床边日夜服侍她的那两个丫鬟，她已给打发回套间去睡了。她这屋里，两支大烛虽已灭了，可是床帐里还点着一灯，不过此时她并没有看那本神秘的书，只是躺卧着发愁。忽然有一种响声触到了她的耳鼓，她立时惊坐起来，却听房上传来"咪咪"的猫叫声，在她被窝里趴着的白猫也竖起了耳朵。玉娇龙持灯下床,轻轻走到外屋,微弱的灯光在那后窗上一闪。待了一会儿,就听窗外嗖的一声,如秋风扫叶,又听窗外有人说:"娇龙! 娇龙! 快开开窗子,我来了!"

这是个男子的声音,传到玉娇龙小姐的耳里,极为厮熟。她先把手中的灯烛吹灭,然后压着声音,向窗外很严厉地说:"你这样前来,叫我都没脸见你了!"她的热泪汪然地向下流,窗外却噗哧一笑,说:"娇龙妹! 把窗开开,让我见见你!"玉娇龙无声地叹了口气,就把后窗开了。

外面的人如同一只猫似的钻进了窗子,一进来就把玉娇龙的胳臂揪住。玉娇龙并不抵抗,只低声说:"你退后些!"又问:"在新疆我们临别之时,我对你说的是什么话? 如今你全都忘了? 十五的那天你又发出弩箭,你真是要逼我至死吗?"

她的语气十分凄惨,那男子却仍然笑着,说:"我到北京来就为的是见你! 你把灯点上,叫我看看你的芳容!"

玉娇龙却连连摇头,说:"你快走! 现在的我已不是在新疆时的我了! 你要没忘我早先说的那话,你就快走! 快依着我的话去做,一年之后你再来! 但不许这样来,否则我们就不必再见面了!"

对面的男子却说:"无论如何,你要叫我再看看你的容貌。分别以后,我做梦也是你,醒着时眼前也是你,沙漠、高山、森林、大河,还有我钢刀的环子上,酒杯饭碗上,没一处没有你的容貌! 那天在灯下我没看清楚,现在我要细细看看! 看完了我就走,听你的话我去办,将来咱俩做夫妻!"

说时,不待玉娇龙首肯,他就由身边取出一个火折子,用口一吹,噗的一声,火光立起,室中通明。在火光之内照出来身穿红绸寝衣、云髻蓬松、满面是泪、含羞带恨的小姐玉娇龙,也照出了对面的这个男子。这原是一个十分魁梧、面貌英俊的少年,只是打扮得极为新奇,一身青布衣,头戴一顶黑毡帽,腰间勒着带子,带子上插着一口不到二尺长的钢刀,刀柄上有个铜环子。当时四目交射在一起,这人就笑了。玉娇龙虽也露出些温情,但仍推着这个人说:"你快走吧! 千万听我的话。去办! ……不要再这样前来! 小虎,你千万要听我的话!"

对面这名叫小虎的男子便叹了口气,说:"你别伤心! 我这就走。我一定听你的话！好，再会吧！"于是他灭了火折子，推窗走了。

玉娇龙又怅然了半天，才把窗户关严。回到屋里，将烛台放在桌上，她又倒在床上，眼泪簌簌地流下来，浸湿了绣枕，浸湿了锦衾。此时夜静更深，壁上的自鸣钟敲了四响，猫儿都在她的身畔呼噜呼噜地睡熟了，枕畔却仍有哽咽之声。玉娇龙小姐芳心酸苦，似睡非睡，她回忆起十几年来的梦影，想到了辽远的草原、沙漠……写至此处，须将玉娇龙过去的事情叙说一番。玉娇龙随父来京，不过才四五个月，以前她的生活完全是在新疆度过的。她有一身武艺，勇武之处能敌神制鬼，轻巧之处可换月摘星，直至如今，她的父母还不知道，并且她的师父在起先也是不知道的。她的师父名叫高朗秋，别号"云雁"，说到这个人，却又与本书前传《鹤惊昆仑》中的哑侠及《剑气珠光》中的杨豹、杨丽英、杨丽芳兄妹，全都有关。

第五回　人世艰辛泪辞杨小虎
风沙辽远魂断玉娇龙

　　著者为使头绪清楚起见，不得不将笔折回，要从三十多年以前说起。在那时候，江湖间奇人辈出，纪广杰、李凤杰、静玄禅师等人分据在大江南北、黄河两岸。可是居首位的奇侠江南鹤，却隐居于皖南九华山上，以种茶为生，不问江湖之事。江南鹤有一师兄是个哑巴，口不能言，耳不能听，从无人晓得他的名姓，人只称呼他为"哑侠"，因为据江南鹤对人说，他师兄的武艺比他还要高强几倍。平日哑侠伴同师弟种茶习武，但有一日他忽然失踪。他究竟往哪里去了，是生是死，连江南鹤也不晓得。这哑侠三十多年前的失踪，便间接与今日之玉娇龙有莫大的关系。

　　这件事是起于云南靠近金沙江的地方绥江县。县外有一个小村，约有二十户人家。这地方满生着梧桐和槐柳，时当初夏，绿阴满村。一日黄昏之时，落着细雨，村子、山泽、大江都隐没在浓雾里。渐渐天将要黑了，道上已没有行人，但远远地忽传来一阵马蹄溅水之声，原来是来了一匹黑马。马上一人穿着黑衣，赤足绑着草鞋，头上戴着一顶大草帽，顺着帽檐直往下流水。这人身躯不高也不矮，衣着不穷可也不阔，但年岁已有五十上下了，胡子虽然刮了，但又生出来很长，有许多根都已苍白了。马后有个不大的包裹，是覆以油布，所以还没有湿透；但他的衣裤已尽湿，贴在身上。这奇怪的人鞍旁尚有一口宝剑，顺着剑鞘也往下垂滴着雨水，他一直走进了村子，就来回转头向两旁观望。这时村中的人家多半已用毕晚餐睡了，所以只有一家的柴扉里还有微明的灯光穿着紊乱的雨丝透出。这个人下了马，他是赤足绑着草鞋，所以在雨地下走着还很便利。他一手牵马，一手去推门，门一推就开了，他毫不客气地拉着马往门里就走。

这院落不大，只有两间草房，这人牵马进来。屋中却没有人听见声音走出来。这人就将马撒手，愣拉门进屋。原来这屋中除了锅碗杂具之外，只是有几架书，有一个书生正在灯下读书，这人只见他的嘴动，却不晓得他读的是什么。此时书生已然看见了这位不速之客，他便蓦然站起身来，问说：“你是哪里来的人？为什么不叫门，就闯进我的屋里？”这位来客却直眉瞪眼，指指他自己的嘴，又摆了摆手，表明他不会说话。

书生到此却十分惊异，心说：怎么在这黄昏时候，外面又下着雨，竟来了这么一个哑巴呢？他拿起笔来，刚要写字给他看，问他的来意。这哑巴从身边掏出来一个小布包，布包也很潮湿了，放在桌上打开，就见里边有几锭黄金，还有一张字纸。哑巴就指着那张字纸叫书生看，上面却写着“绥江县桐花村耿六娘”。

书生看了不禁惊异，定睛去打量这哑巴，哑巴又用手势表示着意思，询问那耿六娘住在哪里。书生又写了几行字，问哑巴是从哪里来？找耿六娘是有什么事？可是哑巴连一个字也不认识。这书生就只好随他出屋，看见了马匹、包裹、宝剑，就冒着雨带他出门，在黄昏雨水里指给他，往西隔着两个门便是他所要找的人的家，于是哑巴笑着拱手，表示道谢，他就牵着马走去。

这里的书生十分惊异，回到屋中，书本再也读不下去。是夜雨落得越大，书生悄悄地到那耿六娘的家门前，隔篱去偷听。只听见篱内马嘶，并有哑巴啊啊的说话及女人嘻嘻的笑声，却不明白是怎么回事。书生既怀疑又气愤，就回到家里。

原来这书生名叫高朗秋，别号“云雁”，是个秀才，可是屡试不中，现已二十六七了，还是个“生员”。他的父母俱死，因为他总中不了举，就把自幼订下的婚事退了。有个胞兄名茂春，在河南省做个小小的知县，他只是孤身一人居此。只有两间草房，没有半亩田地，也用不着他务农，他只是天天在屋中写字，作画，抚琴，读书。他所读的书最是复杂，不仅是古文经史，上至天文地理，下至医卜星相，他无不研习，并且还通兵书、精剑法。他是村中最有名的人，谁都知道"文武全才的高秀才"。他虽年纪不大，可是村中有了什么事都要来请教他，他是村中的"圣人"。

同时，本村中还有个为人所不齿的女人，可是又人人皆惧怕她，那就是耿六娘，外号叫"碧眼狐狸"。碧眼狐狸的爸爸就是个大盗，已于三年前被官人捉获正法了，只剩下她一人，她就走南闯北，时常数月不归。她是个闺女，这时还不过二十四五，还没有嫁人。可是有个县里的文案先生与她相识，时常在她的家里住，二人如同夫妻一般。那文案先生名叫费伯绅，年约三十岁，是高朗秋的同窗好友，而且是诗酒之交。当下高朗秋见自己的朋友这些日没有来，那妇人又勾引来一个哑巴同她在一起居住，就生气极了。

到了次日，雨仍未止，费伯绅仍然没从城内来，高朗秋也不便去找他，更无权去替朋友找碧眼狐狸质问。不想过了二日，天晴了，那哑巴公然在碧眼狐狸的家中居住，碧眼狐狸也公然挽上了头，改了妇人的装束，向村里的人说："我的当家的来啦！他虽然是个哑巴，可是他很有钱。我们俩人是去年在外边相识的，有朋友给做的媒，他家里有许多茶树，他都变卖了，来到这儿跟我过日子。我们现在至少也有几千两银子。我们要买地，盖庄子，我们还要抱个孩子呢！"

村子里的人都在暗中笑她，骂她，可是那哑巴却很好，天天穿着很整齐的衣服，如同是个绅士。虽不会说话，可是见了村中的老翁老婆，他就带笑拱手，见了小孩他就很喜欢地摸脑袋，见着穷人，他就掏出大把的钱来施舍。并且时常进城，从城里买的药品、绒线、布、点心，时常挨着门送礼。别人若不收他就作揖，因此又没有一个人说他不好的，都叫他"好哑人"。连带着碧眼狐狸耿六娘也很安分，并且名声也渐渐恢复了。

十天之后，忽然一日费伯绅到了高朗秋家里，问明了详情，就愤愤地说："那狐狸娘儿们真没有良心！不是我在衙门维护着她，她还能在这儿住？她有几件大案都拿在我的手里，我要一把它抖出来，她就得捉到衙门里判死罪。如今她从哪儿招来个野哑巴，竟公然与她做夫妻？哑巴还有那么多钱? 多半也是个强盗! 朗秋兄, 你自管上手打人, 打伤打死了都有我!" 高朗秋也自矜剑法高超, 就提剑随同前往。到那里一打门, 门还没有开, 他们就隔着短篱, 看见哑巴正在教碧眼狐狸练武。那哑巴的身如捷猿飞鹤, 拳似闪电流星。高朗秋一看, 就吓得赶紧把宝剑藏在一块石头后面, 不敢随费伯绅走进去。

少时柴扉开了, 费伯绅气愤愤地走了进去。高朗秋隔着短篱向里观看, 就见妇人倒还从未忘旧情, 向费伯绅说:"你别吃醋! 我跟了他, 是因为他有钱, 也是为跟他学武, 早先咱俩怎么好, 现在还是怎么好, 只是别叫他知道就是啦!" 哑巴在旁边发怔, 也不知他媳妇跟人说的都是什么。

费伯绅就瞪着眼睛, 问说:"这哑巴是个干什么的人? 他叫什么名字? 是你愿意嫁他, 还是他凭仗着会些武艺, 就强占了你?"

碧眼狐狸的高身材摇摇摆摆的, 长脸上带着微笑, 拿手摸着头上插的野花, 说:"都不是! 哑巴姓什么叫什么, 连我也不晓得。不过他却名头极大, 江湖上无人不知, 跟你说你也不能明白, 你就放心吧! 我跟他本没有什么交情, 是去年我往江南去看我的师哥, 在路上与他见了面。我早就知道他是江湖上最有名的人, 我就跟他一套近, 不想他就看上了我, 问我在哪儿住, 我就托店家写了一个住处给他。我本想这么远的路, 他绝不能来的, 可是没想到他真来啦!"

费伯绅气得顿脚说:"他真来, 你就真嫁他?"

碧眼狐狸也把脸一绷, 说:"你可别跟我撒脾气! 我又不是你娶的, 你买的。别说我嫁哑巴, 就是我嫁瞎子你也管不着!"

费伯绅气得浑身乱抖, 说:"好! 好! 这是你说的话, 我记住了! 以后你可别后悔!"

两人这样一吵, 哑巴看不过, 瞪着眼过去就是一脚, 将费伯绅踹得躺在地下。费伯绅往起来挣扎, 并骂着说:"哑贼! 你敢打我? 我是衙里的先生!" 哑巴并不知他嘴里说的是什么, 提起他的一条腿往外就扔。费伯绅的身子就从短篱飘过去, 咕咚、哎呀, 他的胯骨摔坏了, 再也爬不起来。哑巴从里面把柴扉关上, 高朗秋将他的朋友搀扶回家。

费伯绅痛得张牙咧嘴, 不住大骂, 立时就要回衙门去叫官人来, 把哑巴和他的情妇全都捉了去。高朗秋却摆手说："不可！你没听那妇人刚才说的话吗？哑巴确实不是个等闲的人物，你不懂，可是他那身武艺我看得出来！你若叫官人来，不但徒劳往返，并且倘若叫哑巴恨上了你，他随时可以将你杀害！"费伯绅听到这里，便打了个冷战，于是自己只好忍气吞声，自己回城里去养伤。但是，到底他是个衙门里的文案先生，他的权势是可畏的，所以到第二日，碧眼狐狸耿六娘又假作进城去买东西，背着哑巴前去看他。由此二人秘密地重叙旧好，可是费伯绅再也不敢到桐花村来了。

桐花村中的哑巴高高兴兴地享受着他半生所没有享受的家室幸福，没事之时，就传授给他的情妇几手武艺或是和同村人打手势谈谈天，早忘了那在九华山上的他的师弟江南鹤。可是，每逢他教给耿六娘武艺之时，总见有一个人隔着短扉向里偷看，那就是本村的那个秀才。他也不大介意。因为他教给耿六娘的这点儿武艺，不过是他全身武艺中的百分之一，就是全叫别人学了去，与他相较起来，还是如井蛙望天、蜉蝣撼树，差得远呢！

耿六娘见高朗秋时常注意他们练武，心里很不高兴，可是也不便拦他。因为他是本村的"圣人"，又是费伯绅的好友，而且知他是个书呆子，虽然他会练宝剑，但若想偷学这高深的武艺，可是不容易。

如此不觉过了一年多，哑巴渐渐地穷了，碧眼狐狸待他也渐渐地不好。又因哑巴本是个练武功夫的人，禁不住五十多岁又娶了个老婆，所以也身体日衰，渐渐得了病。费伯绅又时往村中，与耿六娘秘密相见，秘密计议。

一日，是初春三月，又是一个细雨的黄昏，忽然哑巴家里发出了哀声。高朗秋在屋中正独自研习偷学来的武艺，忽然听见了这种怪异的声音，他就止住了手脚，走到院中，站在雨下，侧耳静听。只听见了两三句哭声，是碧眼狐狸耿六娘所发，但旋即停止了。高朗秋赶紧走出门去，几步就到了耿六娘的门前。推了一下门，见推不动，他就使出这些日经过偷学研习所得的武艺，一耸身过了短篱，硬撞进屋去。却见哑巴已经死在床上，尸身用棉被盖着，露出脸来。从那凄惨的面目上看去，可知哑巴之死，虽然因病，也另外还有原因。碧眼狐狸自觉武艺学得可以了，哑巴身边的积蓄又已荡尽，留之徒然是个眼中钉，所以……高朗秋心里明白。

碧眼狐狸假哭了两声，表示叫邻人知道哑巴已死。她却正在检查哑巴向来绝不许别人触动的那包裹，打开一看，就使她非常失望，原来全无金银，只是两本破书。碧眼狐狸又不认识字，她正在生气，忽然高朗秋闯进来了，把她吓了一跳。

高朗秋的眼睛却盯在那书皮上，他立时如见了奇珍异宝，心中惊喜，表面上却不露出来，只是冷笑着说："不要怕！我早就想到伯绅跟你要做出这一件事，但你们原不必这样做，他会自己死的。放心！我不给你们声张！可是这两本破书我要借去看看！"

碧眼狐狸连书皮也没有翻开，她只说："你拿去吧！现在我倒很后悔。"

高朗秋冷笑道："你后悔已经晚了，以后就提防这死人的朋友来找你复仇吧！"说毕话，拿着书走去。

次日，碧眼狐狸就办理哑巴的丧事，那费伯绅也来帮忙。高朗秋却从此足不出户。过了月余，村内无事发生，高朗秋却把他的房屋和藏书全部变卖，离了绥江县一去无踪。

原来哑巴留下的那两本书，每本都有四五百页，书皮写的是"九华拳剑全书"。江南鹤绘制。里边是图多字少，虽然图都画得很粗糙。字也写得劣，然而九华山老人所传的拳、剑、点穴及种种神出鬼没的武艺尽在其中，而且因绘者江南鹤精通一切，心思又细，当初绘这书时又专为给哑巴看的，所以是无一处不详，内外两功，应有尽有。得到此书，若肯下功夫去学习，不愁不能练出一副好身手来。

高朗秋为人本极聪明，又因本来就会些剑法，所以他得了此书就直奔河南。此时他的胞兄高茂春已升任汝南府的通判，与知府贺颂颇为相得，便荐了高朗秋在衙中做个书办。高朗秋其实是借此隐身，并为躲避那碧眼狐狸找他索书。其实他是时时揣摸着那两本书中的精髓，每晚并趁着人睡熟之后，实地去练习。白天除了办理衙中的文书以外，便是吟诗饮酒，别人只道他是个书痴，却不知他暗中正在研究飞侠的本领。

这时汝南城内有一位名士，名叫杨笑斋，家道殷实，为人风流倜傥，玩世不恭，已经有四十岁了，还是常在花街柳巷行走。他与本城的府台贺大人是莫逆之交，与高茂春又是换帖，因此他与高朗秋相识了。两人诗酒往还，很是相投，可是高朗秋在背地里研究武艺之事，他也是完全不知道。

　　这天是五月端午，衙门里停办公事，高朗秋随他哥到内宅给府台大人与府台夫人拜过了节，就走出衙来。这时天已不早，炎日当空，他不住地打哈欠。原因是昨晚简直没有睡觉。哑巴书上那段"勾魂夺魄剑"叫他太费事了，到如今还觉着没有十分悟解出来。一路走，一路想，身子撞着人他都不知道。

　　正在走着，忽听耳边有人叫道："朗秋兄！"高朗秋止住步往四下一看，并没有什么熟人。忽听头上又有人说："请上楼来吧！"高朗秋这才一抬头，原来旁边就是一家很小的酒楼，杨笑斋俯着栏杆，正在楼上叫他。高朗秋赶紧拱手说："哦！我正要给你去拜节！"遂就进了酒铺。

　　原来楼下是个走道，通着后院，后院里好像是有许多人家住着。他扶着狭窄的楼梯上了楼，看见那里才是酒铺，只有三四个座位，除了杨笑斋再没有一个酒客。高朗秋就拱手上前，并笑着问说："笑斋兄！今天是端午佳节，你老兄不在家中饮酒，怎么到这里一人枯坐呢？"

　　杨笑斋好像脸上露出一种很不好意思的样子，没说什么，只说："请坐请坐，你在此也是一个天涯孤客，遇到佳节，必多感慨。来！你我且互尽一杯吧！"高朗秋晓得杨笑斋的太太是很嫉妒的，夫妻都年近四旬多了，没个儿女，太太还不准他纳妾。今天一定是又打了架，所以他才一个人来此饮酒遣愁。

　　当下杨笑斋又向柜上说："再热一壶酒来！"掌柜的答应了一声，回首向柜里的一个门帘后说了一句话。

　　待一会儿，就见由门帘里伸出来一只纤细的玉手，手上染着红指甲，戴着黄戒指，还露出半截水绿的袖头，把一个锡酒壶交给了掌柜的。掌柜的是一个短身材五十来岁的人，就把酒壶送到这桌上来，高朗秋不由发痴了。

　　等到掌柜的转身走去之后，高朗秋就悄声问说："这酒馆带着家眷吗?"杨笑斋说:"只是夫妇二人带着个女儿。"正自说着,忽见由楼梯上来了一个姑娘,穿着节下的新衣裳,长得并不怎么好。可是这个姑娘急匆匆进到柜里门帘之内,又领出了一位比她高一点儿的姑娘。这姑娘长得美丽,年岁不过十五六,秀发明眸,发下还插着一枝黄绒做成的老虎,穿的正是水绿色的衣裳,这是端午节时应有的点缀。她把眼珠向杨笑斋转了转,欲笑没笑,就随着找她的那个女伴跑下楼去了。

高朗秋这才明白,笑着说:"怪不得你老兄今天还到这里来,原来这里不但有酒,且有美人!"

杨笑斋就说:"你看见姑娘头上那只绒虎没有?以此为题,我们每人要作一首诗,否则罚酒!"于是他从怀中掏出永远随身带着的墨盒、纸笔。他喝了一口酒,立时就成诗一首,拿给高朗秋去看,却是:

端节家家插蒲艾,我从鬓底见雄姿。

松风山月失吟啸,要伴婵娟做虎痴。

高朗秋连连点头,说:"作得好!"遂也和了一首。二人尽兴畅饮,谈今论古。

从此傍午时,高朗秋就与杨笑斋时常在这酒楼见面。他就渐渐地知道了,这酒楼的姑娘名叫倩姑,尚在待字之年,可是因为家道贫寒,所以她才帮助她爸爸罗老实做这买卖。高朗秋、杨笑斋天天来此,当然渐渐地都与罗家父女相熟了。只是高朗秋却对姑娘无意,一来他看出杨笑斋是早已为情颠倒,自己不过是陪客;二来他把心专用在那两卷哑侠遗书之上,美色在眼中已如浮云一般,不能留下什么深刻的印象。

这天高朗秋又应杨笑斋之约,散了衙到酒楼来了。才到楼下,便听见楼上有一片人声争吵,他赶紧跑上楼去。只见两个大汉揪住罗老实正在怒打,罗婆婆在柜上急得直哭着,摆手,说:"别打!别打!二位爷……"倩姑却投到杨笑斋的怀里,吓得如同小蝴蝶遇着风雨藏在叶底一般,娇泪飘零。杨笑斋一面护住他的爱人,一面跺脚说:"没王法了!"

看见高朗秋一上楼,他就说:"朗秋兄!快到府衙叫人来。把这两个人带走!"高朗秋却摆手说:"不必!不必!"他过去拉那两个人,两人却都反手要打他,高朗秋就施展起从书上所学来的点穴法,只两下,便用手指把那两个牛一般的大汉全都戳倒在楼板上了。

这时街上已有许多人都听见了吵闹之声，跑到楼上来看。可是一看见这两个人都躺在楼板上，如同死了一般，就吓得都咚咚咚的又往下跑。掌柜的罗老实然头破血出，坐在墙根爬不起来了，他就嚷着说："哎哟！待会儿他们镖店的人一定来给他们出气，我这酒铺一定要被他们拆了！"

杨笑斋摆手说："不要紧！你别怕，官私两面都有我。"向高朗秋说："朗秋兄在这里保护住他夫妇，我把姑娘送到下面邻居家中暂避一避，以免将她惊吓着！"

高朗秋点头说："好！叫姑娘下楼避避也好。"

当下高朗秋在这里迎着楼梯昂然站着，杨笑斋护庇着倩姑往楼下走。才下了几级楼梯，就见由外面闯进来几条大汉。为首一人年有四十来岁，身材虽不甚高，可是生得极为凶悍，敞着胸脯，手执钢刀一口，率领着几个人，似是要上楼来为他们那受了点穴的两个朋友出气。他没瞧清杨笑斋，可是杨笑斋已认出他来，就站住身叫道："杨老师！怎么多日未见？"

这个姓杨的人就一抬头，立时满脸的怒色改为和气，就说："哦！笑斋大爷你在这里？我听说有我两个朋友在楼上受了欺负？"

杨笑斋摆手说："老师别急！都不是外人，刚才我也不知道那二位原是老师的朋友。我在这里饮酒，他们也来此饮酒。因为掌柜的罗老实跟我相好，所以招待我很是周到，把两人冷淡了一些，他们就发了脾气，把罗老实给打了。这时恰巧有我个预先约好的好友来到，那位是府衙里的一位先生姓高，他看着两人打一个，他就不平，所以……"回头一看，高朗秋正立在楼梯的上口，他赶紧就给引见，说："这就是高先生，这位是我的老友，也是我的老师，河南省有名的镖头汝州侠杨公久。"当时高朗秋便向下一拱手。

杨公久也向上一拱手，回身把手中的钢刀交给了他身后跟来的人，并嘱咐他们不要上楼，就说："既然都是一家人，那么，话就好说！"说着，他就咚咚地走上楼去。

杨笑斋这时也完全放心了，他就向倩姑说："不要怕了！这位镖头与我是二十多年的好朋友！"于是，他又带着倩姑上了楼。

杨公久先看了看掌柜罗老实被打的那样子，又低头看看楼板上横躺竖卧的他属下的那两个镖头。这二人虽都身子不能动转，如同得了半身不遂似的，可是还不住泼口大骂，向杨公久说："掌柜的，你得替我们报仇，把那穿长袍的打死！"

杨公久却怒斥道："我替你们报什么仇？你们背着我来这里滋事，欺负人家做生意的人，也应当叫你们遇见这位老师傅，替我来管教管教你们！"遂转身又向高朗秋抱拳，说："失敬！失敬！想不到兄弟今天在此又遇见一位武当派的老行家。既然先生跟笑斋大爷是好友，我跟笑斋不但是当家，且是二十多年的交情。既是一家人，就请对我这两个伙计抬抬手，把他们的穴道弄开了，我好叫他们给你赔罪！"

高朗秋听了这话，他倒为了难。因为刚才一时的气愤，他按照书上的办法去点二人，不料真给点倒了，可是要叫他把二人救过来，他可得先回去查书才行。可是他手中有书的话却又不能对人去说，只好板着脸，拱拱手说："不要紧，我这也不过是跟他们两人开个玩笑。可是他们两人把罗老实打得太重了！兄弟既然打这不平，就得叫他们先躺一会儿，我出去绕个弯儿，少时再来解开他们。"说着，高朗秋转身下楼去了。

他急忙忙地回到家中，到自己住的屋中，由床底下搬出他的一只木匣，开了锁，抽出那两卷哑侠遗书来，翻阅了半天，才把解救点穴法的招数查出，口里背诵着，手中比着姿势，多时才将这段背熟。然后他将书照旧锁好，才疾忙跑回罗家酒楼，只见那两个镖头还在楼板上躺卧着，杨公久却坐在杨笑斋的对面正在饮酒。

高朗秋这才施展刚背熟的那手段，从容不迫地将两个人解救好了，并一个一个地扶起，笑着说："多有得罪！"此时杨公久面上现出怒色，向这两人一摆手，这两人又羞又气，就下楼去了。杨笑斋就拉高朗秋也入座，并敬了一杯酒，笑着说："朗秋兄，你真是交友不诚，你瞒了我多日！直到今天，我才晓得你不但是一位名士，而且是一位侠客！"

高朗秋微笑，杨公久却紧绷着一张紫红的脸，说："兄弟的镖店是在信阳，不过常由此经过，因为没人引见，也不知老兄是位武当派的老行家，所以欠拜访。今天，我手下的人在此打人，经你兄管束，我也没话说。可是刚才我已向你兄恳求了，笑斋大爷又说出我是他的老朋友，无论如何，也应该讲些面子。可是你兄竟不顾交情，成心叫他们在此躺了半天这才将他们治好。我想这一定是因为兄弟失礼，才为你兄所怪？"

高朗秋也脸红了，连忙摆手说："没有的话！"

杨笑斋也摆着双手说："算了！算了！饮酒吧！"

杨公久却摇头说："既不是怪兄弟失礼，那一定是觉着我名头不高，武艺太弱？好啦！我倒要领教领教。明天清早在南门外，我要请武当派的老行家指教指教我，再会！"说毕，拱手站起。

杨笑斋赶紧追上去拉他，说："杨老师，你何必！"杨公久却抖手走去，咚咚咚，踏着沉重的脚步下楼去了。

这里高朗秋的脸色苍白，呆呆地不说一句话。杨笑斋就摆手说："不要紧，他约你明天清晨去比武，你到时不要去，我找他，给你们说合说合就完了。十年之前他穷困潦倒，多亏我救济他，我请他到我家里护院，他在我家里病了一年多，也是我派人服侍，延医诊治，才把他救了。后来他临走时，我还送了他三十两银子。有这些交情，我想他不能不给我留面子！"

高朗秋冷笑道："我怕他作甚？明天争较起来，还不知鹿死谁手！"

杨笑斋摆着双手说："不必，不必，咱们全是斯文，不可跟他们那些江湖斗气。再说这杨公久武艺确实不弱，现在有名的侠客江南鹤、纪广杰，也都与他相识。"高朗秋听了这话，心中越发的畏惧。此时那罗老实又叫他的女儿倩姑来给二位老爷侍酒，倩姑换了一身花衣裳。杨笑斋就杯斟美酒，面对佳人，又不禁大发诗兴，拈须低吟。但高朗秋却心中乱得很，他就先走了。

回到衙门，他在自己的屋中闷坐，非常后悔，觉着今天不该轻露武艺，而且自己根本还没将那两卷书看完，明天如何敢去与一个江湖有名的镖头比武呢。即或明天有杨笑斋从中解劝，可以解约，但自己的点穴法是从此出名了，以后说不定江南鹤、纪广杰都要找我来较量，那可怎么好？忧虑了半夜，便决定离开此地。于是深夜作书两封，一封信是给杨公久，约他五年之后再为较量。一封是给杨笑斋，却是几句辞别的诗。除了将自己矜夸比作游侠，并说自己将往鲁东漫游。另外两首却是劝杨笑斋及早纳宠，并说：愿彼妹鬓边绒虎，早降兄家，以为宜男之兆也。

次日天色才明，他就将两封信交给衙中夫役，命送到杨老爷家里。他就束装走去，一直到了金陵城中，下了寓所，化名为"云雁山人"，从此以鬻书卖画糊口，暗中研究那两卷奇书。

不觉过了五载，高朗秋自信已将两卷书中的武艺全都学会了，便重往汝南府，先到府衙中去看望胞兄。原来这时的府台还是贺颂，他胞兄高茂春已升任同知。府衙中又新来了一位文案先生，不是外人，正是高朗秋在家乡时的好友费伯绅。

原来费伯绅在绥江县因与碧眼狐狸相识，碧眼狐狸跟哑侠学会了几手武艺，就在金沙江一带横行，成了女盗，并且时便时叫费伯绅去找她。费伯绅怕惹下大祸，这才来投高茂春，做了府中的文案。他为人惯会钻营，所以来到这里不到二年，便成了贺知府的心腹人了。如今他一见高朗秋来到，便把高朗秋拉到一个僻静之处，悄悄地说："你可要小心！碧眼狐狸现正找你。听她说：早先你由她的手中骗去了两卷书，是那哑巴留下的，近来她才知道，那两卷书很是值钱，她正要找你追索呢！"高朗秋听了，不由嘿嘿冷笑。

高朗秋又去访问杨笑斋，杨笑斋早已纳了那酒家女倩姑为妾，并且倩姑已生了一子一女，儿子已经三岁，会走了，名叫杨豹；女儿才一岁，叫作丽英。杨笑斋一见了久别的知交来到，便极为欢喜，呼爱妾与子女出来相见。高朗秋就见倩姑风致犹昔，并且因为穿的衣裳很华丽，仿佛比当年之时更为美丽了，高朗秋就呼为倩嫂。但是，看见那男孩子杨豹，虎头虎脑的一个，忽然又想起了五年前的一段旧事。屈指算算，再有一月零三天，便又是五月端午了，趁着倩姑转身之际，他就悄声向杨笑斋笑着说："这令郎天资甚好，将来绝不像你这样文弱。可是，为什么叫他为'豹'？怎么不以'虎'为名？'虎'字不是更有来历吗？老兄可记得五年前端午节倩嫂夫人鬓边的绒虎？及兄弟临走之时的留书吗？"

杨笑斋笑道："'虎'字早已用过了。"遂也悄声与高朗秋谈了一番话。

原来在高朗秋走的那一年，杨笑斋可是秘密地已然将倩姑做了他的外室，虽因大妇嫉妒，不敢将倩姑接到家中。后来倩姑怀孕生了一个男孩，杨笑斋就以"虎"命名，叫他作杨小虎。罗老实虽是个卖酒的人家，但也在汝南城中住了多年，亲友很多，闺女尚未出阁就生了个男孩子，他的脸面也太难看，而且杨笑斋也不敢承认这个私生子，便把小虎寄养在倩姑的一个族嫂之处，杨笑斋在暗中帮助她抚养的费用。今年那孩子已然五岁了，但是他叫"罗小虎"，却不叫"杨小虎"。过年，杨笑斋就把倩姑接到了家中。是年又生一子，其实已是第二个男孩子了，按照虎字往下排行，命名，所以才叫作杨豹。

杨笑斋把这件秘密告诉了高朗秋，并说："将来我若死了，求兄叫他们兄弟相认，他们实在是亲生的。"

高朗秋点头，并为杨笑斋贺喜，又说："我这次来，不为别的，就是为见见令当家杨公久镖头，以践前五年之约！"

杨笑斋摆手说："杨公久已不能再跟你比武了。三年前他在江湖上与人争斗，负了重伤，一条左腿竟成了残废。在去年他又在本地殴伤人，押在衙中，亏我托了贺府台，才把他释放出狱。"说着，便命仆役摆酒，依然命他的爱妾倩姑侍酒。

正在饮酒畅谈之间，忽然又来了个不速之客，原来正是费伯绅。因为费伯绅也是能诗善饮，一年多来他早与杨笑斋成了莫逆之交，穿房入室，妻妾不避。当下杨笑斋见他到来，就说："好极了！伯绅来得正好，你与朗秋又是故人。"

费伯绅却张着嘴笑着，他先向倩姑说："今儿早晨我叫人送来的点心，您尝过了吗？那可不是外头买的，是贺府台大人亲手做的！"

杨笑斋笑道："府台大人公余还会做点心，可谓风流太守矣！而且是别具风流，旷古绝今，哈！哈！哈！"高朗秋看了费伯绅一下，又看了倩姑一眼，他也淡笑了笑，没说什么。

欢宴已毕，高朗秋与费伯绅同回府衙，宿在一处。一夜之内，二人闲谈，高朗秋就晓得了现在的贺知府与杨笑斋交情日深，杨笑斋时常携带爱妾进府衙来，内眷过往得也颇勤。同时知杨家的大妇嫉妒，倩姑与儿女时受虐待，杨笑斋也无法护庇。高朗秋便悄悄嘱咐，说："杨兄！你我肝胆至交，我希望你采纳我几句话。第一，不可常与府衙来往；第二，不可叫倩嫂见人；第三，千万不可与费伯绅接近！"

杨笑斋点头说："好！好！我跟他们也不过随便应酬，你倩嫂已有了几个孩子，谁还能想占夺她吗？"

高朗秋摆手说："不然！人心难测！"

杨笑斋点头说："好！好！我听你的！我一定听你的话！"

不久，高朗秋离去。他辗转江湖，游遍南北，到处以"云雁山人"之名作书绘画，换钱生活；有时也找座古庙为僧人抄经，寄食些日；暇时便研究那两卷书中的奥秘。他也曾稍试身手，制服了江湖一些豪强，扶助了许多孤弱。可是真正有名的奇侠，如江南鹤、纪广杰、李凤杰及武当山上的众道士，就是与他去到了对面，他还是不敢公然去与人家较量。

因为他闲时想起来好友杨笑斋，便十分地不放心，所以三年之后，他又回到了汝南府。来到此地一看，便觉得人事都非。府衙中的人事虽无大变动，可是杨笑斋的大门已然冷落不堪，门上还存着雨淋日晒、已经焦黄了的丧纸。高朗秋大惊，就先见他的胞兄去询问。他的胞兄就秘密地对他说："你不知道！这七八年来人事大变，杨笑斋和他的爱妾倩姑全都死了，一子二女也都失踪，没有了下落！"

高朗秋更是大惊，又听他胞兄说："人心可怕，美色招灾！本来，七年之前，杨笑斋恋上了酒家罗姓之女倩姑，同时本府知府大人贺颂，也早就在轿子里见过那倩姑，惊为绝色，早就想图谋到手。可是因为他是一位知府，不能公然纳民女为妾，又因没有得力的心腹人给他办事，所以那倩姑就为杨笑斋所得。但贺知府仍未忘情，害了许多日的相思病。后来费伯绅来到，他就买作心腹，叫费伯绅替他将那倩姑图谋到手。

"那倩姑虽在杨家生了三个孩子，但丰韵依然，虽是小家女子出身，可是性颇刚烈，费伯绅用尽了千方百计，先是利诱，后是威吓，终不成功。后来杨笑斋也察觉出来了，他就与贺颂、费伯绅二人绝交了。二人衔恨在心，便于去年，借着一件侵占地亩的事情，将杨笑斋下狱。到底因杨笑斋是一位名士，在省里抚台大人之处且有朋友，所以只押了一个多月，便释放了。杨笑斋回到家里，便气愤成病，费伯绅还厚着脸皮前去探慰。他这一去不要紧，杨笑斋不知怎么就错服了药，一病不起！"

高朗秋听到这里，就把脚狠狠一顿。他胞兄又说："杨笑斋死的那夜，他的爱妾倩姑也仰药而死，据说是殉夫，抛下一子名叫杨豹，二女，一名丽英、一名丽芳，丽芳生下才不过八个月。这几个孩子备受杨笑斋原配夫人的虐待。但在去年冬令，杨家忽然发生了盗案，跳墙进去了五六名强盗，抢去了金银不说，最奇怪的就是把三个孩子也完全抢走。紧跟着，府衙中也连夜闹贼，幸亏防守得严紧，才没出什么大事情！"

高朗秋明白这一定是那汝南侠杨公久所为，心中不胜钦佩，又听他胞兄说："可是从此贼人也没再来，那三个孩子至今也没有下落了！"

他胞兄说完，就嘱咐高朗秋不要向外人去说，并说："你最好还是快点儿离开此地，因为费伯绅现在衙中独当大权，他虽不过是个文案先生，但他比我这府丞的权势还大！"

高朗秋却微笑说："不要紧，我们二人是同窗好友，他虽知我与杨笑斋生前交情深厚，但他绝不能将我怎样吧！"遂就又说："我出去访一两个熟人，明天我就走了！"

他走出府衙，却不由得落泪。找到那罗家酒铺，一看，罗老实和他的婆子还在这里卖酒。高朗秋悄声问到杨笑斋夫妇惨死之事。这罗老实夫妇只是流泪，相信他女婿死因不明，他女儿大概也是被人逼死的。问到那三个孩子的下落，他们夫妇只知是被强盗抢走了，却不知强盗的姓名和孩子们的下落。又说："在我们倩姑没嫁杨老爷的时候，府台确实派人来说过好几次，要买我们倩姑到府台宅里去作丫鬟，并说将来能做姨太太。倩姑自己不愿意，我们又想嫁杨老爷比卖给府台好得多，这才……"说话时，这老夫妇已泣不成声。

高朗秋又问："那个小虎呢？"

罗老实说："小虎在街上杠房门前玩耍呢！"

高朗秋赶紧下楼，顺大街往南走几步，就见有一家杠房，这铺子代售棺材，门前有一群野孩子。这群孩子遇见人家出了丧事，杠房里有了买卖时，他们就去打仪仗。没事之时也聚集在这里，除了赌钱，就是打架，个个浑身泥汗，衣裳破烂，如同一群小饿鬼一般。高朗秋就站在那里叫道："哪个是罗家的小虎？"

有个正在开宝的七八岁的小孩子抬起头来，说："是我！你找我有什么事？"高朗秋一看这孩子长得很像杨笑斋，尤其像他那胞弟杨豹，就点头说："你来！我跟你说几句话！"罗小虎却摇头说："不去！我还开宝哩！"高朗秋就从身边摸出一块银子，说："你要来，我就把这银子给你！"那罗小虎看见了银子，立时把宝盒交给别人，跑了过来；旁边的孩子也都过来，把高朗秋围上。高朗秋却说："你们都躲开，我只找的是他！"当下他带着罗小虎回到酒楼上，就问道："你认得杨笑斋杨大爷吗？"

小虎说："我认得！杨大爷跟他媳妇死的时候，是两口棺材一块儿抬出来的，我们是亲戚，他媳妇是我姑姑！"高朗秋心中十分难受。旁边罗老实夫妇也都掩面哭泣，可是看他们那样子还似不肯承认罗小虎是他们女儿和杨笑斋的私生子。高朗秋感慨了一阵，便要了纸笔，立时作了一首诗，是：

> 天地冥冥降闵凶，我家兄妹太飘零，
> 父遭不测母仰药，扶孤仗义赖同宗。
> 我家家世出四知，惟我兄妹不相知，
> 我名曰虎弟曰豹，尚有英芳是女儿。
> 一家零散何由识，惟有长歌抒愤悲，
> 廿年之后若相见，切报恩恨莫再迟。

写完了，他另用一张纸包好粘好，就交给了罗老实，却向小虎说："这信中藏着一首歌，十年之后，你拆开再看，那时你必然明白了！你可以到处去唱，必可以见到你的兄弟和妹妹！"

小虎说："我哪有什么兄弟妹妹？我就是独一个，我爸爸是个杠夫。"

高朗秋也不跟他细说，取出三十多两银子来，交给罗老实，嘱咐应当送小虎入塾，不可再叫他在街头同那一群野孩子厮混。罗老实擦泪点头，把银子和那粘好了的纸包全都收下。

小虎却摇头说："我不上学！我要走南闯北，我要当老道，当了老道到处化缘，在山里住，爱上哪儿去就上哪儿去。我要当绿林英雄，绿林英雄没人敢惹，有酒有媳妇，整箱的银子押宝！"

高朗秋说："将来你要想游历江湖，那也很容易。十年后，你长成了，可以到一个地方去找我。"

小虎问说："什么地方？远不远？近地方我可不去！"高朗秋说："远得很，这是最远的地方，叫作新疆。"

小虎就笑了，高朗秋给了他一块银子，又叮嘱那罗老实夫妇半天，才下楼走去。小虎早就拿着银子又跑到那杠房的门首赌去了。

高朗秋望着孩子的背影，不禁悲愤得落泪。本想去找费伯绅，将他置于死地，以为亡友报仇，为本地除害。又想无论费伯绅如何不好，但他总是自己的同窗，而且他也不过是为虎作伥，真的恶人还是那知府贺颂，自己虽有一身武艺，又能将一位府台大人奈何？他便忍下了气愤，回到衙中，连费伯绅也没去见，取了行李，当日就去了。

从此，高朗秋又辗转江湖，到处寻访那汝州侠杨公久及杨豹、杨丽英、杨丽芳兄妹的下落，想把他们还有一个可是异姓同胞的哥哥的事告诉他们，并想将那首诗歌也告诉他们，好叫他们兄妹将来能由那首诗歌相识。可是怎奈他走遍了南北，访遍了江湖，也无从得知那杨公久及杨豹兄妹三人的下落。（按扬公久即《剑气珠光》中的卖花老人，本章重述数十年之前，写出罗小虎的来历以后则写玉娇龙之来历，因此二人皆为本书主要人物之故。）

不觉又过了约有十年，此时正值边疆多事，许多的人才都乘时而起，莫不舒展才气，树立奇功。可是高朗秋依然漂泊潦倒。他到处投书写荐，终无人用他。后来他就到了久思一游的新疆，以高云雁之名，投入了领队大臣玉大人的幕中。

新疆本是中国最大的一省，这个地方比直、鲁、豫、晋、陕、江苏几个省合起来的面积还要大。域内民族有汉、满、回、蒙古、索伦、哈萨克、突厥，可是一切行政权都归大清朝廷统辖；设有将军及巡抚，并有各营的领队大臣分驻在各地。领队大臣的职位就与总镇相差不多，可是由于钦命所差，所以尊贵无比。

　　玉大人驻扎之地名叫且末县，是在新疆的腹地，北依塔里木河、孔雀海；南边是一片数百里的大草原，那是蒙古、哈萨克等民族的游牧之地；东边有驿道可以直达阳关而入甘肃省；西边就是"大戈壁"，戈壁即是沙漠，那是万里黑沙，连一根草也看不见的荒凉地带。可是，且末县的附近风景却极优美，即以那山优水秀著名的江南也不能与之比。这里有汪洋的碧水，有苍翠的高山，有数百顷如同在地下铺满了红雪似的葡萄，有遍山遍野随人摘取的原根的桃杏树，还有哈萨克的马群，在山上向下一望，那马群就如同蚁群似的，数不过来，即使最穷的人家也有一二十匹马，那就是他们的产业。马肉是他们的食粮，马乳是他们的饮料，马革可以做他们种种的器具之用。

　　高朗秋一来到这里，他想要在此久居。玉大人又对他也颇为赏识，先是叫他在营中做司书，后来就延入内宅教书。他所教的就是小姐娇龙，彼时小姐娇龙年才七八岁，还是个天真活泼、秀丽的小姑娘。高朗秋因做了西席先生，就越发与玉大人接近，玉大人的军务也常请他磋商，他就大展奇才，帮助玉大人建立了许多奇功，可是他的武艺还没有机会显露显露。

　　这时他就注意上他的女弟子玉娇龙了，因为玉娇龙是天足，而且腰细，身轻，手脚敏捷，七八岁之时就爱马。只要她的父母一时看不到，她就跑出宅去，见了衙门的马，也不管是谁的，解下来，一跃就能骑上去，到城外跑半天，非得累得一头汗才回来。起先她也由马上摔下来过，可是到后来她的骑术也精，最出名最劣性的伊犁马她都敢骑，而且驰骋如飞，控驭自如，衙中和营里的人没有不钦佩的。因此，高朗秋忽然发生了一种奇想。

　　这天，他在授书之暇，就悄悄地对玉娇龙说："你是很聪明！而且还活泼好武，虽是个女子，可是将来倘能经史皆通，书画尽擅，再精通兵法和拳剑武艺，也可以光辉门庭，为人间留一奇迹。古来才女称班昭，女将则称秦良玉，女侠却还没有。其实红线聂隐娘虽是小说中的荒唐人物。但若认真地说，一个女子若能受良师的教导，肯刻苦学习剑法及拳术，也未必不能成为一位女侠。我现在是想费下十年的功夫，教授你的文章、兵法和剑术，想要把班昭、秦良玉、红线三个人的本领集于你一身，叫你做个古来所无、今世少有、将来难得再见的奇女子, 不知你愿意不愿意？"他又说："文章兵法我都可以面教, 只是剑术你却只能偷学, 不能使你的父母晓得, 倘若事露, 我可就不能在这里居留了！"

玉娇龙是个小孩子, 听了老师的这话, 自然是十分欣喜。于是, 每天随从老师读书习字。只要一有暇时, 高朗秋就把伺候小姐的丫鬟支出去, 在书房中教给女徒弟弯身、拧腿、踢脚、打拳。晚间高朗秋还与娇龙秘密约好, 趁着她乳娘熟睡之时, 就叫她悄悄地去到西花厅, 师徒二人就用一根竹竿当作宝剑, 习学剑法。过了不到二年, 玉娇龙就连上房全学会了。到了第三年, 高朗秋要出外去, 临行时, 他把一只木匣藏在榻下才走。他那木匣锁得很是严固, 其中就有哑侠所留的那两卷书。

高朗秋此次往河南去, 是想把罗小虎带到新疆来。因为屈指计算, 罗小虎现已有二十多岁了, 想他已然成人了。可是一到汝南府, 先见了胞兄高茂春, 又去看那罗老实夫妇。可是不想罗老实夫妇俱已亡故, 并且向罗家的族人一询问, 敢则罗小虎也早已失踪, 十年之前就被一个要饭的花子给拐走了, 那孩子现在也不知流落于何地。高朗秋不由得深深后悔, 觉得自己十年多未来此地, 实在是对于老友的遗孤太缺少照应了。此时他的胞兄年事已高, 还做着府丞, 在这里有子有孙, 已然落了户。知府贺颂早已调往它处, 费伯绅也随着做官去了。高朗秋于是又往各处寻找罗小虎及杨豹兄妹的下落, 不想仍是渺渺毫无下落。

费时半载, 才回到新疆, 回来查看, 木匣丝毫未动, 开了锁, 见两卷书安然地放在里边。女弟子的书法和秘密学习的拳剑, 都进步了。由是高朗秋又把女学生的功课重新规定, 每天白日习学经、史、诗词、兵书、绘画、书文, 夜晚三更至四更在西花厅习武, 做得是十分严密。

前几年玉娇龙是瞒着她那专爱睡觉、一睡就难以唤醒的胖子乳娘, 赶到她十四岁的时候, 她就对她母亲请求："我最怕听人打呼的声音, 有人在我的旁边, 我绝睡不着觉。您叫奶娘快搬开吧, 给我一间屋子, 叫我一个人睡吧！"玉太太也是常见女儿白天净打哈欠, 仿佛是睡眠不足似的, 遂就允了女儿所请, 叫乳娘搬了出去, 并另派了个大丫鬟名叫浣春的伴同女儿居住。她们住的是内宅的两间厢房, 分内外间, 小姐的床是在里间，丫鬟是每晚临时支铺，可是玉娇龙总叫丫鬟把铺支到外屋，堵着门去睡。一到晚九点以后，她就不许丫鬟再进这屋，并说："不准你同太太去说！"

丫鬟当然不敢不听话。有时她也偷偷听里间的动静，但是也没有什么事，不过常有磨墨声、展纸声和往来走步之声。她想一定是小姐要在深夜读书习字，所以才怕人搅，并没有疑到什么。不过有时里屋都没有灯光了，可是竟有窗子的微微响声，这却很奇怪，但丫鬟也不想起来去查看查看。

又过了三年，高朗秋又将出游，此时玉娇龙已然十四岁。一夜，在西花厅教毕了一套新奇的剑法之后，高朗秋就把玉娇龙叫到了书房，把书卷用灯光遮住。他坐在椅子上，玉娇龙站在面前，他就说："由你九岁之时，我开始教你的武艺，今已五年多，你的武艺可以说是全学成了，再将我今天教授你的那套剑法练熟，你就可以作为一个女侠了。刚才我教你的那套剑法名叫'割云碎月断昆仑'，武当剑法至此已到尽处，今世除了我之外，恐怕只有江南鹤一人会运用这套剑法。不过你学会了，切不可骄傲，会武艺不过是为防身，非为与人争较。何况江湖上不少奸徒，或有超人的膂力，或有令人难防的暗器。你一个宦门小姐，年岁又太小，既未经过大敌，又不通达世故，千万不可自以为高，便去胡作非为。否则如有错失，我也不能救你。明天我就要走了，我这里有一只木匣，其中所藏是我的家谱。我的家世不愿人知，所以你也不可以偷看，你只替我好生保存就是了。"说毕，他便写了几个封条，盖上自己的图记，便将匣子的每一个缝儿全都封严。

他偷眼看着女弟子，见娇龙只是点头答应，并不细问匣子里的东西，脸上也很纳闷，连惊异的样子也没有。高朗秋就心中暗想：到底她还是年幼，这匣中的奇书，我大概只学会了六七，教授她的不过四五，且留下几手吧！万一她将来做出什么天所难容、法所难治之事，我好制她。

当下玉娇龙把匣子拿走，高朗秋还不放心，暗暗尾随，见女弟子回到卧室里，他还隔着窗偷看。就见室中灯光隐隐，玉娇龙将立柜开开，把木匣放在里面，然后锁上了柜门，她就熄灯去睡，仿佛那匣中的东西，她根本就没有注意，只是师父既托她保管她就保管就是了。

高朗秋次日就离了且末县，越白龙堆沙漠，进阳关，到了甘肃省。他此次目的并非到河南去看他的胞兄及寻访杨家兄妹之下落，乃是闻得京城来人谈说，京城之中最近出了一位少年侠士，此人名叫李慕白，乃是江南鹤的盟侄、纪广杰的徒弟李凤杰之子，在京城打遍了四方豪俊，没遇见一个对手，声名浩大，无人不钦。高朗秋闻之技痒，想自己空得了两卷奇书，白下了十年功夫，至今未尝一试，难道将来抱着两卷书一身武艺去就木吗？我也应当找个大地方显显身手，折服个已经出了名的好汉，好一举成名，叫天下人皆晓得我高朗秋高云雁。所以这次，他就是想要直往京师去会李慕白，以便一较雄雌。

不想才走到甘肃凉州府，时天已黄昏，牵马来到了西关，正要找店投宿，忽听有人叫道："高朗秋！"同时他的后襟就被人扯住了。他吃惊地回头一看，原来是个五十岁上下的丐妇。这丐妇说："你还认识我吗？"说的这话是用金沙江边的土音，高朗秋越发惊异了。丐妇又说："二十年前哑巴死后，你由我家中拿去了的那两本书，如今该还给我了？"高朗秋连忙说："别声张，我们到别处去谈话！"于是高朗秋上马又出了关厢，丐妇随着他，走到郊外，才驻住足。高朗秋下马，在暮色渐深之下跟她谈话。

原来这丐妇即是碧眼狐狸耿六娘。当年她为学武艺，才嫁了哑侠，后来她自觉得武艺已经学成，又嫌哑巴妨碍着她，便与费伯绅同谋将哑巴害死。可是她并没有嫁费伯绅，却离了云南，跑到长江一带。本想任意横行，压倒大江一带的豪俊，可是不料她一连碰了几个钉子。因为此时李凤杰尚未归隐，江南鹤更是时出时没，不容有会武艺的人在江湖为非作歹。于是她就又走到河北，可是河北的侠客纪广杰也不是个好惹的，她也不能立足。就到了陕甘之间，在一座拥有二百多喽啰的大盗的山上，做了十几年的押寨夫人，后来盗窟被剿了，她的男人就戮。她又独身往各处横行，为劫货图财，为给她的男人报仇，杀死了许多人命，做了许多大案。会宁县、长武县、凤翔府、泰州，各地的官差捕役，都急如星火，密如蛛网捉拿碧眼狐狸。她四处逃窜，奔波数载，才来到这凉州，化身为丐妇，打算暂避缉捕，不料就遇见了高朗秋。

如今扭住了高朗秋就不再放手，说："好个高秀才！当年你拿去了我两本书，那时我还不知道那书有什么用。后来我才听到江湖上传说，江南鹤走遍各省，不但是为找他师兄的下落，也是为追回来那两本书。那两本书是他们的宝贝，无论什么人得了那书，就能学成跟江南鹤一样的武艺。没想到我叫你给骗走了，找也找不着你，这二十年，我要有那两本书多好，我也不至于受这么多人的欺负！"

高朗秋却笑着说："幸亏当初那两卷书被我取去，否则不知你还要做出多少恶事！"

碧眼狐狸说："我知道，这二十多年你一定学了一些，可是你又不走江湖，要那也没用。你赶快拿出来还给我便罢，不然我可就要去找江南鹤，我告诉他，当年哑巴是被你给害死的，书在你的手中。"

高朗秋微微冷笑，说："江南鹤真要是来找我，我就怕他吗？"于是，高朗秋突下毒手，想要将碧眼狐狸制死，既是为江湖除害，且不必还她的书，也不至于妨碍自己走路。

可是不料他的毒手才下，就在这广漠的郊原上，昏黑的暮色里，交手十余合。碧眼狐狸立刻反手相敌，碧眼狐狸的拳技虽没有什么惊人的招数，可是她身手矫捷，气力浑厚，高朗秋所会的招数虽多，可是他手脚迟缓，力气也不济。他便说："别打了！别打了！我把书还你就是了。"又自叹道："可惜那书我迟得了十年。武艺须由幼时打下根底，我中年时才开始研习，终如读书一般，不能实用。北京我也不去了，你同我回新疆取书去吧！"

于是，他就领着碧眼狐狸回到了新疆，诡称为夫妇。玉大人和玉太太一见高老师把师娘接来了，当然很是优待。碧眼狐狸也惯会化身，来到衙门里她居然很是规矩，跟高朗秋温和说话，亲近举动，他们真像久别多年的一对老夫妻似的。玉大人分出西花厅西边的一所小跨院，里面有几间房子，房后有两株树，很为幽静，就请他们在那里居住。

当日玉娇龙自然也来拜见师父和师娘，碧眼狐狸就对玉娇龙很是注意，悄声对高朗秋说："你这个徒弟真漂亮！我把她带走吧？"高朗秋却暗中用手打了碧眼狐狸一下，遂就叫玉娇龙把他保存的那只木匣还给他。

他看了看，所有的封条全没有动，心中就很欢喜，觉得这年纪轻轻的女弟子真是忠诚可靠。

当日晚间，高朗秋与碧眼狐狸同住在一间屋内。时已深夜，又当冬令，外面的风吹得甚紧，屋中燃着一支不大明亮的烛光。二人对面坐着，高朗秋就拆开匣子的封条来，拿开给碧眼狐狸去看。这书上面虽然尽是画的图式，文字极少，可是碧眼狐狸仍然是看不明白。高朗秋就为她讲解，然后，又把木匣紧紧锁上，她就带着碧眼狐狸出了屋。

一出这小院就是西花厅，此时已过了三更，天色昏黑，星斗都少，一个人也没有，院中又颇为宽敞，于是高朗秋就悄声跟碧眼狐狸说话，并告诉她第一招数是如何，第二招数是怎样。同时他心中却寻思着，若把自己从书中所心得的武艺尽皆告诉了她，将来这贼婆就越发地难制了！碧眼狐狸也认真地学习，她假想着对方就是敌人，她应当怎样的手段取胜。

二人正在这里研习，忽然风吹来一股浓烟，高朗秋不禁咳嗽了一声，赶紧拦住碧眼狐狸，悄声说："停住！看看是哪里来的烟？"

这烟越来越浓，分明是一团团的红色的火焰从他们住的那小院中散出。高朗秋大惊，赶紧跑回小院里，只见屋中已然火光熊熊，不知为什么会失起火来。他冒着浓烟冲进了屋内，取脸盆中的水便去扑火，但水太少，火太猛，这一扑，火反倒高了。

此时碧眼狐狸已在外面惊叫："着了火啦！"打更的人发觉了浓烟，也乱敲起梆锣。立时衙中的人齐都惊起，营卒也齐都赶来了，大家一齐抱着水桶来救火。半时火倒是熄灭了，浓烟还滚滚地直往外冲，高朗秋因为在屋中为烟所迷，若不是被人拉出，他早已葬身在火里。

乱了一阵，天就亮了。于是查点损失，屋子倒没有烧倒，可是门窗全已烧焦，变成了木炭。屋中的器具、被褥以及一切，全已化为灰烬。高朗秋的一只手也被烧坏，可是他抢出一个木片来，木片上还有盖着图章的半截封条，高朗秋望着这堆灰烬，不住顿脚叹息，几乎要哭出来。旁边的人倒都笑着说："所幸没烧伤了人，还算有神佛保佑。这一定是因为高师娘来啦，老两口子太高兴了，才没有留神，大概是灯倒了引着了被褥，才烧起来的。"高朗秋心里有苦，却说不出来。

玉大人倒没有介意这事，并想着高朗秋的数年积蓄，这一下全都烧完了，倒很可怜他，所以暂时腾出别的屋子来，叫他们夫妇居住。并把这失火的屋子又饬人修理查看，并为他们重置了器具，仍然请他们在这里住。高朗秋就终日叹息，碧眼狐狸暗中说："书已燃烧成灰了。你叹息会子就有用吗？二十年来，那两本书你还没背熟吗？好啦！你就拿嘴拿手来教给我吧！"

高朗秋却叹息着说："那么厚，那么深奥，而且又净是图，没什么文字的书，我哪能全都背记得清楚？只好就我所能记住的告诉你吧！"又说："这也好，那书所载尽是拳家精密的手段，倘若被个心地不良的人得了去学会，将来不知为世间添多少罪恶！烧毁了倒也干净。只是我收过徒弟，我还没把书中的精奥全教给她！"

碧眼狐狸就问："你那徒弟是在什么地方了？"

高朗秋就秘密地告诉了她，说："你千万不要去告诉别人，这里小姐玉娇龙就是我的徒弟。我不但传授她书史，还暗中传授她武艺。她已从我学了五年，但我不愿再往下深教她了。"

碧眼狐狸问说："你为什么又不愿深教她了？"

高朗秋说："起先我想叫她成为一个侠女，但后来我见她富贵之气太重。我又想，将来她年岁长大，一定是要嫁官宦之家。倘若她有一身奇技，再做个贪官恶绅的夫人，使真正的行侠仗义之士尽不能施展手段，那人间不平之事可就更多了！"

碧眼狐狸因他这话，便又想到将来把这里的小姐拢在自己的手里，携她离开此地去行走江湖，以作自己的一个臂膀，并向那些逼得自己逃窜无路的对头去复仇。碧眼狐狸存下深心在这里装作规规矩矩，与夫人小姐都处得很好，可是她暗中却时时逼着高朗秋，叫他讲诉武艺的招数，她尤其需要学那些毒辣的招数。

高朗秋被她所制，感到无法应付，只好就编造出许多话来，说她在外面所犯的那些案件，现在十分严紧，衙中已接到了许多府县的公文，并且多名名捕已来到了新疆。碧眼狐狸听了这话，才有所畏惧。高朗秋又时时劝她，应当改悔前非，做个安分的人。她也觉得这样住着比在江湖上奔走舒服得多，所以她也就安心了。她天天做针黹、洗衣裳，颇为勤俭。有时她也随着玉太太和小姐到庙里去烧香拜佛，居然许多人都说这位高师娘很好，很是一位很贤慧的妇人。

一瞬又是二年，在这二年之内，小姐玉娇龙已然不学武艺了，即书史绘画她也能够自己研习了，不再费老师教导了。高朗秋在这里只是每天陪着玉大人摆一盘围棋，如同是个清客一般。高师娘却变成了半个仆妇，小姐的针线活计都由她做。她虽不敢跟小姐露出她的本相，可是有时在暗中试问小姐，说："你的武艺学得怎么样了？"

小姐却低声回答说："全都忘了！本来我就不愿意怎么学，早先是老师叫我学，后来我不欢喜学了，他也不高兴教了。"

这年玉娇龙已然十六岁，出落得雍容美丽，真如天仙一般。春间，她父亲入京召见，恰巧她的母舅瑞将军放了哈萨克营的领队大臣，到了伊犁，派人来接她母女到伊犁见面，于是订期启程。碧眼狐狸高师娘也要随着到伊犁去走走，高朗秋不放心，也准备随行。到动身的那一天，一共是十六辆车、五十匹马、八位差官、四十名营兵。马上车上不仅带着行李，还带着干粮和许多大酒篓，酒篓里都是清水。因为由此往西须走二百多里地的沙漠，两三日能见不着一滴水，若不事先预备，就人马就全都要渴死的。这次往伊犁的，除了玉太太、玉娇龙小姐和带着的仆妇丫鬟们，及高朗秋、碧眼狐狸之外，尚有衙中两个小官员的眷属，都是先随同到伊犁，然后转道往陇西归宁的。

大队的车马离了且末城直往西去，在且末城的附近，还有许多索伦营的旗人，耕种着广袤无边的田地。田间除了麦子就是葡萄，这里的葡萄不用搭架，就由着它在地下蔓生羽状的绿叶爬了遍山遍野。三月下旬的天气，吹着温暖的风，天空碧蓝，飘着一朵一朵的白云。

车马前进行了一日，找了个类似市镇的地方住下。次日，领路的两个营兵就仰面看了天气，看了半天，就摇头说："天气可不大好！走在戈壁要是起了风，那可就坏了！"于是有差官前去禀报玉太太。

此时玉太太已经上了车，她倒是拿不定准主意，就说："你们看看要能走，就走；不能走，就不要走！"

这时旁边的小姐却派仆妇发下话来,说:"小姐说了,这么好的天气,天上连块云彩都没有,为什么不往下走呢?在这里停住了,算是怎么回事儿?"

于是差人赶紧传令说:"动身!走!明天晚上一定要赶到克里雅城!"

当下谕令一发,车声辚辚,马蹄声嘚嘚,尘土荡起,车马如一字长蛇,顺着大道西进。营兵里却有人叹着气说:"走进戈壁遇见风还不要紧,要遇见半天云,那才叫糟呢!"当下赶车的和骑马的,就全都谈了半天云,都有点儿谈虎色变的样子。

高朗秋也在车中向碧眼狐狸秘密谈说:"半天云是近来新疆出现的巨盗,手下有三百多名喽啰,都是马上健儿,时常在沙漠中出现,我们可要仔细些!"碧眼狐狸说:"我没带着兵器,可怎么好?"高朗秋说:"带着兵器也是无用,他们三百多人若是一齐来,咱们纵有江南鹤那样的武艺,也是无用!"碧眼狐狸便狠狠拧着高朗秋的腿,说:"我们以后不许再提江南鹤!"高朗秋晓得碧眼狐狸最怕江南鹤,就是因为江南鹤的师兄曾死在她的手中。而高朗秋由江南鹤却联想到了那两卷被火所焚的奇书,又不禁叹息。

这时玉娇龙小姐的车上是有个仆妇,她前面的车上是坐着三个丫鬟,那跨车辕的丫鬟叫绣香,她扭转头来,指着送处一片碧绿的原野,那里有整千整万的牛羊,并有些圆形的房屋似的,大声说:"小姐您快看!那是蒙古包!"仆妇史妈便拉着她身后穿着绿文衣服的小姐,说:"小姐,您快扒着车窗儿看看吧!真有意思,跟画的一样!"玉娇龙却摇头说:"那有什么意思?"她挪挪身子,用一块白罗巾擦擦辫发上的尘土,腿下却觉得有个东西。这原是她父亲的一口宝剑,名叫"断月",虽然不能斩金断玉,可也比一般的刀剑锋利得多,如今她是背着她的母亲拿上车来的。

车马紧紧地向前行走,地下的草渐渐稀少了,四周的青绿色也渐渐消逝,土地越来越发黑,车马的响声越来越大,原来已走入了沙漠地带。越走地越荒僻,地下的沙砾也越黑越粗。起先还能遇见几队骑着骆驼的蒙古人,渐渐什么也遇不见,广漠千里之内,简直是连一根草也没有了。到了此处,令人胆寒,令人灰心绝望,同时马也仿佛懒得走,差官、营兵、车夫们没有一个人再敢高声谈说，只是严肃地走着。

高朗秋探头向车外看了看，只觉太阳焦黄，四周的天气都发昏，他就摇了摇头，说："怕是要起风！本来领路的人一定知道气象，这么多人走路，怎么可以听小姐一人的话呢！"正在自言自语地，就见车已转了方向，似乎是往北去了。由那两个领路的营兵骑马在前，后面的车马紧紧赶随，轮盘紧响，马蹄急骤，如暴雨忽至，如长河下流，一阵严肃恐惧的声音，连续不断。

大约又走了十多里地，车马便来到了一片低地之内，这里四面都有沙土岗子，较为避风，于是十六辆车都圈围起来，如同一座小城堡。差官、营兵连车夫全说："不能再往下走了，眼看暴风就起来啦！"

此时玉娇龙小姐忽然由车中出来，她看了看天色，见天色就跟地是一个颜色，车夫卸车，营兵喂马，烧水的、吃干粮的。虽然玉娇龙从怀中取出那只带打时刻的金表，见才指到了十一点二十分，还没到正午；可是这些人都决不往下走了，有的就躺在沙子上预备要在此过夜的样子。绣香从那辆车上送过来一小盖碗红茶、一盘鸡蛋糕，玉娇龙才坐在车上吃了一点儿。这时忽然风起了，车夫赶紧请小姐进车里去坐，他把帘扣好，他就钻到车底下躲藏去了。

这时风渐渐吹起，呼呼呼越吹越猛，车棚上就像下雨似的，刷刷地乱响，这风卷起来无数的沙石，振起来雄威，如同天崩地裂，如同海倒山移，四下黑沉沉，比深夜还黑。这时一切的人都蜷伏住了，连动也不敢动，只有马还在狂暴的风沙中微弱地嘶叫。

也不知过了多少时候，风力渐渐地弱了，人这才慢慢地转转身，天地也略略地睁开了点眼。可是忽然间又听有许多人惊叫："强盗来了！半天云！"当时一阵马蹄之声由远而近，像是狂风二次又起。

高朗秋赶紧随手抽剑，跳下车去，只觉风沙还迷眼，他便回头嘱咐碧眼狐狸说："你且不要下车！"

此时一片马群，蹄声随着风滚来，只听"啊！啊！杀！杀！"一阵乱喊，杂以惨呼。高朗秋抢剑要去杀贼，可是他的两只眼睛已被沙子迷住了，睁不开，前胸又被马蹄重重地踢了一下。他就翻身倒在地下，一匹马从他的身上跳过去了。他赶紧钻到了车下。

杀声和惨叫之声已震破了他的耳朵，风吹的沙子，已把他的两条腿都埋住了。他心里微微有点感觉，暗道：真是老了！两卷奇书白落在我的手内，我也枉下了二十多年的功夫！……此时蹄声渐逝，杀声渐停，可是风却仍然未止，风沙里且有悲惨的呻吟之声。高朗秋被沙子压着，也起不来。

又过了许多时，风力才完全停止，才有人把高朗秋救了起来。高朗秋蓝色的裕袍，苍白胡须，全都沾满了沙土。他喘吁吁的，被搀扶到车上。只见碧眼狐狸卧在车中，也跟死去过一回是一样。这时，忽又听差官、营兵都惊呼："小姐失踪了！……被强盗抢去了！"

高朗秋惊讶得赶紧强打着精神又钻出车来，往外去看，只见众人正从沙土里刨人，刨出来许多具缺胳膊缺腿的尸身，并有受伤的马和呻吟垂死的人。可是由差官一点人数，原来营兵只死了两人，伤了四个，强盗可倒死了十三人，伤了八九个。

高朗秋不由越发惊讶，这时忽听小姐车上的老妈子哭着说："我也不知道小姐是怎么丢的，小姐还有一口宝剑在车上呢，也没有了！……刚才，我也吓昏过去了，也没觉出是什么强盗把小姐抢走的！……"玉太太和丫鬟们也都在车上痛哭，几个差人疾忙率领营兵骑上马分头去找小姐的踪影。

这时高朗秋呆呆地发怔，前后一想，他心中就完全明白了，由前次房中失火焚书，直到如今玉娇龙的失踪。……他先是不禁得意地一笑，但转又长叹了口气，颓然倒在车上，向碧眼狐狸悄声说："不要等到伊犁，你就快走吧！否则你必有杀身之祸，因为我当初做错了事，我为人间养大了一条毒龙！"

第六回　大漠听悲歌寻香惹爱
满城来风雨卧虎藏龙

　　在这一阵风沙之中，劫骑之下，小姐玉娇龙忽然失踪。其实，这时众盗正在纷纷逃窜，那位小姐头上蒙着白罗巾，身穿银红色绸袄、水蓝色的绸裤，抢了贼人的一匹高头大马火焰驹，手持"断月"宝剑，正在这莽莽的沙漠之上追杀贼人。

　　这些贼人本都是巨盗"半天云"的手下，个个慓悍绝伦。他们在风沙之中，就像鱼鳖在海里一般，翻腾跳跃，马快刀长。然而五十多个人，竟敌不住小姐一人，被玉娇龙杀得这个才起来，那个又落马；有的连人带马一齐斩伤；有的滚下马去，藏在沙堆里面才算逃命。只见马群飞奔，人声呐喊，铁刃相击，血沙交溅。玉娇龙的剑法精奇，骑术又好，宝剑更利，无论多么凶悍的贼人，三四合之下，必要被她刺死！所以贼人惊慌，如一群鬼遇见了天神，如狐兔逢到了狮虎，个个狂喊说："快逃！快逃！这婆娘厉害！快逃！……"他们连玉娇龙模样都顾不得看，只是催马逃窜。

　　一霎时贼众都奔散了，风沙也渐停，玉小姐这才收住了马，喘吁几下。四下一看，只见大漠荒凉，除了地下的黑沙，什么东西也看不见，自己的母亲和那些差官营兵、车辆人马，也不知失散在哪里了。

　　玉小姐怔了一怔，又笑了一笑，她对于母亲等人很是放心，因为知有高云雁他们保护着了，不致有何舛错。自己却收了宝剑，依然纵马前行。并且将缰松手，揪下了头上遮的罗巾，将她的一条长长的发辫打开，改编成了两条辫子，都垂在胸前，然后又将白罗巾在头上罩好，再抄起缰来向下款款行走。她心中想："听说哈萨克的女子和蒙古姑娘，全都梳着两条小辫，自由自在地行走于沙漠，游猎于草原，现在我也这样打扮，有谁能认识我？我为什么不趁着这时到各处去玩玩，试试我十载刻苦学来的武艺呢？"于是玉娇龙就高高兴兴地向下走去，只是她不知方向，并且四面都是荒沙，看不见人烟和城市。走了多时，她口也渴了，马也累了，这才有些着急。驻马思索了一下，觉得若在这里延迟，只有越来越饿，越来越渴，人马必将困死在此地，所以她一狠心，用剑柄捶马，往西紧紧地走。这匹马就踏黄沙，颠扑着紧紧地去走。

行了不知有多远多少时候，忽见眼前有一群沙鸡扑喇喇地飞起，这种沙鸡是这沙漠中的唯一一鸟类，玉娇龙看着很觉可喜，竟忘了自己的饥渴。又催马去走，可是坐下的马实在是无力了，一颠一颠的，怎么打，怎么喝它，也不能行走了。又走了多时，天色已渐渐地黑了，这时忽然看见面前有一座高山，山上仿佛还有树木似的，玉娇龙就顿然大喜，心说：山上既然有树木，可见必有水源，必有人家，我快赶了去看看。于是她又连连策马，这匹马也仿佛望见了远处的绿色就振起来一些精神和力气，四蹄加快，紧紧前行。少时觉得地势渐渐平坦，微风吹来，带来些草原的香气，原来玉娇龙的人马已经离开了沙漠，到了草原，可是天色已然昏黑了。

走了一会儿，玉娇龙就下了马，放马在地上去啃青草。她自己也就坐在地下，摸索着揪了两棵草，放在鼻前嗅嗅；又仰面看，见天空星月已出，那钩残月，淡淡的，洒下来的光华如水一般。马在旁边使力地蹴着地，并且仰起首来长嘶。她这匹马一叫唤，不料就听远处也有马嘶之声相应合。玉娇龙就不禁吃了一惊，心说：不好！说不定前面的那座山就是贼穴！于是立起身来，侧耳静听，听那马嘶之声，果然很是杂乱，而且确实是由高山那方向传来的。玉娇龙又暗暗地冷笑，心说：也好，我索性到贼穴之中去看一看。如果这山上的贼首正是什么半天云，那我倒要跟他较量较量，将他除掉！当下玉娇龙又上了马，仍以剑柄击马，向着那山走去。

此时，广阔的草原之上，铺着淡淡的月光，蹄声款款，向前行走了多时，就来到了山脚之下。玉娇龙小心地策马上了山，座下的马登着嶒峻的山石，玉娇龙用剑斩着道旁的榛莽，向山上走了很高，却没有遇见一个盗贼，也没看见一座房屋，只见风吹树木，月照山岩，景况是十分清寂。正在走着，忽听一阵隐约的歌声随风飘来，玉娇龙十分诧异，就下了马，一手提剑，一手牵马，慢慢地向前去走，同时留心地听那歌声。只觉歌越来越清楚，渐渐可以分辨得出字句来了，唱的却是：

天地冥冥降闵凶，我家兄妹太飘零。

父遭不测母仰药，扶孤仗义赖同宗。

我家家世出四知，惟我兄妹不相知。

我名曰虎弟曰豹……

音调十分凄凉，但是声气却很为激昂浑厚，似自男子所发。玉娇龙不禁惊讶着暗想："奇怪！难道这里还住着什么隐士、诗人吗？"她一时好事心胜，遂又上了马往上走去。她座下的马似乎是来到了熟地方了，连蹿带跳就上了山岭。玉娇龙向下一望，就见下面是一片平谷，有几处灯光，如晨星一般地闪烁，其余却看不大清楚。此时听那歌声愈为清切，唱到尾声是什么"廿年之后若相见，切报恩仇莫再迟"！

玉娇龙将马向下去赶，因山势太峭，马不敢向下去走，就不住地向后退，不住地仰首长嘶。玉娇龙下了马，又连连用剑柄敲打马胯，马就更嘶叫得厉害。这时谷中也群马齐鸣，人声鼎沸，摇动起来许多火把。玉娇龙用脚将一块大石头踢得滚下山坡，手执宝剑，发出高声向下面喊问道："你们都不许上来！先在下面回答我，这里是什么地方？"话才说出，只见下面有冷箭嗖嗖地向上射来。

玉娇龙疾忙以宝剑纷纷拨落，弃了马向下跑去，一霎时下了山岭。只见谷中有许多人向她扑来，玉娇龙就手挥宝剑，威吓着说："你们谁进前来谁就死！"众贼拿火把朝她一照，其中就有人说："啊呀！就是她！白天杀死咱们许多弟兄的就是她！"当时众贼谁肯听她的话，刀枪棍棒一拥上前；玉娇龙就疾挥宝剑，横杀直扫，刀剑锵锵地紧响。众贼纷纷地后退，玉娇龙急转纤躯，且战且走。

这时，忽听群贼中有人像狮子一般猛吼，高呼，立时贼人都止住了手。却见有几个人上前来，向玉娇龙问道："你姓什么？白天在沙地帮助那群官车与我们作对的是你不是？现在你到我们这山上来做什么？"

玉娇龙喘了喘气，说："不错！白天与你们争斗的，那就是我。你们这伙强盗，平日不知在沙漠中做了多少恶事！我现在来，就是要见见你们的盗首半天云。"

有个强盗说："你先通下姓名，你是谁的老婆？谁家的女儿？"玉娇龙把宝剑一挥，说："休要多问！我只要见半天云！"

有个强盗就说："你且等一等！"

当下玉娇龙便在此执剑站立，许多盗贼把她团团围住，把兵刃向她身子比着，以惊惧的目光来看她，可是没有一个人敢近前来侵犯她。待了一会儿，就见有人来说："我们寨主请你去见！"玉娇龙点点头，遂手挺宝剑，在群贼的拥围之下，向前走去。

十几支明亮的火把将她的倩影送入了一间大草房内，这草房中坐着一个盗首。原来这盗首似乎正在卧病，他躺在一把椅子上，椅上还蒙着一张黑熊皮，前面一张桌子上摆着酒肉，旁边有两个妇人侍候着；两个妇人都长得很丑陋，似是掠来的村妇。这盗首赤着胳臂，左臂上搭着一块青布，脸是侧着，头发很长，模样看不大清楚，黑胡子乱生在腮下，很是狰狞。

这盗首一见玉娇龙进来，顿然吃了一惊。玉小姐是头笼罗巾，肩垂双辫，红衣蓝裤，纤躯傲立，秀目逼人，在火光下真是艳丽极了。盗首看了她一眼，赶紧又转过脸去，似乎是有点害羞的样子，并叫身旁的妇人替他披上了一件青绸衣裳，就问说："你撞到我这山上来要见我，是有什么事？"

玉娇龙说："你就是半天云吗？"

盗首点了点头说："不错！莫非你认得我？"

玉娇龙说："我虽不认得你，可是我知道你是新疆省有名的大盗。沙漠中本来就难走，自从有了你们这一伙儿贼人，客商更无法行走了。我今天在沙漠中既然遇见了你们，就想将你们剪除，所以我追到此地，劝你们赶快改过向善，我还可以饶你们的性命。不然，我今天就要将你们完全歼除！"

盗首半天云听了这话，却不由噗哧一笑，说："好厉害！我来到新疆一年多了，还没料到新疆会有这么厉害的女子！可惜现在我有点儿病，今天白日我没出马，不然在刮大风的时候，我倒要会会你这女中豪杰。你既然来了，咱们的话就好说，我先问你姓什么？是哪里的人氏？"

玉娇龙瞪目说："你问我的姓名做什么？你若肯改过，你就立时将众人遣散，赶快走开，不然你就提防我的宝剑！"

半天云又一笑，说："事情哪能那么容易？至少你也得先通出姓名，说出是哪里的人，我才能跟你商量。"

玉娇龙说："我姓龙！"

半天云问道："不是河南人？"

玉娇龙诧异了一下，说："我连河南去也没去过。我就生在沙漠，长在新疆，从幼习得武艺，专来行侠仗义！"

半天云冷笑道："这样说，是老天给我送来的一位标致婆娘。来吧！咱们且较量几合，我若败在了你的手中，我们就依着你的话，洗手不干这事；你若败在我手里，那你可也休想走，你就做我半天云的婆娘吧！"说时一跃而起，随手从桌下亮出来一口朴刀，沙地一抖，吓得旁边两个妇人全蹲在桌下。玉娇龙也将剑一挥，愤愤地说："来！"

半天云却用刀尖向他手下的人一挥，他手下的那些强盗就全都退出屋去。半天云裸露着半臂，耸身上前，朴刀嗖的一声削下，玉娇龙疾忙躲闪，以剑相迎。

这半天云体健如虎，须发鬖鬖，样子极为凶恶，直扑向玉娇龙；玉娇龙却纤腰轻转，秀剑斜掠。来往三四回合，半天云就闯出户外，玉娇龙耸身追了出去。此时山谷中群盗密布，火光烛天，但是半天云吩咐他手下人都不许近前，他只独力与玉娇龙战斗。他刀如凤翅，掠动如飞，而玉小姐剑若腾蛇，也不肯稍让。二人越杀越紧。旁边的众贼人也齐都呐喊起来，为他们的寨主助威。玉娇龙却剑法镇定，一点儿也不紊乱，与半天云相战三十余合，她的剑法越熟，剑逼得半天云越紧。可是半天云的武艺也颇不寻常，玉娇龙的宝剑刺来，他总能即时抵挡，毫不费思索。

二人又杀了十余合，玉娇龙的剑法就变了，她的娇躯随着剑势翻转如飞，一口青锋忽而如冲天直木，忽而如探海蛟龙，忽而如白鹤起舞，忽而如燕子掠波。此时众贼也顾不得呐喊了，个个都看得两眼发直。

突然，半天云把刀一横，当啷一声遮住了玉娇龙的宝剑，他退后几步，连连摆着手说："不要战了！我已佩服你的剑法高强了！"

玉娇龙见他认输了，便也收住了剑势，喘了喘气。只见那半天云借着火光不住打量自己，旁边的众贼还要一拥上前，全都被半天云给摆手拦住。玉娇龙遂高声说道："你既认败了，你就赶紧把你的贼众解散，别等着我一个一个用剑来杀！"

那半天云却提刀冷笑着说："龙姑娘你也不可太气傲了！我今天敌不过你，并非是我的刀法不精，却是因我身上有病，还没好。你的剑法我已看出来了，你学的是正宗武当派，可是，假若我没病，拼出死力来跟你较量，还不晓得是谁生谁死！"

玉娇龙嘿嘿一声冷笑，半天云又摆手说："你不要冷笑，今天我若不是好汉子，指挥我手下的人将你拿住，也不费事！"

玉娇龙举剑高喝道："好！你们上手来！"

半天云说："赖汉子才做那事，我半天云绝不倚仗人多欺压你一个女子。刚才我已然说了，你若胜了我，我们就洗手不干这绿林行当，现在就算是你胜了，我半天云明日就拆了这几间房子，离开这座山，叫我手下的弟兄们也各自走开，永远不在新疆地面打搅。可是，咱们是后会有期，多则一年，少则半载，还得痛痛快快决个胜败高低，现在就请你留下大名！"

玉娇龙说："我叫龙锦春！"

半天云点头说："好！龙小姐，我今天记住了你的大名，不知小姐还要什么东西不要？马匹、银两，只要小姐说出来，我都可以相送！"

玉娇龙想了想，就说："我要一匹好马。"

半天云点头说："这容易，我这里有的是好马，随你挑选，还要什么？"

玉娇龙站住怔了一怔，就说："你说明天改邪归正，但我不能相信，我非得见到你们全都扔下刀枪，散了伙才行。今天你们给腾出间屋来叫我居住，给我预备下菜饭、茶水，明天看你们走后，我才能离开此地，否则……"

半天云笑了一声，说："我也知道，你一定是又饥又渴了，所以我才赶紧认输，不愿跟你再斗，就为的是叫你歇息歇息！"

玉娇龙听了这话，立时脸红，又要将宝剑举起。但见那半天云高声吩咐他手下的人散开，当时火把就熄灭了一半，半天云杂在盗贼丛中，也不知往哪里去了。

刚才伺候半天云的那两个妇人却走了过来，将玉娇龙请到一间较小的屋子之内。这屋子也没有窗户，只用一块布幕遮挡着，里面有一张板床，有用木头钉的一张歪歪斜斜的桌子，桌上摆着羊油烛台。一个妇人请玉娇龙在板床上落座，另一个妇人出去，待了一会儿就拿来了一个瓦壶和一只粗茶碗。玉娇龙此时本来渴极了，可是见妇人倒了一碗红黑色的热茶送给她，她还是不敢喝，先叫这妇人尝了尝，她才入口。这茶虽比不得她一向用惯了的那芝兰香茶，粗碗更比不得她素日使用的那金杯玉盏，可是竟觉得非常好喝。她一连喝了三大碗，心中才算痛快了。

此时，又有喽啰送来了酒肉，可是没有饭食，酒是玉娇龙所不敢喝的。那盘里的肉，她尝了一块，还真想吃。于是她一手握着剑柄，一手捏着肉吃，也吃不出来是羊肉还是牛肉。连吃了几块，觉着不太饥饿了，便侧过身来，向两个妇人问道："你们是干什么的？是良家妇女？是被半天云抢来的不是？"

两个妇人全都摇头说："不是！"一个就说："我们是从甘肃来的，罗大爷把我雇来的，因为我们会唱曲。"

玉娇龙惊讶地问说："刚才是你们唱曲吗？唱什么天地冥冥……"

妇人摇头说："刚才我们没唱！"

玉娇龙又问说："半天云是个大盗，这地方靠近沙漠，山高地险，你们跟他干什么？"

妇人说："罗大爷有钱，他并不是贼，他养着一千多匹马，他的人也很好，并不是恶人！"

玉娇龙又吃了一惊，回想刚才那半天云，虽然相貌长得是那样狰狞，可是说话颇懂情理，而且刀法极佳，莫非他也是一个怀才不遇之士，流落于沙漠，不得已才做了盗贼？想了会儿，觉得身体十分疲乏，想要躺在板床上休息一会儿，可又恐怕群贼闯入，将自己杀害，所以她就挣扎着精神静坐。

这时，听外面嚣杂的声音已然消散了，只有人的脚步声和一阵阵的马嘶之声。玉娇龙就想：自己今天也是太冒险，单身来到这里，虽然自信武艺高强，但是他们的人太多，倘若他们一堆齐上，自己也怕难以脱身。今天看半天云通情达理得可疑，莫非他是正安排着什么诡计，准备明天再来对付自己吗？想到这里，她便霍地站起身来，才要出屋去看，忽听又有人唱起歌来，唱的又是："天地冥冥降闵凶，我家兄妹太飘零。父遭不测母仰药，扶孤仗义赖同宗。……"声音很近，并且声调较前益为激昂。

玉娇龙就回头向那两个妇女问道："这是什么人唱歌了？"一个妇人就悄声答说："这就是寨主半天云，他时常唱这首歌。"玉娇龙纳闷着问道："他在这里有什么兄妹吗？"妇人摇头说："没有！"玉娇龙又说："他倒是怎样一个人？为什么要来此当强盗？为什么他的头发和胡子很长，生得那怪样子？"妇人仍摇头说："不知道！"

这时却听外面马嘶之声又起，并且有许多人说话之声。玉娇龙就挺剑出屋，就见淡淡月光之下，有许多人正在忙乱着备马收拾东西。人丛中有人还在唱着那激昂的歌调，是什么"我名曰虎弟曰豹……"

玉娇龙就高声叫道："你们这伙贼人又要去做什么？"却没有人来回答她，只见许多贼人都说着笑着，骑上马往山下走去了，一阵蹄声大乱，走去了很多人马。

山外蹄声渐远，这空谷中却越来越清静，刚才那激昂的歌声也不知飘往哪里去了。玉娇龙就提剑去找人，只见这里留下的贼人已很少。

玉娇龙就抓住了一个，用剑逼问道："那些人往山下做什么去了？"

这贼人回答："他们都走了。因为我们寨主说你是一位女侠客，你既叫我们散伙，我们就得走开。再说这地方我们也不愿住了，现在要搬到别处去，寨主带着他们先走，明天我们把房子拆了，也找他去。"

玉娇龙大怒，说："我是叫你们改邪归正，谁叫你们又到别处去作恶？来！快给我一匹马！我要追上半天云去问问他！"

当下，玉娇龙用剑逼着贼人索要了一匹马，她就纵骑离了山谷。这匹马跃过了许多山石，又来到平地之上；她便将剑插在鞍旁，挥鞭去追。这时星月愈暗，风沙又起，那群盗的马蹄声如滚滚潮水一般远去了。玉娇龙追出了很远，也没追获一个贼骑。她就勒住马，回想刚才的事，真如做梦似的，那半天云果然是个奇特的贼人。

此时，玉娇龙也不想再回那座山谷，也不愿去追半天云，便在这沉沉黑夜之下，策马款款走去。她也不顾方向，更不知自己将要往哪里去。回想自己十一岁之时，在师父高云雁第一次外出之时，私窥了那两卷《武当拳剑全书》，并誊出来一部副本秘藏。由那年起，自己就连师父全都避着，专心研究书中所示的技艺，现在已六七年了。今天第一次在风沙中试技杀贼，刚才又与半天云比武获胜，果然所向无敌。自己既然有如此的武艺，为什么不做些惊天动地之事，而甘心在深闺中雌伏呢？

如此想着，她是十分高兴，竟忘了疲倦。催马向下走了也不知有多少里路，天光就渐渐发亮了，身后已起了紫色的朝霞，由此才知自己是正往西走，地越走越旷，竟是一片草原。四下一看，辽远之处也没有什么峰岭，只听呜呜的马嘶。又走了一会儿，不觉已走进了马群之中，四周有成千上万匹，全都在啃着地下的青草，玉娇龙知道这里必是一座牧场。

向远看，见有一座白色的帐篷，玉娇龙忽然又觉着口渴了，她遂就用鞭子驱逐着旁边的马群，往那帐篷走去。她原以为里边住的必是蒙古人，及至来到临近，却见由里面走出一个女子，身穿花布短衣，脚下穿着马皮靴子，头上跟自己一样，梳着两条辫子，年纪比自己略长，肤色很白，鼻子很高，玉娇龙就知道这一定是哈萨克人，遂就一举手。

那姑娘迎上前来，便跟她说哈萨克话。玉娇龙摇头，告诉她说："我听不懂！"那姑娘才知道玉娇龙是个汉人，遂就问说："你是从哪儿来的？"这句话说得很是流利。玉娇龙倒颇为惊讶，便笑了笑，下了马，说："我很渴！你们这里有水给我喝一点？"那姑娘点点头，说："水有。"她过来把玉娇龙由盗窟中得来的那匹紫马看了半天，也顾不得再跟玉娇龙说话了。

玉娇龙就从鞍下将剑抽出，那姑娘看着也不大惊异，只用双手掰着马的嘴，要看马有多少个牙。玉娇龙拍了她的肩膀一下，问说："你是哈萨克人吗？"这姑娘点点头。玉娇龙笑着说："你的汉话还说得很好。"这姑娘说:"我常跟爸爸到伊犁去做买卖,什么话我都会说。"她还对那匹紫马恋恋不舍,但因为玉娇龙催促着她,她只得带着玉娇龙进到帐篷里。

原来哈萨克帐篷跟蒙古包一样,是用马毛毡子搭成,外观是圆顶,四面也都是圆的,不太高,一进到里面却觉得很高很宽敞。因为帐篷里把地挖下很深。地上都铺上毯子,所有的器具和人全都在这毯子上,哈萨克人都是以游牧为生。

当下玉娇龙一进来,见只是一个老婆子坐在那里,这老婆子不会说一句汉话,那姑娘就说:"这是我的妈妈。"玉娇龙行了礼,就盘腿坐下。那姑娘遂给玉娇龙斟茶,斟茶所用的是一只木碗,里面并非是茶,却是一种发酸的马奶。玉娇龙喝了两口,觉着不好喝,就赶紧放下了。

那姑娘用手捏着玉娇龙的平金的坤鞋,问说:"你怎么不是缠的小脚?"玉娇龙说:"我是旗人,我们旗人姑娘向来跟你们一样,是不缠脚的。"遂又问她:"你叫什么名字?"这姑娘就用她们的自己话说出了她的姓名,并说她的名字就是"美霞"的意思,遂又问玉娇龙的名字。玉娇龙就自称姓龙,现在是独自一人,要往伊犁去。

美霞似乎很羡慕她,拉她出来,指着眼前的马群说:"这两万多匹马全是我家的,我父亲是个大商人,又是百户长。现在是要开赛马会,他预备去了。你既然是骑马来的,咱们两人就先赛一赛如何?等过两天,我带你去看赛马会!"

玉娇龙却摇头,说:"昨天我走了一夜,现在已很累,不能跟你赛马!"

美霞却笑了一笑,她似乎要在玉娇龙的面前施展施展身手,就拉过了玉娇龙的那匹马,扳鞍上去,在这广大的草原之上驰骋起来。在近处时,她在马上还向玉娇龙笑着,后来她越驰越远,人马越来越小,就如同一个小黑点儿似的。

玉娇龙眼看着朝阳、原野、马群、骑女,觉着心中十分畅慰,精神也顿增了一些,遂也不甘示弱,由马群中挑选了一匹黑马,飞身上去。这匹马本来没经人骑过,性情极劣,既无笼头,又无鞍鞯,玉娇龙只仗着用手抓住它的鬃,可是这匹马又不住地扬头,跳跃。玉娇龙又紧紧以拳头捶打马胯,这匹马就如同飞似的,冲开了马群跑走了。

那边的美霞催马迎了过来，大声惊叫道："不好! 这马可骑不得!"

玉娇龙纵马从美霞的身边掠过，并趁势由美霞手中夺过了皮鞭，连挥了几鞭，马更颠跑得快，一霎时跑出足有二三十里。玉娇龙回首看了一眼，觉得刚才那马群已离着太远了。玉娇龙赶紧用力揪着马鬃，想要将马拨回，却不料揪下了一大把鬃毛，这匹马不但不回头，反倒扬头急嘶，前足跷起，几乎要立起来。玉娇龙坐立不住，就被马立时摔了下来。马跑远了，玉娇龙的身子却倒在了茂草之中，她觉着头晕眼黑，一阵迷糊，便爬不起来了。

过了也不知有多少时候，她渐渐地苏醒，呻吟了两声，才一翻身，但觉后脑发重，就又躺下了。两旁的茂草被风吹着，都覆住了她的脸，只见天空浮荡着白云，四周听不见马嘶，也看不见人影。费了半天的力，她才在草中坐起，看了看，两只手已被地上的蒺藜刺得出了血，如同染了胭脂似的。摸摸后脑，觉得头发上很黏，原来也摔出了血。玉娇龙心里一难受，不禁流下眼泪，勉强站起身来一看，就见绿草无边，被风吹得起起伏伏，如波浪一般，自己的身子仿佛落在了茫茫的大海之中，眼前除了禽鸟飞翔，什么也看不见。

玉娇龙就将头上罩着的罗巾解下，擦了擦手上的血，就一步一步地走去，想要再找着哈萨克帐篷。可是她的两腿已被摔伤，行走艰难，而且这么广大的草原，周围不知有几百里地，哪里去找那马群和那小小的帐篷呢？

玉娇龙走了半天，才走出了不多远，心中焦急极了，暗想: 这里和沙漠一样，恐怕我在这里就要渴死饿死了! 虽然武当书上所传示的武艺不少，但也没有千里飞行之术呀! 她的心中十分难过，勉强挣扎着又往下走。直走到日色平西，她还是没有走出这片草地，腹中又饿了，而且双腿疼痛，她便又卧在草地上，叹着气。待了一会儿，眼看天上的云光俱已变红，一群群的乌鸦从头上掠过，晚风阵阵吹来，天色就晚了。玉娇龙心中更懊烦，周身更无力，索性闭上了眼睛。

正在这时，就忽听见耳边隐隐有一阵马蹄之声。玉娇龙顿吃一惊，赶紧翻身起来，双腿一用力就站了起来。借着天际的霞光一看，从很远之处,跑来了几匹马。玉娇龙大喜,等到马匹渐渐来到临近之时,她就高声呼叫道:"来人呀!"

连喊了几声,那几匹马就都停住了。马上的人转首向四下来看,玉娇龙这红衣俏影在草地之中很是显眼,当下就有一匹马飞也似的驰来。将到近前,这马上的人就说:"原来玉小姐在这里,我们几个人找了您一天啦!"说着便下了马。

玉娇龙倒不禁惊愕,想不到来的竟是自己父亲营下的官人。只见这人头戴官帽,身穿很肥大的一件青纱袍子,一下了马,站在草地上。玉娇龙觉着这人的身材十分高大,脸色很黑,双目炯炯有神,颔下刮得干干净净,一根胡须也没有。看这人的面目很熟,可是想不起来他姓什么,似乎不是父亲衙里的,此次出行那八个差官之中也没有此人,遂就退后了一步,问说:"你是从哪儿来的?"

这人说:"我从白沙岗来。昨天在大风里小姐走失了,太太不放心,特命我来接小姐。我们在沙漠跟草地里找了一天,小姐快跟我走吧!"

玉娇龙这才信以为真,可是又抬头一看,见刚才他们一同来的本是四匹马,如今一找着了她,这人一过来与她谈话,那三匹马这时反倒踏着草地往北飞驰去了。玉娇龙就赶紧问说:"他们怎么倒走了呢?"

这人就说:"他们本不是跟我一块来的,他们是往莎车县去的差人,与咱们无关,刚才我们是无意中遇见的。老太太只派了我一人来找小姐,太太跟车马现在全都在白沙岗,离此不远,请小姐快随我去吧!"

玉娇龙渐渐觉得诧异,同时见这人的马上有一个红绸包裹,更觉着眼熟,仿佛跟自己由且末县动身时命绣香她们携带着的那几个包袱一样。玉娇龙面上不露声色,又直瞪了这人一眼,这人却忽然垂下脸去。玉娇龙心中怦然一动,就上了这人的马,这人便索着缰绳转过了马头。

此时,夕阳照射着他们的背影,这男子在前一步一步地走着,玉娇龙骑在马上也走得很慢。她就看出这男子头上那顶官帽不大合适,身上的青纱袍子更不合体,玉娇龙就问说:"你姓什么?"那人说:"我姓罗,我是罗差官,我跟小姐是一同由且末城出来的,难道小姐不认识我了吗?"玉娇龙说:"营里那些官人,我怎能全都认识!"那人没言语,依旧在马前走着。

　　玉娇龙心中发出冷笑，但是见这人的雄壮的背影，却又觉得十分可嘉。此时这人已将缰绳放手了，天际霞光灿烂，看人倒还清楚。玉娇龙蓦然催马赶到那人的前面，又突然收住了马，在马上回首一望，就与这人正正地对脸，她就把这人的面目看得清清楚楚。只见这人年有二十余岁，生得极为英俊，虽然觉得面熟，然而自己确实没见过此人。她不禁脸上一红，可是心中倒发出无限的疑惑。

　　此时这姓罗的人见玉娇龙蓦然看了他一眼，也不禁一笑，就说："我们都不晓得，原来小姐有一身好本领呢！"

　　玉娇龙问说："谁告诉你说的？我若有本领，我还不至于落到此地呢！你休说闲话，快带我到白沙岗就是了！"

　　姓罗的赶上马来，说："小姐，白沙岗今天可赶不到了！"

　　玉娇龙说："那难道就在草地上走一宵吗？你告诉我白沙岗的方向，我自己会骑马找了去！"

　　姓罗的说："天快黑了，我就是把方向告诉小姐，小姐也必走不到。倘或小姐再走失了，我回去见太太可怎么交代？离这不远，就有村舍，我可以带着小姐到那里去投宿，明天再去见太太。"

　　玉娇龙说："想不到你对这里的路径倒还很熟？"姓罗的说："我本来常走这股路，衙里往伊犁的公文向来都是由我送。"玉娇龙点点头，又问："你知道大人往哪里去了吗？"姓罗的说："大人不是到北京去了吗？"玉娇龙听这姓罗的说得不错，这才有点信他真是官人，便想刚才许是自己疑惑错了。于是就由这位姓罗的指点方向，她策马去走。

　　这草原上的天色已渐渐黑了，天上的星光和残月发出些微光，照着他们；晚风习习，吹得玉娇龙的身体有些倦怠。走了半天，方才走进了一个村落。这里不过十几户人家，有狗，见有人骑着马进村，就不住地汪汪干吠。那姓罗的人先打开一家柴扉进去，待了半天，才见有个年老的农人提着灯请他们进去。玉娇龙下了马，提着马上的包裹随老农人进到屋内。屋中空闲无人，老农人就把手中的一盏油灯放在桌上，此时姓罗的也进屋来了，他就说："有什么吃的没有？快拿来！"老农人连声答应着，仿佛很恐惧的样子,就出屋去了。

这里玉娇龙就用手指甲将油灯挑起,灯光一亮,那姓罗的赶紧转脸,他走过去指着炕上放着的包裹,说:"这里是小姐的衣服。太太恐怕小姐在外漂流了两天,衣服一定都穿不得了,所以才叫我把这些衣服给小姐带来,好叫小姐更换!"玉娇龙过去,这姓罗的人又赶紧闪在一边,他的脸依然背着灯光。

玉娇龙打开包裹一看,见里面确实是自己的衣服裤子,可没有鞋袜,遂就不语。又转头看这姓罗的,见他并不知退出屋去,玉娇龙就拿着小姐的架子,说:"你出去吧!不叫你不许进来!"姓罗的答应了一声,便退出屋去。

这里玉娇龙就坐在炕头,细细地想。忽听隔壁有孩子哭啼了两声,又似被人用手捂住了口,孩子还使劲哼哼着要哭啼。玉娇龙赶紧将耳朵侧近了板壁,就听那屋中的孩子要哭,却哭不出来,并有妇人压着嗓音威吓,说:"你哭!你哭就得死啦!"玉娇龙一惊,赶紧静静坐着,听纸窗外远远有马嘶之声,隔着窗纸并仿佛有男子粗重的呼吸声,玉娇龙自向自冷笑了一下。

这时,屋门开了,刚才那老农人拿进来茶壶、盐碟和一块锅饼、一碗黄米粥。当这老农人双手颤颤将这碟碗等物放在那张破桌上时,玉娇龙就下了炕,揪了他一下,悄声问说:"你跟那姓罗的早就认识吗?你们怕他吗?"他两眼发呆,胡须颤颤,没有说话。却见屋门开了一道窄缝,恍恍见那姓罗的正站在屋外。玉娇龙就大声向老农人说:"你把饭放下,你也出去吧!等我回去,将来一定派人来谢你们!"老农人依然不说话,怯怯地走出了屋。

这里,玉娇龙赶紧随他去关门,等着老人出屋之际,又向门外看了一眼,见外面很黑,那姓罗的已然走开了。玉娇龙把门关上,这门却只有一道插关,无法关严,屋中又找不着东西可以将门顶上,便回身走到灯旁站立了一会儿,吃了一点锅饼,然后就将灯吹灭,摸着黑到炕上将身一躺,侧耳听着窗外。待了一会儿,就听仍有粗重的呼吸之声,玉娇龙也就假作呼噜呼噜地睡觉。

又过了许多时，忽听屋门吧的一声响，玉娇龙立时打了个冷战，但仍然不起身，只侧身卧在炕上，左手在身下按着炕席，右手伸出二指及中指，预备出点穴的姿势；脸微扬着，睁着眼向炕前去看，喉间还呼噜呼噜作出鼾声。就见慢慢地炕前来了一条高大的身影，这个人手中似有东西，他轻轻地放在炕上，又伸手轻轻把玉娇龙的头发摸了一下，玉娇龙却趁势翻身坐起，右手向这人的身上点去。这人忙用手挡住，玉娇龙由炕上一跃而下，抢拳就打。那人用双手抄住玉娇龙的双腕，连声说："不要动手！我无恶意！"玉娇龙愤愤地说道："什么你无恶意？你别以为我不知道你是谁！"说时又一脚踹去。

那人的身上被踹了一下，但没有摔倒，只急急地争辩道："我实在没有别的心，不然在旷野荒郊之下，我就可以把你抢走，我岂能又将你送到这里来？我是一片好心，不信你看……"这人就腾出一只手来，从怀中掏出了取火之物，打着了火，叫玉娇龙向炕上去看。原来炕上放着的是一口带铁匣的宝剑和一封银两。

玉娇龙此时的双手仍然紧紧揪住这个人的胳膊，说："你是半天云不是？你为什么冒充官人来骗我？我这身衣服你是从哪里拿来的？半夜在我身旁送来这宝剑和银两，你是什么居心？快说！"

她见这人的腰间系着一条青绸带子，上插着一口不到二尺长的钢刀，她就劈手抽出。只听当啷一声，原来刀柄上有个铜环，刀身也闪闪夺光。这人赶紧摆手说："慢着！这口刀锋利无比，小心伤着了你自己！"玉娇龙却将刀尖逼住这人的胸膛。

这人穿着那件青纱官衣，胸膛敞着，面上毫无畏色，回首用火点上灯，就说："小姐息怒！你听我说，我实是半天云罗小虎，因为昨夜小姐闯进我的山寨里，我见小姐貌美绝伦而且武艺高超，想细问小姐的来历，又知小姐必不肯对我实说，因此我才带着几个人连夜赶到了白沙岗，知道官人的车辆都在那里停留住了。听说玉大臣的小姐在风沙中遇盗失踪，我因此才晓得小姐的来历。

"我由女眷的车上盗了这身衣服，并将早先抢来的官服穿上，带着三个人又来寻找小姐。听一个哈萨克姑娘说，小姐今天早晨到了他们那里，

曾骑着一匹马走了，后来那匹马回去了，可是小姐不见踪影，怕是小姐已
然出了事儿。我一听，就很不放心，遍处寻找。找了半日，才在草地中找着
了小姐，我怕被小姐看出了破绽，所以才叫我手下的那三个人都避开。我
假冒官人将小姐送到这里。

"我本无他意，只是想到明天便送小姐追上官车。可又想那些官车在
白沙岗一定停留不住，他们一定是先到克里雅城，然后再派人出来找小
姐。这一路上颇不好走，我又不便随行，这才为小姐送来银两和宝剑，我
并替小姐喂好了马，马上预备了干粮和水，明天还要派人给小姐领路，实
在没有什么恶意。只是我见小姐貌美艺高，我从心中佩服，想要为小姐
效劳！"

这个半天云侃侃而谈，面上并带着微笑，说话时，身子有些摇动，有
几次胸脯都险些触在刀尖上，玉娇龙倒不由得赶紧缩回刀来。她渐渐心
平气和，觉得这口带环子的刀太可爱了，侃侃而谈的这个沙漠中的大盗半
天云尤为可爱。在昨夜，半天云是个长头发大胡子的怪人，所以他的模样
自己没大看清，而现今灯光下的这个假官人、真强盗，却是个二十四五岁
的魁梧英俊的少年，倒真令自己难以置信。想这样一个人就会在风沙中
号令着数百名凶悍的盗贼，使得无人不知无人不晓吗？

玉娇龙就问说："你先别说什么为我效劳送我回去找着我们那些车
马的话。告诉你！我趁着风沙走出来，就是想到各地去游一游，并不想立
刻就回去。只是你，我听你说话不是本地人，又很年轻，为什么要来到这
边远的地方做强盗呢？"

半天云摇摇头，微笑着说："我的事情你不晓得，我也不便对你说，
可是你别以为我真是个凶恶的大盗。其实我也通情理，我也非专以盗劫
为生，我还养着许多马，只是我这个人生来太不幸了，才流落到此地！"
说着叹息了一声，扣上了他前胸的衣纽。

玉娇龙就把刀拿在自己的手里，退回两步，坐在炕上，仍愤愤地说：
"今天我算是饶了你的性命！"

半天云摇头笑道："我不怕死！小姐你长得太美了，我要叫你拿刀杀
死了，我这生也不冤！"玉娇龙怒喝一声："出去！"又瞪了他一眼，半天云

依然笑着，回身往外走。玉娇龙又忽然问说："你叫什么名字来的？"

半天云止住脚步，回头答道："我叫罗小虎。"玉娇龙哼哼一声冷笑，说："平日你们不定多么凶恶了？这里的人都怕你们，连隔壁的孩子都不敢夜啼！"半天云罗小虎没有言语，开了门走出屋去。

玉娇龙手把着钢刀，依然侧耳向外静听，就听院中仍有脚步之声来回地响，仿佛罗小虎是没有屋子可容他栖住，又听他似乎低吟着："我名曰虎弟曰豹……"

玉娇龙真觉得这是一个奇怪的强盗，而且回想起刚才他偷偷进屋来抚摸自己的头发之时，又不觉得一阵脸热；更想今天自己骑马不慎，摔在草地上，路径又不熟，倘使不被罗小虎领到这里，恐怕此时自己依然在那片大草原上漂流着呢！这罗小虎对自己颇为有礼，而且还为自己盗来衣裳，预备上宝剑银两，要叫我明天回去。想自己此次失踪，虽然是自己愿意做的，可是没有个人出来寻找自己，倒多亏遇着了这人。

此时，风打着纸窗，响得很紧，那罗小虎又在窗外低声唱道："天地冥冥降闵凶……"玉娇龙就高声问说："你在唱什么？"罗小虎走近窗前才回答道："这是别人教给我的一首歌，我烦闷的时候就不禁要唱出来！"玉娇龙又问："你为什么不找间屋子去睡觉呢？"罗小虎说："因为我舍不得离开小姐，我要在窗外陪伴小姐一夜，明天一分手，我就永远不能再和小姐见面了！"玉娇龙忍不住一笑，虽然没笑出声音，可是她已低下头去，脸上觉着发热得厉害。

屋门一响，那少年强盗又走进屋来，才向前走了一步，玉娇龙就说："站住！"罗小虎就赶紧站住。玉娇龙又瞪了他一眼，就说："你把你唱的那首歌，再唱一遍叫我听听！"

罗小虎叹了口气，遂就低声唱道："天地冥冥降闵凶，我家兄妹太飘零，父遭不测母仰药……"唱到这里，罗小虎的声音凄惨，玉娇龙低着头，芳心中也不禁一阵酸楚。

窗外夜风嗖嗖，桌上油灯发暗，这少年强盗又接着唱道："扶孤仗义赖同宗，我家家世出四知，惟我兄妹不相知，我名曰虎弟曰豹，尚有英芳是女儿……"唱到这里，他就说："后面还有两句，我已忘记了，只记得好像是什么："廿年后若相见，切报恩仇莫再迟。"说完，他用左胳膊拭了拭眼泪。

玉娇龙咬着嘴唇，发了一会儿呆，就问说："你唱的这是真事吗？是你父亲被人害死，你母亲也服毒死了吗？"

罗小虎说："我不知道。我是汝南府人，自幼我只知道有个本家爷爷开酒铺，我父亲是个杠夫，但他不是我的亲生父亲。我九岁时，我那开酒铺的爷爷送我到书房念书，他有一封信，拆开，里面就写着这首歌。老师教给我当作书念，说是我还有弟弟妹妹都在外乡，他们也都会唱这首歌，将来我一唱出来，被他们听见了，他们就能认我为胞兄。可惜我那时贪玩，没将歌全背过来，过了一年，我就忘了。后来到外面走了数省，学了些武艺，我闷来时我就唱这首歌，可是始终也没会着我的弟弟妹妹！"

玉娇龙凄恻地说："你很可怜！可是你为什么就到了新疆呢？"

罗小虎迟疑了一下，说："不瞒你说，我十岁的时候，因为我那假父母待我不好，我又不愿意念书，我就跟个要饭的花子走了。那花子是个小偷，他教给我许多偷窃的本领，我就帮他去偷东西，几乎被人打死。后来一个道人将我救了，那道人将我带到湖北武当山去出家，那山上的道士全会武艺，我就跟他们学了一些剑法。后来我在山上做错了一件事，被师父赶下山来。"

玉娇龙就赶紧问说："你做了一件什么错事？"

罗小虎有点儿惭愧的样子，说："因为我调戏了一个姑娘，所以犯了庙中的清规。我离了山，就在江湖漂流了数年，后来我因为要找一个人，便来到了新疆。这里本来就有一伙强盗，他们劫我，都被我打服，所以他们才尊我为首领，住在昨天你到过的那红松岭里还不到一年。我并非想要永久为盗，只想把马群养大，够我们那伙人食用了，我们便洗手。若找着我认识的那个人，我也就走开了！"

玉娇龙就又问说："你来到新疆，是要找什么人？"

罗小虎说："我要找的是我的一个恩人，如今已有十多年没见着他了，当年他曾告诉过我，我若想见他时，就到新疆来。我唱的那首歌，就是他给我编的，我到底是谁的儿子，我的弟妹现在哪里，只有他一人知道。"

玉娇龙心想：这可也是个奇人，就又问说："这人叫什么？"

罗小虎说："这人名叫高朗秋。"

玉娇龙十分诧异，又问："高朗秋？是否他就是高云雁？此人年有五十多岁了，有花白胡子。"

罗小虎："我只是七八岁时跟这人见过一面，现在若再见了他，我也不认识了。我只听人说他叫高朗秋，却不叫高云雁，此人是个文人。"

玉娇龙站起身来说："那一定是他了，我认识此人，他是我的师父，他确实是个奇人。这次，他也是随我们一同出来的，他还有个妻子，也会武艺。前天沙漠里那场大风，你们又去打劫，可不知他二人怎样了？明天我带你追上官车去找他。只要见着了他，他必可设法收留你，你就不必再为盗了！"

罗小虎听了也很是欢喜，就点头说："好！只要找着我那高恩人，问明我兄妹的下落，我就要找他们去了。可是……"说到这里，他又带着些忧愁，说："万一小姐你这师父不是我那恩人呢？我随你到了官人的群中，被人晓得了我是半天云，那时我可怎样脱身呢？"

玉娇龙冷笑道："你别疑惑我是故意骗了你去，想把你捉住，其实我这时要想捉你，就很容易！"罗小虎只微微一笑。玉娇龙又说："可是我捉住了你又做什么呢？刚才我听你一说，我觉得你的身世也很可怜，我虽是个富家小姐，但是我最喜爱天涯落魄的英雄！"

罗小虎听了，面现感动之色，玉娇龙就把手中的那口带环子的钢刀递给罗小虎，说："给你！这是你的东西，还给你！我不要！"

罗小虎却不肯接过，他说："这口刀是我初来新疆。在迪化城跟一个索伦营官赌钱赢来的，虽然尺寸不长，可是善能削铜断铁，这一年来我永远佩带在身边。现在小姐待我这样好，我无法报答，愿意把我这件最心爱的东西送给小姐！"

玉娇龙把这口刀细看了看，虽然有些喜爱，可是听说他是赌钱得来的，就不愿接受。她把这刀当啷一声向地下一扔，说："拿去！我不要！"

罗小虎只好由地上拾起来，可是他还直直地站立，望着炕头坐着的玉娇龙，不肯走去。桌上的那盏油灯都将要自行熄灭，玉娇龙又抬头看了看罗小虎，说："你还不走开吗？"罗小虎却仍然不动身，待了半晌，就听他说："小姐你长得太好了，你的武艺也太使我佩服！"

玉娇龙便锵的一声由身旁抽出了宝剑，将剑尖挨在罗小虎的前胸，怒声说："快走！你好大胆，敢跟我说这样的话！"

罗小虎的身子仍然不动，他又说："小姐你也想不开，你此次既然趁着风沙离开了家人，独自游览江湖，那为什么咱俩不一块同行呢？我可以抛下我手下的人和那些马，带着你去走三山五岳！"玉娇龙怒说一声："去！"宝剑向前进了半寸，那罗小虎赶紧将身子闪开，只见他弯下腰去。

玉娇龙大惊，抽回剑来，跳下炕去，又用指甲将灯捻挑起。只见那罗小虎已经直起腰来，依旧昂然站立，右手提着他那口带环子的宝刀，左手却按着胸，由他的手指缝里儿流出来鲜红的血。玉娇龙瞪目说："你还不走？要死吗？"罗小虎脸色惨白，但依然笑着，点头说："我走！我走！小姐你休息吧！明天请小姐带我追上官车，去见我那高恩人！"一面说着，他一面忍伤走出屋去。

玉娇龙倒很是后悔，觉得刚才不该蓦然刺他，一定伤得他不轻。此时忽听院中咕咚一声，玉娇龙就赶紧拿起灯来出屋去看，一阵风将灯吹灭，但是她已见罗小虎是坐在地下了。玉娇龙一时惊慌，顾不得其他，赶紧放下灯，过去将罗小虎扶住，同时急急地问说："怎么样了？是我刺伤得你很重吧？唉！我若是把你这可怜的人刺死，我的心里才真难受！"

罗小虎却摇头说："不要紧，只刺伤了一点。我的左臂本来就有伤，是正月间在山中打猎，被一只大熊咬伤的。我半天云是个石头人，受一点伤不算事！"说着，他挺身站起。

玉娇龙赶紧说："你住在哪屋里？我把你搀回屋去吧！"

罗小虎笑道："这人家只有一间闲屋，我叫你住了，我原想就在你的窗外站立一宵。"

玉娇龙说："那么你回到我屋里吧。"

当时她扶着罗小虎的右臂，又往屋中去走，她就觉得这罗小虎的胳膊硬极了，真如石头一样。到了屋中，玉娇龙回身要去拿回灯来，取火将屋子照亮，却不料罗小虎就一把将她抓住。玉娇龙真想不到，她一位千金小姐竟落于盗贼之手。

次日，一清早便有人来打门，原来是罗小虎带来的三个喽啰来了，他们都听他的指挥，住在不远的人家里，罗小虎就出屋去了。这里玉娇龙愤恨得不住流泪，她预备下宝剑，想要等着罗小虎一回到屋中，她就一剑将罗小虎刺死。可是待了多时，罗小虎方才回到屋中，不知他从哪里换来了一身很干净的黑绸夹裤褂，前胸仍然敞着，胸前新贴了一贴膏药。他雄伟的身躯，英武的面庞，精爽的神态，仿佛又吸引住玉娇龙，玉娇龙竟舍不得下手了。

罗小虎笑着说："你怎么还没换衣服？你换上衣服，咱们用些茶饭就走吧！"

玉娇龙就手提着剑柄，双眼流出泪来，气得身上发颤，恨恨地说："走往哪里去？难道你真想叫我跟你满处漂流，去做强盗吗？"

罗小虎摇头说："不是，昨天我本想送你赶上官车，我并不想亲身去送你，可是你的美貌太使我发迷了。再说也不怨我一人，你也是喜欢我，当初你若就嫌我是强盗，也不至如此。"玉娇龙嘿嘿冷笑着，罗小虎又说："我愿将来咱们做夫妻。我知道你趁风沙出来，不过是一时的高兴，真叫你各处去奔走，去受苦，你也必然受不了。你虽武艺高强，可是江湖上的阅历你还没有，你还是应当追上官车，暂时回家去吧……"

玉娇龙抬起头来问说："那么你呢？你往哪里去呢？"

罗小虎说："我在后面跟随着你，你请出那位高老师来见我。如若他确实是我的恩人高朗秋，那就好办了！"

玉娇龙问说："那怎么就好办了呢？"

罗小虎昂然说："我失足为盗，本非自愿，只是没人叫我改邪归正。我也自己颓唐罢了。所以我在山寨里，脸是永远不刮，衣服也时常不换，除了饮酒赌钱，就叫那两个妇人给我唱曲取乐。我也自己时常唱我的那首歌，越烦越唱，越唱越烦。现在我要改过自新了，叫我那恩人高朗秋给我在营中谋上个出身，凭我这身武艺，必可做一番事业。等到我得了事，有了出身，那时再托我的高恩人为媒，向你家去娶你。那时我的兄妹也就都见着了，我家中二十多年的大仇，也就容易报了。"

玉娇龙擦了一擦眼泪，问说："你可真有这番志气?"罗小虎拍着他那贴着膏药的胸脯，说："这点志气我若没有，我半天云枉称男子汉!"玉娇龙嫣然一笑，点头说："好，如果你有这番志气，我愿等你十年!"罗小虎说："用不到十年!我自从见了你的面，我就不愿意离开你，十年相思，谁能受得了?"玉娇龙把剑一抢，半笑半怒地说："快去叫这里的人预备茶饭!"罗小虎就笑着走出去了。

这里玉娇龙本想要更换衣服，但又想：这包衣服是罗小虎偷窃来的，倘若自己见着了母亲和丫鬟仆妇们，忽然身上换上了那夜丢失的衣服，岂不叫她们生疑?自己在外边结识了大盗半天云，这话怎能对人说?所以她并不动那包裹，好在身上的红衣蓝裤还不太脏，她只将辫子解开，两边分披着的又改成为一条，垂在身后。

这时，罗小虎帮助那老农人拿进来茶水和菜饭。玉娇龙见他对那老农人很是和善，那老农人也不像昨晚那么惧怕他了。罗小虎与玉娇龙对着面用茶吃饭，玉娇龙就不住地笑，因为像罗小虎这样地大口吃饭，一口就呷下一碗茶的人，她还从未见过。玉娇龙却吃得很少，只把又干又硬的黑馒首勉强吃了一点，倒是她太渴了，虽然茶是榆树叶儿煎熬的，她还是喝了不少。

茶饭用毕，罗小虎说："咱们这就走吧!"玉娇龙点了点头，就说："这包衣服和宝剑我可都不能携带，你拿去吧!"罗小虎问说："为什么?"玉娇龙说："你想吧!我会武艺，我家中的人并不知道。临走时我虽携带着一口宝剑，但并非这口，这包衣服虽是我的，但我怎能拿回去?你知道我若见着我的母亲，还要装出小姐的样子来呢，咱们这事是一字不能提!"罗小虎说："自然能不提!"遂连叹了口气，先提着衣包和宝剑出了屋。

玉娇龙随他走出去，就见两匹马在院中已然备好，马上都带着盛水的牛皮口袋和装干粮的袋子。罗小虎将剑和包裹系在他的那匹黑色的大马上，给玉娇龙的是一匹赤兔马，非常矫健。玉娇龙接过了马鞭，先牵马出了柴扉，就见门外站着三个大汉，一齐向她行礼。玉娇龙就知道这三个人都是罗小虎手下的喽啰，自己此时竟像个压寨夫人了，不由得一阵惭愧。

罗小虎已随着牵马走出，就吩咐他手下的人说："你们回去吧!我去送玉小姐一程。"三个喽啰一齐答应。当下罗小虎就笑着向玉娇龙说："上马吧!"玉娇龙扳鞍上马。罗小虎又笑着看了她一眼,就也跨上了马,一挥马鞭,先在前走去,玉娇龙策马紧紧随上,两匹马离开了这小村,就又踏上了广大的大草原。

今天是个晴和的日子,东方朝阳刚吐,天际浮荡着一丝丝的霞云,柔风拂面,一群群的鸦儿在草原上乱飞。玉娇龙鬓发稀松,衣服上有许多折纹。她骑在马上,时时以柔媚的目光向罗小虎去看,罗小虎也常回头来看,两人的眼光交射在一处时,便都不禁地笑了。罗小虎觉着玉娇龙的笑非常娇媚,而玉娇龙也认为这少年强盗的一言一笑,都能慰安她的芳心。

此时落在草地上寻食的小鸟,一见马来,就都噗噜噜地飞起。马每行一步,就要惊起成千成万的飞鸟,一层一层的,如溅起来的浪花一般。忽然,罗小虎从他的马上袋子里掏出来一个东西,原来是一副小弩弓和几支细小的箭,罗小虎就扳弓装箭,嗖嗖很快地射去,只见飞鸟纷纷中箭下落。玉娇龙不禁笑着说:"真好! 来,给我看看!"罗小虎便把手中的弩弓向玉娇龙一扔,玉娇龙伸手接住了一看,是个很玲珑的小弩弓。

罗小虎又跳下马去,从地上拾起来几支箭,每支箭上都穿着一个麻雀。箭不过三寸长,很细。所以虽然射中在麻雀的身上,麻雀还都没死,还都扑扇着翅膀想要再飞。玉娇龙就一个一个将箭拔出,将受伤的麻雀都扔了,她笑着说:"这小弩箭可真有意思!"

罗小虎说:"这是我做的,从小我就会做,虽然不敢说百步穿杨,可是我的箭从未虚发过。我这些年行走江湖,曾遇见许多凶悍强霸的人与我作对,可是我总不愿意伤人的性命,向来是以这小箭取胜。你既喜欢,我就送给你吧! 把这藏在衣袖里,不能叫人看出。"说着,又由他那放干粮的口袋里,掏出来四把小箭,一共有三四十支,都给了玉娇龙。

玉娇龙就笑着说:"你把这箭都给了我,以后你要使用时,可怎么办呢?"

罗小虎摇头说:"此后我就不使用这些小巧的玩意儿了,我要凭长枪大刀,在疆场上立一番功名。这小弩箭不过是我漂流江湖时的一种玩意儿,只要找铁匠打了箭头,我想做多少就做多少。"

第六回　大漠听悲歌寻香惹爱　满城来风雨卧虎藏龙

一九七

玉娇龙又看了他一眼，就笑着说："想不到你的手是很能干的！"

罗小虎说："本来我自觉很聪明，我的武艺并没怎么样苦学过，可是也颇不错，书我也没有怎么读过，但我认识不少字。只可惜没人栽培我，不然我岂能流为盗贼！"

玉娇龙摆手说："你别说了！早先你是盗贼半天云，现在你可不是了。英雄不论出身，只要将来你能够致力前途，也不必做大官，我就能……"说到这里，她的双颊绯红，似羞似笑。罗小虎却得意地大笑，敞着的前胸一起一伏的，玉娇龙就瞪了他一眼，说："扣上前胸的纽扣。"罗小虎笑着答应了一声，就把衣纽扣好。

玉娇龙又留心看他的脚下，只见他光着脚穿着一双青布鞋，鞋都很破了，玉娇龙又问："你还回山寨里去吗？"

罗小虎说："我还得回去一趟，我得去把那些马匹卖了，将钱分给我手下的人，叫他们各自去谋生。不然他们一定还得缠住我，不能叫我一个人把手洗干净了，去奔正路。"

玉娇龙又问："你山里那两个妇人，你想怎么处置呢？"

罗小虎说："那是他们给我弄来的，我一定要打发走。我跟他们混了一年多，他们也抢来过不少妇女，可是全都叫我给放了，因为我生平最恨人欺负妇女和小孩。我还时时想着，怕那些被抢的妇女之中就有我的胞妹，所以前天你一到我的寨里去，我就先问你是河南人不是！我原想着你这样的美貌，你这样的武艺，必是我的胞妹，可是没想到原来你是玉小姐。"

玉娇龙问说："你的胞妹也会武艺吗？"

罗小虎摇头说："不一定，可是我总想我的妹妹是貌美绝伦，武艺高强！"说到这里，他不由得又唱了起来："天地冥冥降闵凶，我家兄妹太飘零……"玉娇龙禁不住笑了。

他们且谈且走，两匹马相并行着，就在这草原之上又走了二十多里地，前面又发现了一片马群，罗小虎就说："我们避着马群吧，倘若遇见哈萨克人，言语不通，难免发生纠纷。"当下他拨马偏南，玉娇龙挥鞭跟上了他。

这时忽见由那边马群之中，跑过来一骑黑马，罗小虎立时勒住马说："快把弩箭交给我！"玉娇龙却已然看出来，那边骑马来的正是那哈萨克女子美霞。待了一会儿，罗小虎也看出来了，就笑说："这姑娘的马术也很好，只是她的鼻子长得太高。"

此时那美霞的马已如一支飞箭似地来到，这姑娘在马上招手问玉娇龙："你还回去吗？"玉娇龙收住了马向她招手。

美霞近前来，看了看罗小虎，又看了看玉娇龙，仿佛很诧异的样子，就问说："你们是一家人？"

玉娇龙脸红了红，摇头说："不是，他是送我回去的。"

美霞说："你要回哪里去呢？将来你还能找我来吗？"

玉娇龙说："不一定，不过我要到趟伊犁，将来还要回且末县。如果能路过这里，我一定要去看你。"美霞又说："你的马匹跟那口宝剑还在我那里，你同我去取吧！"玉娇龙说："你那帐篷离这里远吗？"美霞回手用鞭一指，说："不远，就在那里！"

玉娇龙就向罗小虎说："那匹马我倒不想再要，只是那口剑是我父亲之物，虽非宝剑，可也是个古物了，我想要取回来！"

罗小虎在马上伸头向那边的马群去看，只见黑压压的一望无边，罗小虎就说："他们哈萨克人的马鞭子是靠不住的，她随手一指，说不定就得走一二百里，才能到她们的帐篷。一耽误了时间，可就越发追不上你们的车马了，不如先将宝剑寄存在她那里，将来我再设法给你送去。"

玉娇龙点了点头，向美霞说："我们因为要赶路，没工夫再去跟你取那口宝剑，暂且寄存在你那里，将来或是我，或是他，再去取。那匹马就奉送给你了，我们再会吧！"她向美霞一点头，微微地笑着，美霞就勒住马在那里，目送他们这两匹马顺着广阔的草原去远。

此时罗小虎的黑马在前，玉娇龙的红马在后，她已将那小弩弓和细箭全都收在怀中，脸上仍然罩着罗帕，纵马速行，并不多谈话。走过了草原，又是沙漠。沙漠中虽然没遇见大风，可是人饥马渴，太阳晒得玉娇龙的身上都出了汗，罗小虎就又把胸前的纽扣解开了。

找了个沙岗的后面，二人下了马。罗小虎把干粮和水碗取出来，玉娇龙就坐在沙地上，拿着干粮吃，由牛皮口袋里倒出水来喝。罗小虎热得脱去了上身衣裳，露出他健壮的胳膊和左臂上被熊咬的伤，以及前胸上的那贴膏药。他很敏捷饮食喂马，并且拿了大块干粮嚼，就着牛皮袋口咕嘟咕嘟地喝凉水，然后就躺在沙子上歇息。

玉娇龙就坐在他的身旁，四下去看，只见连天的黑沙，并无一人一物。天作深蓝色，白云如丝，袅袅的如她的心。玉娇龙就也躺在沙子上，忽然又流下泪来。罗小虎赶紧坐起来，坐在她的身旁，关心地问说："怎么了？玉小姐你伤心了吗？"

玉娇龙摇了摇头，眼泪顺着鬓发落在沙子上，她说："你别呼我作小姐，我的名字叫作娇龙。到现在我恨我那师父，他不该卖弄才能，背着我的父母传给我武艺，我尤其恨我得了两卷说拳剑的书籍，弄得我不能安分随着我的父母做小姐！"

罗小虎就说："莫非你又不愿意回去了吗？那可容易，我也不必去谋什么出身了，更不必当强盗，咱们俩就在这沙漠跟草地上过日子，保管有吃有喝，也有马骑！"

玉娇龙摇摇头，又说："我也不愿久离我的母亲！小虎！我跟你相遇真是做梦也没想到，我的性情最骄傲，但我被你制服了。我眼中除去了我父母之外，再没有别的人，可是此后我将永远忘不了你！你可千万也要永远想着我！为我，你要好好地致力前途，将来我们永远在一起。但是，眼前我们就要分离了！即使高老师能够将你收容，可是你在外面，我在闺中，我们也不能再时时见面，我也实在不放心你！"

罗小虎发了半天怔，就摇头说："不要紧！以后我们见面也很容易，你放心，一年之后我必能做个大官，我必能娶你！"

玉娇龙又叫着说："小虎！云！

"小虎答应着，他们两颗热烈的情心，如在这荒沙之间开放了美丽的花朵，如从荒沙里滚出汹涌不断的甘泉。此时天上的云丝都绕成了一团一团的，在他们的眼前轻轻地飘荡，似乎望着他们。大漠中常有的狂风这时也不起了，沙粒都安静地躺着，听不见骆驼的铃声，听不见雄鸡的叫声，两匹马也都躺在沙上，跟他们一样，都不想走了。

过了许多时，罗小虎才爬起来，备好了马匹，搀着玉娇龙又上了马。他依然策马领路前行，玉娇龙却懒懒地不愿快走，她就与罗小虎且行且谈，越谈越觉着亲密。走出了沙漠，又是一片草地，并有稀稀的田庄。两匹马踏着青草又走有十来里地，罗小虎就勒住马不往前走了，他指着远远的一片树林，说："那边就叫白沙岗，你们那队车辆昨天就宿在那里，他们因为你丢失了，寻不着你，所以他们不能往下走，此时一定还都在那里。你就去吧！我因怕那营兵里有人认得我，所以我不能往那边去。"

　　玉娇龙将马催近了两步，紧紧挨着罗小虎，恋恋不舍地问说："那么你现在要往哪里去呢？"

　　罗小虎说："我先到个别的地方去。记住了，此处名叫秦州村，这一带的农家多半是由秦州移到这开垦的。明天早晨我到这里，如若你那老师果然名叫高朗秋，就请他明天来此见我！"

　　玉娇龙皱皱眉说："万一他不是你那恩人呢？"罗小虎说："他若不是，我会另去找出身，早晚我要和你相会！"玉娇龙眼睛一阵酸，又说："你可千万珍重，身上的伤必须好好医治！"罗小虎拍着胸脯说："这不要紧！"玉娇龙又说："也不可忧烦，我跟你说的那些话可都须切记！"罗小虎点头说："不劳你嘱咐。我再也找不到你这样美貌的人，我为要早些娶你，我一定好好去谋个出身！"

　　玉娇龙拭泪说："那么咱们再会吧！"罗小虎也说了声："再会！"他的两只雄彪彪的眼睛直瞪着芳容黯淡的玉娇龙，玉娇龙就策马走了，且走且回头。这时天上的云光已变为金红色，草原上的晚风渐渐吹紧，玉娇龙的健马俏影渐渐小了，走远了。

　　原来不远就是白沙岗，那里并不是个市镇，只有一个驿站，有四五户农家，日前，玉太太那队车马由沙漠之中逃出，就栖止在这里。这里的驿吏只能腾出两间房来，请玉太太和丫鬟们跟那几个小官员的家眷们居住，其余的人有的投宿在农家，有的就在车上睡。除了细软之物，一切东西都存放在车上，因为没有地方去搁。前夜可就有贼人从车上偷去了一个包裹，包裹里是小姐的衣物，东西丢得虽然不算多，可是把一些人吓得都不得了。

尤其听一个农人说，就是那天，有两个骑马的人深夜来敲门，把他们叫起，问："在这里停留的车辆是什么人的？有位姑娘现在还在沙漠里，她是不是这里官眷中的什么人？"这农人说："我把实话都告诉那两个骑马的人了。那两人都长得很凶悍，都带着刀，说不定就是半天云特意来此打听消息，还想要打劫。"因此，这里的一些差官和营兵们全都惊心丧胆，都说："这地方可不行，不能多住，还是再走一程到克里雅城吧！"

玉太太却因女儿在沙漠中失了踪，忧烦得时时哭泣，不愿意走远，怕把女儿单独抛在茫茫的沙漠里，所以就派差官营兵找遍了沙漠。找了两天，可始终也没寻出小姐的踪影，众人都说："小姐一定是半天云给抢去了，在这里越耽搁日子多了就越坏，这非得到克里雅城去勾来大队的官兵，才能由半天云的贼群之中将小姐救出。"

但是，那位高师爷又忽然病了。他是住在一家农人的小土屋里，向他的妻子碧眼狐狸说："你去告诉太太，自管往下走吧，玉小姐必然无虞，不等咱们走到伊犁，她一定已然先走到那里了！"

高师娘把这话告诉了玉太太，玉太太却说："这是高师爷病了，他口中说的胡话。"所以玉太太死也不走，非得寻着了小姐她才能放心起身。

大家都得听太太的话，所以虽住在这小小的驿站上，时时恐怕强盗袭来，可是大家又都不能走。所幸此地水源倒还富足，粮草也还够用，但是小姐一天寻不着，众人就要一天困在这里。

就在众人忧心叹气的时候，忽然小姐单身归来，而且骑来的是一匹赤兔马，马上还有一个牛皮水袋和装干粮的口袋。这些营兵和几个差官看见了小姐，就如同见了天仙忽然下凡似的，一齐都欢呼着说："小姐回来啦！"这么一喊，早有仆妇丫鬟由驿站的小房里跑出来，都惊喜着把小姐搀下马去。小姐微微地喘气，脸有些红，就进到里面见了她母亲。

玉太太真疑惑自己是做了一梦，她把女儿详细地看了又看，就流着泪说："龙儿，这两天你上哪儿去啦？你可真急死我啦！"

玉娇龙却说："那天刮着大风，我在车上被个强盗揪了下去，抢走了。在风沙里走了很远，我就用手打那强盗；强盗一怒把我推下了马去，我就摔死过去了，就在沙地上躺了一夜。第二天早晨被一个放马的哈萨克姑娘把我救了，那姑娘待我很好，她也会说咱们的话，她把我带到她的帐篷里，又住了一天，今天是她打听出母亲等人驻在这里，她给我备了马，还给我马上带上了粮食跟水，指告了我路径，我这才回来！"

玉太太说："哎呀！这位哈萨克姑娘可真好！明天咱们赶紧派人去谢谢她吧！"玉娇龙摆手说："暂时不用，我已经跟她约好，将来我们由伊犁回来时再去看她。"旁边有小官员的家眷就说："这一定是神佛指点，特意叫那姑娘去救小姐，不然在沙漠里就是有人去救，要是个男子也不方便呀！"

玉娇龙又问："我的老师和师娘怎样了？他们那天没遇着什么惊险吗？"

她母亲玉太太叹了口气，说："还提呢！你那老师那天也叫强盗给拉下车去，被烈马连踢了几下，受了惊吓。当时还不觉怎样，一来到这里，他就起不来了，现在是住在外边一个农人家里。听说今天他发烧得很厉害，人事不省，口中直说胡话，他催着叫我们离开这里，他说你绝丢失不了，你会一个人走到伊犁去。"

玉娇龙听了不禁神色一变，赶紧说："我去看看他老人家吧！"

旁边的丫鬟们说："小姐且歇一歇，换上衣服再去吧！这次出来把小姐的衣服带得很多，可是前天晚上来到这儿，因为这儿的地方小，车上的东西就没全拿下来，不知怎么会丢失了一个包裹。"

玉娇龙不等这丫鬟说完，就摆手说："那不要紧！"

因为这屋子太小，连玉太太都退了出去，叫女儿换衣服。少时，玉娇龙就换上了新绸子的内衣裤，外罩雪青色的缎袷袍，仆妇又给她梳洗头发，重编辫子。屋中已点起了烛台，丫鬟送上来红茶、糕点，玉娇龙却都不去食用，她只急急地要去见她的老师高云雁。玉太太也想着：自七八岁时，女儿就做了高师爷的学生，如今高师爷在沙漠中遇了凶险，得了重病，也难怪女儿对他放心不下。当下玉太太就派了三个仆妇随去，并叫了两名差官、十名营兵，护送小姐去看高老师。

此时，天上的云影已然发黑，暮鸦成群在空中飞叫，从沙漠和草原那边吹来的晚风，是越发地寒冷了。其实高朗秋所住的那处人家，距这驿舍不过是二三十步远，可是营兵个个持刀拥护，就仿佛玉娇龙是什么显官要员似的。她来到了这人家，就进了高朗秋栖住的那间小屋之内。这屋子真窄，除了炕上躺着的高朗秋，炕前坐着的高师娘，就几乎再无隙地了，玉娇龙一进屋，她的身后就是用草扎成的屋门。

屋中太暗，看不清高朗秋的病容怎样，只见高师娘霍地站起她那高大的身躯，道："小姐你回来了？这两天内你一定见了不少的事，到底是徒弟比师父强，你师父只为那天被马踢了几下，就爬不起来了。小姐，我们还以为你单枪匹马跑到伊犁去呢！"

碧眼狐狸这样高声地说话，身旁的高朗秋就揪住她的胳膊，连说："悄声，悄声！"又喘吁了几声，声音微弱地说："娇龙！我怕一病不起，当着你的师娘，你说实话也不要紧，我那两卷书，你是否已经抄出了副本？"

玉娇龙说："师父且不要问这话，我先问师父，你是否名叫高朗秋？"

碧眼狐狸突然抓住了玉娇龙的手，悄声问说："他教了你十多年，难道他的真名字你都不知道？"此时高朗秋又呻吟着说："我没做过欺人枉法之事，真名字被人知道了也不要紧！只是，奇怪，你是听谁说的？"玉娇龙悄声对碧眼狐狸说："请师娘暂且出屋，我要跟师父说一两句话！"碧眼狐狸却嘿嘿笑着，大声说："哎呀真奇怪！女徒要跟老师说话，还有叫师娘躲开的吗？"

此时屋门开了，两个仆妇站在屋外，都说："请小姐回去吧！不然太太又不放心，叫师爷跟师娘歇歇吧！"碧眼狐狸笑着说："对啦！小姐请回吧！待会儿想着把那两本书送回来就是了。"高朗秋躺着长长地叹了口气，玉娇龙只好转身出去。

营兵们把她保护着回到驿舍，她便同她母亲在一起用饭。这菜饭虽然比不得她们在且末城时那一向的享用，可是比跟罗小虎在一起的那些要强得多了，但她竟不能够下咽。今天，仅仅知道了高云雁即是高朗秋，罗小虎所唱的那首歌是他编的，罗小虎的家门惨史、妹弟的下落也都只有他知道，只有他才能帮助罗小虎将一个草莽的英雄引上正路。可是，又偏偏有那高师娘从中作梗，不能叫自己将话对他说明。玉娇龙手持着筷箸闷想着，忽然她把筷箸放下，眼睛一瞪，心中想着：今晚我就去，先将高师娘杀死，然后对高朗秋说明，请他明天带病到秦州村见一见小虎，以后求他给小虎谋个出身……

这时她母亲玉太太却瞪着眼睛看她，慈爱地说："龙儿！你怎么一点儿饭也不吃呀？你别净想着这两天的事啦唉！这次咱们真真不应该出这趟远门儿！"绣香也在旁说："我给小姐热点酒，叫小姐定定神吧？"玉娇龙却急躁地说："不用！"又见她母亲惊讶地望着她，她就勉强地噗哧一笑，说："妈妈！我真想再回到那沙漠里去！那沙漠里真好，有马，有人唱歌……"

忽然她听得窗外真像是有人唱歌，她吃了一惊，赶紧侧耳细听，原来不是，是在窗外守卫的一个营兵，嘴里哼哼着梆子腔。玉太太就叫仆妇出屋去吩咐，说："叫他们规矩点儿！因为小姐回来了！夜里还得加严防备，要仔细防备半天云那伙强盗再来抢劫。"玉娇龙听她母亲口中说出了"半天云"三个字，不由得脸上突然一下热了，站起身来，背着灯烛。

这时玉太太又连声叹气，叫绣香给小姐收拾床铺，让小姐歇息。这位太太拭了拭眼泪，向女儿说："将来见了你父亲，我也得瞒着，不能叫他知道你在沙漠里丢失了两天两夜的事，虽然你可也没有什么丑错，但是，我究竟对不起他呀！"玉娇龙忽然心中又一阵难受，眼睛觉着发酸。

少时，绣香已铺好了床铺，请小姐去歇息。这小屋中除了她母亲和一个仆妇、一个丫鬟之外，还有五个官员的太太也在此睡觉。这许多人都在一间屋里，玉娇龙还没有受过。她想起昨夜与罗小虎在一起的时光，那是多么惊奇而缠绵呢！她辗转寻思，忽悲忽喜一夜，听窗外永远有巡更声、人的往来脚步声和刀鞘摩在靴子上的声音，她虽想要偷偷起来去见师父高朗秋，但是却不能够。她又想不出这时罗小虎是在哪里？荒凉的沙漠？广阔的草原？可怜的他究竟栖止在何处呢？……玉娇龙想再听听那悲壮苍凉的歌声，然而，听不见了！

到了次日，一清早，玉娇龙就见这里的人都忙乱起来，丫鬟仆妇们都急急地收拾东西，外面也是马嘶车响，原来大家就要即时动身。玉娇龙赶紧问他母亲说："高老师那样重的病，他怎能随着咱们走呢？不如我去告诉他，叫他就在这里养病吧！"玉太太却说："你不用去，叫钱妈去问问他吧！"于是就派钱妈去了。

待了一会儿，钱妈回来了，说："高师娘也收拾好了东西啦，她要一辆车，要送高师爷回且末城去养病。她说在这地方，高师爷的病也绝养不好！"玉太太就说："这也好，就叫张差官带四个营兵送他夫妇回去吧！"

玉娇龙心中明白，那高师娘一定是借辞回去，要去搜自己那两卷书。关于书的事，玉娇龙倒是用不着担心，因为她看见自己的那只装首饰的木匣正提在绣香的手里，那链上的铜锁安然未动，高师娘就是回去，到自己早先住的房中去搜索，也是白费事。只是，无论如何自己也得再见高朗秋一面，并且须背着人跟他说几句话。于是她就向她的母亲请求说："我想再去看看我的老师，因为我昨天看见他老人家的病体十分沉重。今后我们到伊犁去，他到且末城去养病。他那么大年岁，就许从此与我见不着了！"

玉太太面上却现出不悦之色，说："你也是个大姑娘了，对于老师也不可太近。何况高师爷也未必就死，他只是惊吓得糊涂了，前天我要是听了他的话，你回来了也找不着我们了。走吧！赶紧到克里雅城去歇息两日，再往伊犁去吧！我看你由昨天回来到现在，仿佛精神总是不安！"玉娇龙的心如同被她母亲用针刺了一下，便不敢再言语。待了一会儿，差官就隔着窗子请示，问说："是否即刻动身？"玉太太吩咐："即刻就走！"

当下外面的车马愈乱，玉太太带着玉娇龙出去，她命女儿跟她坐在一辆车上。玉娇龙的心里很难过，可是面上也不大敢现出愁态。她先由丫鬟搀上车去，坐在车里，她的母亲就坐在她的前面，并且放着车帘。跨车辕的是一个仆妇和一个赶车的。她就得听车声辚辚地响，马蹄嘚嘚急敲着，她母女坐的这辆车也颠动着走了。她母亲的身子挡着车窗。她也不能扒着车窗向外去看。她想着这时车马或已走到了草原。那罗小虎也许正在远处骑着马向他们这队车马张望着呢。唉！"侯门一去深似海，从此萧郎是路人。"玉娇龙的心坎里突然想起了这两句诗，她不禁悲伤欲绝，在她母亲的身后滴下了眼泪。此时只觉车轮愈急，马蹄愈骤，又觉风在窗外呼呼地响，玉娇龙又盼望再刮起一场狂风，自己再趁势逃出去，再与罗小虎相会，可是，沿路无事。

　　至傍晚时，这一队车马就进了克里雅城。克里雅城即是于阗县，在这里有县官，有总镇。如今玉领队大臣的官眷来到这里，本地朱总镇赶紧请玉太太和小姐到他的衙门内宅里面休息，朱总镇的夫人恭谨接待。玉太太就告诉了走在沙漠遇匪之事，朱总镇不住地告罪，自认查办不严，致使官眷受惊。所以，次日朱总镇就带领了大队的官兵往沙漠中去剿捕大盗半天云的盗众。

　　玉娇龙听见了这个消息，非常担心。但是她母亲却觉得这里给预备的地方狭小，不愿多住，又吩咐起程。本地的朱总镇便亲率官兵，保护着送到了和阗（今和田）县。在和阗县又休息了一晚。次日再起程到莎车县，由莎车县又加派了人员保护北上。

　　一路风尘，越走越离着沙漠远了，玉娇龙时时担心着罗小虎。不知小虎在哪里，也不知经过克里雅城的官兵征剿之后，他是被捕了，还是能够侥幸脱身？玉娇龙时时吞咽着眼泪，但被母亲监守着，仆婢拥护着，她一步也不能离开。

　　又行走了几天，才来到伊犁。伊犁的将军是一省最高级的长官，因为与她家也是亲戚，所以早为她母女预备下了行馆。她也在此见着了她的母舅瑞大臣和她的舅母于夫人。她还有两位表姊，都比她的年岁略长，一个叫玉清，一个叫玉润，娇龙一来到，当然表姊妹是住在一起。

　　这里的居住和饮食，是比玉娇龙在家里时还要舒适些、豪华些，而且庭中的芍药已然开放，粉白纷披，芳香怡人。舅母又很和善，两位表姊也都知书会画，女红尤为精巧。服侍她们的丫鬟仆妇也都是个个驯服。只是玉娇龙的一颗心仍时时驰往于荒沙旷野之中。她不耐烦陪伴着舅母谈说家庭琐事，聆听闺阁的训言。她更恨两个表姊日夜跟她在一起，问她什么《女四书》《列女传》，并弄些针线搅扰她的心。只是这里有一只小猫，全身是雪白的毛，只鼻梁上有一块黑，是她舅母由北京带了来的，因为见她喜爱，就送给她了。别人都管这猫叫作"雪中送炭"。可是玉娇龙给这个猫起了个名字，叫它"雪虎"。她时常把猫紧紧地抱在怀里，叫着："雪虎！雪虎！"有时不觉地就把"雪虎"叫成了"小虎"，假若此时身边没有人，

第
六
回

大漠听悲歌寻香惹爱
满城来风雨卧虎藏龙

她就不禁落下几点眼泪。

她每天虽然必须盛装艳容，可是从镜里她知道自己已比以前瘦了。她的首饰匣中有四卷书，其中两卷是很小的本子，抄得很潦草。那是她在十一岁时，她师父高云雁第一次外出，把木匣交给她代存之时，她就自出匠心，拿个小铁片磨成一个钥匙，将匣子开了，将书发现，她以两个月的工夫将全书抄得，并订成了容易收藏的小册。这几年来，她背着师父，背着一切的人，在暗中刻苦地练习。还有两卷书，那就是江南鹤手录的原本。这是当碧眼狐狸高师娘被她师父领到且末城中的那一天，玉娇龙就查看出来高师娘的来历可疑，她与高云雁必不是夫妇。所以那夜里，玉娇龙就到高云雁碧眼狐狸所住的小院中去探窥，果然被她探出，碧眼狐狸是为这两卷书而来的。玉娇龙的心中就发生了嫉妒，她知道她师父虽然精研此书，但是她师父的胆气太小，而且是照着念书的方式去研究，不会活用。但这书若被一个武艺已有了根底的人得了去，一二年后，这人就将成为自己的劲敌了。因此在那夜，玉娇龙就纵火烧屋，趁势将这两卷原书也得到手里。她将这正副两种本子，永远随身珍藏，这次她是装在了她的一个一尺见方的乌木首饰匣内，交给丫鬟绣香收着。可是来到这里，因为两个表姊时时在旁，她竟连匣子也不敢打开。

她的表姊们都有很多的金翠的首饰，腕上的镯子差不多是一天一换，仿佛故意向她炫示似的；可是她竟什么也拿不出来。那书上所绘的图式她倒是不必时时翻阅，因她早已在心中记得娴熟，只是这身手，若是不时常地练习，只在深闺中消磨，若再有半载，她就将成了普通女子一样的纤弱。所以，她大胆地在深夜两个表姊熟睡之时，悄悄地出屋，在庭前打拳拟剑，往房上房下蹿越。她住的这虽是衙署的重地。日夜都有人巡逻，可是她这样夜夜练习，竟没有一个人察觉。因此她就想盗马出城去找罗小虎，可是又难以离开她的母亲。所以她的身手、武艺不但都没有搁下，而且还日日进步，但是她的心永是十分优柔寡断，甘愿被情思煎熬，却没有决然一走的勇气。

过了一个月之后，她的母舅就要携眷离伊犁赴任去了。她们母女也应当就回且末城，可是因为天气已至初夏，沙漠中炎热难行，又不得不暂留于此地。玉娇龙觉得非常苦恼。忽有一日，高师娘突然身穿重孝来到，原来高朗秋已于月前死在且末城了。这件事真给了玉娇龙一个严重的打击。她当着人就哭泣起来，别人只说她感念师恩，却不知道她是另有隐痛。因为高师娘一来到，夜间她也不敢再出去练武了。

高师娘是跟仆妇们住在一起，正房里还有两位表小姐，穿着孝的人是不能到这屋里来的，所以她不能常跟玉娇龙见面，见了面也是不能说什么话的。但是，有一日深夜子时以后，玉娇龙忽觉外房门微响，有一个人进来，就伏在了她的床下。玉娇龙伸手一摸，摸着床下人的头上的发髻，她也毫不惊慌，用低微的声音向床下说："到外面去等我！"床下的人似乎微微冷笑，就爬着又悄悄地出屋去了。玉娇龙也轻轻地下了床，此时屋中睡着她两个表姊，外间还有一个丫鬟、一个仆妇，但都不知道这屋中先后有两个人进出。

碧眼狐狸高师娘到外面蹲地下，一见玉娇龙出屋来了，她就蓦然站起来，走上前来，一把就将玉娇龙抓住，冷笑着，悄声说："你放心！我来没有别的事，就是你师父在死前说那两卷书是在你的手里，叫我来向你索要，你拿出来便没事，不然你可……"

碧眼狐狸才说到这里，忽觉玉娇龙用手指向她的左肋点去，她大惊，赶紧用右手去揉，同时又翻左手向玉娇龙去打。不料被玉娇龙用手托住，下面一脚，碧眼狐狸就咕咚一声坐在了地下。她大怒，挺身而起，不料玉娇龙如闪电般地赶到，向她的前胸又是一脚。碧眼狐狸闪身跑开，飞身上了房，想掀房瓦向下去打，却不料脑门子忽然一痛，被一支小箭射中了，痛得不禁哎啊一声。玉娇龙却如狸猫似的扑上房来，碧眼狐狸伸手要去点穴，更不料玉娇龙早已抄住了她的腕子，反手一摔，身后又一脚。碧眼狐狸就啪嚓一声整个身子摔在房瓦上。玉娇龙就骑着她的身子，手按着她的双臂，碧眼狐狸极力挣扎，却不能够。她就说："我要嚷了！我嚷嚷起来，我被拿住，可也于你没有好处！"

玉娇龙却冷笑着，悄声说："我不怕！至多叫人知道了我会武艺，但你是个江洋大盗，我早已看出来了，只要捉住了你，翻起了你的旧案，你就休想活命！"

　　碧眼狐狸的身体有些颤抖，就悄声央求说："你放了我! 我就走! 那两卷书我也不跟你要了。"

　　玉娇龙说："你要我也不能给你，今天你也可以看出了，我的武艺准比高云雁还强上百倍。无论你怎么抵抗，也是无用; 无论你跑到哪儿去，我也能当时就把你捉回来。以后你就得依从我，我叫你怎样，你就得怎样，不许违背我的话。当然，我也不能错待了你，慢慢我还要把书中的武艺传授给你呢，你应不应? 快说!"

　　碧眼狐狸这时忽然悲泣起来，她哽咽着说："我应! 我应! 我现在本是无处容身，我当初的事都做错了，如果小姐你肯收留我，我为什么不愿过安适的日子呢? 只是你师父临死时劝我赶紧逃去，他说你心毒手辣，必定容不下我!"

　　玉娇龙冷笑说："我师父他是不晓得我，我待你如何，以后你就知道了!" 当下她将碧眼狐狸放了手，先跳下了房去，回到房中安眠。

　　到了次日，她大表姊就说："昨天半夜里，我听见房上瓦响，吓得我用被蒙上头，我怕是闹贼!" 玉娇龙先是故作诧异，继而就笑着，摇头说："没有的事! 贼人无论如何大胆，也绝不敢到这儿来呀!"

　　当天，那碧眼狐狸高师娘就装病了，她用白布箍住头，说是头痛。玉娇龙还特别到她屋中去看她，并说："师父已死，师娘你也不必伤心了! 你一定是因为路上劳顿，所以才头痛。你就放心休息吧，我们怎样待我的师父，也就怎样待你!" 碧眼狐狸口中只得道谢。

　　玉娇龙见自己已将这个凶悍的贼婆制住了，心中很是高兴。她原想派她借个辞出去，找着罗小虎，替她传递一封信，以表示相思之情，劝罗小虎速谋个出身，可是又怕碧眼狐狸靠不住，倘若将自己钟情巨盗半天云的证据落在她的手里，那她反倒能将自己挟制住了。玉娇龙心中犹豫不决，无论怎样想主意，也无法得知罗小虎的近况。她正在忧愁，时时想象着那辽远的沙漠，暗诵到"天地冥冥降闵凶，我家兄妹太飘零"那首残缺不全的诗歌，她就不禁为那个身世凄凉，从困难之中长大，现在又失去了情人的少年英雄而惋惜，坠泪。

　　又两三个月，此时已到夏去秋来，忽然她的父亲玉大人从京城回来了。玉大人在伊犁拜访了几日亲友，便定了日期携眷回任。到起身的那天，正是个新秋晴朗的日子，这次比来的时候声势可又大得多了，车四十多辆，马一百余匹，五十名差官带着百余名营兵。玉大人有时坐在车上，有时也骑着马押护，威风赫赫，直往且末城。玉娇龙的车上倒是只有丫鬟绣香和绣香替她拿着的首饰匣、抱着的猫儿"雪虎"。但是这时即或再有一阵大风，可也未必敢有强盗再来打劫了。玉娇龙也绝无办法再乘风走去了，她如被囚在笼中的小鸟。

离伊犁走了三天，就见车马已走入了草原地带，此时草地的草色已变为枯黄，成千整万的牛马嘶着西风，差官、营兵全都振作着精神走着。玉娇龙隔着车窗就听他们互相谈说道："放心走吧! 连夜走都不要紧，这次绝不能像来时那样了，沙漠里现在没有强盗了，半天云那伙人早就叫官兵剿得一个也不剩了!"玉娇龙无意听到了这话，心就如同被利刃扎了一下似的，悲伤地想: 怪不得半载以来听不见罗小虎的音信，莫非他早已死了吗? 他死之前也没得见着他的恩人高朗秋，也没得见着我，他真是苦命! 玉娇龙这样地想着，就十分伤心。

过了草原，又是沙漠，她不禁又想起几个月前，与罗小虎共卧沙上，对倾心曲，那一种缠绵难忘的情景。现在，真不知罗小虎的尸骨埋在哪里了! 玉娇龙暗暗地拭泪，绣香看她出来了，就问说："小姐，您是怎么啦? 一来到这儿，您又想起以前的事情来了吧? 不要紧，这次有大人保护着，就是再遇见大风，半天云也不敢再抢咱们来了!"又笑着说："您抱着雪虎吧! 它不愿叫我抱着，直抓我，它是想小姐!"这个不解事的丫鬟，把个猫儿放在了小姐的膝上，她原想借着猫儿解开小姐的忧惧。可是没想到，小姐的眼泪反簌簌地如同小雨点一般落在了猫儿雪白的毛上。

此时车马已走进了大漠的腹心，马蹄迟重，车轮迟缓，个个人都不作声，都不说话，沉重严肃地进行。玉娇龙柔肠宛转，自己也不知泪怎么会这样地多。又走了半天，忽听……呀! 哪来的歌声，雄壮而苍凉，字句很真切，唱的正是："天地冥冥降闵凶，我家兄妹太飘零……"

玉娇龙大惊，就听车外人声马声都嘈杂起来了，有人嚷着说："大胡子! 一定是半天云!"又听她父亲玉大人怒喊着说："放箭!"只听嗖嗖箭声急响。

玉娇龙心头一下一下地紧痛,她泪如泉涌,双手按住自己的胸口。丫鬟绣香吓得面色惨白,也靠在她的身上。这时却听外面高昂的声音仍急急地唱着:"父遭不测母仰药,扶孤仗义赖同宗。我家家世出四知,惟我兄妹不相知!"外面箭声愈急,车也忽然停止住了,就听她父亲玉大人咆哮地说道:"追!杀!捉不住贼人你们都不要回来!"喊声中夹杂着紧急的箭声、杂乱的马蹄声,并有"我名曰虎弟曰豹,尚有英芳是女儿"歌声仍然忽断忽续,显见这人是一边骑着马飞奔,一边唱出的,歌声渐渐地远了。

玉娇龙把猫和绣香全都推开,爬出车去,站在车辕上向远处望去,就见有三四十名骑着马的营兵,都持弓握刀向北追赶去了。那北边极远之处有几匹马,马上的人时时回身,也似在向营兵们放箭。一霎之时,那几个贼骑就跑过了沙坡,玉娇龙却始终也没看见罗小虎。

这里大队的车辆全已停住,差官营兵们都刀光闪闪地保护住了车辆。玉大人骑在紫色大马之上,手举宝剑,高呼着:"追!"他虽是背着身,只见他花白的胡须被风吹得乱动,玉娇龙赶紧又回到了车里。她又担心,又悲痛,又愤恨,紧紧地咬着牙,枉然地落着泪。绣香吓得已缩成一团儿,猫儿卧在车角里仍然睡觉,外面是一片怕人的岑寂。

少时谈话声又渐渐地沸起,仆妇和丫鬟都过来掀开车帘看小姐,并安慰着说:"小姐放心吧!强盗已被咱们这里的兵给赶跑了!"玉娇龙拭着泪,摇头说:"我倒是不怎么怕,只是太太现在怎么样?"仆妇说:"太太倒也没受着什么惊恐。"

玉娇龙叫绣香给她穿上鞋,仆妇挽着她下车去,到前几辆车旁去看慰她的母亲,玉太太说:"我倒没有什么,你没受什么惊吓我就放心了。这次贼来得不多,只是四五个人,你没听见刚才有个贼人直唱吗?"

玉娇龙拭泪摇头说:"我没听见!"

玉太太说:"你回车去歇息吧!待会儿就能把贼人捉了来,那半天云真胆大,也不知是个什么人?"

旁边有仆妇说:"我看见啦!那贼人是个长鬓胡子,头发也挺长,跟个恶鬼似的,骑着黑马,嘴里还唱着。"

玉娇龙心痛得觉着站立不住，两个仆妇又把她搀回车上去。她很担心，就想：如果少时官人把罗小虎捉获送来，在车前枭首，他的血都流在沙子上，我的心将怎么受呢？她担忧了多时，忽听又是一阵杂乱的马声，又听她父亲震怒地喊道："你们还都有脸回来，贼人一个也没擒来？混账！饭桶！"玉娇龙这才放下了心，知道罗小虎已然逃走。她很钦佩罗小虎的英勇、矫捷，但是又不由得发恨，暗想：别后半载，你依然在此为盗，你也太没有志气了！你这样，我可怎能和你相见呢？……因此，她的泪又不住地流。

车身又移动了，外面玉大人震怒着，骂他手下的人无用，一面骂，一面愤愤地指挥着车马向前进。这里玉娇龙经绣香劝慰，不得不收住了眼泪。细想了半天，她的心是不怎样难过了，只是依然怀着幽怨。这种幽怨无处去说，除非给自己一匹马，让自己追上罗小虎，让自己痛快地数责他一番才行。

车马加紧前行，越过了沙漠，便找了驿站歇息。次日依然往下走去，又走了数日，便安抵了且末城。到衙前下车进内，玉娇龙倒觉得自己的家里有些生疏了，有个看守房屋的仆妇说："太太跟小姐走后，家里倒是没有什么事，只是高师爷、高师娘回来了，高师爷得病死了，小姐的屋里时时有响动，我们怕是闹鬼，都不敢在小姐的屋里住！"玉太太怒喝道："不许再说！本来小姐在路上就受了很多惊吓，如今才一回来你们就说这话，走开！"这个仆妇含着羞退出去了。

玉太太就向女儿说："你别信那话，你要不愿住你的屋子，你就搬来跟我住在一处吧！"玉娇龙却摇头说："我不害怕，我还要住我的那间屋。只是每晚叫高师娘跟我做伴好了。"玉太太犹疑了一下，但想高师娘的年岁也很老了，平日人又规矩，如今她丈夫死了，她也很是可怜。既然女儿喜欢她，那就叫她去一半陪伴，一半服侍，也很好。她上了年纪的人总比丫鬟还靠得住，遂就答应了。

由是，晚间玉娇龙就同碧眼狐狸住在一间屋内。玉娇龙本来心情不好，但自她与碧眼狐狸住在一起之后，每晚碧眼狐狸必要跟她说许多话，倒解去了一些愁闷。碧眼狐狸就跟玉娇龙说了她自二十岁时走江湖，至今三十年来所遇到的一些稀奇古怪的事情，说她自鸣得意其实是凶狠淫

贱的种种行为，说高山大河、名侠悍盗，并说她与高朗秋的关系，以及她
怎样害死哑巴，高朗秋又怎样从她手中骗去了那两卷奇书之事，等等。因
此，玉娇龙凭空知道了闺阁之外的许多事情，这些事情使得她惊异、羡
慕，也解去了她心中的一些愁闷。

碧眼狐狸的意思现在倒是没有什么，她在江湖漂流的年数太多了，
外面所结下的仇人，所作下的大案，所招惹下的那些必欲捉获她而后甘
心的各地名捕，也是太多了。现在玉娇龙待她很好，吃喝很富足，每天除
了缝缝衣服，也没有什么事干，无论上下全都尊称她为"高师娘"，她倒
是很知足很安分。她只是时时防备着，万一被人发现了她是碧眼狐狸，官
人来捕，或是江南鹤来为他师兄报仇，到时她还是要设计逃走；并想逃的
时候还要带走玉娇龙，以做她的膀臂。所以她除了用江湖上的新奇事情，
做盗贼的种种潇洒引诱玉娇龙之外，并对玉娇龙极为恭顺；玉娇龙吩咐
她怎样做，她就怎样去做，决不违背。

玉娇龙是一面监视着她，一面又笼络她，原想着利用她去到沙漠中
找罗小虎，为自己传信，但是自己总对这碧眼狐狸还是不能放心，总不敢
把罗小虎之事向她公开说明。

不觉又过了几个月，此时天已严寒，郊外草木尽枯，野兽无法藏匿
了，正是打猎的时候。此时又值边疆平靖，衙中无事，玉大人几乎每日要
到郊外去打猎。他打猎时很是威风，至少要有二十名差官随行，带着鹰
犬、弓箭、火药枪等等，每天出去必能猎到许多狐狸、兔子、獐子等等。有
时一高兴也叫玉娇龙随行，玉娇龙总是带着丫鬟绣香和高师娘，但是她
对于打猎虽感兴趣，可是自己从来没动过手。她那现在已练得百发百中的
珍珠箭，本来不用鹰犬就可以捉狐射兔，但是她绝不显露。在她父亲的面
前，她只做出活泼、天真、胆小的样子。她父亲只知道女儿的骑术不错，
可是不知道女儿还有一身超人的武艺，更没想到跟着女儿的那个高师
娘，原是个江洋大盗。

有一天，玉娇龙又随着她的父亲在郊外打猎。她看见放出去的盘旋
于空际的飞鹰，颇感叹自己的武艺无处施用；又看见那撒出去的猎犬，猛
勇绝伦，又不禁地怜惜。想遥远沙漠中的那个人，那条勇猛强壮的汉子，

俊美多情的男子，飘零不幸的人，现在不知他怎么样了，因此又不禁一阵伤心。

此时天色阴沉，似有雪意，时间也不早了。但是玉大人因为今天得到的野物太少，便跟那些藏匿起来的野物赌上了气，他决定先不回去，非打不可。但又想到女儿如进城晚了也不大好，所以就派了两名差官，先护送小姐进城。

小姐玉娇龙是骑着一匹赤兔马，人都知道这匹马是个哈萨克族姑娘送给她的，但只有她自己才晓得这匹马的可悲伤可恋慕的来历。她头上戴着貂皮女帽，身披红缎大斗篷，薄底的绣花坤鞋蹬着黄铜镫，手戴着貂皮手套，提着皮鞭，握着缰绳。

高师娘跟绣香都坐在骡车里，绣香说："小姐您上车来吧！您拿暖炉暖暖手脚吧！"高师娘也说："要不，小姐您上车来，让我也学着骑骑马！"

玉娇龙摇摇头，微笑着说："我是最不喜欢坐车。"两个差官一个在前，一个在最后，玉娇龙的马傍着车走。骡子和马的口中都吐着白气，天是很寒，而且越来越阴沉，雪花已纷纷落下来了。

走到将进城门之时，碧眼狐狸忽从车里伸出头来，向南指着说："那边就是你老师的坟墓。那坟前不是有一座新立的碑吗？是你师父没死的时候托付衙门陈文案，陈文案上月才把那碑给他做好，才立上的。"

玉娇龙知道师父的坟上新立了一座碑，听说上面有碑文，她前些日就想要去看看，如今她父亲又没同行，她遂就吩咐车马站住，说："你们且等一等，我去看看我师父的坟，立时就回来。"遂催马跑了过去。

不一会儿就跑到坟前，只见坟上的蒿草未刈，新碑屹然。她下了马，于细微的雪花飘飘之下，看见碑的上面刻着篆文"绥江高先生云雁之墓"，背面是楷字，刻的是：

嗟尔高云雁　　绥江一儒生
胸怀秋月朗　　身世羽毛轻
尔曾读经史　　文章早有名
亦曾发韬略　　边疆树奇功
携剑游南北　　长揖傲公卿
肝胆交良友　　侠义拯孤伶
布衣五十载　　死葬且未城
虽死有遗憾　　人间犹不平
尚有侯门女　　雏凤作鹦声
更有杨小虎　　恩仇未分明
……

　　玉娇龙才读到这里，就十分惊讶。因为雪已越下越大，天已越来越黑，后面的字还很多，她也不能再向下去看。她只想将那"尚有侯门女"五个字铲去，但此时身边又没有刀剑，只得恨恨地上了马，赶上了车辆，进城回到衙内。

　　这时她的心中十分闷闷不乐，想着师父高云雁实在是不明白自己，他以为自己也是碧眼狐狸那样的人，并且以为自己将来比碧眼狐狸更能做出什么恶事，他真是想错了！或者是因他对我私抄书籍以及纵火烧房之事深为衔恨，所以临死时还气愤不出，作了诗，托人刻在碑上，来骂我劝我。他真是书生的度量，太狭窄了，太小器了。只是小虎，原来他是姓杨，怪不得他唱的那首歌有什么"我家家世出四知"的话。真奇怪！这高老师既叫小虎恩仇分明，可又不早告诉他实话，歌词又作得那么含混不明，是什么意思呢？真是书生的行为。无怪他读了数十年书，学了数十年的武艺，却不能做一点官，也不能做个侠客，并且连碧眼狐狸也制服不了，真是个酸书生，无用的人！

　　玉娇龙对她师父轻视着，并且有些愤恨，但她并未对碧眼狐狸露出一点儿意思。碧眼狐狸就悄悄问她，说："小姐，你没看见那碑上刻的是些什么字吗？"玉娇龙笑着说："看见了，是他自己作的一首诗，夸他的本领才学如何之大！"碧眼狐狸恨恨地说："那书呆子只会作诗，会骗人，早先那两本书若不是被他骗去，现在我得多么……"

　　玉娇龙微笑说："你手中就是有那两本书，你必也学不会，书上的图画虽明白，但没有细心地领会，巧妙地运用，也是不行的。你就别再挂念着那两卷书了，你也老了，即使再教给你，你也学不会了。你就安心地跟随着我，反正，只要有我庇护你，什么事你也不要怕。少时我要出去一趟。"

碧眼狐狸急问道："小姐你要出去做什么？"

玉娇龙笑说："因为我师父坟前新立的那座碑上有几个字，我要把它削去！"

碧眼狐狸说："过两天路过那里再把它削去吧！何必深夜又去一次？隔着一道城！"

玉娇龙说："隔着两道城也拦挡不住我！因为那碑上有一句骂我的话，我不即时削去，我不放心！并且还有骂你的话。"

碧眼狐狸气愤愤地说："他骂我什么？他病了那些日，不多亏我服侍？我又不是他的老婆，他也不是我的汉子！"

玉娇龙说："他骂我是枭鸟，骂你是淫狐！"

碧眼狐狸说："我去把他那座碑劈了！"

玉娇龙摆手将她拦住，说："你去把碑劈了，陈文案还能把碑重刻，因为他们生前是莫逆之交。再说那碑文除了两句是暗中骂我们之外，其余的话都与我们无干。少时我去，只把那两句话削下来就是，过后别人见了也不会怎样留心。"玉娇龙就叫碧眼狐狸给她预备下火镰、火石，并嘱咐她好好看守屋子。

到了深夜，玉娇龙命碧眼狐狸到外面看看雪住了没有，碧眼狐狸说："雪正下得大，小姐你还是不要去吧！我们久干绿林的有两句话，是'走黑不走月，走雨不走雪'。无论身子多么轻，在雪上没有不留脚迹的。"

玉娇龙却笑着说："我不听你的，雪越大我越喜欢出去。"她遂就换上了双白绒袜子，身穿白绒衣裤，背后插着宝剑，带上火镰、火石。头用白纱巾蒙上，在衣裳上又披了一件银狐小皮袄。她全身上下尽是白色，真跟她那只爱猫"雪虎"是一样。碧眼狐狸将房门启了一道缝，玉娇龙就侧身出去，只见眼前的白影一闪，她就没有了踪影。

此时整个且末城笼罩在黑沉沉的夜色里，白茫茫的大雪里，风停夜静，市街上没有一点还能活动的东西。城垣上的官兵虽巡逻得很严，然而却拦挡不了玉娇龙。一霎时这位小姐就到了城外，她在雪地上如同一只白猫似的，很快就蹿到了高朗秋的坟墓之前。她蹲着身，先取出火镰和火石，打着了火绒，就一手拭去碑上挂着的雪，一手执火去照这碑阴的字迹。此时风虽不大，但雪落得仍紧，她的火连打了四次却灭了三回，这荒郊旷野，大雪寒夜之下，坟前碑后，只有微微的火光一明一灭的。

玉娇龙将全篇碑文尽皆读过后，不禁微微一笑。因为她师父高朗秋自作此墓文的用意有二：一是劝诫玉娇龙，不可恃才作恶，应当效才女班昭、孝女木兰，红线、聂隐娘亦非不可为，不过须出于侠义；并暗示那两卷奇书最好是烧毁，切莫落于恶人的手内。此外，便是嘱告杨小虎，倘若将来他能来到此地，读此碑文，须知冢中人即汝父好友。因为二十年未晤，不知汝成了如何的人，但须速寻汝弟汝妹，彼等住汝州侠杨公久之家。至于仇人系一姓贺之人，问我胞兄高茂春必知详细情形。全文尽用浅近的诗句，共约二百余言，但意思极为隐晦，非详读细思不能知其用意。玉娇龙明白这是高朗秋临死前的两件憾事，所以他才嘱友留在碑上，为将来让她和罗小虎来看。玉娇龙便从背后抽出宝剑来，一手挥剑，一手持火，将文中与她有关的二十几个字尽皆削去。

此时大雪纷纷，火光摇摇，宝剑闪闪削在青石碑上，只听喀喀地响。忽然，有人自后面将她的腰抱住，玉娇龙吃了一惊，回身抢剑。身后的人却撒了手，跳到坟后藏着去了，发出嘿嘿的男子的笑声。玉娇龙一挺身蹿上坟头，抢剑向坟后趴着的那个穿黑衣服的人就砍，剑光如闪电似的落下。那人却用手中的短刀横迎，锵的一声，玉娇龙的宝剑被斩成两段。

玉娇龙大惊，跳下坟来问道："你是谁？"

这人也直起身来，身材雄伟，哈哈笑着走近前来，说："娇龙，别怕，我是小虎。我来此五天了，看见了你两次，可是我不敢上前招呼你。前天夜间我也到衙门里去了一回，可是我不知你住在哪间屋里。快有一年了，我时时想你，娇龙！跟我走，找个地方我们谈谈心吧！"这半天云随说着随走过来，伸手就要拉玉娇龙的胳膊。

不料，玉娇龙蓦然一抬臂，将罗小虎手提的宝刀击落在雪地上，又拳扬脚起，两三下就把个壮汉半天云打倒在雪之上。打过之后，玉娇龙忽然又悲痛地哭了起来，说："我为什么要随你去呢？你，你个没有志气、没有信义的人！在沙漠之中我跟你是怎样说的？怎样叫你去改过、去进取、去谋出身？你怎样答应的我？不想这一年来你仍在沙漠中做强盗，上次还敢追我的车，现在还敢来到这里，你，你快走开！"

罗小虎由雪地上爬起，拾起刀来，却不敢再近前来跟玉娇龙说什么了。他只站在距离五步之处，沉重地叹气。玉娇龙抽噎了一阵，反倒又走过去拉住他的胳膊，温柔地劝慰说："你也别难过，你得知道，一年来我比你还难过得多！我时时思念你，时时流泪。我也知道你谋出身不是容易的事，可是你也应当先改一改盗性，离开那沙漠。你至今还做着贼，你想我怎能和你在一块儿？我是名门的小姐，我虽会些武艺，但我并不同一般江湖女子，我绝不能离开我的父亲，去长久与匪人厮混。你要想娶我，你非谋出身非做官不可，你明白不明白？你不要伤心。你去吧！反正我永远等着你！"

罗小虎点点头，一句话也不说，转身就走。玉娇龙却又把他拉住，指着身旁的碑墓说："你来看！这座坟就是你那恩人高朗秋的坟墓。他有自题的碑文，上面说他临死时还关怀着你，只是你们已有二十年未见了，他无处去找你。他还说你原本姓杨，你的兄弟妹妹都被什么汝州侠杨公久携去。你的仇人姓贺，须问汝南府高茂春，他是你恩人的胞兄。他必可以知道你详细的身世。现在高茂春恐年已甚老，杨公久和那姓贺的仇人，都许已不在人世，你那妹妹弟弟都一定长得很大了。你不用为我，就为你家的恩仇，为寻你的弟妹，你也不可以再为盗贼！在那沙漠里你永远也不能见人！"

说到这里，她仔细地看着罗小虎的脸庞，借着雪光还能隐隐看出，他的脸上倒是又刮去了胡须，只是似乎比早先削瘦得多了，他紧锁着双眉，满面愁闷之态。玉娇龙又温柔地安慰他，婉转地劝勉他。罗小虎就点点头，说："我都知道了！我走了，咱们再见吧！"说着他把玉娇龙的手轻轻推开，转身踏着雪走去，雄伟的身影渐渐消为雪色隐蔽住了。玉娇龙在这里恋恋难舍地站立，只觉得两只手已冻僵，雪已落满了全身，而罗小虎已不知走往何处去了。她这才从雪中将断剑找着，离开了这里，潜行飞跃，回到城里衙中。

一回到屋里，碧眼狐狸就将灯点起，看见了她手中的断剑，又看见她脸上的泪痕，就不禁惊讶，悄声问说："小姐，你刚才遇见了什么人？"玉娇龙摇摇头，不叫她多问，遂就藏起断剑，将衣服脱下，交给碧眼狐狸，她却上床掩被睡去。碧眼狐狸把小姐衣服上的雪全都扫落，然后收起。她惊讶地看着玉娇龙，见玉娇龙用缎被蒙着头，似乎并没睡着，是在那里哭了。碧眼狐狸心中猜疑又夹杂着惊惧，暗想：刚才她在城外莫非遇见了什么武艺高强的人？是江南鹤？或是那哑巴一派的人？她凛惧地关严了门，吹灭了灯。此时衙门更鼓已交四下，窗外的雪如风吹沙起似的那么萧萧地响。

次日，雪仍未住，碧眼狐狸特意到院中去查看，见雪上一点儿痕迹也没有，原来玉娇龙昨夜踏下的足迹，早被新雪给掩盖住了。碧眼狐狸对玉娇龙越发畏服，但玉娇龙却从此愈少欢乐。

时光荏苒，转瞬严冬已过，新春又来。玉娇龙除了有时随她父亲骑着马到郊外去游玩，稍为开心之外，便整日在闺中习字作画，晚间仍然练习武技及弩箭。她练武必在深夜，并不避讳碧眼狐狸，所以碧眼狐狸的武艺也较前略好些，因为她能从玉娇龙那里学一些拳剑招数，也很感谢玉娇龙，就更不想离开这里了。玉娇龙终日以笔墨丹青消遣她这青春韶光。除了猫儿可使她稍解烦闷之外，并没有一个人能够来安慰她。罗小虎更是毫无音信，关于半天云的消息也一点儿听不见。

不觉春转成了夏，夏又转成秋，庭草由青变绿，由绿又变黄，燕子飞来又飞去了。这日是重阳节以后，忽然有位哈萨克姑娘到衙门来拜见玉小姐。衙中的人记得去年小姐在沙漠中失踪之时，多亏有位哈萨克姑娘援救，所以赶紧通报到内宅，玉太太立时命仆妇给请进来。这位哈萨克姑娘美霞，头梳双辫，脸上搽着脂粉，除了脚下穿着皮靴，穿的衣裳也跟旗人的女子差不多。她是骑着马来的，由马上拿下来一口宝剑，并有两块马肉脯。剑就是玉小姐在沙漠中丢失的那口"断月"，马肉脯是她带来的礼物。

美霞随着仆妇一进了内宅，玉太太跟玉小姐都由屋中迎出来，让到客室中，丫鬟们忙着敬茶，摆点心。玉太太就表示谢意，说："我的女儿去年在沙漠中遇见盗贼，多亏姑娘救了她，临走时姑娘还送给她一匹马。我们早就要去给姑娘道谢，只是想那草地的地方太大了，恐怕找不着。"美霞听了，却有点儿发怔，答不上话来。玉娇龙在旁边赶紧说别的话，然后就拉着美霞到她屋中去玩。

原来美霞此次来是另负使命，到了玉娇龙的屋中，她就从怀中掏出来一封折叠得不成样子的信，玉娇龙赶紧使眼色将高师娘和绣香支出屋去。她拆开了信，就见里面只有一张信纸，上面密密地写着：

娇龙贤妻妆次：

别后又将一载，深为思念。我现在依你之言，去奔前程。现在做买卖，买卖很发财。因为我想发了财之后才能做官，做官不难。至多再有一年，我就能高车大马，冠带见汝。到时必以花轿娶你，叫别人都说你的夫婿是英雄。今托美霞姑娘传信，请你放心，并送上弩箭二十支，是我做的，请你收下可也。书不尽言，他日再见！

小虎顿首。

玉娇龙看了这封信，脸上不禁发热，又是高兴，心中却又有一种隐痛。美霞又从靴筒里掏出一把短小的弩箭，玉娇龙赶紧接过来，连信藏起。她把美霞拉到床头，与她并肩坐下，低声问说："你知道他现在是做什么买卖吗？"

美霞说："他是贩马，现在很阔了！"

玉娇龙听了，心中稍稍安慰，又悄声说："我也不给他写回信了，将来你若再见了他，就说是我告诉他的，叫他改个名姓吧！他本来是姓杨，再说以后难免会有人知道，罗小虎即是……"

美霞说："你放心，他现在已不做强盗了，那伙人全散了。再说除了有些官人恨他，我们放牛马的人并不恨他，他在沙漠里这几年，没抢过我们什么东西！"

玉娇龙点点头，又说："你还告诉他，也不可专做买卖，还必须赶紧求个出身。不然，我怎能……"

正说到这里，忽然有个仆妇进来，说："太太说，这位姑娘既是远路来的，就请小姐留这位姑娘在这儿多住几天。"玉娇龙就向美霞问说："你能在我们这里多玩几天吗？"美霞说："我随便玩，我一个人时常到各处去，半年不回家，家里也没人找我。"玉娇龙又因此想到了自己，自己空有一身武艺，却何处不可去，只能在闺中度这烦闷的生活。自己的心是太软了，总是不愿离开年老的母亲！

由此，这哈萨克姑娘就留住在这里。每天玉娇龙带着她出城去玩，二人都骑着马，只带着两个丫鬟、四名或六名营兵。玉大人和玉太太对她们也不干涉。秋原野草，骏马西风，二人时常赛马或射鸟打兔。在衙中，玉娇龙就跟美霞学哈萨克的语言。玉娇龙心中的愁绪渐渐解开，美霞居此也留连忘返，一直住到年底，方才回去。她走后，玉娇龙又感觉寂寞了，又时时刻刻想念着罗小虎。

过了年，玉娇龙已然十八岁，她的容貌越发出落得美丽了，武艺也日益精深，那碧眼狐狸跟她的感情也更厚更密，只是罗小虎却消息杳然，哈萨克姑娘美霞也没有再来。是年秋间，她父亲玉大人忽奉钦命调任京都九门提督正堂。这个消息一传来，衙内外全都喜欢，许多官员官眷都来贺喜。玉太太也很高兴回北京，因为在京城有许多亲友，不至于像在这里这样寂寞，而且九门提督正堂的权位又比现在大。下人们更是欢天喜地，都想回京城去逛逛，连碧眼狐狸高师娘全都笑了，她私向玉娇龙说："天下的地方我都去过，只是没到过京城，现在可遂了我的愿啦！"

惟有小姐玉娇龙却为此事发愁了两三天，因为她想：自己一到了京城，就越离着罗小虎远了，他在这里的消息自己更无法得到。并且，到京城之后，自己就愈益尊贵。在这里罗小虎只要做个小武职，还可以冒昧求亲，一到了京城，他得做到什么爵位才能向一位正堂的小姐攀亲呀？再说京城的亲友众，少年显贵多，自己年已十八，难道能没有别人来求亲吗？她十分忧虑，倒愿意朝廷忽然收回成命，可是，行期已卜定了。

这天，许多官员来恭送，营兵们击鼓奏乐，商民们争献万民衣、万民伞。光荣显赫的大队车马就离开了且末城。依然是取西路先赴伊犁，然后再转道晋京，因此又须穿过沙漠。沙漠中虽然风沙滚滚，可是并没看见半天云那伙盗贼。过了沙漠是草原，玉娇龙在此也没遇见那哈萨克女友，心中既惆怅又悲哀。

到了伊犁，她父亲玉大人又向本地将军拜辞，将军和大小官员又来送礼、饯别，她的舅父瑞大人、舅母于夫人、表姊玉清玉润也都赶来相送，因此在这里停留了五天。玉娇龙天天帮助母亲应酬这些女眷，觉着十分乏味而且烦恼。

好容易盼得动身了，但行走了数日到了迪化省城，玉大人在此又需驻师拜客。玉娇龙跟母亲带着仆妇丫鬟，住在一个很大的官舍之中。这里有花园，花园中秋柳萧疏，寒蝉聒噪，园中有楼，楼外是一条长巷，巷中也有几家铺户和不少的人家。

来此的第二天，晚饭之后，因为在房中觉着烦闷，玉娇龙就带着高师娘和丫鬟绣香上楼来眺望。这官舍本归迪化抚台所管，抚台每遇花月佳辰，时常招延本城的一些文官、绅士、名流，登此楼来饮宴赋诗，所以这楼上有一块横匾，题名"绿霞楼"。楼上陈设得相当款式，壁上的字画诗文也不少。玉娇龙略看了看，然后就推开后窗，只见楼外巷中人来人往，并有狗跑着，车走着。

玉娇龙就笑着说："这楼盖得可不大好，一边是太雅了，一边又太俗了！"

碧眼狐狸问说："北京宅里也有这样的楼吗？"

绣香在旁说："没有，我小时在北京宅里住过两年，知道宅里没有楼，可是院子又深又大。也有一座花园，那园里没有柳树，可是有很多棵海棠树，还有芍药，一到春天，海棠开过芍药就开，好看极了，比这儿可好！"

碧眼狐狸说："小姐，咱们回到北京宅里，可要找个临近花园的屋子，咱们住。"玉娇龙并没理她。

此时夕阳斜照在小巷里，家家炊烟散出，都在做晚饭了，所以往来的人也渐少。忽见由左首来了一匹马，这马是全身红色，鞍辔很新，嘚嘚地走来。马上是一个身穿蓝缎子袷袍、青团龙缎子的马褂，头戴镶金边的缎帽的人，似是一位官员，身材雄伟，在马上扬着头。玉娇龙一看，神色立变，赶紧退身回首，身子紧张得有些颤抖。她向碧眼狐狸和绣香说："你们都先下楼去！"说话时是命令的口气。

绣香还发着怔，碧眼狐狸却拉着她说："咱们下楼等着小姐去吧！"她拉着绣香往楼梯下走去，还没走下，忽听楼外有人扯开了嗓子高声唱道："天地冥冥……"

玉娇龙又推开楼窗，向楼下厉声呵斥一声，外面的歌声止住了。玉娇龙气得身子发抖，向楼下瞪了一眼，见罗小虎正骑在马上扬首向楼上笑，街中还有往来的人呢！玉娇龙赶紧又退回身来，暗暗叹气。忽然一回首，见一张几上放着墨盒和笔架，并有一叠纸张，她赶紧走了过去。纸上已有厚厚的一层尘土，她抽出一张，见印着是"绿霞楼诗笺"。墨盒因盖得紧，里面的墨绵倒是没干，她急匆匆地持笔蘸墨向信笺上写：

君来此何意？速走去！他日若得意，可正大光明至京去见我父，勿再做此鼠窃。我为君憔悴甚矣，君乃不谅！男儿何竟如此无志气？将相本无种，男儿当自强！为君为我，均宜奋翼直飞，今暂别，勿悲伤，相见之期不远，惟在君为也！

写毕，团了团，便摘下发辫上的金簪，刺透信笺，隔窗投于楼下。只见罗小虎在马上伸手接住，又笑了笑。玉娇龙赶紧回身，心里真恨。

听见楼下的马蹄声，她又扒着楼窗向下去瞧，见罗小虎健马雄威，已走出了这条长巷。玉娇龙的心里又有些依恋似的，回身到几前，收了笔纸，不禁呆呆地发怔，心中想：小虎必是真不做强盗了，不然他如何敢到迪化城中来呢？他一定是知道我将离开新疆，所以才不知由什么地方赶到这里来与我相别，但他又太冒失……

此时碧眼狐狸又一人上了楼，她向玉娇龙做出来一种恶笑，说："小姐，我知道了，原来半天云……"玉娇龙不语，转身下楼。碧眼狐狸在前，一边向下走，一边还回头，还是那么恶笑着，悄声说："从今天起，你得把书让我看看了！"玉娇龙蓦然一脚，正踹在碧眼狐狸的腰上，咕咚一声，就像把一个很重的东西给整个扔下楼似的。

正在院中揉柳丝的绣香吓得转身说："哎呀！高师娘你怎么啦？"碧眼狐狸已挺身而起，瞪起了两只凶眼。可是玉娇龙已然下了楼，就假作搀扶似的揪住了她的胳膊，碧眼狐狸紫色的脸突然变为苍白。玉娇龙笑道："师娘你老了，上下楼应当小心！"她手指用力，正捏的是已经被她给挫开了的碧眼狐狸的骨节。碧眼狐狸痛得头上就滚下豆子般大的汗珠，说："可不是！我真老了！好小姐！"玉娇龙又用手一托她的胳膊，咯嘣一声，骨节才合上了。碧眼狐狸一撇嘴，这才缓过气来。玉娇龙叫绣香过来搀扶着高师娘，这才一同出园回到内院。

从此，碧眼狐狸对玉娇龙更加畏惧，可是玉娇龙待她却比以前更好。绣香那聪明的丫鬟却从这次起就觉出她们的小姐有些奇怪，可是她不敢问，也不问，并且故意不去留心她小姐的行为。

在迪化城住了四天，又起程东去。玉娇龙怕罗小虎仍在暗中尾随，时时地提着心。可是过哈密城，出猩猩峡，进嘉峪关，走祁连山，渡黄河，经兰州，过长安，穿风陵渡，穿晋省，路上走了两个月。在秋色满城之下平安抵达了北京，竟未再见罗小虎的身影。沿途阅尽了千山万水，玉娇龙自觉怀襟一畅；可是把个罗小虎已抛在万里之外，她又有些悲哀。

到了本宅中，这里庭园宽广，起居食用较在边疆时益为豪华。她因有绿霞楼上的那件事，就不愿再与碧眼狐狸同屋居住，所以她自己择定了西房做她的香闺，命丫鬟绣香和吟絮住在套间。这里是格外宽敞，而且有个后窗，窗外通着那向少人迹的花园，她每夜习武非常地方便。因为她父亲就了新任，公事较在新疆时更多了，她母亲又终日与戚友应酬，所以她也比昔日更多些自由。

京城的富丽，生活的尊贵，也使她对于罗小虎不甚悬系。京城中显贵极多，彼此都往来甚密，喜庆慰吊之事几乎每天都有，玉娇龙的富丽、雍容、华贵，就立时压倒了京都一切的名门妇女。她的两位胞兄和嫂嫂、侄儿也都进京省亲，家庭团聚，解去了她不少的忧闷。她的两位胞兄，一名宝恩，一名宝泽，全是在京城长大的，后来都中了举，做了官，一在安徽，一在四川，现任都是四品府台。嫂嫂也全是名门之女，侄子们都已很大了。十余年来，因为父母和幼妹都在新疆，路途遥远，他们很少去省视，只是有时候玉大人进京时，他们才赶到京城去叩见。玉娇龙只记得五六岁时随父母在京时，她的两个胞兄同在一个月之内娶了嫂嫂，喜事办得很是热闹，那是给她印象很深的一件事。

她的兄嫂在京住了约有半月，就又分别回任去了。庭院虽大，但人口稀少，她又感到有些寂寞。得到她母亲的同意，她就时常出去游玩。与她往还密切的有许多名门女眷，但比较近的反倒是那落魄的小旗官德啸峰之妻德大奶奶。这有几种原因：

第一，两家本来是老亲，而且玉大人最钦佩德啸峰之为人，认为他慷慨好义。而且几年前德啸峰所打的那场冤枉官司，玉大人非常不平。所以德啸峰充配新疆之时，虽然他只到了伊犁，并没到且末城，可是玉大人赶紧就派人去照应他。

第二，德啸峰现在虽然没做官，但家道还很殷实，而且此时朝中的显要铁小贝勒，与他最称莫逆，所以仍然有许多富贵人家与他往来，不以为辱。

第三，德啸峰过去在京城的名头太大了，"铁掌德五爷"，南北城的光棍、地痞是无人不知，无人不称是好朋友。尤其都晓得德啸峰结交过李慕白。京城中的人都把李慕白的事迹神化了，都知此人有万夫不当之勇，偷星换月之能。还有俞秀莲，十六七岁的姑娘双刀震京城，匹马闯南北，天下更找不出第二个来，而俞秀莲就跟德家人是一家人一样。加以现时北方的名镖头神枪杨健堂、京城侠公子邱广超也都是德啸峰的好友。一朵莲花刘泰保又时常在街上吹，说他认得德五爷，常到德五爷家中串门。所以这几年德啸峰虽然整天在家中读书习字，不常出门，可是昔日的名气丝毫未减。

第四，德大奶奶最善交际。她丈夫从新疆赦还时，说是在新疆时多承玉大人照顾，并听说玉大人有一女公子，貌美年轻，能书善画，时常随她父亲骑马打猎，德大奶奶脑里就早存着印象。所以如今玉娇龙一来到北京，她就极力联络，她并没有什么用意，不过她最喜欢有点儿男子脾气的女子。

第五，玉娇龙除了喜欢德大奶奶的为人畅快之外，并存着一种深心。因为德家现仍不断与江湖人往返，名镖头、大侠客，只要初到北京，时常先去拜访德啸峰，并听说李慕白、俞秀莲仍与德啸峰秘密相往返。

尤其是德家的儿媳杨丽芳，最使玉娇龙留意，因为在玉娇龙所认识的这些人的家里，简直没有娶汉人的姑娘做儿媳。杨丽芳那放不大的脚，却又穿旗装，这样美丽的媳妇在北京也没有第二个，而且，她每逢三六九必随同丈夫向名师杨健堂学枪，这更是少见。因此许多亲友都在暗地里笑话，说德家简直是胡闹，也不知是从哪儿弄来个姑娘，就算是他们的儿媳了，并且成天练武，难道将来还要叫儿媳出去卖艺吗？

玉娇龙却从邱广超之妻的谈话中知道了些杨小姑娘的来历，原来她叫杨丽芳，本是永定门外卖花老人杨姓的孙女，姊妹二人，后来她祖父被杀，姐姐被贼人抢走。那时俞秀莲正在北京，她就仗义不平，先把杨丽芳安置在德家，免得孤苦无依。然后俞秀莲又往外省去了一趟，听说替杨家把仇报了，并把杨小姑娘的姊姊也嫁到外县什么财主的家里做妾，后来杨丽芳也就由俞秀莲为媒做了德家的媳妇了。

这邱大奶奶对杨丽芳的家世来历不过略略晓得，但玉娇龙听了，却非常地惊讶，并想到了罗小虎所唱的："我名曰虎弟曰豹，尚有英芳是女儿。"她虽没听说杨豹现在何处，也没得机会问问杨丽芳她的姐姐是否叫作什么英，可是她很怀疑杨丽芳就是罗小虎之妹。因为杨丽芳的眉目之间有几分颇似罗小虎。

有此种种原因，所以玉娇龙与德家来往得很密，只是杨丽芳比她低一辈，玉娇龙有许多话不好意思向她问。再说当着德大奶奶，玉娇龙也不能净跟一个做儿媳妇的谈话，并知道打探人家家庭凄惨的历史也是很不对的。何况杨丽芳也一定不知道她还有个姓罗的胞兄，不知道她那胞兄现在是做什么的，更不知道自己跟她那胞兄又是什么关系，简直都不能说呀！但是玉娇龙对杨丽芳却很亲近，而且只要一看见了杨丽芳，就不禁想起在遥远之处的那个人，心中就不禁有些悲痛。

京城地大人多，藏龙卧虎，碧眼狐狸一来到这里仿佛心就慌了。她常出门，名目上是到德胜门外一座小庙去烧香，其实她什么地方全去。她也存不住话，回宅里便对玉娇龙谈说，不是今天哪家镖店在比武，就是哪宅又出了飞贼作了大案，哪路的英雄要来了，某名拳师又新收了徒弟，把她假装老太婆在街上听来的市井新闻全都津津有味地秘密告诉了玉娇龙。因此玉娇龙也不禁技痒。那天她去看杨丽芳练武，虽然装着胆小，仿佛真拿不起枪来的样子，但是那天幸亏她见杨丽芳的武技幼稚，不足一笑，否则她真许忍不住要跟杨丽芳比一比呢！

此时碧眼狐狸居心叵测，时常深夜私自外出，玉娇龙暗中问她，她只是笑着说："我得把北京城的地方都认熟了，得找几个帮手，因为京城的人杂，倘若将来有人认出我来，我得想法子走。"玉娇龙也在闺中安不下心去，她就叫碧眼狐狸秘密地给她做了几身男子的衣裳。有时不到二更，她的闺中就熄了灯，其实她并没在房中睡觉，而是趁着夜色，钻出后窗越墙出去了。

碧眼狐狸在京城有三个窝处：一是德胜门外的一家小店，替她养着一匹马；一是前门外西河沿一个姓魏的家，这人是碧眼狐狸早先手下的喽啰，现在镖店做个小伙计；一是小乞丐长虫小二，也是碧眼狐狸用钱买下的，有许多小乞丐可间接供她驱使。长虫小二有个情人，叫丑丫，是个捡煤核的姑娘，住在一个极穷极僻静的地方。这几处，玉娇龙都跟随碧眼狐狸去过。他们倒都知道她是个大姑娘，可是只知道是碧眼狐狸的徒弟，并不晓得她是提督正堂的小姐。

碧眼狐狸在京城这样招朋引类，似乎是别有用心。玉娇龙猜着她是叫那些大府第给迷住了，又犯了她的盗性，大概她是想着将来作几件大案，偷许多珍宝，就离开京城。玉娇龙暗笑着，想暂时利用她，不揭穿她的私心，但玉娇龙自信绝不能叫碧眼狐狸得手，要叫她永远做自己的奴仆。至于她自己跟碧眼狐狸做这盗贼似的行为，她倒并不是想做什么坏事，只是觉得在闺中太闷，晚间出去玩玩也很开心。

二更天以后，僻静的小茶间里时常会出现一个穿着青大褂，瓜皮帽永远不摘，永远坐在背灯光的地方听一些闲汉胡说乱笑，却永远不招呼人的少年。南城花街柳巷之中有几个名妓也接过一个阔少，这阔少是个小白脸儿，好像是个大姑娘似的，又像是个唱小旦的，可是这阔少只打个茶围便不再来。德胜门外土城附近的住户也时常听见半夜三更之后，有人在外面跑马，但没有人对这些事太留心。她们的行动极为诡秘，宅内宅外均无人知晓。

可是有一日，忽然宅门前来了个卖艺的父女，父亲是要流星，女儿是走软绳。宅里的男女仆都出去看了一看，都说那女儿的软绳走得极好，长得模样也不难看。玉娇龙出门站立在高坡上看了一会儿，她就觉得奇异，特意把那走软绳的姑娘叫了过来，问了几句话，还赏了几两银子。回到宅中，她不禁闷闷沉思。

就在这天夜里，玉娇龙没再出去，可是碧眼狐狸却偷偷到她屋中，哀恳着求助，说："那卖艺的人名叫蔡九，是甘肃会宁县的捕头，武艺极为高强，办案尤为厉害。六年前我在会宁县作过几条命案，也是为报仇才作的，就为蔡九和他的妻子所迫，几乎被擒。幸仗着早先跟那哑巴学过几手点穴，我才把蔡九点伤，将蔡九的妻子杀死逃走。这几年我不敢出头，也是为怕他，因为他的飞镖太厉害。现在他又带来个女儿来到北京，在宅前卖艺，一定是为我而来，他们已经探出我是藏在这里了！"玉娇龙听了这话，也很吃惊，但又气愤；碧眼狐狸若是被捕，连自己的隐事都许闹穿，所以她就答应帮助碧眼狐狸与蔡九父女决斗，并叫碧眼狐狸不要害怕。

过了两日，这天就是铁小贝勒的寿辰，玉娇龙便随着母亲前去拜寿。虽然受到许多仆妇小姐的歆羡，但她心里很是不安，总惦记着蔡九父女在宅门前卖艺之事，所以没等到坐席用宴，就催着她母亲带着她回家去了。

不料，晚间她父亲回来，急匆匆寻找"剑谱"。剑谱现在玉娇龙正阅着，她父亲可不知道，待她将剑谱交出，她父亲还说："你一个女孩子，看这可有什么用？"又说："刚才铁贝勒将他家藏的一口宝剑拿出来给我看，那口剑确能削铜断铁，比咱们家里的那'吞霜''断月'两口剑好过万分！剑身尺寸长约二尺九分、宽一寸多，护手长约一寸、宽约二寸六分，厚约七分，两耳每耳长约一寸五……钢作深青色，七星之中第三颗特别显明……你替我仔细查一查，此剑究竟是何名称，明天我好去回复铁小贝勒！"

她父亲当作一件紧要的事情这样地说着，手中簌簌地翻着书页，心中怦怦乱跳。因为她想起罗小虎曾有一口宝刀，那次雪夜在高朗秋的坟前，自己手中的剑曾为他的宝刀所斩断。若没有一口超过众人的兵刃，徒有一身超过众人的武艺，也是无用。现在自己为碧眼狐狸的那件事已成骑虎难下，不定几时事情闹穿了，自己就在家中居住不下了，就必须走！走到江湖上，没有一口锋利的兵刃可怎成？

当下她由书中查出那口剑必是"青冥"，告诉了她的父亲。她父亲又把书就近灯光看了半天，也点头说："大概不错，这书上也说是青冥剑剑身的七星迥异凡剑，一定就是它了！我明天把这书送给铁贝勒看去！"

玉娇龙的心中却决定了要取这口青冥剑，她并没对碧眼狐狸说。深夜，她就独自离宅直往铁贝勒府。到了铁府里，许多屋子里的人都还没睡，她如一只狸猫似的无声地走着，到各屋前隔窗窃听，却听有一间屋中，有个小厮正跟同伴说话，说："刘泰保今天弄了个大没趣，他在西下黑摸咕咚地等了半天，一心要看爷的那口宝剑，可是得禄大叔一点面子也不讲，说什么也不让他看，气得他直骂……"

玉娇龙就按着院落的形式找到了书房，拧锁进去，取了那口青冥剑。不料这时刘泰保也想要盗取这件东西，他在窗外觉察到屋中有人了，没敢直撞进去，就跑到房上去掀瓦，去发威风。就在这时，玉娇龙像一股风儿似的早已出屋上房，而且已转到了刘泰保的身后。刘泰保刚一道出字号，玉娇龙就一脚抬起，把刘泰保踹下房去，她就走了。

第二天，碧眼狐狸才由外面得来铁府失剑的消息，便背着人向玉娇龙笑，并要看看宝剑。玉娇龙却冷笑着说："你若必要看剑，那我就在你看完之后，遂即割下你的头来，去交给蔡九。"碧眼狐狸吓得一变色，玉娇龙便拂手令她走开。'

玉娇龙得了青冥剑，试了试，果然削铜断铁，不同凡器，她就收藏在她睡觉的木榻之下。这木榻是不能挪动的，前面有隔扇，榻下藏着什么东西，别人绝看不出来。并且她在里边安设着伏弩，除了她之外，谁要是启开那榻上的一块浮板，弩箭就能把眼睛射瞎。她嘱咐绣香、吟絮铺床时要轻轻的，只许动被褥，不许动榻板。她并告诉了碧眼狐狸，说："高师娘，我卧室中无论什么东西，你可都不要私动！要动了，你眼睛瞎了，或是咽喉破了，可别怨我！"这话她仿佛是凑趣似的说着，可是碧眼狐狸真是什么也不敢伸手去摸了，连屋中的椅子她都不敢坐。因为她知道玉娇龙说什么便能做出什么，高朗秋说她是一条"毒龙"，碧眼狐狸始终没忘。

玉娇龙的木榻中不但藏着青冥剑，还藏着《九华剑拳全书》和她的夜行衣及男子衣帽等物。至于她的小弩弓，是永远藏在首饰匣内。她得了这口宝剑之后，本来可以心满意足了，但她却不禁由宝剑又想起了宝刀，由宝刀又想起了罗小虎，又不禁一阵难过。

当日，听说那卖艺的父女又到门口儿来，碧眼狐狸吓得躲到玉娇龙的屋中。她的身子有些发颤，同时紧紧地咬牙，玉娇龙却安娴镇静地在几上练她的大字。她写的是八分体的隶书，临的帖是《汉曹全碑》。她写得几乎与原帖一个样了，再把笔力运得浑厚些，就简直与前庭挂的那幅对联上的笔迹无异。

当下她忽然停住了笔，看着自己写的这字，不由一阵发恨！恨的是常到她家中来的那个最得她父亲欢心的鲁君佩。鲁君佩是位探花郎，现任翰林院编修，他的书法、文章、诗赋都很好，可是他的面貌可厌，言谈庸俗，行为也很卑劣。玉娇龙来京已将四个月，隐隐听得亲友中来做媒的不少。别的人不中自己父亲的意，难以成为事实。惟独这鲁君佩，确实是自己婚姻和命运上的一个障碍，万一父亲做主把自己许配了鲁君佩，过些日，罗小虎再得意而来，那自己应如何呢？她忧虑着，心中又萌生了离开这里携剑远走的念头。

这时绣香忽然又进来了，这个丫鬟今天的神态也很惊惧。她悄悄向玉娇龙说："刚才大人回来了，从来没有今儿这样烦恼急躁的，跟太太都几乎吵起来！小姐，您快过去看看吧！"

玉娇龙惊讶着问说："为什么事儿呀？"

绣香说："听说是什么宅里丢失了一口宝剑。原主倒不愿深究了，可是咱宅里的大人气得不得了，说是若不拿获盗剑的贼正法就辞官。太太说大人是自己找着不省心，大人就急了！"玉娇龙赶紧到她母亲的屋中。见她父亲已然走了，她要问又不敢问，只找了几句别的闲话说了，才稍稍解开了她母亲的愁颜。

回到自己的屋中，她心里犹豫了一日。本想离家远走，做一件惊人的事，但又想：那样一来，父亲也一定不能做官了，母亲还不得为思念我而死吗？再说，江湖上的颠沛困苦，我真能受吗？走后再想回家来当小姐享福，那可就不能够了！所以她知道自己不能显出形迹，不能离家。至晚间她就写了一封信，做出一种侠客的口吻，感谢铁小贝勒不欲深究之情，并请铁小贝勒转嘱玉正堂勿再为此事徒劳。信写完了，她又觉着后半篇容易叫人猜出自己与玉正堂有关，并能显示出来自己的畏惧。或许因此弄巧成拙，所以又撕去了半篇。

她将这半张信笺封好，趁夜深时潜离宅院，寻着长虫小二，命他将这信交到铁贝勒府。回来之后，她心中很痛快，因为她这封信写的是隶字，笔迹故意模仿鲁君佩，即或铁小贝勒忽然发威，要按照笔迹去捉盗剑之人，那很好，就叫父亲把他宠信的探花郎拿下吧！

又过了一日，这时因被那蔡九父女逼得太急，碧眼狐狸就与他们约定当晚在德胜门外土城决战，便来求玉娇龙届时帮忙。玉娇龙本来不愿再出门惹事了，可是这时她对碧眼狐狸感到些顾忌，因为自己钟情半天云罗小虎和最近盗剑之事，两件隐私全都在碧眼狐狸的心里，如若拒绝了她这请求，她就许翻了脸！翻了脸自己倒不怕，自己可以杀她，但那必要闹得事情不可收拾。所以玉娇龙心中一盘算，就爽快地答应她了。

到黄昏时，玉娇龙令碧眼狐狸先去，随后她假借如厕，暗携宝剑，离了家宅，在城墙僻静之处，爬到城外。她到德胜门那家小店里，换上青衣，取了马，飞奔土城，正赶得碧眼狐狸为蔡九、蔡湘妹、刘泰保三人所围，堪堪就要力尽被捕。玉娇龙上前挥剑解救，并接过来飞镖打回，以至蔡九负伤惨死。她将碧眼狐狸救走，令碧眼狐狸骑马自去回那小店匿居，她于昏昏的夜色之下回到了城里。前后她去了共二十分钟，回到了闺阁中，依然人不知鬼不觉，抱着猫儿玩。

但是第二天，碧眼狐狸高兴地来报告，说是九城轰动了巨案，蔡班头昨夜中镖死在京城了。玉娇龙非常惊讶后悔，想自己做的这是什么事呀？那蔡姑娘她是多么可怜呀！想到蔡姑娘若不离开此地，案子早晚是要发的，所以她赶紧命碧眼狐狸出去饬长虫小二探出蔡湘妹住的那间店房，夜晚她就去了。虽有刘泰保趴在房上守夜，可是玉娇龙身轻似燕，动作如闪电那般快，第一夜她在蔡湘妹的枕畔放下了白银，第二夜又到刘泰保、蔡湘妹隐匿的另一个店房里留柬，催促他们离京。第三夜刘泰保、蔡湘妹搬到得禄家里去了，她也得了报告，夜间又去恫吓。她本想杀死那二人，但一来怕把事情再闹大，二来她觉着湘妹可怜，不忍下手。

不料第四天，大白天的，刘泰保就带着蔡湘妹来到她家的宅门前走软绳，一顿大骂，从此北京城的人都知道巨盗碧眼狐狸师徒是藏在她的家里了。玉娇龙既愤恨、恐惧，又悲伤，因为她的父母从这天起也是日日愁眉不展，同时仿佛她与鲁君佩的婚嫁也一天一天地将要成为事实了。而罗小虎依旧是音信杳然，外面的刘泰保又日益进逼。谣言喧动，她想隐忍、敛迹，便避难似的终日不出闺门。

可是她又觉察出碧眼狐狸高师娘仍然在外独自行动。头一回不知她是在哪里受了镖伤，第二回更是她家中的一件翻天覆地之事。那天深夜中忽然碧眼狐狸负伤逃归，她赶紧去救，不料在花园中她便遇见了一位手使双刀、武艺高强的人，她力敌，虽用宝剑斩断了敌人的一口刀，但敌人却越杀越勇。此时家中的守夜仆人和官人已赶到了花园，她只得钻进了后窗，回到屋中，敌人也惊走了，可是高师娘的尸身已发现在园中，一口被宝剑削断的刀也扔在地下。

由此，她父亲玉大人才知外面的谣言确是事实，本宅中确实藏着贼人，藏着宝剑和赃物，便令人把高师娘秘密地抬出去埋了，因怕家人把此事泄露到外面去，对于谁是高师娘的徒弟反倒不深究了。玉大人既引疚自责，又惧将来之祸，所以便称病辞官。

玉娇龙忧心如焚，正无办法，忽然德大奶奶又请她去赴宴。她就暗暗拿定了主意，想今天见着杨丽芳，自己设法跟她说上几句私话，向她细细询问她家中的历史。如果她确实是罗小虎之妹，那自己就把高朗秋和罗小虎之事告诉她，叫她去找杨豹，再去访问罗小虎的下落。至于自己，如目前的事情逼迫太急，那就顾不得许多了，只好就离开家走吧！

谁料事情出了意外，她一到了德家，就遇见了俞秀莲，她才知道昨夜杀死碧眼狐狸，钢刀被自己宝剑斩折的那强硬的对敌，原来就是这位久闻其名的侠女！玉娇龙益为凛惧，可是见俞秀莲无意揭穿她的隐私。只是拿话刺激刺激，又用手段试一试，掐几下，拧几下，她全都忍受了。她倒很钦佩俞秀莲。当日没得机会跟杨丽芳细谈，可是也用不着细谈了。

回到宅中，她料到今夜俞秀莲必来，所以就燃灯等待着。果然，深夜之间，俞秀莲前来索剑。她便表示自己今后敛迹，请俞秀莲勿再逼迫，并应允明日亲将宝剑送回铁府。俞秀莲走了，她却也随之走出，立时到铁贝勒府中将青冥剑交回在原处。

她又至德啸峰家见了俞秀莲，两人坐在房上谈了半天心，俞秀莲就劝她别再这样胡闹，并说："京城比不得别的地方。你是位小姐，你也比不得我。如果人家知道玉小姐是个飞贼，你父母一定都得气死，你那两位哥哥的官也就都不能做了!"她点点头,表示十分忏悔。回家后,次日就派人到德家送礼,闻知俞秀莲已走,她就放了心。想事情已经完了,宝剑交还,碧眼狐狸已死,俞秀莲虽已探出她自己的事情,可是她为人慷慨宽容,必不能对别人去说。

玉娇龙经过了此番教训,本想从此洗心革面,安分在家中做个小姐。专等候罗小虎做了官来此求亲。可是忽然一夜又闹贼,她施放冷箭把贼人擒住,想不到又是蔡湘妹!蔡湘妹大骂她的父亲,并说要去喊御状。幸亏她母亲贤明,才把事情按住了,未致扩大。她又亲自见了蔡湘妹,温慰、蒙哄,把蔡湘妹弄得绵软了,便派人用车将蔡湘妹送回。

玉娇龙心中很是平静,觉得一切事情都已完了,所有的争斗俱已解开了,她就称疾装病度过了这惨淡的新年。虽然她父亲气病了,母亲也病了。加以那个鲁君佩又时时来活动,恨不得立时就做她家里乘龙快婿才好。鲁太太并把个双龙玉佩给她,说是压惊镇邪,其实隐隐有下聘之意,她明白。但这些忧愁苦闷,她认为都很容易解除。只是在上元节的这天晚上,她随着母亲观灯归来,忽由人丛中施放出来一支小箭,正正射在她新改装的两把头上,她真惊讶了!

过了几日,夜里,忽然罗小虎又钻窗进来见她。玉娇龙见她这个相待三年、一心所属的情人,仍然是鼠窃一般地来了,仍然腰插短刀,举止粗鄙,仍然是那强盗半天云,仍然没有出身,没做官,她真觉得没有希望了!她不由得悲伤欲绝,哭泣了一整夜。

次日,她就借辞说:"我怕屋里的那个窗户,因为高师娘就死在那里。我想不到她原来是贼,我夜里睡不着!"于是她将《九华拳剑全书》、夜行衣裤及男子衣帽、小弩箭,都严密地锁在一只铁箱之内,嘱绣香好好保管,她就搬到她母亲的屋中,借以躲避罗小虎再来缠她。此时她真恨罗小虎,并且恨自己当初行为不检,她真病了。她心中甚至产生了一种反感,有时竟想,倒情愿下嫁于翰林鲁君佩,做一个庸愚的媳妇,以斩断自己内心的纷扰,而酬答补报父母的养育之恩!

第七回　门外怅萧郎歌哭拼醉
巷中追艳妇兄妹成仇

几日之后，这天是正月二十九，北京人说："节也过了，年也跑了。"这月是"小建"，明天二月初一，后天就"龙抬头"了。花园大院住的那位刘太太蔡湘妹，虽然拖着一条被箭射伤的腿，可是痛痛快快、高高兴兴、风风光光的，过了这个新年与灯节。她跟得禄的老太太和得禄嫂，跟李家的二嫂子、张家的三婶子、马家大姑娘，连斗了二十多天的"梭胡"，赢了好些钱，比她走软绳卖艺挣的钱还多。同时她的当家的一朵莲花刘泰保，在外面赌钱也赢了不少。她真快乐，买了张"胖小子摸鱼"的年画贴在屋里，她希望今年自己生这一个肥头大耳的胖小孩子。她也不想搬家了，而且得禄的老太太现在跟她很好，还要认她作干女儿呢！

可是，前一天晚上，她丈夫刘泰保瞧着她的腿完全利落了，现在要给她一条软绳，她照旧能跳"八仙庆寿"，遂就说："我说，喂！咱们明儿该干正经的啦！明天买点儿礼，先到鼓楼西看看玉小姐去。年前她不是说以后你可以常常到她宅里去玩吗？那咱们就索性借此拉拢拉拢她。我也不是想巴结玉宅，好在提督衙门找差事；那一箭之仇，咱们也可以不报，只是，爸爸死在土城的事咱们可别忘啦！跟她宅里走熟活了，先打探打探碧眼狐狸的底细，那小狐狸到底是谁？自然，就是小狐狸跟咱们走个头碰头，咱们也是犯不上动手自讨苦吃，可是，斗虽斗不了他，我刘泰保还会用智赚。万一，这宝押对啦，小狐狸落了网，把咱们去年丢的那些脸挣回来是真的! 你说怎么样? 明天你辛苦一趟。把小狐狸捉住了, 咱们威镇九城, 你看那时候得有多少镖店请我去帮忙? 得有多少宅门请我去教拳? 等到五月节, 叫你穿绣花裙子, 樱桃、桑葚、棕子, 咱们成筐整篓的买!"

蔡湘妹说:"你当是我跟了你净图吃穿啦? 得啦! 别说啦! 明儿我去就是啦! 你当是就你记着, 我把我爸爸死的事情就忘啦?"她边说边拿新绸子的手绢蘸眼泪。

次日, 二十九, 上午刘泰保就到街上买来了礼物, 是两斤福寿饼、一蒲包儿龙井茶叶、一篓儿福橘、斤半蜜枣。下午, 蔡湘妹搽好了脂粉, 梳了一个巧妙的盘龙髻, 戴上鲜红的绫绢花、镀金首饰, 换上了花边红缎袄, 下边是绣着金凤凰的红缎小弓鞋, 手上戴着一串镀金的戒指, 胸坎下挂着一条红绸手绢, 还有个平金的红缎荷包。对镜端详, 磨烦了多半天, 刘泰保从街上挑了一辆新车雇来, 他拿着四样礼物, 蔡湘妹就袅袅娜娜地走出了街门。

街坊的马家大姑娘正在门口买花样儿, 她瞧见湘妹就羡慕地笑着问说:"刘二嫂子您出门儿去呀?"蔡湘妹说:"可不是! 我到鼓楼西瞧瞧玉宅三小姐去。"刘泰保说:"快上车吧!"湘妹登着车凳儿上了车, 刘泰保也跨上车辕, 车帘并不放下, 车夫收起了板凳儿, 就赶着骡子走了。不多时就走到了鼓楼, 刘泰保跳下车去, 说:"我在这儿等你, 你一个人去吧! 见了她……"蔡湘妹说:"你就别嘱咐我啦!"车又往西去了。

到了玉宅的高坡前, 蔡湘妹就叫车停住, 她下了车, 手提着四件礼物, 袅娜地走上了高坡。

玉宅的大门洞里正坐着四个仆人, 其中的一个一眼看见了蔡湘妹, 就惊慌慌向他的同伴说:"来了! 那走软绳的小脚娘儿们可又来了! 糟糕, 她还提着礼物!"于是四个仆人一齐屁股离开了长板凳, 都直着眼看蔡湘妹。

蔡湘妹走到临近, 拿着点儿架子说:"你们给回一声儿, 我姓刘, 住在花园大院, 我是来望看望看这里的太太和小姐!"说着, 就迈动了莲足进了大门槛, 把礼物要交给仆人。仆人都不敢伸手去接, 一个仆人就恭恭敬敬地说:"刘太太, 您先在这儿等一等, 我们进去问一声, 因为宅里太太和小姐全都病着。"

蔡湘妹惊讶着说："全都病啦? 那我更得赶紧进去看看啦!"仆人又把她拦住,说："您先在这儿等一等吧! 我们太太跟小姐因为病,许多日子没见客啦! 我们先进去回禀一声,然后再请刘太太!"说着,一个仆人赶紧转身跑到里院。蔡湘妹把几件礼物放在大板凳上,她就娉娉地站着,跟这里的三个仆人闲谈天。三个仆人全部恭恭敬敬地回答,可是同时都用眼溜看蔡湘妹,都有点神魂儿飘飘然的。

这时里边出来了两个仆妇和大丫鬟绣香,她们见了蔡湘妹,一齐请安。绣香过来说："因为太太小姐都受惊得的病,房中供着神,所以来了客全都不能接见。小姐知道刘太太来了,还带来礼物,就吩咐我们说:'谢谢刘太太了,礼物实在不敢收。'刘太太是坐车来的吗? 要没坐车,我们这儿派人给您送回去。过些日,小姐的病好了,一定到府上看您去!"

蔡湘妹怔了一怔,做出不高兴的样子,说："你们看,我大老远的来了!"

绣香说："实在是屋中供着神,不能在屋中让堂客。因为灯节那天,太太带着小姐出去看灯,回来天晚了,街上的匪徒又闹出了点儿乱子,所以娘儿俩全都病了,过了这些日子了。据大夫说,是受了点儿惊邪。"

蔡湘妹发着怔,喘了口气,说："那么人叫我见不着,礼物也不收了? 我这礼物可也太薄,这不过为表一表我的心,因为太太小姐都待我不错。上次要不是小姐亲口对我说过,叫我以后有工夫找她来谈闲话儿,这回我可不敢来,我也知道,像我这样的,不配登上这高门大府!"

绣香赶紧说："那倒不是! 前几天我们小姐还问呢,说'那位刘太太没来吗? 腿上受的那一箭也不知好了没有?'倒是很挂念着您的。现在真是因为病,昨天邱宅里来的少奶奶也没见着!"

蔡湘妹咬着嘴唇,半天才说："我也不能楞闯进去,我带来的这礼物我可不能再带回去啦! 你们告诉小姐,别混疑惑我,今天我是诚意来瞧太太、小姐,一点别的事儿也没有,也不是黄鼠狼给鸡拜年,没存着好心!"

仆妇都笑着说："刘太太您这是哪儿的话? 礼物您既不能带走,那么我们就大胆替宅里收下,回头再禀报太太、小姐吧!"绣香却用眼瞪着那两个仆妇。

蔡湘妹没法子，无论怎样她今天也见不着玉娇龙了，她只好转身往外去走，嘴里还叨念着说："我真想不到，今儿我会白来一趟！"两个仆妇把她送到大门外，都抱歉地说："真对不起刘太太！等我们小姐病好了，她一定去瞧您！"

蔡湘妹也不言语，袅娜着身子走下高坡。那赶车的赶紧预备下小板凳儿，蔡湘妹登着板凳儿上了车，高坡上站着的两个仆妇都说："刘太太，谢谢您啦！"

蔡湘妹说："你们告诉小姐，过几天我再来瞧她！"说着，一低头要进车，却见南边离着车不远站着一个人。这人长得极为魁梧英俊，年有二十余岁，穿着青缎大夹袄，黑绒坎肩，头戴一顶镶金边儿的小帽。这人穿得很阔，两只眼可带着些贼气，不住地瞧她的头，望她的脚，蔡湘妹就恨恨地隔着纱窗向外骂道："兔子眼睛！瞧什么？没见过你家祖奶奶？"外面那人听见了，可是并没言语。

蔡湘妹放下车帘，叫赶车的快些走，可是那人依然跟着，并向赶车的问道："车里的嫂子娘家姓什么？"

蔡湘妹气得扒着窗向外大骂："兔羔子！你管得着我姓什么吗？还问我娘家？兔羔子，瞎了眼！"

车窗外的人也生了气，怒声说："你这婆娘别骂人，老爷问你是抬举你，是喜欢你！"

蔡湘妹气得骂了声："混蛋！"掀开车帘叫赶车的停住。那人却冷笑了一声，嘴里还嘟囔着骂着，就走开了。

这时刘泰保赶紧跑了过来，见她媳妇抄着赶车的鞭子要下车去打人，就拦住，问说："是怎么回事儿？"蔡湘妹指着说："是那人！那兔羔子，他调戏我，他还问我娘家姓什么，你说气人不气人！"刘泰保瞪了那人的背影一眼，赶车的人笑着说："那也许是个疯子，刘二爷跟太太就别跟他一般见识了！"

刘泰保又向他媳妇问说："你见着玉娇龙了没有？"蔡湘妹说："没见着嘛！玉太太跟玉小姐都病着，不见客。说了半天他们才收下咱们的礼，一下玉宅的高坡就遇见了这兔羔子！"

刘泰保把媳妇劝进车里，叫赶车的快些把车赶走，他却气愤愤追上那人。只见那人大踏步走到鼓楼前，原来这道旁有个黑脸上有两块刀伤的小伙子，正牵着一匹榴红色的大马和一匹青马，在那里等着他。

这魁梧的少年接过来鞭子上了红马，回过头来看了一看，刘泰保就上前愤愤地问说："朋友！你先别跑，刚才你跟我媳妇问的是些什么话？"这人微微一笑，说："我看她头儿脚儿不难看，才问问她……"

刘泰保当时气得拍着胸脯，说："小子！你来到北京也得睁睁眼！一朵莲花刘二爷的女眷你敢调戏？小子！"他一耸身要向马上抓这人，不想没有抓住，这人荡马走开了。身后那脸上有刀伤的小子骑着青马掠过，顺手一皮鞭正抽在刘泰保的脖子上。刘泰保大骂，跑着去追，那两人却一齐哈哈大笑，催着马向南跑去了。

刘泰保本想今年得出出风头争争脸，没想到第一次上街，媳妇就受了调戏，他又吃了这个亏。他真气疯了，顿着脚大骂："好小子！反正你们两人当天逃不出北京城，今天我要搜不着你们的窝处，不斗斗你们，太爷就不叫一朵莲花！"

这时街上有许多人都拥了过来，刘泰保站在人丛中拍胸脯，道字号。忽然有个人上前来，拉着刘泰保的胳膊说："刘二爷！我这儿有头小驴，借给你骑，你快追赶那两匹马去好不好？"刘泰保一看，是本地的流氓花脖陶九，遂就说："好！快牵来！"

花脖陶九跑去牵驴，这里刘泰保又气愤愤地说："只要追着那两个小子，刘太爷决不能饶他们！这些日我因为在家里过年，不愿惹闲气，现在可就说不得啦！不但我们要斗斗这两人，还得把去年的老账算一算。诸位知道碧眼狐狸的事吗？碧眼狐狸是被兄弟给剪除了，可是那小狐狸依然藏匿在京师，兄弟早晚要把他捉住，牵给诸位看看，是什么模样儿？"接着又低声努着嘴说："我刘泰保若不是顾忌着玉正堂的面子，也早就把那档子案子破了！"

围着的人一听到刘泰保又拉扯上了玉正堂，就有的惧祸躲开，有的向刘泰保使眼色，好意地悄悄嘱咐他说："刘二爷，您在街上说话留点神，不然,出点什么事,合不着!"刘泰保却微笑着摇头说:"不要紧!玉大人跟我有交情,刚才我给他送去的礼他全都收下啦!"

这时花脖陶九把一头草驴牵来,并悄声向刘泰保说:"刚才我又听人说啦,那戴金边小帽的家伙这几天时常在玉宅的大门前转,那脸上有刀疤的人就在鼓楼前牵着两匹马等着他,仿佛是等着玉宅的什么人出来似的,说不定就与那狐狸案子⋯⋯"

刘泰保赶紧摆手,说:"老兄弟请你守严密些!我要不是看出这一点来,我也用不着跟那两个小子赌这口气,兄弟!再见!"说时刘泰保骑上了驴,向众人一拱手,挥鞭嘚嘚的走去。

其实这时那两匹马早已去远了,但刘泰保也根本就没想要追上。他一直到了煤市街全兴镖店。此时他表兄神枪杨健堂回延庆家中探望去了,刘泰保一到这里更是随随便便,他就找着瞪眼薛八、歪头彭九、花牛儿李成、跛脚金刚高勇和那年前受伤现在还没有十分好的铁骆驼梁七,把刚才的事情说了,然后就说:"这人是年有二十六七岁,身材与五爪鹰孙大哥差不多,可是腰躯挺拔,长的模样不坏,比咱们哥儿几个都漂亮。胡子剃得很干净,身穿青缎大夹袄、青绒坎肩,头戴青缎小帽,可镶着金边儿,仿佛是故意摆阔似的。不过他那匹深红色的大伊犁马,在咱们这儿倒是少见,也许他是由别处来的。他说话有点河南味儿,不知诸位近日在客栈和各镖店里,看见过这么个眼生的人没有?"

瞪眼薛八等人寻思了半天,都说:"没大留神这个人!"

跛脚金刚高勇就说:"戴金边小帽的人现在不多,只要找着他那顶帽子就找着那个人了。"

花牛儿李成说:"他这么阔的人不能不逛堂子,今儿晚上我们到八大胡同串一串,也许能找着他。可是,万一找错了也是糟糕,顶好刘二爷你在嫂夫人跟前请两天假,每晚跟着我们在南城串一串,也许能找着这个人。为办正经事儿,嫂夫人也不应骂你荒唐。"

刘泰保笑了一笑,说:"好!我先进城去一趟,真得向我媳妇请请假,然后我才能够出来在南城住五天。不探出那小子的来历不进城!"于是大家笑了笑,又说了一会儿闲话,刘泰保就走了。他不但回家去告诉蔡湘妹，并到东西城和北城都托付了朋友为他打听头戴金边小帽的人。晚间，他就换上一身阔衣裳到南城，去与花牛儿李成等人一起到八大胡同妓院聚集之所去寻访那个人。

这时八大胡同里非常热闹，最有名的是韩家潭宝华班。听说数年前名侠李慕白困顿京门之时，常来这里逛游，这里有个名妓翠纤与李慕白有过一档子艳事，至今还有许多人能说得出来。宝华班之外尚有金凤班、玉香班、红林院、绮梦楼等等，都是藏香蓄粉，丽人云集，每晚一般富贾豪商咸来此走马寻乐。不过清朝有例，凡是有现在官职的人，一概不许涉足花丛；可是一般做吏的，职位虽小，挣的钱可多，他们出入此间却没有避忌。

这些日，各妓院中就出来了这样的一位"大爷"。此人衣饰阔绰，有时还穿着官靴，似乎是什么衙门中的师爷，又像是哪处王府的大管事的，简直花钱如流水一般，任何人也没有他阔。只是他没有常性，在玉香班认识个姑娘，谈上几句话，他又往对门的红林院；由红林院出来，他又许回到玉香班。他见了刚才他挑的那姑娘就装作不认识，打算另挑，这在妓院里按规矩说是绝办不到；可是他太肯花钱，又太不讲理，有时妓院的伙计也就设法通融通融，不愿闹出事来。好在这人打茶围从来不耽误时间，他只跟妓女谈上几句话就走，他真正是"走马看花"。有时出了头等班子，又许入三等下处，所以这人是近日花丛中的一怪人。

一朵莲花刘泰保、花牛儿李成等人，假充嫖客来到胡同里寻访，头一日听说有这个怪人，第二天就被他们遇着了。遇着的地点是在胭脂胡同，堂名叫作"绮梦楼"。刘泰保分明看见那人走进去了，他也拉着花牛儿李成、瞪眼薛八、歪头彭九往里去走。

这三个镖头虽也都是花丛中魔王、八大胡同里的混混儿，但他们一向逛的只是些下等的娼寮。这绮梦楼的门口油饰得很新，墙上的砖都雕着花鸟，两旁门灯照如白昼，门前停着几辆簇新的大鞍车，出入的人全是绸缎裹到底。他们这四个人，除了刘泰保身穿青洋绉大棉袄，腰系绣花汗巾，还够点样儿；其余这三个，个个都是短打扮，衣服连扣子也没有，只用一条带子系住，为的是脱衣服打架方便。花牛儿李成一脸鼻烟，瞪眼薛八是不怕瞪眼，而且永远撇着嘴。歪头彭九的那脑袋实在难看，四下剃得精光，苍蝇落上那得滑下来，当中可留着像麻绳儿一样的一条小辫，红头绳上拴着一个小铜钱。

他们也知道自己不配进"班子"，然而禁不住刘泰保往里拉，并说："怕什么？你们哥们儿都是老江湖，什么地方没去过？难道这花钱的地方都不敢去了吗？"花牛儿李成红着脸说："不好意思，咱们这身打扮不衬！"刘泰保却扬眉吐气地说："有什么不衬？有钱就衬！咱们来此是为办案，若等你们回去换换打扮，贼早就跑了！"他随说着，随往门去走。门里的毛伙见他们的打扮跟气色就有点儿特别，一听他们说什么来此为是办案，可又有点儿惊惧。

当下刘泰保大大方方地吩咐瞪眼薛八在院中巡风，他挑选了个名叫春莺的妓女，带着李成、彭九进屋去喝茶。这春莺姑娘的房中虽都是些榆木擦漆的器具，但摆设得极为华丽，有雪白的沉香床，跟月亮般明亮的梳妆镜，歪头彭九简直不敢往镜中去看他自己的那根小辫。春莺姑娘倒是毫无名妓的架子，穿得华丽，长得娇美，可又有点小姐和命妇的神色。她殷勤地装烟倒茶，李成跟彭九都坐立不安，刘泰保却还能态度从容。他手托着茶碗，就问说："春莺姑娘，刚才我看见一个戴青缎金边儿帽子的阔大爷走进来，那是哪屋里的客？"

立在镜边的艳丽的春莺姑娘却指指上头，说："那是楼上素娥屋里的客，姓罗。素娥跟我是干姊妹，她说，那人倒是花钱不打算盘，只是没常性；他来了一次以后再来，他就不认旧人，打算另挑了。"

刘泰保望了李成一眼，悄声说："你们给我记住！那人姓罗。"又说："你们二位在这里坐一会儿，我出去解趟小手儿。"

歪头彭九本来除了辫子上的那个小铜钱之外，另外是一个钱也没带，所以他怕刘泰保掏坏，把他们放在这儿，叫他们丢人。刘泰保前脚出屋，他随之也出来了。刘泰保便瞪眼说："老九，别这么怯怯吞吞的，今天咱们是来此花钱！你也不是六七岁的小孩，来到外婆家里就认生。"歪头彭九不住摇动他头上那个小铜钱，说："我也是要上茅房！"刘泰保往屋里推他，又悄声说："眼看大功就要告成，你别沉不住气，在里边混搅！"

他刚把歪头彭九推回去，在院中站了半天的瞪眼薛八又跑过来，悄声说："我听明白啦！那家伙是楼上素娥屋里的客。"刘泰保说："我比你打听得更明白，快去给咱们取家伙来！"瞪眼薛八赶紧转身走了。

这里刘泰保站在庭中，灯照着他，许多毛伙都拿眼溜着他，他解开汗巾系在里面的小夹袄上，把辫子盘在头顶，挽挽袖头，脚站了个十字步，专等那戴金边帽子姓罗的人一下楼，他就上前去打架。

各屋中全都灯光摇摇，笑语细细。刘泰保在院中站立了一会儿，歪头彭九又由屋子里探出头来叫他，这时却听楼上有男子声音高唱。刘泰保赶紧向彭九摆手，侧耳听楼上传来的歌声。他不大听得懂，因为这既不是梆子腔，可也不是二簧，倒有点儿像是昆曲，只隐隐听得慢声唱道："……父遭不测母仰药，扶孤仗义赖同宗。我家家世出四知，惟我兄妹不相知，我名曰虎弟曰豹……"

刘泰保暗自冷笑，心说：哪里来的老虎豹子，我刘泰保今天倒要在此施展施展虎豹的身手！他也不管唱歌的人是谁，就扯开嗓子高叫了一声："好啊！"接着又叫道："真好嘛！"

两个毛伙忙过来向他请安，说："大爷！请您到屋里坐去吧！"

刘泰保摇头说："不！我在这儿也是唱戏啦！再说许他唱就许我叫好，谁也拦不住我！他在姑娘跟前显显嗓子，我也卖弄卖弄嚷嚷！"

这时许多香巢内的门帘全都打开，楼栏杆上也趴满了人，花红柳绿，燕语莺声，都借着灯光向他来望。刘泰保扬脸向楼上招手说："姑娘们，再请刚才唱戏的那位消遣几段，我一朵莲花刘泰保闯遍山南海北，还没听过这么特别的梆子腔。那位消遣完了，我还要请出一位戴金边帽子的朋友，跟我演出武戏！"

说到这里，就听楼上有人喝了一声："浑蛋！"声音像霹雳一般。

刘泰保仔细一看，见一个身穿红衣裳的妓女旁边站着一条大汉，这人此时虽未戴着金边帽子，可正是那个姓罗的人。刘泰保就哈哈一笑，说："好！刘大爷来这儿花钱正为的是来找你，你的花名儿叫什么？"

楼上的这人不懂得"花名"是什么意思，只一拍胸脯说："我叫罗小虎！"旁边的许多妓女全掩着口咯咯的笑起来。

那人更是大怒，向刘泰保说："你上来！"刘泰保说："你下来！"那人找着楼梯就要往下走，却被几个嫖客把他阻住，有人说："不要惹他，他是铁贝勒府教拳的师傅，一朵莲花刘泰保！"罗小虎把脚顿得楼板直响，说："管他是谁！"又怒喊着说："你有胆子上楼来吗？"

刘泰保哈哈一笑，说："有什么不敢？若要怕你，刘大爷犯不上费尽千方百计到这儿来找你。前天在鼓楼我就想斗斗你，被你骑上马逃走了；今天，你骑上狮子我也要把你揪下来！"说着一扔大棉袄，拍拍双手，表示手中无兵器，此次专凭拳斗。他一步紧一步往楼上来跑，吓得楼上的妓女全都哎呀哎呀的直叫。因为罗小虎的力太大，旁人都拦阻不了，刘泰保一上楼，吓得别人全闪开了。

刘泰保晓得这家伙必有几下身手，他一上楼来就先发制人，一拳向罗小虎的当胸打去。罗小虎并不闪避，只用手去粘，刘泰保收拳闪避，罗小虎却攻上前来，要伸手擒住刘泰保的腕子。刘泰保却轻移慢躲，等到罗小虎的手蓦然一抄手腕之后，他忽然披拦截砍，其势极猛，右手打开罗小虎的臂，左手向罗小虎的小腹猛捶。

罗小虎一退身，身后就是楼栏杆。刘泰保一拳没打着，再进一步去逼，不想两只手全被罗小虎握住，并且握得甚紧。刘泰保心中着急，怒骂道："这算是哪一路的拳法？"他双手用力去夺，膝盖向前顶；不料罗小虎用力将他一抢，他的身子就趴在了楼栏杆上。他又用脚去踢罗小虎的脸，没有踢着；罗小虎一撒双手，刘泰保的身子就由楼上飘了下来，楼下的妓女又都惊叫："哎呀！"

刘泰保一挺腰，身子立定，摆手说："别害怕！我没摔着！"蓦然，头顶上一个光亮亮的东西又打了下来，瞪眼薛八大喊道："不好！"刘泰保赶紧双臂一抢，一只由楼上飞下来的大玻璃灯就掉在地下摔了个粉碎。

刘泰保益发愤怒，见薛八已取来家伙，他就说："扔给我！"薛八把一口单刀飞起来扔过去，刘泰保轻巧地抄住了刀把，然后向楼上指骂着说："小辈！你用辣手暗算，不是好朋友！滚下来，我借你一件家伙，咱们刀枪对砍，见个高低！"罗小虎在楼上说："谁同你一般见识！"刘泰保摆刀又往楼梯上跑，说："你别吹！今儿咱们这武戏当场不出彩，就永不煞台！"

他将要走上楼去，罗小虎却迎下了两三步，刘泰保抢刀就砍。罗小虎向旁一躲，刘泰保再一刀，又被罗小虎闪开，刀"喀"的一声，正砍在楼梯的栏杆上。楼下毛伙便一齐大声喊："御史大人查街来了！"彭九、薛八却都说："没有！他们瞎说，刘二哥放心去干！"

刘泰保抖擞着精神，单刀如电，嗖嗖进逼，那罗小虎不住地向上去退。忽然他由怀间抽出了一口兵刃，迎着刘泰保的单刀一削，锵的一声，刘泰保仿佛是扑了个空，大吃一惊，半截刀已飞下楼梯，当啷落地。罗小虎以带环的短刀进逼，刘泰保用半截刀招架，同时喊叫道："好家伙！你手里也有宝剑！"遂翻身跳下了楼梯。

瞪眼薛八赶紧追来递给他一根扎枪，刘泰保才将枪接到手中，忽觉有暗器飞来；他赶紧闪身，瞪眼薛八的手腕上却中了一支箭，痛得他哎呀一声。刘泰保吓得身上一阵哆嗦，叫道："哎呀！原来你就是小狐狸！"

罗小虎此时却回到那素娥的屋里，扔下银两，戴上他那顶金边帽子，往外就走。彭九等人都已藏起来，只有刘泰保仍不气馁，他手挺长枪，拦住楼梯，大喊道："小狐狸！你再滚下来，不动暗器，不用宝剑，咱们俩要拼个死活。走十里地没有遇不见秃子的，想不到旧冤家在此相遇，原来你小狐狸是这般模样，玉宅的高师娘大概就是你的妈……"

他正使劲儿嚷嚷，罗小虎掖起衣裳，已由楼上跃下。刘泰保回身拧枪就刺，罗小虎短刀相迎，刀光枪影，一场好杀。妓女、嫖客全都藏到屋里去了，毛伙赶紧跑了去叫官人。但此时罗小虎用他那口虽短却极锋利的刀，已将刘泰保的枪杆削断，顺势一脚将刘泰保踹翻。刘泰保翻身爬起，抢着枪杆再战，罗小虎又一脚将刘泰保踢得滚开。

身后的李成由屋中抄起一只花瓶飞来，罗小虎一歪头，花瓶从他耳边飞过去，摔在了地下。又有人呼哨着叫道："衙门的人来了！"罗小虎这才转身走去。薛八、彭九赶紧露出头来去追，但追出门首，他们又不敢走了，刘泰保怒骂着，说："你们倒是追上去呀！"

这时有两个毛伙走来向他请安，说："刘太爷！请您还是到春莺姑娘的屋里坐会儿去吧！我们不敢不去通知衙门，待一会儿官人准来。那个人是逃走了，刘太爷您……"刘泰保摆手说："不要紧！我在这儿等着官人，一会儿的官司我也打!"毛伙们苦苦央求,刘泰保这才又到那春莺的屋中去坐,只有李成陪着他,薛八、彭九都被他给派走追寻那姓罗的下落去了。

待了一会儿,南城衙门就来了几个人;可是来到这儿一看,动刀打架的人已逃走了,也没闹出什么事来,妓院的人也没敢说出刘泰保的名字。官人在这里待了一会儿,只好又走了。

此时刘泰保却在屋中闷闷地喝茶,眼前那位美丽的妓女和他笑着谈话,李成低声叨念刚才的事情,他全都不理。他闷坐了半天,才开了盘子,向这位春莺姑娘拱手说:"对不起!打搅你半天!"春莺笑着说:"不要紧,刘老爷客气什么?明儿来呀!"刘泰保点头说:"好,好,明儿见!"

他同花牛儿李成来到院中,又向毛伙们抱拳,说:"打搅打搅!兄弟叫一朵莲花,南北城的人都知道。煤市街全兴镖店的神枪杨掌柜的,那是我表兄,以后万一有什么麻烦事,就到全兴镖店去找我,别客气!"毛伙们齐都恭恭敬敬地说:"刘太爷您别嘱咐啦!这儿您虽不常来,可是您一道出字号来,我们就都知道了。以后求您多维持,有一点儿小事情我们也不敢惊动您,大事情一定去禀报您!"

刘泰保一边拱手,一边同花牛儿李成出了门。李成很高兴地说:"真够面子!老刘你一朵莲花的名头真叫得响!"

刘泰保说:"还够面子呢?叫人由楼上推下来一次,踢滚开两回,刀枪全都被人砍折,这跟头栽得还不够大的?我刘泰保从年前到年下,在南北城可真泄够了气啦!唉,想不到小狐狸原来是这么个家伙,宝剑他送回去了,不知他又从哪儿偷来了一口宝刀?"他叹了口气,又一拍胸脯,说:"现在倒好啦!我到底认出他是什么模样啦!只要他不逃开北京,就好办!等着,我刘泰保要布置下天罗地网,不擒住他我决不甘休!"

两人遂说着,遂回到了全兴镖店。此时瞪眼薛八跟歪头彭九早就回来了,他们都说没追上那姓罗的家伙。瞪眼薛八的左腕上贴了一块膏药,他认输了,连连地摇头,说:"这个忙儿我可再也不敢帮了!原来他就是那神出鬼没的小狐狸,咱们再派一百个人,也绝斗不过他。我可不再往里揣腿啦!我还留着我这命呢!"李成跟彭九等人却都主张到延庆请回来神枪杨健堂,到泰兴镖店再把受伤新愈的孙正礼请出来,再到巨鹿县去请俞秀莲……

刘泰保连连摆手说："算了罢！算了罢！俞秀莲跟这小狐狸是一手儿事，他们不定还有什么关系呢？"说到这里，他忽然想起一件事来。记得年前在土城帮助蔡德纲父女共战碧眼狐狸师徒时，隐隐看见那小狐狸是个身材纤细的人，没有今天姓罗的这么高，这么魁梧。莫非使小弩箭的人，天下也不是小狐狸独一份儿？这姓罗的家伙莫非是小狐狸的师兄弟，一门中学出来的？这么一说，小狐狸是又请来了一个帮手吗？这样一想，刘泰保不禁毛发悚然，觉得祸事重重，都已被自己惹下；朋友全不中用，媳妇的技艺也不算高。跟头是栽下了，虽然爬不起来，可是若来个"溜之乎也"，那更丢人泄气；若说不走，这姓罗的就许勾结上小狐狸，不敢惹俞秀莲，可敢专门跟自己作对。他们既有小弩箭，又有宝刀，玉正堂还暗中纵养着他们；自己现在却是个无业游民，而且"老虎掉在山涧里，伤人太众"，这几个月来，自己的人缘儿一天比一天糟糕。刘泰保这么一想，不禁脑如上箍，心如滒煮，就哇的一声咯了一口鲜血，把屋中的人全都吓慌了。

这时夜已过了子时，八大胡同里的灯虽没灭，可是人已少了。附近几个小馆子冷冷清清，锅里空冒着热气，没人照顾。妓院也多半关上了门，掩住了妊燕娇莺，颊红黛绿，也掩住了轻云似的春梦。

离开八大胡同往南是一条大街，名叫西珠市口，这里有几家旅店，旅店里的客人这时也都睡了。只有路南的一家偌大的客栈，临街的楼窗上还有隐约的灯光，并传出一种浊厚的低吟声，唱着："我名曰虎弟曰豹，尚有英芳是女儿……"又有捶桌子声、顿楼板声及沉重的叹息声。

这间屋倒是相当宽敞，一张木榻、一张八仙桌、四把椅子，屋中的半天云罗小虎正在一人独斟独饮。他浑身发热，脱了个光脊背，脊背和胸膛上的几处刀剑伤和猛兽的噬伤，在油灯微弱的光焰下显得发黑。他像只中了箭的老虎一般，暴跳得却比老虎还厉害，一个人独饮低唱，又捶胸顿足，心说：玉娇龙！好啊，你真缠住了我，害死了我！我发了财还不行，还得叫我做官！两年来我费尽千方百计，也曾花钱买贿，也曾低首向人，结果，也没摸得半个官做。玉娇龙！难道我一辈子做不得官，你就一辈子也不见我了吗? 你有那身武艺, 随时可以到我这里来; 但你不但不来, 反倒连你住的屋子也都换了, 叫我连去了三次, 也找你不着!

越想越气, 他就把酒壶、酒杯, 连油灯全都推在地下, 又将两把椅子踢翻。立时他这屋中就如天翻地动, 乱响了一阵; 然后他长叹一声, 倒在床上睡去了。昏昏晕晕的, 忽然觉着有人进到屋里, 罗小虎一惊, 立时由怀中抽出来宝刀。只听进屋来的这个人发着南方口音, 说: "哎呀! 这可了不得了, 幸亏我来看, 不然要着起火来了!"

原来油灯滚在地上并未灭, 还在楼板上呼呼的燃着, 这个人踏了两脚, 才算给踏灭了。罗小虎于火光中看了看这个人, 见是个二十来岁黑脸的小个子, 身体挺结实, 但有点儿猴相。这人梳着个道冠, 穿着短道袍, 好像是个小老道。记得今天在店里曾看见过他一回, 大概他也是这里住的旅客。罗小虎此时的脑子明白了点儿, 便将宝刀徐徐收入怀中, 点点头说: "多谢你! 幸亏你把火踏灭了, 你去吧, 不要搅我睡觉。"那小老道也没言语, 转身就出屋去了, 屋中留下许多难闻的灯油气味。罗小虎也觉着这是在客栈里, 不可任意地发脾气, 万一起了火, 纵使烧不死自己, 把别人烧死了也太不对。他叹了口气, 又想起了今天在绮梦楼遇见的事: 那姓刘的刀法很好, 他与我并不相识, 为什么要跟我打架呢? 北京人真欺负人! 接着又胡思乱想起来: 我来到北京十几天, 走遍了花街柳巷, 看尽了少妇长女, 竟没有一个比得上玉娇龙一成的, 可恨! 玉娇龙真美, 真狠毒, 假若有个长得比她还好的, 或与她差不多的, 我罗小虎弄到手里也就走了, 也就不用为做官求亲, 着这鸟急, 生这鸟气了!

想到这里, 咚的一声, 他又把床使力地捶了一下, 隔壁却有个山西口音的人骂道: "你娘! 不睡觉可干什么? 半夜里活诈尸! 栈房不是为你一个人开的!"罗小虎大怒, 刚要由怀中抽出宝刀, 又将自己的怒气压了下去, 心说: 别不讲理! 本来不该搅人。又叹了口气, 隔壁那山西客还低声絮叨着, 他也忍气不言语。待了会儿, 他也就睡去了。

次日, 快用午饭的时候他才醒。在楼下大房子里住着的他那两个喽啰, 一个叫花脸獾, 一个叫沙漠鼠, 这两个人进屋来问说: "老爷, 今儿还有什么分派吗?"

原来一年来罗小虎离开了红松岭他那群盗党，他身旁就只带着这两个心腹人，帮着他贩马、发财、求官。虽然官职始终没求成，可是他永远命这两人叫他"老爷"，希望有朝一日，得个功名，娶了官太太，这两人就是随身的官人了。然而希望就跟梦似的，无法捉到，自己怀中仍插着宝刀，仍是半天云。这两人虽然也学了两句官话，可是，花脸獾是一脸刀疤，沙漠鼠是两只红眼，神气古怪，依然是喽啰模样。

罗小虎心里不大痛快，就瞪眼说："没别的分派，还是那两件事，一个去到镖行跟各处去打听汝州侠杨公久；一个到鼓楼西玉家。只要看见那小姐出门，就跟着她，看她往哪里去，就赶紧骑马来告诉！"两个喽啰齐都挺着胸脯，摇晃着脑袋高声说："好啦！"

罗小虎又说："再去打听，昨天在绮梦楼和我打架的那一朵莲花刘什么，是个怎样的人？"

花脸獾说："那不用打听，街上的人都认识他。那是铁贝勒府的教拳师傅一朵莲花刘泰保，在北京有些名头，年前为在玉正堂宅中捉拿狐狸，出过大名！"

罗小虎一惊，赶紧问说："什么事？玉家怎会叫他拿狐狸？"花脸獾把他在街上听来的这个不太完全的故事都说了出来。罗小虎就明白了，那所谓的"小狐狸"一定就是玉娇龙！她现在匿居闺阁，也一定是被刘泰保逼得无法。于是就冷笑了一下，恨恨地说："把那刘泰保的住处给我打听出来！"

两个喽啰转身要走，罗小虎又说："站住！还有点事！"遂叫沙漠鼠把他靠墙的一只木箱开开。这箱中满满的都是金银元宝、零整银子和大叠的银票，还有一大包一大包的珍珠，全是二三年来，他在沙漠草原之间劫来抢来的和他贩马赚来的钱。

罗小虎说："拿些银子给这里住的那个小老道，昨夜要不是他，栈房早着起火来了！"沙漠鼠说："给他十两银子吧？"罗小虎点了点头，又问："那小老道是个干什么的？他为什么不找个庙里去住？"

沙漠鼠说："那人好怪，他本不是老道，不过是穿着道士的衣裳卖野药，有个串铃，有个布招牌，有个药箱。他昨天才来，说是由江南九华山来的。他可很留心咱们，只不断地打听咱们是从哪儿来的？老爷是做什么官的？"罗小虎笑了笑，也不介意，两个喽啰就出屋去了。

又待了一会儿，店中的伙计就给他送来了丰盛的酒饭。罗小虎是正月十三日来的，在这魁升店中住了已有二十多日了。他虽行为古怪，性情暴躁，但颇为仗义疏财。本店房中住着一个落第的举子，贫病交加，房饭账欠了已有五十多两，店家无法，逼他搬走。但罗小虎头一天来到时，闻知了此事，立时替他还清了房账钱；并拿出五十两银子，让那穷苦的书生回籍。前天店中又有个谋事未成、憔悴而死的小官员，死在房中无法抬埋，遗下寡妇孤儿在屋中啼哭。罗小虎又资助了二百两，并赠给那孤儿两个大元宝。因此店中无论掌柜、伙计，还是常住的客人，没有一个不说这位戴金边缎帽的人是位阔官，是位善人，是位慷慨热心的侠士；但罗小虎却终日愁眉不开。

这天，他用过午饭之后，又骑着他那匹榴红色的大马在街上闲走；走着走着，不觉又走到北城，眼前又出现了巍峨壮丽的鼓楼。罗小虎不禁心中一阵烦恼，真懒得再往西边去走了，因为即使到了玉宅门前，也不过只能徘徊一会儿，咫尺天涯。这画栋雕梁的一大片房屋，简直就像是山岳，玉娇龙就像被压在这山岳底下了，无法与自己会面。

这时，他的喽啰花脸獾从街旁一个酒铺走出来，招呼他说："老爷！"罗小虎下了马，上前问说："怎么样？"花脸獾悄声答说："那宅门前停着两辆车，可那是别处来的，玉小姐还是没有出门儿。我想待会儿，也许能出来送客。"

罗小虎一怔，心里想起前几天在玉宅门前看着的那个穿红衣红裙的小女人，那小女人还不错，遂就问说："你看清楚到她宅里去的是女眷吗？"罗小虎立时将马交给花脸獾，就向西走去了。

罗小虎原不是什么好色之徒，他只是喜欢注意女人。他知道自己有个未见过面的胞妹，大概名字就叫作"英芳"。莽莽天涯，不知道那妹妹流落于何所，也许已做了别人的妻子，也许已沦落于烟花之中。所以他只要看见一个年轻的妇女，便觉着有可能是自己的胞妹，就必要设法打听打听人家的姓氏和出身。同时他还有一种心理，就是玉娇龙那样多情而美丽的人，却不能与自己朝夕相共，所以他恨不得找一个比玉娇龙美丽的人，以做玉娇龙的替身。

当下他又来到玉宅的门首，见这里只停着两辆很平常的骡车，两个赶车的人在高坡下等着，就坐在车上的凳儿上喝茶谈话。时候已然不早了，夕阳斜铺在这条街上，往来的人也不很多。罗小虎是走过去了又走过来，同时他可看见一个三十来岁的秃子，抹着一脸鼻烟，像个地痞似的人，在这里也转了两个来回，并且用眼溜了他两下，后来拐进一条小巷里去了。

罗小虎也不大注意这人，他只往东走去，扬着脸向高坡上看看；又转身回来，再看看天空。天空上，二月的纤云被夕阳照得黄中透红，十分美丽。晚风习习吹着，虽然还很凉，但却不跟冬天的风一样，这是有点儿发软了。云霞之间鸦鹊乱飞，街上已有卖馄饨的担子过来了。这古城的风光虽然没有新疆草原上的那种香气，也没有大漠高山上那种奇景，然而却别有一种风味，是一种柔美的掠人心底相思的风味。罗小虎又不禁顿了一下脚，恨恨地说：玉娇龙！莫非你是变了心？故意以"做官"来为难我吗？

这时迎面来了十多匹马，马上都是佩刀的官人，护卫着一位身穿紫色马褂的老将军，下了马往高坡上去了。罗小虎心想：这一定是玉正堂了，好大的威风！

他又徘徊了一会儿，心中十分急躁，就想离开此地。这时，坡上就送下客来了，果然是一群女眷；可是送客的都是婆子、丫鬟，却看不见小姐玉娇龙。被送出来的是两位女客，都是旗装，一位四十岁上下的太太，穿戴倒还朴素；另一位女眷年只二十上下，恭恭谨谨的在那中年妇人的身后随着，像是个做儿媳妇的。这小媳妇虽是旗装，可像缠过足，走路还扭扭捏捏的，不大好看；可是那瘦长的脸儿，娇红的脂粉，纤眉秀目，虽比不过玉娇龙，可是也逊不了三五分。她穿的衣服是大红缎子的，虽不如玉娇龙那么豪华，但却更为娇艳。罗小虎立时两只眼睛发直。

此时那婆媳二人已带着仆妇们上了车，车往东去了，罗小虎赶紧快走，追了上去。直追到鼓楼前，他找着了花脸獾，要过马来，上马就追着车去走。迤逦地过了许多条马路，来到了东城，两辆车就鱼贯地走进了一条胡同。这胡同口有一座木头牌坊，罗小虎仰面去看，四个字他倒也还认得，写的是"三条胡同"；往南一看，原来不远就是东四牌楼。罗小虎催马进去，见那两辆车在一个门前停住了，这门虽不如玉宅那么大，可是至少也是个官员之家，美丽的小媳妇于夕阳影里随着她的婆母进门去了。罗小虎张望了一下，拨马就走，心中十分懊恼，暗暗恨道：怎么这些标致的女子尽都出在富贵之家？都是这样装腔作势的连人也不看？可恨！

他策马出巷，顺着大路向南去走，就想：玉宅的院落太深，而且戒备得又甚紧，我要想给玉娇龙传一封书信都办不到。看刚才那家子，门户还小一点，家中的人口也必定不多，那婆媳与玉宅不是近亲也是好友，我不如去托她们，叫她们替我把一封信传给玉娇龙。不过要好好地去托她们，不然她们不肯管，而且还一定见不着，一定谈不了话。这还得深夜带着刀去，虽然有些不讲理，可是我除了请她们秘密捎书之外，并无别意，也不算什么的。于是他拿定了主意，要赶回店房去写信。

马出了前门，将走过正阳桥，忽听身后有一阵细碎紧急的蹄声。他回头一看，原来是一头草驴，骑驴的正是一朵莲花刘泰保，一身青布短打扮，挂着一个镖囊，脸有点儿瘦了。罗小虎一声冷笑，刘泰保骑着草驴向着他的马紧追，并说："姓罗的！我知道你今天进城去啦，我在门脸等了你半天啦！刘泰保现在把脑袋拿在手里握着啦，要跟你回头碰一碰，并且要碰到底。咱们两人顶好找个旅馆谈谈天，我不怕，我知道你更不能怕。绮梦楼里的一场争战，那不算什么，不能由那就说结下深仇。我也知道你不是小狐狸，可是至少你跟小狐狸是师兄弟。来！下了你的坐骑，咱们谈一谈，也不妨请出那位小狐狸来咱们讲讲理！事情没有什么难办的，如果你们真是侠义英雄，我刘泰保拱手叫你老师傅，过去的事算是我的错。我带着媳妇一走，永远不回京城；不然，可以把我的脑袋送给你们做一件谢礼；再不然，你们两人一齐放冷箭，我刘泰保单刀相迎，虽然明知多半必输，可是我还不含糊。"

刘泰保的草驴紧顶着马屁股，他嘴里如连珠一般说出了这一篇话，罗小虎却哈哈大笑，回着头说："刘泰保！我劝你趁早离开北京！你我既无深仇，你更不必苦苦追着我。你说那什么小狐狸，那人我认识，可是……我不能告诉你，不过我知道你的武艺比她差得远得多！"

刘泰保瞪眼说："差得远我也要斗，你告诉我那人的住址和姓名吧！"罗小虎摇摇头，没工夫跟刘泰保多说话，催马紧走，就把刘泰保的草驴丢在后边了。刘泰保在后泼口大骂，罗小虎忍着气只是大笑。

少时他就回到了店房，下马进门，命店伙将马牵到棚下，咚咚咚地跑上楼去。一进屋，却吃了一惊，原来那卖药的小道士正在他的屋中站着，猴头猴脑的，神情极为可疑。罗小虎就瞪眼说："你为什么趁着无人到我屋来？有什么事？"

这小道士昂然说："我给你来送银子了。昨天我替你扑灭了火，那不算什么，你叫人给我十两银子，我不能收。好！现在你回来啦，我给你吧！"说着他就把十两银子放在桌上。这小道士因为鬓发很长，所以显得脸有点儿瘦，其实他不但不瘦，两只胳膊还很健壮，说完了话他转身就走。

罗小虎只笑了笑，四下看了看，见屋里的东西倒没有挪动。他也不大介意，便躺在床上歇息，脑中不禁又回想起刚才所遇见的那旗装的少妇，不由得由羡爱之中又引起了一阵忧烦。他长叹着，又捶床唱起来："我家家世出四知，惟我兄妹不相知，我名曰虎弟曰豹，尚有英芳是女儿……"唱过之后，又在屋中来回走了走，便喊叫店伙拿来纸墨笔砚。罗小虎就跟惹气拼斗似的，用拳头握着笔，在信纸上写着大字，写的是：

娇龙贤妻妆次：我来京已有半月，只同你会过一面，你不容我与你多谈，便催我走去，我心中真熬烦。几次去找你，你却搬了屋子，可见你是故意避我，你的心是变了！别后一年多，我依你的话抛开朋友，改了行业，而且发了大财，但官是没法弄到，真叫我堂堂好汉无计可施，只有叹气而已！看这样子，一辈子我也做不到官了，难道你也因此一辈子就不跟我见面了吗？你有那样高超的武艺，何必在宅中充小姐，受一朵莲花那等小辈之气！我劝你快些随我走，咱们有钱，可以到处享福，何必非做官太太才行？这封信请你三思，收拾行李等候我，后天我要亲自去接你……

写过之后，草草粘封了，就带在身边。此时，他的两个喽啰花脸獾与沙漠鼠就一齐回来了，罗小虎把桌上放的十两银子交给花脸獾，说："那卖药的小道士还很有骨气，他不肯要这银子。给你们，你们两人分了，把它花了吧！"又问那沙漠鼠说："打听出来了什么事没有？"

沙漠鼠挤着两只烂眼，说："我今天打听出来的事情可很多。我新交的那个泰兴镖店的伙计，他告诉我说，他们镖店的大镖头五爪鹰孙正礼，现在伤已然好了；今天刘泰保找了他去，听说他在屋中直嚷嚷要打姓罗的，要拿小狐狸。"

罗小虎微微冷笑，便说："今天我也见着刘泰保了！那小辈他已自己说明他与我交手必输，所以我也不愿与他一般见识了。"

沙漠鼠又说："可是听泰兴镖店里的人说，孙正礼的师妹俞秀莲又将来到北京！"罗小虎笑道："倒盼她来，好叫我看看，长得比我的心上人如何？"沙漠鼠说："杨健堂可也要回来了，刘泰保更要四面八方去请朋友，我怕到时咱们孤掌难鸣！"罗小虎索性哈哈狂笑起来，说："一点儿也不用怕，我有宝刀！"

正说着，忽见有人把头探进来，正是那小道士。小道士点手叫花脸獾，笑着："来！我请你喝酒！"花脸獾临出屋时还向他的主人问："老爷！今儿晚上还到哪里去？我出去喝酒怕一时不能回来。"罗小虎说："你不要管我，今晚我要到个别的地方去，用不着你跟着！"他拂拂手，叫沙漠鼠也出屋去，独自一人在屋中沉思了一会儿，又不住地冷笑。

少时店伙又给他送来酒饭，饭他吃了，酒却一点也没喝。这时灯已点上了，罗小虎就暗暗扎束利落了身体，先躺在榻上养神。街上的更锣敲到二更时，他就起来，又预备了一下，便扑灭了灯走出屋去。

楼上各房间中，有的客人已睡着了，有的是流连在八大胡同里还没回来，所以多半屋中都没灯光，楼梯更是黑乎乎的如同一眼井似的。罗小虎将要往下去走，忽见一人在自己的前面顺着楼梯咚咚地跑下去了。罗小虎问了声："是谁？"那人连言语也没言语，一下楼梯就没有了踪影。罗小虎心说：奇怪！莫非是贼？他也追下了楼梯。

只听大房子里有许多人说笑，他就叫道："花脸獾！"连叫了几声，沙漠鼠才由大屋中出来。门一开，里面传出骰子在磁盆中乱转之声，罗小虎就问："花脸獾呢？"沙漠鼠笑着说："花脸獾叫那小道士给灌醉啦，现在屋里睡着呢!"罗小虎悄声说:"我现在要进城去办点事,今晚也许不回来,楼上的屋子要好好看着,小心贼把咱那箱子里的东西偷了去!"沙漠鼠点头答应,罗小虎就向门外走去。

此时天上悬着一弯新月,路上行人已很稀少。罗小虎也没骑马,他就慢慢地走,进了城走到东四牌楼,已然三更了。大街上,两旁的铺户全都紧闭着门板,如人合上了眼睛。四周都是静悄悄的,没有一点活动的东西,一切仿佛都已睡熟了;只有远处的梆锣声,隐隐的,直如梦呓一般。

罗小虎进了三条胡同,来到那门前,忽然他又有一阵犹豫,暗想:白天我也没打听打听,这家是姓什么?是怎样的人家?我就贸然地进去,去找人家的儿媳。虽然没有存着旁的念头,就是只叫人传封书信,可也就够冒昧的了!

他转身走去,想要再到玉宅,设法将信直接交给玉娇龙,不必无故的来搅人,好像来欺负人家的少妇。但又停住脚步想了一想,却觉得那少妇真是姿色动人,也真许是个未嫁的姑娘?那么自己就一半威吓,一半请托,与她结婚。即或被玉娇龙知道了也不要紧,叫她看看,我虽没做官,然而也有女人跟我。这样一想,他就脱去了外面罩着的长衣,卷了个卷儿,连鞋一起都放在门前的上马石后面,一耸身上了墙。向下一看,各屋中都有灯光,罗小虎不禁吃了一惊,心说:怎么回事?这家为什么这么晚还不睡觉呢?

罗小虎顺着院墙、房顶直往后院去走,就见有个人也往后边来了,他赶紧趴在房上。就见下面的人似是个仆人,走到屏门就站住了身,向里面叫着说:"邓妈!"西边灯光辉煌的屋中就走出一个仆妇,问说:"什么事?"那男仆说:"老爷叫我来说,天不早了,请五奶奶跟少爷、少奶奶歇息吧!不至于有什么事了!"仆妇却说:"五奶奶很害怕,少奶奶也不肯睡。可是,事情也说不定!前几年我在院里服侍俞姑娘的时候,就遇见过这么一回事,也是有个男子骑着马追车,果然夜里就有人来了;要不是俞姑娘的武艺好,可真不定出什么事啦!"

男女两仆在下面说话声音不大,可是房上的罗小虎全都听得清清楚楚,他心中不胜惊讶,暗道:原来白天那小媳妇已然看出我来了,知道我今夜必来,那小媳妇莫非也有玉娇龙那样的本事吗?好!我倒要会一会她。于是他就趴在房上,屏息静气的一点也不动。等到男仆人转身走了,女仆人回屋之后,罗小虎却从房上一跃而下,并无多大的声音;屋中有人正在说话,也似乎没有觉得。

罗小虎压着脚步走到了窗前,用手指蘸了点儿唾沫,轻轻地将窗纸划了一个小窟窿,他就弯着腰,向屋里去看。只见屋子虽然不像玉宅那么宽大,陈设器具却也十分讲究;屋中没有别人,只是一个年轻的男子和一个旗装的小媳妇。男子像个文弱书生似的,穿着一身青绸衣裤,辫子盘在头上,正望着那小媳妇笑。那小媳妇是个背影,也是一身青,手中握着一口刀。两人像是一对小夫妇,情景极为温馨和谐。虽在这防守贼人的紧张情况之下,但小夫妇仍然互相嘻笑,悄声说话。那小媳妇忽然一转身,灯光照着她的侧面,娇艳非常,正是罗小虎白天看见的那个小媳妇。她摆着手,又轻轻地跺脚,娇笑着:"你别跟我闹,奶奶就在里间啦!贼也许一会儿就来!"她那少年丈夫仍然笑着,要胳肢她。小媳妇却抬抬刀,仿佛要跟她丈夫打架似的,但她又娇媚地笑着,说:"真别闹啦!好文雄,别跟我闹!听听动静,待会儿贼准来!可是到时候你千万别先出头,你没经过大敌,我不放心!"那少爷文雄笑着说:"你也没经过大敌,我也不放心。"两人说笑着,极为亲爱。

窗外的罗小虎心中却非常难受,而且嫉妒,心想:怎么人家就有闺房之乐,我罗小虎却不能?他瞪着一只眼向里看着,心里把原来的目的也忘了。却不料背后"吧"的一声,有一墙瓦飞来,正打在他的后背上。他又痛又惊,赶紧抢刀回身,屋中的灯光也突然灭了。他跳到院中向房上去看,只见黑乎乎的什么东西也没有。

此时屋中那小夫妇一齐出来,抢刀扑上他来。罗小虎却退后了几步,一手握着宝刀,一手摆着,说:"别动手!我来没有恶意!"不料话未说完,那文雄抢刀向他连砍,大怒着说:"白天你尾随我的妻子,晚间你又来,还敢说没有恶意?"说着钢刀如电光一般的削下。罗小虎疾忙以宝刀相迎,那小媳妇却急急地说:"文雄快躲开!叫我……"

小媳妇的刀法新奇,两三下杀得罗小虎不得不退后。同时罗小虎也不愿伤着人家，他回身一耸，上了东房，并向下边说："我来是求小嫂子给我办点事！我这儿有一封信……"不料小媳妇已然飞身追上房来，钢刀在他眼前一晃；罗小虎疾忙用宝刀相迎，刀碰在刀上，只听呛啷一声，小媳妇手中的刀被削断，惊讶得往旁边一闪身，罗小虎也向后退了一步。不料后面早有个人，不知是谁，一脚向他踢来，罗小虎就咕咚一声摔下了房去，下面的文雄抡刀向他就砍。罗小虎情急，一脚踢去，正踢在了文雄的腕上，踢落了文雄手中的钢刀；同时罗小虎急快地滚起来，以宝刀向文雄砍去。只听一声惨叫，文雄卧倒，罗小虎倒吃了一惊。

这时那小媳妇已由房上跳下来，手中的刀虽被削去了一截，可是她仍舞动如飞，向罗小虎来砍。罗小虎愤愤的迎战了两下，这时屋中就有喊叫声，外面并有人语嘈杂，罗小虎就一耸身又上了房。

不料房上趴着一个人，蓦地一抄他的脚，啪嚓一声，罗小虎又坐在了房瓦之上。趴着的那人挺身而起，扑了过来，模样虽然看不清，但那身影很是短小。罗小虎将宝刀一晃，问说："你是谁？"这短小的人却连话也不答，只徒手过来要夺罗小虎的宝刀。

罗小虎一滚身就滚下房去，双腿一挺，站住了身。这原是个偏院，正院中却人声杂乱，并有女人的哭泣之声。罗小虎正想跑开，可是房上那短小的影子又如一只夜猫子似的，嗖的一声扑下来。罗小虎将刀一晃，那人一缩头，手反抄上来要夺罗小虎的刀。罗小虎施展刀法，寒光闪闪；那人徒手应敌，左蹿右跃，简直像个猴子一般，身手极为敏捷。罗小虎的刀虽然没有被他夺了过去，可是觉得此人十分厉害；尤其是那几个扫堂腿，假使罗小虎没有点儿真功夫，早就被他给扫倒了。

罗小虎刀法愈急，那人却愈不稍退后，拳脚的来势反愈猛，罗小虎就虚晃一刀，飞身越过了墙去。墙的这边是另一家住户，这家住户也被西邻的吵闹之声惊醒了，各院中也全都点上了灯，并有人在屋中向外问："谁？"罗小虎又上了房，踏着房瓦快走。

走过了许多层院落，不防身后又有短小的黑影追来。罗小虎疾忙由房上过墙，跳到外面，这里已出了胡同，是一片黑茫茫的旷野。那短小的黑影又如箭一般的追来，罗小虎回身抡刀，怒喝一声："你是谁？这样苦苦地逼我？"黑影儿嘿嘿一笑，并未答话，又扑过来夺他的刀。罗小虎真气极了，嗖嗖地抢刀；那黑影疾忙躲闪，才躲避开却又扑上来，并趁空打了两拳，踢了一脚。小虎身体结实，拳打上脚踢上的都不倒，可是这条黑影儿却真真叫他生气，缠住了他，叫他没有一点办法。

这黑影是一步也不放松，看那样子他并非要害他的性命，只是要夺他这口宝刀。罗小虎紧紧地握住了宝刀，且战且走，黑影一步一步地追上。忽然，罗小虎觉得一脚登空，原来身后就是一个大深坑，他一下子掉在坑中。坑里很脏，大概有不少泥水，上面的那人便哈哈大笑。罗小虎向上面怒骂了几声，上面也没有还言。

罗小虎在坑中生了半天的气，这才爬上来，还紧紧握着宝刀提防那人再来夺；可是四下去看，不见黑影，大概那人是已走了。罗小虎喘了喘气，信步走着，两只脚觉着很湿，心中又不放心刚才自己闯祸的那家：那个小媳妇的武艺不错，还会上房，想不到北京城处处有这样的奇人！只是她那个女婿本领不济，被自己误伤了，岂不要叫那小媳妇伤心吗？唉！自己太不对了！

可是想到扒窗偷看到的那些甜蜜的情形，他心中却又嫉妒得慌，就想：我几时才能与玉娇龙成为夫妇呢？她在京城这几个月，并不是安分守己，不出闺门；她也盗宝剑，做飞贼，可是她就不肯出来与我私自会会面。她认识这个会武艺的小媳妇，一定还认识不少的能人，无论哪个，还不能替她捎一封书信给我吗？但她就不那么办，我没做成官，她就要将我抛了，好个负心的女子，今夜我非得去找她不可！

当下罗小虎将宝刀插在腰带上，在黑沉沉的夜色之下，他又辨别着路径，往鼓楼去走。此时街上就有更声紧急地敲着，并有马蹄声嘚嘚响，似是查街的官人来了。

罗小虎穿越着小巷，迤逦地走到了北城，寻着了鼓楼往西，少时就来到了玉宅的门前。这里很是清静，除了门前的八棵大槐树被风吹着萧萧作响，此外便没有别的动静，屋中也似乎没有什么防备。

罗小虎来到门前，就一伏身，要蹿上屋去，却听有人嗤的一声叫。罗小虎大惊，抽出刀来，问了声："是谁？"只觉得前胸蓦然一痛，原来中了一镖。罗小虎痛得几乎坐在地下，他一弯腰将镖拔出，不料流星锤又自后打来，正打中在他的脖颈上。同时树上嗖地跳下一人，抢刀向他来砍；身后一流星锤险些又打中了他的屁股。

罗小虎一面挥刀迎敌，一面闪身，跑下了高坡；嗖嗖的两镖又自上飞来，一镖打空了，一镖被罗小虎接住。他不敢再斗，转身就跑。后面的两人却紧紧地追来，并高声向他大骂，一个是女人的声音，说："你快些站住！不然我可就要拿镖打死你了！"罗小虎赶紧一低头，但是镖并没有飞来。

又听是一个男子的声音，说："朋友！站住吧！你已受了伤，还想跑吗？站住咱们谈谈，你是为小狐狸来的，我们也不是为别的事！只要你告诉我们，那小狐狸是玉宅的什么人，咱们俩就算是一条线儿上的了！"

这声音非常厮熟，是那一朵莲花刘泰保的声音，罗小虎不由得更加气愤，回身说："好啊！你也敢来欺负我？"说着就要过去与刘泰保厮杀，但是那女人的飞镖又打来了，幸亏没有打着。罗小虎回身再跑，并后悔自己今晚没有带来弩箭；可是带来那弩箭也没有多大的用，并不能将人射死。

他急急地跑出了很远，后面的人才不追了，他这才慢慢地走。胸前的伤痛，身体的疲倦，他并不在意，他只是懊恼。因为自己的武艺最好是一刀一枪，或是角武比力，他完全不要以巧胜人；今天遇见的那条黑影，神出鬼没，不知使的是哪一家的拳法。又加上刘泰保那冷不防就打来的流星锤，刘泰保女人的飞镖，真令他难防难挡，他的肝肺都气得要炸了！古城中这窄小的胡同，他真觉得行不开！他在沙漠里、草原上，是盖世无敌的好汉，然而在京城中，他就要受一般小辈的欺侮。

罗小虎愤愤地走到了南城，找个僻静的地方爬过了城墙，就回到了西珠市口。他住的这家店房，楼上楼下全都没有灯光，他跳墙进内，也无人觉得，他就摸着了楼梯向上去走。不想走到了楼上，忽见眼前又有一条黑影走来，要从他的怀中夺他的宝刀！他赶紧一手护住胸，一拳打去。那人闪开，又来了一个扫堂腿，扫着了，可是罗小虎没被扫倒。罗小虎愤怒极了，反身去扑，并问："你是谁？"黑影仍不答。罗小虎拳飞脚起，那黑影也舞拳相敌，但却不如罗小虎的力大。

他们在楼上这样咕咚咕咚的一阵乱打，各屋中的客人就全都惊醒了，有人嚷嚷着问：“什么事？”罗小虎就说：“有贼！”同时拳脚不停。那黑影却一转身跳上了楼栏杆，一跳而下，罗小虎还要下楼去追，却听下面一声冷笑，黑影儿就不见了。

此时各屋中都点上了灯，罗小虎就偷偷溜回自己的屋内，赶紧掩上了门，往床上一躺。胸口上的镖伤十分疼痛，脖子也发酸，一口怒气顶在心里出不来，他简直恨一切的人。此时外边吵吵嚷嚷的，脚步踏得楼板咕咚咕咚的乱响，店家也仿佛被惊醒了。罗小虎就暗自寻思：那条短小的黑影实在可恨，不知他是谁，偏来和我作对，由东城追我到南城来。而且他知道我住在这里，以后这东西一定要时时跟我为难，妨碍着我的事，我怎样将他剪除了才好？

当夜罗小虎的店中既乱，伤处又痛，所以没有怎么睡，到天明他才迷迷糊糊的仿佛入了梦境。直睡到过午，外面有人咚咚地乱捶门，罗小虎这才忍着伤痛起来，将门开了，就见门外是他带来的那两个喽啰花脸獾与沙漠鼠。这两人本来是见他们的“老爷”到这时还没有起来，就很疑惑，如今一开门，见“老爷”是两脚污泥、满胸血迹，他们就大吃了一惊！

二人疾忙进屋，随手把门紧紧地掩上，沙漠鼠悄声问说：“怎么了，老爷？”罗小虎瞪眼说：“少问！”他低头看看，胸前的血迹实在不少，无怪乎痛。又掏出自己写的那封信，就见也被血迹浸红了一半，他一气嘁嘁的撕扯了，花脸獾、沙漠鼠全都直瞪着两只眼发怔。

罗小虎一边换衣裤和袜子，一边又吩咐说：“快出去给我买刀创药，再买一口朴刀来！”沙漠鼠答应了一声，转身就走。花脸獾又把屋门紧紧关上，然后走近前来，悄声问说：“昨天夜里的事儿？”罗小虎摆摆手，不叫他多问，只说：“你们要防备一点，现在有许多人都在暗中要害咱们！”

花脸獾压着声音说：“今天外边可都传开了，说东城铁掌德啸峰家昨晚去了贼人，惊了他家的少奶奶，伤了他家少爷。”

罗小虎一听，便不禁惊愕！因为德啸峰是个很有名的人，自己向来很景慕他。不想昨晚自己去的那人家，就是德啸峰的家，还误伤了他的儿子，实在是太不应该了。他心中一懊烦，就又躺在了床上。花脸獾又说：“今天内外城都很严，茶馆酒店全有衙门的探子。咱们这两天，还是别出门才好!"罗小虎点了点头,又叹气。

花脸獾将罗小虎脱下来的那染着血的衣裳藏在床底下,把那口宝刀也压在褥下。这时外面又有人捶门,罗小虎赶紧坐起身来;花脸獾向他摆手,请他先躺下,并拉过棉被盖在他身上,将地上放着的两只泥袜子也踢到床下,这才去开门。原来外边是沙漠鼠带着那在本店住的小道士,小道士背着药匣子,迷嘻地笑着;罗小虎却不禁吃了一惊,脸色也变了。

沙漠鼠近前来,悄声说:"这位道爷,他有好的药,专能治刀伤,他在江南给许多人治过。"

罗小虎瞪着小道士,突然问说:"你行走江湖有多少年了?"

小道士把药匣放在一个凳儿上,往近走走,说:"至少也有十年了,我们是世世走江湖卖药,我匣子里的药都是祖传的秘方。"

罗小虎瞪大了眼睛,说:"你倒不会武艺?"

小道士猴子一般地迷嘻笑着,摇头说:"我没学过那些,我做生意的人,也用不着武艺。可是我常给会武艺的人治病,江湖上一些有名的侠客、镖头、山大王,他们受了伤,都请我去治;我的补铁平金散、生龙活虎膏,都是四远驰名!"

花脸獾又把屋门关好,罗小虎自己掀开了被卧,露出了血色模糊的镖伤。小道士就打开了他那药箱,取出来两贴膏药和一包面子药。罗小虎又问说:"你行走江湖,你可晓得江湖间谁的武艺最高?谁的名气最大?"

小道士说:"若论武艺,谁也超不过江南鹤、李慕白、猴儿手,老小三辈!"

罗小虎笑道:"猴儿手是个什么人?我还没有听人说过,大概人物不会出色,武艺不会高强吧?"

小道士说:"哈哈!你是不知道,猴儿手的名头可大极了!他是凤阳府谭二员外的少爷,李慕白的大弟子,谁比得了?"

罗小虎笑了笑,又问:"你可知道有一位高朗秋?"小道士摇头说:"没听说!"罗小虎又问:"你可去过武当山?"小道士点头说:"去过,那山上道士们的武艺是一代不如一代了。"罗小虎又说:"你可知道新疆有个半天云罗小虎?"小道士摇头,点上半截蜡烛,烤化了两贴膏药,并往膏药上洒那面子药。

罗小虎又问说："你可知道有个杨小豹？"

小道士说："三年前江湖闻名，偷盗了宫中四十几颗珍珠，后来死在保定府的单刀小太岁杨豹，我倒是晓得，可是没听说过什么杨小豹。"

罗小虎吃了一惊，立时心中涌上来一阵悲哀，又瞪着眼，赶紧问说："杨豹死后，他家中还有什么人？"

小道士拿着膏药，说："昨天新出事的，铁掌德五爷家的儿媳妇杨丽芳，那就是杨豹的胞妹。"罗小虎立时怔了。

小道士把两贴滚热的膏药向罗小虎胸前的伤处用力一按，他立时哎呀一声，昏晕了过去，把小道士吓了一跳。花脸獾和沙漠鼠赶紧过来唤救他们的"老爷"，小道士惊讶着，说："怎么，他的身体是这么虚？连一贴膏药都禁不住？"花脸獾要去找草纸好点着了熏救，沙漠鼠是连声叫着："老爷！老爷！罗老爷！"那小道士也直发怔。

忽然罗小虎苏醒过来了，他急急地摆手，驱这些人全都出去，他却在这里不禁痛哭，偌大的英雄竟如同女子一般呜呜地啜泣。

从此，他也不出屋子了，饭吃得很少，酒也不再喝，更听不见他再唱那"我名曰虎弟曰豹，尚有英芳是女儿"的悲歌。同时也不知那小道士给他贴的是什么膏药，伤不但不好，反倒肿起来了。

过了三四日，这三四日内外的风声很紧，都说京城藏着大盗，内城提督衙门、外城御史衙门，都正在饬派官人到各处寻查形迹可疑的人。并听说一朵莲花刘泰保、神枪杨健堂、五爪鹰孙正礼等人，现在日夜在街上乱转，他们必要捉获杀伤德大少爷的那个贼才甘心。

除了沙漠鼠还时常出门去打听打听消息，脸上有刀疤的花脸獾简直不敢门，他成天跟小道士在一起赌钱，"老爷"给他的银子被小道士赢去了很多。小道士不仅会赌钱，并且江湖的见闻极广，但谁也猜不透这小道士是个何许人。

在楼上的罗小虎虽然身负重伤，而且心灰意懒，可是他时时谨慎地防守他那柄带环子的宝刀。他知道有人正惦记着他的这口宝刀，而且那个人大概就住在这里；因为每夜他都觉得屋外有响动，只是那个人不能得手。他疑惑那小道士是个绿林中人，但是细瞧可又不像，叫沙漠鼠、花脸獾他们去探查，也是一点可疑的痕迹也探不出来。

天是渐渐暖了，罗小虎的伤换了两贴膏药，却更加重了。这天不过是晚间二更天的时候，突然有一个人走进了他的屋中。他这屋中的桌子上还正燃着明晃晃的灯烛，罗小虎听见了脚步声，就赶紧忍着痛一翻身，同时按住了褥子，褥子下面就是他的那口宝刀。他瞪大了眼，看见床前站着一个青缎衣青缎小帽的少年男子，细条身子，俊俏的脸庞，啊呀！不是个男子，原来正是他的情人玉娇龙。他说：“啊！你这时才来？”

玉娇龙却向他摆手，俊俏的脸上如铺着一层秋霜，一点儿也没有温暖，一点儿也没有柔媚。她走近一步，低着头，严厉地向他质问，声音极小，说：“你住在北京是什么用意？为什么这些日你都不走？你到德家做出的那是什么事？你可知道那杨丽芳就是你的胞妹吗？你杀死的那德文雄就是你的妹夫，你简直是强盗，我当初错认了你！”

罗小虎心痛得如刀割一般，他翻身坐起来要争辩，玉娇龙却不容他说话，又往下愤愤地说：“你在这里再住几天，一定要事发被捕！我现在无法救你，我自救尚且不暇。我等了你三年，希望你有个出身，没想到全成了泡影，你反倒日趋下流！我的父母已将我许配了现在顺天府丞鲁翰林，我无法违背。我今天来就为的是把这些话告诉你，是怪你自己不长进，非我无情！”

罗小虎张着手急叫道：“娇龙！”玉娇龙连看也不看就翩然出屋，罗小虎又悲哀地叫着：“娇龙！贤妹！”

玉娇龙已走出去了，忽又顿住了脚，一转身，似乎是要再回屋去看看；但这时蓦然有一人从她的身后扑来，玉娇龙疾忙回身闪开。这个人如同个猴子似的，很短小，舞着双手又向她来扑。玉娇龙飞快地闪避，同时拳飞脚起，就把这人一脚踢倒；这人一滚身往上站起，玉娇龙追过去又是一脚，就把这人踹得骨碌碌地滚下了楼梯。

玉娇龙不敢在此多留，便从栏杆上一跳，跳到了楼下；那猴子似的人却爬起来又一蹿，倒把玉娇龙头上的青缎帽打落在地下。玉娇龙愤愤地一掌打去，打得那人又后退了两步，玉娇龙向外疾忙走去。

此时柜房中已跑出几个人来，玉娇龙早已走到门外。可是她才一出

第七回　门外怅萧郎歌哭拼醉　巷中追艳妇兄妹成仇

二六三

门，不防门前正站着两个人，一个人拿着点着松香的火折子一晃，玉娇龙就觉得眼前一片火光，赶紧闪开。同时，这拿火折子的人可也吓了一大跳，惊愕地说："哎呀！原来是她呀！这些日子我刘泰保做梦也没想到是她呀！"

玉娇龙一惊，回身以小弩箭连珠般的向那说话的人射去，那刘泰保跟着另一个人却往西撒腿就跑。那店中也人语喧哗，街上还有铺户未关门，玉娇龙就疾忙地向东走去。此时夜色渐深，更鼓已敲到了三下，巍巍的古城，已入了沉睡的状态。玉娇龙越城潜回到宅中，她的心绪也万分的不宁。

原来这些日刘泰保每夜都要在罗小虎住的店房门前探望，今天不料探出来一件出他意料之外的事，倒把他吓呆了。刘泰保带着花牛儿李成，两人向西跑出了很远，花牛儿李成因为屁股中了一支小箭，就跑不动了，喘着气说："站住吧！站住吧！到底刚才你拿火折子照的那个小伙子是谁呀？他怎么那么厉害呀？没说话就放箭！"

刘泰保却说："那就是小狐狸，我真没想到是她！怪不得俞秀莲不肯告诉我实话。如今，如今，今儿的事连我的媳妇都不能告诉！现在知道了她是谁，倒难办了！"这两人就回全兴镖店去了。

此时，那罗小虎住的店房之内，却大乱了一阵。那卖药的小道士被人打得鼻青脸肿，可是他拾着了一顶青缎小帽。店掌柜是暴跳如雷，指着这小道士嚷嚷着："怪不得我这店里这几天常出事，闹得客人都不安，原来你不是好人，趁早儿你滚！要不然我可要把你交官了！"

小道士掩着脸生着气，也不言语；倒是有在住的老客人和管账的先生，劝着掌柜的，说："还是别声张吧！现在街面上正正紧着，叫他再住一晚上，明天一定叫他搬走就是了！"店掌柜的这才不得不压下点儿气，又向小道士说："明天请您走吧！您欠下的店钱我们也不要了！求您别再给我们这儿生事儿啦，我们这儿可是正经买卖。"小道士点了点头。

此时沙漠鼠早跑到楼上去告诉罗小虎，说："那小道士原来是贼，刚才被个外边进来的人给打啦！"罗小虎似乎没听见这些话，只仰面躺着，瞪着两只大眼睛发怔，他那两眼被烛光照得通红，红得可怕，沙漠鼠吓得赶紧退身出去了。

后半夜店房中无事，次日早晨，那小道士连他的那只药箱忽然都不见了，店门还没开，不知他什么时候就走了。在一进门的白照壁上留下了几个用炭写的字，是：

我乃江南大侠猴儿手谭飞，我走后店中仍有贼人，一定还要出事，请店家小心为要。

同时，罗小虎裤子下的那口带环的宝刀忽然也不见了，他急躁、愤恨，但又不敢声张，也无处再去寻那猴儿手。他也明白了，小道士猴儿手给他贴的膏药一定不是什么好膏药，不然为何越贴伤越重呢？他暴躁着，叫沙漠鼠给他出去另请名医，他希望早些能够行动，好出去办他自己的事，同时命花脸獾天天出去打听外边的事。他知道刘泰保、杨健堂、孙正礼等人已全都知道他住在这儿了，只是因为他现在负着重伤，杨健堂等人不愿来抓他这一个病夫；只在等着他的伤愈了，再来拿他，或与他比武。可是他现在如同被人监守起来，若想逃走，恐已甚难。所以把他那两个喽啰全都吓得战战兢兢，天天吃不下饭去，只盼着他们的"老爷"快些把伤治好，好悄悄地离开北京。

同时，他们又闻得玉正堂的小姐玉娇龙已许配给了顺天府丞鲁君佩，又因为北京有些无赖汉给玉娇龙造出了很多谣言，说玉小姐是什么"小狐狸精"，所以鲁家为息人言起见，把婚期提前了，大概是下月中旬就要迎娶。

第八回　彩舆迎新娘途逢恶虎
香车随宝马私走娇龙

　　罗小虎自更换了医生之后，他前胸的镖伤渐渐地好了些，只是胸中气愤，而且伤心。有三件事最使他痛惜，第一是太对不起胞妹了！本来相违数载，一旦兄妹得到机缘相见，正应当相叙过去家庭的惨变，骨肉分离后各自遭受的痛苦，然后再相议如何复仇等等之事。铁掌德啸峰也应当算是自己的姻亲了，可是，自己不才，那天偏偏把一件小事弄成了大事，将德文雄杀伤。那天听玉娇龙来说，他是已然死了！咳！我将我的妹夫杀死了，使胞妹年轻守寡，我还有什么脸面再去见我的胞妹呢？就是我将自己凌迟处死，也不能赎去我的罪愆。第二即是玉娇龙那天晚间来此所说的那一番话，简直是义断情绝。背叛了沙漠中的盟誓、草原上的恩情，她已甘心去嫁什么鲁府丞了。她只恨我不长进，不能做官，然而我怎样才算长进，怎样才能做官呀？第三是恨那猴儿手，累次在自己的事情中间捣乱，临去时还趁着我的伤重，将我的宝刀盗去，真真可恨！罗小虎一想起这些事，他就痛心、懊悔，炸了肺似的气愤。本想挣扎着去向胞妹谢罪，去见玉娇龙严辞质问，去寻猴儿手索要宝刀；可是自觉得仍然体力不胜，而且精神不济。

　　这天，花脸獾、沙漠鼠二人来悄悄地对他说："大爷！咱们在这儿也没有什么事啦，你老的伤也快好了，玉小姐要嫁鲁府丞就叫她嫁鲁府丞去吧，咱们还是回到新疆贩马去吧！"

罗小虎摇摇头，愁闷地说："要走你们就先走吧，我可以给你们盘费。"花脸獾说："盘费倒不要紧，只是大爷……老爷，你这样地住着，早晚要出事呀！"罗小虎冷笑道："我倒要等着出点事叫我看看，我看谁能把我怎样了？"

正在说着，忽听楼梯一阵紧急地响，花脸獾探出头去望了望，脸上就立时变了颜色。他回转头来，惊慌慌地悄声说："来了！来了！刘泰保！"罗小虎便也悄声说："快把刀给我预备在手下！"花脸獾就把新买来的一口纯钢的薄锋厚背的朴刀，放在了罗小虎的身旁，罗小虎用被将刀盖住，依然假装安静地躺卧。

此时外面的刘泰保等人已上得楼来，除了披着青绸夹袄的刘泰保之外，还有一位穿布衣服的高身、方面、黑胡子的人。花脸獾认得，这是新由延庆府回来的全兴镖店掌柜的、神枪杨健堂。后面跟着一条大汉，手中提着一口明晃晃的钢刀，这人是五爪鹰孙正礼；他去年被碧眼狐狸所伤，现在已然把伤完全养好了。

当下杨健堂向孙正礼使了个眼色，嘱咐他不可莽撞，刘泰保在前，三个人就走进屋来。罗小虎将要扶枕坐起身来，刘泰保却摆手说："不要客气！不要客气！你自管躺着养神吧！我们早就想来拜访你老兄，只因你病着，怕骚扰了你；现在我们哥儿三个知道你的病快要好了，所以特来向你问问。德五爷家里的事情不提了，因为德少爷被你伤得并不太重，德五爷旷达为怀，他是宁叫人负我，我不负人，所以他也不愿深究，并且他夫妇还劝着他的儿媳息事忍气。"

罗小虎一听了这话，心中倒不由立时松展了，就想：德少爷原来没死！玉娇龙那天的话却是传闻之语，或者是自己听错了，但是仍然不胜惭愧。又听刘泰保把声音压得略小一点，说："今天我们哥儿三个前来，非为别事，就是我们早已探出了……"说着看了看花脸獾和沙漠鼠，又笑着说："你们二位可否暂且出去回避回避？我跟罗大哥说几句私话。你们放心，我们绝打不起来，我们绝不能逼他；我们若想逼他，还不能等到今天才来呢！"花脸獾、沙漠鼠两人都用眼看着他们的"老爷"，罗小虎却努努嘴，说："你们去吧！"那二人就又疑又惧地出了屋子。

孙正礼是手握着朴刀昂然站立，瞪着两只大眼睛看着罗小虎；杨健堂挡在孙正礼的前面，是怕他蓦然动手，同时也观察着罗小虎的神态。刘泰保又向床前走了一步，说："我们知道你是从新疆来的，你常在玉宅的门前转，玉小姐也曾扮成男子到你这儿来过，我们都知道你跟玉娇龙必有深交；去年死的那碧眼狐狸耿六娘，你们在新疆时也一定都是老朋友。这件事关系重大，玉小姐后天就要出阁……"

罗小虎吃了一惊，刘泰保又说："过去的事全都算完了，连玉小姐都算上，咱们全是江湖的朋友。你们既然让了步，我们也不愿意逼之过甚，同是拿刀动枪的，打拳踢腿的，打一回闹一回那是见面礼，以后彼此要关照的事情还很多呢！只是，今天趁着老哥你的伤略轻，请你说实话，你跟玉小姐到底是怎么一回事？是师兄妹？是朋友？还是你两人有特别亲密的交情？还有，玉娇龙的武艺到底是跟谁学来的？碧眼狐狸怎么会混入玉宅？正堂玉大人到底对他的女儿能上房，家中养着贼老妈儿的事，知道不知道？你说完了，只要是实话，我们哥儿三个是拱手就走，以后绝不打搅你！"

刘泰保这一席话，罗小虎听了，只是脸上有些变色，却一直微笑着，心中盘算了又盘算，便说："你们真问着了！玉娇龙是如何的人连我也不知，什么碧眼狐狸，我更是连面也没见过！"

刘泰保一怔，孙正礼立时把刀举起，推开了杨健堂，一跃步近前来向罗小虎就砍。罗小虎也由被下亮出了刀，同时翻身滚起，锵锵两下，敌住了孙正礼。杨健堂赶紧将孙正礼拉开，并推出屋去。刘泰保又连连摆手，说："别这样！咱们还是好好说话！"

罗小虎愤愤地说："是他想要暗算我！你们三个人没等我的伤好就前来，就是没怀好意。不错，我罗小虎与玉娇龙相识，可是什么碧眼狐狸我却真不认得！"

刘泰保点头说："这就好说了！你既自认与玉娇龙相识，那么趁着她现在还没做府丞夫人，就请你去找她一回，定个地点，我们私下会个面。你可听明白了，不是我们要向她高攀，是因为我们也打了小半年的交道了。我的老泰山死在她的手里，寒舍她也曾光顾过几回，并且她在我媳妇的腿上还射过一弩箭。我们两人在德家也见过面，现在我手中还有她的亲笔迹。总而言之，这半年来我们虽然为敌，可是非常密切。现在，再有两三天她真是一位命妇了，我们更不能高攀了。所以在她没上花轿之前，无论如何，也得跟我们见面谈谈，把以前的事情交代清楚了，省得日后再出事端。玉宅的大门我们是不能进去，所以只有烦你老兄给我们引见引见，地点可以随她定。还告诉她，请她放心，我们绝无恶意。不然我们现在的人也不少，真要是不讲面子，把她的底细揭穿；她虽不至于被她父亲押在提督衙里，可是到后天也准保叫她上不了那顶花轿！"

罗小虎放下刀，不禁长叹着，他摇了摇头，说："你们不知道，我跟她见面也很难！你不知道，那天夜里，我也是想蹿房去找她，可是，干你甚事？你就在暗中打了我一镖！"

刘泰保说："那天是我们的不对，可是，唉！现在你就告诉我实话吧！那天玉娇龙女扮男装来找你，到底是有什么事？"罗小虎说："她是跟我说几句话。"刘泰保说："说什么话？老兄你可否告诉我？"罗小虎摇摇头，说："不能告诉你们，那是我们的私事，与你们并不相干！"刘泰保的神色一变。

此时杨健堂和孙正礼又齐都走进屋来，孙正礼怒目圆睁，用刀向床上指着，说："跟这小子说什么废话？把他拉出去杀了，给德五哥出气就得啦！"杨健堂又向他摆手。

刘泰保却绷起脸儿来，说："姓罗的朋友！事到如今我们已给你留够了面子，你可一句实话也不肯说，一点事儿也不肯给我们办！"

罗小虎说："还有什么实话？我说的没有一句假。我除了知道玉娇龙的师父高朗秋，他对武艺知道的很少，都是由两卷书中所学来的，听说那两卷书是江南鹤所作。"

刘泰保的脸立时吓白了，杨健堂也有些惊愕的样子，孙正礼却手握着朴刀，瞪着眼说："你可别拿江南鹤来吓咱！"

罗小虎说："我拿别人的名头来吓你们作甚？不过是我晓得这些事，把实话告诉你们。可是你们切莫轻视玉娇龙是个女子，她的武艺你们三个人也非对手！"听了这话，杨健堂也生了气。

罗小虎又说："我的武艺，刀枪不说，柔软的功夫我也比她差得多。但我也不怕你们，我若畏惧你们，早就走开了。以后你们或是对付她，或是对付我，全由你们的便！"

孙正礼拍胸说："来！你立刻就出去，咱俩较量较量！"刘泰保又横臂拦住他。

罗小虎坐在床上，又说："只是求你们替我拜上德五爷，那天我实在不晓得是他的儿子，我也无意杀害他的少爷。前几天听说他家的少爷死了，真要把我愧死！我在此不走，就是愿意叫德五爷来杀我，替他的儿子抵命。今天听刘朋友一说，德少爷原来没死，我才松了些心。烦你们拜上德五爷，蒙他不愿深究，但我罗小虎早晚要给他登门叩头认罪！"

刘泰保、杨健堂和孙正礼一听这话，全都更是诧异，杨健堂就说："你怎么会认识德五爷呢？"罗小虎摇摇头说："并不认识。"说到这里，他又长长地叹了口气，便不言语。

当下刘泰保与杨健堂面面相对，此次来，除了略略探出玉娇龙那身武艺的来历，并无什么结果。刘泰保向杨健堂使了一个眼色，然后向罗小虎一拱手，说："多打搅了！再会！再会！"他们三个人就一齐走出屋去了。一阵沉重的脚步之声，三个人似是已经下去走了。

这里罗小虎坐在床上呆呆地发怔，想到德文雄没死，他有点欢喜；但知道了玉娇龙后天便要嫁人，他又气得几乎要跳起来。他紧咬着牙，愤愤的，心说：好！玉娇龙你变了心，叫你后天去嫁人？我有办法！

待了一会儿，花脸獾和沙漠鼠才偷偷地溜了进来，悄声问说："刚才是怎么回事呀？刘泰保他们是干什么来了？"

罗小虎说："他们都是好汉，刚才找我，不过跟我说些讲交情的话，并没别的。你们不要多问，把信封信纸给我拿来，我要写信。"沙漠鼠赶紧出屋，花脸獾就在这里磨墨泡笔。少时沙漠鼠将信封信笺拿来，罗小虎就命人搀扶他下了床，坐在椅子上，并命二人回避出去。他就握起笔来，一弯身，胸前的伤处仍然很痛，并且心里充满辛酸，他就在信笺上歪歪斜斜地写道：

字达德少奶奶杨丽芳姑娘尊鉴：前次我搅闹贵府，真大不该。我那次去本无歹意，只是要托你办一点事罢了，不想我又一时失手，伤了你的夫婿，我真该死！

我非他人，我本姓杨，河南汝南人氏。我的来历自身也不大晓得，可是高朗秋曾留下过一首歌：天地冥冥降凶凶，我家兄妹太飘零，父遭不测母仰药，扶孤仗义赖同宗。我家家世出四知，惟我兄妹不相知，我名曰虎弟曰豹，尚有英芳是女儿……高恩人叫我兄妹将来由此歌相识，想你必也会唱。我闻你有兄曰杨豹，已死，他实是我的兄弟，你是我的胞妹，我是你的大哥。我本想前去一见你们，共叙当年家中惨事，但我那晚把事办错了，我实在无颜到德府去见你！

现今，我又有一件为难之事，恐怕后天我就要死了；但父母之仇未报，我死实在有罪。那天无意之中相见交手，我知你的武艺高强，在我以上！倘能得德五爷、刘泰保、杨健堂诸公之助，必能报仇。仇人姓贺，他的名字我也不大晓得，你可派人到汝南去打听。汝南开酒铺的罗老实，即咱们的外祖，他还有族人，也许知晓此事。高恩人有一胞兄叫茂春，此人更尽皆知晓，高恩人已死矣，他胞兄还许活着。总之，这件事我是托付你了，因我已无力顾及。明后天我就要在京城之中做出一件惊人之事，我命亦必随之死去。天地冥冥，无有办法，挥泪书此，不尽欲言。

胞兄小虎作拜启

写过之后，他的眼泪不禁直滴在桌上。封好了信，他在信皮上写了"呈德少奶奶杨丽芳"，然后又慢慢回到床上去休息。等到天色晚了，用了一些酒饭，他就用一条绸带子将前胸紧紧地系住，忍着未愈的伤痛，出店下楼，命沙漠鼠给备上了马，他就骑马进城去了。

此时天色才过初更，东城大街还很热闹，但三条胡同里却是冷冷清清，德宅的双门也紧紧闭着。罗小虎来到这门前下了马，看见两旁无人，他就将这信束由怀中取出来，隔着门缝儿投了进去，然后他上马拨辔就走。

出了三条胡同，本想再到鼓楼西去一次，可是他已觉得伤势有点儿支持不住了；又怕前门关了，自己骑着马，而且这样的身体也不能爬城，所以他就拨马向南。马一颠，伤处就痛，他就得驻马缓半天气才能往下去走。

出了前门，沙漠鼠就跑过来，将他的马接过去，并扬着头悄声说："刚才刘泰保跟那拿刀的大汉子，又在门口来回地走。"

罗小虎吃了一惊，便说："不怕他们，他们不过是为侦查我的行动就是了！你们只要谨慎些，不要惹出事来，他们便也不能奈何咱们。等一半天我的事情就办完了，或走或是还在此地，就都不要紧了！"他下了马，进店扶着楼梯上了楼，楼上黑乎乎的，总像那小道士猴儿手还在那里蹲着似的。

罗小虎小心防备着进了屋，点上了灯，就站着发怔，心说：信我已然投了去，想我妹妹必然明白了！她大概不会派人来找我，即或找我来，我也一概不认。明天我在这里再待一天，后日，玉宅门前我要闹他一件大事！鲁府丞必去迎娶，玉娇龙必要上轿，我就要闯出人群将他们全都杀死！然后，我逃走也值，死了也值！他胸中怒气向上涌着，愁绪千条万缕，自己无法撕开，无法斩断，便喊来花脸獾，叫他拿酒来。罗小虎就一臂扶桌，坐在椅上，大口地连喝了几杯。觉着身上发热，头脑昏沉。他又连斟连饮，并且以手击着桌子，高唱起来："天地冥冥降闵凶，我家兄妹太飘零……"想到当年高恩人作歌，原是为叫自己报仇，并没叫自己为一个女人去舍命；但事情已走到了这地步，除此不能发泄胸中的怒气！不把这件事情办完，即使活着，自己也不能再去办别的事，可又有什么办法呢？唉！又想自己二十年来失身绿林，以致把前途埋没；因为误结识了一个玉娇龙，以致到此地步。因为莽撞伤了妹丈，得罪了德家，而无颜去见胞妹。因此又恨自己，恨不得横刀自杀了！他疯狂地唱歌痛饮，直到天明，才因体乏，趴在桌上睡去。蜡烛烧尽了，蜡油流在了他的头发上，他也不晓得。

直到次日早晨，沙漠鼠跟花脸獾进屋来，想要把他扶到床上去再睡，罗小虎却宿酒未醒，大叫着："玉娇龙！"一脚踹去，把花脸獾踹得滚到桌子下面去了。沙漠鼠说了一声："老爷！你醒醒吧！是我们！"罗小虎这才睁眼看了看，似乎觉出他踹错了，就问："没有人来找我吗？"沙漠鼠说："这么早，能有谁来找呢？"

罗小虎又问："咱箱子里一共还有多少两银子？"沙漠鼠说："我也数

不出来，大概连庄票还有一千多两，金子不算！"罗小虎说："都拿出来！问问哪家店里住着穷困不能回乡的人，给他们银子叫他们回家！问问谁家穷得要卖儿女，给他们银子叫他们骨肉团圆！到街上找些小叫花子穷汉，每人赠他们十两！"沙漠鼠惊得张着嘴，说："老爷！你为什么要这么行善哪？"

罗小虎又怒声叫道："花脸獾！"花脸獾赶紧由桌子底下蹿出来，说："老爷有什么吩咐？"罗小虎急急地说："快骑马到鼓楼西玉宅去看，看那里有什么事？如若那里有人娶亲，就飞马来告诉我！"花脸獾脆快地答应了一声，即刻就走。这里沙漠鼠扶着罗小虎躺到床上，罗小虎闭着眼，急遽地喘息着，似乎是又睡了。

半天，花脸獾满头是汗，气喘吁吁地回来了。一进屋，他叫了声："老爷！"罗小虎瞪大了眼，问说："怎么样？"花脸獾指手画脚地说："我到了鼓楼西，见玉宅的大门前已高挂上了红彩。"罗小虎点头冷笑着："哼哼！"花脸獾又说："宅里搭了比这楼还高的喜棚！"罗小虎紧咬牙。花脸獾说："明天玉娇龙小姐就出阁，明天鼓楼西一定热闹！"罗小虎怒骂声："妈的！"一伸脚几乎又踹着了沙漠鼠。

花脸獾压下了声音说："咱们何必还在这儿呢？跟这些人捣乱做什么？老爷的伤也好一些了，不如咱们明天就走。不愿回新疆，咱们可以到别处去，天下有的是标致婆娘！"

罗小虎皱着眉拂拂手，把两人全都赶出屋去。他独自却顿足捶胸，心中如燃着一把烈火，恨不得那鲁府丞即时就去迎娶，自己就即时跑去把他们杀死，才能痛快。这一天，他真难挨，度一日如同十年似的，好容易盼到天黑了，却又睡不着觉。他就又饮酒，又唱着一首记不完的诗，唱来唱去，又饮得酩酊大醉，睡了，这才挨到了天明。

这天，是三月十一，东风正暖，天气晴和，飘荡着花儿似的云朵，是个大吉利的日期。从早晨起，这客店的门前就走过了两起娶亲的了。今天事情已到了临头，罗小虎倒是非常镇定，只是满脸的杀气，两眼有些呆板，呆板得那么怕人。

他今天仿佛竟忘了胸前的镖伤还没有十分好，精神也非常的兴奋。

他叫沙漠鼠到外面剃头铺子找来个剃头匠，给他打了辫子，刮了脸，修饰得干干净净。然后又换了一身青绸夹袄、青绸夹裤，外罩绛紫色的缎子大裕袍、青云缎的马褂；又叫花脸獾拿着他的鞋出去给配了一双软底官靴，他穿上了，真像是要到哪里去贺喜的样子。

然后他就擦刀，将刀擦得雪亮；又收拾他的小弩箭，揣在怀中，带上细箭三十余根。命沙漠鼠去备马后，他又向花脸獾说："今天，还是你同着我去，你带着我的刀牵着我的马，还在鼓楼前等候。不要害怕！今天的结局还不知怎么样，闯了祸，出了我的气，也许我逃不了，也许能从容走开，都说不定。反正你记住了吧！我若是被擒，你就赶紧跑，我被杀了你也不要去领尸；我若是能逃走，那更好了，咱们能一路行便一路行，不能，将来便在汝南见面！"花脸獾听了这话，吓得脸都白了，两条腿不住地发颤。

罗小虎就昂然地下了楼，花脸獾捧着那口带鞘的朴刀随在他的背后。走到店门前，沙漠鼠已将两匹马备好，拴在那里等着。花脸獾将刀挂在那匹红马的鞍下，罗小虎就鞭马走去，连头也不回。那花脸獾却跟他的伙伴沙漠鼠两人急急地悄声又说了几句话，才骑上马，赶上了他们的"老爷"。

当下两匹马一黑一红，一前一后，嘚嘚地踏着石头道紧走，少时进了前门。一进前门，街道就不像南城那样繁忙了，路上车稀人少，他俩便连连挥鞭，催马疾走。罗小虎那一身阔绰的装束很像是位官员，花脸獾就像是他的"跟班儿的"，所以有许多人都为他们让路。

走不多时便到了鼓楼前，只见有许多簇新的花轿、大鞍车，全都往鼓楼西边去走。到此，他们的两匹马反倒慢了，花脸獾的脸色显得更是惨白，脸上的刀疤更是清楚。罗小虎却面色发紫，在鼓楼前的地安桥边下了马。他把马交给花脸獾，说："你还是到那酒馆等着我，不要显出形迹来！"就转身向北大踏步走去。

此时天色已经不早，十一点钟左右，街上的人确实比往日多得多，男女老幼，都如涌潮似的往鼓楼西去拥挤，有的还说："大概轿子都快来了！"

罗小虎的胸中怒气拥塞着，简直喘不过气来。他瞪着大眼随走随看，就见这些人群之中，最多的还是些装饰艳丽的少妇长女，其次是乞丐们，另外有些穿着短褂、三三五五的横着走路的是街头的流氓。

但是转过了鼓楼才一往西，就见是出大差似的，路两旁全都站着官人。有的带着腰刀，有的拿着皮鞭，喊着说："要看热闹的贴着南墙根儿走! 别乱挤!"又啪啪地抢着皮鞭，驱赶得那些想去讨点喜钱的乞丐们四下逃奔。

罗小虎就杂在人丛之中，顺着南墙根儿去走，被前后的人挤着，他出了一身的汗，同时胸前的伤处也很痛。眼见着轿子、官车、骡子、马一起一起的都往西边走，人丛中就有人指着说："快瞧! 这是张大人家里的轿!""这是李侍郎家的车!""瞧! 这是韩御史家的女眷!"又有人喊着："二姑娘别往前走啦! 就在这儿瞧着吧! 回头轿子一定要从这儿过!"

旁边有人悄声地交谈，说："你们瞧吧! 今天一起轿就许要出事! 刘泰保他还得显一手儿嘛!"另一个说："那他可不敢，今天无论是谁要敢在这儿闹事，那可是找着砍头!"并且有人似乎故意地从罗小虎背后一膀子撞过来。罗小虎扭头一看，见是两个流氓，他也忍住了气，向旁躲一躲，就让两个流氓先走过去。

此时，这条大街上如同开了热闹的集市，但又有一种森严的气象，马镫、轿顶子、官人出鞘半截的刀和看热闹的妇女头上的金钗，亮闪闪得刺眼。日丽天晴，风一点儿没有，靠南边一带的住户，墙头探出来的杏树还留着将谢的嫣红花瓣。

少时，罗小虎就挤到玉宅的大门前。但在这里隔着一条马路，前面又有人挡着他的视线，他可不能完全看见那大门。只见高坡上有许多人来往着，有穿官衣的，有穿便衣的; 车轿都是先到坡上，等人下了车，进去了，再退下坡来。坡下有许多个小厮，每人都牵着几匹骡子或马，来回地遛着。罗小虎在此被挤得实在受不了，同时心中急躁得实在捺不住，就把心一横，心说: 既来到这里了嘛，豁不出去还能够办事? 于是他走出了人丛，过了马路，直往坡上走去。

他此时极力镇定，不使声色露出，原想一定有人要拦住自己盘问，自己就诌他一个"韩御史宅中的",或是"李大人家中的"。自己现在虽没带着刀,可是怀中藏有弩箭,要打起来,他们也不能一人不伤就将自己拿住。他迈着大步往坡上走,想不到竟没一个人拦他。虽然有人看了他一眼,可是见他穿戴阔绰,脚下又蹬着靴子,仿佛像在这里行人情的人,便没有一个人觉出可疑。他态度昂然地走进了大门。将进二门时,有个官人模样的人正从里面出来,与他走了个对面;这人还赶紧闪开,低着头,恭敬地让路。

罗小虎昂头迈步,顺着廊子直往里走。只见有个穿缎子衣服四十多岁的仆妇正从里院出来,被一个男仆拦住,问说:"里边全预备好了吗?"

那仆妇着急地说:"没有嘛,小姐的头拆了两回,到现在还没梳好呢!偏偏要嫁了,却又在前两天亲自把绣香打发走了。自从小姐改梳头之后,不是天天绣香给梳嘛!"

男仆又问:"现在小姐欢喜点了没有?"仆妇说:"欢喜什么呢?到现在还掉眼泪儿呢!"男仆说:"这怎么办?喜轿快来了!"仆妇说:"来了就叫它等着,咱们可不敢催!"说着,这仆妇急急忙忙地从罗小虎身边走过去,往外院去了。

罗小虎听了心中十分难过,眼泪也几乎落下。他往里院直闯,但被刚才说话的那仆人拦住,那仆人恭恭敬敬地说:"官客是在西院,这后院都是堂客。老爷,您的跟班的在哪儿啦?您跟我到西院去吧?老爷,您是哪府里来的?"罗小虎也不言语,只点了点头,随着这仆人顺廊往西。进了个屏风门,只见这院里十分的热闹,原来这院里也是极款式的房子。今天,客厅都是专为摆筵之用,这里是招待官客的所在;北房是招待贵胄显官,东房是与玉大人等级差不多的官员,西房中是近亲好友,这全是由玉二少爷宝泽接待。

宝泽就是玉娇龙的二胞兄,三十多岁,现在四川任知府。此次来京,一来是襄办胞妹的喜事,二来也要在京活动活动,想要调任个京官,以便在京料理家务,侍奉父母。他此次来仅携着仆从,并没带家眷。至于大少爷宝恩,现在做着凤阳知府,因为近来凤阳境内出了几件案子,所以他不能离身,只派亲信的仆人和升、连喜二人来了。

当时罗小虎一进到这里院，正跟二少爷宝泽走个对面。二少爷也不知小虎是个什么官员，是他父亲的同寅，还是他哥哥的同年，就赶紧叫仆人招待，他又跑往里院忙去了。仆人见罗小虎的穿戴虽说不俗，可是没戴官帽，又不像是什么特别显贵的宾客，就把他让到了西房。

西房三间，坐着宾客二十多人，罗小虎一个也不认识。他找了个红木凳坐下，也没有人理他，因为此时全屋中的人都正在听一个人说话。这人是坐在一把椅子上，穿戴虽阔，但不甚官派。年纪有四十多，身材不高，精神饱满，有两撇胡子，手托着水烟袋，正在说："有人说我交结天下豪杰，至今还有许多江洋大盗时常与我秘密往来。那都错了，那真冤枉了我！"

罗小虎一惊，心说：此人是谁？便瞪目去看这人，只听这人又说："本来直到现在我还是个罪人，三四年来我的行为极是谨慎。早先我倒是认识个李慕白，可是我们早就断绝了来往，即或彼人尚在人世，他也必然不认识我了。"说到这里，抽了口水烟，忽然看了罗小虎一眼，罗小虎不禁吃了一惊。

旁边就有人说："其实现在李慕白就是进城也不要紧了，他还许弄个差事当一当呢！"又有人说："李慕白要是当一名官差，那可真是一把好手，江湖上大大小小的贼人哪个不怕他？譬如去年，本宅里闹的那些事，外面传的那些谣言，若有李慕白在这里，谁敢给这宅中的小姐造出种种令人难信令人生气的坏话呢？"

那托水烟袋的人却摆手说："少谈！少谈！今天宅里办喜事，我们还是不要谈宅里的事吧！"有人就笑着说："啸峰现在连说话都谨慎了！"那托水烟袋的人点头说："实在！我现在连针尖一点大的小事全都不敢惹！"

罗小虎一听，原来这人就是德啸峰！同时见德啸峰所坐的地方虽然离着自己很远，可是他一连用眼掠了自己两下，罗小虎便觉如坐针毡，坐不住了，起来假装看了看壁上的字画，便扬着头背着手走出屋去。

又往前院去走，却见有个人从身后跑出来，似有什么急事似的；罗小虎吃了一惊，赶紧走出了大门。就见那人同着个差官，出来召集官人说话，立时，情形又紧张起来，挥着鞭子的官人向后驱人，喊着说："往远处去! 近处不能站闲人! ”

罗小虎依然背着手儿大模大样的在上坡站着, 就有个挂着腰刀的官人, 过来向他笑着说: "您也是来这儿贺喜的吗?"罗小虎点了点头。这官人又问: "您贵处是……"罗小虎变了色, 生气地说: "你盘问我这些作甚?你问问玉大人, 他认得我, 他在且末城时就认得我!”

这官人赶紧赔笑, 说: "哦! 您是由新疆来的, 宅中大人的老同寅, 我们不知道! ”又悄声地说: "这宅里的事情大概您也晓得, 外面风声很大, 都说有飞贼要来跟本宅作对。刚才东城的德五爷又嘱咐了宅中的二少爷, 说还是门上严一点, 让门口这些闲人离远着一点才好, 因为鲁宅迎亲的轿子眼看就要来了!”

罗小虎吃了一惊, 因为由这官人的话中听来, 可见刚才德啸峰是已看出了自己, 好厉害的眼睛! 只是他还心存忠厚, 只叫宅中驱闲人、守门户, 并未指出自己就是贼。

当下那官人又请罗小虎进去, 罗小虎却摇头说: "宅里太乱, 乱得我头昏, 我想在这里凉快凉快! ”官人微笑着说: "对了, 树底下倒是很凉快! ”说完话, 这官人就转身进门里去了, 罗小虎却赶紧下坡走入了人群。人群正在乱着, 因为官人们的皮鞭已打破了两个人的脸。罗小虎虽然有力, 可是被人挤得也不住往后退。

这时, 忽然有许多人嚷嚷说: "来了! 来了! ”立时众人的声音平息下去, 个个都伸直颈项, 官人的皮鞭也不抽了, 只听一阵阵细细的管乐之声, 送来了一行最讲究的仪仗。旗人娶亲没有什么"金瓜、钺斧、朝天镫", 只是高杆子挑着牛角灯, 灯上写着双喜字; 白天虽然不点着, 可是六十对或八十对, 摆列起来也极为好看、威仪。唢呐也是"官吹", 单调的只是一个声音, 没有什么"花腔", 显着怪沉闷的。随着鼓乐是来了一顶轿, 轿子是大红围子, 不绣花, 这就是接新娘用的。后面有七八辆大鞍车, 是"娶亲太太", 大概新郎也坐在车上, 都是赶到高坡上去了。

罗小虎的前面还挡着两层人, 所以他只能企着脚, 伸着脖子, 看了一个大概。他胸头的火焰就要喷出来, 立时要撞出人群到高坡上去抓住、去打死那个新郎, 但是, 他又使力地拦住了自己, 紧紧咬着牙, 心说: 别忙!

且等一会儿，看看玉娇龙怎么样，看她肯上轿不肯。她若是肯上轿，那我可就非杀死了她不可！

这时那顶红轿已卸下了轿杆子，由八个轿夫托着往高坡上去了。有个长着胡子的官人过来，向一些看热闹的人摆手，说："还不散散吗？轿子你们也都看见啦，就是那顶轿子；你们要想瞧瞧轿子里的新人，那可瞧不见！"又有抡鞭子的过来，罗小虎身不由己地随着人向后退了几步。他分开众人，独自跑到前面，使劲向前挤，热得他把马褂也脱了，直瞪着大眼向高坡上去望。

这时高坡上是一阵沉闷，不知鼓乐和轿子进宅中是做些什么去了？更不知玉娇龙此刻是哭还是笑？尤不知玉娇龙此时的心中是否还记得沙漠、草原，是否还想起来？罗小虎等得心急，摸着他怀中的小弩箭，他又恨自己，当初为什么不练会那毒药煨成的钢镖，却弄这打不死人的小东西！

他跳起来，又要跑上高坡，闯进那大门。可是这时忽听乐器又奏起来了，那顶大红轿已由高坡上缓缓地托下。托到下面，就放在轿杆上，预备要抬起，要走，宅中也有许多锦衣翠钿的女眷们送了出来。罗小虎却如暴狮出押似的，扔了马褂，猛跃出人丛，直奔喜轿。立时一片哎哟哎哟的惊叫声，官人们个个抽刀拦住了罗小虎；罗小虎却用弩箭突突突连珠一般向喜轿射去，同时并射官人。一个官人扑向前来，他一脚就将那官人踢倒，靴子也踢飞了一只。他由地下捡起那官人的刀，舞刀仍扑喜轿；但官人众多，哪容他上前。

此时高坡上的女眷们已纷纷逃回宅内，那人群似潮水一般往后乱挤乱退乱跑，呼声震天。罗小虎有如一只猛虎，舞动钢刀如飞，东砍西拦；一只脚光着，一只脚穿着靴子，往前扑，往旁闪，但绝不后退。他两眼怒睁，大骂道："玉娇龙！你这丧良心的女子！忘记了沙漠中的事？忘记了我半天云？"弩箭嗖地向轿子去射。十几个官人挡住轿子，几个官人来捉他，但一群鹰虽然厉害，哪里捉得住他这条猛虎？

此时，由退后的人潮之中，又跑出来十几个人，原来都是街头流氓。刚才他们是混在看热闹的人群里，此时都跑出来了，个个都带着一支梢子棍，大喊着："拿凶手呀！"但他们不帮助官人，只在里面乱搅。

罗小虎脚下不利便，啪嚓一声摔了个跟头，两个官人已抢刀赶到；可是几个流氓也跑了过来，抖着哗啦乱响的梢子棍，说："老爷们！别真杀他呀，宅里大吉祥的日子！"罗小虎趁此时又爬起来，不想另一只靴子也掉了。他光着两只脚又抢刀，却被一个人自后抽了一棍。他赶紧抢刀回头，却听这人说："还不快跑？快跑出德胜门去吧！"

罗小虎一看，原来是一朵莲花刘泰保，他倒不禁大吃一惊；刘泰保又向他使眼色，罗小虎就光着两只脚向东跑去。前面看热闹的人乱跑，罗小虎也紧跑，官人紧追。刘泰保带着那伙流氓，一同帮助追，一半碍着官人的路。

罗小虎那凶样子，手中又有刀，谁敢阻挡他？便一任他跑到了鼓楼前。他由花脸獾手中接过了马，抛了刀，上马就向鼓楼后跑去。一直跑到北城根，又转向西，顺着城飞奔而去，少时就奔到德胜门。

守城门的官人一看见他满头是汗，气喘吁吁，光着两只脚登着马镫，红色的大马飞似的奔来，就大声喝着，想要截住。罗小虎用弩箭就射，马往起一跳，嘶叫了两声，又撞翻了一个卖菜的车子。罗小虎又挥几鞭，马就横出德胜门去了，在关厢中又撞倒了两个人。他人如凶虎，马似怒龙，一霎时跳出了关厢，一直往北，过了土城子。

但此时罗小虎的心肺都要由喉咙跳出来了，他喘吁得太厉害，不能再快走，只得紧紧勒缰。回头去看，见身后并无追兵，只有一头小驴自后飞也似的跑来，驴上正是一朵莲花刘泰保。罗小虎吁吁地喘着，说不出一句话来。

少时刘泰保就来到了临近，也收住了驴，他就说："罗老兄弟！想不到你原来是个粗人。精细一点儿的人，今天也不干这怔事！这有什么用呢？难道你还能一个人把玉娇龙的花轿抢走了吗？今天我是受德五爷之托，德五爷昨天就找了我去，他说他见到了你的信。虽然他儿媳妇杨小姑娘还不信你是她的哥哥，可是德五爷觉得杨家家庭惨变，骨肉早已分离，也许他儿媳妇还有个胞兄多年在江湖上流落。所以他一方面今天亲自到玉宅去贺喜，嘱咐玉宅防患于未然；一方面又托我招些朋友加入人群，到时万一有事发生，好救你老哥逃命。我早就看见你没带着兵器，我知道你的宝刀也叫猴儿手偷去了，就想你也许不至做出什么事来；至多不过看看你的心上人怎样上花轿，伤伤心就是了。可是没想到你老哥真怔！你当初就办错了，就早应该跟我一朵莲花合成一伙，协力对付玉娇龙！现在咱们先找个地方避一避，过两天再想办法。你先别伤心，别想寻死，玉娇龙拿定了主意要嫁鲁翰林，是谁也拦不住。下马吧！喘喘气儿，我先带你找个地方歇一歇去吧！"

罗小虎这时面如白纸，气息喘得极为急促。他听了刘泰保的话，要下马，但不防头往下一栽，整个身子摔下马来，同时由口中喷出飞泉似的鲜血。刘泰保赶紧过去将他搀扶起来，叫路旁的行人帮忙，搀他到离着大道很远的一株柳树下去歇息，并把马和驴也牵过去拴在那株树上。刘泰保望着罗小虎不住地笑，并说："你这样刚强的一条汉子，竟为玉娇龙伤心成了这个样子，到底是怎么回事呀？你是个绿林英雄，她是个深闺小姐，她怎会把你给迷住了？"罗小虎却如一只死熊似的，躺在那里，胸脯仍然急急地喘，话也不愿多说。

此时，虽然也有耕地的农人过来看他们，但却没有官人追到，因为这里距离德胜门已有二十多里。而且城中不过是惊扰一阵，只在两三个官人的帽子上、衣服上中了小弩箭，并不要紧；轿子也被射了几支箭，并没射透。新娘玉娇龙丝毫无恙，穿戴着凤冠霞帔，在轿中安然坐着，并未受惊吓。于是玉大人气愤愤地吩咐仍然起轿，并说："等我把女儿嫁出去，我要杀尽了北京城的流氓，然后我也死！"鼓乐又奏，仪仗纷纷，并有官兵护送，轿子又走了。

这时街上十分清静，看热闹的人早就惊跑了，那些抢着梢子棍搅乱的流氓，也都四散无踪。这队娶亲的仪仗严肃地前行，虽有官人押护，可是那些打灯的、抬轿的，仍然个个提心吊胆，惟恐有冷箭飞来，所以都走得很快，不多时就到了西城鲁宅。

鲁家的宅院比玉家还要广大。鲁侍郎为官半生，寅友甚多，新郎鲁君佩又有不少的同年，都很早就来了，所以比玉宅里还要热闹。女眷也来了不少，都等着要看新娘，看看这位京城闻名的美人玉娇龙小姐。所以轿子一到，大家就欢狂了；但是又带来了刚才在玉宅花轿出门之时有莽汉发箭的消息，有的人听了，就吓得目瞪口呆。同时新郎鲁君佩去的时候是欢欢喜喜，如今回来却气得胖脸发紫，一点笑容也没有。

随轿来的几名官人，一来到就严守大门，并请宅内上下都要加小心，莫要混进闲人去，所以更把大家的一团高兴吓散了。有些人还勉强笑着，说吉利的话，有些人却已坐立不安，有些人又纷纷谈论，说："玉大人得想办法，闹了有半年多了。这次事情之后，再捉不住强盗，再斗不过刘泰保，那他不用辞官，他的官也自然就干不成了！"却又有刚才随轿子从玉宅回来的人，朝他暗暗摆手，向他的知己人悄声说："全不是那么回事！这与刘泰保毫无相干！刚才那凶汉在肇事时，骂的话清清楚楚。干脆，才娶来的这位新妇，在新疆时就……"这人说话的声音极小，但那个刚才还说捉强盗的人一听完，就吓得赶紧避席而去。

堂上此时新郎新娘正在拜天地。过了些时，就开了晚筵。新娘玉娇龙梳着两板头，穿着绣花衣裳，由丫鬟仆妇随侍着，又挨着桌子为众宾客敬酒道谢。这样雍容华贵美丽的新娘谁看见过呀？谁能相信，刚才曾有个莽汉，以箭射轿，指着她的名字大骂？玉娇龙低着眼皮，不像害羞，也一点儿不像为刚才的事而惊忧，她只是有一种凛然的令人不敢正眼去看的威严态度，如寒梅，如冷霜。

她斟过了谢酒，便被丫鬟仆妇送回了新房。新房是五间很大的房子，此时明灯四照。最东首的一间是洞房，红灯映着红门帘、红帐褥，艳丽得如同花坞一般。新娘一进洞房，就叫丫鬟吟絮向外面说："我们小姐头痛，要上床去歇一歇，请太太、奶奶、小姐们在外屋说话吧！别进里屋！"一般女客的来头也都不小，见新娘这样大的架子，就都不高兴，有的撂了几句闲话就往外走。

此时天色已晚，男女宾客多已走去，只有一些至近的亲友还在客厅中畅谈。新郎鲁君佩刚才是有些烦恼，此刻却又十分高兴了。他挺着大肚子，一个人跑到书房里，抠着脑袋，拿着笔去作"催妆诗"。他刚写好了一两句，这时忽然院中就乱了起来，他连忙放下笔出屋，却见灯影之中，许多的人都往新房去跑，并有人嚷嚷着说："新娘哪儿去了！新娘不知往哪儿去啦!"

鲁君佩吓了一大跳,也赶忙往新房里去跑,就见屋中人很是杂乱,个个惊慌,都说是怪事。同时有两个仆妇由洞房中抬出来一个丫鬟,这丫鬟正是吟絮,目瞪口呆,手脚都不能动弹,如同服了毒,又似是中了风一般,因此众人更惊慌了。

这五间屋子全没有后窗,不知新娘是如何走的? 新娘的衣服全都乱放在床上,床上有一片鲜红的血,倒像新娘是被谁杀害了似的! 可是往各处去检查,却别无痕迹,守门的人也说没有看见新娘出门。鲁君佩急极了,赶紧命人套车,亲自到玉宅去通知。

这时就约有二更天了,黑夜沉沉,京城气氛严肃,家家都已关门闭户,只有鲁宅和玉宅两边的人来回坐着车、骑着马跑。玉宅里,玉大人闻讯,是气得几乎昏晕了过去,只是顿脚,说:"果然是这样一回事! 唉!唉!"此外他什么话也没有,一点表示也不做。玉二少爷也甚惊异,赶紧劝他父亲勿忧,并且伺候着,也不敢离身了。

玉太太因今天女儿出阁,本来是又悲又喜,更因白天有人搅乱之事很是生气。忽然听说了这事,她赶紧就来到鲁家,一见床上血迹,就哭了起来,说着:"龙儿呀! 我的多灾多难的可怜的女儿呀……"她因这片血迹,就断定鲁家是把新娘害了。并认为害死的原因,就为白天有疯汉撞轿,鲁家的人疑新妇不贞,但又不能退婚,所以才出此下策,杀人灭迹;并逼着陪房丫鬟服了毒,以图灭口。

鲁家是极力争辩,说:"这是绝没有的事! 无论是谁家,也无论是大门小户,谁能娶了新妇当天就害死的呢? 再说,即使因白天的事,男方起了疑心,不愿意了,但也绝没有害死新娘的道理呀!"

幸亏这儿还有几家至亲没走,就出头为两家调停,并且说:"两家虽是新亲,也是老亲,又都是现在朝中的大官,京城中的赫赫门第。无论新娘是怎么样了,倘若声张起来,这件事可是愈闹愈大;不但两家的门庭都不好看,朝廷都许要出来干涉、降罪,外面的谣言不知更要有多少了! 不如先把事情瞒着,说新娘因为娶的这天突然有疯汉搅乱,吓病了,失了魂,所以不能圆房,不能回门,也不能会一切的亲友。同时再暗中去寻访新娘的下落或是等到那丫鬟吟絮的病好了，能够说话了，再向她追问当时的情形。"

玉太太细想了想，也没办法，鲁宅的人更不愿把事情传出去，只好就依着亲友的调停，暂时把这事情遮掩住，并把知情的仆人都嘱咐了，拿赏银买住了，无论是谁，都不许把事情传出去。玉太太回到自己家中，含泪告诉了玉大人，玉大人依然是顿足叹气，一句话也不发，并且不许别人在他耳畔提说此事。二少爷又安慰母亲，当夜阖宅不安。

次日，玉大人就没上衙门，提督衙门的人都知道正堂大人是昨日嫁女，累了，病了，连客也不见了。宅内寂静萧寥，只有棚铺的人来这儿拆棚、卸彩子，乞丐们在坡下等着厨房把昨天的残肴剩饭拿出来给他们。鲁府那里也是如此，不过新郎鲁君佩是一夜也没有睡觉。第二天清晨，他就急忙忙地到了顺天府衙门，见了府尹大人，秘密地谈了半天。随后府尹大人就派了几名精明的班头，四出寻访缉拿。

纸里包不住火，北京城的闲人多，耳朵又都长。虽然当事者，连衙门里都把事情压得很严密，可是茶寮酒肆之中，依然有人在窃窃私语，说的是鲁翰林家跑了新娘，玉正堂家丢了姑奶奶之事。他们说的有根有据，画龙点睛还带着画蛇添足；并且说也是昨夜内，铁贝勒府中也出了一件惊人奇案，那口宝剑又丢了。

原来铁府中自从那口青冥剑被人退还之后，铁小贝勒就将剑悬于自己的卧室之中，离着寝床不远。铁小贝勒向来独宿，外间彻夜点着灯，窗外永远有两个侍卫防守。昨夜也没有什么动静，可是今晨铁小贝勒起身一看，宝剑忽又不翼而飞。

这样的事发生于寝室中，铁小贝勒便有些凛惧，并且震怒，便饬命内外城各衙门限期拿人、追剑。因此街上缉骑乱走，人人恐慌。两件事在同夜发生，全是这么怪异，街上的流氓土痞就全都敛迹，茶馆酒肆的生意这些日倒显着清淡。同时，最出风头的一朵莲花刘泰保当然也不露面儿了。他的媳妇蔡湘妹整天跟街坊的妇女抹牌，也不管她丈夫的下落。

刘泰保确实没在北京，那天，疯汉用箭射玉宅的花轿，刘泰保在里边一搅，疯汉跑了，他也就再没有了踪影。因此人人都疑惑上他，传言是：

刘泰保买出了疯汉，大闹玉宅的喜事，没搅成；他又拐走了玉娇龙，撇下他的"原配"，小狐狸玉娇龙又帮助盗去青冥剑。铁小贝勒跟邱小侯爷要出头调解玉鲁两家的纠纷，德啸峰已派人往江南请李慕白来京办案。传言愈传愈离奇，表面上京城仿佛没有什么事，其实暗中已是满城风雨，紧严之极。一到傍晚时，玉、鲁两宅附近及铁贝勒府那一带，就断绝了行人。

距京城不远，卢沟桥迤西，西山的山峪之中有一小村，地名叫桃花峪。这时，峪中千万株桃花，已零落殆尽，但地下还留着一片红英。村中四十多户人家，其中有一家姓章的，家道本来很穷。章老儿六十多岁了，早先曾在城里玉宅打过更，并把个小女儿卖给了玉宅做丫鬟。后来玉宅的全家往新疆去做官，他那个小女儿也被携带了去，他却回到乡下来务农。种着有十来亩地，还有个二十来岁的长子，过着极俭朴的日子，他那个往新疆去的女儿却与他们早就断绝了音信。他们多年也难得进城一次，所以也不知玉宅的主人究竟是回来了没有。

这一日，是玉娇龙在城内失踪的前四天，忽然他那女儿竟坐着骡车归来，穿戴得很阔，带着两份铺盖、几只大包裹，另外还有一只大竹篮子。章老头夫妇几乎不认识他们的女儿了，他女儿就说："我就是十年前被您卖在玉宅里的那个女儿，在玉宅这些年，是专伺候小姐。小姐给我起了一个名字叫绣香，我跟着小姐在新疆住了八九年，小姐待我很好。现在是因为小姐要出阁了，不愿叫我陪房过去，当一辈子的丫鬟，所以才打发我回来；并给我找了个女婿，姓龙，是甘肃人。他在甘肃有买卖，他家里也很有钱，一半天他就要来接我，我就要跟他走了。"

说着就打开她的铺盖卷，被褥全都是绸缎的，并且很香。又打开那只竹篮，里边却卧一只长毛儿的白猫，鼻梁上有一块黑，很好看。绣香就赶紧叫她爹到外面去买猪肝，好给这猫儿拌饭吃，她管这只猫叫作"雪虎"。

这个多年没回家的姑娘一旦归家，而且又这么阔，简直是这个偏僻的小山村内突然来了一位贵人。一时，妗子、姑妈、本家的老祖母和邻居们就都来看她，问她宅中的事，她却不大细说，只说她夫婿就要来了，就要带她走了。因此, 亲族邻舍又都等待着要看她那位女婿。

绣香在这里住了几天, 她就梳成了汉装的少妇的头鬓。她的脚在家里时本来缠过, 虽在旗人的宅门中做了多年的丫鬟, 放了脚, 可是穿了尖头儿的坤鞋, 还看不出是大脚来。这几天, 她就把带来的一大匹缎子, 毫不心疼地剪下来一块, 天天就坐在炕头做鞋。鞋做成了, 到第六天上午十时许, 她的女婿果然来到。她这个女婿原来长得比她还俊, 年岁也跟她差不多, 细高的身量, 穿着一件蓝绸子的夹袍、青绸裤, 系着丝线腿带, 穿着双喜缎鞋; 辫子很长, 是又黑又亮, 前面露出一点儿青头皮儿, 像是新剃的。

这位"姑爷"见着丈人、岳母只是作揖, 并不叩头, 连手中的马鞭子全都不放下, 就要叫绣香跟着他走。绣香也仿佛看见女婿一来, 一刻也不能在家里待了, 就给她父亲留下五十两银子, 随着她的女婿出了门。

亲族邻居的都挤着门看, 说: "哎哟! 两口子怎么都这么俊呀? 真是玉女配金童呀!" 柴扉外早停着一辆车和一匹青色的健马, 马上鞍鞯鲜明, 并有一口宝剑。那辆车, 据赶车的人说, 是这位大爷由卢沟桥雇来的, 讲明拉到石家庄。

当下章老头和他的儿子, 替姑爷和姑娘往车上搬行李、包裹。那只猫, 姑娘说是姑爷的心爱之物, 也一定要带走, 连猪肝拌饭都装在了篮子里, 它还不住地咪咪直叫。绣香坐在车里, 向她的爹娘擦了擦眼泪, 姑爷骑上了马, 拱手说: "再见吧! 两年之后我必要带着姑娘回来!" 于是车走了, 马随着, 轮蹄碾转着地下的红英, 丝鞭在春风里掠动, 一霎时, 这一对璧人就离开了山峪。

赶车的跨着车辕, 还跟骑马的大爷不住地说话, 问说: "大爷您贵姓呀?" 大爷回答说: "我姓龙。" 声音是很细, 这位大爷倒有点儿像京城中徽班里著名的小旦。赶车的又问: "您就到石家庄吗? 家住在石家庄吗?" 大爷却摇头, 说: "不! 我们还要进娘子关往山西去呢! 到石家庄换车。你要能往远处去, 我们就不用雇别的车了, 拉我们到嵩山。" 赶车的却摇摇头, 说: "不行, 我们至多送您到磁州, 远了我们不去。"

车马向着西南行走, 正午时在半路打尖, 再往前进, 当日就过琉璃河到了高碑店。因为天色晚了，便找店住下。赶车的就跟那位大爷支钱，大爷说是没有零钱，随手就给了一块银子，嗬！足有二两重，这位大爷真阔。他又叫店家煮鸡，不吃粗粮食，一定要吃白面。

店家把一盘白煮鸡和特意由外面买来的白面馒头、两份碗箸送到房中。这小店的屋子本来是很简陋的，墙上悬着一只黑砂碗菜油灯，可是土炕上却铺了闪缎的被褥。黯淡的灯光之下，照着两个浑身绸缎、齿白唇红的俪影，大爷正在炕上逗猫呢。大奶奶真是个贤德的媳妇，不用店里的脏筷子，人家自己带"匙箸"；她打开两个乌木的扁长匣子，里边是调羹、筷子、叉子、小刀全都有，都像是白银的。大奶奶撕鸡、切馒头，恭谨得像个丫鬟似的伺候着大爷。大家都不禁咋舌，心说：这么阔？在路上还这样铺张？这条路又不平静，一个年轻人带着个媳妇这么个走路法儿，可真非出事不可！但是又见大爷的宝剑不离身，却又像是会点武艺似的。将近二更之时，屋中就熄了灯，小夫妻睡了，隔窗连鼾声都听不见。

这位大爷逢人便自称"龙锦春"，其实她就是在京城鲁宅失踪的那位新娘玉娇龙小姐。玉娇龙本不愿意离开她的父母，假若鲁君佩人才略好一点，她也可以安心下嫁。但鲁君佩的人才却是那般不济，所以在婚期之前，她的芳心中曾交战了许多次，结果认定是非走不可。

她自己的事情一向都瞒着人，碧眼狐狸又死了，身边更无一个人可以说。但是，丫鬟绣香是她最亲信的，而且她也明白，她的诡秘行迹也被绣香看出来过两三次，绣香只是不肯说出罢了。所以，她就把自己会武艺、自己不愿嫁鲁翰林、自己要出走的事，详细地都对绣香说明了。绣香流着泪，说是："我愿意跟小姐走，沿途我服侍小姐！"

玉娇龙于是又同绣香秘密计议，就在婚期的前几日将绣香遣走。她送给绣香许多衣物及她那只心爱的猫，另外还带着许多金银珠宝及哑侠的遗书。全宅上下虽然都觉着小姐的行动有异，但小姐的理由却极充足，她说："绣香最会服侍我，我将来到了鲁家，绣香若随过去，她永远是个丫鬟、是妾媵。如今我把她打发回家，叫她骨肉团聚，叫她父母将来为她一夫一妻地择配！"

　　玉太太就赏给绣香几锭银子,并把当年的卖身字契拿出来还给了
她。绣香走的时候,向大人、太太、二少爷及小姐都一一叩了头,小姐且
悲伤地流了几滴眼泪,她们心里的事连吟絮全不知道。吟絮虽然长得也
很好,可是心里笨拙,所以那天在洞房之中,玉娇龙就施展点穴法将吟
絮点倒;点的是"哑穴",使吟絮永远不能说话,永远不能向人说出当时
的事。

　　那天一进洞房,玉娇龙就脱去了新妇的衣服,换上暗中带来的青衣
青裤,又取出小刀将胳膊划破,向床上滴血,故布疑阵,然后吹了灯就走
出去了。玉娇龙那神出鬼没的本领,当然能在那夜阑人散的鲁宅随便地出
入,无人发觉。而且她还想此后自己浪迹江湖,不知要遇见多少起争战,
没有一件合手的兵刃也不行;所以她又如轻燕一般夜至铁贝勒府,取走
了那口青冥宝剑。早先她还剑之时就是不得已,那时她就想着是暂存在
铁府一般,随时还可以取走。

　　拿到了青冥宝剑,她先到前门外西河沿那姓魏的家里。姓魏的叫红
脸魏三,早先是碧眼狐狸的喽啰,携妻匿居京城,以给镖店做小伙计遮掩
身份,已有多年。去年经碧眼狐狸介绍,玉娇龙就在他家里存着一包男装
的衣裳和火折、火镰、印章、钥匙等等,但魏三并没问过玉娇龙姓什么。

　　玉娇龙一来到这里,当夜就把脂粉洗去,叫魏三的媳妇把她前面的
头发剃了剃,改成一条男人式的辫子,并且把耳朵眼儿用铅粉涂住。次
日清早叫魏三到德胜门外小店取来了她那匹马,她就骑着马走了。谁知
道这位年轻的男子就是轰动京城的鲁宅失踪的新娘呢?她在卢沟桥雇了
车,到桃花峪接了绣香,便向南走。她想要一直到河南游嵩山,然后赴湖
北朝武当,再至岳阳观洞庭,然后她想到衡山去隐居。

　　二女同行,诡装夫妇,在高碑店宿了一宵,又往南去。马傍着车走,
春风大地,遍处是花草芳菲,蜂蝶追着她的马,在她的脸上绕。她怅怅然
仰看碧空中飘浮的白云,又愤恨,又伤心,想到那不成材、没志气,空有健
壮身体与鲁莽性情的罗小虎。她又思念父母,不知何年何月自己才能归
家?她又疾摇丝鞭,轻骋骏马,微笑着藐视江湖,心说:来!来!无论你江
南鹤、李慕白、俞秀莲,或是什么自觉不错的英雄好汉,来!见见我玉娇

龙，见见我的青冥剑！

她一点儿也无顾忌，午间在中途打尖用饭，荒村小镇上她就露出来整封的白银。晚间，无论住多么乱多么狭窄的店，她也要把个小土屋弄成她的闺房似的；食用上一点儿也不因陋就简，除了鸡鸭就是肉，她不怕多花钱。绣香叫她大爷，她对待绣香，当着人有时是绷着脸儿，正正气气的，有时又故示恩爱，与绣香耳鬓厮磨，真如才结婚不久的小夫妇。绣香也自然而然的就常脸红，就会向她嫣然地笑。那只"雪虎"，更如同是玉娇龙的命，有时走在半路，她还叫绣香由车上把猫抱出来，她在马上抱着亲着，亲热地叫着："雪虎！"但亲热之后，她又时常脸上显出来一阵悲伤。这位大爷阔得叫那赶车的人既吃惊又害怕，怪得又叫赶车的生疑。

走了两天，眼前就是保定府，身后却有几个骑马的大汉追下她们来了。玉娇龙听见了身后的马蹄之声，赶紧回头一看，见身后来了一共是七匹马，各种的颜色，都很矫健。马上的人一个个都是彪躯大汉，都穿着青色绸衣，有的把辫子绕在头上，有的戴着红草帽，没有一个年过四十的，他们好像都是兄弟。玉娇龙注意着他们的马，见上面带着的行李卷儿都很轻，可是每个行李卷里都露出来刀柄，还有飘着红绸子的，有一个人的腰间还挂着链子锤。玉娇龙一看，就明白了，知道这七个人不是镖头，便是江湖强盗。

她摸了摸鞍旁的宝剑，毫不介意，照旧地摇着鞭子策马随车去走。她把脸向着车里，见绣香浓妆艳抹的盘膝坐在车里，抱着猫向她微微地倩笑。她也笑着，说："咱们到了保定，到城里去逛一天好吗？"绣香笑着说："怎么都成，随大爷！我连现在咱们往哪边走了都不知道！"玉娇龙用鞭子直指着说："这就是正南，咱们此时是往南边儿走了！"

她得意地摇着鞭子，赶车的却獐头鼠目的不住回头，显得有点毛咕。瞬间，后面的七匹马已如狂涛似的，暴雨似的，呼啦一声来到，抢到玉娇龙的车马前边去了，突然又全都收住了缰。此时尘土飞扬，车中的绣香赶紧用绢帕掩面。玉娇龙呸呸唾了几口，觉得眼前如起了雾，骚臭实在难闻。

那七个人同时回头盯了盯车里的绣香，随后，就有个黑脸膛的汉子向玉娇龙一拱手,问说:"朋友!你是从哪儿来的?"

玉娇龙眼睛瞪大了,带着点气说:"我们是从京里来的,你问这干吗?"黑脸汉子笑着说:"随便问问,对不起!"又拱了拱手。玉娇龙又恶狠狠地瞪了他们一眼,七个人就齐都哈哈大笑,有的说:"是个雏儿!"有的说:"怎么是妞儿的脾气呀?"有人就说:"走吧!"于是七匹马又荡起来漫天的烟尘,哗啦哗啦蹄声乱响,一齐向南跑去了。

忽然有两个人翻身滚落下马,马就跟着前面的马跑去了。另有两个人便将坐骑勒住,回头来问说:"老三,老九,你们怎么啦?迷啦?"这老三跟老九全趴在泥土里,都成了土猴儿了,哎哟哎哟地叫着,说:"不好!我们中了暗器!"

马上的两人立时神色惊变,一人向前面大声喊叫:"回来吧!这儿出了麻烦啦!"一人就跳下马来救他的同伴。只见老三背后插着一支不到三寸长的小箭,箭虽不长,可是插进肉里很深,一拔出来,老三就哎哟哎哟地叫,并且流出一片鲜血;老九被箭射着了脖子。前面的三匹马也全折了回来,马上的人全惊讶地问道:"是怎么回事?"

这里,玉娇龙的车马仍慢慢向前去走,赶车的发着怔,直眉瞪眼的也不知道是怎么回事?绣香却放下了车帘,拿绢帕掩着嘴笑。玉娇龙像个没事人儿似的,摇着鞭,走过那个地下躺着的人旁边之时,她连低头看也不看。

但是车马才走过去,那黑脸汉子已催马追来,厉声叫道:"朋友!站住吧!还装孙子吗?"玉娇龙蓦然回身一抢鞭,吧的一声脆响,正打在那汉子的黑脸上,她怒声说:"你敢骂人?"黑脸汉子大叫了一声"啊",便锵的一声将钢刀由行李卷内抽出,后边的四条大汉也一齐抢刀扑奔过来,赶车的惊呼道:"老爷哟!"便滚到了车底下。

玉娇龙却亮出了青冥剑,寒光闪烁,挥动似飞,只听锵锵锵一阵乱响,五个汉子手中的钢刀纷纷俱折。众人大惊,都要跑,玉娇龙又扳动了袖中的弩弓,嗖嗖嗖珍珠箭射出。五个大汉子有哎哟一声滚倒的,有撒腿跑了的,烟尘之中狐兔纷逃。玉娇龙却一缩脖噗哧一笑,轻轻收藏起来宝剑。

那赶车的由车底下爬出来，一鼻子一嘴的土，哭似的说了声"爷爷"。玉娇龙绷着脸儿拿鞭子抽车辕，喝道："快上车！快赶着走！"赶车的不敢急慢，上了车，用力连连甩鞭，骡子拉着车咕噜咕噜地飞跑。

玉娇龙的马紧紧随着车走，她十分得意，在马上一颠一颠的，口中不禁就唱出了："天地冥冥降闵凶，我家……"忽然她又自己止住，心中袭上了一阵轻微的悲痛。她咬咬牙，拿出手帕来擦擦眼睛，回头再看，见远远之处那七个人又都聚集在一堆了，倒是都站着身，好像受的伤不太重，正目送着她这边的车尘马影。

少时，就到了保定府的北关，天色尚早。玉娇龙找了一家很宽敞的店房，命车辆先赶进去。她策马随之进内，下马问店家说："有宽敞的房子没有？"伙计回答说："有。"遂就给她找了个宽敞的房子，是分里外间，屋中陈设得还算讲究，这是为过往官宦居住的。

玉娇龙吩咐店伙去搬行李，绣香也随着进来，就又在里间的床上铺她们的闪缎被褥。猫儿"雪虎"蹲在床上咪咪直叫，玉娇龙就说："你饿啦？等一等，这就给你拿吃的来了！"转首叫店伙去泡茶，并说："现在我们的人倒是不饿，你快些拿点肝拌饭来吧！"店伙见这位阔客人还带着一只猫，觉着很奇怪，斜眼看了一下，就出屋去了。

玉娇龙却躺在床上，吻着猫，又笑着向绣香说："刚才的事，你看好玩不好玩？"绣香的脸上仍未褪惊慌之色，说："我挺害怕的！他们没有死人吗？"玉娇龙摇头说："没死人，我并没使用毒辣的手段，只是稍稍显显咱们的本领，别叫他们觉着咱们是好欺负！因为他们江湖人彼此全通气儿，咱们这回若是甘受了欺负，以后的欺负可不知要受多少呢？"

绣香有点忧虑的说："现在北京城里也不知怎么样了？鲁宅丢失了您，他们能就把事情压下去不声张吗？咱们宅里的大人、太太不定急得怎么样了！"玉娇龙却申斥说："也别提这些事了，爱怎么样怎么样！非是我不孝，是事情逼得我实在无法！"她的脸色渐渐阴沉起来，手抚着猫儿坐着发了半天的怔。

这时忽听外面有人叫道："大爷在屋里吗？"玉娇龙带着气问了声："什么事？"外面的人掀着软帘怔怔要进屋来，玉娇龙却站起身来用手驱逐着说:"出去! 出去! 哪有怔进屋来的? 太没有规矩! 出去!"

外面原是那个赶车的, 他被赶到外屋, 鼓着嘴站在那里。玉娇龙出来, 就带怒问道:"什么事? 你快说!"赶车的很烦恼的样子, 说:"您把车钱给我开清了吧! 我只能把您送到这儿, 不能再往别处去, 您另找车吧! 保定府也有的是车, 反正我是不管拉!"

玉娇龙瞪眼说:"什么话! 在卢沟桥不是讲得明白, 送我们到石家庄。现在才到了这儿, 你就不管送了, 叫我们换车, 这说得下去吗? 不行!"

她转身又要进屋里, 赶车的却说:"大爷! 大爷! 我可跟您说明白了, 无论您给多少钱, 我可也不管往下送了。今儿路上的这场事, 吓得我至少得少活十年! 我赶了十几年的车, 没遇见过这样的客人, 一瞪眼就拿袖箭克人, 射伤了六七个! 好, 您要这么走路还行? 我要是再往下去送您, 别说到石家庄, 离开这保定府往南十里之内若不出事, 我能输脑袋!"

玉娇龙冷笑着说:"出了事跟你不相干!"

赶车的急得顿脚说:"怎会跟我不相干呢? 您雇的是我的车嘛! 您会射箭, 人家就许会打镖, 到时候, 刀枪无眼, 我的命跟骡子的命都许赔上。我们做的是买卖, 能跟您赔命?"

玉娇龙抖手啪的就打了他一个嘴巴, 赶车的捧着脸直嚷嚷, 说:"别讲打? 打死我也不管拉! 我们做的是买卖, 你别仗势欺人!"玉娇龙愤怒着, 由桌上抄起皮鞭向赶车的又打。绣香掀帘跑出来, 急劝着说:"小……大爷! 您何必跟他生气呢?"

玉娇龙仍是挥皮鞭, 赶车的一边往外跑, 一边扯开了嗓子嚷着说:"强盗! 在路上您伤了六七个, 说话还就讲打人! 保定可不同别的地方, 这儿有衙门, 有黑虎陶大爷, 有双鞭灵官米三爷, 就是什么地方都得讲理!"

玉娇龙追出屋去, 追着这赶车的啪啪地又抽打, 店伙也过来劝, 但哪里劝得住玉娇龙? 各屋中的客人也都跑出来了, 有的说:"这年轻人可真凶!"有的却生气, 要打不平。赶车的在院中绕着跑, 并喊着说:"打官司去吧! 反正我不管拉! 我不拉强盗! 哎哟, 你打死我吧!"边喊边往门外去撞。玉娇龙赶过去, 一脚就将赶车的踢倒, 同时鞭子嗖的一声又抽下, 厉声问说:"你管送不管送?"赶车的躺在地下,哭着说:"哎哟!哎哟!我不管送!你打死我也不管送!"

玉娇龙抢鞭子又要抽第二下,不料身后就有人一手将她的胳膊拉住,说:"朋友!你打几下就得了,还非得把他打死吗?睁开眼睛看看,这里是什么地方?"

玉娇龙回头一看,见是一个中年客人,身材雄壮,穿着蓝绸子肥裤褂,两眼瞪得很大,满脸的怒气。玉娇龙猛力夺过来胳膊,问说:"你是干什么的?你管得着吗?"这人冷笑着说:"天下人管天下事!我叫鲁伯雄。"玉娇龙一听这人姓鲁,她的气就不从一处来。

鲁伯雄又说:"朋友!我看你虽然年轻,可也一定是常走江湖的,一定明白江湖上的规矩;不能够这样任性,一言不合就打人,那可保不住你要吃亏!"

玉娇龙啐了一口,说:"你管不着!"鲁伯雄拍着胸脯说:"我要管!只要你敢再拿鞭子打他一下,我就当时给你一拳!"说着挽起袖子,露出铁棒似的胳膊,握着比玉娇龙大一倍的拳头。

旁边就有客人称心,说:"对!得管教管教这小子,把这小子的嫩脸儿打肿了才算痛快!"又有人说:"这是太原府的大镖头鲁大爷!"

鲁伯雄专看玉娇龙肯不肯服软,店伙就过来劝说:"算了,算了!两位老爷都不必生气,有话慢慢商量!"却不料玉娇龙用手将店伙一推,店伙也几乎摔倒。玉娇龙一个跃步过来,抢拳向鲁伯雄就打,拳似流星身似电,鲁伯雄紧忙闪躲,反手相迎;玉娇龙却顺着他的拳势反手一牵,鲁伯雄的身子往前一倾,并未栽倒。他一翻身,足踢手打,势极凶猛,逼得玉娇龙直往后退,但是玉娇龙以两手护身,也不容鲁伯雄的拳脚触到她的身上。

鲁伯雄一拳紧一拳,一脚紧一脚,两只拳头像两个铁锤,耍得极熟,玉娇龙被逼得将近了她那房子的门口。绣香在屋中惊叫着,旁边的人都紧张地直着眼看,因为眼看玉娇龙就要被打了。但不料玉娇龙忽然纤躯一转,右手撒开,左手出拳击去,隐紧擦掖,其势极快。鲁伯雄正用"黄鹰抓肚势"想一把将玉娇龙抓住,却不想已然来不及,胸头早挨了一拳。他赶紧双手去推，只觉玉娇龙又一拳擂在他的左肩上，同时左胯又被踢了一脚，他就咕咚一声摔在了地下。

旁边的人都大惊，玉娇龙却鹤鹭似的翻身闪在一边。鲁伯雄爬起，满脸紫涨，抢着双拳如猛虎一般的扑来。玉娇龙眼神极快，手脚翻腾，横劈斜砍，不到四五下，又将鲁伯雄打得躺在地下。

鲁伯雄又爬起来，跑进屋中就取出一杆长枪，玉娇龙也要进屋取剑，鲁伯雄却抖枪向她的后心刺去。玉娇龙翻身闪开，鲁伯雄又抖枪猛刺她的咽喉，她便疾忙闪躲。鲁伯雄又抖枪猛刺她的腹部，她却一闪身，抢臂已满开，突然把枪尖夺住。鲁伯雄双手握枪，按、摇、拽、夺，玉娇龙却趁势向前，又往鲁伯雄的左胁擂了一拳，鲁伯雄痛得就松了一只手。玉娇龙把枪夺到手，往远处一抛，她电光似的手脚疾进，鲁伯雄又咕咚一声摔躺在地下。旁边看着的人都变了色，有的就啊呀啊呀惊叫着，玉娇龙却抿嘴一笑，转身就进到屋里。

这时，院中的人连谈话全都不敢高声了，因为这鲁伯雄是山西有名的镖头，外号人称"金枪先锋""神拳太保"。这次是他应黑虎陶宏、金刀冯茂、双鞭灵官米大彪、三只镖常文永之邀，来到保定府，昨天才到，两三日内还要往北京去会朋友，不料今天就被个细腰儿的漂亮小伙打了个落花流水。

当下他爬起身来，连枪也不捡起，身上的土也不抖，满面紫红的出店门去了。旁边的人都咋舌说："不好！这回头黑虎陶大爷一来到，还不得闹翻了店？那小伙子还禁得住吗？"起事的那个赶车的人此时早跑出去藏起来了。

本店的掌柜的姓汪，是个上年纪的人，赶紧来到玉娇龙的房里。他先站在外屋，隔着门帘向里间和和气气地说："大爷在屋里吗？我是这店里柜上的，请您说两句话！"门帘一启，露出那身穿蓝缎袄、红缎裤子的小媳妇的半身，同时看见刚才打人的那个大爷正坐在床沿上，拿小镜子照着脸，像个娘们似的在梳妆，猫就蹲在他的身旁。

这掌柜的恭谨地等着，玉娇龙放下小镜子走出来，沉着俊脸问说："什么事？"

掌柜的一弯身，笑说："没有什么事，是……刚才您打的那个人，他勾兵去了！"声音极小，且带着害怕的样子，又说："刚才您打的那个，那是山西新来的镖头，是这里黑虎陶宏给请来的。黑虎陶宏的名字您大概也知道，是本地的恶霸。他开着镖店，手下有二三百人，金刀冯茂是他家的师傅。前年在城里修了一座庙，请来了江南静玄禅师的徒弟法广主持，去年又有大财主双鞭灵官米大彪在这里安了一份家。他们……都不讲理，都不好！我劝您，还是别惹他们！待会儿他们一来，无论他们说什么话，您千万也别动气！"

玉娇龙冷笑着。掌柜的又说："我给您在中间说和说和，明天，我们给您雇一辆车！我看您一定是位做官的，自己的身份要紧，不必跟他们那些江湖人斗气！"

玉娇龙微微笑了笑，说："你放心，我绝不能给你们这店里闹出人命事来，可是无论他们是谁来，我不怕！你别在我这里多说废话，出去，叫伙计快给我的猫儿拌饭！"

店掌柜飘洒着花白胡子，深深作揖，恳求说："求大爷维持我们！大爷是过往的贵人，我们，却是……全家在这里，指着这个买卖，向来不敢得罪人！"

玉娇龙点头说："好！他们再来，我出去跟他们理论，不能在你们这儿打，你放心吧！"掌柜的又深深作揖。玉娇龙又嘱咐说："快叫伙计给猫拌饭！"掌柜的连声答应，玉娇龙就转身进里间去了。

待了一会儿，伙计把猫饭拿来，因为没有现成的猪肝，是用鸡丝拌的，玉娇龙还嫌不好。她又叫伙计去换了一壶顶高的香片，伙计就问说："大爷您吃什么饭？"玉娇龙说："清蒸鲤鱼、干炸羊肉里脊、溜丸子，丸子要做得小一点儿，拌肉丝、翅子白菜汤、玫瑰露酒，这些你们还没有现成的吗？"伙计说："这您也得等一等，我们得上饭庄子叫去！"玉娇龙说："叫去吧！"店伙皱眉咧嘴的出屋去了。

王度庐作品大系　武侠卷　肆

卧虎藏龙

下

王度庐·著／王芹·点校

山西出版传媒集团

北岳文艺出版社·太原

第九回　剑舞身随一身真敌众
　　　　鹰翻鸷落双侠各争强

这里绣香把茶杯冲洗了两三回，才倒了一碗茶送到玉娇龙的面前，她忧愁着悄声说："小姐！我还有点儿害怕，待会儿那些个恶霸要来了，可怎么好呀？"

玉娇龙摆手说："不要紧！你别害怕！我这身武艺足能应付他们许多人。宝剑由我自己随身携带，丢不了，只是那首饰匣子里边的书和雪虎，你千万要仔细看着！"

绣香点点头，又央求着，忧愁地悄声说："小姐！咱们以后别再惹事了！事情惹得太多了，究竟不好，咱们就谨谨慎慎地走路就是了，走到衡山……"

玉娇龙对绣香这话先是有点生气，把脸儿一沉，但心里转而又一想，就微微叹息，说："我也不是愿意出来惹事儿，本来这次我离家出来，就是万分的不得已，你是知道的！今天，路上的那几个人有多么轻视咱们？我生平最不受人的轻视！刚才，那赶车的多么可恨！把咱们拉到这儿他又变了主意，并抬出什么黑虎陶宏吓我，不然我也不能够打他。那什么鲁伯雄，我是恨他姓鲁！"这话把绣香吓了一跳。

玉娇龙的脸色阴沉了半天，忽然扭头看见了那猫儿雪虎正在低着头吃饭，吃得很香，她又不禁愁消怒解，微微的笑了笑。这时就听得院中有脚步杂乱之声，有人站在门前使力地咳嗽，绣香吓得变了色，玉娇龙立时抽出了青冥剑，撞出软帘到了外间。

只见大门开了，门前站立着四条彪躯大汉，都穿着长衣，却很整齐。其中有一个连鬓胡子、相貌极凶恶的人，高高拱手说："老兄就是刚才跟鲁镖头比武的那位吗？"玉娇龙沉着脸点点头说："不错！"这人又说："请教贵姓大名？"玉娇龙说："我先问你！"那人说："兄弟是双鞭灵官米三爷的盟弟，黑虎陶大爷也是我联盟的弟兄。"玉娇龙说："我没问别人，我问的是你！"这人说："我叫常文永，有个人送的绰号叫三支镖，又叫飞镖常，我在江南河北小有名声！"

玉娇龙摆摆手说："少说废话，我叫龙锦春，你现在找我来是有什么事吧？快点说！"

飞镖常说："我大哥米三爷跟鲁镖头现在'聚星楼'候你，请你赏光，去饮几盅酒，彼此见个面！"

玉娇龙说："我这里的酒饭快送来了，我屋中还有女眷，离不开身。"

飞镖常却一笑，说："龙爷，你还以为我们是不知江湖义气的坏人吗？你贵宝眷在这里，我们绝不惊扰，只请你到聚星楼，跟米三爷见面谈一谈。我看你老兄也是位有胆量的汉子，不至于不敢去吧？"

玉娇龙冷笑着说："不用你来激我，你就在门前等着吧，我这就同你去。"

说着，她又进到里间，将宝剑插在鞘中，手握着剑鞘就走出来。她叫飞镖常几个人在前走着，她在后跟随。出了店门，见所有的人都望着她，并且有的在后追随着，似是料定少时必有一场更热闹的决斗。

此时，满天铺着绮锦的晚霞，春风习习，吹着玉娇龙的深灰色的绸裌袍。她气态轩昂，大踏步地走着，都道她是少年的武师，谁也看不出她是一位名门闺秀。她紧随着飞镖常等人，由北关走到了西关。这里就有一家很大的饭馆，横匾就是"聚星楼"，门前还挂着几条酒旗，写的就是什么"李白斗酒诗百篇，长安市上酒家眠，天子呼来不上船，自称臣是酒中仙"等等的诗句。

飞镖常先叫一个人上去传报，他在这里张着一只胳膊请玉娇龙上楼。玉娇龙一点儿也没有犹豫、畏缩，她一手掠起了衣襟，一手拿着宝剑，咚咚咚很快地就上了楼。只见楼上很是宽绰，座位摆设得不少，可是这时座位多半空闲着，只有六七个座客。这几个人一见玉娇龙上了楼，多半都起身转头，只有两个人坐在那里没有动：一个是位僧人，年有三十多岁，面上有几颗麻子；还有一个是坐在那里生气，就是刚才在店中被玉娇龙狠打的那个鲁伯雄。

玉娇龙昂然立定了身，只见对方的几个人齐都用眼睛打量她，有个四十岁上下、瘦长身材、有短短黑髯、穿章很阔的人，向她一抱拳，说："多承赏光！果然是一请就到。兄弟姓米，草字大彪，在此也是作客。因为学过几手武艺，所以平生最敬慕武艺好的老师傅们。今天听这位彭老弟由路上回来……"说着，他指指旁边站着的一个瞪着眼睛发怒的人。玉娇龙一看，原来就是今天在路上被自己用箭射伤了的那黑脸汉子，又听米大彪说："才知阁下武艺绝伦，并且有一口削铜断铁的宝剑，所以仰慕之极。刚才鲁镖头又来说，他也在店中领教了阁下的武艺，殊为钦佩。我才差遣我的兄弟将阁下请了来，一来是为大家和解，二来讨教讨教！"

玉娇龙一见这双鞭灵官米大彪的态度倒非常和蔼，她也就消了些气，拱拱手说："不要紧，既然你们认输了，向我来说和，我也不便太逼人过甚。"遂就不等主人落座，她就坐下了。

那鲁伯雄却用拳头一揢桌子，震得盘碗乱响，说："我鲁伯雄走江湖多年，没受过今天这欺辱！其实，你武艺高，我的拳法弱，败在你的手里不算什么，一两年后咱们再见面，再较量；可是今天我原是打的不平！"玉娇龙冷笑着说："我并没叫你打那不平！"鲁伯雄要往起跳身，又举拳又瞪眼，米大彪和别的人赶忙把他拦住。玉娇龙却只坐着冷笑，神色一点儿不变。

米大彪就问："请教阁下尊姓大名？"玉娇龙手托着腮，摇晃着头说："我名叫龙锦春！"米大彪说："久仰！"又问："府上？"玉娇龙说："甘肃省人。"米大彪又问："这次是由北京来吗？"玉娇龙摇头说："不是！"又一拍桌子，说："你何必细问？"

米大彪很诧异，因为他从来没见过会武艺的人会这样不懂客气的，而且，他真瞧不出这跟娘们似的年轻人竟有一身武艺。他就又拱手，带笑说："不该多问，但既是江湖朋友，如今既肯赏光前来，兄弟倒要细细请教一下，不知尊师是哪一位？武艺学的是内家还是外家？"

玉娇龙昂起首来说："没有人配教给我武艺！只有九华山哑侠、江南鹤他们两人，可以算是我的师兄。"那边的法广立时站起身来了。

米大彪惊讶得变了色，他勉强笑了笑，又问说："我提出两个人来，龙兄可曾认识？"玉娇龙问："什么人吧？"米大彪说："南宫李慕白，巨鹿俞秀莲。"玉娇龙微微点头说："知道，他们全是我们一家，但全是我手下的败将。"米大彪一笑，又问说："江南的静玄禅师呢？"玉娇龙摇头说："没听人说过，大概是无名之辈，做我的门徒我也不收！"

她的话才一说到这里，蓦不防法广和尚的手指已从侧面点来，玉娇龙眼明手快，啪的用手将法广打开。此时身后又有人抢刀来砍，玉娇龙飞快地躲闪，青冥剑已呛啷一声出了鞘。黑脸姓彭的疾忙将刀抽出，鲁伯雄也举起了凳子向玉娇龙头上摔来，玉娇龙一闪，凳子咕咚一声摔在楼板上。

法广和尚抽出一支二尺长的判官笔，这判官笔是纯钢铸成，如笔状，专用以点穴，毒蛇似的刺过来，向玉娇龙的腰际去点；玉娇龙用青冥剑一扫，便把铁笔尖儿削落。鲁伯雄又举起一张小茶几摔来，一下又摔空了。别的几个人飞起酒壶瓷碗，齐向玉娇龙纷纷来打，却都被她用剑削断，用手接住，用脚踢飞。玉娇龙身如鸟转，剑似鹰翻，尖声叫道："要出了人命可休怨我！"

此时又由楼梯上来了十几个人，短刀长枪一齐扑上。玉娇龙手不停，足不歇，剑无破绽，忽而跳到桌子上，忽而又跳到椅子上。她单剑杀得兵刃纷纷断折，如细草之遇严霜；对方的人慌乱着后退，又像狐兔遇着了老虎。刀物交接，桌椅乱倒，杂以受伤的人惨叫，助威的人怒骂，这楼上就鼎沸起来，天翻地动起来。

忽然有人递给米大彪一对钢鞭，米大彪就站在一张桌上，高举双鞭大叫道："不要乱打，叫我单独一人斗斗他龙锦春！"法广也分开众人，他仍想以点穴制胜。

此时众人已把玉娇龙给围住了，法广一赶到，没有尖儿的判官笔又往前去点。玉娇龙却抖起了剑光，身子随着剑光跳上了楼栏杆。栏杆之下就是大街，大街上这时也乱极了，所有的人都仰着脸往上面瞧，并且都惊慌着。

玉娇龙的背脊向后，一脚登栏杆，一脚登着窗棂，她将剑尖向下，锵锵锵又削断了几件兵刃。忽然米大彪赶过来，双鞭向她的脚部打去。玉娇龙一耸身又跳到一张桌子上，把剑光向米大彪的头上一晃，米大彪赶紧横鞭去迎，吧哒一声，钢鞭也被削去了一段。

玉娇龙宝剑飞舞，驱开身后及两旁的敌人，恶蟒似的直向米大彪的胸间刺去。米大彪手中只剩下一只半钢鞭，难以招架，只得将身子向后去退，退到背后靠着了楼栏杆。这楼栏杆本来就不很结实，玉娇龙的身轻，踏上去还可以，但却禁不住他用身子去靠；而且玉娇龙的剑逼得太紧，他的双鞭实在无法招架。命在顷刻之间，屁股就不由向后一顶，就听喀嚓一声，栏杆折断了，米大彪的瘦长身子整个飘下了楼去。

从两丈多高的楼上掉下来，他倒没摔成重伤，可是把几个看热闹的人给压倒了。他的钢鞭也撒了手，一钢鞭将对门药铺的招牌打折，那半截又打昏了一个人，街上就大乱；又见有个人由楼上摔了下来，是那黑脸彭摔在地下，已成了半死。

此时楼上许多人都往下乱跑，法广也顺着楼梯跑下来，楼上大概只剩下了玉娇龙。她提剑站在楼上往下一看，下面的飞镖常就一镖向上打去，打得十分准确；但玉娇龙伸手一接，接得也再准无比。街上的人更是乱跑乱喊，少时就有官人赶来了。同时又见有几匹马从西边驰来，马上的人将官人劝阻住，他们七八人便一齐下马上了楼。

这时玉娇龙独自在楼上，才喘了一口气，忽听得楼梯声响，她赶紧横剑站在楼梯口上。却见由下面来了几个人，为首的年有三十多岁，黑脸膛，短小精悍，穿着青绸大褂，手中只有马鞭，并无兵器，他向玉娇龙一拱手，说："兄弟是黑虎陶宏。"指指身后一条大汉，说："这是我的老师金刀冯茂。朋友！你先不要逞强，保定府今日已非同昔日。昔日，李慕白、俞秀莲、杨小太岁等人曾来此斗闹过，我们因是本地土著，顾忌颇多，所以不愿惹他们；今日无论是谁，只要敢来此逞能、搅害，我们师徒必不能依!"

玉娇龙说:"谁管你依不依,你要怎样吧?"

黑虎陶宏说:"我要跟你比比武!今天时间晚了,我们也没有携带着兵器,请你说下个时间地点吧!你今天无论战胜了多少人,你也不算英雄;非得你将我陶宏,连我师傅冯四爷也打败,或较个平手,保定府才得由你通过,否则你走不了!"

玉娇龙说:"何必另定时间地点呢?就是现在,就是这里,你们取兵刃来跟我动手吧!"

黑虎陶宏却摇头说:"这地方狭窄,楼下已有官人来了,必不容我们在楼上打架。你如有胆子可以到我家中,我家门前很为宽敞,你的剑法也施展得开。"

玉娇龙哼哼一笑,说:"好吧!你们且下楼去等着我吧,我随后便下去。"

黑虎陶宏冷笑说:"有金刀冯四爷在此,冯四爷是光明磊落的好汉,我们还能够暗算你吗?你下来!"

玉娇龙说:"我从来没听人说过你们的名姓,谁知道你们是些什么东西?"黑虎陶宏与金刀冯茂都愤恨地退下了楼梯。

这时天色已然黄昏,对门的商号都不敢点灯,这酒馆的楼下也没有一个酒客,连掌柜带堂倌大概都藏起来了。酒楼地下扔着断了的枪杆和钢鞭,米大彪等受伤的人已被搀扶到一旁。那些看热闹的人,胆小的是早已跑了,胆子稍大一点的也站在老远的地方。十几名官人的腰刀都出了鞘,锁链也抖得哗啦哗啦响,但被黑虎陶宏劝阻住,他说:"不必管我们,私事私办,除非出了人命,用不着诸位操心。"

几个庄丁牵着健马,那飞镖常站在一匹马的后头,手中拿着一支镖,专等着玉娇龙下了楼梯一出酒楼的门,就冷不防给她一下。可是楼上昏黑,毫无动静,半天也不见玉娇龙下楼。众人都仰着头向上去看,并有人大声骂着:"滚下来!滚下来!不敢出来了吗?"连骂了许多声。

忽见一张桌子由楼上飞下来,陶宏等人赶紧向旁去躲,桌子啪嚓一声摔在街上;紧接着又有板凳子摔下来,一个庄丁就应声而倒。金刀冯茂暴躁着喊道："这算什么豪杰？"他就要取双刀跑上楼去。忽见楼上随着一张桌子跳下来一个人，人如飞云腾鹤，剑似闪电虹光，玉娇龙就下了楼。众人没见她是怎样脚踏实地的，只见她已由庄丁的手中夺了一匹马，跨上向西跑去。

飞镖常向着马一镖飞去，玉娇龙反剑一磕，铛的一声钢镖落地；飞镖常的第二支镖又打去，却被玉娇龙接住了打回，一个庄丁就中镖栽倒；第三支、第四支又全都打空了。陶宏、冯茂便一齐上马，喊道："休走！"玉娇龙在马上扭转纤躯，用剑招点着说："来！"她的马嘚嘚地向西跑去了。

这里的群马、众人如潮涌似的呼啦啦赶去，霎时就出了西关。此时暮色铺满了原野，玉娇龙却拨马回来，迎着陶宏说："就在这里争战好不好？"陶宏手中没有兵器，疾忙往后去退；金刀冯茂却手舞双刀，催马向前。此时西边又来了陶家的一队庄丁，打着十几只灯笼，二十多支火把，越来越近，一片火光灯影，照得道旁的树影乱动。

金刀冯茂这位深州的好汉，除了曾败在李慕白的手下，生平还没有低头服人。如今他马转刀腾，玉娇龙却剑飞骑纵，马战了五六合，便一齐跳下马来。冯茂气凶如虎，双刀如凤翅展开，左刀削，右刀砍；玉娇龙却伸剑取敌，纵步高飞，如疾风拨云，随来随去。冯茂左刀护住了右刀，换变刀势，横刀斜砍；玉娇龙却闪身直掠，剑如大鹏展翅，力透剑锋，直取冯茂。冯茂身随刀移，玉娇龙也撤步倒剑，静观对方刀势的变化。

此时灯影火光已来到了临近，红焰照着娇美的玉娇龙；她刚才在酒楼上已脱去了绸衫，将绸衫连剑匣斜系在背上，鬒发也掠在前面，形态极为俊俏。金刀冯茂很愧恨地想：跟一个女儿般的男子交手还不能够得胜，我还算是什么豪杰？他的刀法骤变，虎躯一冲，玉娇龙却纤腰疾转，宝剑斜掠，往来又斗了三四合。

这时，黑虎陶宏也由庄丁手中得到了双刀，跳下马来杀进。玉娇龙一口剑敌住四件兵刃，展开她的十载所得、书中所获的鬼神不测的剑法，嗖嗖嗖轻躯随剑飞转。此时在灯影里的冯茂与陶宏，简直徒具勇力不能擒敌获胜。

鲁伯雄绰了杆枪，常文永拿着一口刀，法广和尚换了一支铁杖，都自两翼袭来；杖抖起来风，枪抖成了花，刀光如闪电。但玉娇龙纵跃旋回，拒前制后，戳左迎右，一剑复一剑，杀往又杀来。火光中只见她的俏影翩然，而且越杀越紧，剑术步法丝毫不乱，面色神态一点不变。冯茂大怒，喊了声："冲！"立时刀枪和铁杖集中于一面，像一棵铜铁铸成的大树压倒下来。但玉娇龙以青冥剑纷拨，陶宏、常文永、鲁伯雄又皆刀折枪损，都惊慌着后退。

只剩下两个人与她争战，却是冯茂和法广。冯茂已不住地喘气了，想不到这小辈如此难制，他真惊讶！记得李慕白剑法不过如此，到底这小辈是个什么人？法广和尚的铁杖是打的时候少，点的着数多。点穴法一百零八手他全都使尽了，即使是最残忍的"脑户""哑门穴"，他全都使力急快地点去。但，不容他的杖头触到玉娇龙的身上，玉娇龙就早已用剑去掠；他恐怕杖被削折，便赶紧又缩回。他也看出来了，这年轻人也必精通点穴，自己这手儿武艺到他的眼前无用，所以他也不敢奋勇向前自讨苦吃。只有金刀冯茂虽然直喘，可是越杀越勇，忽然一下，宝剑削断了他左手的刀，他一口刀仍然与玉娇龙拼战。

这时陶宏等人又换了兵刃上前，庄丁们除了打灯笼举火把的之外，也全都抢刀扬棍的齐上，围住了飞剑无敌的玉娇龙。玉娇龙却疾忙抢了一匹马，跨上去，并不走，只举剑大喊："你们还不肯服输吗？如若你们一拥上前，我可就要胡杀了！杀死人，休怨我龙锦春的手辣！"众庄丁都有些不敢向前，常文永又放了两支镖，又都被玉娇龙用剑拨落在地下。

这样英雄的人，使冯茂、陶宏等人不得不气馁，冯茂就拦住了众人，一手提刀在前，高声问道："龙锦春！你的师父到底是谁？"

玉娇龙啐了一声，说："你们问不着！"又微笑了笑，自拍胸脯说："我呀！我是潇洒人间一剑仙，青冥宝剑胜龙泉，任凭李俞江南鹤，都要低头求我怜。沙漠飞来一条龙，是神无影鬼无踪，尔辈鼠蛇来侵犯，直似蟋蟀撼泰峰。"娇声婉转地说完了，一手挥剑开路，一手提缰就走。这里几十个手执利器的江湖大汉，竟没有一个人敢去拦她。

玉娇龙于茫茫夜色之间，催马向东北走出了很远，回首去看，那一片灯火已阑珊地向西去了。玉娇龙也觉着有点累了，她就叫马缓缓地走着，多时才回到了北关那家店铺。店门前挂着只纸灯笼，上面写着店的字号。有几个人站在灯下，正张望着，谈着话；一见玉娇龙回来了，他们赶紧闪在一边，但齐都仰着头惊诧地瞧着。玉娇龙却不理他们，骑马一直进店，下了马，交给了店伙，说："这匹马也是我的，好好的看着，无论是谁来要，都不许给！"店伙连说："是！是！"玉娇龙就提着宝剑走往里院。

进到屋中，只见里屋点着两支蜡烛，桌上摆着许多酒、菜。绣香下了床，说："大爷回来啦？菜都冷了！"玉娇龙轻轻说了声："不要紧！"便坐在床上休息，宝剑就放在被褥上，她抱起猫来亲了亲，问说："我走后这里没有什么事吗？"绣香说："刚才有两个衙门的人来向我盘问您的来历。"

玉娇龙神色一变，赶紧问说："你是怎么回答的？"绣香悄声儿说："我就照着您交代的话说的。"玉娇龙点点头，又沉思了一会。见猫儿雪虎站起来伸了个懒腰，瞪着两只绿色的眼睛，很像个英雄的样子，玉娇龙忽然又叹了一口气，绣香在旁直发怔。

玉娇龙吃了一点饭菜，就说："睡吧！"绣香要去关屋门。玉娇龙摆手说："你别去！"她起身下了床，先是呆呆地站着，又忽然将软帘一掀，倒把绣香吓了一大跳。灯光照到了外屋，外面倒是没有什么怪异之事。玉娇龙右手的手心向外，护着自己的胸，很快地就到了外间；转身向四下看了看，并将桌椅的下面全查到，她这才关严了屋门，然后进到里间。门帘随着她在身后落下，她也娇慵地伸了个懒腰，宝剑、小弩弓都放在枕边，吹灭了灯烛，才躺在了床上。

床里的绣香替她把绸被盖上，她却推到一边，不盖；绣香在枕畔又悄声问说："小姐，得有多少日子咱们才能走到衡山呢？"玉娇龙说："你不要着急！到了衡山，我若看那个地方不好，我还许不住呢！"绣香说："要不然，咱们还到新疆去吧？"

玉娇龙又长长地出了一口气，说："得啦，你别在枕边跟我这么絮烦了！叫我好好地歇一会儿吧！真是！"说到这里，她忽然又笑了，说："现在我真觉着我是你的丈夫了，你就是一个常在我枕边絮絮不休的妻子。"绣香作急说："您，到这时候了，还跟我闹！"

玉娇龙嘻嘻地笑了笑，忽然又把绣香抱住，紧紧地一阵抽噎。绣香就觉得她小姐的热泪已湿在她的脸上了，就叹着气悄声说："您是怎么啦？唉！"玉娇龙像个小孩似的倒在绣香的怀里哭着，弄得绣香没办法，既不敢大声劝，也脱不了身。

过了多时，忽然见玉娇龙一翻身，她的手向枕边一摸，臂又一抬，只听窗纸噗的一声响，窗外就有人叫道："哎哟！哎哟！痛死我了……"一声比一声惨，一声比一声低。绣香的身子立时又发颤，玉娇龙用被子将她的身子和头全部盖上。她在被里蒙了半天，才听见窗外有人杂乱地说话，有个人就说："没什么事！没什么事！诸位回去吧！"是店家的声音。又听得有人说："左眼……是一支袖箭……一准得瞎！"玉娇龙却伏枕大笑起来。

一夜过去，第二天起身时已然八九点，玉娇龙隔着窗叫店伙给她们熬点江米稀饭，店伙在窗外既恭敬又害怕似的答应说："是！"玉娇龙叫绣香给找出里衣来换，她的胸部用一幅白纱裹得很紧。因为她预备的男装衣物并不多，所以里面仍是穿着红罗襦，外罩青绸小褂，把红衣的领子藏在里面，脖纽扣得很严；青绸肥裤子，系着红丝线的窄腿带；青缎双脸鞋，外穿一件翠蓝绸子的肥大袍子。

她一起床，没洗脸时就先用昨日的剩水将两耳洗净，用粉和油将耳孔涂上；对镜细细看了，看不出来耳孔，她这才开了屋门，绷着脸儿，故意使出来粗声，叫道："伙计，打洗脸水来！"

店伙应声而至，前后打来了两盆脸水。绣香已卷起来锦衾绣枕，穿上了弓鞋，娉婷的对镜挽发，并问店伙说："大爷叫你们熬的江米稀饭，好了没有？"店伙说："好了，好了，这就好了！"玉娇龙像个男子似的，昂然地说："先给猫做吃的！"店伙又答应："是！"

玉娇龙又问说："昨天夜里是怎么回事？是谁在院中叫唤？"店伙的脸都吓白了，翻着眼睛瞧着玉娇龙，摇头装发怔，说："我不知道！"玉娇龙拿湿手巾擦完了脸，坐在凳儿上，微微地一声冷笑，翻眼瞪了店伙一下，就说："告诉你们掌柜的，他要是晚上净放进来闲人，搅得客人们都睡不安，他的买卖可不能够好啦！我们下次再来到保定，也绝不再在你们这店住啦！"店伙又说："是！是！"

玉娇龙又向绣香拿着"丈夫"的架子说："拿出二十两银子来给他

们，叫他们到城里，找出名的铺子买些好茶叶，要顶高的龙井，再买几包檀香，买一把粘好了的素面折扇！"绣香拿出银子来，交给店伙，店伙就出屋去了。玉娇龙叫绣香给她打好了辫子，她就斜卧在床上逗猫。

待了一会儿，店伙端进来一盆江米稀饭，粥里还煮着枣儿，另外还有白糖。用过了早餐，店伙就把买来的东西和剩下的钱都送来了。茶叶、檀香都由绣香收起来，玉娇龙却又不慌不忙地跟店伙要来笔砚，她要书写扇面。因为笔不大好使，不能写小楷，所以她只柔秀地半真半草地写了两首诗，就是昨晚她在单身力战黑虎陶宏、金刀冯茂等人之后，意气洋洋随口说出来的那两首诗。她回想着，又修改了几个字，就写在扇面上。写过之后，放在桌上，还要等候墨迹干了。她这么一磨烦，就将近晌午了。

昨晚，玉娇龙虽然与金刀冯茂、黑虎陶宏等人大战一场，并且深夜还有人来此窥探，被她用箭隔窗射伤；可是这整整的一个上午，竟无人来找她报复。她就以为那些人对她畏惧了，她很放心，又吩咐店伙去叫菜。午饭用毕，才叫店伙给她备马。昨天她打了的那个赶车的是至死也不再拉她，一清早就赶着车跑了，玉娇龙也不追究。她叫店伙另给找了根鞭子，就叫绣香骑着她昨晚得来的那匹马走。

除了付清店账之外，她又交给店掌柜十两银子，说："昨天黑虎陶宏他们，率众跟我争吵，你大概也知道，我看你一定是跟他们同伙！"

掌柜连连躬身，悄声说："也不是一伙，是我们不敢得罪他。"

玉娇龙点头道："我也不必跟你们多说了。昨天我夺来他这一匹马，可也不是我抢劫来的，现在我们要骑着它走，给他这十两银子，作为是马价，烦你交给他们吧！"

掌柜的又连连作揖，说："大爷真公道，待会我们派人把你这银子送去就是啦！"玉娇龙点了点头，她二人就出了店门。

绣香在新疆时本来也骑过马，还常说："马比驴容易骑，因为它走起来身子是平的。"但是她说的那也是好马。如今这匹马却不大好骑，一走就一颠，并且铺盖、包裹全都在她那匹马上，累赘得厉害；玉娇龙的马上只有宝剑和那装着雪虎的篮子。绣香的马在前，玉娇龙的马在后，绣香直说："别快走，我骑不稳！"玉娇龙却摇着扇子说："你别害怕！越害怕越骑不稳,你爽性壮起胆子来,倒不要紧。"

她们是顺着大道往南走,可是这股大道上没有多少行人,并且越走越斜。天空飘着薄薄的云,烟似的,很快地奔驰着,把阳光都遮住了,因此玉娇龙又有点迷了方向。走了多时,就觉得天上的云变了颜色,天色大概不早了。这时两边是田禾,当中的一条路渐渐狭小,也看不见村舍人家。

忽然玉娇龙隐隐听见身后有一种响声,哗啦哗啦,似是群马的蹄声;她赶紧回首,却见远处田禾的边际上滚起了雾似的一片烟尘,可是并没看见一条马影,大概是有许多匹马都从后边的岔道上赶往前面去了。玉娇龙就有些惊异,但又想:不怕!她催马到绣香的前面,收了扇子,挥鞭去走,昂首向前去望。

走了又有五六里,便见前面有一脉青山,绣香就说:"有山!山上有道儿吗?"玉娇龙说:"有山自然有路,里面还许有人家呢!咱们在山里找着人家,就先叫他们烧点水,咱们泡壶茶喝。"随说随走,少时就来到了山下。只见山虽不大高,但满是崚嶒的青石,没有一株树,连草也不多。有一股穿山的小路,极峭,而且坎坷不平。玉娇龙倒没注意到什么,可是绣香依然向上指着,说:"山上有个人!"等到玉娇龙抬头看时,山上那人已然藏躲起来了。

玉娇龙又低头细看,见地下的土很坚硬,留着许多杂乱的白色蹄迹,并有几堆马粪,就冷笑一声,说:"不要怕!这座山骑着马能穿过去,咱们向前直走!不要怕!可是你一个人骑马不行,你也到我这马上来,我抱着你再往上走。"

于是她叫绣香慢慢下了马,绣香的马就专载行李,并把装猫的那只竹篮也系在这匹马上,将缰绳又系在前面黑马的屁股后头,两匹马就连成了一串。她抱着绣香上了黑马,绣香回过脸,害羞地笑着说:"这有多难看呀!你又是个男的!"

玉娇龙也笑了笑,一手挥鞭,一手抱着绣香,骑着一匹马带着一匹马,往山路上去走,并悄声嘱咐说:"你别净依仗我抱着你,你应当反手揪住我的腿,坐稳了身子,不要怕!"绣香觉着她抱着自己的那只胳膊,袖子里藏着个东西,是那小弩箭。

这条山路是越来越深，不见其低，只觉其高；路当中的大石头很多，似是有人故意搬来堵路的。前马跳过了石头，还得等着后边的马也跳过来，这才能走。玉娇龙渐渐地就生气了，芳容也有些发紫，一抬头忽然看见前面一块高石上站着个持刀的人。玉娇龙腾开了手，蓦地一弩箭射去。只见那个人如猴子似的，连刀翻下了高石；听不见呼声，可是至少也摔个腰断腿折了。绣香倒吓得哎哟一声，玉娇龙又嘱咐："揪住了我！"她随手抽出了青冥剑，同时催马往上紧走。但高处已有很长的弩箭射来，有的力不足，没射到；有的几乎射中了玉娇龙，但被她疾快地用宝剑一拨，就拨落在地。

斯时乱石的高处出现了二三十人，并有杂乱的马嘶之声，玉娇龙看出那群人之中有飞镖常和鲁伯雄，其余的大概都是黑虎陶宏和米大彪家的庄丁，玉娇龙就向他们鄙视地一笑。那边，飞来的不仅是箭、飞镖，连石块石片也一齐打来。玉娇龙一手执剑掩护，一手提缰，催马快走；绣香斜趴在马上，双臂紧紧抱着她，头向下垂着，金簪都已落地，头发也散乱了，身子不住地抖。

玉娇龙紧紧催马前行，后马紧跟着前马，蹄声嘚嘚；后面的人可也持刀追来了。马踏着山石又走了一截路，忽然山路转往下去，十分的陡峭，简直无法骑着马下去，但身后的一群人已将杀到，并且呐喊着。玉娇龙想勒住马回身去应战，可是这匹黑马如同生龙，无论如何也控制不住了，只觉得这匹马一蹄登在了云里，后面的马随之由高崖之上跳下。接着就听呼啦一声巨响，眼前溅起一片白雾，玉娇龙和绣香的脸上身上都觉得冰凉。原来这山后就是一道大河，水很深，两匹马都坠在河里，浮着水走。身后的山上一块一块的大石头又如飞箭一般的打来，打在河里扑通扑通乱响，水花都溅在玉娇龙的头上。

玉娇龙咬着牙，催马涉水，走了很远，才上了河的对岸。只见这条河，顺岸曲折地向西展去，四五里之外，影影绰绰那里有一座长桥。云缝里露出的金黄色的阳光正投照在那河里，仿佛那里才是平原大道。玉娇龙回头向山上去看，见那山上的人都渐渐散开了，回去了，可知他们必然全都没有胆子下山，全都不会浮水。玉娇龙的两只鞋袜已然尽湿，绣香抬起头来，发上也往下垂水；两匹马的全身已没有一点干的地方，除了水就是汗，并且呼噜呼噜直喘。

玉娇龙策马走过了河边的一片沙滩，就站住了，下了马，又将绣香抱下来。绣香一下马就坐在了地下，喘着，两手去挽头发。玉娇龙却不放心她的猫，怕它被水淹死了。她一手提剑，到后面的那匹马旁，解开了绳子，打开那只竹篮的盖儿；不防呜的一声急叫，白毛都湿贴在身上的那只猫儿蓦地往地下一跳，跳出来就飞跑，跟兔子一般。玉娇龙叫着："雪虎！雪虎，好雪虎！回来！"猫儿却是无情的，跑起来不认它的主人了。

玉娇龙赶紧去追，快要追上了，猫儿却把身子一蹲，扭头又向回来跑；玉娇龙急叫它，它也是不管不顾。绣香也急了，挣扎着站起来，急着去追去截，也叫着："雪虎不跑！雪虎听话！雪虎来吃肝拌饭！雪虎……"但猫儿却东跑西蹿，她们俩都抓不着。除非玉娇龙朝它放弩箭，像打猎似的，然而她岂能舍得呢？她几乎要哭出来了，比什么事都着急。

但这时候却见西边那座长桥上又闪烁着刀光，蠕动着人影，原来是飞镖常、鲁伯雄的那一伙二三十人，由山上转到那边，过桥向她们追逼前来。玉娇龙大怒，见猫儿站在很远的地方，耳朵竖着，两眼东瞧西望，仿佛还是要跑的样子。她怕那伙人来到这里，一场争战就许把猫儿惊跑，无从去寻觅，就赶紧叫绣香在这里看守着猫儿，急急地说："你别怕！我去迎截他们，你在这儿千万别叫雪虎跑了！也别蓦然去追它，你拿点什么东西逗它好了。"绣香带着哭腔答应了一声，玉娇龙就掖了掖已湿了半截的长衫，挽起袖子，一手持着小弩弓，弓中装着箭；一手抢着青冥宝剑，飞奔了过去。

那一群人已然走过了桥，玉娇龙就尖声喊道："都站住！谁敢过来我可就杀谁！"

那群人领头的原来不只是鲁伯雄，还有黑虎陶宏也在内，黑虎陶宏也大声说："你别发威！我们都看出来啦，你是个女的不是男的！你快些通出姓名，把那匹马还给我们，我们便不伤你！"玉娇龙说："胡说！我是堂堂男子，你们竟诬我为妇人女子？真可恨！我的姓名你们不能问，马也不能还，要战就战！"说话时，只见飞镖常一抢胳膊，钢镖打来。玉娇龙一斜身，用剑一磕，当啷一声，钢镖落地。玉娇龙腾步直上，便与黑虎陶宏等人厮杀起来了。陶宏吩咐手下的人一齐上前，将玉娇龙围住，一齐上手，杀死了也不要紧。

这时道上无人，当时，短刀长枪就一齐上前。玉娇龙将青冥剑飞舞，兵刃遇着它就纷纷俱折；同时，她身子宛转如飞，宝剑前削后砍，飞镖常惨叫了一声就倒地身死了。许多庄丁也受伤的受伤，败走的败走。

陶宏跑到一边，抢着一只半刀，气极了，向桥边给他牵马的几个庄丁大喊："过去！把那边的两匹马夺过来！"当时桥边的几个人一齐上马，往绣香那边奔去。玉娇龙挥剑又砍伤了两个人，挣身躲开，去截那几匹马。一匹马被她截住了，剑砍在马腿上，人倒马翻，但其余的六七匹马早掠过去了。玉娇龙大怒着，回身去赶。

那边的绣香见群马扑来，吓得大叫，抱着猫儿疾忙逃奔；才逃了几步就一下栽倒，猫儿雪虎又不知惊蹿到哪里去了。那两匹拴在一块儿的马，也一前一后向东飞奔，那六七匹马紧接。玉娇龙的弩箭发出去，嗖嗖嗖，就有三匹马上的人高张着双手翻身落马。

后边的陶宏又高呼："回来！"剩下的三四匹马又折回来，鲁伯雄率着十几个人也赶到，当时马上的、步下的又一齐舞刀持枪向玉娇龙厮杀。玉娇龙用剑斩断了两件兵刃，又从马上砍下一人来，夺了一匹马，就飞身而上。如今她又成了马上将军了，弯腰向下，宝剑挥得更紧。

那陶宏站在远远之处，还大声指挥着："放箭！要小心自家人！"玉娇龙心说：这个人真可恨！她便赶紧杀出了一条路，弃了这里的鲁伯雄等人，专扑奔陶宏而去。黑虎陶宏自知不敌，转身就跑。

玉娇龙催马赶过，不料身后的冷箭又射来。玉娇龙虽然赶紧伏身，一支箭从她的头上飞过去了，但另外两支箭却射在她的马胯上了。马就一声长嘶，猛地往起一颠，玉娇龙骑不住了，立时落下马来。她身子一挺，两脚平落在地上，一口气也不喘，又执剑去追陶宏。

陶宏在前边跑，玉娇龙在后边追，鲁伯雄等十余人又在后面追玉娇龙，都跑得甚紧，都相距不过二十多步。陶宏已上了西边的木桥。这桥很长很平坦，也很宽，可以走大车，因为一股大道自南由此桥渡河，便能穿进北岸的山口。此时夕阳斜照之下，大道的南边已烟尘大起，来了许多车辆，并有许多担囊荷物的行人；但都因为看见这边的厮杀恶斗，便在远远之处，转往岔道上走了去。只有两匹马，一黑一白，却飞也似的驰到。

陶宏已跑上了桥，手中的刀只剩了一口，他回身喘了口气，却见百步之远，有个骑着黑马的大胖子，大喝道："黑虎陶宏！三年没见，你怎么还这么脓包？你们这么些人会敌不过人家一个？"

陶宏定睛一看，却不由大吃一惊！这胖子年有四十岁上下，头戴大草帽，身穿青绸裤褂，操着山西口音，像是个买卖人，可是鞍旁有刀，这人与他似曾相识。另外的一个，与这胖子两马相并，马上的人却身材昂爽，留有黑胡子，但年纪不过将过三十；大草帽背在背后，身穿深蓝色的绸褂裤，鞍旁是宝剑。这人直瞪着精爽的眼睛，看着玉娇龙舞动如飞，又斩断了许多只刀枪的宝剑。陶宏越发惊讶了，就疾忙拱拱手，高声叫着："李兄快来助我！"那边的黑髯少年却微微冷笑，并摇摇头。

此时玉娇龙已赶上桥来，陶宏抡刀猛砍，玉娇龙宝剑一掠，陶宏的这口刀就呛的一声被削断。他持着半截刀又招架了一下，回身顺着桥向北就跑。玉娇龙如苍鹰擒兔，嗖的一个箭步追上去，宝剑一抡；陶宏哎哟一声惊叫，忙低头伏身，剑从他头上如闪电一般的掠过，下面又一脚踹来。玉娇龙是个天足的女子，力气不小，这一脚踹得陶宏短小的身子在桥上立不住，当时就扑通一声掉下河去，河水都溅到桥上来了。陶宏在河里挣扎着，仰面急喊着："快救我！"转眼就沉下去了。那边骑黑马的大胖子拍掌大笑，说："脆！棒！是好身手！"

这时鲁伯雄等七个人又赶上桥来，玉娇龙便立在桥头舞剑迎杀，只见剑光紧抖，刀枪俱折，前边的人扑通扑通坠在河里，后面的人转身就跑。只剩下了鲁伯雄一人，刀倒没断，可是欲逃亦逃不得，那边马上的胖子又喊道："老乡！快跳到河里去逃命，凭你斗不了啦！"鲁伯雄果然投身下河，浮着水逃走了。

河中波涛滚滚，有的会水就浮着水逃走，有的还在水中挣命，人头像西瓜似的一浮一沉，有的就如黑虎陶宏一样一沉下去就再也没露面。岸上、沙滩上、桥上爬着受伤惨叫的人，乱扔着折断了的刀枪，几匹没人骑的马野龙似的顺着河岸向东跑去。

东边还留下三四个陶家的庄丁，正在拿刀威吓着绣香，绣香坐在地下痛哭，样子十分可怜。玉娇龙气愤得提剑又往东边去跑，那黑马上的胖子却连连摆手，催马过来说："不要鲁莽！你要是一过去打他们，他们可就立时把你夫人的命要了！来，让我过去跟他们说几句好话，你放他们几个人逃命好了！"

玉娇龙很诧异，喘了喘气，扭头看这胖子。就见他不仅是胖，而且极为健壮，背宽胸脯高，肚子用宽带子勒着，却不肥，满面风尘之色，一见便知是个久走江湖之人。他鞭着马，马镫与鞍旁挂着的一口带鞘的朴刀相磨擦着，喀喀的响。他神态从容，笑着，高张着手向那边喊说："朋友们！别难为人家一位堂客，来，我给你们解和解和！"他催马走过去了，玉娇龙也提剑向那边走去。

这时，忽然一匹白马又赶到，马上的人翩然下了马。玉娇龙不禁愕然，就站住了，心说：这人的身手太敏捷了！她定睛看去，见这人三绺胡须，微黑的脸，身材魁梧，神情潇洒；他一抱拳，态度极为恭敬，说："这位兄台单身敌众，还占了上风，兄弟已旁观了多时，实为敬佩！黑虎陶宏那些人兄弟是认识的，他们是保定府一霸，平日作恶多端；想兄必是个侠义之人，为打不平才与他们争战起来。请问兄台贵姓大名？武艺是哪位名师傅传授出来的？这口宝剑是什么名称？"

此人似乎特别注意玉娇龙的宝剑，玉娇龙赶紧退了一步，瞪目又看了这人一下，便说："现在我没工夫跟你谈话！我的宝剑叫青冥，我名叫龙锦春，别的话你都问不着！"对面这人一闪身，玉娇龙就持剑向东跑去。

此时那胖子已下了马，正在跟那几个人谈话。玉娇龙赶到近前，抡剑就要杀那几个人，那几个人也要一齐抡刀，地下坐着的吓得绣香拿双手掩着脸，叫道："哎哟！"胖子却抽出刀来，从中一拦，笑着说："我正给你们说合啦！杀人不可杀绝，再说你们又不是有什么深仇大恨，看我的面子，放他们几个走就是啦！老兄你要是抢宝剑，就请你先斩断我的刀，先杀我；我放他们几个走了，他们并没欺辱你的夫人！"

胖子伸着刀，态度很和气，可是玉娇龙的宝剑立时削下，胖子的刀就变成两截，一半掉在地下，一半胖子还手里拿着。他神气不变，哈哈一笑，说："好锋锐的宝剑！可是您老兄这样办事，未免有点像妇人之心！"话未说了，玉娇龙瞪目说："你是他们一伙的！"宝剑嗖的又削过去，胖子一闪身躲开了；接着玉娇龙又横扫一剑，胖子用半截刀相迎，笑着说："再让你削去一块吧！"

玉娇龙进一步，反腕拧剑向胖子的肚子刺去，不料后面斜来一脚，正踢在玉娇龙的腕子上，青冥剑落在地下。玉娇龙身子斜扑下去，疾快地就拾起来剑，回臂一抢，身后那青须少年却轻轻转到了她的面前。她手似风环，猛地又一剑；少年略闪身即避开，走进一步。玉娇龙举剑要砍，只听对方说："拿来吧！"玉娇龙就只觉手腕一痛，不知怎样，青冥剑就被那青须少年夺过去了。

玉娇龙大惊，更情急，她驰步向前，搓身前击，其急如风；青须少年正在仔细看剑，只用手一推，玉娇龙就又退了半步。她疾忙反手，二指向这人的喉间去点，点的是"廉泉穴"。但少年随手一推，玉娇龙又身不由己的倒退了三四步，可是她挺身立住，没有跌倒。

玉娇龙急了，弩箭又嗖嗖嗖地射出。少年的身子动也不动，只用手指去夹，一连三支弩箭全都夹在了他的手指间。胖子在旁大笑，说："你这小玩意儿，还施展它干吗？"

玉娇龙的两只眼睛都瞪圆了，喘着气，一句话也不说。趁着那少年看剑出神之际，她蓦地又扑上前去夺剑。少年一脚，就将她踢倒，她翻身而起再扑。少年又一脚，她又跌倒，滚起来再扑。

那边已然走远了的几个庄丁，一见玉娇龙被打败，便又抢刀向这边跑来，要打便宜手儿。青须少年举剑向他们高喊："快走！你们还要回来送死吗？"不料玉娇龙就趁此时一耸身，两只手紧紧抱住了他的右腕，死也不放。青须少年愤怒起来，又一脚踹去，玉娇龙就如同一个石球似的滚出了很远。但她同时挺身蹿起来，青冥剑已回到了她的手中，她把剑一抢，仙人步站立（即丁字步，可以进退封逼，助势提劲，而且前后左右均能反转自如），一手指着青须少年，问说："你叫什么名字？"

青须少年说："我是李慕白，你这口剑原是我的，我赠给了京中一个人，不知你是怎样得来的。你一女子，我也不愿与你交手，宝剑你可以暂时拿着，但不许你凭借利器，为非作歹。将来我若知道你这口剑得来的不义，可还要把剑追回！"

玉娇龙听了李慕白的名字，一惊，但旋又一声冷笑，说："原来你就是李慕白，你来！"说着由怀中取出她的折扇，啪的一声打开，叫李慕白看她在上面写的字，并且骄傲地高声念出，是："潇洒人间一剑仙，青冥宝剑胜龙泉，任凭李俞江南鹤，也要低头乞我怜。"

胖子在旁笑道："哈！这女扮男装的人还真狂得不得了啦！再念吧！"玉娇龙又念道："尘海飞来一条龙，是神无影鬼无踪，尔辈鼠狐来犯我，直似蜉蝣撼泰峰。"

胖子说："好大口气！"

李慕白愤怒着到鞍旁去抽剑。玉娇龙跑开几步，先叫绣香躲开，她脱去了长衫，连扇子都掷给了绣香。她喘着气，青绸小褂的纽扣也开了几个，露出里边的红褥；她站立着，专取守势。李慕白抽出了宝剑，跃步向前，一剑击下，玉娇龙的青冥剑反舞以迎。李慕白怕伤着剑，疾忙抽剑避锋，玉娇龙以青冥剑趁势下撩。李慕白疾闪，反腕振剑去刺；玉娇龙随手去挑，迎门倒砍。李慕白又一闪，剑势凝回起舞，剑尖正透敌心，玉娇龙不得不避开。李慕白又翻腕，剑从上而下。玉娇龙向左去闪，挽剑变势，巧妙地转守为攻，以身避身，以剑找剑，脚步轻敏，丝毫都有规矩。

李慕白更看出来了，这女子的剑法与自己原是出于一家；他谨慎着，不愿向对方加以伤害，步步引诱着玉娇龙的剑法。玉娇龙却振起了威风，一步逼一步，一剑紧一剑，嗖嗖嗖如凤翅，如霞光，如落月流星。李慕白只是后退，把她的剑法看够了，忽然又进步，反手，双足跃起，剑从怀中透出。玉娇龙用剑一找，李慕白的剑却望空举花，同时转剑又刺来。玉娇龙竖剑去迎，李慕白的剑势又变化，以卷帘式向她来砍，几乎就伤着了玉娇龙的脖颈！可是玉娇龙斜撤步，缩身举剑向前一推，李慕白吓了一跳，因为剑几乎被她的青冥剑碰着。

李慕白就撤步倒剑，摇手说："不用战了！你的武艺不错，我看你的剑法、步法像是九华山学来的，我们原是一家。现在我只问你的师父是谁？

还有你晓得不晓得哑侠的下落？"

玉娇龙不住地喘气，摇头说："我都不知道，不过我不能服你！今天是我已然同那些贼战了多时，气力不胜了，不然，叫你李慕白当时就死于我的剑下！"李慕白淡淡地一笑，胖子也怔了。

陶家的那几个残余的庄丁早就都吓跑了，岸边只漂泊着几匹马。玉娇龙的那两匹马虽已跑出了很远，倒是没有丢失，马上驮的东西也都安然无恙。

玉娇龙提剑赶到那躲在一边的绣香，喘着气问说："雪虎呢？"

绣香抽泣着说："本来我都抱住它啦！那几匹马一撞我，我就躺下啦！雪虎也跑啦！"又悲伤地叫着："雪虎！雪虎！"

玉娇龙一顿脚，眼泪汪然流下，也边哭边叫着："雪虎！雪虎！"她两眼带泪向四下看，只见眼前是高山大河，滚滚的流水，荒莽的沙滩，还有悲嘶的几匹马；身后、右边都是很高的碧绿的田禾，左边是疏柳、长桥、夕阳。

不远处的李慕白跟那胖子还站在那里望着她，她又瞪了一眼。到哪里去找那白毛儿黑鼻子的雪虎呢？她呜呜地哭着，绣香劝着说："天快黑了！大爷，咱们先找个地方住去吧！明天再来找雪虎，它也许在麦地里藏着啦，大概丢失不了！"玉娇龙又哭着叫了几声雪虎。李慕白跟那胖子已上马往西去了，胖子在马上还不住回头。玉娇龙颓然坐在地上，阵阵的河风吹得她身上很冷。

天已渐渐黑了，暮鸦成群飞过山去。绣香又劝了她半天，她才拭了拭眼泪，站起身来；叫绣香把那两匹马牵过来，打开衣包，另拿出一件青绸的男装衣裳穿上。她又摸了摸，另一只包袱里的首饰匣没丢，那里面就有两部《九华拳剑全书》。

她才放心，看看四下无人，她就悄声嘱咐绣香说："雪虎丢了还许能找着，只是这匣……"绣香点头说："我知道！无论如何我也在意，绝不能让它也丢了！"玉娇龙说："只要你眼睛看到了就是啦！也不用时刻不离手，看得严还不如叫别人不介意才好！"绣香又点头，把两匹马分开，东西也叫两马分载着。玉娇龙扶了绣香一把，叫她先上马。她又在暮色之中，又向四下看了看，这才收剑扳鞍上了马。

这时她才觉得双腿酸痛，全身也很难受，因为今天被李慕白连推倒了两回，臂上、手上已有不少擦碰的轻伤，比她离京时自刺的那点伤还痛。她愤恨地咬着牙，绝不服气，誓要休息几日，再寻李慕白决一雌雄。她的心里尤有悲伤，猫儿雪虎她实在舍不得，就想：它哪儿去了？是在那沙漠似的河滩上流浪着吗？还是被人捕获害死了呢？它忽然跟我翻了脸，不听我的话，当然是可恨，是无情，然而它又是多么可爱呀！今后谁还给我开心呀？我还亲着谁抱着谁呀？她不住地流泪，还低声叫着："雪虎，雪虎！跟着我们走吧！"

绣香的马在后紧随着，她心里也很难受，又很害怕，因为这一天的事简直是出生入死，眼前的刀光剑影至今还像未消散。现在是马行在羊肠小径之上，两旁都是茫茫的田禾，被风吹得哗啦哗啦的响，又像有群马追来似的。

天上暮色沉沉，无云之处都露出了星星。走了多时，大概走出十多里地了，天更黑，眼前却看见了稀稀的亮光，绣香赶紧指着问道："小姐……大爷快看！那边是灯还是星星呢？"

玉娇龙说："那边是灯光，一定是村落。你记住了，住店房时你就称我为大爷；但若在人家投宿，你就无妨还呼我为小姐。因为在路上是两个女的太不便，向人家投宿，男人可又不大合适。早先，我那高老师都说过，他常对我说江湖行路之事。可是我还没想到，江湖人的眼睛竟是这么的毒，譬如今天与我对剑的那个有胡子的人，他一眼就看出来我是女扮男装。"

绣香问说："那有胡子的人是谁呀？"

玉娇龙说："那是个有名的江湖人，叫李慕白。你记得早先在德五奶奶家里住着的那个俞大姑娘吧，听说那就是他的妻子；但也是外面的传言，未足可信。不过他们二人倒是时常在一块儿，又都是江湖上武艺最高的人。今天，若不是我，换个别人，即使能够杀退那群强盗，可也必定胜不过他一个人。他的武艺不过是跟江南鹤学出来的，我的武艺却是……"

说到这里她忽然又不说了，将马策了两下，说："咱们快走吧！找个地

第
九
回

剑
舞
身
随
一
身
真
敌
众

鹰
翻
鸷
落
双
侠
各
争
强

三
一
七

方好歇息。你既随我出来,你就放心得啦!我的武艺无人能敌得过,我这口宝剑也没有兵刃敢相触!"

绣香声儿颤颤地说:"可是……我怕!路真难走!江湖人又真凶!"玉娇龙也不再理她。

少时就听见狗吠之声,已经走入村子里了,绣香被狗吓得又直哎哟哎哟惊叫。这个村里人家不太多,多半是有很高的石墙,有一家后窗户还有灯光,是家小铺;还有两三家较贫寒的人家,也有灯光,并有推磨的声音。几只大狗围着她们的马乱咬,玉娇龙怒声叱着,喊叫一家住户开了门。院里出来了两个人,问说:"是干什么的?"

玉娇龙在马上说:"请问,这儿有店房没有?"

就有人回答说:"这儿没有店房,这是个村子,不是镇。你们要找店房还得往南走十里地,石桥镇,那里才有店房呢!你们是从什么地方来的?"

玉娇龙和气地说:"我们是从保定来,我们走得真累啦,劳驾吧!方便方便吧!叫我们在这儿借宿一宵吧,明天一早就走,我一定重谢你们!"

对面黑乎乎的人影就说:"家里没有富余房子,太不方便,不行!"玉娇龙说:"我们两人全是女的,到你家有什么不方便的呢?"

对面的人一听原来是两个女的,他们倒觉得有点奇怪了,就问说:"你们的男人在哪儿啦?"

绣香听了,觉得脸上一阵发热,玉娇龙的声音也有点儿忸怩,说:"我们,我们两人都是姑娘,都没有男人。"

一个人就说:"让她们进去吧!让到奶奶的屋里得啦,怎能叫她们两个姑娘往下走呢?"另一个人却说:"还得问问!"于是又问道:"你们两个女的怎能出来走路?你们家里也倒放心?你们是打算上哪儿去呀?"

玉娇龙不稍迟疑,就短叹了一声,说:"没法子!我们是姊妹俩,家无长男,父亲在外做官,在湖南衡山呢!地方太远,两三年没有音信,妈妈不放心了,才叫我们两人去看看,这也是万分出于无奈!"

那两个人全都无话可说了,于是一人骗开狗,一人就说:"进来吧!马也牵进来吧,院里有地方,系在枣树上就行了。"又说:"也就是你们俩,都是姑娘,不然我们真不能留,因为我们家里也有年轻的姑娘。"

玉娇龙跟绣香下了马，先后牵马进门。院中果然还宽敞，有两株枣树，玉娇龙就把马系在树上。这时就有个老头子，手里托着一盏油灯。从东边屋里出来。院里这两个人都有三四十岁，他们借着灯光一看，玉娇龙穿着大褂，留着男人的辫子，绣香却梳着妇人的头髻，他们就说："喂！喂！你们先别卸行李！你们是两口子呀！我们这儿可没有房子让你们住，你们还是上别处找店去吧！"

玉娇龙回身笑着说："你们再细看看！我是个女扮男装。我们姊妹假作夫妇，不然如何敢出来走路呢？"

一个男子蹲下去看她的脚，说："你是大脚呀！不行！不行！你别成心来这儿胡闹！"

玉娇龙不由有些生气，把脸一沉，说："谁来同你们胡闹？非得裹小脚才能算女子吗？我们北京的姑娘都不裹脚，我们是由北京动身到保定，由保定又来到这里的。俗语说：与人方便，自己方便。难道我们还能安心来害你们？"

她说话的声音很尖很脆，西屋里就有个老婆婆的声音说："让人家进屋来吧！这一定是北京城的旗人姑娘啦，快请，让我问问，她们家里我还许认识呢？"玉娇龙跟绣香倒齐都吃了一惊。

西屋的门便开开了，露出里边黯淡的灯光，一个十六七岁穿花衣裳的乡下姑娘，倚着门，惊奇地向外望着。屋里的老婆婆又说："请进来吧！这是土地神给咱家引来的贵客，昨夜里我还梦见北京城呢！今儿就从北京来了贵客，快让我来见见吧！"

院中那两个男子还不大放心似的，发着怔，尤其是见马上满载着绸缎的大包袱，带鞘的宝剑，他们真怀疑。那持灯的老人好像是这两人的爸爸，他倒是叫两个儿子帮助去拿行李，就请玉娇龙和绣香进了西房。

玉娇龙就见这屋子很是窄小，墙壁上挂着许多灰土；有一张桌子，上面放着一盏很暗的油灯，还有两份儿竹筷子，粗碟子、粗碗；屋后墙是一铺土炕。同时那拿着灯的老头儿也走进来了，隔壁屋里且有小孩哭声。这情景仿佛与两年前在新疆草原与罗小虎同睡的那地方很像，玉娇龙的心中又不禁泛起来一阵酸痛。

看炕上放着两份被褥，虽不十分脏，但上面的补丁很多。一个被窝似乎是这乡下姑娘睡的，这姑娘倚身靠着墙，眼睛直向着玉娇龙和绣香看；另一个被窝枕头边有一团白发，原来就是那老婆婆，满脸皱纹，足有七八十岁了。她在被中要爬可爬不起来，只说："姑娘们进来啦？姑娘可别怪我！我老啦！这家里的是我的儿子、孙子、孙子媳妇、重孙子、重孙女。我如今是个老废物啦！我要是能够起来，哪能容他们跟姑娘说那些废话呀？他们都忘了恩了！他们都是花旗人家的钱养大了的。我从二十岁时守了寡，就在北京城邱侯爷家伺候那儿的奶奶太太！"

玉娇龙更是惊愕，原来这老婆婆竟是邱广超家的旧日仆妇，而邱少奶奶又是自己最知心的女友，她心中因此有些担心。老婆婆又说："现在听说那儿的奶奶也成了老太太啦！小侯爷的那位少奶奶当了家，娶那位少奶奶的时候，我还在那儿呢！过了两年，我的眼睛就瞎了，侯爷太太赏了我五十两银子，小侯爷还叫少奶奶赏了我两个元宝，叫我回家来养老；我们才修盖了这所屋子，置了几亩田地……"

老婆婆絮絮不休，玉娇龙却一语不发。绣香在炕上找个地方，铺上了一条闪缎被褥。那乡下姑娘看见这条发光的被褥，越发的眼直。有两个村妇，像是老婆婆的孙媳，就是刚才那两个男人的妻子，一个还抱着孩子，都站在门外往屋里看。

绣香一边收拾东西，一边笑着跟人家说客气话；玉娇龙却脱去了外衣和小褂，露出里边的红褥，坐在她的被褥上，不说一句话。那老头儿叫他的孙女把铺盖抱走，到别的屋睡去，这乡下姑娘就抱起来她那自惭形秽的被褥和枕头，可是还不肯走。她的祖父直催她，绣香就笑着说："这位妹妹，明天咱们再说话儿吧！"那姑娘才被她祖父拉走了，门也随之关上。

老婆婆又说："给人家二位姑娘做点什么吃呀？把鸡子儿煮几个来吧！"窗外的妇人答应着，绣香就笑着说："您别让嫂子们麻烦啦！"老婆婆说："不！我知道，您北京人吃饭都晚，不像我们庄稼人，太阳还顶高就吃完饭睡觉啦。二位姑娘贵姓呀？宅子是在哪儿呀？老爷在哪儿当差呀？"

绣香不敢贸然回答,瞧着她的小姐,玉娇龙便说:"姓龙,是汉军旗人,家住在前门外,我父亲在湖南做将军。"老婆婆的耳朵还好,她都听清楚了,就说:"那您一定知道邱府上,邱府上也是汉军旗人,侯爷在外省也做过将军;京城德五爷他们却是内务府的。"玉娇龙更为变色,赶紧问说:"您跟邱家还有来往吗?"

老婆婆叹了口气,说:"早就没有来往啦!十二年啦,人家也许早就把我忘了。我这个儿子跟孙子又都不行,他们就知道在家里耕地,不敢出外。我的儿子早先倒是到京城里去过一次,可是他说,一进京城他就花眼,一上大宅门的台阶就腿软。现在他也过了六十啦!腿脚也快跟我一样啦!要不然,跟人家邱府没断,什么事没有个照应?他们不成!"

玉娇龙听到这里才放了心,才知住在这里不要紧,绝不会因此为京中的戚友们所知晓。她躺下身歇息,并叫绣香点上了两支檀香。空气污秽的屋子里,立时散漫着袅袅的芬芳烟云,老婆婆使力用鼻子嗅着,笑问说:"我有十二年没闻见这香啦!龙姑娘,这是万寿香还是龙涎香呀?"

绣香笑答道:"这就是平常的檀香,是我们在半路买的,不是从北京带来的。"

老婆婆又絮絮地说着话,绣香不好意思不回答,可是好几次被她的小姐用眼色或胳膊肘儿拦住了。隔壁有人拉风匣烧火,待了半天,老婆婆的孙媳妇,一个三十上下的很憔悴的村妇,给送来了七八个白煮鸡子儿,还有腌白菜、黄米稀饭和烙得很厚的白面饼;檀香刺激得她直咳嗽,她把饭放在桌子上就赶紧出去了。

绣香把板凳擦了擦,又垫上她自己的一件缎子衣裳,这才请她的小姐下炕来落座吃饭。她给剥着鸡子儿皮,玉娇龙慵倦地坐在凳儿上,一只臂放在桌上支着头,眼望着那碗黄米稀饭,又回忆起昔日新疆草原之事。

她恨自己年幼无知,又恨自己多情而任性,误结识了罗小虎;如今……大错已经铸成,情丝又复缚紧,三载以来,自己被情思折磨得尝尽了苦恼,殷切期待他有个出身,好遂所愿;但他盗性不改,胡作非为更甚,如今且逼得自己离开了闺门,抛下了父母。虽然只剑遨游江湖,绝无所惧，但将来究竟哪里才是归宿呢？今天的一天恶斗，不但逢着了劲敌李慕白，又丢失了自己心爱的猫儿，小虎他现在什么地方？他哪能知道我此时心中的悲痛呢？他哪能帮助我，爱护我呢？但是，又怎样才能使我忘记他呢？想到这里，泪如檀香的灰，纷纷落下。

绣香刚剥好了一个鸡子儿，看见她的小姐这个样子，也不禁心中难过。她低着头，悄声劝着："小姐，你也别伤心啦！明天一定就能把雪虎找着啦。"

玉娇龙摇了摇头，绣香递给她一条手帕，她就掩着脸说："不是专为雪虎，我是另有难过的事情，你不知道我的心！"

两人吃着饭，绣香皱着眉，又趴在她小姐的耳边说："我想，这儿那老婆婆既是邱宅早先用的人，不如就托他们去请来邱侯爷。邱少奶奶跟您多么好！叫他们到咱宅里，跟大人去说，叫咱们还是回北京，鲁家的事也再想办法！"

玉娇龙忽然一瞪眼，悄声说："你千万别做这梦！咱们两人……都今生今世不能回北京了！"她掩面啜泣得更厉害，绣香也拿袖子擦眼睛，又悲声说："不然，咱们到新疆投舅老爷那儿去？"玉娇龙冷笑说："何必依人呢？"两人又无声地哭泣了半天，玉娇龙才亲自去关了门，抽出宝剑放在褥下，熄灯睡去。这一夜，玉娇龙虽因身体疲倦，心情愁闷，一着枕就睡着了，但她知道外面并没有什么动静，否则她是会醒的。

清晨院中的鸡叫，朝阳染上破旧的窗纸，绣香先起来收拾东西，并悄声回答那老婆婆问的话。那乡下姑娘跟两个媳妇进来送洗脸水、扫地，院中孩子哭，老头儿又咳嗽，玉娇龙全都不管；她和衣掩被，枕边拖着条男子式的长辫，身上穿着绣边儿的红襦，炕下放着一双青缎的双脸鞋，像是睡得很香。

绣香对人是很谦卑的，她梳洗好了，又出屋拜见老头儿和两个媳妇。原来这家是姓祝，家中一共十一口人，祝老婆婆、祝伯伯、祝大哥二哥、大嫂二嫂，还有那姑娘今年十六，是祝大嫂的女儿，乳名叫招弟，她却没有招来弟弟，只招来个才三岁的小妹；二嫂有三个孩子，是二男一女。这地方名叫柳河村，属饶阳县管辖，村内约有百余户人家，祝家在这里有四五十亩地，也算是小康之家了。

如今绣香长的是这么好，穿的衣裳又阔，既在大门庭中学过些谦卑的礼节，可又未改小家女子的温柔和婉；所以才半日，她就跟这里的两个妇人处得很好，并且说了实话。她说那位男子装束的才是真正的"姑娘""小姐"，而自己却是她的丫鬟，但小姐待自己至厚，有如姊妹。这次是奉宅中太太之命，随侍小姐出来。

祝大嫂和祝二嫂都跟她十分亲热，称呼她为"大姑娘"；招弟叫她为"姑姑"，对她身上的一切全都很羡慕。近邻的几个妇女也跑来瞧她，可是不敢到屋里去瞧那位小姐。绣香就跟人说："昨天在北边河岸跑丢了一只猫，是她小姐最心爱之物，昨天小姐为那猫哭了半夜，大概今天若是再找不着那猫，小姐还不愿离开此地。"于是祝大嫂就要叫她的丈夫到那边河岸去找。祝二嫂又说石桥镇菩萨庙的神签最灵，可以去求一支签，看看是叫什么人拾去了，然后也就容易找了。

祝老头却说："姑娘就在这儿住着吧! 住上十天半月的也不要紧。待会儿我就叫人到河边去找，找着了，姑娘她给点赏钱就是啦!"

绣香说："只要是找着，我们小姐至少要酬谢二十两。"这个数目，可把旁边的人都吓了一跳，祝大哥疾忙转身就出门去了。祝老头又把那瞎眼的母亲请到了另一间屋去，这间西屋就让给了玉娇龙和绣香居住。

傍午时玉娇龙起来了，绣香服侍她梳洗完毕，依然是男子的打扮，绣香问说："小姐您想吃什么? 我给您做去? 这儿猪羊肉都买得着，鸡子儿更是现成，您吃什么吧?"玉娇龙说："随便! 你就快去做吧! 吃完了我还要去找雪虎，不找着雪虎我誓不离开此地!"绣香赶紧就去做菜。

今天祝大嫂特意为她们蒸的白面馒头，买来了肉，从地里摘来豆角；祝二嫂也把她储蓄的鸡子儿拿了出来。妯娌俩帮着升火，绣香炒了两三样菜给她小姐端过来。玉娇龙匆匆用毕，嘱咐绣香先送这祝家十两银子，她就带着宝剑，出了门，马也不备鞍，骑上就向北走了。

由此到河岸约二十里地，但玉娇龙催着马，一口气儿就来到。青山、茫茫的河水、荒沙、长桥，就是昨日争战之地；现在玉娇龙只由地下拾起来几支小弩箭，旁边还有断枪折刀，可看不见昨天受伤的人了。玉娇龙下了马，又叫着："雪虎！雪虎！"她这么叫着，不由得声音就发颤，眼睛也有些发酸。她牵着马走遍了河岸，正要涉水过河到山上去寻。这时忽见有两个男子跟几个十来岁的孩子从田地中走出，原来是祝大哥和村里的几个人，手里还拿着臭咸鱼，捉猫的绳套子；还有个孩子也不知从哪儿捉来个耗子，用绳儿拴着，还活着呢！他们都累得吁吁直喘，摇头说："真不容易找！也许是叫谁给抱去啦？要是叫狗咬死，也得有个猫尸首呀！"

玉娇龙听了，心里非常难过，就说："劳你们的驾，你们就在这儿替我找吧！那猫是全身的白长毛，鼻子上有一块黑，你们叫它'雪虎'，它会知道的。只要是把它找着，我赏三十两银子！"祝大哥几个人一听，立时又都有了加倍的精神，连孩子们也跳了起来，一齐叫着："雪虎！雪虎！"玉娇龙又心情黯然地骑着马往回去走，沿途还悲哀急切地叫着那猫的名字。

当日，猫没有下落，她们在此又住了一日，心中都十分忧烦，绣香就说："明天南边石桥镇有集，祝大嫂要带我去。她们说那儿有一个菩萨庙，神签最灵，我想去求一支签，也许就能知道雪虎是往哪边跑去了？或是叫什么人给抱去了？"

玉娇龙想了一想，她对于神佛本来是不大信的，尤其是庙里的签。早先她念书的时候，曾听老师高朗秋说过，神签共有两种：一种是照着算卦的本子印的，一种是好事的文士所作。前者是欺骗那些愚夫愚妇，后者多半是调侃人生。但如今她仿佛是"急病乱投医"，就点头说："好吧！那么明天你就去求一支签吧！在那集上也打听打听，如有人能够找到送来，叫我们多酬谢也行。可是，若准知道是谁抱去了，不肯拿出来，那我可……"说着她又气愤了。

绣香就说："唉！小姐您放心！人家乡下不像咱们城里人，谁也养活不起这么贵重的猫，您就别难过了！"

玉娇龙愤愤地说："只要把雪虎找回来，我就把它杀了！它没出息！它忘恩负义！"说着又黯然坠泪。

次日，清晨起来，绣香就去赶集。祝二哥套了一辆牛车，拉着绣香、祝大嫂、祝二嫂、招弟，还有邻居的一个姑娘，都到石桥镇去了。石桥镇在南边十里之外，是一个很大的市镇，那里有一条很长的街。牛车迟缓地走着，到了镇上时就有十点来钟了。这里正在热闹，本来街上的商铺就不少，现在又摆了许多临时的摊子，男女老少纷纷拥挤。一些村妇乡女，虽然也都打扮得花枝招展，但是像绣香这样的，梳着汉人的头髻，可又穿着花缎旗袍；两只脚虽然瘦小，可是又不大像莲足，尤其是那么清秀的眉目、白润丰腴的脸儿，与一般不上脂粉的粗脸终不相似，因此，没有人不特别地看她。

祝家两位妇人在这集上又遇见了几个亲友，她们拉着手儿谈话，就把找猫的事顺便托付了。这虽然是一件小事，可是集上就有人嚷嚷了，说："柳河村有人找猫，谁送去就得银三十两，你们谁想发财呀？"居然这里就像出了一件新闻。

绣香忽听见有钟磬之声嗡嗡的响，赶紧叫招弟领着她去求签，祝大嫂、二嫂就在一家铺子的门前等着她们。招弟拉着绣香走进了一条小巷，这巷里有几户人家，菩萨庙在路北，红墙虽新，但香火似不大旺。庙门前有个摆香摊的老头儿，看见了招弟，就说："招姑娘干什么来啦？"招弟回答："求签。"老头儿笑着说："求什么呀？求婆婆吗？"招弟的脸红了，佯怒着，打了老头儿一下。

绣香也笑了笑，买了一股香，就进庙去拈香拜佛。她除了默祷快些找着雪虎之外，还求神保佑她的小姐，别再在路上遇见什么灾难；然后由僧人的手中接过来签筒，跪在拜垫上，双手举着签筒颠了几下，一支很长的竹签就落在地下。和尚拾起来，按照签上的号数，查出来签文，交给绣香。绣香一看，是一张被烟熏黄了的竹纸，上面有木板印的字。她一看是"中下"，觉着还不大坏，站起来，在箩筐里丢了几个香资，就同着招弟出了庙。会着了祝大嫂等人，她急忙忙催着牛车把她们拉回去了。

此时玉娇龙在屋里正在点查她的金银，她此次带出来的是金多银少，都是她历年所得的压岁钱。每年她母亲要给她几个金银锭子，或是元宝，玉娇龙很明白，母亲之意非仅为女儿压岁，也是想使女儿积蓄起来，将来好带到婆婆去，然而今日自己却多么辜负母亲的慈爱之心呀！

她正在悲伤，忽然绣香回来了，把签文交给了她，她一看，就见上面印着是：

中下之签

若问婚姻总不遂，燕南巢北汝何之，

不逢金火休相问，记取东风杨柳枝。

——婚姻无望，财不能发，寻人西南，千里之外。

玉娇龙看了，突然觉得身上一阵发热，心中却极为气恼，暗想：我本来找的是猫，与婚姻的事什么相干呀？但细细地看，细细地一寻思，却又觉着这签文的每句每字都像是暗说着自己的心事。本来自己爱雪虎，时时就由雪虎想到了小虎，"燕南巢北"，正像是说自己由北京往南来，实在是茫茫然不知何往；"不逢金火休相问"，金是西方，火是南方，这就说的是"寻人西南"之意；"记取东风杨柳枝"，是说心中相思之情。但一只猫是绝不能跑在"千里之外"，莫非我问的是猫的去踪，签反答复了我罗小虎的下落吗？罗小虎他那天是以箭射轿，当众辱我，逃跑之后，走向西南，现在……

玉娇龙想到这里，不禁紧紧咬牙，脸色变白，心说：我还能跟你见面吗？你在西南千里之外，别说我不能去找你，就是你来了，我也不能再理你了！我此刻虽然漂流于外，但我只能行侠仗义，不能强掠硬劫；你一个恶性不改的强盗，岂能与我再相结合？

她愤愤地将签文扯得粉碎，绣香急得变了色，顿顿脚说："您这是怎么啦？就是签上说的不对，可总是菩萨跟前求来的，您别就撕呀！"玉娇龙摇了摇头，神态由愤怒又变为凄惨，把扯碎了的签文交在绣香的手里，身子向炕上一仰。绣香愁得暗暗叹气，也不敢多说话。

过了许多时，忽然外面有人嚷嚷，说是什么猫有了下落了。绣香疾忙出屋，就见院里站着一个半老的村妇，衣裳很是破烂，她说："俺当家的今天在大道上拾粪，可瞧见那只猫了，是叫一辆装油的车带走了。那辆车是往南去了，大概是走南宫冀州去的，你们要赶紧去追，还能追得上……"

绣香赶紧拉开门，往屋内看她的小姐，就见玉娇龙已然下了炕。绣香就进了屋，说："您听见了没有？有人看见雪虎叫一辆油车给带走啦，南宫冀州在哪儿呀？"

玉娇龙急急地说："我立时追去，追上车找着猫，回来再谢这个报信的人。"说着，她提起马鞭向外就走。刚走出几步，忽然想起了一件事，回身又进屋来，并且把屋门倒带上，向绣香说："你把首饰匣给我！"

绣香也不知她是要做什么用，就打开包袱，取出首饰匣。玉娇龙接过来，就蹲下身。这铺炕，本来有个很深的炕洞，原是为冬天升火烧炕用的。玉娇龙就用剑鞘将首饰匣直推进洞里，然后站起身，悄声嘱咐说："放在这里还好，你只要时时留心就得了。我往南宫追那辆油车，也许两三天不能回来，万一有贼来，偷去了什么东西都不要紧，只是不要叫他偷去了这首饰匣。我若是不回来，无论有什么事，你也别离开屋里，在这儿也少跟他们这些人说话！"绣香点点头，又吓得身子有些发抖。

玉娇龙拿出几块金锭、一两块碎银带在身边，就到院中，自己将马备好，带上了宝剑，出门上马。祝大哥祝大嫂跟许多人随她出来，祝大哥向南指着说："出了村子往西就是大道。"那送信来的妇人说："那油车是两人赶着，他们就把猫装在空油篓里了，俺当家的今早看得清清楚楚！"玉娇龙点点头，策马出村走去。

这时玉娇龙仍穿着男装，茶青色的绸衫，白罗腰带，将衣襟掖在腰带上，如同是穿着短衣；下面是深蓝色绸裤，系着腿带。她这样的一个俊美少年，又携有宝剑，马又走得飞速，沿途上且逢村遇镇就要去打听有无油车从此经过，所以很惹人注意。暮春的天已很炎热，晒得她头上直流汗，她便用一块粉绸子的手帕去擦拭，可是随擦随又流出。所以走到一处大市镇内，她就买了一顶有绸飘带的大草帽，戴在头上，看上去更像是个男子了。

鞭丝帽影，顺着大道飞驰，傍晚时就来到了巨鹿县境内的一个市镇。进了街道，她就向人打听："谁看见有一辆油车经过这里？"问了两三个人，就有个卖锅饼的小孩子指告她说："路东彭家小店里刚推进去了两辆油车！"

玉娇龙不暇细问，就顺着这小孩所指之处，飞马奔去。来到临近一看，果然土墙上歪歪斜斜的写着"彭家老店"四个字，门前还挂着个笊篱,表示这里不但开店还带卖饭。店房是很小,只有一间大屋子,两边乱哄哄的有许多人,也无所谓院子;一辆车就停在屋里,车上都堆着很大的油篓。玉娇龙下了马,将马拴在旁边的一根朽木桩子上,她就抽出剑来,身后背着草帽往店里就走,店里乱哄哄的谈话之声立时停止。

玉娇龙向两旁去看,见左边只是锅灶,店主人正在那儿煮面,老婆抱着孩子坐在地下拉风匣;右边是一铺大炕,炕上得有二三十个人,躺着的,坐着的,抽烟的,抠脚趾缝儿的,什么人都有,都直着眼来瞧她。玉娇龙就把青冥剑向油篓上一拍,问道:"这油车是谁的?"

有两个坐在炕上的人就说:"是我们的,什么事吧?"

玉娇龙把剑放下来,一看这两人全都是满身油污,一个敞着怀,一个脱了光脊梁,拿着一件油得不成样子的蓝布小褂正在擦头擦脊背,玉娇龙就说:"听说你们在北边大道上拾了一只猫?"

那敞怀的人问说:"什么?猫?毛也没有!"

玉娇龙又说:"我那只猫是浑身的白长毛儿,鼻子上有一块黑。"

旁边的一个人就指着鼻头说:"我的鼻子上倒有一块黑,脖子上还有一大块黑呢!我是个背煤的。"

玉娇龙笑了笑,说:"我听人说我那只猫是叫你们拾了来,装在油车上了,我才赶紧追来。你们快把猫给我吧!要拿银子换,我也愿意。"

有个人又说:"我这儿倒有一只猫,你看是你的不是?"

玉娇龙赶紧问说:"我看看,在哪儿啦?"

这人把光着的一只黑泥脚丫高高抬起,脚趾乱挠,嘴里还细声学着喵喵的猫叫,旁边的人哄堂大笑。

这个人要脚丫正在得意,忽然一道寒光落下来,就听妈呀一声惨叫!虽然玉娇龙的剑是平着拍下来的,并没有把这人的脚砍断,可是也够痛的,痛得他双手抱着脚直用嘴吹。

玉娇龙瞪目说:"快些把猫还给我,不然……"她一剑刺入油篓里,篓中的油便顺着剑流出。

两个贩油的人疾忙下了地,一个就拦阻说:"喂!你怎么胡来?猫还能藏在油篓里吗?你赔油吧!"玉娇龙一脚踹倒了这个人;另一个人揪住她的胳膊要夺她的剑，却被她用点穴法给点倒。

此时屋中大乱，玉娇龙急急叫着："雪虎! 雪虎!"拿宝剑又扎漏了几只油篓，油就汪然地流出，流了一地。两个贩油的躺在油里大喊："强盗呀!"店主人忙往外去喊官人，店家老婆抱着孩子也往外跑去了。屋里的人都纷纷往店外去跑，外面的人却又纷纷挤在店门首往里来瞧。玉娇龙知道猫一定是没在这儿，事情又已弄得这么大，她就赶紧一晃宝剑也走出店去。

店门前的人被她的剑光吓得都往后退，她便解下马来，耸身跳上去，抢起鞭子来要走。忽听有人怒喝一声："下来!"玉娇龙惊了一下，赶紧扭头去看，见是李慕白分开众人奔向自己来了，玉娇龙就急急挥剑抡鞭驱赶挡路的众人，她的马嘚嘚的往南飞驰而去。

少时就走出了这小镇，只听身后有人大喊："站住! 往哪里去! 九华山的门徒哪能容许你这样的人任意横行，我的剑也不是为你欺凌无辜用的! 快丢下宝剑，不然我要不顾你是男是女，可就……"玉娇龙一翻身，弩箭射去，但被李慕白抬手就抄住。

李慕白的马快，一霎时就追上了她。玉娇龙在马上翻臂探身一剑刺来，李慕白疾闪身躲开。他手中并无兵刃，但蓦然就要抄夺玉娇龙手中的宝剑；玉娇龙疾忙勒住马向后退去。李慕白就将马一横拦阻住她，在马上一纵身；玉娇龙却低头翻身下马，李慕白已如鹰隼一般扑下。玉娇龙疾忙斜身抢剑，这一剑真有切瓜断藤之势，十分疾快狠毒，然而李慕白不知怎么一来就闪开了，玉娇龙怒骂道："李慕白，我难道怕你?"

她舞起剑来，直扑李慕白，白光灼灼，随手飞舞，迎门倒砍。一口剑忽向前，忽滚后，顾盼圆转，旋动自如；如疾风掠草，闪电腾天，一分一毫都紧极、速极、狠极，没有半点破绽。可是李慕白身轻如游鹤，盘旋于她的左右前后，她的剑来到了，李慕白就立时闪开；她接着又一剑，李慕白却不但又闪开了，反逼上她来要托住她的咽喉，抄她的手腕。

玉娇龙也毫不容让，剑法愈急，同时夺路想要追上马匹逃走。可是李慕白又紧追着她，并且冷笑着说："你有这样好的武艺，若再有这口宝剑辅助你，你横行起来，那还了得?"

第九回 剑舞身随一身真敌众 鹰翻鹜落双侠各争强

三三九

玉娇龙挺身猛刺，说："你说我横行，我看你更混蛋！"

李慕白一手掠云斜身进逼，说："不因你是一个女子，我早就要制服你了！"

玉娇龙说："呸！夸口！"说着嗖的一声以剑横扫。

李慕白斜着一伏身，容她的剑像一条白龙似的从自己的眼前掠过，便疾忙纵步向前，右手如满月，仍要抄她的腕子。玉娇龙的剑又忽从上下落，李慕白的左手举起来要去托，玉娇龙却赶紧又将剑抽回；不防李慕白突然一脚，将玉娇龙就踹出三四步，玉娇龙的身子立时跌倒了，草帽也压扁了。李慕白赶紧追上去，玉娇龙却又趁势身子一滚，滚出了很远。李慕白又追至，俯身要将她按住；但不料玉娇龙的宝剑并未撒手，她突然跃身而起，如出水的蛟龙，蹿山的猛虎，宝剑疾疾旋转，势若追风，反逼得李慕白不住后退。

玉娇龙追上了李慕白，宝剑是如长虹倒挂，从上砍下；然而剑才落下，眼前的李慕白又忽然不见了，而自己的两只胳膊却被紧紧抓住。玉娇龙便将剑往前一扔，抛在地下两步之外，同时脚向后去踹。李慕白就把她往旁边一摔，疾忙向前去拾剑；但玉娇龙的身子斜着向前一扑，整整将剑压在她的胸下。李慕白又一脚踢去，但玉娇龙的身子已随着李慕白的脚而飞起，剑也随之重入她的手中，倏然撤步倒剑，向李慕白一声冷笑。

李慕白也倒退了一步，就点点头说："你的武艺实在不错，剑法身手我看得出来，我们确是同门。你一女子，我也不能过分逼你，你无妨向我说实话，到底你是谁的门徒？"

玉娇龙喘了喘气，说："你不用来问我，我也绝不能告诉你！连俞秀莲，我也没告诉过她我的师父是谁。"李慕白突然气色一变。

玉娇龙慢慢向后倒步，同时横剑让身，退出了很远，她的意思是要追上她的那匹马，想要逃走。不料李慕白也走向道旁，由他那匹白马上抽出了宝剑，很快地又追上来了。玉娇龙回身抖剑又来迎战，先是想一下就削断李慕白的兵刃；不料李慕白的剑一抖起来，真如大鹏掠翅，力透中锋，玉娇龙反倒将剑赶紧缩回。李慕白剑剑着紧，不但躲着她的宝剑，反着着逼得她无法迎架。

又三四合，忽然玉娇龙的剑势也骤变，成了纵步追风之势，身躯向左一退，剑锋砍下来。但李慕白忽然一剑拍在她的臂上，她觉着一阵手痛，同时眼前也一阵白光紊乱。刚要退身，刚要将剑换手，不料李慕白早把她的青冥剑夺了过去，并且回身就走。

玉娇龙从后面猛扑上去，叫着："还我的剑！快给我！"

李慕白双剑向后一抢，她连避也不避，向着剑光勇扑；李慕白反倒将剑疾忙抽回，跑到马旁就上了马。

玉娇龙张着双手急追，喊着："给我……剑！"

李慕白拨马走开了，一手拿着双剑，一手挥鞭，且转头说："我不忍伤你，就是看在同门的道义之上，等我打听出你的来历之后，那时我再惩罚你！剑是不能够给你了，你以后如再不改过，再遇到我的手里，我就不饶你了！"玉娇龙忽然又发去了一支冷箭，李慕白用剑一磕，箭就落在地下。

李慕白催马向南去走，玉娇龙在后紧追，她也抢着马骑上去追赶，并且弩箭嗖嗖直放，但一下也没射中李慕白。李慕白的轻骑健影倏忽间顺着夕阳大道走去。玉娇龙在后急追紧赶，然而前面的人马已越来越远了，终至于看不见了。

田野上吹来了嗖嗖的晚风，乱雨一般的鸦鹊向远处带着暮色的树林投去，红霞向天外落下。四顾寂寥，宝剑无影，落得她双手空空，浑身是汗，直喘气；她心中一阵难受，不禁又落下泪来。但才落下两行泪，她就一咬牙，连身上的浮土也不拂，又鞭马去追，嘚嘚的蹄声如骤雨一般的乱响。她心中愤愤地想：我不追上你李慕白，不夺回来我的青冥剑，我宁可死！

马疾走着，暮色渐深。玉娇龙往南冲过了一个小市镇，又走出有多半里地；只见星月光辉，大地黑茫茫的，连村舍灯光也没有，人踪和犬吠之声也听不到。玉娇龙忽然又勒住缰绳，细想了一想，暗道：李慕白自负武艺天下无敌，他夺了我的宝剑，绝不能就逃出很远，说不定他就在刚才我看见的那小镇住下了。他一定也很狡猾，知道我必定追，他岂能连夜一直往下去走，那还不早晚叫我追上？于是玉娇龙立时转马又往回走，少时又来到刚才走过的那小镇之上。

这里不过有二十来家店铺,客店大概也不多。玉娇龙先找到了一家,见关着门,她就扒着门缝往里看;见这店跟自己白天追油车所进的那个店差不多,里边也很乱,她就向里问说:"请问!你们这店里是住着一个骑马的人吗?他是才来到的!"

里边的人,一听见她那尖细的声音,就齐都纳闷,吵嚷的谈话之声顿然停止。玉娇龙手牵着马,眼往门缝里瞧,见里面的人影很乱,并有一股恶劣的气味由门缝直钻出来,她赶紧用手绢掩住鼻子。

里边有人悄声猜说:"是娘儿们吧?"又有人说:"也许是小孩,管他呢!店家快告诉他这儿没有骑马的,倒有骑螃蟹的。告诉他快走,别在这儿哼哼,这声儿,我们听了难受!"于是就有个光着脊梁光着脚的客人把门缝拉大了一点,用嗓子眼儿哼哼着说:"我们这儿没有啊!没有骑马的呀!倒有个骑螃蟹的呀!"

玉娇龙气得将门板踹了两脚,里面就有人怒骂起来了,说:"小子!妹妹!你他妈是干什么的?别祗踹你祖宗的大门呀!"

玉娇龙愤愤地要用弩箭往门里去射,可是门缝又关上了。她只好牵马走开。

又找到了另一店房,这家店房倒还比较大点,店伙也很和气。里院有两间马棚,可是棚下拴着两头骡子,并没有马。玉娇龙发着怔,店伙就说:"您是找人吗?隔壁还有一家朱家店,您上那儿再问问去吧!"

玉娇龙点了点头,满胸的气,牵马又到了邻家店里,店伙迎过来问说:"你是找人吗?"

玉娇龙不言语,一直找到了马棚;就见有院中暗淡的灯光斜照着,马棚之下有四五匹马,其中的一匹正是李慕白的那匹马。玉娇龙先察看了看,见马上并无行李,也没有宝剑。

此时店伙从旁接过她的马去,问说:"大爷!由哪儿来的?"

玉娇龙悄声回答:"由保定来。"又以更小的声音问说:"骑这匹马来的人住在哪屋?"

店伙指着西边的一间小屋,说:"就是那间屋,您是一块儿来的吗?"

玉娇龙赶紧把他拦住，瞪眼说："嚷嚷什么？"店家吓了一大跳。

玉娇龙等这个店伙把马拴好了之后，就说："你给我找一间房子，要单间。"说着，她又向那西小屋投了一眼，见那屋里连灯光也没有。

店伙给她找了一间小北房，玉娇龙便很快地走进屋内。店伙出去，又待了会儿，给她送来一盏油灯，挂在墙上。玉娇龙故意背着灯光，店伙问说："您吃什么饭？"玉娇龙摇头说："不吃，我已吃过了。"店伙又问说："给您倒壶水来吧？"玉娇龙点了点头。店伙转身出屋，忽然玉娇龙又说："给我找点火来，抽烟用的！"店伙在门口答应了一声，就走了。

玉娇龙摘下草帽，站着静听那西房里的动静，可是什么动静也没有；只有邻房中的客人正在谈话，谈的是粮行的事情。斜对过马棚里的马用蹄子敲着地，前院有人摇着辘轳打水，玉娇龙忽然又一阵烦恼。又待了一会儿，店伙给她送来了一壶茶、一只茶碗、一个火镰和两根纸媒子，玉娇龙立时把火镰拿在手里。店伙又问她要被褥不要，她只摇头，店伙就又走出屋去了。

这里玉娇龙掩上门，回头一看，土炕上只有一领芦席和两块砖头，这样的寝席，她哪里睡过？同时想到自己的手中已无寸铁，检点小弩箭，也只剩了六支。由这弩箭她想起罗小虎来，不由一阵悲伤、思恋且愤恨；又想到了父母，她不由得就哭了。抽噎了两下，她又赶紧拭泪，并吹灭了灯。她把草帽抛在炕上，轻轻拉门走出屋去，在檐前静静地站立。

站立了多半天，听见外院的辘轳声也不响了，邻屋也熄灯睡去了，棚下的马也不作声了；店伙也没再到里院来，并听远处更鼓已敲了三下。四顾寂寥，天上繁星拥着残月，薄云如轻纱从黑天上轻轻掠过，将星斗擦得是愈洁愈亮。春风很暖，飘飘地吹着她的绸袖，她就挽了挽袖子，手中紧紧握着火镰，慢慢地往李慕白住的那房子走去。

才一走到房前，突然听屋中有人厉声说："你要不赶紧改悔，我可就不顾什么同门之情，也不管你是男是女，我就不再饶恕你了！"玉娇龙吓了一跳，赶紧蹲下身去，屋中的李慕白就隔室侃侃而言，说："我早已看出来了，你的武艺必与哑侠有关！因为你是个女人，我不愿向你逼问。我告诉你，你的武艺还差得很多，不可以逞强！宝剑既到了我的手中，你休想再能夺回。我也不杀你，但你若再做出什么恶事，败坏我九华派的名声，那我就要不再顾惜了！"玉娇龙蹲在地下还是不出声。

忽然北房门开了，走出一个客人，像是要上茅房的样子。玉娇龙就赶紧纵身上了房，回身嗖的一声，一弩箭向那客人的背后射去。那客人就哎哟一声趴在地下，急喊叫说："有贼啦！哎哟！射了我屁股上一箭，哎哟好痛呀！"

屋中的李慕白怒骂了一声："恶贼！你一定要叫我杀死你吗？"门一摔，便挺剑奔了出来。那中箭的客人痛得在地下乱爬乱滚，玉娇龙就趁此时疾跳下房，一扭身就进了屋。李慕白回身抡剑，玉娇龙赶紧把屋门关上，同时急急地打开了火镰。取火向屋中一照，就见炕上只有一领芦席，把席掀开，席下有一口宝剑，却是李慕白自己的那一口剑，并不是"青冥"。

此时院中已乱嚷了起来，许多人都已然惊醒。李慕白以青冥剑击门，怒叫道："你出来！我怎能容你这样凶恶的强盗在我眼前胡为？"

玉娇龙抄起了宝剑往屋外跳，才一出屋，李慕白一剑过来，呛啷一声，她手中的剑便被斩断了；剩下的半截剑她还不敢抛开，又跳回到屋内。她先把一只凳子抛出去，李慕白在外怒骂；玉娇龙又把两支弩箭射出，随手用火点着了炕上的芦席，当时火焰就突突腾起来了。李慕白一面喊人快来救火，一面却身子不动，持剑等候玉娇龙从火中奔出，但玉娇龙岂敢出去？

此时浓烟已充满了小屋，火势熊熊引着了窗纸，并即将要烧到玉娇龙的身上。她已退得身子贴住了后墙，被烟刺激得不住咳嗽，猛烈的火焰离着她的身子不过半尺。她啊的惊叫了一声，疾忙跃身而起，伸手抓住了房梁；火焰在她的身下乱滚，她的一只鞋子也掉了。

外面人声大乱，水也往窗里泼来，水触在火上，浓烟更往上腾，玉娇龙被熏得几乎摔落下去。她此时连一口气也喘不出来，一手紧紧抓住房梁，一手用那半截剑向房顶猛砍。她急极了，连砍了二三十下，就见房顶上的灰土和破苇子都落了下来，露出了一个洞。屋中的烟都往外直冒，玉娇龙的身子也随着烟爬出。

到了房顶上，她一耸身就跳到房后，这里是一处小空院，她那半截剑也丢了。紧吁了几口气，披了一披衣裳，见这房子浓烟滚滚，烈火腾腾，越来越大，玉娇龙疾忙躲开。往南走，飞身又上了那座马棚，她站在棚顶上向下去望，只见刚才李慕白住的那间房子已然成了一座火窟。院中许多人提着水桶来回地跑，邻居们也都赶来救火，乱嚷嚷着，前面的辘轳哗啦哗啦声音不断。

玉娇龙向人丛中去看，就见李慕白也在下边来回地跑。他跑得比谁都要快，手里提着的水桶也比谁的都大；他把水向高扬起来的火上去泼，泼得也高极了，敏捷极了，然后他又赶紧跑到前院去提水。玉娇龙见那口青冥剑就插在他的背后，他此时是专顾救火，已顾不得再去搜寻玉娇龙；而且人人都想着玉娇龙是纵火自焚，此时一定已葬身于火窟之中了，谁也没往马棚上看。

玉娇龙便慢慢由马棚上爬下来，杂入人丛之间。李慕白提着一桶水又很快地跑来了，玉娇龙也就跟在他的背后跑；等到李慕白举起水桶向上泼水时，玉娇龙便趁他不防，蓦然从他的背后将青冥剑抽出。李慕白回手一桶，将玉娇龙打了一个筋斗，并把一个帮助救火的人也绊倒了；玉娇龙疾忙挺身而起，嗖的一声就上了北房。下面的人齐声大喊："贼跑了！"

玉娇龙慌忙越房逃去，她急不择路，踏过了许多处房屋，才逃出了这座小镇。李慕白已自身后追来，玉娇龙却向着前面茫茫的黑雾里逃去，不想一下子撞在树上；她顾不得头痛，如狸猫似的赶就攀树而上。这棵树很大，她爬到了上边，找了个树叉坐下，青冥剑紧紧拿在手中，却不住地娇喘。她藏在树上，如一只枭鸟似的，两眼不住向树下去望；可是过了许多时并不见李慕白追来，大概是李慕白已知无法追她，又赶回救火去了。

第十回　铿铿刀剑三侠逐一龙
潇潇风雨半夜驱群盗

　　玉娇龙费尽了千方百计，才由名侠李慕白的手中将青冥剑夺回，这也颇值得骄傲，然而她却又不禁伤心，因为她知道这放火的手段太恶毒、太卑劣。早先自己的师父高朗秋曾说："尚有侯门女，雏凤作鸦声。"又对高师娘说过："我为人间养大了一条毒龙！"如今不料都被他说中了！

　　玉娇龙心中很是愤恨，因为自己在碧眼狐狸死后，听了俞秀莲的劝说，在北京城原已销声匿迹，不愿再惹事；但是，都是被人逼的，才走到今天这一步。第一逼我的是刘泰保，第二是鲁君佩，最可恨的是罗小虎！他，不长志气，在京师胡闹，那天拦着轿子使我当众丢尽了脸面；并且武艺不高，闯了祸就狼狈而逃。回忆当年在沙漠、草原、农舍……自己真是"一失足成千古恨"了！但转又一想，罗小虎自幼不幸，漂泊落拓，求官既难，想见我可又见不着面，而我又要背弃他嫁于鲁君佩，也实在难怪他……

　　玉娇龙一阵伤心，就趴在树枝上哭了；心一痛，手腕也发酸，就几乎将青冥剑掉在地下。她赶紧一振精神，忍住了悲痛，就从树上跳下。四面去看，夜色茫茫，那镇上已没有了火光，只有团团浓烟在天上飘荡，渐渐散去。知道那店中的火已熄灭了，李慕白顷刻之间就会又赶到，所以她又疾忙去走。她脚下只穿着一只鞋，走路十分不利便，走了一会儿，就觉着脚痛得难忍，遂在道旁坐下。

歇了多半天，才再往下走，也不知走了多少路，就听见前面有狗叫，有一片黑乎乎的树林，她就晓得前面有村庄了。她因不愿意再出事，就赶紧绕道，也不顾人家地里的田禾，就踩着田禾走，把袜子都扎破了，她的脚更是痛，连歇了三四次。她看着天空的星斗方向，才知道这时自己已往西南走了很远。但是天色已然发明了，她就找了个地方歇息，坐在地下，身体一疲乏，头也晕沉得很，她的双手紧紧握着青冥剑，不觉就睡去了。

　　睡了多时，忽然觉着很冷，身上的衣服已被露水淋得潮湿了。脸上有个东西触得她很痒，睁开眼睛一看，自己原来是卧在一座古寺之旁的大柳树下，柳丝如线，在她的脸上不住的飘拂。她翻身坐起来，举起青冥剑向树上柳枝砍了两下，就砍下一些。她低头一看自己，现在已经成了什么样子啦？光着袜底，只一只脚上有鞋……假若此地离着那起火的小镇还近，她就要回去取马，拼命与李慕白大战几百合，决一死生。

　　燕子在她眼前翩然地飞着，样子十分惬意，像是有意对她加以嘲笑。朝阳从东山吐出来，把天上鱼鳞状的云朵染得多半边青、少半边红。大地上的田禾，上面洒着一片金波，不住随风滚动；这情景，有一点像新疆的草原。玉娇龙站起身来发着怔，却不迈步儿，鸟儿在耳边又唧唧地叫着，仿佛也在问她说："你现在打算怎么办呢？"

　　她低头又看了看，见宝剑被阳光映得发着青光，她一咬牙，心说：不要紧！就将茶青色的绸衫脱下，裹住了宝剑。里面是一身蓝，不过这身绸衣裳做得有点瘦小，更容易叫人家看出她是个女子之身；但她也想开了，女扮男装本来只能欺瞒那些愚人，真正的老江湖一见便看得出来。

　　她揪平展了衣裳，倚着树，打开了头发，用手指梳了梳，想要重新编辫子。这时忽然看见遥遥之处来了三辆骡车，她心中就想：这就好了！我现在身边又不是没有钱，我就过去叫他们让给我一辆车坐吧！于是她也顾不得细编辫子，就把头发挽了一挽，挟着她的那口青冥剑迎着车跑去，一边跑，一边摇着手大声呼叫："站住！站住！车！站住！"

　　及至她跑得快到了临近，她招摇的手才被车上的人看见了，她的呼声也传达到了那边，那边的三辆车才前后停住。三辆车的车辕上都坐着男子，一个四十来岁、身材很魁梧的人就跳下了车来问说："干什么的？"

铮铮刀剑三侠逐一龙

潇潇风雨半夜驱群盗

三三七

玉娇龙站住了身,缓了缓气,却看见这三辆车都插着三角形的白布旗子,上面写着"雄远"二字。玉娇龙就有点惊讶,问说:"你们这是镖车吗?"

这人摇头说:"不是,我们是做买卖的,这旗子上是我们的字号,你是干什么的?"

玉娇龙把头发向后掠了掠,说:"我是保定府的人,也是个做买卖的,我是珠宝行。掌柜的派我到大名府去办货,昨天走在这儿,就遇见了强盗,把我的什么东西都给抢了去啦!倒幸亏还没杀我。我在那边坟圈子里睡了一夜,今天想走也不行了,你们看,我还跑丢了一只鞋。我从小就身体弱,我父母拿我当闺女一样养活着,没有车我真不能走路,你们行个方便吧!让给我一辆车,只要到前边能找着个县城,或是大市镇……"

对面的人向西南指着说:"往那边三十里就是县城。"

玉娇龙点头说:"那更好了!只要到那儿,我就下车,车还让你们,我送你们二十两银子……"说着拍了拍腰说:"我还有钱!"又微微地笑说:"得啦!请你们行个方便吧!"

她这番态度,使得对面这人直发怔,这人摇了摇头,说:"不行!我们的车都坐满了人,哪能够让给你?你挟在衣裳里的是什么东西?"

玉娇龙翻了脸,说:"这你问不着!我好意要赁你们的车,你们不识抬举,以为我没钱,我这儿还有金子!"说着由怀里掏出一块金子,显示给众人,黄澄澄的金子,被阳光照得刺眼。

后面的那辆车上却有人下来了,其中一个年纪三四十岁的人,很瘦,确实不像是保镖的,这人就说:"来来来,有话好说,别想打架呀!"他先向他的同伴使了个眼色,然后向玉娇龙笑着说:"您先把金子收起来吧!这东西,您幸亏是让我们瞧见,要是叫别人瞧见,别说三十里,连三步您也走不开了。看您这样子,大概也是才出远门。"

玉娇龙瞪眼说:"你可别说废话!"

这人笑着说:"好啦!不说废话。我们也不要您的金子,您既然是个遇见灾难的人,我们也不能不行件好事。好在离着县城才三十里地,我们就走上三十里地,您就上我们的车吧!"

玉娇龙问说:"这地方属什么县管?"

这人就说:"这地方嘛……这就是大名府啦!再走三十里地就是大名府的城啦,您上车吧!"

玉娇龙听了,很是欣喜,就想:到了大名府城内,先买一双鞋,找一家干净的店房再歇一天,然后买一匹马就走。但先往哪里去?是还往下去寻猫?是回去找绣香?她此时还没有决定。坐上了车,她又不放心这几个人,所以并不进到车里;只跨着车辕,宝剑放在腿下,伸着双臂挽她的辫子。车辆又走动了,这车上的赶车的人,不住斜着脸瞧玉娇龙的粉面,他好像有点疑惑,又有点害怕似的。

此时,那瘦身材的跟那二人又说了几句话,就到前面的车上去了。那二人就在地下跟着车走。一个高身材的瘦子就问说:"您在保定府是什么字号?增福百饰楼您可知道吗?"

玉娇龙摇头说:"不知道,我们那买卖的字号是'聚宝',地点是在西关,东家是黑虎陶宏。"

瘦子听了脸色一变,接着又笑说:"陶大爷的姓名我们是久仰啦!他真有钱,也是个好汉子。"玉娇龙说:"也算不得什么好汉!"瘦子又是一怔,说:"不过比起我来,总是好汉啦!掌柜的,您贵姓呀?"玉娇龙说:"我姓龙。"瘦子点头说:"哦!龙掌柜的!珠宝店的买卖可真发财,真是个好买卖。"旁边另一个年纪较轻点的瘦子拉了他一下,两个人就故意落在车后,低着声音去谈话。

玉娇龙虽然也觉得这几人很是可疑,但是自己因有青冥剑护身,便对什么都不怕;即或这辆车把自己拉到盗宅匪窟,或是李慕白再追来,自己也是不怕的。于是就一声不语,编好了辫子,又暗暗去装怀中藏着的小弩箭。

此时三辆车已走出了很远,道路平坦,骡子都像歇过了一夜,很有精神,所以走了些时,远远就有城垣出现。玉娇龙就向那边指着问:"这就是大名府的城墙吗?"瘦子点了点头。玉娇龙却心里有些疑惑,就问说:"喂!你们姓什么?"那个高身材的瘦子说:"我姓崔呀!"

此时越走那边的城越显着大,路上往来的人很多,路旁也有茶馆和小店。走到一个茶馆旁边，玉娇龙就突然跳下车来，向那姓崔的人说：“你们来坐车吧！我把你们的车占了半天，很对不起，你们算算要多少钱？”

姓崔的说：“掌柜的，你坐一会儿车算什么，我们怎好意思拿钱呢？可是，你跟我们到城里好不好？到我们柜上歇一歇？”

玉娇龙摇头说：“不用，谢谢你们了！再见吧！”

那姓崔的发了怔，车上的人又都向他递眼色。那身体魁梧的人就生着气说：“走吧！快进城去吧！你非得往家里请财神爷吗？”姓崔的便向玉娇龙点点头，说声：“再见！”他们就坐上了车。

玉娇龙看这三辆车往城那边已然去远了，这才穿着一只鞋，走进了路旁的野茶馆。这茶馆的屋里有个煮面的锅，外面扎着席棚。席棚下面用砖砌的几个矮台就算是座位，坐着不少的人，都敞胸露怀，像是赶车的、卖菜的之流。他们一瞧见玉娇龙，尤其是看见玉娇龙的脚底下只穿着一只鞋，他们就把目光都集在她的身上，交头接耳，纷纷地谈论、猜度。

玉娇龙却一直走进了屋里，找了个桌旁坐下，把衣服裹着的宝剑放在桌上，她就叫道：“掌柜的，先给我泡壶茶，然后下面，快快！”她实在是饿了。

掌柜的是个胖子，光着膀子，答应了一声。旁边有个妇人，小脚、黄脸、黑牙，好像是内掌柜的；她看了玉娇龙几眼，又悄声问着她丈夫，好像是说她看不出来玉娇龙是男还是女。掌柜的就说：“快给人倒茶吧！少问！”

这屋里煮面的锅冒着热气，几只水壶也都直叫着，所以很热。窗子倒是开着，窗外就有两个一身白灰的人，像是瓦匠，正彼此谈着话，玉娇龙却一句也听不懂。等到那妇人把一只没有把儿的破茶壶给她送过来时，玉娇龙就问说：“你们这里是大名府吗？”那妇人一怔，玉娇龙又问说：“你们这是什么地方？”那妇人说：“俺这是巨鹿县。”

玉娇龙心说：既然是巨鹿县，为什么那姓崔的骗我，却说这里是大名府？那人是存着什么心？不由得惊疑，就想要立时走开。但又发愁脚下只有一只鞋，走到哪儿也要被人看到哪儿，遂就故意做出从容的样子，点了点头，向妇人又问说："你们这近处有鞋铺没有？"说着翘起脚来让她看，笑着说："你瞧我，为赶着走路，把一只鞋都磨破了！我一生气，索性把那只破鞋丢了。这近处，有什么卖鞋的没有？"

妇人见玉娇龙一只脚穿着青缎双脸鞋，另一只却是白绫袜子，袜子上已然全是泥了，尤其是那袜底，简直跟鞋底一般的黑了，不过还可以隐隐看出，上面是有针线扎的精细花朵。这妇人还没见过男子有这么瘦的脚，没见过这么奢华的袜子，就发着怔摇头说："俺这没有卖鞋的！买鞋得上城里去。"

忽然玉娇龙看见席棚下来了两个人，那许多喝茶吃面的人，一看见这两人来到，就齐都有些发呆、吃惊；因为这两人都是头戴红缨帽，后面的那人还提着锁链，腰里挎着刀，都是衙门的人。玉娇龙却一点也不在意，因为她在北京时，在新疆时，她父亲统辖着多少比这职位还高的官人！那些人对于她这位小姐，没有一个不是恭恭敬敬的，见了她，连抬眼皮也不敢。她就倒了一碗茶，先把茶碗细细刷了，还嫌不干净，又眉皱着说："你们这茶盅有多脏！换一只干净的来吧！"

此时那二名官人已走进屋来，一点儿也没有礼貌，把眼睛直向她来盯。她也瞪起了眼睛，那提锁链的官人就走过来，问说："你是从哪儿来的？"玉娇龙沉着脸说："保定。"官人又问说："你从保定来，为什么你说的是北京话呢？"玉娇龙瞪眼说："我是北京人！"

官人又问："你在北京是干什么？"

玉娇龙说："你管得着吗？我又不是贼，用得着你来追问我？"

官人伸手就要拿桌上的那口宝剑，问说："这衣裳里包的是什么？"玉娇龙赶紧双手将剑按住，着急地说："你们不能随便动我的东西！"

两个官人一齐厉声呵斥，说："快抬开手！叫我们看看你衣裳里包的是什么东西？你的来历不明！"

玉娇龙笑着说："你们要看也行！但你们得先躲开一点，不许动……来看吧！"说着她抖开衣裳，露出了光芒闪烁的青冥剑。官人也锵的一声亮出了腰刀，外面的人都站起身来往窗里来瞧，玉娇龙却微微笑着，向两个官人说："你们别胡猜疑，我不是坏人，这口剑是我带着防身用的！"

拿刀的官人把刀给了他的同伴，他就抖动着锁链，说："你也别分辩啦，早早就有人把你的事情告啦！你半男半女，脚上只穿着一只鞋，怀里又带着金子，说的话都驴唇不对马嘴，你多半是个贼！来，别叫我们费事，快快让锁上，到衙门去再说！"

玉娇龙却急了，砰的一声持剑蹿上了桌子，由桌子又跳到窗外，外面的人吓得乱跑。两名官人由屋中追出，一个抢刀，一个抖锁链，都说："你还想跑吗？来！把她截住！"玉娇龙却回身一抢宝剑，谁也不敢捉拿她。她喘了一口气，说："你们不能冤枉我！我是有来历的人，我父亲是京师的大官！"

官人横刀问说："你爸爸是什么官？你说出来！你姓什么？叫什么？"

玉娇龙迟疑着，尚未想起来说什么话，这时忽见有一骑马像箭一般的自南驰来，马上的人连连喊着说："别锁她！别锁她！这是我的朋友，她不是坏人，我保她！"

玉娇龙倒吃了一惊，回头一看，见身后烟尘之中，自马上下来的却是一位二十三四岁的大姑娘，俏拔美丽，身穿一身青，原来是俞秀莲！玉娇龙疾忙掠剑向旁闪开了两步。俞秀莲一手提着皮鞭子，过来拉她；玉娇龙却疑惑她是要帮助官人来捉拿自己，就疾忙向旁一跳，宝剑随腕倒挂，脚站丁字步，眼睛盯着俞秀莲，同时又防范着官人。

俞秀莲看见她这样子，又看了看她的脚底下，就不由得一笑，遂又向两位官人说："这是我的朋友，她也是个女保镖的，从小跟男的一样，满处瞎走。她的脾气太坏，可是人很靠得住，刚才崔三他们弄错了！现在我保她，你们二位就别拿她啦！"

两个官人也都笑了，一个就收起了腰刀，说："我们也没打算立时就锁她，先是盘问她，她不肯说实话嘛！好啦！既然俞姑娘认识她，那我们就不疑惑她啦。可是俞姑娘劝劝她得换换打扮，这样不男不女，不是坏人也得被人认作坏人！"旁边的人也都笑了，都像看稀奇物儿似的来看玉娇龙。

两个官人走后俞秀莲又过来，用手亲热地拉住了玉娇龙，笑着说："我真想不到你竟会来到这儿？快走吧！到我家里去吧！"

路旁停着一辆很旧的骡车，赶车的人也正在这儿喝茶；俞秀莲就雇好了这辆车，推玉娇龙上车，玉娇龙却很犹豫。这时屋里的那个内掌柜的又跑出来，向玉娇龙问说："面都煮好了，你还要不要？"俞秀莲摆手说："不要了！待会儿我叫人给你们送钱来。"内掌柜的笑着说："不要紧！俞姑娘！"她对俞秀莲是极为恭敬。那掌柜的又把玉娇龙的那件裹剑的衣服拿出来，玉娇龙就上了车。

俞秀莲上了马，傍着车去走，一直迎着城垣走去。一边走，俞秀莲还不住和车里的玉娇龙谈话，问说："德五嫂子跟她的少爷、儿媳妇还都好吗？邱少奶奶现在怎么样？你走的时候见着她了吗？"玉娇龙却是一句话也不回答，俞秀莲也就不便再问了。

车马少时便走到了巨鹿县的北关，这里离着城门已很近，人烟更是稠密，玉娇龙不由得精神愈是紧张。忽然见俞秀莲的马直向前跑，跑了不远就突然收住，那里路西就有一座大栅栏门的宽绰房子，白墙上写着几个方桌面大的字：雄远镖店。玉娇龙才知道刚才自己坐的那辆车确实是镖车。

此时那姓崔的瘦子正站在镖店门前，俞秀莲就在门前跟他说了几句话。玉娇龙不由愤恨，就要拿着宝剑下车，俞秀莲却拊手令那姓崔的赶紧跑回镖店里去了。她拨马过来，又向车上的玉娇龙说："你就别生气啦！那人是我父亲早先手下的伙计，他名叫崔三。今天他们是由冀州回来，在路上遇见了你，他就生疑了，才把你诓来；同时他又跟他熟识的官人说了，这才有刚才那件事。恰巧我正在柜上，崔三回来跟我一说，我就心里想，别是玉娇龙吧？所以我就赶紧骑上了马追了去，幸亏我去得快，不然还得到衙门保你去！"

玉娇龙冷笑说："我看你在这巨鹿县很有点势力呀？"

俞秀莲一边策马跟着车走，一边扭头向车里说："也不是有什么势力！不过我俞家的原籍就在这里，认识的人总多。我父亲当年就在这里开设雄远镖店，后来他年老了，才歇业。去年冬月，我自江南回来，我一个姑娘家，在家中也无事可做；再说崔三那些在我父亲手下做过事的人也都因多年闲散，混得很穷。河南我有一个师哥叫金镖郁天杰，他有点财产，可是两腿因为当年与人争斗成了残疾。他在河南住着，总难免有早先的仇人前去找他，所以他把那边的房产都卖了，全家搬到我这里来了，又加入一点本钱，就开了这家镖店，还用老字号，他算是掌柜的，我算是大镖头。"

说到这里，她自己笑了一笑，又说："其实我也不亲自出马保镖，不过用我的名气，在北至直隶保定府，南至河南卫辉一带，倒还叫得响。开了也半年多了，从没出过一回事，赚的钱也够嚼用。只是这件事，上次我到北京却没跟德五嫂子说，我怕她又什么大掌柜的啦，女镖头啦，拿我取笑。"

玉娇龙也笑了一笑，说："等着，将来你的镖车在路上再遇见我，那时我再报仇！"

俞秀莲笑着说："瞧你的本事，还没有那么大！"

两人说笑着，进了城，城里也很热闹。街上遇见的老头儿、老太太、妇人们都笑向俞秀莲打招呼，俞秀莲就下了马，牵着马走，无论对谁，全是十分和气的。赶这辆车的人也像早就认得俞秀莲的家，所以他一句话也不用问，就将车赶进了一条小巷，在路北一个小黑门前停住。巷里那几个邻居的孩子正在玩耍，他们一看见了俞秀莲，就一齐迎着跑过来，乱笑乱嚷地说："俞姑娘！你又骑着马回来啦！你今儿怎么没带着你的刀呀？"俞秀莲笑着，被这几个孩子揪着衣裳，拽着马鞭子，她是一点儿也不恼怒。

看见俞秀莲有这么好的脾气，这么好的人缘，玉娇龙不由得很是羡慕，同时却又感伤自己，连年忧苦，一身飘零。虽然出身比俞秀莲尊贵，武艺自信也不在她之下，但现在哪如人家呀？

巷里的孩子们一嚷嚷，好像墙里就知道了，小黑门立时就开开了，出现了一个三十来岁的妇人。玉娇龙下了车，一手提剑，一手拿着长衣，往门里就走。那妇人直扭着头向她来看，外面的孩子也乱嚷着："一只鞋！一只鞋！"玉娇龙又觉得气往上顶。

这房子是分里外院，外院只有两间西房，里院是除了茅房、厨房之外，只有北房三间。院中种着些花草，还有两盆夹竹桃、一个金鱼缸。俞秀莲把马牵进来，系在外院，有个十一二岁的孩子就随进来给她喂马。门关上了，外面车轮又响，车也走了，俞秀莲便一拉玉娇龙，说：“进屋里来吧！”

玉娇龙同俞秀莲进到了北屋，就见当中还摆着佛龛，旁边供着三位神主。两个较高的神主牌子，大概是俞秀莲先父先母的灵位；可是离着很远，又有一较小的灵牌，上蒙着黑布，不知祭的是谁。这是外屋，掀帘进了西里间，就是俞秀莲的卧室，壁间挂着刀，地下还放着马鞍。屋里有一张长桌，上面只摆着一个镜子、两只粗瓷的花瓶，还摆着两卷书，是《三国志》之类；炕上是铺着粗蓝布的单子，叠着很干净的粗布被褥，两只木箱，箱子上放着个针线笸箩。玉娇龙就往炕上一坐，把一只鞋也脱了，宝剑也放在炕上，先叹了一口气。

此时那妇人送进茶来，俞秀莲等那妇人出去之后，就皱着眉，向玉娇龙悄声问说：“你是怎么出来的呀？在北京的时候，我嘱咐过你嘛！你同不得我，你不能跟我比。我想一定是我走之后你又胡闹，这口宝剑怎么会又叫你给拿来了？”

玉娇龙拿衣襟擦了擦眼泪，但是又发急地说：“我胡闹？你不知北京城近些日来的事情！但若我不是被逼得实在无法，我也绝不离家；我不离开家，也用不着再去拿这口宝剑！”

俞秀莲诧异着问说：“是谁逼的你？是刘泰保吗？”

玉娇龙说：“他也算是一个，不过事情可多极了，我现在也不愿意跟人说，说什么？我不向谁求助，你也别细打听，你只要相信我绝没有做贼，在你家里待一会儿绝不能够给你惹事，就完了！你必定要知道详情，你又不是没有马，你可以跑趟北京，找德家去，他们能够告诉你！”

俞秀莲向她的胸上搐了一拳，笑着说：“你瞧你这脾气！来到我家，你还想使小姐的脾气可不行！”

玉娇龙也一笑，就说：“你是不知我这些日的心里有多么急，多么气，咳！猫也丢了！”

俞秀莲问说：“什么？猫？你由北京出来时还带着猫？”

玉娇龙摆手说：“你别打听啦！我现在就问你，那个李慕白是个什么东西？"

俞秀莲怔了一怔，说："你问这话干什么？"

玉娇龙说："你告诉我吧！他是你的什么人？你告诉我不要紧，德五嫂子也跟我谈过你们过去的事，但她怀疑你早已嫁了李慕白。"

俞秀莲脸红了一红，说："那是她信口胡说！我也用不着跟谁分辩，谣言到底算不了真事，不过我只待李慕白如我的胞兄一样。去年九月间，我们自九华山分手，他往山西访友去了，我独自回家来，至今音信不通。上次我到北京去，原是专为看望德五嫂和杨丽芳，到年底我不在她家过年就急着回来，那是因为，第一我不愿在北京住，因为一有闲事我就要管，一有不平我就要打，日久说不定就能连累德家；第二是我要赶紧回来，镖店好结账，我不回来，有些个人就能拖住账不给。回来时路过正定府，我还去看了看杨丽芳的姐姐丽英。因为这，德五哥他们就胡猜……这且都不说，你向我问李慕白干什么？"

玉娇龙愤愤地说："在路上我们交手三次，宝剑被他抢过去一次，但终于又被我夺回来；我才知道名震江湖的李慕白，武艺也不过如此！"

俞秀莲脸色一变，说："这口剑本来是李慕白的，可是他也是自别人的手中得来的，后来他才献了铁小贝勒。"

玉娇龙冷笑说："这就完了！宝剑就跟传国的玉玺似的，玉玺是有德者居之，无德者失之；宝剑也是，谁的武艺高就谁使用！"

俞秀莲说："你放心！我们绝不要你的宝剑。在北京时，因为你盗去了这口宝剑，把事情闹得太大了！我见你这个人很不错，再说德家婆媳、邱少奶奶又都跟你很好，她们都是我的好朋友；所以我想咱们也算是朋友，我才劝你把剑交回，以免事情闹穿，你父兄的官职都要摇动，你母亲若晓得你是这样的人，也必定伤心……"

听了这话，玉娇龙就哭了，又急躁地说："你就别说啦！你走江湖这些年，哪儿学来的这些贫嘴子呀？我瞧你倒真像那刘泰保的媳妇。我也没工夫听你这么说，你快给我找一双鞋，借我一匹马，我即时就走；反正，我早就知道你是好人，你能疼我，咱们将来再见面。"

俞秀莲说："你何必要忙着走？你在别处还有什么事吗？"玉娇龙摇

头说:"我没有事,就是因为我出来时还带着个丫鬟,她现在别处等着我呢!"俞秀莲笑着说:"你看你,女扮男装由北京跑出来,还要带着猫,带着丫鬟,你到底是打算着什么主意呢?你有准去处没有呀?"

玉娇龙突然问说:"你这屋里没有别人来吗?"

俞秀莲说:"没有别人,只有在我家帮忙的那个女人。"玉娇龙就索性把差不多跟鞋一样脏的两只袜子全都脱了,身子往炕上一倒,说:"要说我没有准去处也不对,可是一定的准去处,也难说!"

俞秀莲沉着脸儿说:"这为什么?"

玉娇龙忽又叹了一口气,摆手说:"你别忙!等我歇会儿,让我心里静一静,我要把话对你细说,唉!我真找不出一个人来说我的心腹事!"俞秀莲看了玉娇龙一眼,就见玉娇龙躺着,两滴眼泪流向枕边,一声也不再言语了。

俞秀莲又说:"你这鞋袜可真麻烦,找不着像你这么大的!你永远这么女不女、男不男的,也真不像样儿。我想你索性在我这儿多住几天,把这双袜子先叫人给你洗洗,然后拿着你这只鞋的尺寸,叫鞋铺里去给你定做一双。"

玉娇龙点了点头,说:"大姐,你爱怎么办就怎么办吧!我现在的心里真烦,什么事我也没心情了!"

俞秀莲就叫她家中用的那个女人,把这一只鞋、两只袜子全都拿出去。待了一会儿,又给玉娇龙端来一碗面,这面不过比店里卖的略好一点,可是也只有几小块肉、一点青菜。玉娇龙也不好意思挑剔,又因为饿,她就全都吃了,吃完了又躺下,不知不觉就睡着了。

及至醒来,天色已然不早,俞秀莲却没在屋。待了会儿,雇用的那女人已把玉娇龙的一双袜子浆洗得很白,并且晒干了。玉娇龙就问说:"俞姑娘上哪儿去啦?"

这女人说:"到柜上去啦,刚才是柜上来了人把她请去啦。"

玉娇龙听了,心里略微有点狐疑,就向这女人探询了探询俞秀莲平日在家中的生活情形。原来她每天只是在屋中烧几炷香,做一点针线活计,看看闲书,或是在院子里练练拳脚,养鱼莳花。北关的雄远镖店她是每天必去一趟，去了也并不是必要经管柜上的事，而是去找郁天杰和崔三的妻子谈谈闲话。

玉娇龙对于她这种生活倒是很为羡慕，只是想：若叫自己过她这种平凡寂寞的日子，可也过不了。自己的心是早已然荒了，恐怕就是回家去，照旧在深闺中读书画图、逗猫，消磨光阴，也一定觉着难耐。

她回想起在保定单战群雄，真觉得高兴；与李慕白几番争斗，虽败犹荣。只是路上受的那些闲气，实在不痛快，店房是个个狭小，店里住的人又都是那么脏，而且讨厌。她又想起了罗小虎，那大胡子长头发，那狰狞凶恶的脸，以及山谷里的贼穴，真觉得悔恨！但当想到那个脸刮得很干净、身子挺直、面目英俊、唱着悲伤的歌的罗小虎时，却又使她不禁思念：不知他现在逃到哪里去了？此生恐怕永远也不能再见面了吧？想到这里，心中又不禁十分悲痛。

等了半天，也不见俞秀莲回来，这里用的那个女人也没再进屋来。玉娇龙脚上只穿着一双袜子，不能下地，觉得十分烦闷。她扶着炕沿向下一看，见地下墙角放着一双青布小鞋，已然旧了，大概是俞秀莲穿过的，她就用剑尖给挑过来，穿在自己的脚上。但这小鞋哪能容得下她这天足？也就仅仅容下她的脚尖，她就脚踵悬起，脚尖挂着小鞋着地，在地下跳了几跳，就跳到了外屋。

她先往椅子上一坐，发了会儿呆，又回手拿起来桌上那个小牌位，掀开黑布一看，见上面却写的是"宣化孟思昭之灵位"。玉娇龙吃了一惊，明白这所供的就是俞秀莲的未婚夫，听德五奶奶跟邱少奶奶都说过，他们未婚夫妻始终没有见过一面；孟思昭的武艺与李慕白不相上下，而且救过李慕白的性命。至今，孟某已成了泉下之人，李慕白是漂泊江湖，俞秀莲却度着这种凄凉的生活，她还不忘孟思昭，也未免太多情了……玉娇龙手拿着灵牌位想着，觉得好笑，又觉得可怜，更想到情场挫折，人我一样，而不禁有些伤悲。

这时俞秀莲突然回来了，一进屋，看见玉娇龙手里拿着那个灵牌，就脸色一变；玉娇龙也觉着有点不好意思，赶紧把灵牌送还原处。俞秀莲手里拿着一个包儿，说："我叫人去给你买来了一双男鞋，这尺寸是最小的了，恐怕你穿上也大。你先在家里穿着好了，总比穿我的这小鞋强些。"

玉娇龙笑着说："你可真关心我，我要早先就有这么一个姐姐，可就好了！"

俞秀莲沉着脸儿说："我要是你的姐姐，这次我就不能叫你出来！自然，我也一定劝阻你的父母不把你许配给鲁君佩，可是也不能由着你去与罗小虎……"玉娇龙吃了一惊，俞秀莲没把话说毕，她就把鞋包向玉娇龙一丢，一直进里屋去了。

玉娇龙赶紧把鞋包儿接到手里，穿上鞋，跐拉着，就追到里间。她脸通红着，揪着俞秀莲，急急地问说："你这是什么话？我不明白！"

俞秀莲冷笑着说："你不明白？我可都明白啦！也不用等你静一静心再跟我说了。今天恰巧有个人从北京来，罗小虎在北京胡闹，你嫁到人家家里又跑了，这人都已跟我说了！"

玉娇龙诧异着问说："是谁？是不是一朵莲花刘泰保又到这儿求救兵来了？"

俞秀莲摇头说："不是刘泰保，你也不必打听啦，我说出来，你也许不认识这个人。这人来，并不是为找你，我也嘱咐别人不告诉他，你现在我家。"

玉娇龙说："是谁？是李慕白吗？"

俞秀莲摇头说："也不是李慕白，李慕白多年没到北京去，他还不知有个与大盗罗小虎相识的玉三小姐呢！"

玉娇龙就要去抄她的青冥剑，俞秀莲却先抢到手中，一手把宝剑藏在背后，一手向玉娇龙一推；玉娇龙不由得往后退了两步，鞋几乎又掉了。俞秀莲冷冷地说："我告诉你！今天到的这人虽说不是为你来的，可也算是为你的，你看这封信吧！"说着，从她的青布小袄里掏出一封信来，丢给玉娇龙。

玉娇龙抽出信笺来，见上面写着是：

字呈秀莲贤妹：年前在京同席见过一次面之人，今突出怪异，远走无踪。彼若妹之流，而行事则缺乏妹之谨慎及大度，其行为真真叫人没想到！现在此事闹得极大，但未尝不可补救，详情可问来人。我妹如在外遇见此人，千万秘密将她送归，否则若使其长年在外漂流，将来真不堪设想，我等与有咎！嫂二人拜。丽芳之事均托来人面陈，恕不缕述。

玉娇龙明白，这一定是德五奶奶跟邱少奶奶托人带来的信，想叫俞秀莲见着自己时，就强迫自己回北京。当下她不禁心中一阵难受，可是只冷笑一声，就把信纸团揉了。俞秀莲指着炕说："你先坐下，咱们慢慢地谈！"

玉娇龙的脸煞煞的白，强忍着眼泪，就在炕边坐下。俞秀莲说："这是德五奶奶托我师哥孙正礼送来的。孙正礼前天才由京动身，连夜赶到我这里来，刚才一到镖店跟我说明了情由，他就倒头睡了。"

玉娇龙说："你快点说！"

俞秀莲说："你的事情倒不急！我师哥这次来，是因为杨丽芳，她已知道十几年前害死她父母的仇人是在河南汝南府，她要即刻就去报仇。她丈夫的伤才好，她公公、婆婆拦她劝她也不行！她是天天哭，连饭也不吃，非要走不可，所以德家才叫我赶紧去。"

玉娇龙点点头，说："嗯！可是，我的事现在京城有什么传说吗？"

俞秀莲说："传说那不能听，只是，你的父母跟鲁家的人还都在掩弥这件事，说是你娶过去就病了，直到现今还没见亲友！"玉娇龙冷笑了一声，又擦擦眼睛。

俞秀莲又说："为杨丽芳的事，明天我得跟我师哥走；到了北京，或是我劝她暂时别任性，或是我就得跟她跑一趟河南，帮她去报仇。那罗小虎我也想见见，问问他真是杨丽芳的胞兄不是？"，

玉娇龙皱着眉说："那绝没有错！我能保证！"

俞秀莲低声问说："你是跟罗小虎有……"玉娇龙略微点点头，咬着嘴唇流泪。

俞秀莲说："你还想见见他吗？"

玉娇龙点头，却愤愤地说："我想见见他！见了他就用剑割下他的头！"

俞秀莲说："那何必呢？"

玉娇龙哭着说："你别管我！谁你都能管，你就是管不着我！"

俞秀莲说："你不如也跟我回北京！"

玉娇龙瞪眼说："跟你回去干吗呀？"

俞秀莲笑着说："跟了我回去，就托邱少奶奶她们把你送回鲁家，就说是你的病好了，照常做新妇。早先的事自然全都掩住，外面的传言也自然平息。"

玉娇龙一笑，把箱子上的针线笸箩拿下来，纫了针，又找了两条黑布作鞋带。俞秀莲又笑着说："你既然不愿跟罗小虎，还是跟鲁君佩去吧！你是一位千金小姐，本应当去做少奶奶，走江湖与你不相宜，我这是好话！"

玉娇龙又一笑，两条黑布草草缝好已钉在鞋上，系紧了。俞秀莲却拿着宝剑站起身来，将门堵住，笑着说："你系好了鞋是想就跑吗？"

玉娇龙冷笑说："我干吗想跑？我真要是想跑，你堵住门就能拦得住我吗？你自己把你俞秀莲也看得太高了！"

俞秀莲笑着说："无论你这小狐狸多么狡猾，在我眼前休想逞强！"又笑着说："回不回北京在于你，我也不能勉强你，因为这件事与我一点不相干。不过是德五嫂子她们来信托付了我，我也觉着这么办不错，你在外面算是怎么回事呢？你去跟个罗小虎，将来又怎么了局呢？"

玉娇龙反问说："那你现在就是有了局了吗？外屋的那个牌位，就是你的结局吗？"她斜眼瞪着俞秀莲，微微冷笑着。

俞秀莲脸红了红，说："你别管我！我家辈辈是江湖人。"

玉娇龙说："我们的家，由我这辈也是江湖人！"

俞秀莲说："你细想一想吧！"

玉娇龙说："我早比你想得细，正经你管管你自己的事吧！别来管我！"

俞秀莲说："好啦！我不管你！"说着把青冥剑向炕上一摔。

玉娇龙赶紧把剑抄在手中，又用长衣裳裹好，她就站起了身。

俞秀莲瞪起眼睛，说："你是立时就要走吗？你走可以，宝剑你拿去也可以，但是不许你凭这口宝剑在江湖上任意胡为，不许你再勾结碧眼狐狸那样的强盗。如果你再做出镖伤班头蔡九那样的事，我可要跟你绝交。说实话，我跟你交朋友是冲德五嫂之面，劝你回去做小姐、当少奶奶，是因为你不懂得江湖道义，专能任性……"玉娇龙却蓦然把俞秀莲一推，她就到了外屋，转脸又一笑。

俞秀莲又说："你得跟我发誓，永不胡为，我才能放你走！"

玉娇龙却冷笑说："我胡为不胡为，你管不着，你央求我倒许行，说横话无用！"俞秀莲一个箭步蹿上来，玉娇龙已然推门到了院里，一直向前院跑去。

俞秀莲追了出来，她觉得又好气，又好笑，就说："我还能把你放跑了吗？你别真觉得你的武艺不错！"玉娇龙一抬手，俞秀莲没有防备，一支小箭就射在她的左肋。俞秀莲真气了，拔出箭来，就跑到屋中去取双刀。

玉娇龙却疾忙跑到前院先开了街门，然后又去解马，俞秀莲已手舞双刀从里奔出，怒骂道："好！你翻脸？我能叫你走开？"玉娇龙一剑斩断了缰绳，一手舞剑，一手催马，跑出门就飞身上了马，又一抬手；俞秀莲以为又有冷箭射来，疾忙止步，准备用刀去拨。不料玉娇龙这次是虚作式，她并未放箭，趁着俞秀莲横刀怒视，止步候箭之时，她就嫣然一笑，说了声："再见吧！"策马向东驰出了小巷。

到了街上她略缓些，及至出了东门关厢，于路旁折了一条柳枝作为马鞭，剑插于鞍下，她便策马飞奔，蹄声疾响，尘土高腾，路上的人见她闯来齐都惊讶着躲避。她往东，才走过一条石桥，就见身后有两匹马如箭似的追来，一是愤怒至极的俞秀莲，一是个彪形大汉，大概就是孙正礼。玉娇龙又冷笑一声，连挥柳枝，催马急奔。

奔出又四五里，迎面来了一辆笨重的牛车。玉娇龙勒马向旁一让，想要躲开，不料身后飞来一个拴在粗绳子上的大钩子，一下就钩住了她座下的马腿。玉娇龙翻身落马，但她随即抽剑一跃而起。俞秀莲已由马上跃下，双刀向她来劈；玉娇龙嗖的举剑一掠，俞秀莲展开双刀，反进逼两步，左右刀势不同，向她来横截斜砍。玉娇龙疾忙翻身向后去跑，不料马上的孙正礼又抖起了一钩绳，绕住了她的宝剑，劈雷似的喝了声："玉娇龙你个贼闺女，快跪下吧！"同时俞秀莲的双刀又赶到。

玉娇龙向地下一滚，宝剑抽开，钩绳也切断了。孙正礼跃下马来抢起大刀就砍，玉娇龙又跳起来翻剑去迎，俞秀莲的双刀自后砍到；玉娇龙向孙正礼射了一箭，又翻手抡剑，去削俞秀莲的双刀。孙正礼便疾忙跑到一边去拔下胸脯上被射的一箭，俞秀莲也收刀避开了宝剑。玉娇龙趁此时，就夺了孙正礼的那匹马，飞身而上。俞秀莲向她双刀一扑，如鹰翅一般的削；玉娇龙宝剑斜掠，拍马紧走。孙正礼由地下拾起那带着半截绳子的钩子，又向玉娇龙抛去，但没有再钩着。

玉娇龙纵马直奔，俞秀莲又上了马紧追，并说："非得把你捉住，连剑带人押到北京不可！"玉娇龙回首说："你也配！我不伤你的性命，就算是便宜你了！"当下骑红马的玉娇龙在前，青衣黑马的俞秀莲在后，孙正礼也上了那匹马抡刀跟着追，并大声喊叫。

玉娇龙的马是由东转北，已走出了很远。前面是一道大河，天已不早了，晚霞下落，把茫茫的河水都映得发红。那边有个很热闹的渡口，玉娇龙避开了那边的人，又拨马往西。忽然见有一人横马将她拦住，马上的人正是李慕白，向她喝道："你这女贼！在那边放了火，又跑到这里来了！今天我还能放你逃跑？"说着便抡剑直砍，玉娇龙疾忙以剑相迎。

此时李慕白却毫不客气，剑光甚紧。后面的俞秀莲、孙正礼也已追到，孙正礼并扯开了嗓子大喊："李兄弟！抓住这丫头！这丫头拿的是你那口宝剑！她是北京玉正堂的女儿，当了新妇又跑了的，出名的小狐狸精！"玉娇龙回手射去一箭，孙正礼立时栽落下马。

俞秀莲已赶上，李慕白又逼至，双刀一剑，玉娇龙便使出生平之力，以剑去迎。她此时凶极了，剑光疾抖，看不见一条条的剑光，只觉得是一朵白花将她的身子护住，且战且催马去走。俞秀莲舞双刀紧追，李慕白也赶上了，只见玉娇龙策马呼啦一声跑进河里，回手又一箭，李慕白用剑拨开。俞秀莲一马向河中去追，李慕白却将马勒住了，不肯再去追赶。

这河就是釜阳河，河身虽宽，但水很少，也很浅。那边有一个摆渡，渡口两边无数的人都向这边嚷嚷。玉娇龙催马涉水去走，连头也顾不得去回，哗啦哗啦地蹚着水。少时将走到对岸了，忽然马蹄陷在了泥沙里，玉娇龙情急，就从马上跳下；回头一看，见俞秀莲已将追至，李慕白跟孙正礼也骑马涉水追来，她赶紧在水里泥沙里连爬带走。

此时不但小箭没有了，连那玲珑的弩弓也已丢失。她上了岸就跑，一直跑出有半里地，李慕白、俞秀莲、孙正礼都已赶到，把她围困在垓心，孙正礼怒喊道："小狐狸你还不投降吗？"说着一刀砍来，玉娇龙赶紧闪开。俞秀莲的双刀又劈，玉娇龙疾忙用剑去迎，李慕白却一剑拍在了她的头上。她的头一晕，差点儿摔倒。俞秀莲拦住了孙正礼，就跳下马来要捉她，不料玉娇龙剑抖得更紧。李慕白在马上一抬腿，又把玉娇龙踹得躺在地下；但不容俞秀莲来捉她，她又虚晃一剑，爬起来回身就奔。

俞秀莲、孙正礼在后紧追，玉娇龙却如兔子一般惊奔。正奔着，忽然李慕白横剑又在前将她截住。玉娇龙向李慕白砍了一剑，没有砍着，转身又跑，上了高坡。孙正礼自后赶来，一刀猛砍，俞秀莲惊叫了声："别伤她！"只听呛啷一声，孙正礼的钢刀却成了两段。

李慕白说："姑娘退后！"他便跳下马，挺剑上坡去追；玉娇龙横剑去迎，啪的一声，只觉得手腕发疼，剑已被李慕白踢落。她不顾命只顾剑，头上寒光一闪，她却伏身咕噜噜滚下坡去，抄起剑来又逃。

俞秀莲说声："好狡猾！"双刀又赶到，李慕白又抄到前面去截，玉娇龙却爬上了一棵大树。俞秀莲骂道："什么东西！"将一口刀抛在地下，手提一口刀也攀树向上去追；玉娇龙却又呼啦一声从树上跳下，带下来许多枝叶。

李慕白啪的一剑又打中了她的右肩，她厉叫一声，咬牙舞剑跟李慕白拼命，但觉得右臂又一阵奇痛，她把宝剑可还不撒手，回身又跑。俞秀莲也从树上下来又追她。玉娇龙回身抢剑，剑若飞蛇上掠下刺，与李慕白、俞秀莲又战了四五合，身上又受了一处伤，又咕咚栽倒了。俞秀莲一手挟刀，一手又去捉她，但她忽然又跳了起来。她已浑身是血和土，发乱脸红，瞪着女妖似的一双眼，舞剑又斗，使尽了她《九华拳剑全书》上所有的剑法。

李慕白见她把九华老人所传的剑法使用得如此之熟，反倒不肯伤她了。俞秀莲也让了一步，说："你歇歇！我们不叫你太为难，何必你非得叫我们杀死了你呢？"玉娇龙却啐了一声，啐出来的唾沫里都带着血，倒剑回身又奔。

不远之处就是一户有土墙的人家，玉娇龙如狸猫似的跳进了墙内。这里李慕白向俞秀莲说："进去不要与她交手，劝她出来跟她理论就是了！"

此时孙正礼也空着手跑来，他和师妹两人就上前拍门。门里一个农妇抱着孩子出来，俞秀莲跟人和气地说着话，就进门去搜人。但是，真奇怪，这院中只有两间土房，院中既没有柴垛，又没有好的隐身之物，可是无论是院中屋里，尽皆没有玉娇龙的踪影；地下只有一滴滴的血迹，看那样子，玉娇龙是从前墙跳进来又从后墙爬出去了，宝剑始终没有抛下。俞秀莲、孙正礼又会同了李慕白，向这人家的墙后去搜查，就见是一股迂回的小路，接连着万顷绿海一般的麦田。山色夕阳，暮鸦乱飞，四顾无人，玉娇龙携着那口宝剑是全无踪影，这三个人只好回去。

这时那土墙里住的农妇，惊讶了半天，因为她根本没有看见有什么人跳进院，也没见有人跳出去。在俞秀莲等人走后，她又抱着孩子在院中和屋内各处搜找了半天，结果也是什么都没有，她觉得这真是一件怪事情。

她的孩子已有四五岁了，是个男孩子，但是还让妈妈抱着。这个孩子十分羸瘦，脸和身上都跟黄蜡一般的颜色，趴在他妈妈的肩膀上先是哼哼，后来就哭了起来。他的妈妈着急说："你哭什么？快要哭死了吧？你看时气多低！家没米，孩子病，又有鬼进门！这可怎么好？你那死在外头的爹还不回来！"孩子仍然哭，妇人就把他抱到屋里，往炕上一丢，但又觉得丢得重了，遂又哄着："三喜！别哭啦！你爹快回来啦！快给你求药来啦！吃药要再不好，就带你到广明寺去烧香许愿……"

说了一会儿，忽然外面有人踹门，病孩子突然像有了点精神，就推着他妈说："爹回来啦！"

那妇人有点疑惧地说："要是你的爹还好，就怕那两个拿刀的！那小婆娘一个人拿着两把刀，也不知是哪县里的女差人？"她叨念着走出去开门，没到门前就听门外有人呕喽呕喽的咳嗽吐痰，她知道是她的丈夫，遂开了门。

她丈夫一进来，她就一边往屋里走，一边向她丈夫急急地说了今天家里发生的事。她的丈夫是个四十多岁很瘦的农夫，把背着的半口袋米，先放在地下，又咳嗽了几声才说："刚才你说的那件事我知道，那拿双刀骑马的姑娘是巨鹿北关镖店的女掌柜的，她是有名的俞老雕的女儿，那不是歹人。还有个大汉子，那是她的师哥五爪鹰老孙，也是城里的人，多年在外，今天不知怎么他又回来了。刚才我过摆渡时，摆渡上的人都看见啦！说是俞姑娘带着两个男子追一个使宝剑的细长身量的小伙子，那小伙子真凶，三人会没捉住他！"妇人听了，发了一会儿怔。

炕上躺着的孩子又呻吟着叫爹，这农夫就止住了话，赶紧过去摸了摸孩子的头，问说："三喜好了一点儿没有？倒是不大发烧！你外婆给你的药，叫你妈烧点水给你吃，明天病就好了。"他坐在炕上喘了喘气，又向老婆说："到他外婆家里我真开不了口，好容易才说出来，孩子病了，没米又没钱。外婆倒是没容把话说完，就应得借我二升米，但她儿媳妇可不大愿意……"男的坐在炕头说着，女的在灶旁烧火，此时屋中和外面都已昏黑，只有灶里的火呼呼地发着光亮。

渐渐夜深，屋中的人吃完了饭，连灯也没点，就睡觉了，病孩子的呻吟之声也已停止。此时，外面的天色愈黑，残月繁星显得愈真切，村中稀稀的几户人家，犬吠之声遥遥相应。村后广漠的麦田就像是一片大海，但比海还要沉静。这一夜，村中的狗虽不断的吠，可是没有发生什么事。

天未明，星斗就被浓云遮住了，并隐隐响动着春雷，接着，雨就落下来了。虽然暮春的雨，下的不算很大，可是淅淅沥沥地直下到了次日仍然未止。这地方平日就人少，一下雨更连个人踪也没有了，满地的泥泞雨水。树木被风吹得在雨中摇曳，如祈雨的巫婆那疯狂的姿态。在那一片麦田上响声更大，麦浪层层起落，加以起潮一般的声音，更与大海无异。

此时，这户人家的屋宇上又起了炊烟，但因空中的雨气太重，烟起来散不开，只一团团的凝聚着。屋中那患咳嗽病的农夫不知为了什么事，正跟他的老婆吵嘴，病孩子还在呻吟着；屋子虽小，声音却很愁闷，而且嘈杂。

忽然间，有一人拉开门走进屋内，把屋中的农夫夫妇都吓了一大跳，那妇人就嚷了一声："哎哟！"进来的这个人正是细长身子，头上一条辫子已然蓬散，雨水直往下流。脸上身上都是泥、雨水和血迹，并沾着许多青草，可知此人在麦田中已滚了一两天了，但所受的伤还不算重，所以身躯还能直挺挺地立着；手中提着一口宝剑，顺剑尖也向下流泥水。

这人还很年轻，进屋来就摆手说："不要怕！那姓俞的、姓李的没再到你们这儿搜人不是？"妇人吓得战战兢兢不敢言语，病孩子却从炕上爬起来，惊奇地看着她。那农夫却一半害怕一半恭敬，弯腰打躬地说："好汉！请到炕上坐下，歇会吧！姓俞的他们没有再来，这一下雨，大概更不能来了！"

持剑的人说："他们来了我也不怕！"喘了喘气儿，把剑放在炕上，她就向那妇人说："大嫂！劳你驾！你先弄点水来叫我洗洗脸，我是个女的，你别害怕！"

妇人吓得眼睛更直了，玉娇龙却说："你们放心！我不是贼，我不过是跟昨天追我的那三个人有仇。他们倚仗着人多，来欺负我，但我不怕，将来我还要报仇！此刻她们如果再来了，我还要跟她们拼一回！"

那男的翻着眼睛瞧她，见她的眉眼儿果然是个女的。说话的声音虽然急，可是很娇细，并且耳朵上还在往下滴水，还露出耳朵眼儿了呢。可是脚底下，一双青布泥鞋上绑着带子，又不像是什么姑娘媳妇。玉娇龙见这人直看她的脚底下，就说："你们别疑惑！我是北京人。"农夫一听，就更恭敬，说："哦！原来是京里人，是做官的呀！"赶紧抱了抱拳。

妇人打来了一木盆水，里面有一块很脏的粗布手巾，也没有碱皂跟肥皂。玉娇龙皱了皱眉，可是没有法子，遂就拧了一把手巾，把脸擦了；又向妇人借了一把破木梳，拢了拢头发。她坐在炕头上，向身边摸，那农夫夫妇齐都直眉瞪眼的看她摸什么。待了半天，原来她是摸出来一块黄澄澄的金锭，那农夫立时就变了颜色，惊诧着。

玉娇龙却把这块金子放在农夫的手里。农夫觉着很沉，手不禁有些颤抖，玉娇龙就说："拿去快给买一匹马来，再买一套男人穿的衣裳来，快去快回，办好了我还要另外给你钱。可是到了门外，无论见着什么人，也不准说出我现在这里，否则我就拿剑把你们全都杀死！"

她这话一说出来，吓得那病孩子就哇的一声哭了，妇人赶紧过来，战战兢兢的抱住那孩子温慰。玉娇龙却很后悔，又掏出一锭金子来给孩子，说："不要怕！我知道你们都是好人，但我不能不说这厉害的话，因为外

第十回
潇潇风雨半夜驱群盗
锵锵刀剑三侠逐一龙

三五七

面有人正在跟我作对。你叫什么名字? 多大年岁了? " 金子一到那孩子的手里，孩子就不哭了，妇人也笑了，低声说："他叫三喜，我们姓柳，哪儿看见过金子呀? 姑娘! "

姓柳的农夫也道谢，说："姑娘请坐坐，我出去找个亲戚家，给您办马去。可是，我们庄户人家哪里有马? 东村张家有一匹耕地的马，可是太老了，还没有小驴跑得快呢! " 玉娇龙点头说："小驴也行，因为我急着要走，可是……" 姓柳的农夫说："姑娘别嘱咐啦! 到我们亲戚家里，我也不能说实话。" 说着他戴上一顶破草帽，就出门冒雨走了。

这里，妇人给玉娇龙盛了一碗米饭，玉娇龙吃了，觉得很香。窗外雨声淅淅，屋中越来越黑，那姓柳的农夫又一去不归。玉娇龙看看自己这身满是泥水的衣服，昨天侥幸脱险，夜晚在麦地中趴伏了一夜，身上还有微微的伤痛；再想起昔日的富贵尊荣，跟罗小虎的相思缠绵，她不禁愁心如焚，几乎要哭泣起来。

过了许多时，外面就一阵门响，玉娇龙赶紧抄起来宝剑，到门前隔着破窗纸往外去看，就见那姓柳的农夫回来了。他牵着一头小黑驴，白嘴白肚囊儿，十分的好看，另外还有鞭子、草帽和一件蓑衣。姓柳的农夫把驴放在院中，进了屋，他那蓑衣底下藏着一套蓝布裤褂；虽然布很粗，倒像是新做的，还没有人穿过的样子。

农夫就笑着说："这头驴是我孩子的外婆家养的，东村的张员外给过八两银子他都没卖。这衣裳做了就没穿一回，是孩子他二舅预备娶媳妇时穿的。这蓑衣你老人家也披上吧! 小心雨淋湿了身子，受了风寒。这顶草帽你老人家要不嫌破，我也送给你! "

玉娇龙不禁笑了，说："好! 好! 我谢谢你们啦! 请你们暂时避一避，我换上衣裳当时就走! "

农夫赶紧走出屋去，妇人抱着孩子也避到一边。玉娇龙就换上了这身干衣裤，又肥又大，真觉得难看；然后用湿衣服将剑裹起，跟妇人要了一根草绳将剑捆在背后，又把鞋系紧了些，她就披上蓑衣，戴上了破草帽，遂即出屋。

那农夫赶紧把门敞开，把鞭子和驴绊交给她。玉娇龙又掏出一块银子给了孩子，农夫就笑着说："哎呀！这一下我们可发了财啦，老天给我们送来了财神娘娘！"妇人也笑着，拉着孩子的手说："三喜！还不快给姑娘道谢！姑娘赏了咱们这许多金银！"

玉娇龙牵着驴出门，骑上去，农夫和抱着孩子的妇人都送出来，玉娇龙就摆手说："外面的雨很大，你们快快回去吧！咱们后会有期！"说着一挥皮鞭，小驴哒哒地走去。别看驴小地下又滑，跑得还是很快，不在健马之下。玉娇龙高兴极了，也不顾伤痛，向前疾走。雨淋着身上的蓑衣簌簌地响，顺着破草帽往下流水，四周围都是浓烟雨气。

她催着小驴一连冲过了几个村落，忽然见面前的田禾划分出三股小道，一往北，一往东，一往西，玉娇龙在此倒犹豫了，心说：我往哪里去呢？往东去找绣香？但李慕白现在就许已然去了。宝剑给他们不要紧，只是那两部书，无论如何不能叫他们拿走！我不回去，他们还许不至于强逼绣香；我要是一回去，他们可真能逼我。往北往西，却又觉茫茫无处投奔。

想了半天，就只好策着驴一直往北。她想找个市镇或是县城，暂且好好地歇息一天，再找家铁铺买几支尖锐厉害的飞镖，回去再对付李慕白和俞秀莲。她匆匆地催驴紧走，忽听身后有人厉声叫道："你是干什么的？站住站住！"

玉娇龙吃了一惊，回头一看，原来是两个男子打着一把破伞，步行着前来。玉娇龙就不惧了，收住驴，扭头等着这两人来到临近，她见这两人的样子都不像是好人，当下就把脸一沉，问说："叫我停住，你们有什么话说？"

这两人挺着胸脯，发着横说："你脊背后头藏着是什么东西？快拿出来看看！"

玉娇龙才晓得这两人是趁雨打劫的强盗，看他们怀里都露着刀柄，玉娇龙就不禁冷笑，更厉声些问说："你们怀里都藏的是什么？倒来问我？"

这两人一齐由怀中抽出短刀，每口刀约有半尺长，举着晃了一晃。一个就揪住了驴尾巴，另一个一手打伞，一手握刀，瞪着眼睛说："快滚下来! 身上有多少钱? 背后背着是什么东西? 快拿出来! 还许饶你的……"

"命"字还没有说出来, 就听啪的一声, 玉娇龙一皮鞭正抽在这人的脸上; 这人啊呀一声躺在了地下, 伞在雨地上乱滚。那揪着驴尾巴的人握刀便向蓑衣上狠狠去扎, 玉娇龙又啪啪连抽两皮鞭, 这人便双手抱住头不住往后退。那躺在地下的人又爬起来, 向玉娇龙奔来, 样子凶恶极了, 说: "好! 你小子找死? 也不看看我是谁? "

玉娇龙自背后抽出青冥宝剑, 寒光一抖。这贼看见人家的长兵刃露出来了, 就赶紧抽回他的短刀; 但哪里来得及, 玉娇龙的剑锋早已挨在刀刃上, 不过轻轻一掠, 半尺长的短刀就削得只剩了两寸, 空剩了个刀把。这人赶紧扔了刀回身就跑, 那个人更不敢停留, 也回身去逃。遗下的那把伞被风一吹, 咕噜噜地滚去; 那两个贼以为是玉娇龙追下来了, 便一齐跪在地上磕头求饶, 及至回过头来, 才见是他们的那把破伞滚来了。雨愈大, 穿蓑衣的玉娇龙已收了宝剑驱驴走去。

玉娇龙对于做这事倒觉太不值得, 而且是一种羞辱; 两个持短刀行劫的小蟊贼, 也值得自己亮出青冥剑? 这实在太侮辱自己的青冥剑了。但由此却又感到江湖上坎坷难行, 以自己这样高强的武艺还得受大气、惹小气, 处处时时都得防备着, 真是讨厌! 因此又悔恨自己过去做的事, 就想: 若不认识罗小虎, 若不护庇高师娘, 若不惹下刘泰保, 当然还得再没有那鲁君佩, 自己此时不是仍然在北京宅中做小姐吗? 会武艺也没有人知道, 哪里能在外面受这些气, 吃这些苦呢? 想到这些, 她心中非常不痛快。

往北走了许多里路, 驴就渐渐喘得走不动了。雨落得更紧, 地下的流水淙淙地响, 四周天色都已发黑。蓑衣的草虽然很厚, 可是雨水也将透过来; 背上觉得发潮, 而且伤处发疼, 脸上、手上、腿上更是汪然往下流水。她把手伸出来用衣袖抹了抹脸, 就见斜对面远远的仿佛浮着一片苍绿, 心说: 那里必有人家, 我还是找个地方先歇歇吧! 于是低着头, 抢鞭抽驴。

雨气太重, 鞭子都难以掠起; 驴嘶叫着, 一下就打了个前失, 所幸玉娇龙没从驴上摔下。但她不得不下了驴背, 挥鞭狠狠抽了几下, 驴只是跪在地上不动。玉娇龙又心软了，她停住了鞭子把驴扶起来，就牵着去走，斜风暴雨如乱箭一般向她射来。两旁地里种的都是玉蜀黍，虽还没有长起多高来，可是雨濯在那无数叶子上声音极大；加以四周腾起迷茫的白气，玉娇龙连这头驴，直是陷在浩荡的大海之中，她就斜着身子咬着牙向前拽着驴走。

忽然见面前来了一个东西，玉娇龙又拿袖子擦擦脸，定睛一看，原来是一辆带棚子的骡车。车上都蒙着油布，车里却没有一个人，只见赶车的人披着一身油布，摇晃着长鞭，玉娇龙就叫道："喂！喂！"对面这辆车在泥泞之中行得极慢，玉娇龙又往前迎着，半天才走到临近，她就啐了两口雨水，问说："你这车是往哪儿赶呀？我雇了吧？"

车停住了，赶车的大声嚷嚷着说："你有驴，我们可不管！"

玉娇龙听了这话很觉诧异，赶紧走近车辕，说："我又不白坐你的车，我给你钱，你凭什么不管？"

赶车的摆手说："你有驴，又有蓑衣草帽，我们管你干吗？这车是聂家庄的，聂老太君的心愿，一到大雨就派我们出来救迷路的，救了就送到庄子去款待；可得是单身，没马没驴也没雨伞的人才管，还特别为的是接待被雨截在野地的媳妇婆娘们。人家做的这是善事，又不图钱，你有驴又有蓑衣，想坐这车可办不到！"

玉娇龙说："你没看出来，我是个……"本想说出自己是个女子，但又觉得这辆车来得可疑，遂就改口说："我也是走迷了路了！这个驴刚才打了两个前失，也不能再骑了。我又是外乡人，来到这里上不着村，下不着店，连方向都迷失了。你们既然是做好事，为什么还要这么挑人呢？"

赶车的皱了皱眉，仿佛是斟酌了又斟酌，就点头说："好吧！接了一个人，也就好回去啦！我们的几个伙计还在那儿等着我摸小牌呢！好吧，你就把驴拴在车后头，上车来吧！可是小心别脏了车褥垫，这辆车平日是我们八太爷坐的！"玉娇龙更是疑惑，将驴就拴在车后。她脱了蓑衣跳上了车，露出她背后草绳绑着的乱七八糟的衣裳和一口宝剑。但那赶车的看见了，却不怎么惊异，只笑了一声，说："你看你这个样儿？是怎么回事呀！"便摇着鞭子赶着车一直走去。

玉娇龙却一手把他的胳膊抓住，赶车的人脸都吓白了，玉娇龙就瞪起眼来问说："你要把车赶到什么地方去呀？你们的庄子在哪边？"赶车的这才说："庄子是在西南，可是咱们得先往东去，你看，这股道儿车能够转回去吗？只好得绕个远弯儿！"

玉娇龙松了手，赶车的面色也渐渐缓过来，又懊烦地说："我们这事情可真不好干！平常倒没有什么事，只是送老太君、老太太、八少姨太太、八小姨太太到紫微庙烧烧香。"玉娇龙听他说了这些个"太太"，就更觉得新奇，赶车的又说："八太爷也不常出门，只是拜拜府台，见见县官。"

玉娇龙就问说："你们的八太爷他是做什么官？"

赶车的摇头说："不做官，请他做官他也不做，大官得叫他八兄，小官称呼他为八员外。"

玉娇龙说："他是个财主吗？"

赶车的说："财可多极啦！这一县的土地，多一半是他老人家的。"

玉娇龙说："他的祖上是做官的？"

赶车的鞭子跟头一齐摇着，说："祖上也不做官，他祖上比我还不济，跟你倒差不多，是指着赶驴吃饭。八太爷小的时候外号叫八只手……"他打了个冷战，又说："这事情本地人全知道，可是你千万别跟人去说，说了你就不能顶着脑袋走出这个县了，谁不知道聂八太爷？"他一缩脖一翻眼珠，做出一副既佩服又很害怕的样子。玉娇龙却咬着嘴，鼻子里轻轻发出一声冷笑。

此时，雨淋着车棚上的油布声音越发大，骡子浑身是水在前面艰难地行着，车轮咕咚一声陷下去了，又咕咚一声翻起来，泥水随着轮子往高处飞溅。顺着泥途转了个弯，确实是往西南去了，赶车的一边吆喝着："吆！吁！"，抽着骡子，一边哼哼起来小曲，唱道："小佳人你别想不开，俏郎君今天不来明天准来……倚着枕头得了相思病，哎哟，小奴家的心怀不开！"玉娇龙真想用点穴法把这人点下车去，但因想要看看那聂八太爷究竟是怎样的一个强徒恶霸，要在这雨天荒野之间自己做一件轰轰烈烈的事，所以就暂时捺住了气，随着赶车的胡唱。

骡子走车颠，雨声也越来越响，大地上田禾起伏，暮色已层层涨起，这时就进了一个村子，到了一个叠着石墙的广大庄院之前。忽见有两匹马自后赶到，泥水飞腾，马上两条大汉，全穿着油布雨衣，齐说："带来啦？好！好！请下车！"玉娇龙蓦地吃了一惊，自背后亮出来青冥剑，把眼一瞪，赶车的吓得哎哟一声叫，就跟个贼似的向庄里飞跑。

　　两个马上的人一齐抱拳，其中一人就说："龙英雄，不要多疑！我们不是黑虎陶宏那等人，我家八太爷最重江湖义气。前些日有自保定来的人说，陶宏他们得罪了一位会使宝剑的龙英雄，他们都吃了大亏！我家八太爷听了就笑，说他们都混蛋，既有削铜斩铁的宝剑，那一定就是了不得的英雄，不恭敬反敢去招惹，就是自找吃亏送死！"

　　玉娇龙听了这话，才知道他们原来是晓得自己的来历，此次是有意把自己请来的，又听这汉子说："我们八太爷派人往各处访了多日，也没访出龙英雄的大驾在哪里，他常常叹气，说今生恐遇不见这位高人。今天，恰巧雨天来君子，庄里两个小厮们喝醉了酒出去撞祸，便撞到你英雄的身上了。他们逃回来说遇见了削铜断铁的宝剑，八太爷就知道是龙英雄来到此地，遂就赶紧命我们前来迎接大驾。"玉娇龙自北京出来以后，还真没受过江湖人这样恭维，她的颜色渐和，便点了点头。

　　那两人下了马，正要往庄里去让，庄中已走出一人。这人身穿宝蓝绸衫，身材真与那孙正礼差不多；红胖的脸，没有留须，可是有许多胡子碴儿，全都苍白了，至少也有五十岁。这人出门来就满面笑容的把肥大的袖头一拱，说："龙英雄的大驾真请到了！久闻大名，如仰山斗，今天来此处真为敝庄生光！"嗓音发哑，但很浑厚。

　　玉娇龙直瞪着秀目看着这人，问说："你是谁？"旁边人就悄声说："这就是八太爷！"玉娇龙握剑冷笑，这八太爷却说："岂敢！岂敢！兄弟名唤聂如飞，族中排行第八，外人才称我为八太爷；但是在龙英雄的面前，我却不敢！"

　　玉娇龙受了人家这样的恭维，自己也就没法再施展厉害了，遂也笑了笑，说："你们这样看得起我，我很谢谢你们！今天我是从这儿路过，遇见这讨厌的雨，正没地方去呢！你们既然诚意把我接来，我就不用客气啦，只好在你们这儿打搅一天。咱们交个朋友,日后你们在江湖上如遇有什么危难,我必帮忙!"

聂如飞连连拱手,大笑道:"那好极了!这实是我们三生有幸,请进!请进!请龙英雄切莫笑敝庄狭窄。"又喝令说:"把龙英雄的坐骑牵到棚下,用细草料喂,穿来的蓑衣拿到客厅去吧!"

玉娇龙跳下了车,提剑往庄内走去。聂如飞深深拱揖,让玉娇龙在前,他随在背后,他的背后又有几名仆人。庄中房屋虽不少,但没有什么画栋雕梁,院中也没有铺着砖,雨水沼成,与外面无异。聂如飞说:"请北屋里去吧!"早有仆人赶过去高高打帘,玉娇龙虚让了一下,聂如飞便打躬说:"龙英雄先请!"

玉娇龙进了屋一看,一通联的五间屋子很是宽大,裱糊得也相当干净,陈设桌椅不少,可是没有什么华贵的东西。最奇异的是迎面有一幅横匾,上书"忠义草堂",这名称很怪。在左边墙壁上有一幅大画,画笔粗劣,走近了去看,原来是"梁山泊忠义堂"的全景。玉娇龙小时看过《水浒传》,记得那部书的一开篇就有木刻的一幅图,这就是照着那幅图放大了描下来的。

聂如飞站在她的背后,说:"龙英雄请看,这张图画得怎样?我花了五百两银从南方雇来人,半年才画成的。龙英雄请细看,这山道上,屋里,全都有人。这是行者武二爷,这是花和尚鲁大师傅,他们二位英雄正在喝酒呢!再请看,这是母夜叉张家孙二娘,画得真像个美人,哈哈!比那边的扈三娘还画得俏呢!忠义堂中坐的是宋公明……"说到这里,他深深作了一揖,像拜佛似的,玉娇龙见了就不禁要笑。

聂如飞又挺起腰来,说:"我自幼就敬仰梁山众位英雄,所以十几岁时我就闯荡江湖,结交了许多江湖侠客、绿林英雄,只要是有名气的人我就设法结交,可是我还没遇见过及时雨宋公明那样的好汉!"

玉娇龙就问说:"你认识李慕白吗?"

聂如飞说:"久闻其名,只是没见过面,他若由此经过,我也想与他结交。"

玉娇龙又问:"罗小虎呢?你认识不认识?"说出话来,她不由有些脸红。

聂如飞怔了一怔,就摇头说:"此人的名姓我不大晓得,想是新出世的好汉? 恶牛山有个焦大虎,那倒是俺的兄弟!"

当下他恭敬地让座,玉娇龙把草帽摘下,抛在旁边的凳子上,用手掠掠辫发,就在椅上落坐,青冥剑就放在身旁。有个仆人托着盘子送来了两壶酒、四盘菜,菜很简单,酒杯却很大。聂如飞就为玉娇龙满斟了一杯,全溢出来了,玉娇龙摆手说:"我不喝!"

聂如飞说:"不要多疑,我聂如飞的武艺虽然不高,生性却光明磊落,酒里不会有什么毒药,来! 我先喝一杯叫你看。"说着他自己也满斟了一杯,一仰脖咕噜一声全呷下去了,又笑着说:"你放心了吧? 别说你远路来,给敝庄带来了运气……"玉娇龙听了这话,却又不由一阵惊愕,聂如飞又接着说:"就是行路的客商投到这里,咱也不能错待。江湖好汉讲的是行侠仗义、四海结交、劫富济贫……"玉娇龙听这又是一句贼话,便微微冷笑着,酒是绝不喝。

少时菜饭也送上来,玉娇龙看聂如飞下了筷箸,自己才夹了一箸子吃。把饭吃过,就见聂如飞还在大箸子挟菜,大口地吞饭,眼见他一连吃下了五大碗饭,吃完了饭又喝酒;这简直不像是什么"大爷",却分明是个"大王"! 玉娇龙不禁又想起沙漠中的大盗、自己的情人罗小虎,其粗鲁似不减于这人,然而自己当初为什么偏偏要钟情于他呢? 太糊涂了! 自己还希望他做官成亲,也太妄想了! 因此非常悔恨,但是又不由得一阵凄然。

聂如飞边谈话边喝酒,酒越喝得多,他的脖子跟胖脸越发红紫,话喷出来的越粗野,越发露出他的本性来。但玉娇龙见他对自己倒是真诚的畏服,由他的话中也可以听得明白,就是这聂如飞,他本与黑虎陶宏那边有些来往。前些日自己在保定府凭单剑战败了黑虎陶宏、金刀冯茂、法广、鲁伯雄、米大彪,打死了飞镖常那些英豪的事迹,他全都晓得,所以他才把自己奉若神人。

外面的天色渐渐黑了,风愈急,雨愈大,只见有人进来点上了两支蜡烛。屋子大、烛光小,喝得半醉的聂如飞和他的几个仆人,相貌都狰狞得跟恶鬼似的。待了一会儿，又有人背进来一份被褥，并把六张椅子拼在了一起，玉娇龙就知道这是给自己预备的床，他们今天是留自己在此歇宿了。聂如飞还没有吃完，仆人就纷纷地撤去杯盘，然后聂如飞站起来拿袖子擦擦嘴，又拱手笑着说："龙英雄就歇息吧! 明天再谈。今天我真高兴，酒也喝得太多了，我也真有点支持不住啦! 哈哈!"一阵怪笑就歪歪斜斜地走出屋去了。几个仆人也都随着走出，玉娇龙就看见他们的身后全在裤腰带上插着明亮亮的短刀。

这几人才一出屋，玉娇龙就疾忙手持宝剑到门前，扒着门缝儿往外去看; 就见那聂八太爷聂如飞是往后院去了，其他几个人全都往前院走去。院中雨如稠丝，扰得天地皆暗，地下冒着许多泡沫，汪洋流着水，已将漫过了台阶。檐水像瀑布似的哗哗往下急流。雷声像聂八太爷的嗓子，粗重而沉闷地喊叫; 闪电似刀光，一亮一亮的惊人。

玉娇龙将门上的一个插关才插上，忽听外面传来一阵急骤的马蹄溅水之声，由远而近，接着又听咣当一声巨响，像是那大庄院门开开了。玉娇龙暗自惊异地想: 他们怎么有人这时候才回来呢? 停了一会儿，就听有籁籁的雨濯油布衣裳之声，哗啦哗啦的蹚水走路之声，唧唧咕咕的说话之声，玉娇龙疾忙回身将两支蜡烛吹灭，持剑扒着门又向外去望，就见是三个大汉一齐往里院去走，有个人并指着她这屋，悄声说: "就在这屋里……"玉娇龙十分惊疑。

那几个人进去许多时也不见出来，玉娇龙不由打了一个哈欠，两腿也发酸，她就慢慢退到那几把椅子的旁边，将身一躺，觉得头一沉似乎要睡。忽听咕咚咕咚的一阵乱响，玉娇龙疾忙将身坐起，睁大了眼睛，只见电光一闪，似火龙打了窗纸一下似的，紧接着喀嚓一个大霹雳，把房子震得都直摇晃。门外却有人捶门，玉娇龙就举剑问说: "是谁?"往门口走近了两步，又厉声问说: "是谁? 快说!"

门外雨声如沙漠中刮起了大风，有个沙哑的嗓子说: "龙英雄! 快开门! 让我们进屋，我是聂如飞，我要求你一件事!"玉娇龙吃了一惊，用剑一拍窗棂，说: "你就在外面说好了! 进来我的宝剑扬起，可是连我自己也拦不住!"外面说: "话太多，得慢慢商量! 你快开门让我进屋吧!"玉娇龙却突然将剑锋扎出门外，就有人哎呀一声，咕咚摔在水里，哗啦哗啦又往起来爬。

门外的聂八太爷有些愤然了，嗓子像霹雳似的说："龙英雄！走江湖交朋友的人应当心明眼亮，不可疑心太重。兄弟是吃绿林饭的，老兄也看得出来，你跟咱全是一条线上的人，都要讲些义气。今天没有旁的事求你，就是西面大道旁的紫微庙，从两日前就驻下了带着家眷的做官的人，因为前面的河里涨了大水，他们不敢过，就停留在那儿啦！这是档子好生意，他们的人不多，可是金银一定不少。兄弟这二年家境不大好，看你也像多少日没摸着油水似的，趁着这连夜大雨，咱们去捞一趟，彼此帮忙。我们仰仗你的武艺，你也得知情，我们给你拉线探风。这个好生意，做好了咱按份平分，不昧心；愿意不愿意就听你一句话，绝不强拉硬扯，也不为难你，只讲的是交情！"

玉娇龙抽剑后退了两步，倒有点发呆了，心说：原来这聂八太爷真是个贼首，他现在要去打劫官眷，还异想天开，强拉我去帮助他！我虽离家行走江湖，但我岂可做这盗贼之事？要是不管吧，他们也自会去打劫的，那不也如同是帮助了他们一样吗？心中转了一转，便说："好吧！既然这样，我就去帮助你们一回，这也不算什么。可是他们既有官眷，一定有官差保护。"

聂八太爷说："官差有十几名，都不中用。只是有两个保镖，打着是'临淮镖店'的旗子，要不是为这两个保镖的，我们还不能请你呢！到时只要你掐住了那两个保镖的，你就都不用管了，旁的事自有我们兄弟！"玉娇龙爽然说："好！"回身拿起来草帽和蓑衣，刚要开门，忽然又止住了脚步，向外面说："我这口宝剑虽然锋利，可是没有暗器也不行，你们有镖没有？借我几支用用。"聂如飞道："钢镖可有的是！早先我练过，没练好，就搁在一边了。"遂就叫人到里院去拿。

玉娇龙这才把门开了，聂如飞等一共五个人都进来，齐哈哈地笑着，又秘密地谈论着，聂如飞直向玉娇龙拱手拜托。玉娇龙却暗自冷笑，看他们那意思是就怕那两个保镖的，他们不晓得那二人的本事有多么大，所以才完全仰赖我玉娇龙。

待了一会儿，有人拿来了一个镖囊，很沉重，囊中有二十多支钢镖，每支都有三寸长，都很锐利。玉娇龙很是高兴，挂在身上，外面披上蓑衣，又戴上草帽。聂八太爷是一身短打，披油衣穿油裤，戴着一顶油布帽，一手提着把朴刀，一手高举着说："走！瞎蛤蟆领路！"那瞎蛤蟆就是白天打着雨伞抢劫玉娇龙未成，倒被打了一顿的那个小子，他真跟个蛤蟆似的蹚着水走在前面，聂如飞在中，玉娇龙在后，一共是八个人。

出了庄门，门外还有七八个人，并备有四匹马。玉娇龙就抢着上了一匹，聂如飞也上了马，就吩咐走，并向玉娇龙说："龙英雄！我们可都是真心实意，为的是大家发财。天上打着雷呢，各人的心可都要放在中间！"

玉娇龙说："你们要不放心我，不如不叫我管！"说着脸色一变。

聂八太爷却没看出，反哈哈大笑说："你要是不管，我们这件生意就做不成了！这两天生意明摆在那儿，我们都没敢下手。今天大雨，从天上降下你这条真龙！你就是不帮忙，不上手，也得跟我们去，叫我们借你个吉利。"说着扬起鞭子来又喊着："快走！快走！"

当下许多人在前面跑着，如鱼鳖虾蟹，数匹马像蛟龙似的在后跟随。天空昏暗，一道一道裂着闪电，一声一声滚着沉雷，大雨倾盆，禾低泥溅。蹄声踏踏，马声嘶嘶，哗啦啦向西飞奔，马上的几个人不断地鞭挞马背，纵声谈笑。忽然聂八太爷几个人一齐把马勒住了，倒把后边的玉娇龙吓了一大跳，也勒住了马；就见前边的人都一声也不响，静悄悄的，举动都很迟缓。

聂八太爷等人下了马，玉娇龙也偏身下来，问说："是怎么回事？"聂八太爷就说："到啦！把马拴起来吧！"又向每个人都扒着耳朵说："到时大家的手底下都要利落点！别拖水带泥，别落帽留靴。要的是东西，做的是生意，别伤人结怨，别欺负人家的娘儿们！"说着，几匹马就由一个人牵往不远之处的一片黑森森的树林之中。玉娇龙看准了那个地方，然后就随着这些人一步一步地蹚着地下的泥水去走。

往西又走了一会儿，忽然见众人走得更加谨慎、迟缓，借着天上的一道闪电，就看见面前有一片很高大的房屋，有高旗杆、刁斗，可以断定这就是那座紫微庙。玉娇龙把聂八太爷推了一下，聂如飞回头惊问道："什么事？"玉娇龙说："我先去，我先占住要紧的所在，然后无论谁出来，咱们也就好对付了！"聂如飞连连点头，说："好！好！"

玉娇龙便提剑往前去跑，雨水在她的脚下哗哗地流着；蓑衣都已贴在身上，她索性脱去，一鼓勇气往前直走。天上一道一道的闪光，仿佛为她打着灯笼。她就来到了紫微庙的墙后，就看见这墙上辟着个后门，闭得很紧。她飞身跳过墙去，脚踏在地下嚓嚓一阵乱响，原来这是个后园，种着满地的青菜。

她往前走，蹿上了大殿，殿宇上的瓦极滑，她就手按着瓦往前爬，雨水在手上潺潺地流。跳到了西配殿上，只见各殿中都黯无灯光，她就又往前院去走。前院的正殿中却燃着黯淡的佛灯，她跳了下去，走到窗棂前，扒着往里一看，就见殿中香烟弥漫，有几个僧人跪在佛前诵经，梆梆的敲着木鱼，但被雨声扰着显得声音极小。

玉娇龙偷看了一会儿，又转身，见东配殿灯光灼灼，窗里边还挂着红色的窗帘，她就晓得官眷必是住在那配殿里；只不晓得这是哪一省的官，大概也是晋京去召见的吧。她正想要去推门进屋，忽见有两人自后院弯着腰走来了，闪电一照，二人的手中刀光灼灼。玉娇龙早已掏出镖来了，蓦然就一镖打去，立时就有个人叫了一声倒下了。另一个人抡刀跃起，还没扑过来，又被玉娇龙一镖打倒。

此时东配殿中就有妇女惊叫之声，玉娇龙便跃上了房。闪电忽又一亮，房上有两个人爬着殿脊过来，刀锋向前问说："是谁？庄上的吗？怎么样？不能得手吗？"玉娇龙抢剑向前就砍，只见电光映着剑光，雷声里杂着惨叫声，先后两个贼人都被她砍得滚下房去。忽见对面西房上又有二人从上跳下，玉娇龙也不管是谁，掏出镖就打，那二人也应声而倒。

忽听雨声里又有人打呼哨，声音十分响亮。下面也有十几个人从前院来了，大喊着："拿贼！在殿脊上了！"玉娇龙知道这是官人和保镖的，她就不再打镖，踏着瓦很快地走往后院。只见后墙上黑乎乎地站着一人，口中把呼哨吹得甚紧，并哑着嗓子大喊着："还有人没有？快走！快走！风太大！"玉娇龙又一镖，嚷声忽断，那人已摔在墙外。

玉娇龙追过去，就见那人正在地上爬，哎哟哎哟地叫着，正是那聂八太爷。玉娇龙一跃而下，先踢开他身旁的刀，然后弯腰将他身上披着的油布衣裳剥下。聂如飞就哀求着，说："镖头饶命！"玉娇龙将他踢得顺着水滚出很远。玉娇龙披上油布衣裳，又重新跳进墙去，蹲在园中的蔬菜地里，雨从她的头上直往下流，泥水在她的踝骨间荡漾。

她细心向前院听了半天，见并没有什么太嘈杂的声音，就又蹿上了正殿。只见西殿东殿都有人站着，电光闪耀之下，她看出来是官人和镖头的样子，因为贼人绝无此胆。她便飘然跃下，如一股轻烟直钻进了东配殿，原是想去告诉那官眷说："你们不要怕！我是侠客龙锦春，特来救你们！"

可是外间桌上只有盏佛灯，里间有杏黄缎门帘隔着。外屋虽无人，里间却不像是一个人在说话，玉娇龙就不敢贸然进去。她摘下草帽，连油布衣裳一起挟在臂下，另一只臂挟着青冥剑，如同一只猫似的就蹲在了佛桌底下。

前面有桌帘挡着，她在桌底下低着头蹲伏，观看动静。少时门一开，进来了四只水淋淋的靴子，是两个官人就站在这里。一人隔着门帘向里回道："回禀大人！贼已被打走了。捉住了两个，身上都受着很重的镖伤，一个是快死了，一个是咬定了牙关不说话！"里屋的大人就回答说："那么，先把他们押在前院吧！明天再交衙门。好好看守，叫两个镖头不要离开这院！"官人答应了一声："是！"靴子一齐转过来，轻轻又往屋外去了。

此时佛桌底下的玉娇龙却极为惊愕，因为听着里屋那位大人的语声儿好像十分厮熟。她非常疑惑，虽然觉着那两个镖头一刀一枪都没有费力，凭白地邀功固然可笑，但自己可也不敢贸然进屋去现出侠客的身份了，暗想：这官大概还是个京官，也许与我家有亲故的关系？在北京时我跟这人见过面？

此时又听屋中有妇人和孩子们说话，她赶紧掀开一角桌帘，侧耳向里屋静听。里屋的杏黄缎子的门帘直飘动，传出厮熟的妇女之声，是叹着气说："盼望明天雨住了吧！快些过了河，到了北京这颗心就放下了！母亲的病也不知怎么样？她龙姑姑多么明白的人，料想她不能够不回来！"玉娇龙觉得头发都悚然竖起！这声音她听出来了，正是她的长嫂，哎呀母亲原来病了! 她不禁凄然落泪。

忽然门又响了, 她赶紧放下桌帘, 就见由外边又进来一个穿便鞋的人, 到帘子前向里面说: "回事! 请大少爷、大少奶奶、姑娘、少爷都别惊! 刚才是有侠客暗中把贼人打走的, 因为那两个镖头都不会使镖, 可是捉住的贼人都是受了镖伤的。口供也问出来了, 他们说, 他们就是附近住的人, 他们的首领是叫什么聂八太爷, 平日专干这些勾当。今天还有个男不男女不女的大强盗帮助他们, 那个人大概是跑啦!" 这声儿更熟, 是随侍玉大少爷的仆人连喜, 他是在新疆长大的, 上次玉娇龙出嫁的时候还在宅里帮忙呢!

玉娇龙暗中擦着泪, 连大气儿也不敢出, 只听屋里她的长兄, 现任凤阳知府的宝恩说: "好啦! 知道了……" 语气顿了一顿, 又隔着帘缝悄声说: "可以问问本庙的住持, 那个聂八太爷平日是个怎样的人? 在本地有多大的声势? 如若……他们是本地人, 别为这事叫他们跟这庙结仇。如若确实是因穷为盗的小贼, 释放了也可以, 你问朱班头要主意吧! 斟酌着办, 不必再来问我了!" 连喜应了一声, 转身出去了。屋里的宝恩又叹息一声, 似乎是自言自语地说: "我倒愿意真如人所传言, 龙妹妹真有那份本事! 各地的盗贼也太多了, 应当有些游侠出来, 咳!"

玉娇龙真想要蹿出桌去与兄嫂相见, 但是, 自己现在这个样子能见谁呢? 自己过去所做的事虽然能博得哥哥的同情, 但是他又有什么办法可以解去自己所有的困难, 而使自己仍然能回到家里去当小姐呢? 她暗暗地啜泣着, 又想: 也不知母亲现在是患了什么重病? 当然是与自己的事情有关了, 可怜的母亲, 谁叫你生下这个不成材的女儿呢? 她索性坐在了佛桌底下, 悲痛得浑身都无力, 假使这时有人进来, 很容易把她抓获, 但是没有人进来; 只有窗外的雨水, 仿佛和她的泪水在一起流。

过了多时, 有个仆妇自里间战战兢兢地走出来, 把屋门关严, 然后在外间佛桌旁铺了两个蒲团, 她就在上面半坐半卧地睡觉。她离着玉娇龙不远, 若是一扭头, 若是她的目光敏锐, 便可以发现佛桌下有人; 可是待了一会儿, 她就打着鼾声睡去了。玉娇龙已看出这座庙的客堂一定不多, 长兄宝恩必是赶着赴京省视母病, 被河水所阻, 暂住在这荒僻的寺宇之中，也确实是无法。心中思忖了一会儿，便放下了剑和草帽、油布衣服等物，慢慢地钻出来，站起了身。

贴着帘缝听了半天，只听见一片轻微的鼾声，她慢慢地走进了屋里。忽然窗外闪电一照，她疾忙伏身，却看见一张云床上并卧着兄嫂和侄女、侄儿一共四口，地下是箱子包袱。她顺势把手探到一只包袱里摸了一摸，摸着的是衣服和靴子，她就提起来轻轻地拿到外屋，用那件油布衣裳裹好。然后她又轻轻地进来，在床旁静静地站立了一会儿。

电光在窗外又一闪，她就蹲下身来，把手抚在她侄女的头发上，轻轻地摇动了一下。小孩子喘了口气，似乎在半睡半醒之间，玉娇龙就趴在她的耳朵边说："不要怕！我是你龙姑姑！"小孩子当时惊叫了声："龙姑姑！"声音很高。

玉娇龙赶紧出屋，拿起包袱和宝剑、草帽，匆匆开了屋门向外走，就听里屋在说："什么事？蕙子！好孩子！你说梦话了？""不是！是龙姑姑来啦！真来啦！""怎么？屋门响？是妹妹来了吗？你的事别发愁！进来吧！我已想到是你来救我！""龙姑姑！"最后是两个孩子齐喊，灯也骤然亮了。

玉娇龙流着泪飞身上房，心痛得站立了一会儿，然后一咬牙，如飞烟飘云，倏忽间就走去。但她并没有离开这座庙，她在闪电之下四下寻找，就找着了寄存马匹、车辆的一个院落。院里有黑兀兀的两间小屋，车夫们大概就在那里熟睡。借着闪电见马棚下系有十余匹官马，她知道这些马多半还是伊犁马，因为她的长兄虽是个文官，可也生平酷爱骑射。她特意找了一匹较为矫健的，解下来，就开了那后门走出。身后倒没有什么动静，她将包袱和宝剑全系在马上，骑上去蹚着泥水走去。

雨是微了一些了，她一直走进了远远的那片树林，林很深，刚才贼人所系的那几匹马都已没有了。她试探着往里走了走，就下了马，将马系在一颗树上，然后由泥中拔出腿来，蹚着马背爬上了这颗大树。她找了个枝叉将身躺下，用草帽覆住了脸，雨水淋着她的全身，十分寒冷，但是她太倦乏了，在此就不知不觉地睡去。

次日她被鸟声吵醒，睁眼一掀草帽，草帽就掉在树下了；林中烟雾弥漫，叶间仍垂滴着宿雨，身上落了许多树叶。她舒了舒身子，便又蹚着马

背下来，地上的泥水真深，群鸟惊噪。走出树林一看，雨虽已住，天尚未
晴，南边远远一抹红墙，被雨水冲洗得很娇艳。北边，原来林外不远就是
一条茫茫的大河，河中已有几只很大的船，船上有许多车马，往北岸渡去
了。玉娇龙不由得叫道："哎呀！他们已经走了！"于是赶紧回到林中，将马
背上的包袱打开，见其中却是两身官服、三身便服和两双靴子，都是她大
哥的。她就想：我的身量跟我大哥高矮差不多，穿上他的衣裳也许合适。
于是她就坐在马背上，将自己身上又湿又脏的衣裳完全脱下，换上了她大
哥的一身便服，是一件藏青羽纱的大褂，外罩青缎马褂，里边可没有什么
衬衣，下面是宝蓝洋绉裤子；这身衣裳虽然不算很长，可是肥大得很。尤
其是那双靴子，太大了，她就将一身官服用剑割碎，在脚上裹了许多绸缎
的条子，这才蹬上靴子。然后将包袱在马背上绑好，宝剑藏在包袱底下，
她就解开了马，走出树林；再向河那边望去，只见她大哥的那些车马已然
全都渡过去了。

　　玉娇龙飞马来到河边，点手招唤渡船。那使摆渡的一看她穿的这身
衣裳，又是官靴，就以为她是丢在后边的官人，跟前面那几辆官车是一
起的；便把船拢岸，叫她连马上了船，篙声波影地渡到了北岸，也没跟她
要钱。

　　玉娇龙一登上岸，就上了马。因见前面的官车走出未远，所以她并不
急急去追，反按住了马，就在后面暗暗地跟随，总不离远，可也总不挨近。
前面的官车在路上停住了打尖，她就也驻马用饭，但绝不在一处。前面的
官车到晚间投入了店房了，她也必要跟随混入，可是觅单间，不使人注意
到她的形踪。深夜里她可又提剑出屋，在长兄嫂行台附近巡逻。

　　如此连行数日，这天中午时候，眼前就看见了巍巍然的京城。玉娇龙
不由得一阵心痛，看见哥哥的官车一直赶往城里去了，她便黯然地先在
关厢中找了一个小店，将马寄存，并挨延着时间。好容易盼到天色快要黑
了，她这才潜身混进了城门。此时满天紫霞，城楼上鸦群乱噪，大街上人
往车来，还是那般热闹；她却心情惆怅，怆然欲哭！离京才一月，但竟如同
经过了几十年。

　　玉娇龙来到京城第一个去处，就是到西河沿的一个小门前。她先去

敲门，连敲了许多下，才听里面有妇人声音说道："喂！喂！找谁呀？"玉娇龙隔门缝悄声说："是我！你快开门！"里边说："你是谁呀？你有名姓没有？我男人没在家，院子里就是我一个，知道你是干什么的呀，我就给你开门？"

玉娇龙在外面说："魏三嫂你快开门！我姓龙，上月我是从你们这儿走的，我现在来拿衣裳来啦！"里面一听，突然半天没人言语，也没有动静。玉娇龙把门又敲了两下，红脸魏三的老婆才把门开开，玉娇龙跳进院，随手把门关上，就往屋里直走。

到了屋里，那妇人随着进来，把嘴一撇，笑着问说："你怎么又回来啦？跑了一趟哪儿呀？"

玉娇龙坐在炕头，剑就放在身旁，喘了喘气，问说："你男人怎么没有在家？"

妇人说："这些日晚上他都不在家，天天到镖店去赌钱，把我的裤子都快输出去了。"

玉娇龙又问说："北京城近日没有什么事吗？"

妇人说："事儿可是天天有，这么多少万万人，争名图利，好酒寻花，哭的笑的，谁家谁人没有点事？"说着给玉娇龙斟过一碗茶来。

玉娇龙说："我问的是，城里现在有什么新奇的事没有？"

妇人说："新奇的事这些日子可少了！就是顺天府丞鲁翰林娶的那位奶奶，到现在还是不能够出屋见人，听说是冲撞了狐狸精，还有……让我来想一想。"这妇人很健壮的身子倚着一只立柜，她拿手抠了抠头发，就说："再没有什么事情了！我男的不常回家，我又不出门，前门城楼子要是塌了的话我也不知道！"露出黑牙笑了笑，又说："到底怎么样？外头的买卖好做不好做？我男的现在连赌带花，在外掏了许多亏空。昨天他又手痒了，他想要到外边混混去，咱们搭伙好不好？"

玉娇龙紧皱着眉，摇头说："你们不知道！我跟你们不是一类的人。我的马在城外店里，我在那儿住着不便，我想在你这儿借住两天。这两天不要叫你男人回来，今天，明天，后天我就要走了。"

妇人说："这不算什么的，全是朋友，又不是一天半天的交情啦！别说你只在这儿暂住，就是住个两月半年，准保吃喝一顿也不能缺。我男人、红脸魏三那忘八蛋，他更乐啦，他在镖店里一住，更没有管主啦！"

玉娇龙点点头，随着又长叹了口气，妇人问说："你吃了晚饭没有？可别客气！"玉娇龙摇头说："我没吃饭，可是我不想吃。"她打了个哈欠，因为这些日她所遇的尽是些惊险、争斗、劳碌之事，如同是一个自战场归来的勇士，虽然心犹有余，犹可以振作，但力气是有点不足了。她恨不得即时就睡一觉才好，但隔城宅中就卧着病重的母亲，自己哪能一刻坐立得安？哪能睡得着觉？只盼这时天再黑些，更锣再多多敲几下才好。她连声地叹气，默默地坐了些时，魏三的老婆跟她说了许多话，并要跟她抹牌玩，她却一句话也不回答，心情愁恼极了。

又过了些时，她就翘起脚来把靴子脱了，将裹脚用的那些绸缎条子重新裹了裹，又跟魏三老婆借了一件深蓝色的布小褂穿上，将裤脚也系紧，辫发盘在头上。那妇人在旁笑着说："我的姑奶奶，您这是怎么个打扮呀？这要叫人瞧见……"玉娇龙说："少说话！我去一会儿就回来。千万记住，别跟旁人说，我到这里来了！"妇人说："咱们这些日的交情啦，我们又不是第一回给你办事，你难道还不放心吗？"

玉娇龙冷笑说："我有什么不放心？出了事你们也好不了！我虽然也闯荡江湖，可是我的手下没有案，你们，尤其是你的男人，他的底我全都知道。"妇人脸色变了变，双手一齐摆着，说："话既说到这儿，也不必再往下说了，你要办什么事就快点请吧！可是，要小心一点！现在不似前些日。"玉娇龙惊问说："怎么？"那妇人就悄声说了四个字："处处风紧！"

玉娇龙却不在意，提剑出屋，就见天空星月茫茫。她悄悄爬上墙头，向下一看，巷中已无人行走；她就翻过墙来，贴着墙根疾疾地走。少时就来到城墙下，她将剑插在背后，然后用双手抠着城砖，如个壁虎似的很快地向上去爬；遇着有斜生于砖缝之中的松树、酸枣树，她就拔攀着，用力向上去蹿。少时她的双手就揪住了城垛口，一翻身就上了马道。

城上凄凉得如一片沙漠，斜月下照，只有她的影子淡淡地在地下浮动。此地的风很凉，她先坐在垛口上歇憩了一会儿，就依旧抠着城墙，向下去爬，就进了内城。于是她就穿越着曲折狭窄的小巷，避着悠悠的子时更声，走了多时，她才来到鼓楼迤西。上了坡，她不由得心里一阵发疼，眼睛也有些发酸了。大门前槐树的枝叶蔽住了天上的星光，月光不知怎会透进了林中，将淡青的颜色在朱门上抹了一笔，看上去如同是山中的一座古庙，更显得萧索荒凉。

她飞身上房，踏着屋瓦，很迅速地，但是无声地，就走到了后院。此时各房中尽皆黑暗无灯，只有北屋她母亲所住的里间，纱窗上浮着一层极浅的嫣红色。她晓得那是她母亲床前的一只灯座上有个"福"字的银烛台，点着那红色的羊油蜡烛，为的是不伤眼睛。然而这种光色愁黯得很，有如她的心情一般。

她轻轻地跳下房，脚底下觉得酸软极了，泪水不自禁地由眼眶里流出，流到她的嘴角，浸入唇中，又咸又苦。她几乎要悲哽出来，但极力忍抑着，就慢慢地走到屋门前。试探了一下，觉得门从里边关插得很紧，她先弯下腰，轻轻地将宝剑平放在窗前的石阶上，然后伸着手指从里面去启门。她对于这种偷偷的启门技术，向来精通、敏捷，然而如今到了自己家里了，她反倒畏惧似的，十个手指不住地乱颤。半天，她才将屋门启开，还发出一些声音来。她侧着身，如同墙上的月影似的极慢地移动。快走到里屋前时，她觉出外屋门是睡着一个人，这人像睡得正酣，脚步才微微快了些。她飘然地启帘直进里屋，一股药味直钻入鼻子里。红烛的光在她的眼前一迸，她就觉着眼睛里有许多莹莹乱转的液体，看室中的一切东西全都缭乱。她疾忙用袖子擦了擦眼睛，蹲下身，慢慢蹭到靠后墙的绿缎幔帐之前。她用手徐徐地撩开，烛光就投进帐内，紫色的缎被，红色的枕头，枕上睡着垂着苍白头发，脸上皱纹似愈多，目阖口闭的母亲，她在心里叫了一声："母亲！"便怆痛地用手摸着她母亲的脸。她觉得母亲的脸很热，心里又是一惊。

这时玉太太重重地出了口气，她疾忙将手缩回，趴伏在床下，泪水便一滴滴落到地下的方砖上。待了一会儿，她慢慢地又直起腰来，听母亲呻吟了一声："哎哟！"翻了个身脸朝里去了。她用帐角擦擦眼泪，跪在床前，双手搭在她母亲的被上，又不禁一阵剧烈的抽噎。

忽然听她母亲说："快把水拿来吧！钱妈！"玉娇龙疾忙拿帐子遮住

自己的身子，轻轻地带着悲声答应了一下，然后将幔帐掩好。她到桌旁去拿藤编的暖壶，倒了一茶碗酽茶，又轻轻地走到床前，用幔帐遮着自己的身，略略扶起母亲的头，喂了几口水。她的泪仍簌簌地不住地流，希望叫母亲睁眼看看自己，可是玉太太的眼睛并未睁开，她喝完了水又重重地喘了几口气，就又翻身向里，并且呻吟了一声："龙儿啊！唉……"

玉娇龙把脸贴在被褥上，一会儿，就觉得母亲已经睡熟了。她流了许多眼泪，心中旋回了多次，还是将幔帐平平地闭上，把茶碗仍放还原处，轻轻地退身出屋。走到门外，将屋门掩好，却又不放心，她重新进屋来，将在外屋支铺酣睡的钱妈重重地推了两下。钱妈惊醒，坐起来问了声："是谁？"玉娇龙一声不语，疾快地出屋，拾起宝剑飞身上房，越过了西房后的那所花园，心中益发悲痛，忍了一忍，越墙而出，便下了高坡。回首又看了一眼，只见树影郁然，月色愈晦。

她往西一直走去，才走不远，见眼前走着一个人，忽然躺在地下了，把她吓了一跳！她疾忙闪在一边，手横宝剑。但是这个人忽又爬起来了，歪歪斜斜地走着。玉娇龙想着这人是个醉鬼，大概是醉糊涂了，回不了家啦，便没有介意，穿越着小巷又紧紧往南去走。可是她觉得吃力极了，因为心中既悲，身体也极疲惫，头也觉着昏沉，就想：回到红脸魏三家里，好好休息一天，然后置几件衣裤鞋袜，再于夜间看看母亲的病情，就，就还是走吧！或是到柳河村祝家会着绣香一同南下，往新疆去找旧时的女友美霞也好，或是索性往巨鹿去重战李慕白与俞秀莲！

她走了多时，才到了前门的城根，实在太疲惫了，她就在地下坐着歇息了一会儿，几乎要睡着了。天际的乌云遮住了黯月，顺着城墙扫过来一阵阵的凉风。忽听长巷中的更鼓敲了四下，玉娇龙打了一个冷战，站了起来，她就一振勇气，爬过了城墙，疾疾地走到了西河沿。

来至红脸魏三的家门前，越墙进去，就见那屋中已没有了灯光。她手中持剑进到屋中，摸着了取火之物，点上了灯，就见屋中另支了一份床铺，上面铺着一份褥枕，看来是为她预备的；炕上却是那红脸魏三的老婆，掩被睡得正香，还露出一只很胖的胳膊来，简直跟一只猪似的。玉娇龙心想：这家人倒还诚实，他们也是畏惧自己的武艺吧？不由连打了两个哈欠，吹灭了灯，倒在床上，臂压着宝剑，又流了两行眼泪，便不知不觉地沉沉睡去。

在睡梦中，又梦见母亲忽然病死了，她看着衣裳不住地哭；又觉着是罗小虎突然自暗中扑出来，用臂将自己紧紧抱住，她便骂道："可恨！不成材！"罗小虎只是笑着，两臂如铁箍似的将自己的身子箍的很痛，气也喘不过来。她不禁大嚷了一声："快放开我！"

忽然惊醒，睁眼一看，原来实在是有人按住自己，已用绳子捆住了自己的手脚。她惊极了，翻身要起，但哪里翻得起来？按住自己的又不像是一个人，全都力气很大，玉娇龙就嚷了一声："你们敢……"但觉得身上的绑绳越绕越多，越捆越紧，捆她的这两人全都气喘吁吁，玉娇龙就咬牙骂道："红脸魏三你忘八蛋！想害我？我死了你也不能活，我被交官你也跑不了！"

那红脸魏三却发出狞笑，说："我倒是不怕了！告诉你吧，我们今天是奉官捕你！"

玉娇龙嚷嚷说："我不是强盗，我是玉……你以为捉我到官我就怕吗？"

红脸魏三说："因为你不怕，我们才捉你；因为你是玉娇龙，我们才把你上捆绳。乖乖的吧！让我们把你送个好地方去。"

玉娇龙啐了一声，嘴唇碰着个什么东西，她用牙就咬，只听那魏三的老婆妈呀一声怪叫，疼得直吸气，连声叫着："哎哟！哎哟！哎哟……"红脸魏三回手把灯点上，灯光照着两张又红又黑的脸，都喘吁吁的，那魏三老婆的肥肉上满流着汗。

玉娇龙见自己的双臂已被倒捆在背后，浑身上下乱绕着很粗的绳子，直缠到脚根，而青冥剑就斜躺在床角。她就全身用力想去挨着那剑锋，把身上的绑绳给磨断。红脸魏三慌忙过来抽剑，玉娇龙狠狠地用力，一条左腿已然挣出，咚的一声将红脸魏三踹得滚在地下，宝剑也当啷一声落下了床。玉娇龙身子一挺，独腿向下一跳，那魏三老婆却扑过来紧紧将她抱住。玉娇龙把头向魏三老婆的脸上一撞，又咚的一声，正撞在魏三老婆的眼睛上；这老婆又怪叫一声，但是两只胖胳臂却紧紧抱住了玉娇龙的细身子，死也不放。此时那红脸魏三又将玉娇龙的双腿紧紧地缠住，多加了几条绳子，原来他们的那只柜里早已预备下了很多绳子。

此时窗外似乎有车轮咕噜噜的一阵响，骤然又停住了，红脸魏三就说："来啦!"他赶紧跑出去开门。这里玉娇龙被魏三老婆平放在地下，她知道挣扎是无用的，就瞪大了眼睛问说："快说! 你们是安的什么主意? 打算把我交到什么地方? 告诉你们，你们若想还活，就趁早放开我!"

正说着，外面又进来了三个人，很匆忙地抬起来玉娇龙往屋外就走。玉娇龙的身子直挺，大声嚷嚷："你们是强盗! 快放开我!"这几个人全都一句话也不答，就直把她往外抬。抬出街门，外面就横停着一辆棚子车，玉娇龙又嚷嚷说："你们抢人!"忽然一块手巾堵在她的嘴里，她只哼哼着，就被塞进车里，还有个人说："慢慢的!"

一言未了，忽然由车底下钻出来一人，这人说："慢慢的? 你们就先都慢慢着走吧! 到底你们吃了什么狗熊肝、老虎胆，敢来私劫正堂大人的千金?"

他的话才说完，有个人就把他向旁一拉，说："你看看这个!"这时天已快亮了，此人手中的东西很能看清楚，这由车底下钻出来的人一看，原来是个衙门里的人才有的、上面盖着火印的腰牌。这个想打不平的人就不禁惊讶说："啊! 你们哥几个原来是官人?"

官人把腰牌别在腰上，就说："你知道了就得啦! 我们这是差事，你少管! 你今儿怎么样? 捞着点了没有? 天快亮了，快走吧! 以后你小子留点儿神，想去上谁家捞的时候，先得提防点我!"说着顺势一脚。那人却早溜开了，还说了声："得! 我走! 谢谢诸位抬手!"

这里玉娇龙卧在车里，她气极了，悲痛极了!《九华拳剑全书》上所有的武艺，到全身被绑的此刻也一点拿不出来了。车帘已放下，车窗外的话她却听得清清楚楚，只听有人说："那家伙是个干什么的?""还不是小贼? 他打算拦住咱们沾点儿油水，他瞎了眼啦!""应该把他也抓住!"又听是魏三说："值不得! 那……"又有一人不耐烦地回答他说："你放心吧! 怎么说一定就怎么算，还能坑了你? 你只把嘴堵严些，脖子缩到盖子里就得啦!"车动了，车轮响着，也不知是向哪里走去。

少时东方已现出了曙光，曙光渐渐伸展，伟大的京城又自星稀月淡之

第十回　锵锵刀剑三侠逐一龙　潇潇风雨半夜驱群盗

下恢复了光明,晨风顺着城根飘着。正阳门的门洞开了,有许多人拥挤着出出入入,其中有一个人,就是刚才从那车底下钻出被认为是小贼的人,他也混进城来,仓仓惶惶直往东城去走。

东城,朝阳已照到了各个大小胡同。三条胡同德家,双门仍然紧闭,旁边的车门更似久已不开。这个人直到正门去扣铜环,少时,里面有人把门开开,出来的人吃了一惊,接着又笑说:"呵!刘二爷!今天您这么早……"

这个刘二爷就说:"早?我还觉得晚呢,一夜我也没睡!五爷起来了没有?就说一朵莲花找他有事相谈!"说着,进到门里,随手关闭了大门,还抱起来一块石头咕咚一声顶上。他喘了喘气,满脸是汗,嘴上新留的小胡子上都挂着许多水珠。

这仆人是德家的寿儿,他知道刘泰保这些日时常晚上来见五爷,但白天他从来没露过面,就如同是个耗子。可是今天居然一早就来到,寿儿遂悄声说:"您上书房坐一会儿去吧!我去回一声我们老爷,大概是还没起来呢!"他遂就进里院去了。

这里刘泰保自己进了书房,就往床上一躺。半天,德啸峰才进屋来,当时就悄声问说:"有什么事?"

刘泰保赶紧坐起身来,拿手向空中指点,半叹息着说:"大糟而又特糟了!怪事里又出怪事!"

寿儿把热茶送到他的近前,德啸峰点着了水烟,寿儿又出去了。刘泰保这才跑到德啸峰的近前,说:"五哥,你不是说玉娇龙这些日病不见人有些可疑吗?我就天天夜里到玉宅的高坡前去蹲着。我想,无论玉娇龙是藏在鲁宅,躲避罗小虎,或是她已然离开了北京,反正她早晚是要回娘家的;尤其这几天玉太太病得要呜呼,她大哥二哥都回来了,她在别处听了信儿,还不心动?还不来个深夜探母吗?果然不出我所料,昨夜子时之后,我就看见由玉宅院中飞出来一条黑影!那身手,那细腰儿,那手中闪闪的剑光,除了小狐狸玉娇龙没有第二份儿!"

他喘了口气,又接着说:"那家伙的眼睛真厉害,一下子就把我瞧见啦!我赶紧装了个醉鬼,又因天黑月黯离着远,她也看不出来我的模样,就算把她蒙过去了。我见她一直往南走，我就远远地在后跟随着。玉娇龙那么神出鬼没的人，昨天可不知她有什么心事，走路像没劲儿的样子。后来她走到前门城根，就坐在地下歇着，我就早爬上城去了；等她上了城又下去，我早过了城墙，藏在她的前头啦。我跟螃蟹似的，横着走道儿，眼睛瞪着她，就瞧她进了西河沿一家小门。这家子我认识，是镖行里的一个小混伙，名叫红脸魏三，他的老婆叫大母驴，两口子都有两膀子力气，在京城虽也住了几年了，可是他们的来历真有点测不透。

"我看玉娇龙进去了，我就爬上墙头，一看屋里通黑，我又不敢进去，害怕她那小箭。在门口蹲了半天，我就想到全兴镖店去找两个伙计帮助我，不想才走到珠宝市就遇见一辆骡车。那时就四更多天了，骡车又没带着灯，我就觉着怪，疾忙折回来，跟在车屁股后面。不料这辆车正停在魏家的门首，里边可就有人嚷起来，又尖又细声音又急，我想多半是玉娇龙。车上的几个人都进去了，我趁着赶车的跑到一旁去解手，我就趴在车底下观看动静。待了一会儿，果见他们抬出来一人，正是玉娇龙，身上的那绳捆得很紧，连嘴都被人堵住了。"

德啸峰听到这里，神色渐变，手中的水烟自然地烧着，眼神也发了呆。又听刘泰保说："那时我很诧异，我想玉娇龙的本领多么高强！我费了一小年的力对付她，一次也没得过手，如今这几个家伙是哪一路来的好汉？玉娇龙怎会招恼了他们？他们把人捆上车去运走，是要往哪里去呢？我就钻出车去，想要吓他们一下，不料……"

德啸峰仰起脸来问："这几个人到底是干什么的？"刘泰保用两个指头一拍桌子，悄声说："他们掏出腰牌来了！我一看是官人，我就连头也不敢抬，车也不敢追，赶紧回身就走。他们还以为我是个小偷，可是我没敢争辩，我就赶紧来啦！"德啸峰听了这一席话，就摆了摆手，不叫刘泰保再说了。

刘泰保搬了个小凳儿，就坐在德啸峰的斜对面，他喝完了一碗茶，又自己斟着茶喝。德啸峰就纳闷地说："不会是假冒的官人吧？玉、鲁两宅既然把事情瞒了这许多日，直到现在，多半的人还都相信玉娇龙是受惊中邪。她的新屋至今还四周蒙着红布，除了一个仆妇、两个丫鬟，谁都不能进屋；今天延僧，明天请道，烧纸焚香，可见他们两家尽力不使此事闹穿，哪能又有官人将她捕去的道理？果然押在监里，是问罪还是放呢？何况这件事一定要传出去，他们两家谁能吃得住？"

刘泰保说："不过官人可一点也不假，腰牌上的火印清清楚楚。"

德啸峰问说："你没看明白他们是什么衙门的吗？"

刘泰保说："当时我哪敢多问？我不认识他们，他们可许认识我，我虽留了胡子，可是鼻眼也改不了。自从我回到城里来，多少日了，白天我就不敢露面！这几天还好一点儿，前些日，天天提督衙门跟顺天府的差官，到我家里去盘问，要不是您弟妹她的口齿伶俐，早就被他们把底盘看出来啦！我觉得这是小事，没跟您说！"

德啸峰又沉思了一些时，就说："或者是南城御史派人干的事？南城萧御史是鲁君佩的同年，听说非常恨玉大人教女不严。尤其，他是凤阳府的人，家里还有族人，大概被玉大少爷给得罪过，所以要官报私仇，知道昨天玉大少爷携眷来京探母，他就耍出这个手腕来！"

刘泰保说："不过这个手腕也太辣啦！我想他们许是买通了魏三，安排下罗网，绝不是一天半天了。玉娇龙也不是傻子，又有那身神出鬼没的功夫，她居然会上了这个大当！"

德啸峰叹息说："一个女子，究竟能有多大的能为？"

刘泰保说："咱们哥儿们现在怎么办才对呀？"

德啸峰说："这件事，咱们能有什么办法？待会儿，我先派人去打听打听。如果知晓玉娇龙是被押在哪个衙门里，他们若再不愿将案扩大，我可以出头调停调停；若是人家照着公事办，不顾玉、鲁两府的颜面，我们可就一点办法没有！"

刘泰保说："五哥！据您猜想，他们能把玉娇龙治成什么罪名？并不是我关心她，她要捉住了，我倒可以出头了；只是我们那位罗兄弟、虎爷，他要是知道了这件事，得把他急疯了，他能当时就提着剑去闯官衙的大门！"

德啸峰连连摆手，说："千万不可告诉他！闯出事来，大家都要受累。目前我们为难的倒不是她的事，我想无论哪处衙门，捉住了玉娇龙，纵不能放了她, 也不会将案子问大了。只是你那个朋友和我的这儿媳, 他们兄妹真难办! 只好暂等些日, 等候俞秀莲来了再说!"

刘泰保说:"我的五哥! 俞秀莲来了, 无论是劝您的儿媳妇别出门, 或是帮助您的儿媳妇去河南报仇, 那都好说。只是, 现在我看守的那位虎爷, 真真难办! 他一死认定玉娇龙是被鲁君佩给害死了, 立誓非杀了鲁君佩不可! 他说先报妻仇, 后报父母之仇, 您说可怎么办? 俞秀莲来了也拦不住他呀!"

德啸峰皱了皱眉, 说:"你先设法拦住他, 只要俞秀莲来京, 我可以叫他们兄妹去往河南。今天晚间我把打听出来的事告诉健堂, 叫他再去告诉罗小虎, 这几日你就暂且别到我这里来了。"

刘泰保连声答应, 当下告辞, 出了门还东瞧西望。到了大街看见一辆空轿车, 他就雇上了, 雇到德胜门, 在车上他放下车帘, 卧在车里假装睡觉。及至大约快到了的时候, 他方才爬起来, 扒着车上的纱窗向外一看, 就说:"好啦! 停住吧!"他给了车钱, 跳下车去往西走, 就到了积水潭净业湖。

这时湖中碧波荡漾, 岸上柳丝倒垂。他向北走了一会儿, 就推开一个荆棘扎成的扉门, 进了一堵破砖墙里; 这里原来就是蔡湘妹和她父亲蔡九的故居, 现在是被刘泰保给租下了。他一进这屋子, 就闻见一股脚臭气, 花牛儿李成、歪头彭九, 还有两个流氓, 都光着脚丫, 盘膝坐在炕上押宝。头发跟胡子又长得很长的罗小虎, 是坐在一个炕角里, 拿着一把小刀正在削竹子呢! 眼前一大堆又短又细的竹子, 周围削了一大片竹皮。刘泰保就指着他说:"你还弄这个!"

旁边花牛儿李成说:"给他买点竹子叫他整天削, 他还老实点, 要不然我可看不住。一个大活人, 你不给他出门儿哪成?"

忽然罗小虎皱眉凝眼的问:"今天外面有什么风声没有?"

刘泰保一时兴奋, 说:"今天外面的风声可大得很!"说出这句话, 却又非常后悔。罗小虎立时就要站起来, 问说:"什么事?"彭九李成等人也停了赌, 一齐扭头, 都将目光盯在刘泰保的身上。刘泰保却淡然一笑, 说:"街上不过官人比往日多, 不知是要过什么大差事。"说到这儿, 又怕罗小虎生气，遂改口说："一定是有什么大官要晋京。"罗小虎说："管他作甚？"便又低下头，照旧地削竹子，越削越使力，几乎划破了手。

忽然他又长长叹了口气，握起拳来，李成赶紧拦阻他，说："喂！虎爷！您可别再唱您那梆子腔啦！"罗小虎摇头说："我不唱！"他往炕边挪了挪，就愁闷地向刘泰保说："你劝劝德五爷，就叫他的儿媳妇走吧！杨丽芳既有那身武艺，为什么不赶紧去为父母报仇？姓贺的又不是什么江湖英雄、刀马好汉，一个指头也可以戳破了他，德五爷为什么不放心？"

刘泰保把桌上剩下的一些酒肉拿起来吃着喝着，说："德五爷不怕儿媳妇的武艺不够，是怕路上孤单，等到俞秀莲一来，他也就叫她走了！"

罗小虎摇摇头，叹着气说："自己的父母大仇，何必叫别人帮助才去报？"

刘泰保突然挺起胸来，说："你这话不对！你不能责备一个已经做了人家儿媳的女子。据你所说，她的父母也就是你的父母，你这大的汉子，武当山的高徒，新疆沙漠里驰名的半天云罗小虎，你为什么自己不去报仇？要是我，我早就骑上马离开北京了！"

罗小虎叹气说："你说得对！我也不是并无此心，可是我浑身没那股力气！"旁边的李成一边摇着宝盒，一边扭脸说："大概你这一身虎力都叫龙给吸了去啦？"罗小虎点头叹息，说："真是！此刻若为玉娇龙的事，我能立时跳起来跟几千几百人拼命，但别的事我是一点也办不了！"李成笑着说："你许是魂丢啦？"罗小虎垂头不语。

刘泰保顿脚说："怪事！我一朵莲花行走江湖多年，也没看见过你这样的人！谁没见过娘儿们？要都像你这样，好汉子都得拴在娘儿们的裤腰带上啦？"

李成笑着说："喂！可别说，这倒别怪咱虎爷！玉娇龙实在跟别的娘儿们不同。我是没那艳福，要不然，譬如说，我这花牛儿也爬过沙漠，闻过她一点龙味，她如今抛了我，我也得丢丢小魂儿！"彭九推了他一下，说："你还有魂？快开宝吧！"李成把宝盒子使力按着，蓦然吆喝一声："开！"

忽然外面进来一人,说:"开什么?好戏又快开台了!"进屋来的是秃头鹰。

刘泰保晓得他的耳风长,如今前来必有所闻,万一他把那件事说露了,罗小虎立时就许疯狂,他遂迎面一把扭住秃头鹰的绣花大襟,点手说:"老秃你这儿来!我有两句话要跟你说!"

秃头鹰却站住身不走,闻了一把鼻烟,摆摆手说:"别这样鬼鬼祟祟,我今天来没有别的事,是刘二嫂子叫我来找你。她说你昨晚上没回家,她不放心,才托我来看看。还有一件事,二嫂子是真有能耐,不怪是班头的女儿,江湖上长大了的;她天天跟邻居李家的娘儿们抹牌,李家娘儿们的亲胞兄就是鲁家的厨子头儿,她打听得清清楚楚,玉娇龙实在是在娶的那天逃走了。有个陪房丫头现在还不能起床,不能说话,多半是中了点穴。玉娇龙实在是跑啦!两家花了多少钱买住人的嘴,新房四周挂红布,无论谁也不准进屋看病人,那全是蒙人!"

刘泰保说:"莫不成鲁胖子就愿意终身打这暗光棍?摆个枕头当媳妇?"

秃头鹰说:"他有什么法子?玉宅托至亲好友求得厉害,同时他还盼望万一能再找着玉娇龙呢!可是听说玉宅派出去找小姐的人不少,还有人往新疆去,就是至今还没有下落。"

罗小虎在旁生气说:"我绝不信,玉娇龙哪能逃?她眼里看见的就是官,无论多好的汉子,不做官她就瞧不起……"

他的话还没说完,刘泰保就赶紧质问了一句,说:"你这话是以为玉娇龙早就跟鲁胖子成了夫妻吗?为怕你搅乱,才装病,才不出门不见人?"

秃头鹰笑着说:"人家犯得上这么办?"

刘泰保顿脚说:"假定是真的,可是铁贝勒的宝剑又是谁给盗去的?"罗小虎说:"那是另一人,还许是你呢!"

刘泰保说:"我?我要有玉娇龙那份本事,如今不至混成这样。干脆一句话说,千真万确,玉娇龙早已离开了京师,你要是好汉应当上外省找去,别在这儿死腻!"

罗小虎说:"我不是死腻,是你们不放我出门!"

刘泰保说:"我放你出了门,你去杀死了顺天府丞,我的脑瓢也得掉,谁不知那天是我把你放走了的?谁不知咱们是一伙?何况我又受德五爷之托?"

罗小虎暴躁地跳起来,说:"这要急死我!无论你们怎么说,再过三五天,我这几十支箭做好了,你们谁拦阻我也不行!"

刘泰保微微冷笑着:"你老哥的那箭,简直还不如我媳妇的绣花针,连轿围子都射不穿,那有什么用?至多了能吓吓麻雀。"

罗小虎顿脚说:"到时候你们看吧!我罗小虎此次再撞出事来准保一人做一人当,谁也不能连累。可是谁要救我,我也骂谁,救了我比在监狱里还看得严!"

刘泰保微微笑着,见秃头鹰要过去跟那李成等人赌钱,便对他使了个眼色。秃头鹰笑了笑,喝了一碗茶,闻了几把鼻烟,然后就先出了屋,刘泰保随着他也走了出去。罗小虎瞪了他们一眼,便仍坐在炕上去削竹子。

待会儿刘泰保回来,找了个炕边躺下睡觉,罗小虎削下来的竹皮子都飞到了他的脸上,他也不觉。及至他醒来,歪头彭九刚从外面买来了烙饼、酱肉、烧酒,刘泰保跟着吃喝了一顿,就倒身又睡。直睡到天黑他才醒来,那几个人又在吃晚饭。彭九吃完了,抹抹嘴就要回南城,罗小虎还嘱咐他说:"你路过那铁铺的时候,催催他们快点给我打那一百个箭头子,若是不快,或是没有我那旧箭头的三个大,我可就不要!"歪头彭九连连答应。

刘泰保说:"咱们两人一块走,我也要出南城。"罗小虎还冲着彭九的身后说:"四天,你要把箭头送不来,哼!咱们再说!"彭九回头说:"哎哟虎爷!你得讲理呀!铁匠到时要打不好箭头子,我有什么办法?我又没学过铁匠!"刘泰保不容他跟罗小虎多分辩,就把他拉走了。

这里,来这儿赌钱的那两个流氓全都赢了钱,高高兴兴地走了,只有花牛儿李成输了个精光,手里捧着宝盒子发愁。罗小虎就说:"昨天咱们商量的那事怎么样?只要你能给我找一口刀,把我带到西城鲁君佩的门前,你就不用管了。我绝不能被他们拴住,办完了事,我找着我那两个伙计，一定给你五百两，我有一箱子金银呢！我那两个伙计都是忠心于我的，他们绝不能拐走。大概他们搬出了那店房，还是住在城里，只是你们不叫我出门，所以他们找不着我。只要我们见了面，你想跟我借一千，我也有！"

花牛儿李成说："虎爷！你小点声音说话，老刘现在就许在窗外偷听着啦！"罗小虎冷笑了一声，李成说："你别笑！你不怕他，我可怕他！招翻了他，他能打我，在北京城我就永远别吃他的饭啦！可是，并不是我贪财，我觉着他们这样不许你出门，也太不对！"

罗小虎愤愤地说："我是不愿意跟刘泰保伤了交情，又因看在德五爷的面上，不能不暂时忍耐；否则你们多少人，也看不住我！"

李成说："我也明白，不过我敢发誓，鲁翰林在西城到底住哪一条街，我真不知道。早先我是用不着打听他的家，这些日来又净陪着你，没有工夫去打听。再说，现在一个玉正堂家，一个鲁翰林家，谁要是在街上一说，就有嫌疑。在西城臭皮胡同我倒有个相好的，外号叫大萝卜。"

罗小虎问说："是个干什么的？"

李成说："是个娘儿们暗混，早先跟我不错。到她那儿一打听，不但能知道鲁家的住处，还许能打听出来玉娇龙的真情。可是，大萝卜的那个门儿是没钱莫入，我今天又输了个精光！"

罗小虎说："这不要紧！"伸手就往里衣去掏。他这里衣，自从那天射轿逃走，被刘泰保带到这里之后，就没换洗过，这时他就从里面掏出来了几张五十两的银票、几粒珊瑚和珍珠。

李成特意点上灯来看，不禁惊疑，咧嘴说："虎爷！你敢则真有钱？你这财是怎么发来的呀？"

罗小虎说："我在沙漠里虽做过半天云，可是我早就洗了手，这些钱是贩马赚的。在新疆养马容易，贩马也容易，跟番子们做买卖，赚的不一定是金银，珊瑚、珍珠、猫儿眼，全都有。我有一颗猫儿眼搁在屋里能发光，用不着点灯，我送给朋友啦！将来还可以要回来给你看看。"

李成吐了吐舌头，说："是夜明珠吧？虎爷，我说怪不得玉娇龙以千金小姐之身，却肯爱上了你，原来你真有聚宝盆？好！只要有一张银票，今天就花不了，我先带你看看大萝卜去！"于是花牛儿李成就穿上鞋袜，把衣服揪了揪，又摸了摸小辫，罗小虎就吹灭了灯，二人出屋，将门倒锁，就一同往外走去。

第十一回　幺魔小鬼诡计锁神龙
怪客奇人飞行来巨宅

这时天色已黑，天空挂着一钩淡淡的月亮，千万缕柳丝摇动着黑影。有人在对岸吹笛，声调凄凉，罗小虎不禁长叹了一口气。

李成与罗小虎出门后，罗小虎仍不住叹气，花牛儿李成便说道："这一点你太舍不开了！你离开了玉娇龙难道就不做人了么？你心放宽一点，跟我看看大萝卜，准保，猪八戒使飞眼——是另有一股子风流劲儿。"随他说，罗小虎仍然是抑郁不欢。

走在大街上，李成就跟罗小虎要了一张票子，找个钱庄把银子兑了；手里拿着大封的银子，摇摇摆摆穿越着小巷。走了半天，方才来到一个破门板前，一推，门就开了。罗小虎还迟疑着，不肯往里去走，李成回过头来悄声说："别拘束，来到这儿得拿起点架子来，不然她们瞧不起你，打听事情她们也不肯告诉你实话。"罗小虎听了便挺起胸脯来。

院子非常之窄，相对着的四五间小屋，窗上都浮着淡淡的灯光。李成故意咳嗽了一声，屋里就有个女人发话了，说："是谁呀？姓张姓李先说一句话，别他妈属刺猬的，光咳嗽！"窗纸上浮出人影，但很模糊。

李成走到屋门前，就说："是我呀！十来天我没来，你就不认识乡亲了吗？"

女人说："哦！原来是花牛儿呀？这些日你净在哪棵树上趴着啦？你还活着，还能认识这个门，就算不离！进来吧！"

屋门一开，李成手托着银子笑嘻嘻的进来，罗小虎低着头随他的背后走入，女人一看，就哎哟一声惊叫，又笑着说："妈哟！你带来的这个人是鬼呀？怎么这么长的胡子呀？"

李成说："这是我们虎爷，你别瞧胡子长，这是因为他现在事不遂心，多半个月没有刮脸。假如把脸刮了，还真是个地道小白脸呢！"说着把银子往桌上一摔，在炕头坐下。

女人赶紧倒茶，又问："抽烟不抽？"

李成说："我跟我们虎爷都没有那种瘾。"

女人笑着说："怎么？姓虎？怪不得这么虎头虎脑的呀！"她举起手来要摸罗小虎的脸，却被罗小虎一推。女人摔在炕上，故意翘起两只粽子似的红鞋来引诱罗小虎，罗小虎却觉得从心中发出一阵厌恶，把脸一转。

女人惊讶着，悄声问："怎么回事？"

李成也悄声说："他是个财主，就是脾气有点别扭，你得耐心对付着他，他可有猫眼儿。"

女人点了点头，瞧着罗小虎，就见罗小虎将身向椅子上一坐，咯嘣一声，椅子几乎塌了架。

这屋子太低窄，天气又热，女人赶紧递给他一柄折扇，并顺便掉了个媚眼。罗小虎仍然沉着脸，打开折扇扇了几下，就见扇面上写的是"春眠不觉晓"那一首诗，上款是"绍绅老弟台教正"，下款是什么居士，扇骨子雕刻得极为玲珑精细。

那女人还以为罗小虎也是个文墨人，就说："虎老爷，您看这扇子顶好吧？这是我妹妹的一个相好的，一位阔少爷留下的，听说能值一百两银子呢！"

李成说："你放心！就是一千两我们虎爷也不在乎，扇坏了你的扇子，一定赔你。"

女人说："我不是怕扇坏了，我是说这把扇子的来历。你还别拿几千几百来吓唬我，我也不是长了两只金钱眼，几千几百我没花过可也瞧见过！"

罗小虎一听女人说的这几句话，还有点硬劲，就不由得注意了女人一眼。这才看出女人有二十来岁，并不丑，黑黑胖胖的脸儿，挺俏的身子，穿着紫绸衣裳、绿罗裤子，头也梳得乌黑，还戴着一对乱晃动的翠坠子。罗小虎这才喝了一口茶，问说："你认得鲁翰林的家吗？"

李成赶紧向他使眼色，女人发着怔说："什么？卤……"又媚笑了笑。李成就说："我这位虎爷是来京访友，他有位表亲是西城鲁翰林家的大管家，鲁翰林就是……你没听说九门提督玉正堂的小姐……"

女人说："哎哟！我知道啦！你们说的是鲁侍郎家呀！听说他家上月娶的那个媳妇，一下轿就口吐白沫，不省人事，是叫狐仙给迷住啦！"

正在说着，忽听隔壁又有女人笑着说："你们说什么啦？我来听听哪儿又闹狐仙？"李成惊诧着说："这是谁？"女人说："这是我妹妹。"李成说："原来你还有妹妹哩？"女人说："不是亲的，是干的，她比我可阔的多。"李成说："她叫什么名字？"女人说："她叫翠仙，外号叫小虾米。"

李成就说："小虾米熬大萝卜，倒真是本地的吃儿！来，请过来给我们这位虎爷引引见吧！"大萝卜拿手捶了李成一下，就喊着说："过来呀！这儿来了一位虎头儿，听见你说话，想要见见你！"隔壁屋中的女人就笑着说："什么虎头儿？我瞧见过狼头狗头，还没瞧见过虎头儿呢！等等，让我见见！"罗小虎的眼睛也不住瞪着门外，可是半天那女人也没有来，大萝卜就说："粉少擦吧！"

隔壁笑着，待了一会儿，那屋的门响，这屋里的门又有人开，就出现了一个穿桃红色衣裳、瘦脸水蛇腰的女人。可是这女人才一迈腿，她就吃了一惊，定睛向罗小虎瞧了又瞧，紧接着她就脸色变白，哎哟一声说："我认识他！那天在玉宅门口我瞧见过他，放箭射轿子的就是他，他是强盗！"

罗小虎愤怒地啪的一扇子打去，女人摔倒在地。罗小虎蓦然站起身，怒瞪起眼睛，李成赶紧上前把他拦住，大萝卜也慌忙躲开，连说："别生气！别生气！"弯腰去搀她的干妹妹，并说："哟！你们看看，这么好的扇子也打折了！"

被打的女人站起来，双手捂着脸，哭着，往屋外就走。罗小虎也要走，李成说："别忙！她虽认得你，可是绝不敢出去给咱们嚷嚷。"又悄声说："给她们点钱，买得她们把嘴闭住了就是了！"罗小虎却跳起来，大怒道："凭什么给她钱？只管叫她们到外面去说！我罗小虎谁也不怕！"

这时那女人就站在院中哭，忽听街门又响，似乎进来一个男子，带着气连声问说："是怎么回事？为什么哭？谁欺负了你？"那女人娇啼着说："屋里，一个强盗，拿你那把扇子，打了我……"男子立时说："啊？强盗？在京城咱们可不怕强盗，我叫官人去！"

屋中的罗小虎已推开李成，猛虎似的跳出；看见院中有个身穿绸衫、很瘦的一个男子，他抡拳就打，咚的一声，那男子躺在地下了。两个女人惊叫着逃往墙角，那男子一边哼哼着一边爬了起来，大萝卜在那边喊叫说："贺大爷！您快躲躲吧！可别惹他！"

姓贺的喘吁吁地说："他敢把我怎么样？我父亲做过知府！我是刑部差事！南城御史是我的义兄！混蛋东西，你敢在京师横行？你姓什么？"罗小虎一拍胸脯说："老爷姓虎！"又一脚踹去。姓贺的哎哟一声，又倒在地下，好像是被踢死了，吓得李成跑到屋中拿了银子，央求着推着罗小虎就走。

二人出了门，李成还叹气说："虎爷，你的手底下也太重！打他一下就得了，何必还踢他一脚？倘若出了人命，你虎爷逃得开，我花牛儿可跑不开！"罗小虎却愤愤地说："我恨他姓贺！跟我的仇人同姓！"李成听了这话，不由得一怔，也不敢多问他。

两人走着，过了大街，又穿进小巷，罗小虎在前，李成在后。忽然李成觉得身后有人一推，自己摔了个马趴，把一封银子抛在地下了。他啊呀一声，前面的罗小虎回头问说："怎么啦？你连走路都不会啦！"李成说："不是不会，是不知谁从后面推了我一下！"

罗小虎吃了一惊，四下一看，淡淡的月华照着深巷及两旁黑黝黝的屋墙，并无人影。他就不信，说："胡说！你是没看见脚下的石头！"李成趴在地下乱摸，说："石头？连我刚抛在地下的银子也没有啦！哎呀，哪儿去啦？我就觉着有人推了我一下，可没有看见有人从地下抢银子呀？"罗小虎又四下看了看，便说："没有的事！"回身过来，弯腰向地下看了看。地下虽浮着雾一般的月光，可是要想找个东西也很难。

李成就由腰间抽出一口短刀，把胸挺起来，悄声说："一定是有蟊贼！我在这儿等着，虎爷你回去拿火，顺便带件家伙来。咱们那屋子房梁上头藏着一口朴刀，刘泰保也不让告诉你，你快拿来。假若拿了火来在地下照不见银子，那就是有人在暗中跟咱们作对！"

罗小虎听了这话，回身就走。少时来到了积水潭，顺着岸往北，走到破墙前，他心中忽然生了个主意，就不去推门，先扒着墙窟窿往里去看。见东屋中有灯光，知道是有人回来了，他就先脱下了鞋，悄悄地越过墙去，落地无声。只见东屋中人影幢幢，正有人说话，虽然声音不大，可是悄悄走近前，侧耳向窗也能听清，只听屋中的人说："无论什么衙门全部打听不出，这事可有多么怪？红脸魏三莫非跟她有仇，勾结了人假冒官人，把她拿车拉到别处去害死了？"

罗小虎吃了一惊，心说：这是谁叫人捉了去啦？又听是杨健堂的声儿，说："我想许是玉娇龙这些日就没离开北京！今天有人自保定来，说的什么龙锦春，那许不是她。她这些日大概都住在红脸魏三的家里，魏三日久生了坏心，就串通了官人把她捉去，大概……"

说到这里，杨健堂忽然把话止住。罗小虎觉着不好，疾忙飞身上房，屋中的杨健堂已然提刀出来。

罗小虎跳到了外面往西跑去，跑了不到百步，就撞到一个人的身上。这人哎哟哎哟的躺在地下，说："虎爷，咱的银子真是丢啦！你走后不知哪儿来了一个人，将我连打了两个嘴巴，踹了一脚，那一脚踹得很厉害！"罗小虎大怒，嚷嚷着说："我去看看！"

不防此时刘泰保与杨健堂一齐赶到，刘泰保把罗小虎抓住，说："原来是你呀？你在窗外偷听着，你可跑什么呀？"罗小虎装作发怔说："我没偷听！"又说："咱们快走！那小胡同里有贼人，抢去李成五十两银子，还打了他！"刘泰保惊讶着说："凭李成他还有五十两银子？"

李成哎呀哎呀地说："是真的！虎爷的银票，今天才换的。我们上大萝卜家里没花了，回来走到那条胡同，我就被人推了一个跟头！"

刘泰保把刀一晃，说："走！你带着我到那胡同，我替你找找银子，我看看是什么人？"又向杨健堂说："大哥！你把虎爷拉回去！"罗小虎却说："你一个人去哪行？我去帮助你！"

刘泰保带着李成往西去了，杨健堂却把罗小虎拉住，说："你跟我回来,我还有许多话要跟你说呢!"罗小虎说:"大哥你就在这儿说吧!这旁边又没有人!"杨健堂遂用很小的声音说:"事情老瞒着你,老把你看守在屋里,我也觉着不对!"罗小虎说:"可不是!这样看着我,还不如让我坐监呢!"

杨健堂用手一按他摇起来的胳臂,说:"压声!听我细细告诉你!这也难怪刘泰保,他是因知你的脾气鲁莽,万一闯出祸来,于他有关,以后他在京城更不能出头了。并且德五爷若晓得你们惹祸,他无力援救,必定更为难受。德五爷为你家早先的惨祸,十分义愤!他的儿媳本来不信你是她的哥哥,并且因你伤了文雄,她很恨你。因德五爷揣度情理,知道没有错,你确是杨门之子;所以夫妇连日对儿媳开解,我那女徒弟已有几分相信了,今天还哭泣了一场。文雄的伤虽还未好,可是他也不念旧恶,今天他说,无论你几时晚上有工夫,可以到他家中与他谈一谈。德五爷并叫我劝你,杨豹早死,只有你是杨家的根苗,你应当以身体为重!"

罗小虎听到这里,不禁像咳嗽似的发出一阵悲声。杨健堂又说到玉娇龙,把刘泰保所知道的玉娇龙被捕之事,全都细细告诉了他,并说:"今天德五爷派人到南城去探听,全都不知此事,可见此事很重大,咱们得慢慢地想办法,不可鲁莽。不过我敢保玉娇龙如果真是落在衙门的监中,她必无性命之忧,因她并不是杀人的凶犯、滚马的强盗!"罗小虎顿脚长叹了口气。

这时刘泰保从西边骂骂咧咧地回来了,说:"他妈的那个贼知道我刘泰保来了,就不敢露面儿啦,什么东西!虎爷你也太疏忽,五十两一包银子怎能交给花牛儿?这家伙还靠得住?"杨健堂赶紧走过去两步拦住刘泰保,叫他不要大声嚷嚷,遂一同回到破墙里,进了屋。李成是心疼那些银子,双眉拧得跟绳子似的,又因为后腰疼,就睡在炕上。刘泰保是又骂了一阵儿,就帮助杨健堂劝罗小虎。罗小虎脸色阴惨得像要下大雨的天气,两只眼睛凝滞着,一句话也不说,杨健堂劝他的话,他都点头。

刘泰保又笑着说:"反正玉娇龙就是再出来,来到咱们这屋里,她也未必再理虎爷了,因为虎爷太没出息!官既做不成,仇也至今未报,迎娶的那天还干了件太丢人泄气的事,给了她个大难堪。我要是她,我也不能理你了。天下何愁无美妇人？你也太想不开！俗语说：'妻不如妾，妾不如嫖，嫖不如摸不着'，莫非你专爱这摸不着的滋味吗？"罗小虎摇头，紧闭着嘴，由鼻孔里长长地出着气。

忽听门外有细碎的脚步声，杨健堂疾忙拦住刘泰保的话，站起身来向窗外问道："是谁？"外面有人回答说："是我，大哥您也在这儿啦？"门一开，进来的是青袄儿红裤子、满面带笑的蔡湘妹，腹部已显然的隆起了。罗小虎却觉着十分惭愧，坐立不安，蔡湘妹还笑着叫了声罗大哥，遂一拉她丈夫的胳臂，说："快回家去！"

刘泰保发怔问说："什么事？你先说明白啦！"

蔡湘妹的神色有点紧张，就压着声，指手画脚地说："你刚走不大会儿，我正在院里跟得禄嫂子说闲话儿，就有人拍门来找我。我出门一看，原来是俞秀莲！"

刘泰保兴奋着说："啊！她老人家来啦！"

蔡湘妹叠着腿儿坐在炕头，花牛儿李成赶紧爬起来说："二嫂子您好啊！"

蔡湘妹点点头，又接着指手画脚地说："不但俞秀莲来啦！孙大哥也来了！听说还有李慕白！"

刘泰保摇晃着身子说："呵！那我可得去会会！"

蔡湘妹说："他们是今晚才到的。李慕白不知是住在哪儿，孙大哥是回泰兴镖店去啦，俞秀莲是我留下住在咱们那儿啦。"

刘泰保说："正好！我这些日又不敢在家住，她给你做伴儿，我也放心！"

蔡湘妹说："人家不能在这儿长住！人家这次来，第一是为德家少奶奶报仇之事，第二是为来找玉娇龙。原来玉娇龙确实是离开了北京一次，她还带着个丫头，带着只猫；男不男女不女的，改名为龙锦春，在外边胡闹了有一个月，无恶不作，跟李慕白就争斗了三次。末后她到巨鹿县遇见了俞秀莲，人家本来把她让到家里，跟她很好，可是她蛮不讲理，跟人家也翻了脸。俞秀莲、李慕白、孙正礼三个人一齐战她，竟没把她抓住，她到底是跑了！"

罗小虎听到此处奋然而起，说了声："好英雄！"刘泰保看了他一眼，又听媳妇蔡湘妹说:"大概她是由那儿就逃回北京,可是就上了红脸魏三的当。我看她是一时大意,不然怎么大江大海都闯过来啦,一个小河沟子会把她淹死?"罗小虎便又愤恨。

蔡湘妹又说:"俞秀莲的主意现在就是,如果玉娇龙是被红脸魏三害啦,或是卖啦……"

刘泰保说:"谁能卖她?也没有人敢买呀!"

蔡湘妹说:"那俞秀莲就要救她,救了她可也不能放她走,得把她送回她的娘家。如果她是真被衙门给捉了去,那俞秀莲说是活该,她在外面太恶了!真比强盗还凶,应该让官人惩罚她!"

罗小虎听到这话,紧紧地握起拳,要开口争辩。蔡湘妹又说:"反正无论如何,由明天起得大家一齐着手,必得探出玉娇龙的下落、生死存亡,跟那口宝剑到底是落在何人的手内,才算完!"

刘泰保摆手说:"好了!"又向罗小虎说:"虎爷你听见了没有?现在李慕白、俞秀莲都已来到,可以称得起是七龙八虎会京城;不到三五日,玉娇龙的下落必可探出来。那时是救,还是不管,自有十全的办法,反正用不着你这头虎再出头啦!"

罗小虎摇头说:"我不出头!"

刘泰保说:"可是我对你还不能放心!"又向杨健堂说:"大哥跟你兄弟媳妇见俞秀莲商量去吧!我还得在这儿看着虎爷!"

罗小虎哼哼一声冷笑,说:"你看着我,济得了什么事?我本就不想走,因为还没到我要走的时候呢!到我一定要走的时候,无论你们谁拦我,也是不行!"接着又长叹了一口气,便上了炕,又去拿刀使着力去削竹子。

刘泰保向李成追问起来,刚才他们怎样到大萝卜家里去的,怎样罗小虎跟那姓贺的打了架,怎样走在胡同里又被人夺去了银子,然后刘泰保就说:"这样看来,那小贼也许真不是小贼,咱们倒得提防着他点。这件事交给我,只要他敢再来,我就给他个亏吃!"

当下他又手提单刀出去巡查了一遍。巡查回来,见花牛儿李成跟罗小虎都躺在炕上睡着了,他就自己由桌上取酒独饮。酒本来没剩了多少,连一口也不够，但他喝到口中，觉得舌头一阵发辣，倒勾起愁来了，心说：不行！玉娇龙永远不犯案，永远下落不明，我就永远不敢在人前露面儿；因为街上都认定是我串通了小狐狸，把玉小姐拐跑了，这个冤我怎样才能洗清？再说，我刘泰保为什么好好的拳不教，好好的饭不吃，福不享，半年以来，出生入死，图的什么？不就是图做件漂亮的事情，出人头地吗？可是跟头连气儿栽，如今且一个跟头栽到底，弄得我不能出头了；将来媳妇养了孩子，我倒像是个私爸爸？这不行！我得想法子，趁着李慕白、俞秀莲俱在此地，我要在他们的面前露露脸，那才能叫人夸我是好汉子！

他皱着眉，摸着上嘴唇新留的小胡子想了半天，忽然决定了，心说：我现在就走，再到玉宅去看看！他家的做知府的大少爷既然回来了，昨夜又有那件事，如若他妹妹真是被衙门捉去了，他绝对不会不知情。对！我去探听探听，抢个先，把这件案子得探出来，公之于众，得使李慕白等都为之咋舌，伸大拇指赞叹，那我才算英雄！

于是他把腰带系了系，袖口挽了挽，站起身伸伸胳膊，振作起精神，就向李成的大腿拧了一下。李成惊醒，刚要叫出来，刘泰保就趴在他的耳边悄声说："你别睡！看着点罗小虎，我再出去溜达一趟！"李成吸着气点头，刘泰保就将单刀交在李成的手中，拿上李成的那口短刀，连流星锤都藏在腰间，他就走了。

出了门先到德胜门大街，这里有一家小酒馆，掌柜的名叫白眼老六，是刘泰保新结识的朋友。刘泰保来到这里时，见还有几个坐客，他连头也不抬，就进了小小的柜房。这柜房里还有几个人，都坐在炕上推牌九，一见了刘泰保都要站起来打招呼。刘泰保却摆手，把白眼老六一拉，扒着耳朵悄声问说："今天晚半天你没听见什么事吗？"

白眼老六摇头，也扒着刘泰保的耳朵说："今天可是……玉宅门前车特别多！"刘泰保说："那倒不稀奇！那是因为他家大少爷回来了，一个外任的府台，回到京里还能没有点应酬吗？只是衙门里面……"白眼老六悄声说："刚才，孟八跟着两人又来这里喝了一会儿，我顺便探了探，他们都说南北两衙门，这几天都没有什么大案！"刘泰保不禁说了声："怪！"怔了一会儿，白眼老六也怔着。

刘泰保看见前边屋子走了几个酒客，天色已不早了，他就到炕前把人家正推得高兴的骨牌一推，大家齐都吓了一跳，都笑说："刘二爷您别跟我们闹着玩！您要抽多少头儿，这炕上的钱您随便拿！"

刘泰保摇头说："我不抽头儿！我来是特别告诉你们几位，这几天千万少在外头滋事，别在人前逞能，别满处去混说！"

众人都点头说："您放心！我们都知道。自从刘二爷留上胡子之后，我们没有统领了，在街上连个架我们也不敢打。"

刘泰保说："就是我能出头，也帮助不了你们，因为今天来了两位有本事的人！"大家一起惊讶，都问："是谁？哪一个？"刘泰保摆手说："不必多问！你们玩吧，明天再见！"说着转身出了酒铺。

原来除了这酒铺的灯还亮着，其余别的铺户都已关上了门，门缝里都连一点光也没有。天上那钩牛耳尖刀似的月亮已被乌云包住，四下里漆黑。刘泰保贴着墙根去走，就到了玉宅的高坡上，他盘上了一棵大槐树，坐在树上歇了一歇，心说：我真无能！我来到这里也不知有多少回了，但究竟是做出了哪一件漂亮的事情？今天我是胆子得壮一壮了，干一下子吧！他想着，就如个猿猴似的由树枝跳到了房上，然后踏着房瓦伏着身向后去走。

玉宅是向来睡觉很早，他是知道的，这时天色不过三更，但各屋中多半已没有灯光。他一直走向里院，这院里简直像没有人住，一个萤火虫那么小的光亮都没有。他心说：净在房上走来走去，跟猫似的，什么事也办不了。我得下去，先设法找着他们新回来的那位大少爷住在哪屋，那才是漂亮办法。

于是他将身向下一跳，不料脚下重了一点，发出点响声。就听东屋里有人使着声儿咳嗽，他吓了一大跳，赶紧溜到南房檐下蹲着，心中骂着自己"饭桶"。停了半晌，再不见有什么动静，他就慢慢地直起腰来，侧耳向窗里去听，原来屋内一点鼾声也没有，他心说：怪呀！莫非这屋里没有人住？他轻轻地伸手去推门，却见没有锁着，也没安着插关。

此时忽听前院敲着梆子，声音很脆，似是打更的人往这院里走来。他大吃一惊，疾忙拉门避到了屋里。屋里咕噜咕噜一阵乱响，又听啪喳一声，大概是一只碗掉在地下摔碎了。他吓得毛发悚然，忙抽出短刀来，又听有老鼠的吱吱叫声，四周围一股油烟气味，原来这里是厨房，没有人在此睡觉，耗子可倒不少。刘泰保伸手向前去扒，扒了半天，忽然把手指烫了一下，原来是摸到个热水壶上了。他心里又骂了一声，掏出火折子来，点着了一抖。屋中火光一闪，一切的灶台厨柜和地下被耗子撞下来的一只破碗，就全都映入他的眼帘。

更声愈来愈近，他疾忙将火折用脚踏灭，蹲下身，却听打更的人已来到这院里，又把梆子梆梆地敲着。刘泰保心说：不好！万一这家伙闻出来火折子上的松香味儿，他要撞进屋来，那可糟糕！杀伤了他就是一场人命，不伤他我可又跑不了！于是他将刀和火折全都收在腰间，却由菜案子上抄起两只铁锅，一手拿一个。他预备着只要有人撞进这厨房来，就迎头给一锅，再进来一个还是给他一锅，两只锅至少能打晕两人，然后自己抛下锅就跑。他于是等着，心说：打更的！你进来吧！我给你个铁帽子戴一戴！

等了一会儿，更声却过去了，打更的似是往后院去了，刘泰保倒笑自己太毛咕；可是这两只锅是他新得来的武器，就像玉娇龙得到了青冥剑似的，绝不肯放下。他用膝盖一磕顶门，才要出屋，忽见对面的房上有一条黑影逝过，惊得他几乎坐了个屁股墩儿！他一振勇气，心说：妙啊！说不定又是玉娇龙吧？她不知在什么地方挣断了绳索，又回家探母来了吧？好！我也请她戴个帽子！

于是他手提着两只铁锅，飞身上房。走过了两重脊，又到了后面的一个院里，却见那条黑影如燕子似的从房上翻然下落。刘泰保高高举起锅来要打，可是又想：不行！离着太远，绝打不着，白惊动人！同时却又看出来下面这条黑影的身材很矮，而且毛手毛脚的一点也不大方，绝不像是玉娇龙。

黑影突然进了那漆黑无灯光的西屋，刘泰保心中突生一计，就也跳下了房。这次他跳得可很漂亮，脚掉地一点声音也没有。他压着脚步，慢慢地也走到那西屋门前，听里面并无声音，他就把两只铁锅底儿朝下，放在屋门前的地下，算是设了两个埋伏，然后抽出短刀侧耳去听屋里的动静。

却不料忽然屋门一开，屋里的人嗖地蹿了出来。但是这人万也没想到地下会有埋伏，他一脚就蹬在锅上，哧的一声滑出了很远，只听咕咚、当啷一阵响，刘泰保心说：这叫作活煮臭脚丫！那人翻身爬起，刘泰保抄起一只锅来飞去，没打着，掉在地下，又是一声巨响！屋中就有人惊叫，前后院的梆声也紧敲起来。

刘泰保飞身上房，那人随之追上；刘泰保由房上跳至墙上，那人也紧紧追来。刘泰保跑至花园，那人也追来了；刘泰保藏在太湖石后，那人也耸身跳到太湖石上。刘泰保转身又跑，越墙而过，下了高坡；那人随之又出来，高声说：“小子！走什么？过来对对刀，比一比身手，那才叫好汉子！”

刘泰保止住步，回身说：“喂！别上前！我手里可有镖！小心打你的肚子眼儿！”

那人说：“老爷怕你打镖？老爷的肉皮是刀枪不入！”说着往前急逼。

刘泰保往后直退，同时问说：“朋友你是谁？说出名姓来我好认识你！”

对面那人一拍胸脯，说：“老爷姓谭名飞，外号叫猴儿手，是李慕白老爷的大徒弟！”

刘泰保说：“哎呀！原来不是外人，大水冲了龙王庙啦！兄弟是一朵莲花刘泰保，德五爷是我的好朋友。李慕白大哥虽说与我没见过面，可也是知己的朋友。”

猴儿手说：“你这小子救走罗小虎，你也跟着跑啦，为什么又到这儿来啦？”

刘泰保哈哈一笑，说：“我来这儿恐怕与你老哥是一样，咱们哥儿俩都为的玉娇龙，咱都是一派。”猴儿手说：“我们九华派里没有你！”刘泰保说：“可也总算是一家人，咱们得联起手来，对付玉娇龙跟罗小虎，那才对！”

猴儿手近前一步说：“玉娇龙到底是怎么回事？她是在家里还是真跑啦？”

刘泰保笑着说：“原来你还都不知道呢？你为什么不早跟我打听打

听？"

猴儿手说："我找不着你这家伙！"

刘泰保摆手说："才见面，别就开玩笑！这地方不妥，人家玉宅里的人恐怕都被吓醒啦！来，我带你到一个地方，咱哥俩细谈谈。我还告诉你，你的师父已然来到北京啦，你知道吗？"

猴儿手说："我不知道！是真来了吗？他老人家在哪儿住？"

刘泰保听猴儿手的说话声音，似乎是有点害怕，就心说：这小子！不定是怎么回事啦，他师父来北京还许是特意为捉他呢！遂就又一笑，说："我所听的也不过是传闻。慕白老兄要真来到北京，他总还得有些顾忌，再说他来到这儿又有什么事可办呢？玉娇龙一个女流之辈，他老兄也犯不上帮助咱们下手，我想他老兄还是多半没有来。"

猴儿手说："你别拉近，他会是你的老兄？他是你的爷爷。"

刘泰保笑着说："那也没有什么，咱们先别开玩笑，我先打听打听。你来到京城这些日子，先是跟罗小虎住在一家店里，后来你又走了，一去无踪；今天忽然又露了面，你到底贪图的是什么呀？难道你是想摸玉娇龙一把吗？"猴儿手不言语，随着刘泰保一同往西去走。

刘泰保虽然与他并行，可是不能放心这猴儿，躲出了有三四步，并且时时扭头防备着。猴儿手却似是很衰很颓唐的样子，一边走一边说："我摸玉娇龙干吗？她是我的仇人，我要打她，只是打不着！"又说："在九华山上学艺二年多，我师傅李慕白他不好好教给我，反倒说我不成个材料，这辈子也当不了侠义英雄。我就跟他赌了口气，背着他我就跑出来了。我凤阳府的老家因为经过一场官司，已然七零八散，我哥哥谭起死在狱里了，陶小个子现在还做着囚犯。我到安庆府去找我姐夫，可是我姐夫也不容留我；他的镖店买卖很好，用的全是一些专管吃饭的镖头，我这么大的本事，他可不要我！"

刘泰保笑着，猴儿手又拍着胸脯说："我是李慕白的徒弟，不能在江湖偷盗。我爸爸是凤阳府分水犀牛谭二员外，虽然死了，可是大江南北谁人不知？哪个不晓？我也不能当街卖艺，给我爸爸丢人！"

刘泰保对他的家世本来不大明白，只听他说，又问道："那你怎么办？

你吃什么呀？"

猴儿手说："我本来有半箱银子呢，都叫我师父给散光啦！我离开安庆的时候，我姐姐给了一点儿，我就买了药匣子，买了道袍。"

刘泰保说："您就卖野药儿？"

猴儿手说："不是野药，是当年陶小个子传给我的方子。一个是补铁平金散，专治拉稀，小肠串气，精关不固，百病皆治；一个是生龙活虎膏，是刀创药。还代卖耗子药儿，耗子吃了当时就死；若是把耗子药加在生龙活虎膏上，那……"

刘泰保说："您给罗小虎贴的大概就是这种双料的膏药吧？才把他那镖伤弄得越来越肿，越来越化脓，是不是？"

猴儿手说："我是行侠仗义，拿这膏药在湖北、河南、直隶省，救过不少受伤的强盗跟土痞。"

刘泰保说："好个行侠仗义的妙法子！我要受了伤，可绝不敢找您！"

猴儿手又说："我来到北京，是想像我师父似的，在此做些惊人之事。"

刘泰保说："胡贴膏药也就够惊人啦！"

猴儿手又说："来到北京，我就遇见罗小虎，我就看出他跟他带着的那俩小子，都不是东西。我看见他有口好刀，我就想他不配使，应当归我使，我就费了许多力，将刀取在手中！"说着拍了拍腰。

刘泰保说："那么这些日子您可又跑到哪儿去啦？玉娇龙的事情闹翻了京城，您怎么也不出头行侠一下子呀？仗义一下子呀？"

猴儿手摆手说："不跟她斗！不跟娘儿们斗，你看德家的少奶奶，我就绝不见她！"

刘泰保却冷笑说："你得敢见她呀！我虽不知详情，可也听说过大概；当年要不是你，杨小姑娘的爷爷能会被人杀死？"

猴儿手似是很惭愧的样子，说："可是我也救了她，前些日罗小虎到她家里要调戏她，幸亏我暗中相助。"

刘泰保说："你别胡说！人家两方都不计较那天的事啦！罗小虎当称杨小虎，他是杨豹的哥哥，杨丽芳是人家的亲妹妹！"

猴儿手诧异着问说："是真的吗？杨豹可是我的仇人。当年他若不杀我爸爸，我们兄弟还不能杀死他爷爷呢！"

刘泰保说："你们那笔债，早就糊糊涂涂地勾销了。你既做了李慕白的徒弟，咱们就算是一家人，我劝你就别跟我们这帮人作对！"

猴儿手摇头说："我不跟你们作对，我上次图的就是罗小虎的那口宝刀。可是，杨豹姓杨，他是他的哥哥，怎么他又姓罗呢？我不明白。"

刘泰保说："你不明白，我也不明白，不过这真不是瞎话，是真的。现在我就问你，你到玉宅里去，是打算干吗？"

猴儿手却笑了笑，说："那是为一件别的事。我认识一个娘儿们，我离开了西珠市口那个店，我就住在她家。那娘儿们长得不错，像个小鸟儿似的，一点儿也不叫人害怕。我跟她过得很好，所以我不愿意我师父来，我也不愿意再管人家的闲事。可是我的钱又不够花的，我想玉宅的钱多一半都是他们小姐当贼挣来的，偷他一点儿不算什么。"

刘泰保说："好！你倒真会想主意！"

猴儿手说："我就去偷了他一下子！后来我又想着不对，钱也许是玉大人挣来的；要真是他做官挣来的，那我可还得是贼，我就要想法子还他。今天我在西城街上遇见罗小虎，他还同着一个人，他们到钱铺里去兑了一大封银子。我想罗小虎是个贼，由他手中取来，不算我做坏事……"

刘泰保摆手说："你别说啦！我明白啦，刚才你是抢了银子又到玉宅去还账，表示你是侠义，不是贼。到底你是侠义还是贼，我不便批评你，反正你是猴儿手，真正的侠客不能有这外号，你看我一朵莲花！"

猴儿手说："你也别吹，我知道你也斗不过玉娇龙！"

刘泰保微笑着说："可是一回斗不过她，二回再斗，早晚我要叫她在我的手下服输！"

说时又来到德胜门白眼老六的那个酒铺前，这里门板虽已上了，可是由板缝还漏出灯光。刘泰保就拉了猴儿手一下，说："这地方有玩意儿，你进去看看好不好？"猴儿手发着怔说："有什么玩意儿？"刘泰保笑着说："进去一瞧就知道了。"遂把门敲了几下，又叫了一声："老六！"里面有人答应，把门开开。

此时屋里和柜房全都挤满了人，牌九、摇摊、黑红宝，一共三份。人足有二三十，多是短打扮，以流氓地痞占多数。只有几个穿绸裤褂摇折扇的，却是买卖人和大宅门里管事的，都拿着整串的钱，整个的元宝来这儿赌，这个赌局也吃的就是这种人。

刘泰保一进来，许多人都叫着"刘二爷"，刘泰保面带微笑，向几个人努努嘴。那几个流氓的眼睛就全都瞪在了猴儿手的身上，只见猴儿手头上梳着一条小辫，身上可穿着短道袍，样子很怪，腰间系着一条粗麻绳，绳上插着一口发亮的刀把儿上有个铜环子的短刀。刘泰保的嘴向下一撇，几个流氓就会意了。

猴儿手可全不觉得，他的身材又不高，扒着人的肩膀往里看玩意儿，也看不见，他就一句话也不说，拿肩膀往人身上愣顶，就被他顶开了两个人。有个人翻了脸，开口就骂道："什么东西？鸟孙子，你他妈的愣顶什么？"刘泰保在旁说："得！别生气！这是我的朋友，谭老兄弟，自家人！"又使了个眼色，那人当时就不言语了。

猴儿手这时高兴极了，伸手向怀中去掏，原来他还带着十来两银子。他把银子分作两份，先压上一份，宝盒子一开，立刻就输了。他又把余下的一份分成两半，先下半份，可是也被吃了去。他急得直抓脑袋，把那半份又压上，压的是红，不料宝盒一开又是黑。他的两手精光，急得翻了翻眼睛，回身说："刘泰保呢？"

立时有人向他胸上一拳，说："小子！你瞎啦？凭什么踩我的脚？"猴儿手惊说："没瞧见！"他回头急急叫着："刘泰保！借我几两银子，我把钱捞回来就还你！"喊了两声，不知刘泰保哪儿去了，旁边有人就说："穷吵什么？没有钱就快点滚蛋！"

眼看着开宝的又直往外赔钱、赔银子，有许多压中的人，都摇头晃脑的，表示得意。猴儿手真急了，把拳头咚的一声向案子上一捶，说："我这只拳头当五十两！"开宝的人把眼睛一翻，说："行！可是你输了应当怎样？"猴儿手说："输了这只手，我再赌那只手！"开宝的人说："两只手都输了怎么样？"猴儿手生气地说："我再拿脚下注！"

开宝的人却把眼一瞪，说："他妈的你身上还有什么东西？倒不如咱们赌脑袋，你输了把脑袋割下来给我，你要赢了我也割给你头！"猴儿手说:"干!"把脖子一伸,说:"我压红的!"开宝的人脸上没有一点表情,当众把宝盒一开,原来却是个黑。

猴儿手真着急了,把眼睛瞪起,向腰上一摸,不料那口带环子的宝刀却不见了。他大吃一惊,叫道:"啊呀!我的刀哪儿去啦?哪个小子大胆,敢偷我猴儿手的宝刀?快拿出来!"旁边的人有的斜楞着眼睛撇嘴嘲笑,有的装作没事人儿似的,没有一个人言语。

猴儿手气极了,要打那开宝的人,突然有人说:"小猴崽子你别逞强!刀在二太爷的手里啦!二太爷是心疼你,怕你真拿这口刀抹了脖子!"猴儿手一看,只见是一朵莲花刘泰保推开了半扇门,站在门槛上,一手摸着小胡子微笑,一手摇晃着宝刀,刀上的环子哗啦哗啦的响。猴儿手分开众人扑向前去,刘泰保转身向外就跑,猴儿手大嚷说:"小子你别跑!我还拿你当好人,不想你是个骗子!"一个跃步闯出门去,就见刘泰保向北跑去了。

猴儿手急追,刘泰保穿越着小巷又往东,一边跑一边摇晃着刀环,故意逗他。猴儿手追得很快,可是刘泰保跑得更快,所幸此时已夜深无人,小巷长街就着他们跑。跑得猴儿手气喘吁吁,大骂:"小子,反正你跑不上天去!谭爷爷追上你,非点你死穴不可!"刘泰保笑着说:"二太爷生平是不怕点穴,你不追老子你就是孙子!"谭飞听了这话越是努力紧追。

眼看到了一块旷敞的地方,此地人家稀稀,多半是些小门小户,刘泰保就跳进了一家院墙,猴儿手也随之跳进去。这人家是分内外院,外院又是对面的房子,房内全没有灯光,刘泰保就到北房前拿手去捶窗户。猴儿手赶上去抢拳要打,却不料房门忽开,出来一人手抡双刀向他就砍,猴儿手疾忙躲开;不料使双刀的人又一脚,脚像个钩子,把猴儿手踹得哎哟一声。刚骂了声:"贼……"突然从什么地方飞来一支钢镖;猴儿手疾忙将身向地上一趴,镖从他身上飞了过去,原来是屋中又出来一人。这使双刀的人却将鞋尖向猴儿手的身上一点,猴儿手就觉得全身又麻又疼,知道是遭了点穴。

这时刘泰保早已跑到房上蹲着去了,就听他说:"俞大姐别伤他!他是猴儿手，我特意把他诓来，为请您教训教训！"随手将火折子抖起，跳下房来，迷嘻地笑着，向猴儿手说："你睁眼看看吧！这位是谁？"

猴儿手把眼睛都瞪圆了，他一看，那拿双刀的正是全身青衣、蛾眉秀目的俞秀莲。另一个提枪拿镖的也是个女子，青衣红裤，黑黑的脸，娇小的身材，肚子可有点鼓。猴儿手就哀求着说："俞师姑！我不知道你在这儿！"

俞秀莲却不正眼看他，把解救点穴的方法告诉了刘泰保，就跟蔡湘妹进屋了。刘泰保把火折扔在地上，叫它自行燃烧，他就遵法摇动着猴儿手的身子，摇动得差不多了，他就疾忙往旁一跳。猴儿手坐起身来，悄声向他狠狠地骂了几句，刘泰保却直笑着作揖。

此时屋里已点上灯，把猴儿手叫到窗外，俞秀莲在窗里向他询问他近年来所做的事。俞秀莲是严厉地问，猴儿手站在窗外，低头站立，嚅嚅地、糊里糊涂地回答。刘泰保在旁边笑着，又揪揪他的胳膊，在他耳边悄声说："这口刀是人家罗小虎的，我替你还了他好了。今天是我跟你第一回开玩笑，好显着咱们亲热，你可别生气！"猴儿手伸腿去踹他，他却又跳出远远的。

此时，俞秀莲就说李慕白已经来到此地，嘱咐猴儿手不准胡作非为，并命猴儿手即刻到西城阜城门内一家油盐店里，找在那里匿居的爬山蛇史健，以后一切事都须听史健的吩咐。猴儿手唯唯地答应着，连声大气儿也不敢出，然后转身跳过了墙，垂头丧气地走去。刘泰保站在墙上还向他拍巴掌，猴儿手由地下拣起一块砖头向他飞去；刘泰保将身向墙里一跳，不料脖子上早啪的挨了一砖，非常疼。蔡湘妹在屋里说："你干什么啦？俞大姐叫你进来，有事要分派你啦！"他便摸着脖子进了屋。

当夜，刘泰保仍然回到积水潭，花牛儿李成跟罗小虎都在炕上熟睡，什么事也没有。次日罗小虎仍然不出门，照常耐心地坐在炕上削竹子，他时常发着怔，凝着眼神，仿佛连话都不爱说，外面的事他更不闻不问。天气很热，蝉在门外的柳树上高唱，声音都传到屋内。

京城中表面是依然平静，鲁宅的新媳妇玉三小姐病了这许多日，至今还没有见亲友，这件事仿佛也陈旧了，没有人再上茶馆酒肆去谈说了。可是现在有许多人正在暗中活跃，第一是德啸峰，与京城闻名的侠公子银枪将军邱广超。二人除了托人在各衙门探听玉娇龙的下落之外，并都亲身去见新回京的玉知府宝恩。他们也不能说闻说三小姐被官人捉去了，只能问："姑奶奶近日的病势如何？"

宝恩便像是很发愁的样子，说："还是不见好嘛！在房里还是不见人，一听见人的足声，她就惊喊，终日昏昏沉沉的，只有一个仆妇和两个丫鬟伺候她。内人昨天还去看了她一次，可是她大睁着眼睛，竟不认识嫂嫂了；因此家母也因忧得病，家严更是十分灰心！"显然是有一种隐情，他家里的人讳莫如深。

邱少奶奶以至近的姐姐的资格要到鲁宅去看看，可也被玉家的两位奶奶拦阻，说是："别去看她啦！她不像早先那样子啦！我去看她，都挨了她一顿骂；您若去，要是得罪了您，我们可真担不起！"旁边，玉大奶奶膝下的那个七岁的女孩蕙子，一听人谈说到她的龙姑姑，脸色就立刻显露出来惊疑，仿佛是自己在心里说：不是那么回事呀？总之，玉、鲁两宅无论上下，对此事全都保守得极为秘密，事情是可疑得很，然而无人能设法把它揭穿。

同时，又出了一件事，是有人在提督衙门控告了大盗虎某，原呈是：

具状人贺绍绅，河南人，在刑部衙门当差。前闻西城某巷中有娼妇大萝卜、小虾米，其家中去一游客，自称姓虎，身携银两无数，举动凶悍，动辄殴人。有人知彼即系在玉宅喜事时，箭射彩轿，刀伤官人之人。想系江湖大盗潜居京师，若不严加捕拿，难免再出巨案……谨此告密。

并附有这贺绍绅的家世履历。

提督衙门的人抄下来一份给了德啸峰。原意是听人传说，德啸峰对那撞喜轿的莽汉的来历，有些知晓；刘泰保救走了那人，德啸峰有主使的嫌疑。所以想索性把这状子给德啸峰看看，送个人情，给德啸峰容个时间，好叫那"虎某"快跑。

不料德啸峰一看那贺绍绅的家世履历，却是：

父讳颂，曾任河南汝南及江西吉安知府……现告老居京，绅在刑部当差，所言是实，绝无谎报……

官人走后，德啸峰就拍桌子说："这真是冤家狭路！这贺家正是多少年前害死我儿媳妇父母，三年来遍访无着的仇人！"

因儿媳妇杨丽芳现在闹着要往河南去报仇，假若她知道仇人就在京师，她又会武艺，立刻就能闯出来大祸，所以德啸峰把这事并不宣露；只把新从延庆回来的杨健堂请来，悄悄告知他此事，叫他去设法探出这贺家的情况、平日的行为，及那告老的贺知府在汝南任上时，是怎样害过一姓杨的夫妇，并嘱他不要向外人说知。

杨健堂为自己义女的家门奇冤，自然十分义愤，便慨然应允了。这件事倒不难办，知晓了贺家的住处，杨健堂费了一天的工夫，就已探出来大概。德啸峰记在心里，秘不发表，现在只是专搜寻玉娇龙的下落。

先几日来京的爬山蛇胖子史健，他对这回事最热心，曾带着猴儿手趁夜到鲁宅去了两次，可是竟没有寻着那不见人的新娘住的屋子。他是在山西与李慕白会面后一同北来，走到保定迤南遇见了玉娇龙，李慕白去追玉娇龙，往南去了；他就一个人来到北京，秘密见了德啸峰一次，现住在同乡开的一个小铺里。

刘泰保手底下的耳目众多，除了每天有人向他报告消息之外，他自己天天晚上要到玉宅门前去溜达；探出来的却只是玉宅的奶奶少爷们，天天坐车往鲁宅去看那位病姑奶奶。但玉娇龙到底是在哪里？到底是死是生？谁信鲁宅的新房里真有人？谁信他们为双方遮羞耍的这套假玩意儿？

连俞秀莲也每夜潜入玉、鲁两家的宅中去探查，各衙门的监狱中她也都设法进内查过了；蔡湘妹又托街坊李二嫂，向她那个在鲁宅做厨役的娘家哥哥去打听，结果全是像海底寻针似的茫茫渺渺，一点也探不出玉娇龙的踪影。

至于李慕白，此次是与俞秀莲、孙正礼一同来京，现住在铁贝勒府内，如上宾一般，受到优待。他过去的官司经铁小贝勒打点，已无人肯再追究了，他可以随便在街上闲游了。每天他只是访访德啸峰、刘起云、孙正礼，京华景象一如从前，但已没有多少人认识他了。六载前逗留的西河沿旅舍，打磨厂比武之处，韩家潭销魂之乡，在在都掀起他的记忆。他又到南半截胡同去拜见了表叔，表叔祁家是越来越穷，以为他早先的案子还没销，也不大敢招待他。出了南半截胡同不远，就是他旧日卧病，与孟思昭结成生死之交的法明寺；再往南，即是纤娘的埋香之所，李慕白并没去看，心头滋出些悲思，也旋即消逝。

他鞭丝帽影，骏马英姿，走遍了长街，登遍了酒楼茶肆，但听不见关于玉娇龙的风声，也看不见形迹可疑的人。他的意思倒不是必须寻获玉娇龙，他认为玉娇龙若果真被官人捉去，那倒是为江湖除去一个强霸；他只是立誓要寻回青冥剑，那口剑在玉娇龙手中还不至于滥杀无辜，但要到了什么红脸魏三的手里，那可就更贻害无穷了！同时他还希望能从玉娇龙的口中问出哑侠及《九华拳剑全书》的下落。但作难的是，他不愿像史胖子、猴儿手那样，深夜往人家宅第去寻人家的闺房，所以他并没到鲁家去过；只会过史胖子、猴儿手，在德家见过刘泰保，刘泰保又引他去看了看罗小虎。

现在罗小虎已将他那些支弩箭做好了，刘泰保并将宝刀还了他，天黑以后，若有人跟着他，也准许他出门。罗小虎是这件事里的主要人物，他的心比谁都急，但他又不得不随在这许多人的脚后头，寻他的茫无下落的情人。

这古城中，龙藏虎卧，鹭走猿飞，闪闪的刀剑光，轻轻的游侠迹；每夜更深，群侠齐施身手，但是一连五日，竟毫无线索。

到了第六天忽然发生巨案，说是西直门关厢的第一家小店里，昨夜突去暴客，杀死了两个在那里已投宿了七八天的旅客，是一男一女。有人认识，是在镖店做伙计的红脸魏三跟他的老婆，死得极惨！有人还看见昨夜行凶的暴客是从房上来的，是个细腰的少年。

这件事一出，使得邱广超、德啸峰、李慕白、俞秀莲、刘泰保等人无不惊诧，连史胖子与猴儿手都有点害怕了，都说："先歇两天吧！谁知道这是怎么回事呢？玉娇龙不定是藏在哪儿啦！咱们在这儿找她，她还许正在暗处笑咱们呢？"罗小虎却大乐，拍着巴掌。李、俞二人却既惊且愤，要再斗斗玉娇龙；但过了两天，玉娇龙还无踪迹。

忽然一天又出了一件惊人之事，就是玉、鲁两宅同时传出来消息，说是鲁少奶奶玉小姐的病已好啦！由今天起就出来拜客！这个消息可把这些日的谣言完全扫净。德大奶奶信以为真，又惊又喜，可巧俞秀莲正在她家，她就拍手笑着说："叫我跟着你们当了这些日子疯子！天天疑神疑鬼的，瞎说人家，原来全不是那回事！人家玉娇龙明明是一娶过去就病了，就没出新房。这都是刘泰保那小子造的谣，现在看刘泰保的脸还往哪里搁？好在那小子本来就没脸。"

俞秀莲生着气说："这跟刘泰保有什么相干？她这些日若在鲁家害病，那到巨鹿县去吃了我的一顿面，抢了我一匹马逃走的不是她吗？李大哥、孙师哥跟我，我们三个人把她追跑了的，难道那也是我们瞎说？"

德大奶奶说："你们看见的，那一定是她的魂灵！书上常记着这样的事儿，说是一个人在这儿得了病，卧床不起了，可是她的魂灵已然出千里之外了；在那地方她也照常吃饭，照常能见人说话，跟真人没有什么分别，绝看不出来。后来，她回来了，跟病床躺着的那个她，一见了面，两人又合而为一，变成一个好好的人！"俞秀莲说："我不信！魂灵还有那些事儿？"杨丽芳也在旁纳闷。

此时德啸峰走到屋里，听她们正在谈说此事，他就摆手说："这件事约两三日内就能查清，玉娇龙她回娘家的那天，我们这里去一个人看看她，由她的容态上必可看出点儿来。据我想其中必有绝大的隐情，她那样的人怎能甘心嫁鲁君佩？这不定是怎么回事了！"

德大奶奶哼哼冷笑了一声，也不信她丈夫的话，就说："谁的话也都不足为凭，还是看看她本人！我敢说，以我跟她的交情，她见了我的面绝不能不说真话。只可惜咱们跟鲁宅无来往，非得等她回了娘家，我才能去见她！"

俞秀莲说："邱家跟鲁家有来往没有？"

德大奶奶说："鲁君佩的四婶子是邱广超的表姐，她们倒还走得很近。"

俞秀莲突然站起身来说："不如我就去找邱少奶奶，叫她带着我到鲁家去看看，那叫我扮作随身的丫鬟我也愿意；只要我能见着玉娇龙，我就有办法！"

德大奶奶说："得了吧！你给我惹什么祸都不要紧，可别给邱家招事！"

俞秀莲说："我不招事，我跟随她去，一定规规矩矩的，我哪能又跟玉娇龙翻脸呢?"旁边杨丽芳微笑着,也跟俞秀莲一样兴奋。

德啸峰点头说:"俞姑娘若去一趟也很好,快些把此事弄个水落石出。只要见玉娇龙确实在鲁家,安心做那里的少奶奶,我们就放心了,连详情都不必问。办完了这件事,我们还有更要紧的事情。"

俞秀莲瞧了杨丽芳一眼,就说:"对啦!我也愿意赶快把这件事弄清,我好带着我侄女往河南去报仇!"杨丽芳黯然转过脸去,德啸峰又点头说:"就是!"

俞秀莲正要往屋外走,忽听寿儿在窗外嚷着回事,说:"刘二爷来见老爷!"俞秀莲问说:"刘二爷是谁?"德啸峰说:"是刘泰保。"德大奶奶就说:"他干什么又来?不用见他好了!"德啸峰说:"他来一定也是为这件事,他必有所闻,怎能不见他?"说着往屋外就走,并叫寿儿出去雇车,送俞姑娘去往邱宅。

他走到外院,就见刘泰保正在书房前台阶上站着,见了德啸峰,他就请安。德啸峰一看,他那留了还不到一个月的小胡子不知为什么又剃了,嘴上光光的,进了屋,德啸峰就笑着说:"怎么又不留须了?"

刘泰保说:"我娶媳妇还不到一年,儿子也还没出世,我留哪门子的胡子!以前我是没法子,有人造谣言,说是我拐跑了玉娇龙,弄得我不得不昼伏夜出,并留点胡子以便遮人眼目。现在玉娇龙已然光明正大地当起府丞夫人来了,我还有什么嫌疑?官人还能借着什么碴儿抓我?这点胡子没用了,我自然不要它啦!"

德啸峰就悄声问说:"怎么样?你在外面听见了什么没有?"

刘泰保说:"我就是为这件事来的。今天一清早玉娇龙回的娘家,在玉宅吃完午饭,又回婆家了。车后跟随的官人很多,下车的时候,四周围都不许站闲人,所以秃头鹰他们都没瞧见,可是这个玉娇龙不能是假的。据我想,多半是那天红脸魏三把她捆去没有捆住,她挣断了绳索,反杀死了魏三跟他老婆!"

德啸峰说:"这样一说,你那天所遇见的有腰牌的官人,一定是贼人假冒的了。"刘泰保说:"多半是!"德啸峰说:"可是玉娇龙既然愿嫁鲁君佩,她当初就不必跑;既然跑了,魏三也白费力捉了一回,枉赔上性命。

她武艺之高、本领之大可知，她何必又自己投回鲁家？”

刘泰保点头说："五哥所见极对，我也觉出这是个大闷葫芦，所以我还不甘心，还得设法打破这个葫芦，露一露脸。今天我来，就是有一件难办的事，您得给想法子！"

德啸峰问："什么事？"

刘泰保说："就是我们这位虎爷，他听说了这件事，简直是要疯了，他说今天晚上就要去杀鲁府丞！我后悔把宝刀又给了他，他又有自己做的几十支箭，简直我们都拦不住他老人家！"

德啸峰说："你赶快到泰兴镖店去找孙正礼，到阜城门内去找史胖子……"刘泰保说："史胖子不行，那家伙比我还坏，他现在跟罗小虎交上啦！晚间两人一同上酒馆，一同到鲁宅去探风，猴儿手也跟着他们，他们说话都背着我！"德啸峰说："有孙正礼去就行。"刘泰保摇头说："那位大爷急性子，您派他去打谁倒行，叫他在屋里日夜看着人，他哪有那耐性？"

德啸峰想了一想，就说："不过，他一个大活人，要不叫他动转也办不到，只要叫他明白利害，这件事得慢慢办理，不叫他莽撞就是了！此事本与我无关，我之所以要管，第一是因玉宅对我有过好处，我不能不维护玉娇龙；其次还是为罗小虎。因为他的胞妹是我的儿媳，他胞弟杨豹那样的好汉子又死了！他父母的奇冤未报，高朗秋、杨公久、俞秀莲都是侠义英雄，对他杨家所做的事都是可泣可歌。他既是我家的亲戚，所以我义不容辞，无论他是个怎样的人，我也得维护他，劝导他，不能叫他在我眼前惹下杀身大祸；我为的是将来把事情办明，冤仇报了，叫他认祖归宗，也算是杨家的一条根！"

刘泰保说："五爷当仁不让，我真钦佩。就是，虎爷他认上死扣儿了！他要娶玉娇龙，可是玉娇龙大概早就把他忘啦！"德啸峰也皱着眉感觉到难办。

刘泰保只好去找孙正礼，他一出门恰巧俞秀莲正上车，俞秀莲就嘱咐说："告诉他们，现在都沉住点气！我现在就去看她，等我晚间回来再商议办法。"刘泰保连声答应，就让俞秀莲的车走过去了。

车来到大街上，俞秀莲就叫赶车的放下车帘，她在车中扒着青纱车窗向外去看。车行走了许多时，由东城到了西城北沟沿，就在邱侯爷的府门前停住。俞秀莲下了车，把车打发走了，门里有个仆妇直着眼睛望着她，俞秀莲就迈步进了门槛，微笑着问说："你们少奶奶在家吗？"仆妇问说："您贵姓呀？"俞秀莲说："我姓俞。"仆妇说："我给您回一声去！"她进了屏门，顺着廊子往里院去跑，俞秀莲就慢慢地往里去走。

这时忽见北房的帘子一启，出来了一位三十来岁的锦衣公子，正是邱广超，他很恭谨地叫道："俞姑娘来了？"俞秀莲止住了脚步，邱广超就笑着说："慕白也在这里。"俞秀莲笑了笑，下了台阶往那边去走，只见李慕白身穿蓝色绸衫，手持折扇，也自屋中出来。

俞秀莲进了这小客厅一看，并没有仆人在此伺候，她遂就向邱广超说："今天我来，就是求邱嫂嫂领着我去看看玉娇龙！"邱广超说："我们也正在提说此事，也因她是个女子，只有俞姑娘见了她，才什么话都好说。慕白的意思是不愿再逼她，只叫她把青冥剑交出来就是了。"俞秀莲说："还不定是怎么回事呢？德五嫂子不信在巨鹿跟我闹翻了脸的是她，我又有点不信现在这个重病才好的真是玉娇龙！我非得去看看不可。"

邱广超说："本来内人是要明天去看看她，因为今天玉娇龙必回娘家去。"俞秀莲说："我听到刘泰保说，她已然从娘家回去了。"邱广超说："那今天叫她去也好，只是姑娘要随了去，未免要使鲁家的人生疑！"俞秀莲说："我可以扮作你们家里的丫鬟。"邱广超笑了笑，说："我家只有四个使女，他们都认识。"

李慕白在旁说："据我想，鲁家现在必有比玉娇龙更毒辣的人，所以玉娇龙才不能不低首就范，姑娘去了，千万也要小心！"俞秀莲听了便一怔。

此时进去回事的那个仆妇就来说："我们少奶奶请俞姑娘！"俞秀莲点点头，又向邱广超、李慕白二人说："我到里院去啦！只要邱嫂子今天肯出门，无论用什么手段我也要见着玉娇龙；只要见着了她，我就有法子向她探出来底细。"

李慕白说："杨健堂亲听罗小虎说过，玉娇龙的武艺确实自哑侠的书中所得。南鹤老伯数十载浪迹江湖，就为的是寻找那两卷书和哑侠的下落。倘若姑娘能将这两件事的下落究出，再把宝剑索回，我就不必亲自向她去追索了；因她现今已是一位命妇，我更不愿与她见面动武。"俞秀莲点头说："好！这些事我必忘不了。"说着她就随那仆妇走往里院去了。

这里李慕白与邱广超闲谈，谈到武艺，李慕白就说："玉娇龙的武艺确实罕见，只是行为卑劣，毫无慷慨的气度。"接着又说："现在铁贝勒拟留我常住北京，也是因为他现在职位愈尊，人愈贵重；玉娇龙两次到他府中盗剑之事，使他有些胆寒，所以想使我保护他。虽然他对我必然优待，但多年来我浪迹江湖，闲散惯了，若叫我在京长住，不能再往别处去，如何成？所以我想给他介绍两个人代替我。"

谈了些时，就有仆妇来说："少奶奶要走啦！"邱广超与李慕白齐都站起身，隔着玻璃窗向外去看，就见由里院走出来高梳两板头、身穿豆青色春罗旗袍、手拿着小扇子的邱少奶奶。随侍着的三个仆妇，其中一个是穿着一身月白色的裤袄，脑后梳着个"苏州头"，年纪很轻，袅袅娜娜的，原来正是俞秀莲。

邱广超不禁大笑，李慕白也点了点头，邱广超回身笑说："慕白兄，你太有些近于迂腐了！为什么你不与她结为夫妇？天下的婚姻哪还有比你们再合适的？我是俗人之见，我主张你不如应了铁贝勒之聘，就在京长住下；我们再把旧事重提，使你与俞秀莲成为一对，永弥人间缺憾，也省得你们再在江湖漂泊。你看，神出鬼没的玉娇龙现在都甘心俯首做人妻，未必不是她厌倦江湖了，做人还是夫妇与家庭的事要紧！"

李慕白摇摇头，只说："你不明白。"

此时，门外的两辆骡车已然赶走了。鲁宅本来离此不远，所以不多的时间便已来到。这门前已停着几座车轿，可见宅里已来了客人。俞秀莲先下了车搀扶邱少奶奶，另一个仆妇赶紧走过来，对她很客气地看看，俞秀莲却瞪了她一眼，这仆妇就不敢过来帮忙了。

邱少奶奶倒是一点不客气，大模大样地叫俞秀莲搀扶着下了车。就看见门前有一个胖子，穿着油裙，地下放着个篮子，篮子里有几只烧鸡；胖子高举着签筒子，许多宅里的仆人都围着他抽签赌彩，打算赢他的烧鸡。上马石的旁边还有个卖茉莉花的小子，有几个丫鬟都围着他买花，往头上去戴。卖花的小子猴头猴脑的，他扭头看见了俞秀莲，就把嘴一咧，高声吆喝着："茉莉花啦！香死人的茉莉花啦！"有个官人模样的人走过来瞪眼说："在这门口做买卖，可不准胡吆喝！不然你滚吧！"这时有两个手拿着茉莉花的丫鬟走过来，笑着请安说："邱大少奶奶！"她们并注意地瞧着那个搀着少奶奶的年轻俊俏的小脚儿老妈儿。

俞秀莲却不多看人，只把邱少奶奶搀上了台阶。进了大门，却见由里面出来了四名官差，腰间全都挂着刀；见有女眷来了，他们一齐躲往墙根，垂手恭立。俞秀莲晓得这必是顺天府的官人，鲁君佩不过是个府丞，他的宅中就预备下这许多的人，防范谁呢？

一个丫鬟在前面跑着去传报，两个丫鬟在邱少奶奶的前面走，邱少奶奶就说："我听说你们新奶奶的病好了，我才特意来看看。在这儿论，我们是婶子跟侄媳妇；在她娘家论我们却是姐妹，所以我得赶紧来瞧她。"

一个大丫鬟说："我们少奶奶的病可也真怪！说病了就人事不省，说好了就立刻好了。这还是仗着太极观的老方丈，画了两道符，缝在鞋底里，把魂给压住了，这才好的！"又一个丫鬟也说："那老道士画的符可真灵，不怪人称呼他是老神仙。"

走进了垂花门，听客厅里有许多男人在那里谈话，俞秀莲就晓得今天必是有许多男客也来给鲁君佩贺喜，她倒是很想看看那鲁府丞到底丑陋到什么样子。又走进了两层院落，就有本宅拿事的女管家毕妈妈，带领着两个仆妇出来，一齐请安说："大少奶奶您好！我们太太现在堂屋会客，来的是展公爷府里的奶奶，萧御史夫人，您没见过吧？"

邱少奶奶摇头说："我都不认识，叫你们太太先会客好啦！不用惊动她，我是专看你们少奶奶来啦！"毕妈妈说："可不是！刚才就来了七八起客，都是来瞧我们少奶奶的。可是少奶奶刚病好，今天早晨又回了一趟娘家，太累啦！现在大概在房里睡下啦！"邱少奶奶说："她睡下也不要紧，我们俩是谁跟谁？她病了这些日子，我都没见着她，现在还不快点让我瞧瞧她？"遂又问："她住在哪屋里？"

毕妈妈有些迟疑,可是邱少奶奶既然这样不客气,她也不敢拦阻,只好说:"我们少奶奶的病,也就算是好了七八成儿,可还没有大好,所以展大奶奶、萧太太也还都没有见着呢!"邱少奶奶脸上露出不高兴的样子,说:"不管人家,得让我先见见。"毕妈妈只得向旁边的丫鬟使眼色,一个丫鬟就跑了去禀报鲁太太,毕妈妈就无可奈何地请邱少奶奶进到了北屋。

北屋五间,最里间就是昔日的洞房,于今玉娇龙的寝室。外屋陈设得颇为华丽庄严,墙上还贴着双喜字,挂着喜屏,朱色艳然,令人忆起不久之前他们的新婚;可是堂屋还摆着神龛,供着"伏魔大帝""观音老母",佛灯下还压着种种灵符,道士送来的铁如意也在桌上摆着,却又有一种神秘的气象。

随邱少奶奶进屋来的是三个女仆,其中一个就是俞秀莲。邱少奶奶向来是吃水烟的,银水烟袋永远是叫一个张妈拿着,现在却被俞秀莲给抢了过去,为的是她好跟随邱少奶奶进里屋。

毕妈妈先走进去了,待了会儿,有丫鬟从里边打起帘子,就见玉娇龙头戴着两板头,插着满头的绫花和绒凤,身穿银红色绸旗袍,绿纱的坎肩,纽扣上挂着二龙戏珠的玉坠,下穿镶珠的厚底鞋,正斜坐在床上。果然是玉娇龙,半点儿也不假!她的瓜子脸儿上擦着很红的胭脂,眉也似经过一番描画,艳丽绝伦,姿色如昔;可是真好像是生过病,确实有些瘦了,两眼也含着深深的忧郁。

一看见邱少奶奶,玉娇龙就让丫鬟搀扶起来请安,忍不住两眼迸出来珠泪。邱少奶奶是又惊讶又难过,赶紧说:"你坐着吧!才病好,不可以累着!"她拉着玉娇龙的双手,见玉娇龙的手上戴着金的、翠的、镶珠的许多颗戒指,手还是那么细而长,涂着不少的脂粉,可是竟觉得有些粗糙了,心想:是因为她拿了些日子的宝剑吧?邱少奶奶对她不禁怀着些凛戒,可是玉娇龙竟像是受了多日的委屈,如今才遇见了能诉衷曲的亲人,抽搐哭泣得极为可怜。

丫鬟递给她手绢,她擦擦眼睛,忽然睁开眼一看,见帘子外站着个一身月白的年轻老妈儿,立时把两眼瞪圆了。俞秀莲掀帘径入,向玉娇龙屈腿请安,笑着叫了声:"鲁少奶奶!"玉娇龙沉着脸,微点了点头,就扭过面去。

俞秀莲给邱少奶奶装水烟,邱少奶奶与玉娇龙并坐在床上,就说:"我早就想来看你,只是你的婆家、娘家都在各处谢绝亲友,说你是中了邪;有时昏沉得人事不知,有时又发狂,满嘴说胡话,所以不叫人看你来,也没人敢来。可是我实在的不放心,本来,自你由新疆到北京来,谁还有咱们两人走得近?"玉娇龙斜着身不语,泪坠在衣襟上,邱少奶奶也拿手绢擦擦眼睛。

旁边毕妈妈说:"这一个月来,我们可也都急死啦!这屋里整天闹神闹鬼,墙上的画儿就自己掉下来,笼子里的八哥呜呜地哭。"

俞秀莲插言说:"你们倒没丢猫?"

毕妈妈一怔,不明白她问的这是什么话,又说:"请僧也不行,请道也不行,烧纸烧香都没用!枕头底下压善书,被褥上贴神像,也都没用。结果还是那两只鞋,把朱笔写的符藏在鞋底里,这才镇住了魂!"

俞秀莲说:"要是穿一只鞋更好!"毕妈妈又是一怔,心说:怎么,这个老妈儿这么多的话?邱少奶奶疾忙向俞秀莲使眼色。

毕妈妈又说:"没娶过来的时候,玉宅的亲家太太就说,姑娘身体弱,在新疆的时候就时常病!"

俞秀莲又插言说:"新疆那地方我也知道,云一起就能遮住半个天,山上大虎小虎全都有。强盗还很多,杀人放火、放箭、抢马上树、丢鞋……"

忽然玉娇龙身子直挺挺的向床上一倒,毕妈妈惊叫道:"哎哟!怎么啦?"疾忙过去叫道:"少奶奶!少奶奶!"邱少奶奶也慌得紧紧拉住玉娇龙的手摇动,两个本宅的丫鬟吓得都变了色。玉娇龙虽然躺下了,头上的花也掉下许多枝,可是她睁圆着两只眼,紧紧地咬着嘴唇。毕妈妈赶紧摆手,嘱咐那两个丫鬟说:"别声张!叫太太知道可不得了。"

玉娇龙突然挺身而起,头上的花乱颤,愤怒着说:"有什么不得了?"

毕妈妈忙说:"得啦!您好啦就得啦!不然我们真担不起!这都因为那位大姐说了两句错话。"

玉娇龙瞪眼说:"人家说错话?可是我听你们刚才说的错话也不少!

都给我出去!"说着啪的一个大嘴巴,毕妈妈双手捂着脸,哎哟哎哟慢慢走出了屋。两个丫鬟也疾忙跑出去了。

玉娇龙向外看了看,就急急地悄声说:"你们何必还来逼我?你们瞧我已经到了什么地步!"

邱少奶奶吓得脸白,说不出一句话,俞秀莲却昂然说:"到底是怎么回事?快跟我说,我们能帮助你!"

玉娇龙连连摆手说:"谁也不用帮助!我不求谁,只求你们可怜我,别天天晚上来许多人搅我就是了!要是把我逼死了,于你们并无益!"又向邱少奶奶说:"请您快些走,以后也别再来看我,受了连累不可好。这个家跟我们那个家,以后还不定要出什么事……"

此时窗外足声杂沓,有许多人匆匆而来,玉娇龙赶紧把话止住,暗暗地摆手,又随手将掉在床上的绒花往头上去戴。俞秀莲很镇定地给邱少奶奶装烟点火,玉娇龙又做出笑脸来跟邱少奶奶闲谈。

外面来的是鲁君佩,他愤怒地用脚踢开竹帘。屋里的俞秀莲立时把眼瞪起,邱少奶奶也沉着脸儿,可又暗中拉了拉俞秀莲。鲁君佩身子高得像一座塔,可是又太肥,仿佛这座塔盖的太不成样子,凹鼻子、小眼、脸就像个西瓜。他身穿灰色官纱长衫、青缎马褂,低头进来,又抬头直腰,低着眼皮看人;但一见邱少奶奶端坐抽水烟,他又不敢发脾气了,就请了安说:"婶子!我广叔这一向可好?今天怎么没有来?"邱少奶奶不言语,照旧抽水烟。

鲁君佩看看他的娇妻玉娇龙,玉娇龙却扭着头去瞧别处。鲁君佩又看看俞秀莲,他惊讶着:邱宅从哪儿雇来的这俏老妈儿呢?此时毕妈妈和两个丫鬟已从他身后进来,毕妈妈还捂着脸,说:"少奶奶一翻脸就打我!……"鲁君佩就回过头来,瞪着眼睛大声说:"你们也是可恨!主子的面前有客,哪由下人胡说?谁家府里有这规矩?"

俞秀莲一听这话就要抬手,邱少奶奶从后一揪她的胳臂肘儿,却厉声向鲁君佩说:"你可别对着我发脾气!"鲁君佩一笑,傲然说:"这是我的屋子!脾气我随便发。"邱少奶奶说:"是你的屋,可是这儿坐着我的玉妹妹。"鲁君佩挺直了胸脯,说:"她是我的妻子!"

这句话才说出, 俞秀莲就向他的胸脯猛击了一拳, 厉声说: "你是什么东西, 敢在我们跟前发横?"她还要再打, 玉娇龙却站起身来用手拦住。俞秀莲倒不禁一怔, 向玉娇龙冷笑了一声。玉娇龙却面容凄惨, 像恳求似的。

此时毕妈妈已哎哟一声又跑出了屋, 两个丫鬟又往旁去躲。鲁君佩的身子向后连退了几步, 坐在一张椅子上, 脸色苍白, 像西瓜上长了一层白霉, 双手捂着胸口, 呻吟了两声, 才说: "好! 你邱家的底下人敢动手打我!"

邱少奶奶愤然站起, 把水烟袋交给俞秀莲, 拉着她说: "咱们走!"又向玉娇龙说: "妹妹你宽心! 你在他们这儿, 他们要是虐待你, 你娘家不给你出气, 我给你出气!"说着愤愤地走出了屋。

这时鲁太太已带着仆妇进来了, 脸色也极不好看, 问说: "怎么回事? 我的儿媳妇才病好, 来这儿看她我们领情; 亲戚虽远却走得近, 多少得讲些礼!"

邱少奶奶说: "我来到这儿就没打算讲理, 我就是为给我娇龙妹妹出气来了! 这一个月她藏在屋里不见人, 谁知道她是真病啦? 还是叫你们给监禁起来啦?"

鲁太太撇着嘴笑说: "那些事她娘家人全都知道! 她娘家父母俱在, 两个做知府的哥哥也都不是聋瞎。我们两家亲戚的事情, 别人少操心, 更牵连不到您邱府上!"

俞秀莲握拳瞪眼说: "邱府就要管! 你老东西少说闲话!"

鲁太太往后退了一步, 说: "哎哟可了不得! 哪儿来的这个小老婆子? 比她的主子还凶! 怪不得邱大奶奶今天来了连我都没见, 气比谁全大, 原来早就带来打手了!"

幸亏有两位官太太——展公爷家的跟萧御史家的过来劝解, 邱少奶奶也怕俞秀莲把鲁太太再打了, 同时不愿失身份, 就听人劝解, 愤愤地往外去走。才走出屏花门, 就见那卖烧鸡的胖子已混到院里叫人抽签来了。

出门上了车, 车往北走, 那卖茉莉花的却举着篮子追着车跑, 向俞秀莲说: "姑娘不买茉莉花吗?"车一边走, 他一边追。跨车辕的俞秀莲怒犹未息，她就向这猴头猴脑的人说："告诉刘泰保不用再拦罗小虎的行动，他要怎样就怎样，放他出去吧！有什么事都由我担！"卖花的这才止住脚步，赶车的人直诧异。

车里的邱少奶奶一揪俞秀莲，俞秀莲将头探向车内，邱少奶奶就在她的耳边问说："这卖茉莉花的人是谁？"俞秀莲悄声说："这是李慕白的徒弟猴儿手。"邱少奶奶说："也别太怔办！这件事儿我看麻烦啦！不定是怎么回事。玉娇龙绝不愿在他家里当媳妇，可是看那样子她又是无法；后悔刚才我也是忍不住气，不然应当问问她到底为什么？鲁君佩有什么厉害的手段会使她害怕？唉！我一定得设法救她！"俞秀莲一听也怔了。

少时两辆车已赶回到北沟沿邱府，此时李慕白仍然在这里等候消息。邱少奶奶连两板头也不摘，俞秀莲也不换装，就把仆妇都打发回里院，一同急急地进到客厅，把刚才在鲁家的事全都说了。

邱广超气得只是冷笑，说："想不到鲁君佩竟有这样的本事，他会能制服了玉娇龙！慕白刚才所说的话真不错，但我倒要跟他聚会一下。现在先把这件事按下两天，我自有办法！"李慕白在旁不语。邱少奶奶跟俞秀莲又都生了半天气，揣测了半天，就齐回里院更衣去了。李慕白在这里用过晚饭才走。

当日晚间，李慕白回到铁府并没做出什么行动，可是刘泰保、史胖子、猴儿手，并有那胸怀义愤的俞秀莲、拼出命的罗小虎，全都在鲁宅附近各展奇能。但是鲁宅的门灯照得是同白昼一般，前后各大小院落，甚至每一个墙角都挂着风灯。每座房上都有打更的人坐着，按着时间打梆子敲锣；四十名官人不断地在各院巡查，各屋中却连一点香火头儿的光也没有，防备得真是一点风也不透。可是俞秀莲居然进了玉娇龙住的屋，但真奇怪，这统共五间大屋子，竟是一个人也没有，不知玉娇龙在什么地方睡觉，她只得走出。史胖子跑到厨房里吃了一顿夜餐，也无人察觉，其余别的人都不敢上房。约四更时，众人只好先后离去；临走时，刘泰保叫猴儿手将门灯吹灭了，摘下来扛走，罗小虎又抽出宝刀向大门上扎窟窿。

次日，猴儿手又奉史胖子之命，一清早到花市上凑了半篮子茉莉花，来到鲁宅；见木匠正在门上钉铁叶子，补那几个窟窿，门灯倒没有另挂新的。他才来到门首站了站，刚要吆喝，就有官人过来把他赶走了。今天的官人好像是更多了，他不敢近前，只好提着篮子到胡同口去卖。有鲁宅的丫鬟、婆子赶过来买，他就问："那大门口为什么不许我去呀？"婆子、丫鬟都说："少打听！"

傍午时又有几辆车出来了，车都垂着帘子，看不见车里的人，出了胡同往东走了。猴儿手猜出这必是玉娇龙出去拜客，就在车后跟着走。

车走在大街上，街南有一家酒楼，酒楼上有一人推开窗子高唱："天地冥冥降闵凶……"猴儿手看见是罗小虎，疾忙向他努嘴眨眼，就见楼上发下来几支弩箭，全都射在车棚子上了。街上立刻大乱，罗小虎下了酒楼骑上他的马，回身又射了几箭就走去，猴儿手也提着篮子赶忙跑进了一条小胡同。

这件事可真闹大了，街上、茶馆、酒肆，又传说起来了。德啸峰听了信儿疾忙命人找来刘泰保，叫他去拦住众人，尤其要监守住罗小虎，他说："十天之内，无论是谁，都不许轻举妄动，否则我就不认识他！"

刘泰保唯唯地答应着，疾忙去找史胖子，可是史胖子却说："今天一早，罗小虎来跟我借马，我就到我寄存马的地方，把马牵了来给他。他出去闯了祸，直到现在还没回来，大概不回来啦！"又笑着说："咱们为这件事都是瞎奔忙！其实鲁府丞跟咱没仇，玉娇龙咱又没交情，咱们管不管都不吃紧，只是罗小虎，咱们别耽误了人家的好事呀！"

刘泰保看出这个胖子太坏，罗小虎一定是他给放出去的，并且还是他给出的主意；虽然着急，但也没办法，只好跺脚说："这么一来，我可又得留胡子啦！谁不知道那家伙是我的朋友呀？"史胖子却只是笑。当夜鲁宅戒备得更为严紧。

事过三日，众人无计可施，刘泰保这时却忽发奇想：如今各路英雄，齐聚于此，文的武的谁都不在我以下；可是所有人都无法找着玉娇龙，原因就是夜入鲁宅并不难，可就是不知她住在哪间屋。我要是出一奇计，无论哪天，我跟玉娇龙见了面，问清她现在打的到底是什么主意？为什么她要怕鲁君佩？青冥剑反正她也用不着了，若能跟她要过来更好。那样一来，我这风头出得多么大？谁不得佩服我？一辈子都可以拿它向人夸口了。

于是，刘泰保就在家里跟他的媳妇商量，蔡湘妹立时又去找李二嫂；现在，蔡湘妹已把她的用意都跟李二嫂说明了。李二嫂的丈夫在铁府打杂，也知道他们府中现在住着一位李慕白，是江湖大侠，贝勒爷的好朋友，来此也是为玉娇龙之事。他觉着玉娇龙的事是早晚要闹穿的，刘泰保将来必得胜，还许升官发财呢！所以他们夫妇很乐于为刘泰保夫妇帮忙。

当下李二嫂又打扮了打扮，就带着蔡湘妹到她的娘家。她娘家住西城，离鲁宅不远。非到二更天她娘家哥哥不能回来，回来时衣裳里总得藏着些米面、鸡丝、肉片、海参等等；白天只有媳妇在家，连饭都不用做，最欢迎人家找她来摸牌。如今她的小姑带着肚子凸起的蔡湘妹一来到，他们就凑了个手，拉来街坊的一聋老太太，于是就抹起来纸牌，谈起来闲话。

蔡湘妹就由这妇人的口中套出鲁宅近日的情形。这妇人说："我们当家的也不愿干啦！求刘嫂子跟您房东说说，叫他上铁府伺候去吧！我们也搬家，咱们姊妹就能天天在一块儿啦，也省得我整天闷得慌，越闲越懒！"

蔡湘妹说："大哥在鲁宅的事儿不是很好吗？"妇人打了一张"幺鱼"，说："好什么？现在快累死啦！弄来好几十个官人，都是顺天府跟外城御史衙门的，都得在这儿吃饭，晚上还得预备夜宵；馒头一蒸就是四五笼，还不够吃的。厨房就是三个人，多一个也不添，快累死啦！"说着又吃了一张"九梭"。蔡湘妹也看着牌，口里却说："不是听说，那儿的新少奶奶病也好了吗？亲友们都常去看，下人们总可得些赏钱吧？"

此时李二嫂和了牌，那妇人就掉着牌说："赏钱倒是有点，可是那顶什么？时时还得捏着一把汗。晚上，是房上都有人打更，官人们一夜不睡觉。看得那么严，可是门灯还丢了，大门上也叫人扎了几个窟窿。听说是现在邱小侯爷跟他们作对，他们哪斗得了呢？那位少奶奶，就是有名的玉娇龙，简直是一个惹祸精！早先，新房四面挡着红布，除了毕妈妈跟两个丫头，谁也不许进去；端进去的菜饭可也有人吃，大概都叫毕妈妈她吃了。那屋子本来就是一间空屋子，哪有什么病人呢？"

说到这儿却又后悔失言，悄声说："您可别在外头说，说出来可就不得了! 鲁少爷那天把家人叫齐, 每人赏了二两银子, 并嘱咐说, 无论是谁, 只要向外人多说一句话, 造一句谣言, 立刻就抓到顺天府去打板子! "

蔡湘妹说: "我不能向外人去说, 我们当家的现在也不管他们这件事啦! 早先我们是奉铁府之命才管的, 现在又不在他们那儿教拳啦, 谁还愿意因她得罪人? 可是……" 她抹起牌来, 又问说: "到底是真病好啦是假病好啦? 现在别是个假玉小姐吧? "

妇人点头说: "是真的! 不假, 可是回来得也真怪! 那天前半夜还没有什么动静, 第二天可就听见那屋里有人嚷嚷, 又叫又骂, 鲁少爷也撒气。待了一会儿玉宅的大爷、二爷全都去啦, 大概商量了足有一天一夜, 就说是新奶奶的病好啦, 就出来见人啦。可是, 您听明白了, 少奶奶病好了, 少爷可不敢跟她挨近; 天一黑了, 就把少奶奶搬到另一间屋子去睡, 少爷却坐着挡得挺严密的车, 去到朋友家里睡觉去。"

蔡湘妹惊讶着说: "这是为什么呀? "

妇人说: "为防贼呀! 鲁少爷现在有一个军师, 是个花白胡子的老头子, 南方人, 官人们背地里叫他 '诸葛亮', 这些主意全是他给出的。他说邱小侯爷手下有飞檐走壁的人, 又因为玉小姐有外遇, 那男的就是个飞贼! "

蔡湘妹说: "玉小姐既然有本事嘛, 现在怎会这么听他们的话? "

妇人摸了一张牌, 又打出去一张, 撇着嘴说: "有什么本事? 外边说她如何如何, 那全是谣言! 她过门儿那天让强盗抢走了, 倒许是真的。如今又叫鲁少爷给设法找回来啦! 我虽没见过她, 可是听说腰细得连一阵风儿都禁不住。前两天还有时闹点脾气, 打毕妈妈, 骂人, 这两天乖乖儿的, 白天只出去看看亲友。那天又出了事, 她那个野汉子在街上一家酒楼上往下射箭, 她在车里差一点没受伤! 贼骑着马跑啦, 也没捉着。晚上, 她就在老妈子的屋里睡。……"

说到这儿, 她忽然又翻了脸, 向她的出了嫁的小姑子说: "下房儿在里院, 三间房子是老妈子跟丫头睡, 有个套间儿, 一到晚上鲁少奶奶可就搬进去; 屋里连根绳子也没有, 恐怕她上吊。外屋是睡着八九个人看着她, 怕强盗再把她抢走。可是人家屋里全是娘儿们, 屋里的事又不准跟别人说; 您的哥哥在厨房, 晚上他又不常在那儿睡, 你说他怎么会知道得清清楚楚的？仿佛他看见了似的？他要不是跟哪个丫头哪个婆子有一腿才怪！那天他还觍着脸跟我说呢，说邱少奶奶那天打架来还带着个小老妈，比他们宅里的焦妈全强。我想他跟焦妈一定勾搭上啦，不然他哪会知道这些事呢？"

李二嫂说："你也别多疑心，得工夫我问问他，劝劝他就是了！"于是这个妇人掀起了醋波，叨唠不休，无意中又吐露出鲁宅的许多秘密。蔡湘妹喜不自胜，抹了不到十把牌，输了不到两吊钱，她就推说身子重，精神不好，回家去了。

此时刘泰保正在家中睡觉，蔡湘妹把他叫醒，笑着低声说出了所探来的事。刘泰保跳起来一拍胸脯，说："好啦！临潼斗宝我第一，把李慕白、俞秀莲、史胖子他们全都踢到一边去，让我来出头！洗洗三败之辱，做个顶尖的大英雄，并且还得给我岳父雪恨！今天晚上，我就马到成功！"

蔡湘妹指着他说："你立时就吹牛！没你媳妇，你也办得了这件事？"刘泰保摆手说："别让旁人知道！将来我一定给你道谢！"蔡湘妹哼了一声，说："还谢什么？今晚上办漂亮一点，别泄气就得啦！"刘泰保给媳妇作揖说："我求你先说点吉祥话儿！"

少时，俞秀莲自德家回来，刘泰保把那些话一字不提，并向媳妇使眼色；他坐立不安，心里仿佛揣着弹簧。俞秀莲也没说她今天从外面听来什么事，她只说杨小姑娘报仇的事，现在是不用发愁了，大约不必远往河南就可把仇报了，只是刻下还得斟酌。

刘泰保对这件事倒是不怎么关心，他只问："李大老爷怎么样？莫非对玉娇龙的事他就永远这么不闻不问吗？自然这点小事，他大侠客也不放在眼里，他现在是讲究刀枪对敌，不愿那么爬房过脊、偷偷摸摸的了。可是他既在这里嘛，玉娇龙又拿着他的《九华拳剑全书》和青冥剑，要真是书剑被咱们得了来送到他的手里，他大侠客总也得有点脸上无光吧？"

俞秀莲说："我想他总有办法吧？现在还没到他必非出头的时候呢。"刘泰保心中暗笑：等他出头可就晚了！俞秀莲又说："第一是德五哥求他对玉娇龙加以宽容，而且他本人也不愿与女子争斗，否则玉娇龙必不能生还京师。现在玉娇龙是个安分守己的少奶奶，叫他去逼迫她，他自觉那非英雄所当为!"刘泰保说:"幸亏还有我们这一伙不是英雄的,要不然,玉娇龙不定怎么暗笑,鲁君佩不定怎么得意啦!"

蔡湘妹申斥他说:"你怎么跟俞大姐顶嘴呀?"刘泰保笑着说:"我哪敢跟俞大姐顶嘴?不过我觉着那位李大侠客跟我们的脾气不一样!"

俞秀莲微笑着,说:"不是我们的脾气不一样,是他跟我们的见识不同。连我也恨不得杀死鲁君佩,但他对德五哥说,杀死鲁君佩也无用,玉娇龙所怕的绝不是鲁君佩,不然她就不敢跑。鲁君佩的背后必定有个足智多谋的人,那人在暗中布置下了罗网,叫玉娇龙逃不出来,我们也都无法进去!"

刘泰保吃了一惊,瞧了瞧他媳妇,心说:李慕白确实有点心计!他没听人说,竟猜出鲁君佩的背后还有人,可是他绝不知道那背后的人是个花白胡子的"诸葛亮"吧?媳妇也疏忽,刚才为什么不顺便向李二嫂的娘家嫂子探询探询,那"诸葛亮"到底姓什么?住在哪儿?是个干什么的?不错!现在顶是这个人要紧。我今天得单枪匹马,把这老家伙的来历,鲁君佩天天晚上睡觉的地方,玉娇龙的卧房全都得找出;还得见着玉娇龙,问明详情,讨要《九华拳剑全书》和青冥剑,打一顿鲁君佩,吓吓那"诸葛亮"……这些事一夜之内全都得办完。不过媳妇又快要生养,不能帮助我,我一个人怕忙不过来。……如此一想,他越发待不住,向俞秀莲说了些和气话,待了一阵子,他就走了。

他身边带着一切零星杂碎,短刀之外,百宝俱全。他也不去找谁邀谁,出门时太阳还很高,他就往西城去了。可是沿途上,走一条街穿一条胡同,全要遇见三四个熟人;有的称呼他"刘二哥",有的叫他"一朵莲花",有的还说:"怎么这两天你不施展一手儿,给大家看看呢?"他真懊恼,心说:不行呀!我这个人太明啦!谁都认得我了,我可怎么办这秘密事儿呀?

走到西城,看见鲁宅那个胡同,他可不敢进去;同时又见猴儿手拿着一篮子花儿在那儿蹲着。他赶紧躲开,心中着急,就想:这些家伙成天在这儿等着,没人认识他们,他们办事可比我方便得多了,到时一定要跟我抢功!

他想先到附近饭铺耗耗时候，一拉门，看见里面的座客并不多，却有个身材魁梧的大汉，脸上刮得很干净，正在那儿吃面，原来是罗小虎。他趁着罗小虎没瞧见他，赶紧转身走开，吐吐舌头，心说：好大的胆子呀！绕过了两条胡同，走到鲁宅的南墙外，又见许多人蹲着围着，不知是在干什么了。他刚往近去走，就见人群中站起来史胖子，手拿着签筒子跟烧鸡，他又不得不躲开。

忽然迎面来了一辆骡车，跑得极快，车帘下垂，不知里面坐的是谁。跨车辕一个戴红缨帽的差人，直用眼睛瞪他，冷笑着说："少见哪！"他赶紧装作没听见的样子，车走过去了，他连回头去看看也不敢，心里却跟让凉水浇了似的，想着：完啦！结啦！这还他妈的怎么出风头呀？

但为了回去不叫媳妇骂自己泄气，他就不得不豁出去。于是找了个没人照顾的烧饼铺，用了一顿晚餐，也不敢吃饱；又跟烙烧饼的人东拉西扯谈了半天闲话，天色就黑了。他大喜，这才走出铺子，又往鲁宅走去。

第十二回　堕计错寻仇竟逢鸳侣
请君来入瓮大快人心

　　鲁宅今晚防守得益为严密，各宿室中灯光毫无，院中却辉煌得如白昼一般。防守的人也加了，各个都身穿短衣、头盘辫发，看不出哪个是官人，哪个是特雇来的打手，刀枪棍棒、钩竿绳索，一切俱全。下人们都很早地就睡了觉，少爷、少奶奶好像根本就没在家，老爷鲁侍郎本来就有病不能下床，这些事他也管不了；只有鲁太太是连夜不睡觉，她是赌上气了，说："我倒要看看邱广超他有什么能为？难道他真能放火烧了我这所宅子吗？"

　　鲁太太有个兄弟，本宅叫他为"黑舅老爷"，这家伙是个武举，有些力气和胆子。他拿着一口青龙偃月刀，指挥打手们，说："只要有贼人来，就格杀勿论。要是捉住活的，就施刑问口供，非得把邱广超打趴下不可！"

　　有人说："舅老爷！这件事跟邱广超没多大相干，其中的原因杂得很！最捣蛋的还是姓虎的那小子，他也不是专跟咱们，他是有贪图……其中的详情恐怕只有少奶奶一个人知道！"

　　黑舅老爷却说："若没有邱广超给他们撑腰，他们谁也不敢，邱广超倚仗着世爵以为没人敢奈何他。你们想，他都肯派女将出马，来这儿捣蛋，小老妈儿动手就要打人，事先要没有主子的教唆她能敢？干脆，邱广超还不定跟这儿有什么臭事！这儿娶了个少奶奶，简直是娶了个搅家精！君佩是执迷不悟，这要是我的家，我绝不能容留这祸害！"

在当院他们摆着两张桌子，桌上有茶有酒有点心，大家在前后院巡逻一回，就来这儿吃喝谈论。这初夏的时令，夜风儿阵阵吹起，他们倒都觉得优哉游哉。在后庭有三间屋子，宅中都叫它下房儿，丫鬟仆妇都在那里睡觉，现在那里戒备得特别严紧。院中两只风灯，一点钟之间黑舅老爷要带打手来这儿转三次。房上搁着个灯笼，有两人坐在瓦上，屁股底下垫着锣跟梆子；只要听见前院的更声一响，这两人就抬起屁股抄起梆锣来跟着敲。他们白天都睡足了觉，此时都很有精神，大睁着眼四下张望。但是他们还是有疏忽，此时刘泰保如同个刺猬，已由墙根过来。

刘泰保偷偷溜到下房门前，手一摸屋门，门就开了，他手里有拨门的家伙。一溜进屋，就闻得一股臭脚味，不知有多少丫鬟、老妈儿都在各铺板上睡觉。隔窗的灯光照得屋中一切清楚，他左边看看是四只小脚儿，右边看看是几团头发，呼噜呼噜的鼾声像是打着小闷雷，心说我的艳福倒不浅！

他看见北墙有一扇板门，知道里面必是玉娇龙隐藏的那个套间。他脚步特别轻，走到临近，刚要拿钢丝去拨门，忽听见身后的屋门微响；他疾忙蹲身，钻到铺板底下，不留神一只手按在了尿盆里，心说：好晦气！只见门缝并没怎么大开，一阵风儿似的就飘进来一个人。这人走得很快，脚步着地极轻，正从刘泰保的前面经过；刘泰保却看出来是一双黑绒的软底小鞋，心中吃了一惊。

这女人到套间的门前一拨，即走入；刘泰保探头往外一看，见那一闪的背影带有双刀，心说：好嘛！我们两口子费了很大的事，倒给她辟了路啦！不用说，一定是白天在家里，自己的脸上露出了形色，叫她看出来了，所以紧紧跟着我；我先进来的，她反倒抢了先。好！我倒要听听她跟玉娇龙是善说还是恶说？于是刘泰保爬出床铺来，蹲在套间的门缝前，侧耳向里偷听。

只听屋中大概是玉娇龙，问道："外面还有谁？"刘泰保吓得几乎坐在了地下，疾忙抽出短刀，却听屋里的俞秀莲说："是刘泰保！"声音很小，但玉娇龙却并不十分压声，她喳喳地说："我已然不惹你们了，你们何苦还来逼我？非得逼得我倒行逆施吗？"刘泰保打了个冷战，心说：不好! 要翻脸。

俞秀莲也像是很生气, 说: "你混蛋! 你不明好歹! 五哥五嫂是关心你, 怕你在此受委屈。咱们以前的事也不用提了, 你有什么为难的地方我可以帮助。你玉娇龙受这欺辱, 自愿忍气吞声, 我还看不惯你给江湖丢人哩! 你的身上没有伤不是? 手脚还利落不是? 快点跟我走! " 就听玉娇龙嘿嘿一笑, 接着又叹气, 并听咕咚咚一阵脚步声, 好像是俞秀莲拉她走, 她却不肯走。

刘泰保怕她们立刻就相拉着出来, 把自己撞着, 就赶紧又往床底下去钻; 不防太慌张, 嘣的一声, 头撞着了铺板。有个婆子惊醒了, 问声: "怎么回事? 陈姐姐! 醒醒! 你听听! " 套间里全无声息。刘泰保在铺底下学了几声耗子叫, 婆子就骂道: "这些耗子, 也疯啦! 明儿非得抱个猫来不可! "

此时外面的梆锣声梆梆梆梆铛铛铛铛交了四下, 各处应合, 这座房上更是敲得特别响, 院中并有沉重的脚步声、大声的说话声。屋里的丫鬟仆妇大概全都醒了, 有的娇声伸懒腰, 有的低声骂着: "穷吵什么? " 有的说: "我做了个梦! " 又有人说: "你别压我的胳臂呀! " 床板子咯吱吱地响, 许多人都翻身, 还有个丫鬟说: "臭虫咬, 又不许点灯! " 刘泰保在铺底下趴着, 心说, 可千万别点灯!

趴了一会儿, 窗外的说话声没有了, 铺上又发出许多鼾声, 套间里却声音毫无。刘泰保刚要挪动挪动身子, 好躲开旁边那太难闻的尿盆, 忽然见有一人蹲着身向床底下拉他的胳臂; 他吓了一跳, 以为是俞秀莲叫他快走, 就赶紧爬将出来。那人又拉了他一下, 他仰面一看, 不是俞秀莲, 原来是玉娇龙!

玉娇龙翩然进到套间, 门留了一道缝儿。刘泰保鼓起勇气, 蹲着身走进套间; 挺直了腿站起身来, 就见窗上灯光很亮, 俞秀莲已无踪影, 只有一身绸缎的玉娇龙站在自己的面前, 相离着很近, 就像眼前栽了一棵牡丹似的, 扑鼻的香。刘泰保心中从来没有过这样感觉, 又惊又怕, 外带有点儿销魂, 就拱拱手, 悄声说: "小姐! 我来也是奉德五爷五奶奶之托! "

玉娇龙推他一把, 说: "快从窗户逃走! 不许再来! 我在此是自己愿意! " 刘泰保点头说: "是! 遵命! " 想了想, 又回过来说: "可是罗小虎那位大爷我可拦不住他呀!"

玉娇龙叹了一口气,说:"随他便! 刚才我已跟俞秀莲言明白了,不叫她再管。我在此随时可以走,谁也拦不住我,我并不怕谁,只是你们不要来搅我。早先的事全是我的错,以后我不再与你们作对,你们可也不必来缠我了!"

刘泰保说:"大家对您全是一番好意。"玉娇龙点头说:"无论是好意坏意,明天如再有人来,我可就要辅助这里的人跟他作敌,那时可别说我恩将仇报!"说着将窗户一推,原来这窗户早就动了。

刘泰保刚要往外跳,院中却有人大声笑着说:"快天亮了! 天亮了好睡觉!"刘泰保赶紧又蹲在地下,仰脸向玉娇龙摆手,说:"这儿不妥当!我还是从外屋抓空儿溜吧!"说着站起身来,向玉娇龙又一拱手,悄声说:"玉小姐! 年前多次打搅,您不要我的命,就算是恩深德厚。可是我起先也不是成心跟您为难,是因为碧眼狐狸的事儿,又因为敝岳父。"

玉娇龙叹了口气,说:"我很对不住你的太太,用镖打死蔡九是我一生做过的唯一错事,将来我再设法弥补罪愆吧!"

刘泰保说:"其实也不要紧! 两家既然交手,就难免死伤,再说我知道小姐绝不是存心要他的命。只是我刘泰保为这些事荒时废业、丢了名声,到现在简直无法在街面上混了。"玉娇龙说:"你可以向人说,我在你的手下服了输!"刘泰保笑说:"那谁信呀? 我来的打算,就是……小姐可别生气,就还是为那口宝剑。小姐如今已成命妇,要那也无用,不如赏给我;我送还铁府,借此谋个差事。"

玉娇龙摇头说:"那可不行! 李慕白来了我也不能够给他,将来还要用它。你快些走! 我也没有许多话对你说,刚才我把话都对俞秀莲说尽了,就是求你们走! 求你们以后别再来搅我们两家!"

刘泰保却嘻嘻一笑,把腰挺起来了,说:"小姐的话说到这里,我可倒要拿点搪啦! 现在天快亮啦,我也懒得动啦,吃官司、挨打、丢脑袋,我早已置之度外。小姐早先写给铁贝勒的那半封信,我早托给我一个朋友拿着啦;只要我一死,他立刻就能去告衙状替我鸣冤。不是我要无赖,就是贼来不能空手走,请您快把青冥剑给我!"

玉娇龙冷笑说："你别错打了主意，以为我不敢声张吗？以为我真怕你们来搅吗？"

刘泰保退了一步，两只胳臂往前胸一抱，说："我想大概有点怕！反正一句话吧，我的命，跟鲁两家的脸面，玉大人、玉大知府二知府，跟这儿鲁府丞的官儿，都拴系在一块儿了！我完，他们谁也不能不完！"

此时窗外又有许多人巡逻，眼看已将到了五更，玉娇龙半天也没有说话，刘泰保已看出来她很是着急。忽然玉娇龙一回身，从床下抽出来宝剑，交给刘泰保，连声说："快走！快走！"刘泰保倒吃了一惊，接过剑来手有些发颤，还恐怕是假，从身边掏出个小铁钩儿来，往剑锋上试了试，果然应手而折。他不禁笑了，向玉娇龙请个安，说："招小姐生了半天气，可是我也实在没有法子！"玉娇龙悄声说："快走吧！小心一些！"刘泰保点头说："我知道我怎么来的？"说着喜孜孜、轻悄悄地又走到了外屋。

因为院中还有人，他不敢即时出去，所以又蹲下，心中想：大功告成！回家去先夸示于媳妇，明天再夸示于李慕白、俞秀莲……连秃头鹰都得叫他看看，然后用红缎包裹献还铁贝勒，别叫他就以为李慕白的本领大。

此时，院中的声音已沉寂了，各床上的女人也都睡得正酣。刘泰保先伸手由一张铺上拉下来一件粉红色的女人衣裳，大概是丫鬟穿的，披在自己的身上，双手抱着宝剑，先蹲着身去启开屋门，然后直起身往外就走。不防对面的房上就有人看见他了，询问了一声："要干吗去？"他擦着窗户走，扭扭捏捏地学着丫鬟的样子，并作出娇声来，说："我要上茅房去呀！肚子不好呀！"不料房上喊了声："有贼！"立时锣声梆声齐起，前院后院都涌进来拿着刀棍的人。

刘泰保抛了丫鬟衣服，疾忙上房，不料房上有二人齐抡刀向他来砍。刘泰保用剑相迎，嗖的一声，一把刀就被斩断，心说：好剑！他抖起威风来又要斩断那个兵刃，却不料下面伸来了钩竿子两三根，齐都钩住了他的腿，就听咕咚咚哗啦一阵乱响，他的身子连同几片瓦一起摔下房去，头上又挨了一木棍，打得他眼睛发昏。一个前失，对面又有刀砍来，他疾忙将身一滚，性命逃开了，青冥剑可也撒了手。想要上房逃走，房上却又有人，四围的刀棍齐向他递。他手中又无寸铁，命在顷刻之间，便大喊道：

"我一朵莲花把命交给你们,你们可也……"

这时忽见房上摔下来几个人,两旁的人也纷纷喊叫着倒地,一支弩箭差点误射着刘泰保的屁股。就见一条莽汉从房上跳下来,一手抡刀,兵刃碰着它就折;一手射弩箭,中了箭的人就惨叫。来的正是罗小虎! 他一面乱砍乱射,一面大喊:"刘泰保快走!"刘泰保趁此机会就上房逃命,并喊着:"小虎也飘吧!"罗小虎却如洪钟一般大声喊道:"我不走! 我要见见鲁君佩!"

此时刘泰保逃了命,俞秀莲是早被玉娇龙给气走了,对这些事她灰心不管了,只有罗小虎一人在拼斗。他斩断许多只刀棍,射伤十几个人;但无奈人是越来越多,黑压压的围满了这院子,将他困在垓心。他一手擎弓装箭,大喊着说:"谁敢进前一步,就小心老爷的刀跟箭! 老爷决不逃,快叫鲁君佩出来见我! 快,揪他出来!"

四围的人都站在四五步之外,持枪拿刀的比着他,可是无人敢近前。那黑舅老爷站在屏门口高声问说:"你小子叫什么名字?"罗小虎横刀说:"老爷名叫罗小虎,外号半天云。"黑舅老爷说:"那天在玉宅门前射轿子的是你不是?"罗小虎点头说:"在街上射车的也是我!"

黑舅老爷暴怒着说:"你好大胆! 你对官眷施行无礼,拦街伤人,就是强盗就该杀! 你实说,你怎么认识的玉小姐?"

罗小虎摇头说:"没甚交情,不过在新疆时她是小姐我是强盗。有一次我打劫了她,她劝我不可为盗,应当去求功名,我就恭恭敬敬将她送归;从此我就洗了手,再没别的事了。此次我到京师来,听说她嫁了人。她嫁别人我不管,她嫁鲁君佩我可真生气,大概你就是鲁君佩,看你那黑鸟样? 着箭!"话音未落,黑舅老爷应箭而倒。众人刀枪齐上,罗小虎猛兽似的跳纵着舞宝刀迎敌。

这时忽听前院梆锣声又起,并有人大声嚷嚷着:"又有贼来了! 卖烧鸡的胖子! 卖花儿的小子! 哎呀! 原来也都是贼! 拿……"人声愈乱,这里的许多人也跑往前院去助战。罗小虎越发抖起来威风,一面舞刀,一面大喊道:"娇龙! 为甚在这里受这鸟气? 快些远走高飞!"只听一片锵锵刀刃响,呀呀的受伤人的惨叫声,劈啪的摔瓦摔灯之声。又听有人嚷:"猴儿要放火! 快泼水! ""小心! 胖子往后院去啦! "更听一阵紧紧的呼哨之声, 屋瓦乱响, 群声喊叫: "拿! 跑啦……"

渐渐的杂乱声又消降下来, 却闻得受伤人的呻吟声更加凄惨。屋里的仆妇丫鬟都趴到铺板底下, 动也不敢动。套间里的玉娇龙却芳心如绞, 卧在床上不住地痛哭。

过了些时天色亮了, 鲁宅的更夫多半都中了箭伤, 所以连五更就没打。贼人已全都逃走, 地下留着些断刀折棍, 还有那口青冥剑。有人愁眉苦脸的正在打扫院子, 忽见少奶奶满面泪痕, 自屋中走出, 到院中拾起来宝剑又进屋里去了。鲁太太在上房气得直骂, 仆妇丫鬟们走出屋来都面如土色, 做事都没有精神, 彼此说话也都声音很小。

直到太阳高高地升起, 朝烟已散, 门外才来了许多车辆, 是鲁君佩从别处回来了, 有几个人挎着刀保护他。还有个花白胡子、瘦得跟狼似的老头儿, 穿着绛紫色褂子、青缎坎肩, 纽扣上戴着一串十八子的香串; 腰间系着绸带, 上面还挂着眼镜盒跟怀表; 穿着皂鞋, 头戴青纱小帽, 手里拿着一柄折扇, 扇面上写的是"阴骘文"。这人弯着腰, 背后挂着一条猪尾巴似的小辫, 被鲁君佩恭恭敬敬地请到里院。就有人在背后朝他努嘴, 悄声说: "看诸葛亮还有什么主意? "

这瘦老头儿站在院中, 叫人把昨夜之事寻根究底地问了一遍, 他并不暴躁, 也不惊慌, 听后只是微微地点头。上房的鲁太太知道儿子回来了, 就把鲁君佩叫到屋里骂了一顿。所骂的话绝不像是一品夫人说的, 并且声音很高, 窗外都听得见, 是说: "这样的媳妇你还要她干吗呀? 她不定交了多少个强盗汉子啦! 休了另娶就是啦! 丢脸也是他玉家的姑娘, 碍不着咱们鲁家的事! 这样天天晚上闹, 谁也受不了, 杀人放火的, 咱们这宅里成了战场啦! 弄的这是什么事呀? 我看再闹几天, 就是不出人命, 咱们这点家当也就快抖露完了! 你的差事也就不用干了! 我也得死! "

半天, 鲁君佩才愁眉不展地走了出来, 走到那瘦老头的面前, 悄声说: "我想先叫她回娘家去住几天吧? "瘦老头儿却连连摇头, 拉着鲁君佩往外院走去, 一面走, 一面悄声对他说: "你以为把尊夫人送回娘家去住, 就万事皆休了吗? 你还要防备, 他们所恨的还是你呀! 你既然与他们结下了深仇，非你死，就得他们伤，不然解不开呀！当先我也曾预言过将来的后患，叫你斟酌，你全都不在意；那么已然如此了，中途若再隐忍姑息，迁延躲避，可是更糟更糟！何况我已拟得办法，你到书房来！"鲁君佩紧锁着两道眉，垂着一张冬瓜脸，又随着这"诸葛亮"到书房去秘密商议办法去了。

少时南城的萧御史也到了，三个人在一起低声谈话，忽然听人报道："玉大少老爷来了！"三个人才立时将话止住。玉大少老爷即是宝恩，闻讯来到，急得他满头是汗，一句话也说不出来。到里院去看了看胞妹娇龙，见倒是无恙，可是容颜惨暗，对哥哥也没有什么话说。鲁君佩对大舅子毫不客气，说话时撇着嘴；旁边的萧御史说话倒是很谦恭，话语之中却带着嘲笑和威胁。玉宝恩脸色一阵儿变白，一阵儿变紫，但却不敢发作。此时那"诸葛亮"已经回避了，玉宝恩在此又坐了半天，方才告辞走去。

时已偏午，这时京城中铁骑遍走，情势十分严重。茶馆酒肆之中还有许多人围在一起，悄悄地谈说昨晚鲁宅所发生的惊人奇闻。这几天常在玉宅门前抽签卖烧鸡的那个胖子，跟那卖茉莉花的小子，今天忽然全不来了；有人传言他们是贼，昨夜闹鲁宅的就是他们，可没人晓得他们在哪儿住。刘泰保又没回家，有许多跟刘泰保素识的，此时都避免嫌疑不敢出门了。午后，有人看见邱广超坐着骡车往铁府去了。

当日晚间，神秘恐怖的暮色又冉冉升起来。铁府内书房聚集了几个人，当中坐的是铁小贝勒，眼前放着一盖碗酽茶；旁边是邱广超，面带义愤；德啸峰坐在邱广超的右边，手托着水烟袋，捻着胡子，样儿有点忧烦；玉宝恩是坐在斜对着铁小贝勒的一个小凳上，面容极为惨暗，连头也不抬。铁小贝勒说："事情闹成这样，真不能不想办法了。今天有两个御史递折参奏世袭靖平侯邱广超收容匪人，纵庇江湖大盗，屡次趁夜往顺天府丞鲁宅中行凶。"

邱广超在旁微微冷笑，德啸峰说："其实他真冤枉！不过是因为他的夫人到鲁家打过一架罢了。正经倒是我，这几天在鲁宅搅闹的人，我都认识他们！"

铁小贝勒就向玉宝恩说："你听，啸峰他都说实话了！他已在我跟前自认结交江湖人，你还有什么不可对我说的呢？"

宝恩立起身来说："卑职在外多年，幼年时又未随家父在新疆，十几年来舍妹的为人如何，卑职实在不能深知！"铁小贝勒面有怒色，说："你若不肯说实话，这件事可就难办了！"德啸峰在旁十分着急，直向宝恩使眼色，并悄声说："你实说了不要紧！"

宝恩这才落下泪来，说："舍妹的为人如何，卑职实不知道。人说她会武艺，曾窃去钧府宝剑，连家严家慈都不知道；或许因管束不严，她又韬晦过深之故。不过有一件事，卑职至今仍有些疑惑，即是此次卑职入京省亲，中途为大雨所阻，宿于紫微庙中，雨夜遇盗，为侠客所救。半夜女儿蕙子惊呼，说亲眼看见了她龙姑姑立于床旁……"宝恩把此事详细地说了一遍，铁小贝勒等人面面相觑，齐现出一种惊佩和惋惜之态。

铁小贝勒又问到玉娇龙此次是怎么回来的，玉宝恩更为恐慌，就说："卑职实在不知，只知舍妹病好了，就出来见人了！"铁小贝勒摆摆手令他走去，宝恩如同一条被人捉住的鱼又得放生似的，恭谨地向室中所有的人请安行礼，疾忙走了。

这里，铁小贝勒叫来得禄换了茶，就叹息着说："宝恩是个老实人，胆子又小，要叫他当着我的面承认他的妹妹是飞贼，他死了也不敢，这其中必有隐情！"于是又命得禄到前院请来李慕白，共同猜测此事。

李慕白就说："昨夜俞秀莲在鲁宅私自见了玉娇龙，玉娇龙却说不叫大家管这件事，否则她就要跟大家翻脸了。看她那样子是很忏悔过去，愿从此做个规矩的妇女。不过又听说她时常哭，而且对鲁君佩的种种侮辱她都甘受，未免又有些可疑，或者她是自有打算，只是时机未到？"铁小贝勒默默不语。

李慕白又说："俞秀莲已发誓不再管这件事了；刘泰保昨夜几乎被擒，今天在积水潭他的下处睡了一天，也没有吃饭，想是他懊烦已极。只是罗小虎，这几天没人晓得他住在哪里。"

铁小贝勒震怒说："把此人除去，就没有事了！你们见了他叫他快离开京师，否则我要办他！本来大家管这件事，只是为使玉娇龙不再恃仗武艺，横行不法。再看半个月，她果然真是定心在鲁家做媳妇，你们就不用再管她了，宝剑我都可以不要。只是罗小虎，因他与你们相识，我才暂时可以网开一面，放他赶紧走，叫他断了想头。他早先是个大盗，如今是个流民，无论如何也跟个小姐配不上，他那样屡次拦街胡闹，我实在不能容许！"

大家都默默不语，少时一同告辞。出了书房，几个人又一同到李慕白的宿室去密谈。一进屋，德啸峰就笑着说："这间屋子才款式呀！可见贝勒爷待你优厚。"

李慕白摇头说："我决不愿在此多住！虽然铁贝勒叫人不要再管玉娇龙之事，但我迟早还是非见她一面不可！只是，她现在深闺中，使我见不到她。俞秀莲昨日向她询问哑侠的生死和那两卷书的下落，她都不肯实说。可是我相信迟早必定能跟她在外遇面，玉娇龙为人刁毒险恶，鲁君佩纵有手段也绝限制不住她，她绝不能甘心做鲁君佩的媳妇！"

邱广超仍愤愤地说："事情完了之后，我要单独对付鲁君佩！"德啸峰却从中解劝，主张暂且息事，看看光景再说。又谈到他儿媳复仇之事，说务留俞秀莲在京多住些日，这件事完了，再慢慢商量那件事。谈了一会儿，天已二更，德啸峰与邱广超就各自回宅去了。

次日没听说鲁宅再出事，但有人从那里过，看见戒备得仍是很严。又过了两天，除了听说有官人在西城看见了半天云罗小虎带着两个喽啰似的家伙，官人追拿没有拿住，就再没什么事了。俞秀莲在蔡湘妹家中住着，心灰意懒，很少出门。刘泰保是气得病了，史胖子、猴儿手又全无下落，李慕白同着孙正礼倒时常在街上走。鲁宅的少爷仍然是晚出早归，他住的那地方极为严密。

玉宅玉大人的辞官呈子已然邀准，提督正堂换了一位姓包的，听说是铁面无私；接任以来，宣布要严办城内流氓宵小，因此吓得秃头鹰等人都不敢上茶馆。玉太太因惊恐、忧虑，病势益重，宅中的人都在预备后事了。姑奶奶玉娇龙每天回来望母，听说她忧思憔悴，已损了芳颜，由婆家至娘家车辆往来时，都有许多人保护着。

天气是日益炎热，但轰轰烈烈的一件事情一件奇闻，至此反倒渐渐冷淡。一般好谈新闻好看热闹的人，现在只有希望玉宅快搭白棚大办丧事，并要看看玉娇龙穿上孝服是怎么个玉？怎么样子的娇？不过却都又担心着那只虎到时又乱放冷箭。

一日深夜，玉宅内玉太太的病房中，有大少爷宝恩带着女儿蕙子，衣不解带地随时服侍。大少爷天性至孝，蕙小姐又是祖母最宠爱的孙女，半夜，玉太太呻吟着说了许多话，说："可怜龙儿！事情都不怪她，是怪在新疆时我对她看顾不到！"又说死后如何发葬，务须节俭；将来你们兄弟必须留下一人在京，以事奉父亲，照顾妹妹……玉宝恩抹泪答应，蕙小姐拉着她祖母的手痛哭。

窗外雨声潇潇，室中银灯凄暗，不料这时就有一女贼启门而入；她全身青衣手持双刀，左脸上贴着一块小膏药。见她进屋来，玉宝恩惊慌央求，但女贼一刀杀伤了可怜的蕙小姐，并将灯台向老夫人的病床上打去，几乎失火。女贼临走之时自称为俞秀莲，系奉李慕白、邱广超之命来做此事。蕙小姐刀伤在背，虽伤势轻微，不至于死，可那痛苦也非一个小女孩所能忍受。玉太太因此惊吓急痛，病愈不想，只剩了一线气息。

当夜派人往鲁宅去接请姑奶奶，令人很奇怪，姑爷鲁君佩今晚却在家里。闻了信，夫妻在急雨之中、戒备之下，乘车赶到了玉宅。鲁君佩一进屋见着丈母娘，就流泪大哭；又看看内侄女的伤势，他顿脚愤恨，立时要拿他跟玉大人的名片去通知南北衙门和顺天府，请即刻捉拿俞秀莲、李慕白、邱广超到案。

玉娇龙却将他拦住，说："俞秀莲跟李慕白都是江湖豪侠，他们现在必不至于胆怯逃走；可是你们就是派一两千名官人，也绝不能把他们捉住。现在，没有别的法子，只求你们今天晚上放我出去一趟吧！"

玉宝恩在旁把脸色吓得惨白，紧紧皱着眉说："依我看就把这件事隐忍下去吧！那女贼还能再来吗？"鲁君佩却望着他的夫人，不说话也不再表示着急。他的态度很冷酷，意思是说，伤的是你的侄女，快要死的是你的母亲，你爱怎么办怎么办，我不管！

当下玉娇龙神色严厉，一洗她近几日的忧郁悲伤之态，她一方面嘱咐家中的仆人不要把这事传出去，以免外面再有人造谣；一方面派人去打听俞秀莲那些人的住址和情形。她急急开了刀创药的药名，命人去搜罗了来，亲自给侄女蕙子敷药医治。这侄女是几个侄女之中她最喜爱的，如今小小的孩子受了这样的重伤，就如同是伤了她的肺腑一般，令她心痛而气愤。

看完了侄女的伤势，她又去看母亲的病，玉太太呻吟着说："这是怎么回事呢？龙儿，你说这是怎么回事呢？莫非是你爸爸做官的时候杀的强盗太多了，才跟强盗结下了仇，才这样屡次三番地来害咱们吗？"玉娇龙只流着泪安慰了母亲几句，并不多说话。玉二少爷宝泽是永远呆若木鸡，大少爷宝恩是愁眉不展。

鲁君佩这些日来到丈母家中，总是沉着脸，摆着"娇客"的架子；而今天却是极为谦恭，对待他的夫人玉娇龙也不像往日那般冷酷无情了。看完了岳母的病，天就亮了，雨也住了，他又去看岳父。玉大人自辞官蒙准以来，就在书房一待，连屋门也不出。姑爷来见他，他只是叹息，说："家里有女贼，怎能不从外边招来女贼呢？这回伤了蕙子，还算便宜，将来我这条老命都许送掉，你提防着好了！咳！咳！"

鲁君佩打了个冷战，勉强笑说："岳父大人不要错猜，也不要忧虑。这件事小婿自有办法，三五日内将城中潜伏着的大盗俞秀莲、罗小虎、刘泰保等人拿来就是，把他们治了罪，也就不至于再发生什么事了！"

玉大人却连连摇头，叹息说："与人家何干？"拍拍胸又说："我心里全都明白！"又把脚狠狠顿了一下，说："头一个贼人就是高云雁！小人有才，适足以助其作恶，他害得我家非浅啊！"

鲁君佩对于他岳父发的这些牢骚，心里也明白，只是不便答言，同时心中也乱得很；紧皱着眉坐在岳父的对面发了半天呆，忽然又站起，恭敬地退出屋去。此时派去打听消息的人已然回来了，报告说："咱宅里昨夜的事，外边还没知道。我们听说俞秀莲就住在花园大院刘泰保的家里，白天常到德家去；李慕白是住在铁府内。那罗什么虎却跟他们分开着，好像他们不是一伙儿似的，不知他住在哪里。只听说他们都有铁小贝勒在暗中护庇着，若是把他们拿到衙门里，恐怕就伤了铁小贝勒的面子！"报告完了退出去，鲁君佩仍然在那里发愁发怔。

待了一会儿，忽然有自己宅里的一个丫环出来说："少奶奶有请少爷。"鲁君佩心里倒一惊，倒背着手儿进了玉娇龙休憩的屋子。这里就是玉娇龙早日的闺阁，就见玉娇龙把丫鬟仆妇都摒出屋去，她就像面上敷着一层秋霜似的，冷冷地说："从今以后，你放心，也不必再用手段挟制着我啦! 我倾心愿意做你的妻子了!"

鲁君佩受宠若惊，连连笑着说："不是我愿意这样，也不是什么挟制你，是……我真真不得已，我所求的是你能跟我有……有闺房之乐!"

玉娇龙紧闭着嘴喘了两口气，瞪着眼睛说："可是你得容我在娘家暂住十天，把青冥剑也赶紧给我送来! 十天之内，我做出什么事你们都不要管; 十天后我就回家去，我一定死心塌地做你的妻子!" 鲁君佩喜欢得全身的肥肉都直颤，连连笑着说："好! 好! 我都依你!" 玉娇龙把瞪着的眼睛徐徐收缩，喘了口气，转过身去，轻声说："你走吧!"

鲁君佩遵命走出，他这时是高兴极了，辞别了岳父岳母和两位大舅，出门上车放下车帘，就赶快回到自己的宅里。然后派了四名妥当的人，并叫了他最近请来的一个会武艺的人，名叫五通神尤勇，五个人共乘着三辆骡车，把青冥剑送到玉宅。玉娇龙亲自到外院，叫仆妇将剑接过来，拿到她的闺阁内。

如今，玉娇龙就像才解开了身上的绳索，感到悲伤又愤恨，决定今夜就去大战俞秀莲，以为侄女雪恨，并决定非杀死俞秀莲不可! 倘若杀死了俞秀莲之后，自己仍然不死，那就只好甘心做自己所嫌恶痛恨的鲁君佩之妻了，看他们有什么方法再对付我……虽然在这极度的气愤之下，她是自己说自己愿意的，但一种悲痛仍不禁自心底生出。她极为焦躁地望着窗外，发着恨说："为什么还不赶紧天黑? 人面兽心的俞秀莲，今晚到底要让你知道我!"

当日，日光移动得仿佛特别慢，京城中也格外显着宁静，谁也不知道玉宅里是这样的紧张。刘泰保近几日心灰意懒，羞见朋友，也懒得再打听这些事。他连日又伤风感冒，连饭都吃不下去，就在积水潭破房子里躺着，永不出屋。屋里花牛儿李成、歪头彭九、秃头鹰等人在他这儿赌钱，都给他拿拳头打走，大骂着，说了许多绝交的话。

这天蔡湘妹来找他说："你不回去是怎么回事呀? 难道就永远在这儿

穷熬？跟头也不是栽了一回啦，越栽越结实，那才是硬骨头小子！"

刘泰保唉声叹气地说："这回跟头可一下把我栽的泄了气啦！我再也挺不起腰来啦！费尽千方百计，出死入生，好容易由玉娇龙的手中把剑要来，眼看就要大出风头了，他妈的一转眼间，丢人抛剑；不是虎爷救我，我连命都完了！现在我没别的说的，只是怪我学艺不高，人头儿太差，没办法，我不回家就是因为没脸见你！"

蔡湘妹说："你早就没有脸了！可是你没脸见你的媳妇，还没脸见你的孩子了吗？"刘泰保没词儿了，蔡湘妹一把将他揪起来，说："快走！回家去另打主意，北京城混不住了，等我分娩了，咱们到外省去卖艺。"

刘泰保说："咱们这个艺还卖呀？谁买呀？"

蔡湘妹就说："那么，咱们就什么事也不干，等着饿死！"又悄声说："你知道吗？我手里现存的钱连十两也不到啦！过几个月，连请收生婆的钱也没有。那难道你就永远在这儿躺着永不回家，汉子在一边，老婆在一边，拖着两份房钱，你就装死鬼？我真命苦，爹妈都死啦，跟了你，满想着你是个大英雄，谁知道你是这么一块料。你看看人家李慕白、罗小虎多好？连猴儿手都比你强！"说着蔡湘妹就掩面哭了。

刘泰保噌地跳起来说："什么？你先别长他人的志气，灭自己的威风！罗小虎那怔劲儿，猴儿手那个贼样儿，那我许比不了，李慕白我还自觉真不在他以下。我虽然屡次丢人，可到底叫玉娇龙怕了我！总比他李慕白来京城什么事都不干，还觍着脸称英雄强得多！"

蔡湘妹说："人家倒是有脸觍呀？你自己早就把脸摘下来擦了屁股啦！"

刘泰保摩拳擦掌，说："好！你先瞧不起我！冲你的话，我非得做出点什么事给你看看！我不回家，非得挣回脸来才回家呢！可是我要闯了祸、出了名，死在他们鲁宅、玉宅的大门口，你千万别去领尸，李慕白、罗小虎、猴儿手都是光棍儿，你随便去改嫁！"

蔡湘妹啪的很脆的一声，打了他个嘴巴，然后她哭泣着把丈夫抱住，说："你别出去闯祸！我是故意激你啦！其实你比他们都好得多！"

刘泰保经他媳妇这样一劝，觉得脸面也有点挣回来了，遂就跟着蔡湘妹回家。走到半路，正遇见秃头鹰，秃头鹰慌慌张张仿佛有什么事，把刘泰保拉到一条小胡同里，趴在他的耳朵旁悄声说："昨天玉宅里又发生了事，听说是有女贼进去把家里什么人伤了！"刘泰保吓了一大跳，也顿然觉着有精神了，向秃头鹰说："赶紧再去打听！我在家里听你的信儿！"秃头鹰走了，刘泰保跟着蔡湘妹回家。

这时候俞秀莲正在他家中。俞秀莲因为那天夜里见着了玉娇龙，觉得玉娇龙毫无侠女气概，还自称愿嫁鲁君佩，因为她没法子，但是为什么没法子，她却不肯实说。而且她不但不感谢俞秀莲不计旧嫌反来关怀探慰之情，还几乎变了脸，并嘱俞秀莲转告众人不要再来打搅她。因此俞秀莲一怒，决定不再理她。原想即日就走，但因德啸峰留住她，说是半月之后，请她着手侦查杨丽芳的仇人之事，俞秀莲又只好留此。虽有蔡湘妹为伴，可是两人的话根本谈不到一块，所以也很是无聊。

今天她也没找德大奶奶去，只在屋里弄弄针黹，忽见刘泰保同着蔡湘妹回来了。刘泰保见了俞秀莲，不禁满脸通红，就又惊疑地把刚才秃头鹰所说的那话重述了一遍。俞秀莲不由得一怔，细想了想，就纳闷地说："这是哪里来的女贼？近年江湖上没有什么女的，早先有个红蜂子柳梦香，已被李慕白误伤身死；还有个张玉瑾之妻女魔王何剑娥，她是在开封府因为施毒计要害我，被我杀伤了。除了这两个人之外，近年江湖上并没有什么女的呀？"

刘泰保说："这可也说不定！玉娇龙还不是去年才出世的吗？"又指指蔡湘妹说："您妹妹她要是趁着玉娇龙没在家，她的肚子再不这么大，这事她也办得来。我想这一定是除了我们之外，另有江湖英雄侠女潜来京师。"

俞秀莲愤愤地说："不敢去直找玉娇龙，却往人家的娘家枉杀无辜，这还称得起是侠女？"她抛下了针线，就说："我出去打听打听！"

蔡湘妹疾忙拦住说："秃头鹰已经去打听去啦！他比咱们有本事，他认识的人多，街面熟，并能不叫人留心他。您要是亲自出马可就不行了，那女贼要是瞧见了您，一定早就吓跑了！"

俞秀莲又叫刘泰保去找史胖子跟猴儿手，刘泰保说："他们不定飞到什么地方去了,我到哪儿去找他们呀?连那虎爷这几天都不知钻到哪座洞里去了,现在我刘泰保真是成了一朵莲花,光杆没叶儿,连个陪衬都没有了!"

蔡湘妹笑着按着俞秀莲坐下,说:"您等等!秃头鹰待会儿就来!"她心里是想把俞秀莲拦住,留着这件事这个风头给刘泰保出,好叫她的丈夫挣回来左脸与右脸。

当日直到晚饭后,秃头鹰才来,说:"打听不出来详细的!不过事情是真的不是假的,受伤的是玉宅的谁,也无法知道,大概绝不能是玉娇龙吧!"又吐了下舌头说:"罗小虎好大胆!今天我在玉宅东边看见一辆新骡车,绿呢的车围子,我想里面坐的一定是官;可是那赶车的我却瞧着他眼熟,脸上有块刀疤,拿纬帽斜遮着。车帘有一道缝儿,我走在对面往里溜了一眼,原来正是虎爷!头戴青纱小帽,身穿青绸长衫,手拿着折扇,真像是那么回事儿似的!胡子也刮了个净光,脸比镜子还亮,不知他又打的是什么主意!"

刘泰保也惊讶了一会儿,笑着说:"那家伙倒真是有胆有为,这一定是找着他的那两个喽罗了!他还是不死心,还是要抢回他的老婆来。那家伙办事,起初总是很精细、有耐性,像细细地切肉丝儿似的,可是等到炒起肉丝来,他一定就要乱炒一气,结果又弄得一塌糊涂!"

蔡湘妹脸上有点害怕的样子,摆手说:"这几天你们别出门了吧,暂时别办这件事啦!小心罗小虎一人闯出祸来又牵连咱们!"又扭头向俞秀莲说:"大姐!您说我这话对不对?"

俞秀莲沉默着不语,良久,才愤愤地说:"有关玉娇龙的事,我也真不愿意听人再提了!"

少时秃头鹰走去。天色已黑,因为刘泰保回家来了,所以俞秀莲叫蔡湘妹把她的铺盖及双刀,全都拿到南屋;她的铺盖原来存在德家,这是前几天才由那里取来的。点上了灯,蔡湘妹又跟她在一起谈了一会儿闲话,给她泡上了茶,就笑着说:"大姐歇着吧!"便往北屋去了。

俞秀莲独自在这屋里,屋中的灯很亮,玻璃上没挡着什么东西,可以看见外面非常阴惨,月被云遮的欲雨天色。一到了这时候,她的精神上不由就有一阵兴奋，因为自幼小时至现在，练习功夫总在深夜；而历年行走江湖，仗义任侠，与强梁撞斗，防人暗算，也总是在夜深的时候居多。所以这时别人都要安眠了，她反倒难以入睡。今夜又没有什么事可做，闷闷地坐在屋里，手拍着案上放的双刀，这刀是今年新打的一对，较以前的刀分量重。她心中不禁扰起一阵愁绪。灯光一跳一跳，她的心波一撩一撩，不免又长叹了两声。

夜已深，地临城墙，门前是一片旷场，敲更锣处像离这里很远，不大能听得清楚。她坐在这里，渐渐就觉得困倦了，几乎要睡着了。蓦然有一声音将她惊醒，她睁开眼一看，见屋门已然开了，由外面进来一个青衣青裤、用青布包头的细高身材的女子，正是玉娇龙。她连动也不动，就沉着脸儿问说："你干什么又找我来了？"

不料玉娇龙手拿青冥剑藏在背后，她突然把手举起，白光闪闪向俞秀莲就砍。俞秀莲疾忙向旁一闪，同时一口刀已抄在手中，向上一撩；玉娇龙一扭身，宝剑如恶蛇一般又向她胸前扎去。俞秀莲赶紧向后退，跳到炕上，横刀厉声问说："为什么？你疯了吗？"

玉娇龙圆瞪着眼睛，恨恨地说："为什么？我正来问你呢！你别装傻！我一向以为你是一个真正的侠女，别瞧咱们打过架，我还很佩服你呢，谁知道你是人面兽心！"

俞秀莲愤怒地说："你才人面兽心！你敢来骂我？"说着举刀就砍，玉娇龙递剑相迎。俞秀莲往旁去躲，向下一跳，反跳到玉娇龙的背后，一脚踢去；玉娇龙疾忙翻身退步，举剑连砍。俞秀莲退出屋去，玉娇龙步步紧追。

这时那北屋的刘泰保也惊醒了，听出对面房里跟俞秀莲相骂的是玉娇龙的声音，他就说声："不好！这是要糟！俞秀莲还许斗不过她呢！我得找李慕白去！"他拿着衣裳，一面披一面出屋，上房跑出去，往铁府去了。

蔡湘妹赶紧从褥子底下摸出镖，看见俞秀莲从屋中退出来了，玉娇龙凶神似的举剑自屋中追出。蔡湘妹就开了屋门，一镖向玉娇龙打去，却没有打着玉娇龙。俞秀莲越墙而出，玉娇龙也跳了出去，不料俞秀莲反自她背后抡刀袭来，她疾忙又翻身将剑回舞。俞秀莲单刀如鹰翅似的，跳起来向她去砍，她又以宝剑迎刀。

俞秀莲不使自己的刀触她的剑，一面巧妙迎敌，一面说："玉娇龙你疯了？我给你顾了多少脸面？我对你多大的恩？如今你倒要来害我，你简直是狗！"

玉娇龙说："你是狗！你还自命为侠义？昨夜把我的侄女杀伤、母亲吓病，狗也不能做出你做的这事！你以为我不愿你们搅扰就是怕了你们吗？"说着又双足腾跃，宝剑连劈。

俞秀莲却非常惊讶，一面以刀迎敌，毫不让步，一面急急地说："你先住手！"玉娇龙哪听她的话？剑劈来得愈凶。在朦胧月光之下，俞秀莲把对方的剑法看得清清楚楚，从容地抵挡着，又说："你混蛋！事情你也得说明白了，到底是谁伤了你的侄女？"玉娇龙又一剑削来，说："是你！"俞秀莲呸了一声，两人又战起来，越战越紧。

此时刘泰保已将李慕白找来了，李慕白手中并无兵刃，身穿长衣，走近来就摆手说："先不要打，为什么事？玉小姐你可以把话说明！"

玉娇龙退后一步，喘喘气说："这回的事与你姓李的无干，你趁早不要上前，我找的是俞秀莲！她昨夜带着双刀到我家里，杀伤了我的侄女……"说到这里她哭了，拧剑向俞秀莲又刺。

俞秀莲也气极了，单刀紧紧地砍，说："你眼睛瞎了？你认识我是谁？"

刘泰保在旁大喊，说："鲁少奶奶您可别受了别人骗呀！俞姑娘是当代侠女，能会干那事？"蔡湘妹也跑出来了，高嚷着说："玉三小姐您这话可真冤枉人！俞大姐昨晚跟我在一铺炕上睡的觉，连屋门都没出，她会……"

李慕白扑上前来徒手要夺玉娇龙的剑，并愤怒地说："是假是真，你得容人分辩，你自己也得想想！"玉娇龙抡剑说："我想什么？我就知道你们都是一伙，彼此相护……"她躲开了李慕白，又去战俞秀莲。

这时远处有打更的人来了，刘泰保就大喊道："打更的哥儿们！快来看看吧！鲁少奶奶可在这儿跟人拼命啦！"玉娇龙便提剑向北走去，并点手向俞秀莲说："你是侠女，你跟我来！"俞秀莲说："我怕你吗？你今天想走全不行，我得跟你把话说明白了！"说着提刀就去追。

玉娇龙在前，俞秀莲在后，二人且战且走。眼看将要走到城墙，忽然李慕白赶来，徒手冲向玉娇龙。玉娇龙的宝剑直削，向李慕白连击三下；李慕白尽皆躲开，只是要乘机夺她的剑，玉娇龙也巧妙应付。不料李慕白的手脚极快，进逼三四步，他用手一粘，青冥剑即入手中，他返身就走。玉娇龙向前一扑，却被俞秀莲拿刀抵住了她的胸，玉娇龙便大哭道："你们倚仗人多来欺负我！"

　　李慕白回身说："不是欺负你，是你这人太不可理喻。你家昨夜发生的事情我也听人说了，据我想那不定是哪一路的女贼假冒俞秀莲之名。"

　　玉娇龙跳起来说："女贼还有别人？我也知道你们的厉害，你们在这儿别人谁敢出名？江湖上的女贼除了俞秀莲还有哪个？"

　　俞秀莲气极了，蓦然以刀脊向玉娇龙的头上去砍，玉娇龙咕咚一声倒地，一声也不言语了。刘泰保吓得哎哟一声，说："这可怎么好？别杀了她呀！"李慕白也一阵惊愕。俞秀莲徐徐收刀，气得还直喘，摇头说："不用管她，咱们走！"李慕白很是作难，说："她要没死，我们应当问问她家里昨晚的详情，想想那冒名的女盗到底是谁？"俞秀莲跺脚说："还不一定有那一件事没有呢？她是成心来污蔑我！"

　　忽然玉娇龙如同诈了尸，由地上跃身而起扑住俞秀莲。俞秀莲举刀，她却揪住俞秀莲腕子，二人相持着。俞秀莲总是手不放刀，她的手总不放腕子，地下又不平，两人相扭相跌。忽然俞秀莲把刀抛在一边，两人又改为拳斗。月光微茫之下，只见两个女子拳往脚来打得十分紧。

　　刘泰保是不能过去帮忙，蔡湘妹那大肚子更不敢上前。李慕白是觉得很作难，他不愿上前去拉开两女子，尤其一个是他的义妹，一个是富家的少奶奶，他只是大声说："俞姑娘！不必跟她打了，可以向她讲清道理！"但俞秀莲此时是气极了，她认为玉娇龙太侮辱她了！而且过去自己对玉娇龙是那样的宽容帮助，如今玉娇龙竟然翻脸无情，所以她绝不能罢手，抡起拳脚使力去打。

　　俞秀莲的武艺实在在玉娇龙之上，同时又因玉娇龙这些日忧伤焦虑，体力愈为不胜，二人拳斗三十余合，玉娇龙就被俞秀莲打躺下了两回。可是俞秀莲也按不住她，她便爬起来，往北去跑，一霎时她就跑上了城墙。

俞秀莲还要往城上去追，李慕白却将她拦住说："放她走吧！今天她也实在是气急了，我们跟她辩解争斗都无用。一二日内将那冒名的女贼捉住，让她看看，杀伤她家里的人到底是谁。她如若知晓自己错了，向我们道歉，那我们可以再容她一次；她如仍是这样凶悍，那时我们就不客气了。"

俞秀莲由地下拾起刀来，气得不住地喘气，蔡湘妹拉住她说："玉娇龙大概是顺着城跑了，我们先回家去吧！李大哥也到我们那儿去歇会儿？"李慕白摇头说："今天太晚了，我还要回府里去，明天把这口剑还给铁贝勒。"刘泰保借月色看着李慕白手中闪闪的青冥剑，也不禁眼馋，心说：人家怎么很容易就把宝剑夺回来了？我却……妈的，我真饭桶！

几个人刚要转身，忽听有骡车的响声，一辆连灯都没有的骡车就停在刘泰保门前那旷场上了。刘泰保不禁说："怪呀！哪儿来的这辆车？莫非是鲁宅接他家的少奶奶来啦？"俞秀莲手提着刀说："我过去看看！"

蔡湘妹把俞秀莲的衣裳拉住，说："您手里拿着刀，过去不大好，万一车里要坐着衙门的人，又得费唇舌。"又向她的丈夫说："你走过去瞧瞧吧！也许是找你的……"正说到这里，忽听咕咚一声，吓得蔡湘妹哎哟一声叫，俞秀莲赶紧把她抱住。原来是城上抛下来一大块砖，差不到半尺就打在身怀六甲的蔡湘妹身上。

此时，李慕白愤怒极了，提剑就往城上去蹿，顷刻之间他就上去了。玉娇龙隐在暗处，一见有人来，她就又一砖块飞去，被李慕白闪开。此时城下的刘泰保拉着他的媳妇赶紧跑开了几步，俞秀莲也往城墙上去爬，刘泰保高声嚷嚷着说："俞大姐小心！咱在明处她在暗处哩！"

忽然背后有人揪住他的肩膀，问说："你们在这干什么呢？"刘泰保跟蔡湘妹都吓了一跳，一齐回头去看，原来背后站着一个身躯雄伟，穿一身发光的黑衣裳的人，云中的月色模糊地照着这人的侧脸，原来正是罗小虎！刘泰保刚惊讶说："虎爷你……"忽然蔡湘妹又叫了一声，见有一人自那高高的城墙之上摔下，刘泰保便说："啊！玉娇龙完了！"罗小虎一听，疾忙往前去跑。

由城上被李慕白打下来的玉娇龙，刚要挺身再跑，但腿却摔伤了，她才起来就哎哟一声，又趴下了，罗小虎疾忙上前把她抱住。李慕白、俞秀莲也都自城上下来，俞秀莲提刀逼近，玉娇龙在罗小虎的胳膊里还挣扎着，要去跟俞秀莲拼斗。罗小虎却护住了玉娇龙，大声说："为什么？全是自己人！你们要杀就先杀我罗小虎吧！"说着他挟起来玉娇龙就走。

俞秀莲横刀把他拦住，愤愤地说："我也不是想害她的性命，只是得说明白了。我昨天就没到玉家去，玉家伤了谁？死了谁？我全不知道，她不能赖我！"

玉娇龙两手揪住罗小虎的肩膀，冷笑着说："赖定你啦！女贼！"俞秀莲刀又举起，李慕白却跳过来把她拦住，罗小虎也挟着玉娇龙退了一步，大声说："俞姑娘你生什么气？昨夜到玉家杀人的那娘儿们自称俞秀莲，谁也不能相信，早晚能分得出黑白来。你先别着急，我把她带走，我会劝她！"李慕白说声："好！"又和缓地说："我早晓得玉娇龙的武艺必是自哑侠门中学出来的，所以一向我对她都不肯下毒手，但她太为凶悍，难以理喻。"

玉娇龙只哼哼地笑，表示还不服气。李慕白也带着些气，直接向玉娇龙说："你若是个男子，虽是同门中人，我也必叫你活不到现在！现在，那假冒俞秀莲之名的女贼，我们一定要查明。你，我盼你从此改过自新，或在鲁家做官眷，或跟小虎去走，我们都不管。哑侠和《九华拳剑全书》的下落，你一定不肯实说，但我将来必能设法知道。"

玉娇龙却急急地说："这些话我告诉你也不要紧！我本来就没见过哑侠的面，见了他，我想我不能像见了你这样的瞧不起。我的武艺是跟云南人高朗秋学出来的，据他说倒是有书，可是书早已因为失火被烧毁了！"又愤愤地说："李慕白、俞秀莲你们也不用威吓我，现在再斗斗，我还是不怕！"

罗小虎却背起她急急走去，玉娇龙又大喊说："李慕白你小心！早晚我还得把宝剑拿回来！"罗小虎却说："别说啦！你一个人哪敌得过他们？"玉娇龙被罗小虎背着，并不挣扎，只是回着头向那边大声发着怒话。那边李慕白、俞秀莲都不再理她，只有刘泰保高声嚷嚷说："虎爷！过两天我给你贺喜去呀！"

罗小虎背着玉娇龙紧紧地走,原来这里停着的一辆骡车就是他的,赶车的是花脸獾,车后辕上还跟着沙漠鼠。沙漠鼠迎过来叫着说:"老爷!怎么样了?"看见他们老爷背着个人,很是发怔。

罗小虎把玉娇龙轻轻放在车上,玉娇龙"哎哟"了一声,罗小虎惊问说:"怎样,你是被他们伤得很重吗?"玉娇龙没有作声,自己爬到车里。赶车的花脸獾就问说:"老爷!您背来的这位是咱太太吗?"罗小虎喝声:"少问!快走!"

当下鞭子一响,骡车咕噜噜地走去。沙漠鼠在车尾巴上坐着,罗小虎也一跳,坐在车辕上。这时就觉得有两只柔臂环住了他的脖颈,有鬓发触到他的脸旁,耳边吹来一种又香又热的气,说:"你到车里来!"罗小虎将身向车里挪了一挪,玉娇龙却蓦然伏在他的怀里哭了。天上是一片一片很厚的灰色的云,妩媚的月亮就趴在云的身上,仿佛也在啜泣。夜深无人,花脸獾把车赶得很快,急快的车子绕着胡同走,忽而颠了起来,忽而又掉下去,如同情人的那紧张的心。

走了些时,天上的云越聚越浓,月光完全没有了,雷声隐隐响动如私语,声音并不大,雨也像泪水一般零零落落下。霎时来到一个地方,花脸獾喊着:"吁!吁!吁!"骡子听得这口令就站住了。

罗小虎将玉娇龙抱下车来,原来这却是一条荒凉胡同里的一座破庙。沙漠鼠爬进了庙墙,将庙门开了,罗小虎就抱着玉娇龙走了进去。这庙里的院子原来很大,松柏树很多,雨声簌簌地响,玉娇龙的脸上都滋湿了,雨点和上了她的泪痕。

她由着罗小虎把她抱进了屋内,屋中很黑,她又被放在一铺炕上,炕上是又硬又凉。过了许多时,窗上有摇摇晃晃的光亮,很微弱,不像是强烈的闪电光。沙漠鼠在窗外叫了一声:"老爷!"然后拿进来一只油纸灯笼。因为屋里是四壁萧条,连张桌子也没有,他就把灯笼摆在地下,两只眼睛也不往旁处去看,转身就出屋去了。

屋外,雷声催着雨,风吹着树,树搅乱了闪光,屋内却传出断续的声音。沙漠鼠蹲在窗外,把头上的一顶破草帽摘下来挡着脸,侧耳往窗里偷听。头一声是他们的老爷罗小虎,用那唱惯了歌的大嗓子,说:"你要是想回家，我当时就派车送你回去。你忘了旧情，不嫁我了，我不能抢你走，可是他娘的！早晚我得杀了鲁君佩！"第二句话就是他们太太回答。沙漠鼠晓得他们太太的大名，今天老爷能够把她背到这儿来，确实不是一件容易的事。

就听玉娇龙说："我自然必得回去，我母亲病得多么重！不过刚才俞秀莲击了我一刀背，当时我就昏过去了，半天才苏醒过来，现在你看看我脑门子上的这血！我这条腿也不能迈步儿了！只要你们这地方严密，至少我想在这儿住一两天，养好了伤，我可还得回家；鲁君佩虽是我的仇人，但我还算是他家的人。我自然是不服气，今天的事，到后来我也明明知道我是弄错了，我知道伤我侄女的是假俞秀莲，可是我还得跟俞秀莲、李慕白逞强，我故意不讲理。我不是真不明白，我就是不能服气！你想我这脾气，鲁君佩他就能制服得了我吗？我随时可以杀死他；但我却不能，我一点儿办法也没有……"玉娇龙哭了，呜呜地哭，像草原上有牧人吹笛。

沙漠鼠听着，心里都有点不大好受。再听，是罗小虎哼哼冷笑，说："什么没办法？就是官儿没办法！我罗小虎是好汉子，可就是做不了官儿，你又是非官儿不嫁。那鲁君佩狗东西正合你的劲儿，他是探花郎、府丞大人，你当官太太有多享福！走沙漠、跑草原，我早就知道你受不了那罪。现在我也不想了，只要我跟你见了面，说明白了，你爱嫁谁就嫁谁！可是，他娘的我非得杀死鲁君佩，先告诉你，你还得叫他小心！"

玉娇龙急起来，边哭边说："你混蛋！你都不明白！我没跟你说吗？我也恨不得杀了他，然而不能。我虽娶过去已将两月，可是我在他家里并没有多少日子，我跟他并没成夫妻，我心中所想念的还是你。你用箭射我的轿子，射我的车，我真恨你，可是我又怕你被他们捉住！那天你到鲁家救走了刘泰保，在院中说的那一些话，我隔窗听得清清楚楚。我真是直哭，我才知你是真正的英雄好汉，你对我太多情了，我可真对不起你呢！所以由那天起，我就一点儿也不恨你啦！并且我很想念你，不然，不然今天无论我是受了多么重的伤，我也不能由着你把我抱走呀！小虎，你都明白了吧？……"声儿越来越小，越凄惨。

沙漠鼠听得直发呆，雨水溅在他的嘴里，他咽下了一口，觉着冰凉。又听，声儿却小得跟蚊子哼哼似的，又像蜂蜜嘤嘤似的，更像苍蝇嗡嗡似的。沙漠鼠恨不得自己变成个小老鼠，把身子塞到房间里去听。

过了半天，雨渐渐停了，他的浑身上下都成了湿漱漱的了。忽听玉娇龙又着急地说："你想，我怎么办？鲁君佩现在雇着个'诸葛亮'，是个奸狡阴狠的老头儿，还有顺天府尹、南城御史都帮助他，他们早就安排下罗网。他们探知红脸魏三是我的一个下处，就用银钱把魏三买好了。所以那天我偷偷回京来看母亲，住在魏三的家里，我真没想到，魏三夫妇趁我熟睡就把我绑了。他们叫来南城御史手下的官人，将我用车秘密拉到了鲁宅。我那时穿着是魏三老婆的衣裳，脚下连鞋都没有，身上还有剑伤未愈，他们从头到脚把我绑得很紧，放在四面遮着红布的屋子里了。

"他们遂即请来了我的大哥、二哥，当场要挟，开出我的罪名来：一是盗剑，二是窝藏大盗碧眼狐狸，三是打死班头蔡九，四是与你私通。并说我的父母兄嫂全都知情，有意纵庇；然后叫我的两个哥哥在那纸上画押，把这事一一承认，他们才能放了我，可是我得从此规规矩矩做他家的媳妇。如果我的哥哥们不肯画押，或是放了我之后，我再出什么事，他们就要去把字据交官，就打官司！

"小虎你想，也难怪我哥哥宝恩、宝泽，他们若不答应，鲁君佩当时就要把我交到衙门治罪了。那时我的命倒不要紧，连带着我的父亲、两个哥哥，不但都得丢官，还都得问罪，家也得抄；母亲一定得急死，祖上的名声也全坏了，子孙们也永远不能见人了。所以我哥哥宝恩、宝泽两位知府就全都亲笔立了字据，亲手画了押。我大嫂、二嫂并来跪着向我哀求，求我应以家门为重。小虎，你想事到如今，我可有什么办法呢？"

她越哭声音越惨，又接着说："我也不是好惹的！他们把我放开之后，我从他们的口中探出那魏三男女两个奸贼的隐藏之所，我即时就去把他们杀了，出了我那口恶气。我这才梳头、打扮、见人，所以鲁君佩很害怕。我更说那丫鬟吟絮是被我点的哑穴，我随时能够点人，因此他简直不敢挨近我。可是他又用话恫吓我，他说他把那张字据已然交给一位大官代他收存了，只要是我敢对他怎样，那大官就能倚仗那张字据翻案，那时我娘家的人还是吃不住。所以我还是没法子，青冥剑也交给我了，但我却不敢拿剑杀他。我只盼着他将来做出什么贪赃枉法之事，我也反拿住他的把柄，那时我才能够翻身。

　　"这些日子我受尽了委屈，你跟俞秀莲、刘泰保那样的胡闹，吓得他不敢在家里住，请来打手，招来官人给他护院。他无法捉拿你们，他可天天骂我，说你们都是我的贼伙；天天晚上把我藏在下房的套间里，我又不敢不听他的话。他并说你们若是再去搅闹他的家宅，他可就要把字据拿出来，把案子闹起来，所以我还哭求过他。我跟俞秀莲翻脸，叫她不要管；我受刘泰保的欺负，我都得忍！现在我还得求你，让我在此把伤养一养……唉！我想我还是不能在此养伤，我还得赶紧回去。不然鲁君佩他以为我是跑了，他明天就许翻案，我父兄一定被拿，我母亲一定死……"

　　玉娇龙悲哀地哭着，往下再也说不下去了；罗小虎这半天都沉闷着，也没再说一句话。沙漠鼠在窗外扭着头听了半天，把脖子都扭酸了。这时屋中只有哭泣，再无语声。他转回脖子来，忽然见自己的身后站着一个人，吓了一大跳。他刚要喊叫，这人的宝剑就挨住了他的脖子，他浑身颤抖，连气也不敢喘。

　　待了一会儿，又听屋里的玉娇龙低声哭泣着说："小虎！你明天也走吧！无论如何我不能忘你，我不再恨你了，可是咱们是没有姻缘之分了！你离开北京可以到柳河村，我的丫鬟绣香现在那里。她是很美的一个女子，性情比我好得多；你可以见着她，跟她详细说明了原委，她就能嫁你。可是你以后也务些正业吧！还有，你告诉她，那炕洞里藏的首饰匣，叫她打开，把那里面的东西烧了吧！千万连一点灰也别叫它留！雪虎要是找回来，你们就养着吧……"

　　此时，窗外这青衣青须、身材挺拔的人，突然将宝剑离开了沙漠虎的脖颈。一霎眼之间，那人已然无有了踪影。四下无声，只有雨点仍像眼泪般滴着。沙漠鼠这才喘了一口气，轻轻趴在地上，像狗一样慢慢爬了几步，就往后院去了。

　　原来这里是西城隐仙观，庙中的老道士早年是在武当山修行。罗小虎十几岁时在武当山当过些日的小道士，因此这里的老道士认识罗小虎，在山上时就听他时常唱那首歌。人世相违已十余载，最近，有一日罗小虎酒肆买醉，醉后悲歌，老道士正走在街上听见，才知他即是那天以箭射鲁府丞眷属车辆之人。因感觉他的处境太危险，胆子太大，所以才把他叫来，劝他往五回岭幽谷中隐仙观的下院，这老道士的师弟慎修道人那里，劝罗小虎去捐情弃俗，修真养性。但罗小虎这时候哪能去念经打坐？他就索性把这庙做了他的旅舍，依然整天出去向玉、鲁两家去打主意。

一天，在街上就遇见了沙漠鼠跟花脸獾这两个喽啰，原来他们自从罗小虎撞轿惹祸逃走之后，就没离开北京。有那箱子金银，他们就打了一辆新车，买了一匹骡子，在顺治门租了一个小院住下了。白天花脸獾在街上赶车，用个帽子或贴块膏药遮住他脸上的刀疤；沙漠鼠是花了十两银子买了一个鼻烟壶，假充闲散人，天天到茶馆去坐，专为访他们老爷的下落，也没有人注意到他们俩，这天便会着了罗小虎。罗小虎索性叫他们换上绿色车围，他弄了身新衣裳，坐在车里假充官员。他们这辆车很新，人也都相信不疑。

今天就是因为沙漠鼠探来了玉宅昨晚所发生的事，并听说，玉宅的姑奶奶回娘家来啦！所以白天罗小虎就坐着车，放下车帘，在玉宅门前转了两次。今晚先派沙漠鼠去探风，然后罗小虎坐着车也去了；沙漠鼠就看见玉娇龙短衣携剑而出，便招呼了他的老爷坐着车去追，可是没有追上。走来走去，离着刘泰保的家已是不远，沙漠鼠现在对于各地方很熟，就告诉了罗小虎。罗小虎遂命将车赶到这里，原是想要找刘泰保打听打听，不想却正赶上玉娇龙在那边与俞秀莲交手争斗，从城上坠了下来，罗小虎便乘机把她救到这里。

如今窗外一阵骤雨已然落过，夜风变得很寒。玉娇龙把身边的遭遇及心中的哀曲，都已哭泣着婉转地对情人说尽；罗小虎却默默不语，只凝滞着一对发光的大眼睛。地下放着的那只灯笼，里面的蜡也将烧尽。这炕上只有一个枕头、一张席，连被褥也没有。玉娇龙擦擦眼泪，就斜躺在炕上，腿疼得她不住地呻吟，她又很关心地问说："这就是你睡觉的地方吗？"罗小虎点头说："就是！"玉娇龙说："唉！你也真受得了！怎么连床被褥也没有啊？莫非你现在很穷吗？"

罗小虎说："我不穷，刚才你坐的那辆车就是我自己的。我有许多银两珠宝，都在我的伙计家里存着了。我在这住着，也无心预备什么被褥。我心里永远像烧着一把烈火，半夜里吹来风，觉得炕上又湿又凉，我都睡不着，身上永远发烧。你也知道，我在沙漠草原里混过多年，睡觉还挑过地方吗？"

玉娇龙听他说到沙漠与草原，又愈发清楚地回忆起了旧事，心里就更难受，紧紧拉住罗小虎那粗大的胳臂，哭泣着说："你是太不幸了！你幼年时就家门不幸，长大了遇见我，你更是不幸！我很后悔，我既是个官宦之家的女儿，可怎应该结识你呢？"

罗小虎说："我看现在你也别再以为自己是千金小姐了！你在北京闹的这些事可也够大的了！虽说你们有势力，瞒着人，别人不敢明说，但是外边谁不知道？你又跑了趟江湖，跟我也差不多啦！我想咱俩没有什么不该相识。现在鲁君佩虽把你挟制住了，可是你别怕，你要不愿回去再受他的气，咱们明天就一同走！"

玉娇龙冷笑着说："那，这儿的事可怎么办呀？"

罗小虎愤愤地说："这儿的事？也有我呢！只要他娘的鲁君佩敢跟你家作难，我就杀了他！什么顺天府尹、南城御史，还有他狗娘养的'诸葛亮'，我都把他们杀了！"说着，拍着他腰带上插的宝刀，铜环子哗啦哗啦响。

玉娇龙急躁地说："你这是强盗的话！在外省，做什么都行，但在京城却凭你多大的本领也使不开。我劝你千万听我的话，千万离开此地，不然你被他们捉拿住，我可干看着焦心也不能救你！并且要因为你闹出事，给我们家中惹出大祸，那我不但以后不能认识你，还得把你当仇人！你可听明白了，我这人是好的，但若太叫我难堪，我可是翻脸无情！"罗小虎狂笑一声，不再说话。

此时天已微明，罗小虎出屋去了。才一出屋，一滴檐水正打在他的头上，吓了一跳，这雨水很凉，倒使他的头脑清醒了。他站立了半响，屋里的玉娇龙发急了，又娇媚地说："你在外面干吗啦？为什么不进来呀？院子里多凉啊!"

罗小虎敞着胸怀,摸着胸上的伤疤,紧皱着眉隔窗说:"天亮了,你不是要回家吗?我给你去找车!"玉娇龙在屋里说:"就让你那辆车送我回去好了,别到外边另雇去!"罗小虎说:"我的车也没在这儿。"玉娇龙就说:"那就快一点儿!"

罗小虎没有言语,忧郁中挟着愤怒,就冒着雾气,踏着庭中湿润的草往后庭走去。这座庙虽然年久失修,可是很大。第一层殿供的是灵官,殿里很黑,四个泥塑的手持钢鞭、面貌狰狞的神像,都黑乎乎的看不清楚嘴脸。地下却有个人正躺着在打呼,正是沙漠鼠,罗小虎用脚把他踹醒,他就说:"喂喂!别踹呀!什么事儿呀?"

罗小虎揪起来他,对他说:"你快去叫花脸獾把车套来!趁着天没亮,把玉娇龙送回鼓楼!"沙漠鼠一边揉眼睛,一边说:"别送去不好吗?送去了以后又得天天去找。"罗小虎就推着他说:"快去!少说话!"沙漠鼠赶紧走了。

罗小虎拿拳头往空中擂了一下,就又走回那屋里。玉娇龙此时柔情缠绵,露出十分恋恋不舍的样子,罗小虎却不住地叹息。过了不多时,就听外面有车轮响,罗小虎就说:"车来了!"又扶住玉娇龙问说:"你现在身上受着伤,若回去,被人知晓了怎么好?"玉娇龙叹气说:"唉!我还瞒谁呢?家里的人谁不知道?连下人们全都知道得清清楚楚,只是他们不敢说罢了!"罗小虎说:"你回去务要放心……"往下的话他又不说了。

玉娇龙说:"我倒没有什么不放心,我怕谁呢?谁还能吃了我?我不过是为我的娘家,有许多顾忌就是了。"罗小虎一听她说出娘家这两个字,脑筋儿就迸起来,但因为屋子黑,玉娇龙没有看出来他脸上的怒色。

此时就听沙漠鼠在窗外说:"车来啦!"罗小虎遂又抱起来玉娇龙,走到外边。花脸獾把车停在这门首,罗小虎把玉娇龙抱到车上,玉娇龙还紧紧抱着他的胳臂:"你可千万照着我说的那些话去办!别叫我又不放心!"罗小虎并没言语,只向花脸獾说:"趁着天还没亮,赶紧送到玉宅,把人送进去你可赶紧就走!"花脸獾点头说:"我都知道!"玉娇龙这才将罗小虎放开，又流下泪水，骡子把车拉定了，她几乎哭出声儿来。

车走得很快，路上又没有人，及至到了玉宅大门前，车就一直赶上高坡，停住了。这时天色还没大亮，花脸獾上前紧紧敲门，却暗捏着一把汗。门环响了半天，门才开了，里边出来四五个人，问说："你是由哪儿来的？"花脸獾答不出话来，他想赶着车再跑，车里的玉娇龙却急声说："是我，我回来啦！快叫钱妈她们出来搀我！"那几个仆人一听，这才赶紧慌忙地进去叫老妈子。

一个人留在外面，悄声问花脸獾说："你是哪儿的车？"花脸獾说："我这是买卖车，是这位小姐雇来的。"仆人还要再问，车里的玉娇龙却呵斥说："你们就不必多问啦！人家把我送回来了，就完啦！"

此时里边有仆妇跟丫鬟出来，就把玉娇龙搀下车去，他们都惊讶着，因为此时天光已亮，玉娇龙的打扮很能看得出来。就见她是全身的又瘦又短的黑绸子衣裤，头上包着青绸手巾；脑门子上浸出来一大片血迹，全身都是泥土，并且很湿，胳臂上像是叫什么荆棘之类刺得有许多伤处。她脸色极为凄惨，眼角挂着泪迹，怒气却很大，一句话也不说，就被仆妇搀着往里走去。

这门前有个仆人惊疑稍定，又向花脸獾说："你在这儿歇会儿，我到里边去给你讨几个赏钱。"花脸獾连连摆手说："不用！不用！大哥你别麻烦啦！我们老爷不叫我要赏钱！"仆人惊诧着说："你们老爷是谁？你到底是哪个宅里的？"渐升起的阳光照着新骡车的绿色围子，看上去至少也是个道台家里的车，花脸獾却一声不语，拉着骡子下了坡。他跳上车辕，紧抢鞭子就赶着车走去，还恐怕有人在后跟着，故意绕了点远路，才回到隐仙观。

此时罗小虎正在等着他的回话，他来回禀了，说："玉娇龙已安然抵家。"罗小虎才放下心，却又像丢失了什么，做了件后悔的事似的，紧皱眉头站着发呆。沙漠鼠跟花脸獾两个人在他的眼前站了半天，罗小虎又侧着脸寻思了一会儿，这才吩咐花脸獾说："你专到鲁家门首，看那鲁家都有什么闲杂的人出入，最要紧的是打听出来那鲁君佩天天往哪儿去。"花脸獾答应了，罗小虎又嘱咐沙漠鼠说："玉家那边的事，是由你打听。探探玉娇龙今天一早那样的回去了，他们两家是打算怎么办？探出来就去找我。"沙漠鼠也答应了。这两个人就像是小卒得到了将官的命令，一齐转身走开。

罗小虎躺在炕上歇了一会儿，此时他已很困倦，但心中又十分不宁，也睡不着觉。他摸了摸身上还有几块银子，在短衣裳上套了一件绸大褂，就也走出庙去。庙外的阳光刺着他困倦的眼睛，觉着发酸。他在西城有两个去处，一是澡堂子里，他常到那里的官盆去洗澡；另一处就是个酒馆。这酒馆在一条小胡同里，生意很不好，可是罗小虎一来到这儿就大吃大喝，花钱毫不计较，所以掌柜的就把他当作财神爷；并且也知道这位财神爷有点来头不正，外边有了什么事便也来告诉他。当下罗小虎又来到这儿，喝了几盅酒，叫掌柜的给他叫来一些饭菜吃过了，他就躺在柜房的一张小铺上睡觉。掌柜的在外面一半应酬着买卖，一半是给他巡风，他就放心大睡。

睡了也不知有多少时候，忽然有人把他唤醒，在他的耳边悄声叫着："老爷！老爷！"他睁开眼睛一看，见是花脸獾，就赶紧悄声问说："外面有什么事没有？"

花脸獾也悄声说："鲁宅把他家的少奶奶由玉宅接回来了！听说下车时是有四个丫鬟搀着，看今天那样子，鲁宅上下的人，没有一个不胆战心寒。又听说今天五点钟，鲁君佩在西四牌楼福海堂饭庄请客，请的是邱小侯爷和铁府的两位，侍卫全都请上，据说是向邱小侯爷赔不是。我看那样子，鲁君佩是怕了！"

罗小虎坐起身来，愤愤地不住冷笑。忽然又抠着脑袋思索了半天，忽然想出一个主意来，立时喜欢着下了铺板，揪住花脸獾又悄声说了半天，花脸獾像傻子似的不住地点头。罗小虎对他说完了，就把他一推，说："快去！"花脸獾走了，罗小虎自己仍嘿嘿冷笑，又到柜前去喝了几盅酒，便先回到隐仙观。

这时已是下午三点多钟了，罗小虎就在隐仙观的院中绕着松树徘徊、思索，时而狂笑，时而又摸摸自己的宝刀。少时沙漠鼠又跑回来了，也说了鲁君佩今天请客的事情。罗小虎忽然派他出去买一大张桑皮纸，买一支笔，买墨，并买一块小砚台，沙漠鼠吐着舌头，说："老爷！您这是要干什么呀？您是要作文章吗？"罗小虎说："你少问！你买去就是了！"又推了一下，把沙漠鼠也推出去了。他看看松树外的太阳，心里很急躁。

过了不多时，沙漠鼠就把纸笔墨砚全都买来了，罗小虎都揣在怀里，沙漠鼠翻眼瞧着他的老爷也不敢问。罗小虎又悄声嘱咐了他许多话，叫他去找花脸獾，先到那福海堂饭庄的门前去相机行事。沙漠鼠一听，又吐吐舌头，便说："好啦，我们这就去！"他前脚走了，罗小虎也随后又走出庙门。

此时，天色就已到了下午五点多钟，天空满铺着灿烂的云霞，晚风吹起，扫去了这一天的酷热。各衙门里的人都散了值，纷纷到饭庄酒楼去赴宴会。西四牌楼的福海堂，是西城最大的饭庄，向来做官的人请客都在这里，这门前永远是车马云集。今天因为有三四起大请客，所以门前更是加倍的热闹，门前的六根石头桩子，每根桩子上全都系着五六匹马；骡车排成了两行，统共有五十多辆，都是簇新的大鞍车，以绿色围子的居多。

赶车的把小板凳都聚在一块，许多人相聚着谈天、赌钱，地下放着的茶壶、茶碗能有一百多个。这些人刨出他们自己，谁也不能分辨出哪辆车是他们谁赶着的。他们有的相识，都是同行，有的彼此是亲友，到了一块，当然就免不掉谈谈这个御史家、那个府丞宅，或是哪一个侯爷府的闲话；他们悄着声儿，秘密地谈着，甚至谈到他们主人的闺阁之事。即使彼此不认识的，只要是打扮得像个赶车的，或像是个跟班的，走过来就能随便地听谈讲，随便地插言说话，打听闲事供献新闻，并且还随便地喝茶。

这里边就挤进来一个人，此人拿一个比脑袋还大一半的红缨纬帽遮着半个脸，穿着是夏布的很干净的衣裳，看这样子可是个大府的赶车；手里拿着个挺漂亮的鼻烟壶，另外有一个珊瑚的小碟，他把鼻烟放在碟里，一撮一撮捏着往鼻子里去闻。他坐在自己的一个红漆小板凳上，倾耳听别人说闲话，帽子却永远不摘，仿佛怕露出他脸上的什么记号似的。

人群里有一名叫常子的赶车的人，唉声叹气，探着头压着嗓音说："我看你们宅里的事全都好办，老爷有点脾气，那都不要紧。就是我们难办！整天得提心吊胆，一到夜里，就像勾魂鬼已到了眼前了，说不定什么时候就死。谁家的宅里能够闹完了神鬼又闹贼? 整天刀儿枪儿梆儿锣儿的?"

旁边有个人笑着说:"这还不好? 请你们天天看武戏,听'龙虎斗'!"

这常子就叹了一声,说:"大哥您就别开我的心了! 这个'龙虎斗'可是谁也不愿听。龙还好办,真的,我到现在还不信我们那一阵风儿就能吹倒的少奶奶,她会有什么本事? 可是那虎可真够凶的! 那家伙,宝刀飞箭,全份的武功……"更压下点声儿来说:"宅里那天受伤的那几个,直到现在还没好呢! 张三受的那一箭,不偏不斜正射中在尾巴骨,好了他也得撅着屁股才能走路儿!"

旁边的人又说:"可是,这些日你们也都挣足了!"

常子歪着脸说:"足什么? 拿一两串钱就堵住我们的嘴,嘴叫钱堵住了,可是保不定什么时候就得喂老虎。这个差事,谁要是有一碗饭吃,谁肯干?"

正在说着,忽见里面走出一个人来,喊着:"常子! 快套车! 这就得上邱府!"常子答应一声,皱着眉。旁边的人又问说:"是怎么回事? 邱小侯爷还没来吗? 哪位是邱府来的?"大家彼此看着,常子却摆手说:"干脆! 是邱府里的小侯爷拿架子;自己的媳妇到了人家宅里丢了面子,现在无论怎么请,怎么道歉,他也是不来! 请德五爷的都去了半天啦,也是请不到,现在大概我们少爷要亲自出马!"

旁边有人悄声说:"都是你们的少爷不好,怎能得罪他呢? 银枪将军邱广超,他认识多少江湖人? 那天到你们那儿打架的那个小老妈,不定是谁扮的呢? 还许就是刘泰保的媳妇呢!"

旁边有个玉宅的赶车的摆手说:"不是不是! 刘泰保的媳妇我认识,早先常到我们宅前踏软绳。她不踏软绳,以后还出不了这些事呢! 她现在不大爱出头了,前几天我在街上看见她,肚子大得跟个葫芦似的。"

常子也摇头说:"不是,那天邱少奶奶带去的那个小老妈很漂亮,可是脸上没好气儿,说不定是为打架才去的。可也绝不是刘泰保的老婆,刘泰保他还巴结不上邱府呢!"说着,他就站起身来去套车。

拿纬帽遮着脸的那个人却追过去拉他一把,说:"喂! 常爷! 您带我到邱府去一趟好不好？叫我也看看他家的那个老妈儿！"常子斜着眼说："喂！老哥！你怎么真入了迷了？你是哪个宅里的呀？我怎么不认识你？你贵姓呀？"这个人说："我姓獾。"常子说："姓獾？明儿还许有姓刺猬的呢！你是什么意思吧？"

这人就是花脸獾，他耸着鼻子笑说："没什么别的意思，就是，我听说邱家那个老妈挺俏，我想去瞧瞧。"常子说："我们是送鲁府丞去请邱小侯爷，不是去接人家的老婆，人家的老妈又未必出院子，哪能一去就见得着？你就别色迷了！"他急匆匆地套车，气哼哼地直向花脸獾撇嘴。花脸獾却咪咪地笑着，认准了他那套骡子车。

这时忽觉旁边有人揪了他一下，也是个赶车的，问说："你是哪个宅里的？"并仔细打量花脸獾的面目，说："我怎么瞧着你很眼熟呢？"花脸獾吃了一惊，赶紧说："我是李侍郎宅里的。"这个赶车的问说："李侍郎今天也来了吗？"花脸獾点头说："来了，已经进去了，您是哪个宅里的？"这人说："我是玉宅的，送我们二少爷来的。"花脸獾又吃了一惊，心说：怪不得他认识我，我常在他们宅门口转嘛！遂就赶紧把鼻烟碟递给这赶车的，笑着说："您闻点儿！"玉宅这赶车的就捏了一撮鼻烟闻着，于是两人就谈起来了。

此时常子已将车套好，鲁君佩就由里面走出来了，他上了车，有两人骑马在后面跟随保护，就走了。花脸獾以目相送，同时看见他的伙伴沙漠鼠也来了，提着个破筐子装作捡马粪的，在许多车辆之间来回地转。

这里花脸獾跟玉宅的这赶车的，共坐在一条板凳上，谈得很投缘。这人很喜爱花脸獾的鼻烟壶儿，简直是爱不释手。花脸獾奉承着他，由他指点了哪辆车是鲁宅的，原来今天鲁宅来了轿车两辆、马三匹。

待了一会儿，那常子赶着车就回来了，同来的还有两辆车，一辆是德宅福子赶着的，另一辆就是邱府的。鲁君佩先下车，恭恭敬敬地将邱广超请进饭庄里，德啸峰也随之下车进内。外面这些人就都说："这就好了！只要把邱广超的大驾一请到，鲁府丞再敬两盅谢罪的酒，也就烟消雾散了！"又都冲着手里的鞭杆还没放下的常子说："喂！以后你们宅里一定没事啦！你们可以放心睡觉啦！"常子却摇头说："不是那么容易吧？"玉宅的赶车的也说:"这些事本来没有邱侯爷什么相干,正经我看倒是得叫鲁府丞请请罗小虎跟那一朵莲花!"

大家又乱谈着,沙漠鼠还蹲在骡子的肚子底下去捡粪,花脸獾就过去驱赶,说:"喂!你还没捡够吗?捡那么些个马粪你是拿回家去吃的吗?"追过去要抬脚踢,沙漠鼠却央求着说:"捡完这一堆粪,我就走!"花脸獾瞪着眼睛,悄声告诉他说:"那辆,北边第三辆,还有那辆刚回来的,那边两匹马,都是!认清楚了没有?"沙漠鼠用眼色表示出来全都知道了,花脸獾又喊了一声:"快滚!"沙漠鼠答应一下,就溜开了。

此时饭庄里有一批请客的已然散了,门前一阵乱,车辆走了少一半。沙漠鼠就趁着这忙乱之间,由粪筐子里取出来个小家伙,在骡马丛中钻过来,走过去,已施用毕他的伎俩。鲁宅的赶车的常子和一个叫吉三的,正跟大伙儿在那边谈天,没想到会发生什么事。花脸獾混在里边也跟许多人都熟了。

此时天色已渐黑,又散了几起客,德啸峰与邱广超也都给鲁君佩送出来,各自上车走了。又过了些时,主人鲁君佩就又出来了。原来鲁君佩身边还带着两个仆人,仆人共上一辆车,他自己坐一辆;车后随着两匹马,马上的人全都带着刀,在夜色渐厚之下往西走去。

常子跟吉三打起精神来赶车,可是走了不远的路,前面吉三赶的那骡子就站住不走了,把后面的车也阻碍住了。鲁君佩在车中惊诧着问说:"是怎么回事?"常子跳下车去,到前面去问,吉三却着急说:"骡子出了毛病啦!"说着用鞭死力地抽,不料咕咚一声,骡子竟跪下了,在车里坐的两个仆人险些没滚出来。

鲁君佩看外面的天色太黑,他心中恐惧,就赶紧大声叫道:"常子!不要管前面的车,你快来!赶着这辆车送我回宅,快!"常子疾忙跑过来,跨上车辕,驱骡速走,车轮之声辘辘的响。不料才跑了不远,啪嚓一声,这个骡子也倒下了,整个把鲁君佩摔出车来了。

两个骑马的人赶紧下来将他搀起来,问说:"大人觉得怎样?"鲁君佩跛着腿走了两步,连说:"快!快!赶紧叫一辆妥实的车来,先送我回去,快!快点儿!"一个随从的人骑上马就去找车,但天已这么晚,街上哪里还有空闲的车呢？另一随从的人是一手挽着府丞，一手已抽出刀来。两辆残破的车相距着又很远，那边的人喊叫着说："快来帮帮呀！再来一个人帮帮就行啦！"常子赶忙又跑回去，帮助那边的三个人，一齐用力把骡子抬起来。骡子倒是站稳了，人可还不敢坐上。那吉三啪啪响着鞭子，嘴里喊着："哦！哦！"骡子倒是又走了几步，可又跪下了。

吉三依然用鞭狠抽，骡子是死也起不来，常子就把吉三拦住，说："别打啦！打死它，更不能走啦！这一定是有缘故，后面那骡子索性躺下啦，把少爷摔得不轻。不知是哪个狗子掏的坏，成心要摔咱们俩的饭碗！"说着，疾忙跑到车后边摘下来纸灯笼，到前边去照着查看；怪不得这骡子要跪下呢，原来前腿直流血，后面那个骡子就更不用说了，当时把大家全吓得脸白。

忽然听得咕噜咕噜一阵车轮子响，声音非常之清脆，从后面又来了一辆骡车；赶车的人悠闲自在地跨着车辕，拿嘴唇吹着山西梆子。挽着鲁君佩的那个人早就喊起来了，说："是辆车来了吗？"这里的常子也疾忙把这辆车截住，问说："是空车吗？好啦！我们这辆车不知为什么，都犯了毛病啦！"这车上的人止住了口哨，却笑着问说："怎么回事呀？我知道你们大人是谁呀？有多大呀？"

常子听出来这赶车的声音，并看出那顶特别的纬帽，就说："你不是李侍郎家的吗？你也才由福海堂回来吧，李大人没在车里吗？"车上的花脸獾说："我们大人跟韩御史坐着一辆车走了，叫我到阜城门里陈宅去接我们太太；那儿今天是办寿，唱大戏，我还想听两出去呢！福海堂门口儿的马鳖多，你们的牲口一定是叫马鳖给鳖着了，拿凉水拍拍就好了。"说着，他赶着车仍旧往前走。

前面的鲁君佩就亲自喊着问说："是哪儿的？"常子又追着车跟花脸獾商量，说："你顺便把我们大人送回去就得啦！你还能得一份赏钱！"花脸獾摇头说："不行！我们太太嘱咐过，这辆新车不许外人坐。"鲁君佩叫那随从的人挽着，一跛一颠地走过来，问明了这辆车是李侍郎宅的，他就说："李大人跟我有交情，把车停住，我一定要坐！明天我去见他跟他说。"说着，那随从的人已把车拦住，就怔挽着鲁君佩上了车，并吩咐说：

"快些走！"花脸獾还直叹气，做出无可奈何的样子。

鲁君佩在车里半坐半卧，急急地说："快赶着走！赶到我宅里，我多给你赏钱！"花脸獾就答应了一声，摇起鞭子，这骡子就跟惊了似的，拉着车飞跑。那随从的人上了马跟随，并呵斥着说："慢着些！"花脸獾说："不能慢！我送完了这位大人回宅，还接我们太太去呢！我不能耽误了正差事！"

车仍快走，马仍追随。忽然，这匹马长嘶了一声，不知是出了什么事故，把头一扬，四足跳起，整个将那随从的人摔下了马去，人晕了，马也跑了。鲁君佩在车中闻声更惊，便嘱咐花脸獾说："快走！"不想花脸獾反倒跳下车去，揪住骡子不走了。此时忽有一条大汉跳上车来，将头钻进车里，同时一口短刀已搁在鲁君佩的脖子上。鲁君佩惊得大叫一声，花脸獾却又跳上车来，赶着骡子跑得更快。

车子颠动得十分厉害，鲁君佩的肥胖身躯被大汉用力按着，连一句话也不敢说，只是浑身发抖。这大汉把刀一动，刀环就哗啦一声响，可是并没伤着鲁君佩的皮肉，只听这大汉说："我就是半天云罗小虎，你们强逼玉家的大少爷写了一张字据，挟制玉娇龙，我不能服气！"鲁君佩战战兢兢地说："我知道你是侠客！我求你别杀我！那张字据我拿出来给你就是！"罗小虎说："到你家里再说！反正今天你我的两条命已系在一块了，我死了你也必不能活！"

花脸獾把车紧紧赶着，忽然他说："后面有马追上来啦！"罗小虎探出头去，向车后一看，就见果然有一匹马追来。罗小虎取出弩弓，将箭上好，嗖的一声射去，黑雾里的那人便从马上滚下。罗小虎催着花脸獾快赶着走，花脸獾就连连挥鞭，鞭声像成串的爆竹劈啪劈啪乱响；车轮咕隆咕隆，像放了绳的马匹，又如连续不断的春雷。鲁君佩却如一口猪似的趴在车上，罗小虎又说："当着玉娇龙的面，认准了那张字据把它烧成灰，我才能饶你的性命！"鲁君佩喘吁着说："都行！"

这时已来到鲁宅的门前，车停住了，罗小虎把鲁君佩扯下车来，花脸獾赶着车又疾疾地走了。鲁君佩一下车就坐在了地下，罗小虎用胳膊把他架起来，连推带揪地走进了大门。门房里出来几个人，一见这情景齐都大惊,有的且抽出刀来。罗小虎随手一箭,一个人就应声而倒,鲁君佩连忙摆手说:"别打! 也别射!"罗小虎吩咐说:"关上大门,无论是谁叫门也不准开!"鲁君佩也依样吩咐了。

鲁宅里的仆人、打手,还有一个新请来的镖头,虽都怒目瞪着罗小虎,但却投鼠忌器,怕他一反手就杀死鲁君佩;并且又都知道他的宝刀实在难惹,他的冷箭更是难防,就只得遵命把大门咣当一声关上。鲁君佩并且哀求似的向他雇用的这些人说:"你们不要声张! 罗侠客也不能杀我,只办点事,他就放开我了! 你们若一惊慌,那我的命可就不保!"

罗小虎拉着他一直进到里院。里院各处的风灯早已点上,打更的已爬着梯子上了房,梆锣才敲了一下;一见这情形,全都大慌,更夫就紧紧敲锣,当当乱响起来。罗小虎把宝刀就挨近了鲁君佩的脖颈,鲁君佩大声嚷嚷说:"别敲啊! 别惊慌啊!"

屋中也跑出两个仆妇来,鲁君佩几乎跟哭是一样了,连连摆手说:"没有什么事呀! 别大惊小怪! 来的这是罗侠客,罗君,是我请来的。你们……你们快到老太太屋里,跟老太太要过来那张字据,就是少奶奶的那张字据,快拿来! 就完了!"罗小虎说:"带我到玉娇龙的屋里!"鲁君佩连声答应着"是",罗小虎用力揪着他,手指把他的肥胖胳膊都抠破了。

鲁君佩一跛一跛的就把罗小虎带到了西小屋,原来今天他将受了伤的玉娇龙由娘家接了回来,又逼迫她另换了一间屋子居住。一进这屋,床上的玉娇龙推开锦被翻身坐起,她鬓发蓬松,面色憔悴,脸上现出一种莫大的惊疑。罗小虎把鲁君佩一推,令他在一张椅子上坐下,又把手向玉娇龙一摆,说:"别怕! 只要他肯听我的话,今天绝闹不出人命来! 按理说,他施用手段,买通了匪人将你捆到这里来,令你与他成亲……"鲁君佩坐在那里像个傻子似的,说:"我……我并没跟她成亲呀! 罗侠客,你可以问她本人。"

罗小虎愤愤地说:"但你也够狠毒的了! 把她捆绑着,叫她的哥哥写下字据,凭着字据你就可以随便虐待她,她也不敢惹你。你最狠毒的是买出个女贼来假充俞秀莲,去伤了人家的幼女,惊了人家的老娘!"

鲁君佩面如土色,跪下来说:"那真不是我做的!"罗小虎一脚踢去,厉声说:"谁能信你这狡赖?你是故意做出这事,以便激怒了玉娇龙!你并且放虎归山给了她宝剑,叫她去与俞秀莲拼杀,你坐山观虎斗,要看她们两败俱伤,这事还瞒得过谁?"鲁君佩趴在地下,战栗无语。

罗小虎扭头又看了看玉娇龙,只见她脸色发紫,双眉腾起来煞气。罗小虎微微冷笑,说:"这件事我不管!他伤的是你玉家的人,他该死不该死,将来你再想办法,你再定主意。我自从新疆洗手之后,从不枉伤一人。今天你只把那张字据逼索过来,毁了它,我就算对你尽了心!"

此时字据已然取来了,是个男仆拿着,可是那人不敢进屋。罗小虎推开了门,把字据得到手里,又把门关上。他先交给玉娇龙看,玉娇龙就着灯光,把这束缚她的恶毒字据反复地看了半天,然后就点头说:"对!不错!就是这张字据!"罗小虎又问说:"你认准了?"玉娇龙点头说:"认准了!"罗小虎又说:"再没有了吧?"玉娇龙摇头说:"再没有了,只有这一张。"罗小虎点点头,将这字据放在烛台上点着,呼呼的起了一片火光。待了一会儿,整张的纸就变成了片片飞灰,一个字迹也没留下。

罗小虎又把鲁君佩拉起来,叫他坐在椅上,从自己的怀里掏出来笔墨纸砚,都放在桌子上,说:"你该给我写一张字据了!你们念书的人心眼毒辣,我得学学你们!"他就着桌上碗里的残茶,泡开了笔,研了墨,把宝刀向桌上一拍,说:"来!写!我说什么你写什么,写错了一个字都不行!你别欺我认识的字有限,写!笔拿稳些!你是翰林,写字还费难吗?"遂一脚蹬着凳子,把刀在鲁君佩的头上一晃,逼着鲁君佩写道:

立字人鲁君佩,我本与大盗半天云是结义弟兄。玉娇龙乃闺阁贞节小姐,她嫌我貌丑,不愿嫁我,但我必欲得之而后甘心,因此乃唆使绿林中人碧眼狐狸混入玉宅,诱他家小姐未成,我又使人打死蔡九。我在外胡造谣言,诬赖玉宅家门不严,强迫着将玉小姐娶到我家,并将她凌虐成病,将她的丫鬟也毒得不能说话。我是人面兽心,虽文官而实大盗,我盟兄半天云本是好汉子,他不惯我所为,因与我反目。最近我又派女盗……

罗小虎把宝刀向鲁君佩那冷汗淋淋的头上一拍,说:"那假俞秀莲的名字叫什么?"鲁君佩头乱颤着说:"听说……她外号叫女魔王!"罗小虎冷笑着说:"好!就写上!"鲁君佩就又写道:

女魔王假冒侠女俞秀莲之名，到玉宅中杀伤幼女，吓坏老夫人，这实是真事。我实该死，如今半天云叫我立字据，也是我自愿，半天云非罗小虎，罗小虎是真正男儿，半天云乃绿林豪杰也。谨此立字，交我盟兄收执，一朝犯案，俱不能脱。

写完了，鲁君佩的身子都瘫了。罗小虎微笑着，把这纸字据又拿给玉娇龙看了，玉娇龙只是落泪点头。罗小虎又去叫鲁君佩画了押，他便将纸叠了叠收在怀里，拿刀又轻轻拍了鲁君佩一下，说："你别怕！只要我不犯案，也绝拉不上你。"又过去向玉娇龙说："我走了！我已心满意足了！我也放心了！"玉娇龙却不住地落泪。

罗小虎悄声说："我晓得你，虽然我已替你这么办了，你一定还不愿跟我走。你是舍不得离开家，你也不能受外边的苦，我又怎能勉强你？"叹了口气，又说："你记得早先在沙漠里咱们说的话吧？也许你早忘了！"玉娇龙瞪起眼睛说："我凭什么忘？只是，现在我母亲还没死，我哪儿也不能去！"低着头又呜呜痛哭。罗小虎拍着她的柔肩，说："不要哭！哭还是什么英雄？"

他发了一会儿怔，又说："我走了！昨天你住的那座庙，那老道士是我的好友；无论我往什么地方去，我也必把我的去处告诉他。将来，哪怕在十年之后，你若想起来找我，就可以去问他，我们就可以会面了！现在这事已然算完，我再去为我的父母报仇。那件事再办完，我纵不死，我可也必心灰意懒了。你放心，我不能再胡为，也不能再鲁莽了，可是，我也绝不能做官！我也不想做官了！好，如果有缘，咱俩再见。你记住了，你纵使变了心，我罗小虎这生这世也绝不能变心！"说完一笑。

望着玉娇龙悲泣的神态，他心中一阵犹豫，但又一顿脚，提刀闯门而出。身后还听得玉娇龙焦急而凄惨地叫着："小虎！你回来！"罗小虎倒退了一步，一手横刀防御住外面的人攻袭，扭头又向玉娇龙去望；就见玉娇龙已下了床，扶着床慢慢地走过来了，灯光斜照着她蓬松的云鬓，照着她涕泪交流的脸儿。她扯住了罗小虎，就悲哽着说："你放心吧！我永远是你的，无论迟早，咱们还能见面！"

罗小虎叹息道："好！我永远等你！"又扭头看了看瘫在桌椅之间如

泥胎似的鲁君佩，努了努嘴说："那个人可还要防备，想法儿……"他做个手势，又狠狠地说："那才好！"

玉娇龙擦擦眼泪，点点头说："我都知道！"叹了口气，又说："我向来是心高气傲，一点亏也不吃的，可是如今要不是你替我想法子，我还随着人欺凌摆弄呢！我只惭愧到现在我还不能跟随你走！"

罗小虎说："其实你现在就跟我走，也没什么，字据已经烧了，他还能将你家里的人奈何？"

玉娇龙摇头说："不！你还是不深知道我，我却知道我自己；我不该生于宦家，我又不该跟你……你的遭遇是太可怜了！也被我害了这许多日！可是，我望你还得自强、上进，不可以灰心！"

罗小虎脸色变了变，烦恼又气愤，摆摆手，说："别说了！这里不是咱们谈话吵架的地方。今天的事已办完，我走了，也许我走不出这座宅子我就得死！"

他一抢刀，重又出屋，见院里院外已拥满了人，灯火照如白昼，刀枪光芒耀眼。罗小虎大喝一声："你们要怎样？难道要叫我再进屋中结果了鲁君佩，再出来与你们厮杀吗？"他大声喊着，声如霹雳。

这时鲁君佩急急地从屋中出来，举着两只胳膊乱摆手，连声嚷着说："别打！别打！快放这位罗侠客走！"罗小虎微微冷笑，一回手又扭住了鲁君佩，说："顶好你送我出门！"当下他就一手持刀，一手扭住鲁君佩往外去走，一路无阻。到门前叫人开了大门，罗小虎又回身瞪了鲁君佩一眼，见鲁君佩浑身乱抖，也很可怜，便一声冷笑，说："你大概也都明白了，以后你有什么毒计，自管再使去吧！"鲁君佩连连摇头说："我再没有了！明早我就叫玉小姐回家，以后我不管她！"罗小虎一松手，鲁君佩随之瘫坐在地上，罗小虎便于夜幕之下，独自昂然走去。

鲁宅里虽然闹出了一件惊人之事，但距此不算太远的隐仙观内却十分凄凉。那前院的松柏被风吹得发出萧萧之声，屋子里地下放着个纸灯笼，沙漠鼠是早就回来了。他虽然疲倦，但是躺在炕席上却睡不着觉，心里想着：刚才把那两头骡子的腿弄伤了，不知有效没有？老爷也不知怎样了？今天能够得手不能？又回想起来昨夜下着雨的时候，老爷把太太玉娇龙背到这炕上来，那股得意的劲儿，真叫人看着眼馋。可是又想起那时自己在窗外偷听，突然有个人把一口冰凉的宝剑贴住了自己的脖颈，却又不禁打了个冷战，心想：那人的武艺恐怕比玉娇龙还要高，不然怎么一转眼间他就没有了踪影？而且一点儿声音都没有？想到这里，他害怕得简直躺不住了。

待了一会儿，花脸獾又来了，他是把骡车赶回了宣武门内他的家，又赶紧跑到这里来了。他手里也提着个灯笼，还有一包酒菜，腰里揣着一把砂酒壶。俩人凑在一块儿，沙漠鼠的胆子就大了；同时两只灯笼凑在一块儿，屋子也显着亮了，两人就喝着酒儿谈着闲话。又不多时，他们的老爷就回来了。

罗小虎一进屋，他们齐都下了炕。只见罗小虎身上并无伤，头上也无汗，像是没经过争斗的样子，气也似乎是消了；可是精神上却显得十分倦怠，两只眼仍带着忧愁之态。他的腰带上插着雪亮的带铜环子的宝刀，衣内怀里却露出来一角纸，就是白天买的那张纸，这时上面可有字迹了。罗小虎把剩下的半壶酒两口喝尽，就命花脸獾、沙漠鼠二人回去，他也不多说话，倒在床上便睡，一夜就慢慢地过去了。

第二天，花脸獾与沙漠鼠又来到庙里听候差遣，却见罗小虎正同着本观的老道士谈话，声音很低，他们都不敢在旁听。可是待了一会儿，罗小虎就叫花脸獾回去收束行李、套车，并嘱咐务必摘下那绿色的车围，他说："咱们即日就走！离开北京，事情现在都办完了！"沙漠鼠却暗自吐舌头，心想：来了一趟北京，闹了多少日子，到现在老爷还是个光棍儿呀？怎么事情就算完了呢？花脸獾却欢跳起来，拉了他的伙伴一下，说："老爷一定是带着咱们回新疆！不是还去贩马，就是再上红云岭。"当下他就跑走了。回去收拾了他们的那箱子金银、行李，套了车，就又来到；沙漠鼠也由庙后院将马牵了出来。

罗小虎又换了一身很阔绰的衣裳，就出了庙，上了车，放下了车帘；花脸獾赶着车，沙漠鼠的两只红眼胡乱张望，他是骑着马，当下就走了。他们混出了城去，就往西走，但花脸獾大失所望，原来罗小虎不是要回新疆，却是听庙中老道士之劝，往西陵五回岭去了。

原来事情是这样，隐仙观的老道本来是专心清修的人，虽然也会武艺，但来到京城十余年从不显露。他把罗小虎招到庙里头，原是怕罗小虎在京城闹事惹祸，并且常劝罗小虎应当恢复道家原来的面目，或回武当山，或至五回岭隐仙观下院去。

老道士本来晓得罗小虎这样闹，第一是为与玉娇龙的私情，第二就是他要报父母的仇恨，因此就对他说："你到五回岭去，我师弟慎修他能帮助你报仇。慎修他原名徐继侠，是四川人，入道不过十余年。他早年曾云游江湖，尤以在中州一带行侠作义的时期最长；想他能晓得你父母早先被害之事，及贺某等人的下落。但无论如何，你总在武当山上受过三清的戒条，为父母雪恨虽可，只是不要杀戮过惨。至于你与玉家之女的私情，更应当视之如镜花水月、云烟梦影；既然不能再相结合了，只好割绝。在清静中自有真乐趣，那比俗世中的功名爵禄、儿女私情，还要强胜得万分。"

这些话罗小虎虽都觉着不大入耳，可是他此时确实已有些心灰意懒、精疲力尽了，愿意找个清静的用不着担心的地方去歇一歇，所以他便带着他手下的两个伙计走了。他这一走，京城里顿然少了一个行迹诡异的人，鲁宅、玉宅省却了许多担惊，但，却又有另外的一件事发生，竟惹起了几场刀枪拼杀，千里风尘飞扬。

第十三回　冰心热泪少妇思雠仇
诡计阴谋老猾设陷阱

　　原来自罗小虎当着玉娇龙之面，强迫鲁君佩烧了旧契、重立新契之后，在鲁宅防夜的这些个人，就全都明白了，大家都知道了人多不济事，贼是无法御防；即或贼来了，眼看就可以捉住了，但结果也是得开了大门给送走，这其中的缘由没有一个人能够摸测得出。可是鲁君佩自一跌之后被人搀送到里院，就再也起不来了。

　　次日，鲁宅的人齐都无精打彩，鲁太太急得眼睛都红了，又拿出一些银两分赏给下人们，算是又把昨夜宅里所出的事情掩盖住了。到上午十点来钟的时候，就派了一辆骡车，把少奶奶玉娇龙送回娘家去了。同时有萧御史等人又来看鲁君佩，鲁君佩就从此不上衙门，外面传说他是无意之中跌了一跤，起不来了，恐怕要成中风之症。

　　鲁君佩的父亲鲁侍郎，本来就是双腿不能行动，于罗小虎等人第一次在他家大闹之后，他就迁到了一座大禅林中去躲避烦扰。宅中这些日都由鲁太太主持，鲁太太是读过《三国志》的，平日智谋多端、刚愎自用，什么飞贼大盗，她都没放在眼里；可是如今她也消极了，也躲避到娘家去了。鲁宅里只留下了光杆的一位大少爷，临时募集的打手、新请的护院把式，都已给资遣散。大门终日紧闭，景况顿然萧条，可倒是从此平静无事了。

　　这时候，街上也没人再看见罗小虎，刘泰保也不露面，仿佛是暴雨将过,狂风已停,倒加倍的显出一种凄清。此时只有俞秀莲的胸头还膨胀着一股怒气,因为她誓要寻找着那个冒充自己之名至玉宅杀伤幼女的女贼。可是德啸峰夫妇又婉劝她,说:"你骑着马带着刀在街上走,未免太招人注意,你还是别自己出头了,叫杨健堂替你访查去好了!"

俞秀莲虽然应允了,但仍然心中急躁,还要出头去寻访。她就叫蔡湘妹给她挽了个头髻,稍微擦了些脂粉,可并不戴花,身上仍穿着朴素的青衣裤,时常在街上行走。南城北城她都去过,有时且故意买一些水果、点心之类在手中提着,悠闲地走着,专注意街上往来的有什么行迹可疑的妇女。她的打扮和神态,很像个普通人家的少妇,所以没有什么人注意她。

第一日,由北城走到南城,由南城雇了车回来,是一无所得。第二日,她到了东城,由四牌楼走到崇文门里,也是渺茫地仿佛是白走了这一趟。手绢里兜着摊子上买的两个甜瓜和一挂葡萄,她心说:只好拿到德家,送给她们那里的老妈子吃去吧,顺便再打听打听杨健堂,探出来了什么没有?

她姗姗地走着,这时才下午三四点钟,天气很热,街上的人也不太多。走得将要到了东四牌楼,忽见道旁站着一人,牵着一匹黄颜色的马。这人年有三十五六,身躯不大健壮,但两只眼睛很有精神;一身黄色茧绸的裤褂,青的鞋已变成了土黄色。俞秀莲一看就知道,这是一个惯走江湖的人,并且还有点眼熟。她不由就把脚顿了一顿,只见这人也正直着眼在看她,并且嘴唇动了动,可没有发出声音来,似乎是想要招呼她,可又不敢贸然招呼。

俞秀莲也想不起来这人是谁,就走过去了,才走了几步,就听背后有人叫道:"是俞姑娘吧?"俞秀莲不由得一回头,就见那牵马的人一拱手,往前走了两步说:"我真不敢认姑娘了!"

俞秀莲见此人的态度不恶,便回身平和地问说:"你贵姓?我仿佛见过你,但一时想不起来!"这人笑了笑,说:"姑娘真是贵人多忘事!三年前我在邯郸县城与您相遇,曾叫过您一回,后来……"他把声音压得极小,走近两步说:"在彭德府郁天杰镖头的家中,我曾受杨豹之托,给您送去过四颗珍珠……"（事见《剑气珠光》）俞秀莲蓦然想起来了，说："啊！你姓雷？"

这人点头说："不错！我叫雷敬春，我是河南拳师陈百超的师侄。杨豹是陈师傅的徒弟，所以他生前与我交情最厚，他家中的那些事都托我办！"说到这里，面上显出一种凄惨之色。

俞秀莲说："很好！我现在正要找一位与杨家熟识的人，我有许多话要问你。"停了一停，又说："你能跟我到德五爷的家里去谈谈吗？不过……"她爽直地说："我很佩服你跟杨豹的交情笃厚，我知道你是一位侠义之人，不过我们都是常走江湖的，在江湖上都难免有些粗心大意；德家却都是本分人，你先想想，你到他家里没有什么妨碍吗？"

雷敬春现出有点犹疑的样子，向两边看了看，才说："我为什么来到这儿呢？我就是想去拜访德五爷，可是没个人引见，我又怕人家不见我。我倒是个正经人，除了前几年随着杨豹奔走之外，就是保镖、护院，没做过别的。我的武艺不高，名头又不大，去到德府，准保于德五爷无碍；只是，我倒怕人家知道我巴结上了德五爷，那倒……倒许有人不能饶我！"

俞秀莲愤然说："你不用说了！我明白啦！你现在就上马到德家门口等着我去吧！我随后就到！"雷敬春答应了一声，遂上马向北走去。俞秀莲也脚步加快了一些，不多时到了三条胡同，就见雷敬春牵马在这巷中站着，可是离着德家的大门很远。俞秀莲就说："你在这里等等！我先进去对德五爷说明。"

雷敬春答应了一声，俞秀莲就推门进去了。她一直走向里院，到屋中见了德大奶奶和杨丽芳，就急急地说："我在街上无意之中遇见了一个人，这人是很要紧的，就是……"她拍着杨丽芳的肩膀说："就是早先你哥哥杨豹常托他给你家捎信的，那个姓雷的，叫雷敬春。"杨丽芳一听这话，立时流泪了。

俞秀莲安慰她说："不要难过，他在门外啦，问问五哥，可不可以把他请进来？"德大奶奶说："你五哥上邱家去了，还没回来，可以先把他请进来，叫文雄跟丽芳见见他；他跟杨豹既是好朋友，我想丽芳见见他，也没有什么不可以！"杨丽芳哭着说："当初我叫他雷大哥，他给我们家送信，叫我爷爷给骂走了，他一点怨言也没有，他是一个好人！"

德大奶奶赶紧叫仆妇说："把外面那人请进来，让到客厅里好了！"

俞秀莲把手巾包儿放在桌上，又从书房把文雄找来。文雄所受之伤本在左臂，并不要紧，这时除了左臂还不能动转之外，其余都与好人无异。他穿着长衫，他的妻子杨丽芳穿着旗袍，随从着一个仆妇，由俞秀莲带着，他们就到了前院客厅里。

见了雷敬春，杨丽芳蹲下腿行她的旗礼，雷敬春慌忙着打躬；然后由俞秀莲让座，雷敬春跟文雄坐于对面，俞秀莲带着杨丽芳坐在一旁，杨丽芳还忍不住的揩拭眼泪。俞秀莲就问说："杨家的事你总知道得很多了？"雷敬春点头说："从早先到现在我全都知道，因为我跟杨豹相交七八载，再说，我就是汝南府的人。"俞秀莲很喜欢地说："那好极了！你别忙，从头到尾你详细说一番吧！我这侄女家遭几番惨变，伤心极了！可是她家庭中过去的事情，她都不晓得，我们也无法去访问，真不容易，今天能遇见你！"

雷敬春也擦擦眼泪，又叹气说："其实我也很不愿重述旧事，因为杨豹他真如我的亲胞弟一般。我先说早先的事，我小的时候住在汝南府，我家里是开杠房的。有一天我父亲承办了一件丧事，出丧的那家就是本城绅士杨笑斋家。记得那时的景况真惨，是两口棺材同时由门里抬出来，那时杨豹才五六岁，追着棺材痛哭；杨大姑娘不过两三岁，头戴孝箍，叫乳娘抱着，还吃着手指头，不懂得哭；这位少奶奶那时大概还不到一周岁！"他指指杨丽芳。又愤愤地说："最可恨的是那凶手贺颂，他还送了两对纸扎、一方大匾；帮凶的费伯绅穿着孝，还号啕大哭，他们真装得像！还有呢，罗家的小虎打着仪仗，还欢蹦跳跳地跟那群抬杠的赌钱打架，他却不知那两口棺材里的，就是他的生身父母！"

杨丽芳收住泪说："罗小虎真是我的哥哥吗？"

雷敬春点点头说："一点不假！现在可以到汝南府去问问，那些老年纪的人还都知道。本来……我大胆了，杨笑斋大爷因为大太太无出，这才娶了罗家酒馆的倩姑娘为妾；可是在没娶到家里时，就早已生了一个孩子，那就是罗小虎。因为罗家姑娘虽说是给人做妾吧，可也是拿轿娶的，若是连个孩子都抱过去，那太招人笑话啦！因此才寄养在娘家一个嫂子之处，可是后来杨二太太时时回娘家，也总看顾小虎。她若不这么常出门，也招不了杀身大祸；本来知府贺颂早就看上了她，她嫁杨家之后，又被贺颂常常看见。贺颂见二太太嫁了人之后越发长得美貌，他就害了相思病，又加上有个坏种费伯绅，这才商就了步步的阴谋！"

说到这里，雷敬春喘了口气，接着他又说贺颂如何是个好色之徒："他在汝南任上十几年，所害妇女无数，其中多半是费伯绅给献的计策。费伯绅为人狡猾阴险，口蜜腹剑，面上谈文作诗，暗地却贪赃枉法，结交绿林。他把贺颂巴结得甚好，贺颂府的儿女都是他的儿女；把杨笑斋下狱、屈死，都是他一手做成，干脆说就是他给害死的！只是杨二太太仰药殉夫，他却没有想到，他白作了恶，可是没给贺知府弄到人。

"他们虽不知忏悔，可也真受了一回惊，因为杨大爷、杨二太太下葬没有多少日，有名的汝州侠杨公久就来啦！杨老英雄那时的腿虽然受了伤，可是人还英勇，手下又有几个精壮的伙计。他老人家是与杨大爷同姓，且受过深恩，所以那时他一回到汝南城，汝南城中知道此事的人没有一个不高兴的，都说贺颂、费伯绅快要恶贯满盈了；果然，府衙中就连夜出事，因为防御得严密，才未使侠客得手。

"那杨大太太本来就把二太太留下的三个孩子看成眼中钉，简直恨不得孩子们也都死了才好，她好独承家产，爱嫁谁就去嫁谁；没想到有一天，杨老英雄率领徒众，就夜入杨宅，救走了杨豹、大姑娘跟二姑娘，并卷去了许多财物，从此就全无下落！"

雷敬春说的这些事是非常详细，说话时还不住地握拳击腿，杨丽芳收住眼泪，转为愤恨。德文雄是点头赞佩，俞秀莲却奋然起来几次，全室弥漫着紧张悲壮的气氛。

雷敬春喝了一口茶，擦擦眼泪，又将声音改为低缓，说："我那时不过十四五岁，虽听父母邻人们常在背地里谈说这些新闻，自己也感到气愤、不平；有时在街上看见费伯绅迈着方步走过去，就从背后冲着他抛砖头，抛完了就跑。我也跟罗小虎打过架，骂他没爹没娘，他更是糊里糊涂的，可是那时我也不知详细情形。及至后来，罗小虎失踪，听说是被小贼给拐走了，也去当贼去了，我就很看不起他，自己愿做杨公久那样的一个侠客。

“我父亲见我不是读书的材料，就把我送到林百杰师傅之处，学艺三年；后来在师叔陈百超之处，无意中与杨豹相见结交。我佩服他不忘父母大仇，并知道杨公久带着大姑娘、二姑娘隐居在北京开花厂。杨豹跟我说，他现在管杨公久叫爷爷，杨公久可不像早先那样英雄了！因为腿伤，因为年老，也因为多年的世故，他已变成了一个很不愿惹事的老头子。他只把这些仇人、惨事告诉了杨豹，却又叫他不必报仇，并且不让两位姑娘知道。若不是陈百超仗义硬把杨豹带走，杨老头儿还不叫他学武艺呢！

“我跟杨豹见面之后天天谈这件事，并一同回汝南，向罗家的亲友去打听，并为此事一同拜访过高茂春。高茂春见了我们却不肯详说，他说只有问他兄弟高朗秋才能知道，但我们可往哪里找高朗秋去呢？后来杨豹艺成，盗珠充作路费，直往江西去寻仇人贺颂。不想他叫那几颗珠子给累住了，白杀了些绿林人，结了许多无谓的仇人；正经的冤仇没报成，倒在保定府赔上了一条性命！”说到这里又感叹不止。

俞秀莲又问说：“罗小虎现在此地，你晓得吗？”

雷敬春点头说：“我晓得，他这些日闹得事情很大，他的本领必然不错，可是白闹，正经的仇不去报，我真看不起他。杨豹活着的时候也知道他有个胞兄罗小虎，可是罗小虎流落在外，生死不知，而且也没想到他也学会了武艺，所以杨豹就没把他往心里放，我们二人谈话也轻易提不到他。但是，罗小虎跟我的年岁差不多，小的时候，他天天在我家铺子门前赌钱，有时我的钱都被他怔抢了去赌，那时他比我的个子小，可是我打不过他；现在我们若见了面，我还许能认得他，只是我没地方去找他，又因……”说到这里他忽然笑了，兴奋地立起身来，向杨丽芳说：“二姑娘不要哭，现在若想报仇，是易如反掌！”

俞秀莲说：“我们现在也探出来，贺颂住京师，他的儿子是在刑部当差。”

雷敬春说：“原来他在江西卸任之后，就在京师买房住家，到如今也十几年了。他是住在崇文门外，现在也老了，家里有几房姨太太。他轻易不常出门，也没人跟他多来往；他也不知道罗小虎就是杨小虎，连杨豹寻他多年之事，他都不知，他更想不到这里的少奶奶就是他仇家之女！还有……"他跳起来，拿手指着说："不但是贺颂在此，那费伯绅也正在此地！"

杨丽芳听到这里，突然站起身，蛾眉倒竖，只有急愤，悲泪全无。俞秀莲疾忙把她拦住，说："听他说！"

雷敬春又说："原来贺颂不过是侥幸，才至今未死。费伯绅却比他聪明，早就想到了，将来必定有人寻他报仇，所以连姓名都改了，改名为诸葛高，可是究竟还有不少人认识他。他虽无儿女，可是收了不少干儿义女，都是各路的镖头和强盗；他是想利用那些干儿义女，给他抵挡仇人。他在几个地方都有家、有姘头，他生平所得是一些不义之财，大概也快花尽了。

"他有个干儿名叫五通神尤勇，也是河南人，保过镖，闯过绿林。不瞒俞姑娘说，我就是跟着尤勇来的；因为杨豹死后，这两年我没办法，家中的买卖早就倒了，我不得不跟着他混饭。他有个婆娘，其实是姘头，跟他姘了才一年多。这婆娘是已故金枪张玉瑾之妻、宝刀何飞龙之女，名叫女魔王何剑娥！"

俞秀莲握拳大怒道："啊！原来是她？"

雷敬春点头说："不错！冒充您的大名到玉宅杀伤幼女的，就是此人，您再听我细说！"

当下六只眼睛全都瞪着他，雷敬春却不慌不忙地说："我怎么今天来到这儿。有点犹疑呢？现在我吃的是他们的饭，诸葛高倒是已然不认识我了，可是我还认得他就是费伯绅。费伯绅早就来了，他是闻听京城中闹着碧眼狐狸，想来看看。他与碧眼狐狸原是同乡，大概还有一腿；至于大胆来此会大盗，是怀着什么打算，我可就不知道了，他总是想要跟碧眼狐狸叙叙旧情，分点赃吧？

"可是他从河南来到了此地，碧眼狐狸就已然死了，他就住在贺颂的家中。贺颂的儿子名叫贺小颂，号叫绍绅，在刑部挂着一份差事，整天的花天酒地，也是他最早收的干儿子。费伯绅来到这儿扑了个空，本来无事可干，可是不料那时候又出了鲁宅的新媳妇失踪之事。鲁君佩又气又急，并且舍不得那么美貌的媳妇，就想要设计将玉娇龙找回来。恰巧南城御史与他同年，又与玉宅有隙，并且跟贺家有来往；就由贺绍绅拉的纤，把诸葛高给请了去，大概是酬银五百两，叫他把玉娇龙找回来。

"诸葛高费伯绅果然本事不小，他居然买通了红脸魏三，将神出鬼没的盖世女侠玉娇龙拴住，送到鲁宅；又要挟玉家人立下字据，使玉娇龙天大的本领无法施展。并且一揭新房的帐幕，说是少奶奶的病好了，出来见客了，弥缝的掩盖的，真叫作精密、漂亮！"

文雄在旁不禁笑着说："这人的本事可真好！"

雷敬春说："他可没想到来了罗小虎，他也不知道罗小虎是他的仇家；他更没想到还有李慕白、俞秀莲、刘泰保这些位英雄，把鲁家闹了个乱七八糟！"

他喘了口气，又说："你们不知，费伯绅在西直门城根租了一所房子，有尤勇、何剑蛾跟我，我们三个人夜夜保护着他，鲁君佩也天天到那儿去睡觉。其实我恨不得杀死费伯绅，献出来鲁君佩，可是有何剑蛾他们监视着我，我真连撇一撇嘴也不敢。这几天因为鲁家里叫人闹得是太凶了，所以费伯绅又出了毒计，故意派何剑蛾深夜到玉宅冒充俞秀莲之名，杀伤了玉娇龙的侄女，为是激怒玉娇龙，想以毒攻毒，想利用她的本事、她的青冥剑，把搅闹鲁宅的人全都杀死！"

俞秀莲顿足狠狠地说："好可恨！"

雷敬春说："可恨固然可恨，不过他们也是连番失着。玉娇龙不但没替他们出力，反倒丢了宝剑负了伤，因此把鲁君佩吓破了胆。他是认为俞姑娘等人都是听邱广超的指使，他就求出这里的五爷给解和。那天在福海堂饭庄给邱广超赔的罪，他以为服了输就完了；不料就是那天，罗小虎粗中有细，安排下妙计，并行了个怔办法，竟……"

他喘了一口气，又把罗小虎劫持鲁君佩，焚毁了束缚玉娇龙的字据，玉娇龙归宁一去不返，鲁君佩忧急成病之事说了，然后又说："费伯绅现在也觉得周围不好，他叫尤勇、何剑蛾天天保护着他。我本来是给他看守门户的，今天我是偷空儿，提心吊胆地出来的，因为若叫他们晓得了我与你们这边勾通，尤勇虽不至于杀死我，可是何剑蛾必不能叫我活！"

此时杨丽芳俊容上现出一种煞气，她向雷敬春拜了一拜，说："雷大哥！今天多亏您来，告诉了我这么多年来所不知道的事情。我哥哥杨豹是已死了，罗小虎虽也是我的胞兄，可是我们并没在一块长大，我也不能去找他，逼着他叫给父母报仇。现在只有我了！请雷大哥把费、贺两个贼的详细住处告诉我吧！"

雷敬春怔了一怔，就说："贺颂的家我没有去过，可是知道他住在崇文门外广渠门内，地点极僻。费伯绅的房子倒容易找，就在西直门里北城根，旁边靠着一个官厅，门前有一棵大柳树。"

杨丽芳听罢，转身向外就走。俞秀莲疾忙追出，并回身告诉雷敬春暂时别走，她就追着杨丽芳回到了里院。杨丽芳进去见了她的婆母，她就跪下哭求，请求允许叫她去报仇。德大奶奶把儿媳搀扶起来，自己倒怔忡忡的不知说什么才好。

俞秀莲便把杨丽芳拉在一边，劝她说："仇是一定要报的，有我，有这些人，你想报仇还能难吗？只是有两点顾忌：第一，京城内不能杀人，玉娇龙她能够不遵王法，但咱们却不能不遵王法，把贺颂、费伯绅诱出再下手倒可以，可得慢慢地办；第二，你是德少奶奶，你是有身份的，上有公婆，有丈夫，德家是京城中有名的人家，你怎么能够亲自出头呢？不瞒你说，这些日，我们早就知道贺颂的住处了，只是想着这件事并不难办，所以并没急急的。"

正说着，文雄进来，向俞秀莲说："我父亲已然回来了，现正在跟雷敬春说话，他老人家也说是报仇的事情不能太急！"

俞秀莲说："好，你拦住你的媳妇吧！我还得到前面跟雷敬春说几句话去。"又向杨丽芳说："你暂时先忍一忍，你还不信任我吗？我此番到北京来，最主要的还是为办你这件事，你看吧！我一定有办法就是了。"

德大奶奶急得皱着眉，坐都坐不安，直叹息，说："唉！无论是仇吧、恨吧，可是咱家的儿媳妇哪能出去杀人呢？要因此打起官司来可怎么好呀？"

俞秀莲急匆匆又到外院去找雷敬春，待了一会儿就又回来，悄声告诉杨丽芳说："好了！已经有了办法了。我已叫雷敬春回去，让他索性去告知贺颂、费伯绅，就说当年被他们所害的杨家的后代，现在京师，正要找他们索命。他们一定要害怕，一定要逃出京城；那时雷敬春再来告诉咱们，他们是走哪一条路，咱们就追了去。等他们离开京城远了一点，地方再僻静，我就帮助你下手！你就预备着一点好了。你别的功夫都有富余，只是你不会骑马，到时还得坐车，这一件事情可有点麻烦！"

杨丽芳却擦着眼睛说："我想，马也没有什么难骑的！"

俞秀莲说："到时再说吧！反正我时时跟着你、帮助你，准保你毫无舛错！"杨丽芳说："这件事还是不要跟别人去说。"俞秀莲摆手说："不能！李慕白这几日也不知往哪里去了，铁府的人还向外打听他。刘泰保是除了与玉娇龙有关的事，他都不愿管。孙正礼、杨健堂他们本来就知道贺颂在京，他们若愿帮助咱们，那更好！"杨丽芳就点了点头。

少时德啸峰走进屋来，也是十分着急的样子，说："雷敬春已然走了，我看他是个忠厚诚实的人，他说的那些话必不虚假。只是，贺颂、费伯绅固然可杀，我要是个飞檐走壁像史胖子那样的人，今晚就能去把他们都杀死；但咱们不是那样的人，连俞姑娘跟李慕白都已不是那样的人了！"

俞秀莲说："这多年来，我都讲的是明枪明刀，而且除非江湖恶霸、绿林凶贼，我绝不伤害。可是现在我为丽芳的事，说不定就许破一回戒；但是也不能像玉娇龙似的，在这京城重地就胡为！"

德啸峰顿足说："这要是玉娇龙倒好办了，咱们不行！同时我又想，旧仇固然很深，费伯绅的毒心辣手也实在留不得。可是那贺颂已经那么老了，这些年他匿居在京城，也没听说他再做什么恶事；他对过去的罪恶，也未必不忏悔，咱们何妨就把他那条老命饶了吧？"杨丽芳听了这话，便垂泪不语；德啸峰也不能怎样劝解，只好托付了俞秀莲一番，就往前院去了。

这里俞秀莲跟德大奶奶又向杨丽芳劝解。直到天晚，俞秀莲见杨丽芳哭得眼睛都肿了，见了灯光，眼睛很难睁开，而且悲痛得她精神十分疲惫，就想她不至于做出什么不加考虑的事情来，自己的铺盖又都在蔡湘妹那里;所以又安慰了杨丽芳一番,与德大奶奶又悄悄地说了一些话,她就走了。她走的时候就已有九点钟了,待了一会儿,德大奶奶也就命杨丽芳回屋去睡觉了。

德家本来还有老太太,但在跨院里吃斋念佛,有两个仆妇侍候着,一切事都不闻不问。德啸峰是一个人住在书房,德大奶奶带着小儿子文杰居住里院。文雄、丽芳小夫妇二人就住在母亲的对屋,他们小夫妇俩本来是非常的恩爱。文雄多病,今年又受了一次伤,一切多亏温柔的妻子殷勤扶持。他是个年轻的少爷,好玩,有点任性,也没经受过困苦,这些日为妻子志欲复仇之事,他就烦恼的不得了;妻子一皱眉,一流眼泪,他的心头就一阵发紧,真比臂上的伤还要痛。今天在客厅里雷敬春说的那一番话,就把他听得头都晕了。他想不到世间还有那样阴毒狠辣的人,他认为费伯绅的毒计是比什么刀哩剑哩更为厉害;所以现在他回到房中,就关上了门,坐在床上不住地发呆。

杨丽芳打开了箱子,取出来她的一件黑绸子衣裳、黑布裤子,这是她练武艺时才穿的衣裳;又剪了两条黑布蒙在白袜子上,用线缝上。旁边文雄就急急地问说:"你这是要做什么?"

杨丽芳垂泪说:"这件事你别管我!我知道,为我娘家的事,使这里全都不安;尤其是那次,罗小虎伤了你,我真真的难受!因为俞姑娘救了我,我在这儿做儿媳妇,三年来我一点委屈没有受过,原应该听话、听劝,可是……仇人就在眼前,我真一点也忍耐不住。我这时就去杀他们,事情办成之后,我……反正我不能连累别人。万一没办成,出了舛错,那时你千万也不要去认我。"她哭着又说:"反正我死了,绝忘不了公婆跟你待我的好处,容我来生再报答!"

文雄疾忙将她拉住,十分着急地说:"你不能这么性子急!你一个人去,就是你的武艺好我也不能放心!俞姑娘又在这里,她又是为这件事来的,把她抛开,不叫她帮一点忙,不听她一点话,她岂不要恼了吗?"

杨丽芳哭泣得更是厉害,说:"人家本来姓俞,为杨家的事给德家惹祸,人家才犯不着,所以人家只有劝解我。但我现在既然知道了两个仇人的住处,我哪能一时一刻忍耐得下?你放心,凭我一个人,凭俞姑娘跟我义父这几年传授给我的武艺，去办这件事还不能吃亏。要把事办完了，我的心里也就痛快了，省得我永远愁眉不展，叫你也看着难受！"

文雄叹息说："可恨我的胳膊还不利便，不然，我应当同你一块去！"杨丽芳摇头说："不用！你只要别声张就是了，我去一会儿就回来，你放心吧！你躺下睡一会儿我就回来了！"文雄又叹了口气，只得将他的妻子放了手。杨丽芳就疾忙将青衣青裤和鞋袜全都换上，文雄又说："贺颂他们都住得很远，你怎么去呢？"

杨丽芳站起来，由床下抽出她的一口刀，用一块包袱裹上，说："听说贺颂是住在崇文门外，隔着一道城墙，今夜我不能去。现在我要往西直门里，去年咱们到万寿寺去烧香，不就出的是西直门吗？那地方我还认识。今夜我想先杀死费伯绅，因为他比贺颂更恶，听雷敬春说，害死我父母全是出于他的阴谋，他至今还是不做好事。我想如果把他结果了，那贺颂倒好办！"

文雄的身子有些颤抖，连连摆手说："你不要说了！也别再难过，鼓起勇气来把这事办了。如若不成，就赶紧回来再想法子，千万小心！谨慎！"

杨丽芳在身上披了一件长衣，就出了屋；撩起衣裳飞身上房，踏墙越脊，走到房后的一条小巷之内，她才跳了下来。此时天黑月暗，四下无人，她出了小巷，跑过了大街，就进了一条小巷。她疾疾地走，紧快的脚步随着迟迟的更鼓，走了许多时，穿过了无数的大街和胡同，虽然遇着几个夜归的人和巡街的官人，但都被她躲避过去了。

她来到了西直门，顺着城根一直往北，走得更快，心头更紧张。此地十分空旷，只有东边的稀稀几家住户，西边却是很高的城垣。暗月隐在城阙之后，把城垣的影子投下来，地上愈显得黑暗。走了不远，便见在路东有三间房子，并没有墙垣，窗纸上并有幢幢的人影，杨丽芳晓得这必是一所官厅。在官厅的右邻不远，果然有一棵黑魆魆的大树，看那样子飘飘拂拂的，大概还就是柳树。在柳树之后隐着个不大的门儿，一定就是费伯绅的家了。

杨丽芳一看这情形，不由止了脚步，她想费伯绅既是这样的机警，住屋子都要住在官厅的附近，院里还能没有防备吗？因此极力捺住自己的心跳, 压制下全身热血的涌流。她伏着身轻轻地走, 就跑过了泥土很松软的车辙, 来到了那门前。她先隐藏在树后, 紧张地查看, 黑线似的柳丝触在她的脸上她也一动不动。她又去看那个门, 见门闭得很严, 门前倒没有人防守。

杨丽芳抛去了长衣, 搭在树干上, 走到那门前, 亮出刀来; 一耸身上了墙头, 由墙爬上了房顶。往下一看, 见这里是一个外院, 下面的两间屋里都黑乎乎的没有灯光; 后面却有更深的院落, 也是静寂无人, 也没有光亮。此时就听梆梆梆梆更声响了四下, 声音很真切, 似就是由里院发出来的。杨丽芳将身蹲在屋瓦上, 心里很疑惑, 暗想: 莫非是错了? 这不是费伯绅的家? 若是他的家, 他这里又有何剑蛾、尤勇等人, 为什么不见得防范很紧呢?

正在想着, 听更声越来越近, 原来只是一个举动很迟缓的人, 从里院走到外院来, 手中的梆子都似敲得没有力气。杨丽芳就如一只鹰似的, 嗖的一声由房上跳下, 一把手就抓住了这个打更的人。这打更的刚要喊叫, 杨丽芳的刀已横在他的咽喉上, 并严厉地悄声说: "不准嚷!" 打更的便咕咚一声跪下了。

杨丽芳低头悄声问说: "你这里是姓费吗?" 打更的哆哆嗦嗦地说: "不是! 我们老爷叫诸葛高!" 杨丽芳又问: "他住在哪个屋里?" 打更的说: "他是住在里院北屋!" 杨丽芳又问: "你们这里还有谁?" 打更的说: "没有谁! 就有尤大爷、尤太太、雷大爷, 今晚都有事去了, 现在还没有回来!"

杨丽芳倒不禁吃了一惊, 赶紧把这打更的揪起来, 又悄声说: "你带着我去, 慢慢地走! 你若敢喊叫一声, 我立时就杀死你!" 打更的答应着, 杨丽芳在他的身后, 揪着他的领子, 并在他耳边厉声说: "更你照旧打! 把我带到诸葛高住的房子之前, 我就能饶你的性命!" 打更的很害怕, 悄悄答应了一声, 就在前面挪着脚步去走; 杨丽芳在后面还逼着他敲梆子, 为是免得被那费伯绅察觉出更声忽断, 起了疑惑。打更人又颤抖着把梆子敲了四下, 就不敲了。

连走了三重院落, 院落里都是很深又很静。走到第四重院内, 只见两边厢房都很黑暗, 可是北房里间窗上却浮着淡淡的灯光。这打更的就打了一个冷战,说:"我们老爷还没睡呢!"杨丽芳把刀一扬,打更的又跪在地下,杨丽芳就悄声威吓说:"你就在这里,不许动!也不许你嚷嚷!否则我回来就杀死你!"打更的吓得直点头。

杨丽芳直奔那有灯的屋子,先划破窗纸往里去看,就见屋内灯光黯淡之下,有一张方桌、一张木榻,榻上有被褥。被里似有人卧着,但是蒙着头,只在枕边露出一团白发。杨丽芳心说:这人原来都已这么老了!突然产生了不忍之心,但转又想:当年我父母若不被害死,这时一定还在世;我父亲还是一位老员外,我母亲也不过五十来岁,我们兄妹哪能受这些年的痛苦?遭那些惨遇?由此胸头又涌起了怒火。

她由鬓边摘下一枝金簪去启门,不费力便将门启开了,推开了一道门缝,就进了屋。却见桌有桌帷,床有床帷,地下抛着一双云履,枕畔放着一本书;可见这贼必是看了半天书,方才身疲睡去的,所以也忘了吹灯。

杨丽芳悲愤难忍,本欲一刀将床上的人杀死,却又一仔细想:万一在这儿睡觉的不是费伯绅呢?我也得先问明白了。她遂就一手高举起刀来,向前一跳,另一只手按住那床上蒙被睡觉的人。可是她突然吓了一大跳,只觉得手按之处是空空的,不像有人在睡觉。她用手一掀,原来被里只有两个枕头,枕边是一大团白马尾,明明这是一种埋伏,一个诡计!

她将要撤腿走开,不料床下早伸出来一对护手钩,将她的两条腿钩住了。桌帷一撩,又钻出一个人。这人是个妇人,三十来岁,脸上有块红痣,手持双刀逼了过来。杨丽芳扭身抡刀去砍,妇人用刀架住,床下的人却怒声喊道:"快抛下刀!不然我的双钩一收,你的两条腿可就都断了!"杨丽芳的两条腿跳不开,身躯也不敢动,脸色吓得煞白,她只得把自己手中的刀抛下。

那脸上有痣的妇人冷笑着说:"我早认得你是谁,早就晓得你要来了!你的胆子倒真不小,可惜还缺少点儿阅历。站住了!乖乖的听话,叫我们捆上你,明天叫辆车拉你到大街上叫人家看看,德啸峰有个多么漂亮的儿媳妇!"说时,用双刀夹住了杨丽芳的粉颈,下面的两只护手铜钩方才离开了她的腿。由床下钻出一个人来,是个身材不高,很精悍的汉子,那妇人就向这人努努嘴,说:"快去吧!叫官厅里的人带着锁来!"这拿双钩的人说："你可看住了她!"妇人说："你放心吧!她若跑了朝我问!"使双钩的人就出屋去了。

这个妇人向杨丽芳笑了笑,说："你多半还不认识我,我姓何叫剑娥,女魔王的名字提起来,准是你的老前辈。这里诸葛老爷他早就认识你是谁,只是你不来侵犯他,他也犯不上去理你。今日白天雷敬春到你们家里去,跟俞秀莲在一块你们商量什么,别当我们不知道!现在只要你乖乖的不还手,我就不能伤你,只把你送到衙门去过两堂,大概也问不了死罪!"

杨丽芳此时心中像被烈火焚着一般,心想:与其叫你们捉住我,羞辱我的婆家,还不如叫你杀死我!于是她把心一横,色一变,勇气一振起,就要拼命。这时忽然听得前院铮铮的一阵刀剑厮杀之声,何剑娥一惊,一转脸,杨丽芳趁势就揪住了她的左腕。何剑娥右手的刀疾向杨丽芳来砍,杨丽芳却双手抬起了她的左臂,将身子向她的背后去躲;何剑娥赶紧翻身,杨丽芳却已将她左手的刀夺抢过来。何剑娥骂道:"小贱人!"又一刀砍下,杨丽芳却用刀迎住,夺门向外就跑。何剑娥又一刀,只听喀嚓一声,正砍在门框上。

杨丽芳跳到院中,何剑娥也追了出来,寒光对舞,二人就拼杀起来。那男子是才走到前院便遇见了敌人,斗了几回又败回到院里,此时他手拿双钩,大声惊喊道:"要小心,俞秀莲可来了!"杨丽芳也吃了一惊,更振起勇气,与何剑娥厮杀。只见由前院飞一般地追来一人,手舞两口白刃,杨丽芳就大声说:"俞姑娘!我在这儿啦!"

俞秀莲说:"你快躲开!"说时抢着双刀来到临近,使双钩的男子赶紧迎去厮杀。又三五合,忽然此人向何剑娥说了一句黑话,似乎是叫她快走,何剑娥就舍了杨丽芳,飞身上屋。这男子也要走,不料被俞秀莲一刀砍倒,他就发出一声惨叫,双钩抛在地下,当啷作响。杨丽芳跳到一旁,屋上却有瓦片子飞下来,她疾忙低头避开。

此时梆锣齐响,似有一片人潮自前院涌进来了,俞秀莲说:"走吧!从后面走!"于是她在前引路,杨丽芳紧紧跟随她。又进了一重院落。才一进屏门,就见有三四个人自屋上跳下,一齐抢刀向她们来砍;俞秀莲双刀相迎,又二三合,又一人受伤倒地。杨丽芳也敌住了一个人,这人却不敢近前，他只退到一个屋门前，仿佛屋里是藏着什么重要的人，他非得拼死保护住似的。因此杨丽芳就生了疑，以为费伯绅必是在这屋子里了，她就越是挺刀逼近，刀法极紧，那人勉强招架。

此时外院的人已将拥来了，锣声震耳，灯光辉煌。俞秀莲把两个敌手，全都驱往外院，过来帮助杨丽芳一刀将这以身挡住门的人砍倒。她是以刀背砍的，这人忍痛爬起来，就往外院狂奔。外院的众官人已来到这个屏子前，俞秀莲飞身上房，可是杨丽芳反推门进到屋里。她神情紧张，以刀护身，原想这屋中必定藏着那奸狡的老贼费伯绅，可是屋中昏黑，看不见人；她倒站住了，不敢向前走一步，恐怕又藏着什么埋伏。

这时，前院的许多人都已来到这个院里，灯光把窗纸照得通明，有人在窗外大声说："全都跑了吗？都是上房跑的吗？谁上房去查查？可小心点暗器！"又听是那何剑娥的声音，急急地说："你们放开点胆儿！不要紧！那使双刀的是俞秀莲，拿单刀的就是德啸峰的儿媳妇，只要拿住她们一个娼妇就行！"

杨丽芳轻轻将门插上，此时她顾不得窗外的那些人，也不知自己是身处险境，就借着由窗纸的细孔透进来的灯光，把屋中的一切看得很是清楚；原来这里并没有费伯绅，只是地下躺着一个人，周身用绳子绑得很紧。杨丽芳倒不禁往旁边躲了一躲，低头细看，原来这人却是雷敬春，正瞪着两只惊慌的眼睛看着她，嘴也一张一闭的，仿佛是要说话。杨丽芳疾忙蹲下身，悄声说："雷大哥！为什么他们把你捆在这里？"同时用刀割断了雷敬春身上的绑绳，

雷敬春坐起身来，惊慌慌指指外面，悄声说："少奶奶您怎么进这屋来了？这……唉！还怎么出去呀？原来今天我出门的时候，他们就有人跟着我了！我到您那儿去，俞秀莲也到您那儿去，他们全都知道。并且费伯绅他原来早就知道德家的少奶奶，就是杨公久抚养大的，就是杨笑斋的女儿；他也知道我跟杨豹有交情，所以，他都猜破了！我一回来，尤勇、何剑娥就跟我翻了脸，把我绑起来放在这儿，还派了个人看着……"

忽听屋上的瓦乱响，窗外的人都聚在这里不走了，拿刀敲着地，七言八语地说话，还有人大声骂道："俞秀莲！德家的小老婆！你们跑到哪儿

去啦? 有胆子的滚出来呀! "并且村言恶语的大骂。却有官人的声音, 拿着势派说: "搜就得啦! 你们可骂什么呀? "并有人啪啪地拿木棍敲这屋子的门。

杨丽芳急站起来, 挺刀预备拼命, 雷敬春赶紧站起来将她拦住, 摆手说: "别……"外面已用刀割破了窗纸, 雷敬春疾忙叫杨丽芳蹲下身来, 隐在窗下墙旁, 他也趴伏在地下。就听屋外的人说: "没藏在这屋里吗? 进去搜搜吧! "又听是何剑娥急急地说: "这屋不必搜! 这屋没人住! 贼哪能那么痴呢? "她仿佛深恐官人进这屋里来搜似的。官人却不住地打门, 又说: "既然没人住, 为什么从里边关上了? "又有人说: "怪呀? 屋里本来没人呀? "咚咚的又有人用脚连踹, 门眼看着就要被踹开了。

杨丽芳跟雷敬春在此真如瓮中之鳖、袋中之鼠, 无路可逃, 无处可避, 全都惊惊慌慌。杨丽芳竟想要迎门拼斗, 忽然哗啦一声, 门被踹落了一大块板子, 雷敬春索性挺身而起, 把门开开, 迎门一站, 说: "诸位别打门! 是我在这里了! "

外面原来有十多个人、五六只灯笼, 除了四名官人, 其余都是这里的打手。何剑娥和刚才在这儿监守他的那个人, 也都在门外提刀站着; 一见他忽然脱了绑绳, 自己开门出来了, 也齐都不禁面现惊讶之色, 何剑娥就用刀指着说: "贼一定是在这屋里! 德家小娘们儿一定在这屋里! 快进去搜! "

雷敬春将门把得很牢, 瞪着眼睛说: "你别发威, 也不用进屋去搜, 你就是贼! 我也是贼! "遂向官人们说: "请你们几位把我跟她, 连那姓尤的, 一块儿交衙门好了! 我们能招出许多案子来。"

何剑娥又急又怒, 蓦然抢刀扑过来, 向雷敬春就砍。雷敬春向旁闪避, 却没有闪开, 何剑娥的钢刀就要砍到他的头上了, 官人齐都向旁去躲, 并厉声呵斥道: "不准! "就在这一刹那之间, 不料吧的一声, 来了一片瓦, 正打在何剑娥的头上; 何剑娥一阵昏晕, 身子坐在地下了。众人齐声惊叫: "屋上有人! "大家都仰面向上看, 灯笼都高举着, 向屋上去照, 却未看到下面的屋中, 杨丽芳已然跑出来, 飞身上了房。众人又大声喊道: "跑了! 拿! "又一阵乱, 雷敬春也趁势跑往前院, 上房去逃走了。杨丽芳才一过了屋脊，俞秀莲已然在那里等着她，拉着她就走，身后还有一片杂乱的吵嚷声。

二人踏着住户的屋瓦，走出很远，才跳到平地上。这地方极为僻静，原来已到了西北城角，天色已过四更，这里更是寂静无人。二人顺着城墙往东去走，俞秀莲就抱怨杨丽芳说："今天你真不应当来！那费伯绅是多么狡猾！你又那么缺少经验！你来了不是自投罗网吗？再说你的身份多么贵重！刚才我都已上了房，叫你赶紧跟我走，你却不听话，非要进到那屋里去干吗？那时官人们都已追到那院里去了，我藏在房上往下看着，干着急！因为那时我若跳下房去，就得多伤人，只要误伤了一个官人，这件事情可就闹大了！可是我若不下去，眼看着你就要被人捉获。你太不行！以后千万别再出来了！"又叹息说："今天我本来都要睡了，但心中总有点放不下似的，我才又到了你家；听你丈夫说你已然走了，我就吓了一大跳，我才赶来。你那丈夫也是，他竟拦不住你，真叫人着急！"

杨丽芳仿佛有点儿不服气似的，就述说了刚才进那屋里救了雷敬春之事，俞秀莲说："你看怎么样？我们的事情费伯绅全都知道。他虽无拳无勇，可是他有智谋，有许多人给他保镖，他并不惧怕我们。我看这个人比那些有大力气、有好武艺的人还要难斗。"杨丽芳默默不语，俞秀莲又递给她一件青衣裳，原来正是她刚才挂在树上的那件；杨丽芳不由脸上一阵发热，把衣披上，就于夜色里，紧随俞秀莲走去。

少时两人就到了刘泰保家里，刘泰保这两天没在家，前天猴儿手忽然来找他，不知他们到什么地方鬼鬼祟祟地商量事情去了；只有蔡湘妹在家，这时还没睡觉。她们进了屋，俞秀莲给杨丽芳向蔡湘妹引见。蔡湘妹借着灯光，看了看这位和俞秀莲打扮得差不多的小媳妇，遂就燃柴烧水。然后三个人在一块悄悄地谈说，杨丽芳始终是脸上有恨色，有泪痕。

俞秀莲对目前这些事倒很发愁，因为费伯绅是在京城中，又跟官方有来往，很难下手；而杨丽芳的意思又是认定了死扣儿，非得她亲自下手复仇才甘心。如今李慕白又不知往哪里去了，罗小虎也忽然失踪。而刘泰保、猴儿手、史胖子他们是行踪诡秘，当时有事要找他们一定找不着；可是没有事了，不用他们的时候，他们倒许又溜了出来，所以俞秀莲很是烦恼。

蔡湘妹却出了一个主意，说："不如去找玉娇龙，激她，请她，叫她出马！她不像咱们有许多顾忌，要叫她在京城中杀完了贺颂再杀费伯绅，她也敢。"

俞秀莲说："你这是什么主意？这几天她母亲病得厉害，她在娘家服侍她的母亲，好容易咱们才得了些安静，你又想招她出来？事情未必办得成，倒许又搅乱了！"又向杨丽芳说："这些年我待你怎么样？"杨丽芳揉着眼睛说："您待我有恩！"

俞秀莲说："恩不恩倒不必说，不过我敢说待你不错！现在你就应当听我的话，报仇之事，固然要紧，但我可不许你像今天似的，这样轻举妄动。本来你跟玉娇龙一样，你们都是尊贵的人，江湖上的事儿，报仇寻杀的事儿，都没有你们的份儿，因为你们一人能够连累全家。玉娇龙跟我还没多大关系，但万一就像今天似的几乎被人捉住，倘若叫人把你送到衙门，连累了你公公、你丈夫，我实在对不起德家，因为你的武艺是我给打下的根底。现在就是你千万耐下心，等着，等个十天半月，我无论如何要替你报了大仇；只要仇报了就是，何必非要你亲自动手？"杨丽芳点头，默默地答应着。

待了一会儿，天色就亮了，蔡湘妹捧着个大肚子出去雇来一辆骡车，俞秀莲就带着杨丽芳一同上车，往德家去了。到了德家，俞秀莲跟德大奶奶齐又向杨丽芳劝解，并派人出去打听消息。俞秀莲就在德大奶奶的房中歇了一个觉，醒来在这里用了午饭。饭后，杨健堂、孙正礼来了，德啸峰便将雷敬春所说的那些话都对他们说了。孙正礼极为愤怒，他愿去杀死贺、费二人，然后他弃了镖头走江湖。德啸峰跟杨健堂又劝他，俞秀莲却在旁沉默不语，面带怒色。

正在商谈未决之时，忽然刘泰保又匆慌慌地来到，他这一来到，可又带来了许多外面的消息。第一是玉正堂夫人病危；第二是鲁君佩已成中风之疾，性命怕也不保；第三是今日已有许多人晓得了德少奶奶于昨夜大闹费伯绅家；第四是史胖子与猴儿手，这些日他们本都没离开京师，他们在一起是做了一些偷富济贫的勾当。但今日上午，史胖子在彰义门忽然看见有四辆骡车、几匹马出了城，其中就有何剑娥。史胖子认得她，说她今天是头上蒙着手巾，还有一辆车上坐着两个老头子，大概就是费伯绅跟贺颂。

孙正礼一听，立时就站起身来，说："我这就去！追上他们，杀了！"俞秀莲也说："我去取刀，我也去！"刘泰保说："史胖子已派猴儿手跟着他们的车走去了，大概不能把他们放走。只是史胖子说那话的时候，是在头午十点来钟，现在都快到两点了！"

俞秀莲向孙正礼说："我们赶快追去！"又嘱咐德啸峰千万别把这件事告诉杨丽芳，请杨健堂也暂时在这儿不要走。她就叫这里圈上的人给她备马，又到里边悄声叫德大奶奶看守住她的儿媳。少时外边马已备好，她就急急地走出，骑着马回到蔡湘妹那里，取了双刀，出安定门，顺着护城河向西往南去走。马很快，绕过了半座京城，认准了彰义门外的大道，径往西去。才走不远，就见道旁有个小茶馆，孙正礼正在这儿光着脊背喝茶，像是已然来到一会儿了；俞秀莲只向他递了个暗号，并没驻马，就急遽地驰走过去。孙正礼疾忙抛下茶钱，披上小褂抄起单刀，解马骑上，向着俞秀莲走过的尘影追去。

此时俞秀莲将马按住，缓缓地走，容孙正礼的马赶上，她就说："追着了那几辆车，师兄千万要看我的眼色行事，不可白昼就贸然杀人！不然师兄的镖头就不能再做了！"

孙正礼说："我也干腻了镖头了！京师中什么都有，龙、虎、狐狸、猴子，如今又出了一个老狼狈，真叫气人！我倒愿意闯出个祸来到别处混去！"

俞秀莲也不同他多说话，只是鞭马紧行，孙正礼在后追着走。一个是金钗女侠，一个是铁头铜背的大镖头，这条路又是他们时常走的，很熟很快，不到三点钟便走出数十里，早已过了永定河。这条大道上的行人车马本来不少，二人尤其注意车辆，可是总没看见哪辆车上有两个老头儿。一直走到良乡县地面，掠过了道旁的几株有人乘凉的白杨树，忽听马后有人叫道："俞师姑！俞师姑！"俞秀莲回头一看，原来是猴儿手，他道士打扮，背着药匣，骑着一匹骡子追下来了，俞秀莲疾忙收住马。

猴儿手紧紧催着骡子，他的身后却又有个人张着手追他，说："道爷！您刚才吃果子还没有给钱呢！"原来那人是在树下卖果子的，猴儿手又停住骡子掏了半天，才由道袍里摸出几个钱来抛给他。俞秀莲喊着说："快一些！"猴儿手才迟迟地走过来，问说："师姑要往哪儿去？"

俞秀莲说："你是干什么来了？"猴儿手说："我是奉史大叔之命，他给我找的骡子，叫我跟着那几辆车。"俞秀莲问说："车往哪里去了？你莫非没有跟上吗？"

猴儿手向东努了努嘴，说："我骑的是骡，他们坐的是骡车，哪能追不上呀？师姑把我看得也太没用了！他们是……"他的嘴又努着。

俞秀莲的眼睛就往东边去瞧，只见东边也有一片白杨树，树后隐有一片房舍，是一个村庄。俞秀莲就惊诧着问说："他们的车是赶往那边去了吗？"

猴儿手点头说："都进了那个村子了！连那头上包着手巾，脸上有块红疙瘩的娘儿们也去了。我不知村子里是什么情形，不敢进去，我就走到那棵树下歇歇。我打听了打听，听说那叫张家村，那里有家姓张的，姑娘嫁给了北京城里做官的，常有阔亲戚坐着车到那儿看他们去。"俞秀莲寻思了一下，就说："我们且回到那边树下歇一歇去！"遂就一同下了坐骑，回到那几棵白杨树下。

这树下有卖果子的、卖瓜的，还有个坐在地上算"六爻神课"的。七八个过往行路的人，都在这儿乘凉，有的就枕着自己的包袱躺在地下熟睡。还有个妇人坐在树根下奶孩子，旁边就拴着她的驴，她男人坐在地下吃瓜，另外还有一个大一点的孩子，正看地下的蚂蚁玩。所以俞秀莲来到这儿，并不怎样招人注意，就像是个江湖卖艺的女子；猴儿手的道衣和药匣子，那便是他的隐身草；只有五爪鹰孙正礼，这样高大强壮的汉子，叫人都得仰着脸瞧他。

猴儿手将马匹跟骡子全都系在树上，去找那算卦的闲谈。孙正礼坐在地下拿衣裳擦汗，大口吃瓜。俞秀莲就走过去跟那奶孩子的妇人说话，她对那妇人很是和气，那妇人也对她很诚恳。原来这妇人就是本地人，是往东边十八里外的娘家去，因为天气热，孩子又饿了，所以在这儿歇一会儿就走。她已是近四十岁的人了,生活在此地,此地二十里地内外的村子、镇店、人家,她几乎没有不知道的。

俞秀莲向她问到东边那个张家村,为什么今天突然来了车马。这妇人就很羡慕地说:"俺还有个老姐姐嫁在那村里呢!那村里的张寡妇现在阔啦!她家的丫头,几年前还是两串鼻涕,成年不洗脸,后来她娘带她到北京城里,说是跟做官的结了亲啦;去年回来时就通身绸缎,满头金首饰,出落得也漂亮了。可是听说她是给人做小,老爷做过知府,胡子都白了,比她爷的年纪还大,可是阔,现在回来也不理老亲友了。这年头,就得有钱,别管忘八鸨子鳖,有钱的就有人恭敬。这回,听说她又回来了,那里的人都又疯了,都又抢着去看她、巴结她,也难怪!这两年她成了暴发户,她娘,一个寡妇,在北边镇上还出钱开了一个小押……"

俞秀莲一听,已大致明白了,就想:那里一定住着贺颂姨太太的娘家。今天必又是费伯绅的妙计,他把贺颂邀来,由何剑娥等人保镖,来到这不为人所知的乡村间避难。她不禁冷笑着,恨不得立时闯入那村里,与何剑娥争斗一场,把何剑娥杀死,再杀死贺颂、费伯绅,以为杨家报仇。但是这样一办就无异于盗贼,自己和孙正礼非得远避缉捕不可了,所以她还须审慎着。又觉得在这里易为何剑娥所瞥见,那又足以使他们逃走,因此俞秀莲心中盘算了一番,就过去跟孙正礼商量;打算先到北边的镇上歇一歇,索性先稳住了那些人,到晚间再来下手。

孙正礼摇摇头,说:"师妹你在江南住了几年,别的没跟李慕白学会,怎么倒学会了这些谨慎小心?师妹你不用管了,你就在这歇着,不要出头。等我吃完了这口瓜,我就跟猴儿手我们进那村子,抓那几个可恶的东西去!"

俞秀莲悄声说:"那样办,只有打草惊蛇!村里的人家也有几十户,他们随处可藏,你难道去乱杀乱砍?"孙正礼站起身来,不耐烦地说:"师妹你就别管啦!"俞秀莲也立了起来,皱着眉。这时猴儿手跳过来,用手向北边指着说:"看!又来了咱们的帮手了!"俞秀莲向北一看,倒不由得一阵愕然,只见北边来了三匹马,最前的一匹黑马上是史胖子,后面是杨健堂跟杨丽芳,俞秀莲着急地说:"她怎么也来了?"猴儿手就要跑到道中去截，去招呼，俞秀莲斥住了他。

就见北边的三匹马越来越近，杨丽芳一身的青衣裤，花手绢蒙着头，马竟骑得很稳，她跟杨健堂的鞍旁都悬挂着长枪。史胖子是头戴大草帽，敞露着胸怀；他先看见了这边的俞秀莲诸人，就张着嘴大笑。滚滚的烟尘，嘚嘚的蹄响，少时就来到了临近。俞秀莲迎过去两步，问杨健堂说："怎么叫她也出来了？"

杨健堂就微笑着说："是你走后，我跟啸峰说好，啸峰点头答应叫她随我出来，一出城我们又会着了老史。雷敬春也来了，因为他没有马匹，这时大概才走过卢沟桥。我的主张，这本是杨家的事，二十年的血海冤仇，如何能不叫丽芳她自己去报仇呢？这些年我传授她枪法为的是什么？所以我跟啸峰、文雄父子都说明了，叫她出来几日不要紧，我担保，如使她有什么舛错，可以割下我的头！"

俞秀莲便奋然说："既然这样，我们立时就可以下手！只是我们得先斟酌斟酌，这可是在光天化日之下。"

杨健堂诧异着问说："怎么立时就可以下手？那费伯绅、贺颂两个老贼的车辆是往哪边去了？"

孙正礼往东指着说："就是那个村子！那村子有个张寡妇，是贺颂的丈母娘！"他大声嚷嚷着，话才说到此处，就见杨丽芳已拨马往东边去了。

俞秀莲赶紧去解马，杨健堂、孙正礼都追去了，俞秀莲也赶紧上马追上了他们。猴儿手是背着药匣拉着骡子，也往那边去跑。史胖子却拴上马坐在地下，买了一个甜瓜吃着，并向这里的一般扭头惊望的人摆摆手，说："没有什么可看的！他们都是到那村里看亲戚去的！"虽然这么说着，他可也直向那边转脸。那边田塍之间，由杨丽芳在前，一共是四匹马，最后有一匹骡子，都走得很快。尤其是杨丽芳与孙正礼，一个心急，一个性急，他们最先闯进了东边的张家村。

一进村就有七八只狗围着乱吠，杨丽芳就从鞍畔摘枪刺狗；村中许多住户听见狗这样的急急乱吠，就都出门来看。杨丽芳就问说："劳你们的驾，哪个门是张寡妇的家？请告诉我。"

村里的人全都怔呆呆的，有个人就向南指着说："那边，一拐墙角第一个门就是。"杨丽芳提枪催马，如同赴敌的女将。一转墙角，果见第二户人家的门前停着两辆骡车，可没有一匹马。门户本来很小，关闭得又甚紧。门前两个赶车的和几个闲人都蹲在地下掷钱赌博，一见着提枪骑马的女将来了，他们齐都吓得翻着眼，仰着脸。

这时猴儿手也随着进村来，他就惊讶着说："啊呀！刚才我明明看见是四辆车、三匹马进到村子，现在怎么就剩了两辆车了？"

杨丽芳下了马提枪去敲门，杨健堂自后赶过来把她拦住，说："别莽撞！我们照着规矩叫门。"杨丽芳遂紧紧用手敲门，杨健堂就向蹲在地下的车夫问说："你们是随贺知府来的不是？"

一个赶车的就回答说："我们是雇来的车，今天一早雇的我们，讲好是由北京城到房山县，来到这儿可又顺便看看亲友。共是四辆车，两辆是人家自己宅里的，一起来的有费老爷，还有两位太太，这儿大概就是那位贺太太的娘家。可是费老爷、贺老爷才来了不大工夫，就又坐着自己的车往南走了，有一位太太骑着马也跟了去啦！"说着用手向南指着。南边连着一行白杨树，就有一股小径，地上果然有车辙。

杨健堂疾忙问说："走了多少时候了？"赶车的人说："走了多半天啦！一来到这儿就走啦！我们是在这儿等着的，待会儿里边还有人出来，要上房山县呢！"杨健堂急向孙正礼说："快往南去追！"猴儿手仍惊诧着说："我可只瞧见车马进来，没瞧见有车马往外走呀？"孙正礼打了他一个大嘴巴，说："你这小子的两只眼哪管事儿？"遂上了马，往南出了村口飞奔而去。

此时俞秀莲也甚急躁，就帮着杨丽芳上前打门，两扇门都快被她们推倒了，里边才有个妇人的声音说道："什么事？这么乱捶门？"两扇门开了，露出一个四十来岁的妇人，一身干净的青布衣服，头上戴着银簪子，虽然老了，可还是风流俊俏。猴儿手猜着一定是张寡妇，是贺颂的小丈母娘了。杨丽芳愤愤地说："我找贺颂，找费伯绅！"说着迈步向门里就走。

张寡妇伸着两只胳膊挡着门，嚷嚷着说："哎哟！你别怔往里闯呀？你一个妇道人家，拿着枪，我们又不认得你！你闯进来，到底什么事呀？"俞秀莲揪起来张寡妇的一只胳臂，说："你别害怕！我们只找费伯绅、贺颂说几句话，你容我们进去，绝不惊扰你们！"此时杨丽芳已进去了，俞秀莲也随之进内。张寡妇还张着两只手，跳着脚儿嚷着说："哪儿来的两个贼老婆？这么不讲理，怔闯进人家的家门，快给我滚出去！赶车的快进来！帮助我把这两个贼老婆打出去！"

门前的赶车的跟几个赌博的闲汉，知道这件事不妙，都跑到一边去了。张寡妇在后边跺着脚追俞秀莲，大声嚷着，却被猴儿手从她后腰一抱，给抱了起来。张寡妇的手脚乱挣扎，猴儿手却把她抱到大门口，放在车前的骡子上；张寡妇下也不敢下，只管大声喊叫道："来了强盗啦！街坊邻舍快来人吧！"猴儿手反把门挡住，杨健堂却说："猴儿手！规矩一点！"

这时俞秀莲和杨丽芳已进到院里屋中去查看，俞秀莲的言语倒很和蔼，杨丽芳却心急，态度不免暴躁。这院子非常之小，只有六间土房。屋中的陈设倒不贫寒，却是一个男子也没有，只有三位亲戚、邻舍的妇人，还有一个丫鬟、一个仆妇，此外就是那刚才坐着车来到的张寡妇之女，贺颂的姨太太。

这妇人年纪二十上下，长得不太美，可是极为风骚，红罗衫子绿绸裤，满头的金首饰。胆子倒是很大，见了杨丽芳一点也不害怕，就拿着太太的架子说："你们可也真能干！我们躲出来这么远，你们到底还追来，究竟你们跟我家老爷是有什么仇呀？你们要打算怎样呀？难道你们拿着刀枪来，还真是非得把他一个六七十岁的老头子杀死吗？"

俞秀莲说："你别废话！贺颂跟费伯绅藏在哪儿啦？光天化日之下，我们也不能动手就伤人！"

妇人撇着嘴说："他们藏在哪儿啦，可是连我也不知道，依着我，这回连跑也不跑；我也知道你们这里有什么德五爷的少奶奶，你们若杀了人，官方不至于拿不着凶手！"

杨丽芳抢起枪杆向这妇人就打，吓得旁边的婆子、丫鬟全都乱跑。妇人的身上只挨了一枪杆，就躺在地下撒泼打滚，漂亮的衣服都滚脏了，簪环首饰也都掉了下来。她头发蓬乱，满面是泪，大声哭骂说："你们找得着我吗？我又没害死过谁的娘？我嫁了贺颂那老头子还不到二年，早先他做知府，享福、造孽，我全都不知道！他家里也不只是我这一个老婆，我跟了他就够倒霉的啦! 我凭什么还替他挨杀受打? 呜呜呜……"边说边放声大哭。

张寡妇不知怎么下的骡子, 这时又跑进院来, 低着头, 向着俞秀莲的刀上就去撞, 说: "你们不是凶吗? 你们就拿刀拿枪把我们娘儿俩杀了吧! "

俞秀莲赶紧把双刀藏在背后, 说: "我们与你们并无冤仇, 是找你们来好好说话, 你们别这样撒泼! 只要能把贺颂、费伯绅藏的地方告诉我们, 我们立时就走! "

杨丽芳也瞪眼逼吓着说: "快说! "

那贺颂的姨太太喘着气站起身来, 说: "我告诉你们他们去的地方, 你们可只准杀死费伯绅, 不准伤我们的老爷! "

俞秀莲说: "我们本来无意杀人, 只是得捉住他们审问审问。"

妇人点头说: "得! 那我就告诉你们吧! 这许多日费伯绅就天天拿话吓唬我们老爷, 他说, 早先的什么姓杨的女儿现在嫁给德家当儿媳妇了, 会使刀枪, 只要她一知道了咱们的住处, 她就许能来要咱们的命! 我们老爷就吓得不得了。费伯绅又时常跟我们老爷逼银子, 今天说什么请来镖头, 用银五十两; 明天又说得联络衙门, 又得拿出多少钱。他并说俞什么莲哩, 玉娇龙哩, 都是那德家的亲戚, 都打算帮德家的媳妇报仇呢!

"我们老爷又心疼钱又害怕, 早就想离开北京。可是他年纪太老了, 腿脚都不便利了, 再说又没处去逃; 所以吓得他天天夜里睡不着觉, 怕你们去割他的脑袋。今天一清早, 忽然费伯绅就到我们家里, 惊惊慌慌地逼着我们老爷立时就跟他逃跑, 说是他家里昨夜出了事, 德家的媳妇找他报仇去啦! 幸亏他防得严, 才没叫人抓住。他吓唬我们老爷说, 可是这事情还不能算完, 今天晚上一定杀你来, 官人、保镖的, 也都没法保护咱们了! 只有快走, 才能逃命。我们老爷这才跟着他, 带着我, 带着包裹行李, 跑到这儿来。本打算连费伯绅都在我娘家这儿住些日子, 可是才一停住车, 进来还没喝一碗茶, 费伯绅又说这儿不妥, 这儿靠着大道容易叫人找着, 他就立刻又要走; 我们老爷也不敢离开他, 就也跟着他又走了。"

杨丽芳急急地问说: "他们逃往哪儿去了? "

妇人说: "费伯绅说他在房山县有朋友, 那儿最稳妥, 他们先去, 女魔王保着他们，把我的几只包裹也给拐走啦！他们叫我在这儿住几天，说是你们找来了也不要紧。可是我不能离开我们老爷，我的包裹里的金银首饰、值钱的东西，还都在李大的车上呢！要叫那女魔王拐跑了可怎么好呀？值好几千呢！我得去找去，歇会儿我也追他们上房山县！"

俞秀莲听这妇女说话谅不是假，就向杨丽芳说："咱们走吧！"杨丽芳还是死心眼，各处又看了看，果然没藏着什么人，她就向张寡妇母女道歉，说："打扰了你们半天，你们放心吧！此事与你们并无相干。"她提着枪依旧愤愤地出了门，上马往南就走。俞秀莲又怕贺颂跟费伯绅是藏在这村里别的人家，就请杨健堂带着猴儿手不必离开这里。她收了双刀，跨上马，跟上杨丽芳走去了。

顺着村南小径地上的车辙，斜着去走，不一会儿就认着了大道，只见史胖子催马从北边赶来，高声问说："要往哪里去呀？"俞秀莲说："贺颂跟费伯绅早就又逃了！他们逃往房山县去了，他们坐的是车，一定走不快，咱们还能追赶得上！"史胖子大笑说："好狡猾的费伯绅，我看他许是会土遁吧？真能气死诸葛亮！这老家伙，我倒要会会他。来！姑娘跟少奶奶随着我走，房山县是咱们的熟地方，那儿还有我两个朋友呢！"说着他把马紧催，赶到前面领路，杨丽芳、俞秀莲跟在他后面走去。

三匹马都极快，由南转西不过三五十里路，就来到了房山县，沿途却没见着费、贺二人所乘坐的骡车。此时天色已是下午五时左右，俞秀莲跟杨丽芳还连午饭都没吃，进了城，她们就先找了一家饭铺，打算休息休息，并吃饭；三匹马也都叫门前的闲汉给牵到附近的店房去喂。史胖子却连坐也不坐，就往街上访查去了。俞秀莲倒是饥不择食，可是杨丽芳却连一点东西也吃不下去。

待了一会儿，史胖子回来了，同来的还有他的一个朋友，也是个山西人，是本地一个小钱庄的伙计。这人是此处的地理鬼，他就说："姓贺的跟什么诸葛高我也不认得，不过刚才有人从西边来，说是在路上看见了一个女保镖的，保着两辆车。"

俞秀莲立时站起身来说："那一定就是何剑娥，往西是什么地方？"这山西人说："往西过了拒马河，可就是涞水、易州，再往西就是西陵了；

过了西陵就是紫荆关，再往西就是五回岭。那一片地方尽是山，山上的歹人很是不少。"俞秀莲一阵惊愕。

史胖子却有点胆小，摇了摇头说："天也不早了！我想不如姑娘跟少奶奶就在这儿歇一夜吧！我再到街上看看孙大哥他来了没有？咱们聚齐了，有什么话明天再说。西边山岭上，既然是有强盗，那说不定女魔王是带着那两个老家伙上山入伙去了。咱们人单势孤，天又晚，不必冒这个险！"

杨丽芳却掏出钱来给了饭钱，一声也不语，向外就走，俞秀莲只得追出来。史胖子仍有些犹豫，他那个朋友也摇头低声说："不妥呀！"但此刻杨丽芳报仇心急，无论是谁也拦不住她。史胖子就也一横心，说："走吧！人家两位堂客都不发怵，难道我倒是个尿泡？"

三人一同上了马，史胖子向他的朋友拱手说了声："再会！"依然是他在前头领路，离了房山县城又往西走去。越走天上的云光越红，远处的山越发紫，树林越发黑；天上的群鸦飞得越多，噪得越乱，路上的行人越少。他们的三匹马仍然很快，又走了多时，红云已变黑，坠向山角，晚风斜吹向面上来；两旁禾黍萧萧，路上已没有一个行人。

再走，却见前面有两辆骡车，杨丽芳就疾忙将马赶向前去。史胖子却说："少奶奶别急！这两辆骡车是迎着咱们的面往东来的，绝不是，诸葛高不会打回头的路！"他虽然这样的说，可是杨丽芳、俞秀莲双马仍不停的向前赶。

对面的车是走得很慢，这里的马却极快，少时就走到碰头。杨丽芳喊了一声："停住！"其实这两辆车的车夫早已惊慌地把车停住了。两个赶车的人神态极为狼狈，脸上都有鞭痕；一个头被人打破了，且顺着鼻子向下流血，前面这辆车是连车帘子都被人扯去了，车里没人也没有车垫褥；后面那辆车帘子放着，里面却传出微微的凄凉的呻吟之声。俞秀莲就问说："你们是从哪儿来的？是遇着强盗被人劫了吗？"两个车夫却都呆呆地望着俞秀莲，不敢说话。俞秀莲就说："你们实说吧！放心，我们不是歹人。"

此时杨丽芳已将马靠到后面那辆车旁，她手挺花枪挑起了车帘，一看，车里原来卧着一个白胡子的老头子，浑身的绸缎衣裳已沾着许多血和泥土，趴在车上不住地呻吟战栗。杨丽芳就怒问道："这人是贺颂不是？"两个赶车的都点头说："不错！这是贺老爷……"

杨丽芳忿然持枪猛向车内去扎，却被俞秀莲一推她的胳臂，枪尖儿便刺到了车窗上。俞秀莲瞪着杨丽芳说："住手！把量放宽一点！你要报仇也先得把话问明白了。"遂向赶车的问说："到底是怎么回事？这人是被谁伤的？"

一个赶车的吓得身上打哆嗦，另一个头上流血的倒是愤愤的，说："我们老爷是自己找死！他做过好几任知府，有万贯的家财，十七八岁的小婆子有好几个。可是他交了个朋友叫诸葛高，又叫费伯绅，那老东西天天吓唬他，说是有什么女侠，要来要他的命！他就吓得糊涂了！请了一个女魔王，是个保镖的娘儿们，保护着，还带着三姨太太，今天就由北京出来，整整走了一天。先到三姨太太的娘家，其实住下就得啦！可是姓费的又说还得往西走，我们老爷就上了他的当。走到西边山里，那女魔王忽就变了脸，原来她是强盗，把我们老爷砍了一刀，车上的包袱也全都抢去。"

俞秀莲问说："那费伯绅呢？"

赶车的说："那老贼也假装儿求饶，可是女魔王一点也没伤他，就逼着我们的车往回来走；可是我回头瞧了瞧，那费老贼跟女魔王一边走一边笑着说话，分明这就是那老贼设下的圈套！骗我们老爷跑出来，还叫我们老爷多带银钱财物；半路上先把我们三姨太太抛开，走到这儿，他再递个暗令叫女魔王一打劫，然后他们找个地方一分赃。咳！听说我们老爷跟他还是几十年的交情呢！"

史胖子在旁也忿然说："这真不是人！"

此时杨丽芳在后车以枪尖点住了贺颂的胸，令他供招当年害死她父母的详细情形，她一边愤愤地追问，一边不住落泪。那贺颂此时伤势极重，呻吟着，战栗着，就说："冤孽！我一生罪过就是好色，就是贪财。至于杨笑斋、倩姑，咳，那更是冤孽！那都是费伯绅替我办的，我也没有想到他把事情办得那么惨。哎呀！饶命吧！"

杨丽芳的枪尖本要往下去扎，但不知为什么竟觉得双腕无力，下不了手，她的眼泪直流，牙关紧咬，但却不能下手杀人。俞秀莲又过来拦她，说："不必！他已然这么老了，受了这么重的伤，就放他去吧！"杨丽芳收了枪，仍不住悲痛地哭泣。俞秀莲又拉了她一把，说："我们去找费伯绅，见了那贼可绝不能饶他！"于是催马在前，杨丽芳、史胖子随在后面又往西走去。

此时杨丽芳虽然未得手刃仇人贺颂，但哭泣过了一阵之后，心里却宽展了很多。她想无论如何，今天自己已看见了贺颂那狼狈乞命的样子，总算是给自己的父母出了一点气。真正的仇人、奸人、坏人，还是那费伯绅！大概那贼隐藏的地方亦离此不远，他的性命也必在旦夕之间了。

三匹马此时行得更快，可是暮色已渐渐低垂，路上一个人也看不见。两旁的田禾如同一片大海，黑涛滚滚，并发出萧萧之声。山更多，村舍更少，天空已现出了星光。史胖子就勒住了马，说："咱们别往下走了！走到哪里才算到了呢？费伯绅藏在哪座山上咱们也不知道，就是知道，我瞧黑天半夜的也不容易去搜，不如先找个人家借宿一宵？"

俞秀莲也觉得对，就向杨丽芳说："你觉得怎么样？我们找个地方歇一夜，明天一早再上山去搜。已然把贺颂的性命都饶了，这件事还急什么？我担保，决不能叫费伯绅那老贼漏网就是了！"杨丽芳在马上以悲哀的声音答应着，于是三匹马就转路缓行。

史胖子在前，他的两只眼东瞧西望；在暮色之下，俞秀莲跟杨丽芳只觉得四面全是一样的阴沉，但他却能由雾的深浅程度分辨出来哪边是树林，哪边是山，哪边是道路，哪边是庐舍。当下他就在前带路，果然他带的路不错，若随着他走，便不容易踏着道旁的田禾。

走了半天，前面忽听得狗吠声，俞秀莲就向她前面的杨丽芳说："到人家里，可要小心一点，少说话！因为这地方太僻，谁知道住的都是什么人？"于是又往前走着，狗就扑上来了。史胖子大声斥着狗，为是叫村里的人听见；但是他才喊了一声，就见有一个晃晃悠悠的纸灯笼出现，史胖子疾忙勒住马。

这个灯笼很是神秘，就像是旷地里夜间时常出现的鬼火一般。少时来到了临近，史胖子低头一看，灯光照着个黑乎乎的、短短的、不过二尺来高的东西，猛一看像是个鬼，细一看原来是个小孩。史胖子不由倒笑了，就问说:"小孩! 你们这是什么地方呀?"小孩说:"我们这儿叫狗儿堡。"

史胖子笑着说:"好名称! 你是干什么的? 你是这里的店小二吗?"小孩摇头说:"不是, 我们这儿没有店房, 我是这村里打更的。"史胖子说:"你们这村子会叫你这个小孩子打更?"小孩说:"我爸爸是这村的乡约, 我打更有一年多了。这村子平静, 多年也没闹过一次贼, 我就管打头更, 二更、三更打不打都不要紧。"俞秀莲听这孩子说话伶俐, 似是早就由人给教好了的, 她就又把杨丽芳的胳臂拉了一下。

此时史胖子就说:"你爸爸是乡约, 这就好啦! 我姓刘, 我是太原府的差官, 现在是保护两位官眷到任去。走过了宿处, 天黑了, 我们都没地方住, 快叫你爸爸给我找房子吧!"孩子说:"我爸爸在屋里了, 他闹脚气不能出来, 你们去找他吧!"史胖子说:"我哪知道你爸爸在哪儿住? 来, 你看着狗, 带路!"他遂下了马, 跟着这小孩进了村子, 俞秀莲、杨丽芳骑着马随之走入。

这村子里的树很多, 所以四周更显得黑, 统共不过十来户人家, 家家闭着门。俞秀莲在马上隔着人家的短墙向里去望, 就见没有一间屋子有灯光的, 仿佛此地除了这鬼一般的小孩, 狼一样的恶狗之外, 就没有什么活的东西了。村外传来可怖的哗啦哗啦的响声, 连续不断, 不知是风吹得杨树叶子响, 还是山泉响。

没走几步, 就来到一座土房子前, 这土房子极低, 黑兀兀的像一座坟头, 里面没有一点灯光。前面那小孩就一推门, 提着灯笼向里面说:"爸爸! 来了人啦! 一个汉子、两个婆娘, 你出来吧! 他们要找你呢!"

屋里哼了一声, 像是牛喘气, 待了半天, 才出来一人。杨丽芳借着那灯笼低暗的光一看, 她就不由吓了一跳。只见这人的身材足有六七尺, 尤其是才由小屋里钻出来, 有那小孩子陪衬着, 愈显得他的身材高大。他披着一件褴褛的短褂, 短裤子也很破, 光着两只脚, 须发蓬乱的一个大头, 凸起来的胸脯敞露着, 上面有一堆黑毛, 像是个泥塑金刚。此人直挺挺地站着, 不说话, 并直着两只发光的眼睛, 瞪瞪杨丽芳, 又瞪瞪俞秀莲。

史胖子就向俞秀莲说:"怎么样? 咱们就在这里住下, 还是离开这儿再往下走?"

俞秀莲也不免有点犹豫，但那小孩子又说："别处可没村子啦！你们就在这儿住下吧！你们别胡疑惑，我们村里全都是好人！"

史胖子笑着说："好孩子，你真会说话！说你就是在这村里长大了的，没在外面跑过，没在山上爬过，我才不信呢！"又向孩子的爸爸说："乡约！我们既然来到这里，见着了你，咱们就是有缘，你得多照顾。我先问你，这村里有闲房没有？有一间就行，我可以在你这小屋里跟你在一块挤着。"

这乡约指着说："那边梁家有间屋子，我给你们说说就成。"

史胖子点头说："好！你就给说去吧！可是……"说话之间，他抽出了一口短刀，向大汉的毛胸间一比，大汉将身子疾忙向后一退。史胖子又夺过那孩子手中的灯笼，照照杨丽芳的长枪和俞秀莲的双刀，指着说："你看见了没有？你也不必问我们是干什么的，你就给找房子好了。一夜平安过去无事，明天早晨我们必送你银两；倘若有点什么事，你知道不知道？你是乡约，那可说不定咱要翻脸无情！"

小孩子吓得脸黄，忙躲进屋里去了，这乡约就嚷嚷说："你说这话我不能管！四十里外有市镇，你们又有马匹，赶几步那边住去吧！在我们这村，我敢担保没事，可是万一……那我也不能担保，我不能赔上命！"

史胖子笑着，拍拍这乡约的脖子，说："话不能那样先说了！因为我们是初次见面，才来到这儿，谁知道你们是怎么回事？好！别怕！快给我们找房子！"说着，把灯笼交给这乡约，这乡约就带着他们往西走。

来到一家柴扉前，乡约就向里大声喊着："梁二！梁二！"喊了两声，里面就有个人应声。由黑屋子里出来一人，身材也不矮，口中骂骂咧咧的，把柴扉开了。他一仰脸，见有外人，脸上便现出来惊讶之状，乡约说："这是过路的，一共三位，找不着镇店，想在你们家里寻一夜的宿。"梁二发着怔，看着乡约的脸，呆了半天，才点点头说："进来吧！我这可只有一间闲房，房子又窄，住男的可就住不了女的！"史胖子说："不要紧！我在外面打更。"

此时俞秀莲跟杨丽芳都下了马，史胖子将三匹马都放到院中，好在这院子里有草垛，史胖子就抱了一堆草来喂马。梁二到西边的一间小土屋里，进去了半天，方才点上一盏光线低暗的油灯。俞秀莲从外面往屋里去看，就见屋里十分破旧，后墙裂了一道大缝子，外面的星光在屋里都能够看得见；靠墙原有一铺土炕，可是当中塌了一个大坑，像是个井似的。

梁二临时搬了两块破板子，放在炕上，他就走出了屋子，向俞秀莲说："进去睡吧！别瞧房子破，可不漏，板子上也没有臭虫，你们要到西边镇上花银子去住店，也没有这么好的房子。"说话是一点儿也不和气。

杨丽芳望着屋里就皱眉，向俞秀莲说："住这房子还不如在露天地呢！"俞秀莲却向她使了个眼色，即由马上解刀，并把杨丽芳的枪也拿着，她就先进到屋里，杨丽芳只得随之进去。梁二又在屋外说："要水不要？水可倒是现成，想喝热的，我给拿草烧一烧。"俞秀莲却说："不用了！"

史胖子又站在屋外往里说："姑娘跟少奶奶自管放心睡！反正有我在院里，我一夜不睡觉。"俞秀莲使了个眼色，叫他注意外面的人；史胖子却撇嘴笑了笑，表示并不要紧，当下把屋门推得闭上。

杨丽芳看见屋门里连个插关都没有，她就要用一条手绢把门系上，俞秀莲却摆手说："何必！你的一条手绢，就能拴得住门吗？你且看看这边。"说时一指后墙那条透风的大裂缝。杨丽芳恨不得也找个什么东西来，把这缝子堵上才好，俞秀莲就扒在她的耳边说："你还没看出来吗？这地方那两个人，连那小孩子都靠不住！咱们住在这儿，就为的是……你明白？此地山这么多，地这么旷，上哪儿才能够找着何剑娥跟费伯绅？今夜，要叫他们自投罗网。你自管睡你的，到时有事我再招呼你，只要你睡得惊醒一点就是了。"杨丽芳一听，心头不禁一阵凛然，顿觉皮肤上生了许多寒栗子。就听外面那乡约和那梁二正在跟史胖子说话，史胖子对着他们哈哈大笑，仿佛和他们是一见如故了。

杨丽芳坐在炕板子上，脱去了鞋，她的两只眼睛却不住瞪着那墙上的裂缝，枪就放在她的身旁。俞秀莲解开了鞋，抖一抖又穿上系紧，并且把头上的手帕紧了紧，腰间的绸带也勒了一勒。杨丽芳也赶紧又穿上鞋，俞秀莲却望着她笑了笑。

这时屋外没人说话了，可还有马吃草的声音。史胖子高声唱着山西梆子腔，声音越来越远，仿佛已走出这院去了；并且唱了几句就不唱了，更声也听不见了。野外的风吹进墙缝子，一连把门吹开了两三次，俞秀莲就站起来，关了几次门。杨丽芳是不住打哈欠，俞秀莲叫她睡下。她躺在板子上却觉得很不舒服，眼睛闭一会儿睁一会儿，总是不敢安心去睡。俞秀莲却把双刀的铁鞘当作枕头，才一躺下，便闭上了眼，紧接着就发出细微的鼾声。她这样一睡，杨丽芳就更不敢睡了。

虽然这时正当夏夜，可是风吹来却很寒冷。室中的蚊虫极多，在人的脸上飞绕着。地下放着一只黑砂碗，碗里有一点油，油里浸着个纸捻，突突地发着黯淡的光焰。有无数的绿色飞虫，都围着那点光焰乱绕，有多一半是堕在灯里烧死了。

忽听见窗外咚的一声，杨丽芳一惊，赶紧立起身来，手摸着枪杆。却听窗外又是咚咚的一连几下，原来是马用蹄子敲地，接着又听见马嘶起来，远处的狗也乱叫。杨丽芳越发不能睡了，只得坐了起来。想起北京的家庭，想起丈夫文雄，她心中很难受，急盼着快些把费伯绅杀死，把仇报了好回家去；此后自己一定永远是欢喜、高兴的，做个本分的贤良的媳妇，做个温柔的妻子。

她坐着想了一会儿，外面便一点声音也没有了，也不知史胖子回来了没有？那梁二……难道这家里就是他一个人吗？更鼓也听不见敲了，这也很可疑。后墙缝子外风还不住地吹，星光也不住地向屋里眨眼，地下灯碗里的油已垂干，光小如豆。忽然见俞秀莲坐起身来，倒把她吓了一大跳。俞秀莲却还像是很疲倦，慢慢站起身来，说："把那盏灯吹灭了吧！干吗叫它招蚊子呢？你看蚊子有多少？叮得我都睡不着觉！"她睡眼蒙眬的，说话都像是没有力气。

杨丽芳答应了一声，下了炕，走过去蹲下身，才要将灯吹灭；蓦然见俞秀莲只用一只手就抄起了自己的那杆花枪，向后墙缝子扎去。扎得真是准确，枪如恶蟒一般钻过墙缝到了外面，就听外面有人号叫："哎哟！哎哟！痛死我了！"杨丽芳疾忙站起身，精神紧张，俞秀莲却急急地吩咐说："快吹灭了灯！"杨丽芳赶紧用脚将灯碗踢翻，将火焰踏灭。俞秀莲就将枪自外抽回，外面咕咚的一声，像是一个人倒下了。

俞秀莲将枪递给了杨丽芳，她自己锵然抽出了双刀，两个人都在屋中静静地站着。这时就听史胖子在窗外急急地向屋里说："来的人很不少，几十个，都是山上来的，已把村子围上了。快出来骑上马走吧！是那小子给送的信。高大个儿的乡约也是贼党，快快快！"他说话时都有些气喘。

俞秀莲在前出屋，杨丽芳提枪跟了出来。史胖子很着急地就要开门，要一同骑马杀出村去，俞秀莲却说："不行！现在骑马闯出去，一定要中他们的计，他们必然埋伏着绊马索！"

史胖子说："那他们扔进火种，把这草垛子烧着了可怎么好？"

俞秀莲说："不要紧！"她令史胖子、杨丽芳仔细防备，独自隐身在柴扉之后。

过了一会儿，就听外面有嚓嚓的脚步声和私语声。俞秀莲等到外面的人快到了临近，蓦然将柴扉一推，跳到门外，双刀左右一分，立时就有两人惨叫着倒地；其余四五个人一齐抢刀向她进逼，她的双刀如凤翅疾展，三四下就又伤倒了两人。此时有两个贼人已跳进了短墙里，一个被史胖子一脚踢翻，一个被杨丽芳一枪扎死。杨丽芳这时也精神奋发，她想着费伯绅一定就是在这些贼人之中，她忿不由己，就一手牵马，一手提枪，闯出了柴扉。

此时贼人进村来的愈多，俞秀莲一人敌住了十几个，那些贼人被她的双刀杀得东歪西倒，狼哭鬼叫。贼人并有举着火把的，都向后退去；火光之中的俞秀莲直似个勇武的女神，而前赴后继的一些贼人，只像是一群小鬼，有人高喊，有人吹哨。杨丽芳也挺枪刺倒了两个贼人，忽觉身后一阵风响，她疾忙回身横枪架住了一口刀；握刀的人却是一个女贼，骑在一匹马上，恶狠狠地向她说："你不是要找费伯绅吗？随我走！"说着点手拨马往村外跑去。杨丽芳说："谁怕你！"也赶紧上马，一边挥枪扎人开路，一边往村外去赶。俞秀莲跟史胖子每人都敌住了十几个贼人，正在那里酣斗，也顾不得来拦她，杨丽芳就冲马出了村。

不料道旁早藏着贼人，早埋伏着绊马的绳索；她的马一来，绳索忽然抖起，马高跳起来，她的身子便摔了下来，马却向前跑去了。但她的身躯伶便，疾忙挺身站起。两边藏着的三个贼人，一齐扑了过来，她一回枪就刺倒了一个人。她疾忙去追马，那两个贼人在她的身后紧追；她跑了十几步又转身抖枪而战, 五六个回合, 又扎伤了一个贼人。

两个贼人是一个负伤一个丧胆, 就齐都转身而逃。杨丽芳也不去追赶, 只管跑着去追她的马。又跑了几十步, 听得前面远远之处, 顺着风声, 又有妇人的尖锐喊声, 道: "德家的小娘儿们! 你有胆子跟我来! 费伯绅诸葛高就在这里了!"接着是骂了一大篇极难听的话, 杨丽芳气得又往前去追赶。

又走了不远路, 才见刚才惊走了的那匹马, 由对面跑回来了, 几乎将她撞着, 她赶紧一横枪。这匹马平日原是杨健堂骑的, 极为矫健驯良, 见枪一拦, 它当时就站住了; 杨丽芳遂认镫上马, 控制住了辔头, 拨转过来。这时又听前面传来那妇人的呼喊之声, 仿佛她又回到临近了, 依旧是叫着: "德家的小娘儿们! 有胆子追我来呀? 费伯绅在前面等着你呢!"杨丽芳本来是有些犹豫, 但是又想: 不入虎穴, 焉得虎子? 这还是平时居闺房灯畔, 她丈夫文雄为她讲的班超的故事里面的两句话。她就振起了勇气, 又催马紧追。

这匹马逢桥过桥, 逢水过水, 似乎毫不费她的力; 但是前面的那妇人, 却永远离她有一箭之远, 永远叫她追赶不上。此时已离开那个村子很远了, 杨丽芳成了孤身一人, 地下的路又极为迂回; 前面的女魔王何剑娥若不喊出声儿来激她、骂她, 她简直不能晓得何剑娥是在哪里, 因此不免生了一些戒心, 便一手提枪, 一手勒缰, 缓缓地向前去走。

不觉着天色就渐渐发明了, 从浅灰的天色中已看到了两旁的田禾, 对面是烟云叆叇的高山, 女魔王已然不见了; 地下被露水浸湿的泥土上, 留有一行蹄迹, 也不知这里是什么地方。山风迎面吹来, 十分寒冷, 更看不见有一家村舍。越走路越窄, 地势越高, 田禾越稀, 飞鸟可极多, 杨丽芳就驻了马, 掠掠鬓发, 喘了口气。此时就听耳边又有人喊叫说: "德家的小娘儿们! 有胆子的来呀! 姓费的就在这儿啦! 你不是要报仇吗?"声音极为尖锐, 发自于高处, 并有山谷的回音。

杨丽芳顺着声音, 向左边的山上抬头定睛去看, 只见那一条窄小的山路上站着一个人, 模样虽看不清, 可是能猜出就是那妇人, 大概就是女魔王何剑娥; 她手里摇着一条白手巾, 正向她招逗。杨丽芳大怒, 一催马, 蹄声如急雨，少时就来到了山脚之下。她挺枪向上叫道："你滚下来！"

上面的人往下跑了几步，却又止住，傲笑着说："你来！上山来吧！我不杀你！我给你找一个女婿，准保比德家的那儿子好得多。"杨丽芳啐了一口，催马顺山路走上去，那女魔王却横刀站住不动。杨丽芳来到距她二十步之远，就偏身下马，挺枪上前，女魔王却摇摆着白手巾说："先别动手！"又笑了笑，说："干吗那么凶呀？我要打算要你的命，早就用暗器打你。我倒是很爱你的！我知道你是单刀杨小太岁的妹妹，说来你也是江湖人，为什么你愿意在德家当那受气包儿的儿媳妇呢？我看着你太冤！不如咱们俩拜干姐妹，你跟着我走，到处准保有吃有穿有戴的，还有男人……"

才说到这里，突然杨丽芳一枪刺来。她疾忙用刀拨开，说："哎哟！难道这么好的便宜事你还不要吗？"她还一半玩笑地以刀虚为招架了二三下；但杨丽芳的枪却势如毒蛇，直向她来扎。她狠狠地回迎了几下，自觉吃亏兵器太短，几乎被杨丽芳一枪刺中了肋窝。她急了，挥刀骂道："骚丫头，小贱娘儿们！"

杨丽芳虽然生气，但并不还口骂，只沉稳镇定地手腕拧劲儿，使枪杆弹动，枪头点动；这叫作"凤点头"，专取对方的手腕。何剑娥立时眼睛就花了，虚迎一刀，回身向山上就跑。杨丽芳紧追上去，枪往上挑；何剑娥吓得哎呀一声，疾忙低头翻臂，一镖打来；杨丽芳赶忙缩身，镖从身边飞过去，触落在山石上，她不得不退后一步，暂时停止向前。

何剑娥就趁势惊慌着跑上了山，到了山顶上，她却一镖接连着一镖打来。杨丽芳伏踞在一边，枪抖成"梨花摆头"之式，护住了身；上面飞来的五支镖，两镖被枪拨落，三支是全都打空。何剑娥忽然又跑走了，杨丽芳已然看不见她了，就又停了些时。看见山上已没有动静，嫣红的太阳已然冉冉升了起来，杨丽芳又略歇了一会儿，就往下走，牵住了马再往上走，同时仰着头，时时提防上面的暗器，但幸而没有，她就牵马上了山。

走上去一看，上面是一道很平广的山岭，树木也很稀。向下看去，下面是一片田禾，被太阳照成金色，如滚动着万顷金波的大海。她迎着阳光骑上马，顺着山岭去走。才走过了一重山岭，迎头又看见了何剑娥，何剑娥见了她回身就跑。杨丽芳赶紧又追，但是她很惊疑，特别的小心；同时见这道山岭又往上去了，路也没有刚才那么宽那么平了。登上了这第二重的山顶，转过去却是一片平谷，忽然有一群山鸟全都惊飞起来，杨丽芳就一惊，马骑得更缓了。来到平谷上，见四面无人，何剑娥也不知往哪里去了。

正在惊疑，突然听得一声呼哨，杨丽芳疾忙退马，却见何剑娥又在前面高处出现，举臂高摇着白手巾。就见从她脚下一股山夹道里，跑出来十几个人，都是短打扮，有的还光着膀子，多一半使刀，少一半拿枪，气势汹汹，一齐奔了过来，齐声威吓道："快下马来！乖乖的，听话吧！"上面的何剑娥在山石上欢跃，说："小媳妇儿！你还不扔下你的枪吗？"

杨丽芳大怒，疾忙下马挺枪向前。迎面就有三个人一齐使枪向她来刺，但他们全都是胡扎乱戳，哪里懂得枪法？杨丽芳虽然力弱，但是步骤不乱，运用她的巧妙的枪法，封扎沉绞，一着紧似一着，不到十合就刺伤了两个人。于是其余的人都慌了，何剑娥便从高处跑了下来，大声叫嚷着，说："别怕！别怕！你们还他妈的是占山为王的好汉吗？还怕一个娘儿们？"她指挥着，众人又一齐拥上。

但杨丽芳的枪法更加精熟，枪尖乱点，白缨飘舞，映着阳光十分好看。虽然左右全是刀枪乱上，势极危迫，但她的枪抖起来紧护住了身，谁也不能够近前。枪本来是"兵器中之贼"，尤其杨丽芳所使的是真正杨家的正宗梨花枪法，所以钩、拦、绷、绞，抖动如飞。女魔王何剑娥也舞刀上前，但十余个人也都敌不过杨丽芳。

又战了二十余合之后，杨丽芳的力气也就有些接不上了，但仍然紧咬牙关，奋勇挥枪。不料这时那山夹道中又有许多贼人跑来，一个跟着一个，手中全都提着锋利的兵器。何剑娥就又大喊道："快来吧！快来些帮手，快把这个小泼妇捉住！"杨丽芳未免吃惊，因为对方的人多，兵器又多，她的枪眼看着就要护不住自身了，急得她几乎要哭了出来。

可是跑来的这二十多个喽啰，齐都彼此用黑话招呼；他们说的话杨丽芳虽然听不懂，但是却可以看见他们都是满身流汗，气喘吁吁的，有的头上流着血，像是被人逼迫得跑来的样子，只听明白他们说了一句"俞秀莲"。

何剑娥紫涨了脸，脸上的红痣也突起来，跟被枪扎伤了一个血窟窿似的，嗓子也劈了，扯开了大嚷大骂道："你们这一群胆怯无能的小子，白占了恶牛山多少年！焦大虎那忘八东西也跑了吗？快来帮忙！连个小娘儿们都捉不住，你们还……"她骂的话极为难听。

杨丽芳一听俞秀莲已到山上来了，她就又振起了勇气，力量也仿佛增加了十倍，枪抖得更疾更快；并且除了紧紧护身，还抽空就刺，一杆枪在许多兵刃之中，如银龙与一群小鱼、大鱼争斗，就又扎伤了三个。其余的人都似为俞秀莲之名所震，只管往西边的岭下拼命地去逃，哪里还有心来围战杨丽芳！

一霎时，贼人就逃了十分之九，这里只剩下三个人与杨丽芳对敌，其中就有何剑娥。何剑娥这时却拼起命来，一刀紧似一刀；杨丽芳挽动了枪花，身子向后退了两步。在这时，山夹道中就来了一个手持朴刀的赤背大汉，杨丽芳一看是孙正礼，就大声嚷嚷说："孙大叔！快来帮助我！"见五爪鹰孙正礼舞刀过来，何剑娥就曳刀跑了。孙正礼两三刀就将两个贼人全都砍倒在地，何剑娥却已往山上爬去，杨丽芳就喊说："孙大叔！别放她逃走了！"孙正礼提刀向上又追。

这时只见俞秀莲手提双刀已自山头出现。何剑娥已无路可去，急得她大叫一声，将身向下一跳，跌倒了，身子顺着山坡滚了下去。俞秀莲持双刀向下去追，只见何剑娥已将刀撒了手，双手抱住头，往下滚得更快。此时山下就有五六匹马，马上都是想要逃命的贼人，就见一匹马迎上了山坡，截住了何剑娥，把她抱上马去，拨马下山，又往西飞驰而去。

俞秀莲看见那六个骑马的人之中，有本山的寨主焦大虎，还有一个花白胡子的瘦老人，她就舞刀回首招点，喊道："快来！看！那就是费伯绅！"口中喊出来，她人已然追了下去。前面的六匹马七个人却不顾背后，只管向西飞跑。此时孙正礼已跑下山坡来了，提刀帮助俞秀莲去追；但他们虽跑得快，却都在步下，如何能追得上前面的马？

山上的杨丽芳已将她那匹马牵来，可是这山坡本来没有人工凿成的道路，显得十分陡，杨丽芳手中又有一杆枪，此时倒成了她的累赘物了。她牵着马往下来，看那样子十分危险，若是一个不谨慎，失了足，连人带马就得滚下山来；纵然不死，也得成个残废。俞秀莲大惊，叫孙正礼先往西去追，她回身跑来救杨丽芳，并高声喊道："牵马站住吧！别往下来啦！等我上去接你！"她遂就将双刀放在一块大青石的后面，往上去爬。很快地来到了杨丽芳临近，将马接了过去，嘱咐说："你慢慢的，小心一些！拿枪杆拄着地慢慢往下走！"

杨丽芳说："俞姑姑放心！我很谨慎，我不能够跌下去。"俞秀莲说："那么我先骑着马下去了？"杨丽芳说："俞姑姑骑着马先追费伯绅去吧！不用管我啦！"俞秀莲说："不管你也行，你可下去就在这儿等着，不要往远去。我们追上费伯绅，替你将仇报了，我们就回来找你，你可千万不要离开这儿！"杨丽芳点头答应。

俞秀莲在这山坡上她就跨上了马，挽住了丝缰；马本来很好，她的骑术又精，所以三跳两跳地就下了山坡。她下马拾起刀来，又骑上去，举着一只手又向正往下走的杨丽芳高声嘱咐了一声，见杨丽芳在上面点头，俞秀莲就催马向西追去了。

杨丽芳很艰难地走了下来。她本来不甘心，即使用步走着也要持枪追去，可是气力已然不胜了。她就找了一块石头坐下，手拄着枪，看面前无边的田禾，天空阳光云影之下，只有几只老鸦在那里飞翔，四边却看不见人，此地荒凉之极；回首往山上去看，山并不高，但上面却无一人，贼人大概都已逃尽了。

她歇了一会儿，又要走，却听山上有人喊叫说："下面是杨小姑娘吗？"杨丽芳惊了一下，疾忙站起身来，回头向上边一看，见是史胖子骑着一匹马，还拉着两匹马。她就急急地点手说："史大叔，快下来！快下来！快给我一匹马！费伯绅往西跑下去了，俞姑姑、孙大叔都已追下去了！快给我马，我也去追！"

史胖子就将一匹马撒了手，冲着马屁股上一拳击去，这匹马就连蹿带跳地下了山坡。杨丽芳疾忙向旁一闪，马已到了平地上，被她拦下，揪住；同时山上又抛下一根皮鞭，她也拾起来。她喜欢极了，就赶紧上马，向西飞驰而去。这匹马又是俞秀莲骑的那匹，跑起来也非常之快，霎时间就跑出了很远。

史胖子骑着一匹，拉着一匹，从身后追了来，一边跟着走，一边说："昨夜我们在狗儿堡跟贼人打仗，后来就找不着你了，我们真是着急，还以为你是被贼人抢了去了！孙正礼可又找到我们了，他听了气得扔了马，脱了衣裳拿了刀，就爬上山来了。俞姑娘也把马交给我，叫我看着，她也上山找你去啦。让我在那村子里给他们看马，我哪能受得了？

"昨天咱们住的那个地方，原来那梁二就是个贼！那村子里好人很少。那乡约叫傻大个，其实他才不傻，他那个儿子更是个小坏包儿；昨晚上他把咱们带到那梁二的家里去，就叫那小坏包儿到山上勾人，幸亏咱们有防备，不然都得完啦！山上的贼人倒不多，连村里的一共才五十多个。为首的叫焦大虎，那家伙跟女魔王许有点交情，所以女魔王才把费伯绅跟贺颂带到这儿来。

"等来到了，大概是费伯绅那小子突然又生了歹心，觉得贺颂是他们的累赘，再说贺颂的身边又有财可图，所以他就翻了几十年的老交情跟面子，唆使女魔王、焦大虎那帮人，把老贺给伤了、劫了。这也是狼吃狼，冷不防！老贺完了，老费可乐啦！幸亏咱们及时就赶来了，不然，要迟半个月再来，这山上真许就扯起'替天行道'的杏黄旗来了，焦大虎还不是大王爷？费伯绅还不是军师？女魔王到那时还能得？"

杨丽芳一边催马急急地走，一边气喘着说："女魔王真狡猾！她把我诓到山上来，叫来许多贼人把我围困住；幸亏我这杆枪还敌得过他们，孙大叔、俞姑娘又赶了去帮我，不然……"

史胖子说："这全是那费伯绅定下的诡计！咱们这里都有谁，谁的本事怎么样，他早已打听得清清楚楚的了。那家伙，好难斗！可是又不作脸，山上的这些小毛贼太软蛋包了，没有一个强悍有胆量的。所以，刚才我在狗儿堡里待不住，要上山来帮帮忙，可是我上山一看，一个也没有啦！

"我牵着马走了六七个山头，才在一个山窟窿里找着两个小毛贼。我也没伤他们，就听他们说，俞秀莲上山来了，还有个光脊背的大汉，把人连杀带砍带逃命的都赶光了；那个诸葛高跟女魔王，连寨主焦大虎都一齐跑了。我先是笑这伙人太泄气，我早先占山为王时也没这样泄气过；可是我又想，也许是那诸葛高自知此山难守，故意把咱们诱往别处入他的陷阱？我看咱们追是一定要追了，可是也得小心一点！"

史胖子一边骑马跑着，一边说话，手里还牵着一匹，不觉间他就落在后边了；报仇心急的杨丽芳早驰马奔往前面去了，而且越离越远。史胖子索性话也不说了，也跟不上了，他只在后大声喊说："可小心点！"

杨丽芳不顾一切地驰马向前，马顺着山边的弯曲道路，似飞一般的跑。少时赶上了孙正礼，孙正礼正持刀站在道旁发怔，头上脊背上全是汗水，他就气哼哼地说："没有马，他娘的追不上！"

杨丽芳赶紧说："史大叔牵着马在后边了，孙大叔快去要来马，再帮我去追！"说时，她的马并不停，就从孙正礼的身旁掠过，依旧往西去走。

忽然来到了一个所在，只见这里是一个叉子形的路口，往东南的一条路稍宽，稍为平坦，但禾黍萧萧，路上无人；往北却是一条很窄的路，远处有青山，近处且有树木跟庐舍。杨丽芳来此驻了马，就不禁徘徊，心里想：我往哪边走才对呢？只好先到庐舍去打听打听了。于是她催马进了北边的路，走不多时就来到庐舍之前。

这里有十几株高低不齐的槐柳树，里面是小庐五椽，都被绿荫遮覆着。土垣里还有竹篱，竹篱之内种着蔬菜；土垣之外却有自山上泻下来的一股流水，在石头上缓缓地流着，其宽不到二尺，马一跳便跳过去了。水聚到南首林里成了一个池子，芦苇生在池边，柳丝垂到水里；有几只雪白的鸭子在那边游着，呷呷地叫着，树上也是蝉声鸟语。

杨丽芳想不到这里竟有如此清静的地方，这竟像是个隐士栖住之所。她下了马，仔细低头去看，见地下有几行蹄迹，是一直往北边的山里去了。走到柴扉前一推，没有推开，她又叫了两声："有人没有？快来开门，我要打听一点事！"里边只有细碎的鸟语，却没有人应声。杨丽芳就登着马镫攀上了短墙头，才要跳进去，就见那三间较大的草庐里竹帘一动，走出来一个妇人，喊着说："别上墙呀！墙可禁不住，你是做什么的啊？"

杨丽芳一看，这妇人年纪不过三十岁，黑黑的脸上擦着许多脂粉，重眉毛，梳着光亮的云髻。她穿着绿绸子上身，大红布的裤子，脚极小，手上还有金箍子，看着不像久在这山野荒村中住的人。杨丽芳就说："我跟你打听一件事，刚才你看见有几匹马从这门前走过去了没有？"

妇人说："我这半天都没出屋子,哪看见有什么马了?我倒是听见一阵马蹄响,好像是往北去了。"

杨丽芳问说："往北是什么地方?"

妇人说："往北是山。"

杨丽芳又问:"那边有住人家的吗?"

妇人摇头,笑了笑说:"那我可不知道!你别瞧我在这儿住了十多年了,可是山上我一回也没有去过。"

杨丽芳又问说:"那边山上有强盗吗?"

妇人说:"你想啊!山上要是有强盗,我们还能在这儿住?我们也不是俗等人家,这儿是满城县里高老爷的下处。"

杨丽芳说:"谢谢你啦!"

她遂就势上了马,拨马依然往北去走。只觉得越走路越狭,地下又坎坷不平,真是一个人也看不见。因为树木不多,所以山鸟也很少,太阳晒得也很热,杨丽芳骑马提枪吃力地走上了山岭。只见峰岭绵延,青石叠积,烟云飘荡,十分空寂;若在此寻找一个人,实如海底寻针。杨丽芳不禁灰了心,叹了口气,心说:这可怎么办?费伯绅他们逃往哪里去了?别是他们逃往另一条路上去了,俞秀莲也往那边追下去了?刚才,是那妇人听错了蹄声的方向吧?我还得回去,找那妇人问问才行。也许因为她在这里住,不敢得罪山上的强盗,所以她不敢告诉我费伯绅他们的去处?

于是杨丽芳只得又退马下山,顺着来时的路往回走;她走得很慢,精神十分不济,力气也像没有了。仔细一想,并不是因为这两夜缺乏睡眠,困倦得如此,最主要的原因还是自昨天到现在就没有吃什么东西。她现在才知道饿的滋味,真是难受。

她缓缓地骑着马走,一阵阵的急愤、伤悲,又惹得她不禁流泪。不觉着又走回那庐舍之前了,这里的杨柳、小溪、鸭群、茅舍,处处显出主人的风雅;同时一阵阵的饭香,自短垣之内散出,真是香极了,惹得杨丽芳不禁流涎。她就下了马,上前推着柴扉,又向里叫着:"大妈!大妈!"叫得她都觉着没有了气力,腹中也咕噜噜的直响。

半天,里面才有那妇人答应,声音却不像刚才那样和气了,说:"是怎么回事呀? 又来叫门! " 拉开柴扉, 一看是杨丽芳, 她就问说: "你找着前面的马没有? 你是个干什么的呀? 哎呀! 拿着这杆枪你要干吗呀? 你是谁家的小媳妇呀? "

杨丽芳叹了口气, 说: "大妈你不必问了! 我……不瞒你说, 从昨天起我就没吃饭, 也没睡觉, 我是个……唉! 我是个有急事在身的人。我要找一个人, 此人是很老了, 姓费, 他又名诸葛高。"

妇人的脸色顿变, 说: "哎哟! 你找诸葛高干吗呀? 你怎么认识的他呀? "

杨丽芳蓦然又一阵振奋, 问说: "你怎么知道诸葛高? 他到你们这里来过吗? "

妇人笑着说: "他要到我们这儿来过, 我们可就不得了啦! 恶牛山的焦大虎是他的干儿子, 那老家伙常到他的山上去住, 听说都有六七十岁了, 是一位老秀才; 可是那些精壮的小伙子没有一个不敬重他的, 都把他看作老神仙。我们这儿也不敢得罪他们, 有时他们山上要来了人啦, 说是要两只鸭子, 拿去孝顺他们的老爷子, 我们也不敢不依。"

杨丽芳就说: "我看你们这儿正做着饭, 我想在你们这儿吃点。我可不像他们强盗, 吃完饭我一定给你们钱的。"

妇人笑着说: "唉! 钱不钱倒是不在乎, 只是你来的还早了一点; 你要是下午来有多好, 我刚宰了一只鸭子, 还没下水煮呢! 因为我男人赶着驴接他的丈母娘去了, 下午来我们家里吃饭。"

杨丽芳说: "我倒用不着吃什么好的, 只要有粗米饭就行, 好歹吃完了, 我还要到别处办事去呢! "

妇人遂请杨丽芳牵马进了柴扉。短垣里, 地下有两根木头桩子, 遗着一堆马的粪尿, 杨丽芳看了便不禁有些生疑。妇人却说是她家里养着两头草驴, 一头是她丈夫牵了去接她娘家的妈, 另一头是她的儿子骑着到城里粜谷子去了, 她说: "这是城内做过开封府的高老爷的房子。高老爷喜爱这地方清雅, 又因高家祖茔在这山后, 所以每逢清明或中元节前后, 高老爷时常带着太太来, 在这里一住总得半个多月。"

杨丽芳听妇人这样说, 心中的疑念便已释然, 将马系在桩子上。妇人就把她让到那三间大屋子里, 屋子虽也是泥草搭盖的, 可是一掀竹帘, 里面竟是十分的敞亮；榆木的桌椅，壁间挂着名人字画和拓的碑帖，桌子上且摆有胆瓶镜架、书卷笔砚，确实称得起是一位官人家的别墅。妇人随着进屋来，就自称她是这里高老爷的亲戚，所以托她们来这里居住，看守着房屋。她请杨丽芳在椅子上落座，就出去，到厨房盛饭盛菜去了。

杨丽芳枪立在屋中的墙角，站起身来，将这屋子周围看了一看，见是一明两暗：北边的里间有一张木榻，榻上有一份很干净的被褥；南里间却只有一只大木头箱子和一只装米的大缸，还有些锄头、镰刀等等杂乱的什物抛在地下。两个暗间可都悬有门帘，门帘是布的，白色的，但因为不常洗，已然很脏很旧了。看这样子，这个人家在此地是相当有钱，附近的风景又清静、雅致，实在值得羡慕。

那妇人已端着菜饭的盘子送来了，饭是白米中杂着黄米，冒着腾腾的热气，扑到鼻里觉得很香；菜是一碗熬白菜、一碟子拌黄瓜，不过都只放了点儿盐，此地是没有酱油和猪油的。放在桌上，妇人就笑着说："吃吧！可没有什么好的。"

杨丽芳也笑着说："这就很不错了，我在家里还吃不着这么好的呢！"

妇人就问她家在哪儿，当家的是个做什么的，杨丽芳只说："家住在北京城外，开设花厂子，丈夫卖花儿，如今……"说到这里，她却想不出来应当怎样编谎才好了；自己骑着马，拿着枪，除了说是保镖的，人家才能相信，但天下统共有几个女保镖的呀？再说，刚才说的是家里开花厂子，如今自己怎么又保起镖来了？当下她不由得脸红了一红，就不再答话，拿起筷子来，夹着菜吃着饭；想快些吃完了饭就走，再去追费伯绅，找俞秀莲去。

此时她是坐在一张八仙桌旁，妇人坐在她的对面，两个暗间的门帘就在两人的背后，被风吹得微微的飘荡着。杨丽芳的椅子后边就是那南里间，里间刚才她是查看过了，知道屋里确实没有人，她就安心地吃着。妇人在她对面向她絮絮地问话，她只是一边嚼着饭，一边点首。

忽然，面前的妇人突然脸色一变；杨丽芳正有些惊疑，却不料两只胳臂已然被人自后面揪住了，她惊喊一声："哎呀！"筷子和饭碗全都撒手摔在桌上，只觉得两只胳臂被人揪得很紧。她急得身子一挺，扭头向左右去看；却见身后是两个强壮大汉，都光着脊背，每人用双手握住自己的一只胳臂。面前的妇人也站起身来，说："你可别怨我！谁叫你自投罗网呢？拿着大枪怔进人家的宅里吃饭，给你点罪受也应该！"

杨丽芳急急地说："你们这是为什么？咱们往日无冤，近日无仇，你们为什么暗算我？"她大声呼叫，揪她左臂的人就把一只大手按住了她的嘴，右边的人就啪的打了她一个嘴巴。杨丽芳瞪大了眼，极力地挣扎，但挣扎不开，也喊不出来，两个大汉就用粗绳将她的双臂倒剪上。

杨丽芳抬起脚来踹，一下就将椅子踹倒了，那妇人就说："呵！好大的力量呀！看不出这小娘儿们倒还很泼，把她的两条腿也绑上吧！"两个大汉都说："没有绳子啦！"妇人说："我给你们找一根。"她往屋里去找，也没有找着。杨丽芳就趁此时啐了一口，因为她的牙已被打破了，就吐出许多血星子来。

两个大汉又威吓着说："你要敢喊叫，我们可当时就要了你的命！不喊叫，我们倒许能够饶你。"杨丽芳就哭着说："你们快放开我吧！要不然，我的朋友可就来啦！他们可都是好汉，能够杀死你们！"两个大汉又齐声催着那妇人，说："快找绳子！"那妇人也惊慌失措的，后来就把她系的一条红布腰带解了下来，抛给大汉，说："就先用这个把她的两条腿捆上吧！"又低头向杨丽芳狞笑着说："看你的模样倒还俊，可是两只脚直跟上边不称，瞧你这样儿也绝找不出好婆家！"这妇人揪着裤子还向杨丽芳直撇嘴瞪眼。

杨丽芳此时是脸色惨白，双眼溢泪，气得全身颤抖，她全力挣扎，但挣扎不开。两个大汉的力太大，用裤腰带把她的两条腿也捆得紧紧的，然后就连抬带抱，进了南里间。那妇人就把那只大木箱的盖子打开，原来这只大木箱里什么东西也没有，两个大汉抬起杨丽芳往箱子里一抛，哗啦的一声，杨丽芳倒不禁惊异；原来这箱子的底儿是活的，箱底儿被她压翻了，她的身子随之堕入了深坑。她不由得哎哟了一声，便有一个人上前来，厉声说："不准嚷！"把刀贴在她的脸上，又用膝盖一磕顶，杨丽芳的身子就滚进了一个地方。

这里光线很黑，原来是一座地下室，壁上可挂着油灯。在这神秘、恐怖、黯淡的灯光之下，就看见地下有一块木板，上面坐着一个人；此人须发很长，都作苍白色，身子十分削瘦，年龄已很老，穿着绸子的衣裳，手摇着一柄折扇。这人就冷笑着，说："哼！哼！我还以为你有多大的能为呢？"

杨丽芳昂起头来，瞪眼怒问："你是谁？"这老人就说："你找的是谁，我就是谁！"杨丽芳一看，原来这人就是费伯绅！她气得胸中的肝肺都欲炸裂，眼睛都要瞪出血来。她啐了一口，骂着说："老贼！我的父母都被你害死了，我非得替他们报仇，杀死你！"她全身用力，死命地挣扎，但手脚都被绑得太紧了，连动转都不能。

旁边还有个人，正是女魔王何剑娥，她手持明晃晃的钢刀，厉声呵斥说："你真是想死吗？我们要在这里把你杀死了，凭她俞秀莲的武艺再高，可也不能来这里救你！"何剑娥说话的声音很大，杨丽芳拼出命去，也尖声叫道："你们杀死我吧！"

这时就听咕咚咕咚几声响，只见刚才捆绑杨丽芳的那两个大汉，又一齐来到这间地窖里。一个过来用双手捂住杨丽芳的嘴，另一个急急地向何剑娥摆手，说："不要嚷嚷！"更悄声说："那五爪鹰孙正礼可来了！他看见那匹马跟那杆枪了，就说这妇人是被咱们害死了。郭大娘向他分辩，说是杨家女子是把枪和马存在这里，上山去找什么人去了。孙正礼却还不信，正在外边吵闹呢！"

这时何剑娥正按着杨丽芳的身子，杨丽芳心中十分兴奋，就觉得出这女魔王的手有些发抖，只听她说："他只是一个人不是？咱们出去把他拿住怎么样？只要你焦大虎有那胆子，我虽然腿上有伤，可是我不怕！"

原来这两个大汉其中之一，那脸上有些黑麻子的人，就是恶牛山的大王焦大虎。这个人身躯很高，地窖又低，他只能蹲着、坐着，却不能直起腰来。他的脸色十分阴沉，摇头说："不行！五爪鹰也不是好惹的，我怕敌不过他！再说我虽只听他一个人在外面喊嚷，可是，怎知俞秀莲没在门外？"

此时那费伯绅依然盘着腿坐着，神态十分的从容，摇晃着折扇说："不要紧！由他们在外面威吓，我相信郭大嫂绝不能将咱们这地方告诉他，你们就放心，他们不能够闯进来。二熊，你去守门！"

捂着杨丽芳口的这个汉子听了吩咐，就把双手放开，守门去了；可是何剑娥的钢刀仍挨在杨丽芳的胸前，杨丽芳就仍不敢喊叫，只得低声说："你们若能把我放开，我就出去拦住他们，不能伤害你们的性命！"

费伯绅却微微一笑，抛过来一条手巾，叫何剑娥把杨丽芳的嘴给堵上。他摇着折扇，花白的长髯飘动着，微扬着脸，闭着眼睛，就用傲慢的声音低声说："你弄错了！你的父亲杨笑斋原是我的好朋友，我早先到你家里去，你的母亲也不回避。我跟你父亲真是莫逆之交，他是服错了药死的，你母亲是殉了节；他们出殡之时我还去送丧，我还为你母亲请了贞节的旌表。现在这些事都是因为那杨公久，他本来是个盗贼，把你们兄妹自幼抢去，就传授给你们一点武艺，唆使你们寻我跟贺知府报仇。其实复的是什么仇？不过是早先他在汝南衙门被押过，他衔恨我们罢了。这虽是二十年前的旧事，但是非真假，还可以寻得出来见证。

"你一个女子，嫁到德家里又很好，不该听信奸人的挑唆，勾结罗小虎、俞秀莲、刘泰保那些大盗、女贼，来同我作对。须知我虽年老，虽不会武艺，但我的干儿义女尚很多，他们全是一时的豪杰，绝不能让你们逞强。现在我把你绑到这里，不过是叫你暂时受一点委屈，绝无恶意。因为我见你长得很像你故去的母亲，看见了你，我就不禁想起她来。

"她真是个绝世的美人！当年贺知府为她得了相思病倒是真的，却没想要占她。唉！二十年前她节烈而死，如今她的儿女反与我为仇，我想她九泉有知，也是不能瞑目。现在，你好好在这里待着吧！等我捉获了女盗俞秀莲，我必能把你安置到一个好地方，你且不要急，且不要难过！"说完话，又微微笑着。杨丽芳周身使力，但是仍然挣不断手脚上被捆的绳索，不能扑杀眼前这狡猾的老贼，只气得她流泪。

此时大概是那前去守门的二熊把那大木箱的底儿托开了，所以外面嚷嚷的声音，全都能够传入这密室里。只听是孙正礼的大嗓音喊着说："快说！那个妇人往哪儿去了？是被你们害死了不是？你快说出来！不然我可不管你是男人、妇人了，一刀就能要你的命！"又听是那姓郭的妇人说："哎哟！你是强盗你也得讲讲理呀！刚才不错，是有个小娘儿们，在我这儿还吃了一碗饭。后来她说要上山找人去，骑着马太不方便，她就把马跟枪全都存在我这儿啦……"

费伯绅在这里听着，不禁暗自微笑，很赞赏那妇人会说话。可是不料孙正礼还只管嚷嚷，妇人就急喊着说："你不信你到山上去找她呀？在这儿你吵什么？你一个大汉子来到我这单身妇人家里胡闹，算怎么回事？哎哟！你没有王法了呀？你揪我的头发，你是什么东西？哎哟！救人来呀！我可要一头撞死啦！"接着是呜呜的一阵痛哭。

这里费伯绅就面色渐变。杨丽芳的胸头愈是紧张，全身更极力挣扎，但也没有一点效果。外面的孙正礼又大声喊骂说："我看你就不像是个好人！快说出那人的下落来便饶你！"妇人又说："哎哟！你杀了我，我也说不出来呀！你上山去找找去吧！"孙正礼说："我才从山上来！你别骗我，你快说！"就听钢刀劈在桌子上之声和脚步急响之声，十分杂乱。费伯绅不由得把脸一沉，女魔王愤愤地要挺刀外出，却被焦大虎给拦住。

此时却又听到外边马蹄声乱响，费伯绅仿佛打了一个冷战。外面的声音更加杂乱，那妇人又喊叫，并听有男子的山西口音，还有个女子的声音说："搜一搜！各处都搜搜！你就不必狡赖了，马跟枪都在你这里，人可不见，这多可疑！"杨丽芳又用力翻了一个身，却被何剑娥给按住，并以刀比着她的脖颈。

杨丽芳的心中就如燃着一把急火，口被布堵着，她用牙紧咬，用力向外喷气。她想要喊："俞秀莲已然来了，你们能惹她吗？你们快将我放开！"但这话她却无法呼喊得出。何剑娥又使她仰面躺着，用一只手紧紧按着她的胸，她的呼吸都已十分困难，只瞪着两只大眼睛喘着，何剑娥也用两只凶眼瞪着她。

突然，费伯绅自己起来，爬了过去，将壁上的那一盏灯吹灭。那二熊又跑回来，急急地说："俞秀莲跟那爬山蛇史胖子也都来了！"费伯绅悄声吁了一声，拦住二熊说话，神情也显得万分紧张起来。室中昏黑，只有三口刀的光芒还一闪一闪的，后墙上仿佛有个地方能透进一线之光，可是不知通到哪里。全室中更一点声音也没有了，每人都能听见自己的心跳。杨丽芳还急骤地喘息着，但发出来的声音可也很小。

外面，因为地窖的门板，即那个大木箱的底儿已关得很严，所以外面一切的足音、叫嚷声及威吓、狡辩声，种种声音全都灌不进来了。可是又听有几下木板撞击的声音，似是俞秀莲等人把那大木箱子打开了。这里的人就更紧急，何剑娥的刀刃已挨着杨丽芳脖颈间的肉皮。杨丽芳闭着眼睛流着泪来，只是在等死。她心中既愤恨，复悲伤，但知道费伯绅这些贼必不能逃脱，又有一些安慰。

在这时，忽然木箱又不响了，外面的声音似一切皆停。这里的几个人又都长出一口气，何剑娥的刀也离开杨丽芳的脖颈了，费伯绅却哼哼冷笑一声。这一场紧张暂时过去了，原来是因为外面的史胖子跟孙正礼，打开木箱看了看，见是空的，他们又给盖上了。谁也不会想到这么简陋的草房，地下会有密室。

俞秀莲却仍在向那妇人究问。俞秀莲是因为刚才骑着杨丽芳的马追赶费伯绅，追到这个岔路口，人就不见了。她也曾来此向这妇人问过，可是这妇人告诉她说，她就没听见墙外有马蹄响，所以俞秀莲就拨马往东南的那股路上追去了。那股路既宽广，复平坦，而且二里之内若有马走，在后面绝不至于望不见，可是竟没瞧见前面有一点马影，地下连新走过去的蹄迹也没有。

她去问了田中种地的农人，据说："这条路虽然宽阔，可不是个大道，往南走到尽头，那就是山了，那边连山路也没有。北边，过了五回岭，那倒是往紫荆关的道儿。"又说："我们从太阳一出来就在地里做活，就没有瞧见一匹马从这里走过去！"俞秀莲又自己观察地理形势，知道他们的话并非是假，倒是刚才那清雅的庐舍、未说话先眼珠乱转的妇人，有些可疑，所以俞秀莲又疾忙拨马转回来，又来到这里。

这时孙正礼和史胖子却全都先后来了，他们正在这里向那妇人大闹。俞秀莲也看见了桩上系着的马和屋中立着的杨丽芳的枪，并且地上有揪下的几条麻，可见是有人曾在此捆过什么；厨房里也有许多碗筷，且有一只已经宰了还没下锅的鸭子，壁间还挂着一口单刀，因此更为可疑。

孙正礼和史胖子又向那妇人严词逼问，俞秀莲用温语劝说一阵之后，也以双刀威吓，但妇人还是说杨丽芳往山上去了，别的她不知道。俞秀莲又叫史胖子到山上去找，史胖子去了半天，回来也说是："空山一座，一个人也没有。"于是孙正礼又暴跳如雷，说："把这娘儿们绑在马桩上，拿鞭子抽她一顿，她也就说了！"

那妇人却坐在地上，呜呜大哭，说："你们就是剥了我的皮，我也不知道呀！我是个妇道人家，刚才我不过是管了闲事，叫她把枪跟马存在这儿，我想得到她是一去不回头吗？我可怎能知道你们的姑奶奶是跑到哪儿去啦？哎哟！屈死我啦！我哪认得什么姓费的呀？屋里东西你们随便要吧！反正我不知道！"这妇人在地上一哭滚，她那系裤子的一条破布也挣断了；史胖子倒觉得丧气，就走出屋去了。

孙正礼也有些灰了心，便向俞秀莲悄声说："师妹，咱们走吧！"俞秀莲却摇头，走出屋去，嘱咐史胖子再沿山访查。同时她又叫孙正礼不要只管嚷嚷，也不要打这妇人，她说："咱们只要在这里看守一晚，必定可以看出一点破绽，找出杨丽芳的下落，并问出费伯绅众贼的藏匿之所。如果在此住一夜，这里没有一点事情，那么明天咱们就向这妇人赔罪，给她银钱赔偿她，然后再走！"史胖子跟孙正礼齐都认为这办法很好，他们就很不客气地到厨房里把饭吃了，随后二人就出去到山上去访查。

这里俞秀莲双刀时刻不离身畔，时时监守着那妇人。妇人却坐在地下索性不起来，哭了一阵可也没有多少眼泪，又抓自己的脸骂自己，说："我没有了脸啦！我叫那么大的男人抓住头发拿刀吓着我，我的裤带也被你们扯断了，我真没脸啦！我当家的若回来，我非得吊死不可！我哪认得什么姓费的呀？我哪认识什么强盗呀？我是好人家的妇女，受不起你们的冤枉！"

俞秀莲只是由她哭闹，并不理她。在外屋椅子上坐了一会儿，就站起身来往北里间查查，又到南里间看看。在南里间内，就蓦然听得呱嗒的一声，仿佛是板子响；俞秀莲就不由得心中一动，手提双刀，呆然站立。忽又听咯吱咯吱的，仿佛是耗子在咬木头，就是自那大箱子中发出来的声音。

俞秀莲顿然精神紧张，又微微冷笑，可是心中反倒为了难；因为想到这里如若有地窖，杨丽芳一定是被藏在地窖里了，投鼠忌器，自己实在不敢贸然下手，更不敢向孙正礼去说。她遂就将杨丽芳的那杆枪也拿到这屋里，侧耳静听，只听那箱子底儿时时作出微微响声。

她忽然一扭头，见那妇人正扒着帘子往里屋看，面露惊慌之色。俞秀莲就大怒，一个箭步蹿去，把妇人按倒。妇人刚要喊叫，俞秀莲用手指向她的肋间一点，妇人的脸立时变成金黄色，眼睛一翻，嘴一咧，就疼得昏晕了过去。俞秀莲疾忙将北里间的门帘揪下，哧哧地撕成了许多条，连结在一块，就将妇人的手脚都捆上，并把嘴也堵上，挟着送到了厨房里；然后仍旧回到了这屋里来，蹲在木箱的旁边，侧耳向里边静听。

由里面的细微微的声音，她就已然判明了，这箱子底下实在连着暗室。她心中倒好笑，就想早先小的时候，听自己的父亲常说，江湖之间有一种黑店，就多半是床下通着地道；到客人睡熟了的时候，贼店主人就由地道中钻出来害人劫财。如今不料费伯绅竟也弄此伎俩，这伎俩弄得可也太不新鲜啦！不过话虽如此，自己虽明知道箱子底下就有贼人和被难的丽芳，然而竟不敢动一动。她心中就不免十分焦急，又竭心尽思地想闯进那地窖救出丽芳、捉住贼人之计。

直到傍晚之时，孙正礼回来了，一进屋来他就大声喊说："师妹！我们捉住了一个小贼！"俞秀莲赶紧摆手，令他小声说话。孙正礼反倒一怔，见师妹手握着双刀，神色紧张，蹲在木箱的旁边，他也不知道是怎么一回事，话反倒说不出来了。

俞秀莲站起身来，走到孙正礼的近前，就摆了摆手，又指指那只箱子。孙正礼便瞪起眼来，过去就要掀启箱盖。俞秀莲赶紧把他拦住，悄声说："杨丽芳现在里面，咱们要闯进去，岂不是逼着他们将她杀死吗？"孙正礼还不住地发怔，就指着箱子问："到底是怎么回事？这箱子里头有什么东西？"

俞秀莲却把他拉到外屋，悄声问道："你们捉住了什么人？"

孙正礼说："在山上捉住了一个小贼，我们打了一顿，他自己招认是山上的喽啰。我们问他诸葛高跑到哪里去了？他说他们并没有跑远，多半就在这姓郭的妇人家里藏着了；因为他们的几匹马刚才都叫人牵过了山，送到什么黄家庄去了，那黄家庄是那焦大虎的外婆家。这郭家妇人，早先就在山上跟一些强盗混；后来归了费伯绅，盖了这房子，费伯绅那小子就常在这儿住。"

俞秀莲说："像这样的房子恐怕他不只盖了这一处，费伯绅实在称得起老奸巨猾。现在我已查出来了，那只大箱子的底下，一定是有个地窖，杨丽芳必被他们捉住藏在这里。"

孙正礼着急说："这可怎么办？"俞秀莲说："我已将那妇人捆起来了。我已想好了一个主意，师哥你先去把那小贼或是放了，或是暂藏在一个地方，不要伤他；然后同史胖子来，我们再设计诱那些贼出来。"孙正礼点点头，提着刀又走了。

俞秀莲到屋外，把那南里间的窗纸戳了一个窟窿，扒着往里去看，并侧耳静听。待了多半天，并不见那箱盖启开，只听得箱底嗒嗒直响。此时孙正礼和史胖子已然来了，脚步全都轻轻的。俞秀莲看了看，日已平西，她就悄声对孙、史二人说："我想他们不能永远在地窖里边藏着，到天黑时他们一定要出来，那时我们再下手捉拿。可是现在，我们先得假作已然走了的样子才行，不然他们是绝不敢出来。"孙正礼说："这容易！"

史胖子却说："他们既有地窖，就不能没有透气的地方，不然全都得闷死了，说不定还有后门儿。孙大哥你先在这儿看着，别急躁，容我跟俞姑娘把他们的后门找着。俗语说：狡兔有三窟，得免其死。费伯绅他那样奸、猾、坏，他还能不想到这儿？我想他绝不能在一个死地窖里藏着，他必有退路。"

俞秀莲也觉着这话有理，遂就跟随史胖子出了柴扉，按照着庐舍的形势往后面去寻找。夕阳之下，就见小溪潺潺的流泄着，汇聚在墙后边的池子里；池水中有几只鸭子呷呷地叫着，逐水相嬉。水面上漂着很厚的一层浮萍，柳丝蘸着池水，槐叶闪烁着夕阳。池边的芦苇也很茂盛，史胖子与俞秀莲就用刀轻轻拨分着芦苇，走进了里面。

忽然史胖子发现地下埋着一根竹筒子，露出地面不到半尺，外圆中空，倾斜着栽在地里，好像是只烟囱。这竹筒的附近一尺见方之内没长着苇子，地下的泥土也很松，但用旁边的苇叶遮盖着；若不是细心看，是绝对看不出来的，安设得可称十分精巧。俞秀莲蹲下身，将耳朵贴在竹筒的旁边往里去听；只听里面似乎有人在说话，但声音太低，无法听得清楚。她此时心中愤恨极了，若不是知道有杨丽芳被困在内，她真想放一把火投在这竹筒里。她站起身来，就见史胖子微笑了笑，俞秀莲就悄声说：

"史大哥,你在这里看守一会儿好了,不要动这竹筒!"史胖子点点头,咧着嘴微笑说:"我知道!"俞秀莲遂就又往那房子去了。

重进那屋里时,就见孙正礼抢着大刀比着箱盖。箱子里有时微微地响,有时又不响了,里边就好像闹耗子;而孙正礼像就是一只猫似的,并且是一只大黑猫。

俞秀莲突然大声说:"孙师哥!咱们走吧!那费伯绅老贼一定不在这里,咱们回恶牛山再找他们去吧!丽芳也许顺着山岭又折回那里去了。"她一边嚷着一边使眼色。

孙正礼起先还发着怔,后来他忽然明白了,他也大声嚷嚷起来,说:"他娘的,费伯绅还敢回恶牛山吗?这屋子一定是他的老巢,咱不如放火烧了这屋子!"

俞秀莲大声说:"你别混闹!快走吧!这与人家有什么相干?那妇人也不知往哪里去了,待会她要是把她丈夫找来,咱们有什么话可答?咱们又不是强盗,咱们侠义之人不能够不讲理,走吧!在此白耽误了时候。快走,先往狗儿堡,再到恶牛山,那山上一定有他们秘密的寨穴。此时天还不太晚,咱们赶到那里还能搜得着!"

孙正礼也扯开喉咙大喊:"老史!咱们走吧!"一边嚷着,一边还大声骂着,同俞秀莲一起故意放重了脚步,足音杂乱的出了屋。

孙正礼去解马,并故意将马用鞭杆抽了两下,马就嘶叫起来;一匹马叫,四匹马也全都叫。孙正礼腰挂着大刀,一手拿着杨丽芳的枪,一手牵着四匹马,出了柴扉;他在前面跑,四匹马跟着他跑,一阵蹄声嘚嘚,杂乱异常,真像是许多个人,许多匹马全都走了。其实,孙正礼却是将马牵到了离房子不远的山坡上,系在树上。俞秀莲也把那被捆的妇人抱出去,藏在了山坡上。

这时那短墙里十分地岑寂,俞秀莲就在屋外墙根下蹲伏了半天。眼看群鸦噪过一阵之后,天际的霞光渐渐消散,黄昏暮色渐渐垂了下来;银星也在天空中迸出,山风吹得庐舍后面的槐柳树呼呼地响。俞秀莲又走到那窗前窃听了一会儿,就听得那个大木箱里仿佛声音更加大了起来。她立时飞上房去,在房上趴伏着,双刀藏在自己的身下,向下静伺着。

又待了多时，才见那屋的帘子呱嗒一声响，走出了一个人来。这人是弯着腰，轻轻慢慢地走；手中提着个家伙，映着星光闪烁发亮，一定是刀了。这人在院中东瞧西望，自己吓着自己，就仿佛是个才出洞的耗子似的。然后，他将刀向前护住身，就进了那厨房。进去了一些时，就见厨房里亮起火光，这人拿着一盏油灯又走出来。在各处都照着查看了一下，他就大声喊说："出来吧！那几个忘八蛋全都走啦！连那个女的也走啦！"

他这声音一喊出来，屋中那木箱的盖子就不住地地响动，又出来了一个人，这却是何剑娥。她因为今早从山上滚下，身上受了一点伤，所以左腿还有点跛，但是慓悍依然，抢着刀说："二熊你嚷什么？他们要没走远可怎么好？"

二熊说："早走远了！那群饿鬼，把厨房里的菜饭吃了个精光，他们才走的，他妈的，跑到这儿开斋来啦！郭大娘可是真没有影儿了！别是叫那孙正礼给背走了，上什么地方成亲去了吧？"

何剑娥骂着说："妈的！你这时候还说混话？郭大娘叫他们抢走了干咱们什么事？咱们快些走吧！"

二熊说："老猴子怎么办？还招呼他一声吗？"

何剑娥说："招呼他一声！他若不走，叫大虎也走，就把德家那小媳妇给他，叫他们在地洞里过日子去吧！妈的，我不能再在那地洞里憋气了，又渴又饿，我真受不了！快招呼他们，他们不走咱们走！"又自言自语地说："我为个干老头子也够了！妈的！我为我亲老子也没这样过！"

此时俞秀莲隐藏在房上，极难为房下的人所察觉。何剑娥就把那二熊手中的灯接过来，进了厨房，二熊又进到那屋里去了。就听他们大声地说话，把箱子盖摔得很响。又待了一会儿，可是二熊又独自走出屋来，去到厨房找着何剑娥，他们灭了灯，一同出厨房走了。

俞秀莲在房上又等了一会儿，不见再有动静，就觉得很是可疑。刚要下房去看，却听有人发出一声惨叫，声音就似来自院墙之外那小溪的附近，接着刀声锵锵，似有人交战起来。俞秀莲一惊，疾忙顺着房跳到外面，就见孙正礼正与人厮杀。俞秀莲一上前，两三刀就将何剑娥砍倒，剩下的二熊跪在地下乞命。那边槐柳林中却又传出史胖子的呼叫声："快来呀! 快来救救杨小姑娘! "

孙正礼又向那二熊戳了一刀, 便与俞秀莲一齐寻声奔往, 就见史胖子正与一个贼人厮杀得很紧。贼人的武艺虽不太佳, 可是史胖子也难以立即获胜, 孙正礼就说: "老史躲开! 你不行, 我来! " 他挥动大刀直奔这人。

这人正是恶牛山的大王焦大虎, 他要跑已然来不及了, 只好拼出命去与孙正礼厮杀。史胖子却退了战, 向俞秀莲嚷着说: "咱们先追老贼! 老贼也是从这地窖里钻出来的, 我们只顾了斗那家伙, 老贼却趁势跑了! "

俞秀莲急问说: "老贼倒不要紧! 丽芳呢? 她还在洞里了吗? "

史胖子说: "哎呀! 我可看见了那贼是先抱着一个人出的这地洞! " 俞秀莲急说: "快去找火来! " 史胖子说: "我身边有! " 他就掏出来火折, 燃着了, 迎风一抖, 立时亮起了火光。俞秀莲接过来, 把一只刀挟在臂下, 一手摇晃着火折子, 在林中苇畔去照。突然发现池水中有个东西, 她立时将刀和火折全都交给了史胖子拿着, 就顾不得衣湿, 走进了水池中。

这时那几只鸭子都已不知往哪里睡觉去了, 史胖子抖起来火光, 照得水面通明, 俞秀莲就过去, 将浸在池水中的人抱了起来, 原来是杨丽芳; 幸亏水还不深, 她的口虽被手巾堵着, 腹中没灌进水去。俞秀莲疾忙叫史胖子帮助孙正礼去战焦大虎, 她连双刀也顾不得要, 就抱着杨丽芳跑回那庐舍里去了。

这里孙正礼虽然刀法精熟, 力气猛大, 无奈焦大虎只是绕着树跟他斗, 眼看着就要逃命了。史胖子掐灭了火折子, 抢刀一上前, 这焦大虎就成了首尾受敌, 想逃跑已然不能够, 他就躲在一棵槐树的后面, 说: "朋友们! 高抬贵手吧! 咱们平日无冤无仇, 何必? 我帮助诸葛高, 也是没有法子, 因为他神通广大, 我们一半是敬他, 一半也是怕他。现在我手下的人都叫你们打散了! 我也没有什么能耐啦! 只要你二位能抬抬手饶了我这条命, 我就从此洗手不干, 将来还一定忘不了你二位的好处! "

孙正礼就问说: "饶你也行! 但是费伯绅藏在哪里去了? 我们捉住了他就能饶你! "

焦大虎说: "那位大爷知道, 刚才前面何剑娥他们说你们几位已经走了, 催着我们也快些逃。我们在地洞里也饿了一天了, 又憋得难受, 就想也出去。依着诸葛高，他可还不愿离开地洞呢！但那时洞里就剩了我跟他，还有那德家的小媳妇，我是决意要逃，他才不敢一个人在地洞里住，逃出来的。他才叫我把那小媳妇也背出来，一齐走。"

史胖子问说："那老家伙要把小媳妇背走，他是安着什么心？"焦大虎说："他说是背出去之后把小媳妇给我，我却不信他的话，他必是把那小媳妇要送给保定府的黑虎陶宏；他是要巴结陶宏，可是还没有巴结得上。"孙正礼说："别说废话！你这小子也绝不是好东西，今天绝不能饶你的狗命！"

史胖子又喊问说："费伯绅现在跑到哪儿去啦？"焦大虎急得简直要哭，嚷着说："我哪里晓得？你们搜啊！他也许藏在苇子里了！"孙正礼猛跃上前，又一刀砍了下去，焦大虎以刀招架；史胖子从后边一刀砍在他的腿上，焦大虎哎呀一声，受伤倒地。史胖子急急地说："孙大哥别要他的命！再问问他。"但孙正礼的刀已然落下来了，焦大虎立即身死。史胖子叹息了一声，说："由他口中逼问出一些事来也好啊！"

孙正礼却说："逼问什么？我看他什么也不知道。一个山贼，还不趁早结果了他，还留着做甚？老史！快打起火来！咱们搜搜费伯绅那老贼！"

当下史胖子又抖起了火折子，孙正礼提着刀瞪着大眼，在林里苇中、池边草底，全部搜查遍了；只见有几只蛤蟆在水里乱跳，鸭子在栏里被惊醒，却没寻着那费伯绅的踪影。孙正礼就说："奇怪！那老贼往哪儿去了？莫非此地还另外有个地窟窿？"接着又大骂了几声。

史胖子熄灭了火折，揪了揪孙正礼的胳膊，说："骂也没有用，我想那老贼多半是怕受一刀之苦，先投在水里自尽了。"

孙正礼又要叫史胖子点起火来，他自己下水里去摸，摸着费伯绅的尸身他才能甘心，史胖子却主张先到庐舍里去看看杨丽芳怎么样了，孙正礼说："你去看去吧！我还在这里等候那老贼！"遂就把火折子要过来，他在这里一阵阵的抖动着火光，发着霹雳一般的大骂声，史胖子却往那庐舍中去了。

史胖子进了柴扉，隔着短篱就见那屋中灯光闪闪；走进了屋，见俞秀莲已将杨丽芳全身的绑绳解开，救治得缓过气儿来了。杨丽芳是平平地躺在北里间那张床上，她还要挣扎着起来，去寻找费伯绅；俞秀莲却劝她应当多歇息一会儿，因为她已然昏厥过一次。此时她们二人身上的衣裤都尽是水，并沾满了污泥、萍藻，屋中灯碗中的油也洒了多一半，俞秀莲就请史胖子去到厨房添点油，并叫他把那灶里的火也升上，于是史胖子就出去了。

这里，俞秀莲搜找出那郭姓妇人的几件衣裤和鞋，在黑暗的屋中，她就与杨丽芳一齐把湿衣裳脱下换了。然后她拿着湿的衣服到厨房里去烤，并叫史胖子出去找孙正礼和那被绑住的两个人，当下史胖子又走了。

这里俞秀莲将衣裤鞋袜都搭在灶火的旁边，又拿着灯回到屋里。杨丽芳已坐起身来了，说话也有了气力，她说是现在除了手脚被绳勒之处，还有点疼，其余都不觉得有什么了。她又说了白天自己在这里被陷的经过、地窖里的情形，以及那费伯绅如何的奸恶，何剑娥等人对费伯绅如何顺从，他们听见了外面的语声如何的慌张，后来又怎样以为俞秀莲等人都走了，他们才想逃到别处，等等。

他们是在地窖的后边，通气儿的一根竹筒旁，拿刀打开了一个窟窿，从那里逃走的。那焦大虎先背着杨丽芳出来，费伯绅是随后钻出来的。到了外面，不想正遇着史胖子，史胖子与焦大虎对起刀来，费伯绅却趁势逃走。在他逃走之时，就将杨丽芳推入池中；那时杨丽芳手脚都被捆着，也无力挣扎。俞秀莲听了，又愤恨了一阵儿。

少顷，史胖子就将孙正礼找了回来，将那两个人也都提了来，将四匹马和刀枪等物也全都带回来了。史胖子先找了三四只碗，搓了碎布条子做捻子，好在厨房里有的是豆油，就在各屋中全都点上灯。

俞秀莲又想，费伯绅是又钻回地窟窿里藏着去了，所以她叫孙正礼托着灯，她拿着刀，由那大木箱底下的浮板走进地窖里去搜查；只见里面阴森黑暗，却无一人。由那后边的窟窿钻了出来，俞秀莲与孙正礼就用刀铲土割草，并搬来石块，将这地窖的后洞填塞住了。然后回来又审问那小贼和郭姓妇人，小贼就说："诸葛高他年老了，就是逃走，也不能逃得多远；他一定是爬过山去，往黄家庄藏躲去了。明天诸位老爷跟奶奶自管过山去寻，如若寻他不着，我情愿送命！"

那郭姓妇人被捆着手脚堵着嘴，已然半日了，虽然口中堵塞的两块门帘子布都被揪出来了，可一时还不能够说话。喘了半天气，才哭出来，她就骂费伯绅不来救她。她说："那个老忘八！我丈夫死了，我本来在山上给那群人缝缝补丁，去年春天这老忘八就去了。他给焦大虎出主意，做了几件好买卖，发了点财，焦大虎就佩服他啦，称呼他是老神仙。他就又出主意，说是既干绿林买卖，就应当有个藏躲的地方；他就挑选了这个地方，盖了这几间破狗窝，地下可掏了个耗子洞。他就叫我在这儿跟他住，我就算是他的老婆啦！

"老东西在这儿跟我住了还不到一个月，就把屋子装饰好啦。他带着我到城里逛了一回，给我买了两件衣裳材料，他可又走了，一去就不回头。听人说那老东西在旁的地方，还有这样的家好几份呢！大概他那些家的屋子，底下也都掏着狗洞。那老不是人的，听说他年轻时倒当过什么书办的差事，发了点财。可是他害的人太多了，老怕有人找他报仇；他就改了行，索性当了强盗了。他不出去打，不出去劫，他就坐在山上出主意；得来了金银财宝，他先分头一份，大家还都得叫他干爸爸！"

那小贼此时已被俞秀莲割断了绑绳放开了，他得了活命，就更有了精神。听妇人说到这里，他就插话道："我可听说诸葛高年轻的时候也很有些本事，江南鹤老英雄的哑巴师哥全都是死在他的手中；有个著名的女贼碧眼狐狸耿六娘，就是他早先的老婆。现在五回岭北边三清庙里的老道，那是早先河南有名气的人，可也跟他有交情。明天你们几位若到黄家庄还寻不着他，那他就一定是跑到三清庙里去了。那里的老道姓徐，却不是个好办的。早先焦大虎他们也得罪过他，曾带着五十多个人去围他的庙；那天我也去了，被那个老道手持一根铁棍，给打了个落花流水。去年，诸葛高来了，由那老家伙出头，才算给两家和解，可是我们山上的人还都不敢由他那庙门口过。"

俞秀莲心中也记住了此人，遂又逼问那妇人。姓郭的妇人就说，她实在没帮助费伯绅他们害过人，今天这事是第一回。因为费伯绅他们一逃到这儿来，就钻入地窖里，后来杨丽芳也单身一人来这里打听，他们才起了陷害杨丽芳之意。费伯绅应得，把这步难躲避过去，他把杨丽芳带走之后,那抢来的两包衣物就都送给她作报酬,所以她才那样帮助他们。

在这厨房中审问了半天,俞秀莲就叫孙正礼在这屋里看守这两个人。史胖子打了一会儿盹,又起来防夜。俞秀莲却到那屋里,同杨丽芳睡了一会儿觉,养好了精神。不觉着天已发曙,她们二人又都把昨夜烘干了的衣服各自换上,然后又往各处去搜查。

这时,那几只鸭子又从芦苇旁的一个用树枝插成的鸭栏里浮出来了,它们遍身的白羽,映着从柳线透过来的渐升的朝阳,光华在它们的身上闪烁着,十分好看。它们照旧呷呷地叫,毫不知昨日这里曾有一场惊人杀斗,也毫不知附近就有一座地狱似的秘窟。

俞秀莲和杨丽芳在这里寻找了半天,只见何剑娥、焦大虎都已身死,尸身横躺在林间路畔,那个叫二熊的贼人还趴在地上呻吟,费伯绅却没留下一点痕迹。俞秀莲虽然心中仍然气愤,可也对费伯绅的狡猾不禁生出些佩服。

杨丽芳又悲愤得落泪,说:"昨天我本想不能够活了,可是虽然何剑娥把她的刀放在我的脖子上,我也没有改变一点报仇之心。现在我又幸而没死,我还得立时报仇;他饶得了我,我却还是饶不了他!"

俞秀莲也说:"这样诡计多端的人,我们真不能容他在人世间了,不然,他不定更得害多少人了。好了!现在我同你过山往北,咱们到那黄家庄去!"

于是二人又回到那庐舍里,就见史胖子正在指使那个小贼给烧火,他自己淘米,要熬稀饭。孙正礼是坐在灶台旁边,靠着墙睡着了;屋里虽然很热,他流了满头的汗,呼噜呼噜打着鼾。那姓郭的妇人脚上绑的东西也被解开了,闭着眼卧在地下睡了,就像是死了。俞秀莲就向史胖子说:"我带着杨丽芳要到那黄家庄去。"

旁边烧火的这小贼听了,立时扭着头说:"我带着您去吧!那地方很不好找,没人领着去,您一定找不着。"

俞秀莲点点头,又向史胖子说:"外面还躺着一个受伤的强盗,何剑娥,刚才我看她是已死了,树林里还有焦大虎的尸身。待一会儿把孙正礼叫醒了,史大哥帮助他,把两具尸身掩埋起来好了。至于那受伤的,可以抬到个幽僻的地方，我们少时就回来。"史胖子点头，俞秀莲遂叫那小贼去备马。

此时几匹马也都叫史胖子给喂得草足水够，十分的精神。那小贼将马备了三匹，俞秀莲带着双刀，杨丽芳提着花枪，连那个小贼，就一同出了柴扉，上马往北去走。越走地越不平，少时到了山岭上，火红的朝阳整个罩住了他们。那领路的小贼用鞭子往岭下指着说："您看！那山背后仿佛有一片乱石头似的，那就是黄家庄。在岭上往下看，若是不细看，绝不能看出那地方是个村庄；可是要由那村里往上看，山上有一只鹿，他们都能看得清清楚楚的。"

俞秀莲说："既然这样，咱们就得赶快到那村里，不然咱们在高处，若被那狡猾的老贼看见，他又逃了！"于是这个领路的小贼，就催马在前带路，俞秀莲和杨丽芳的两匹马紧随。

山岭倾斜，山路迂回，往下看那一堆乱石似的黄家庄虽然就在眼底，可是要想到那里去却须绕过许多山路，而且都是极难行的山路，三个人都须要下马牵着走才行。这一脉树木稀少、怪石峻嶒的山岭，原来就叫作五回岭，其实弯弯曲曲，不止五回；远处的山岭上，还可以看得见那像蛇似的蜿蜒的长城，这地方真是险要，而且险恶。

俞秀莲竟有点不愿意再往下走了，因为她想着费伯绅那样老弱的人，就是昨夜逃了命，他也不会爬过山来藏到此地，但杨丽芳却绝不死心。那小贼领路在前，杨丽芳紧紧跟着他。俞秀莲随后，且时时嘱咐杨丽芳要小心；但杨丽芳却紧咬着嘴唇，沉着脸儿，一句话也不答。

三个人又费了很多力，方才来到那黄家庄。怪不得在山上往下看这里不过是一堆乱石，原来这里的房屋完全是用石头搭成的，连房顶也铺的是石板。这里的人就住在这石洞里，简直像野兽一样；不过二三十户，听说全姓黄，是聚族而居，多半是猎户。

来到了这里，小贼上前一打听，本地的人倒不隐瞒，就说："那位老神仙才走啊！他是天才发明时来到的。这道岭上有一股便道，除了本地的人谁也不知道，可是他怎么会晓得？他就是从那股便道来的，他真不愧是个老神仙。他来了，我们这儿还有几个人等着他看病呢！我有十天没见着野物了，我也要叫他给占个卦，叫他卜我的运气，看看我应当往哪一方去求财。可是那老神仙今天一来到，就慌慌张张的，坐在那块石头上，仰着脸晒太阳，不爱理人。昨天上午朱小八又牵来了四匹马，说是由恶牛山牵来的，要往岭北去卖。老神仙那家伙刚才也不知看见岭上有什么东西，也许是他看见了鬼了，他立时抓了一匹马就跑啦！"

俞秀莲赶紧问说："他往哪边跑了去了？"

这庄里的人向西指着说："往西，就是这一股路！他才走了不大工夫，你们要找他有事，赶紧骑着马去追，还能够追上。可是，你们都是哪儿来的呀？都是恶牛山来的吗？焦大虎那小子怎么这些日也不看他的外婆来啦？他又弄上了个什么老婆，就把外婆给忘了吧？"俞秀莲却不答复他问的这些话，杨丽芳早已一马当先，向西驰去。

这时杨丽芳的心情加倍的紧急，因为知道仇人就在前面不远，她恨不得枪杆变得极长，一下就把那老贼钩着，刺下马来。她一手提缰，一手挥鞭，马极快，不多时就把那领路的小贼和俞秀莲全都落在后面了。

那小贼大喊道："不要忙！那诸葛高跑不了多远，他一定是跑到三清庙去了！"

俞秀莲也说："丽芳！你急什么？小心你又出了舛错，等一等我！"但她现在骑的这匹马却没有杨丽芳的马快，她的骑术虽精，也不济事。她真有些生气，暗想：这几年杨丽芳怎么养成这样骄纵的脾气？昨天那场教训她还不怕吗？费伯绅那贼，连别人不知的山上捷径全都晓得，多少人追捕，他都能从容漏网。这样诡计多端的人，对他还不得谨慎一些？遂又叫道："丽芳，你不听我的话了？"

前面的杨丽芳仍然不回答，其实她现在已是将马放开了，想收也收不住了。她挥鞭的手腕未尝不觉疼，登在铜镫上的双足，仍然有些不利便，但心却如同这马蹄一般突突地跳着，又紧又急地跳着，她只想着快些追上那老贼。

一瞬之间，她已走出了这股弯曲的山路。眼前是广袤的平原，中间有一条小径；就见眼前半里地之外，有一条黑色的马影，若不是正被阳光照着，简直看不出。杨丽芳愈是心急，愈加紧挥鞭，嘚嘚的蹄声就像落下来一阵骤雨那样响。她紧紧地闭着嘴，好像连气也不喘，箭似的追去。距离前边的马越来越近，前边的人马就渐渐放大了，那马上的人一回首，阳光照着飘洒的苍髯，就像狼的尾巴似的。杨丽芳一眼就看出是费伯绅，她高声骂道："费……你这老贼！"费伯绅抹回头去催马就走。

杨丽芳弯腰去摘枪，马鞭落在了地下，她也顾不得去拣，就挺枪紧追。又追下一里多地，就追上了，相距不过丈许，她就以枪向费伯绅的背后刺去，但没有刺着；她再将马催快些，自后又一枪，又是相差二尺多，又没刺着。费伯绅在前边马上发出如同夜猫子叫一般的笑声来，头却不回，只管催马逃命；杨丽芳更加紧去追。眼看着二马相离不过七八尺了，杨丽芳又一枪刺去，枪就如一条毒蛇似的猛钻费伯绅的后心。

不料费伯绅往后边抛来一条红绸子，杨丽芳座下的这马突然看见了异样的颜色，就一惊，把前蹄一掀，几乎将她摔下马来。就是这一霎的耽误，费伯绅的马可又跑出去七八丈远。前面是一片树林，林中有红墙掩映，费伯绅就直往那边去了。

这里杨丽芳手按住马头，再往前去追，可是这匹马一差了眼，再也不能耐心向前去跑了，只是不住地跳跃，抬着头长嘶。杨丽芳心中真如燃烧着烈火，急得要哭要叫，但前面的费伯绅已然逃远了，他将要走进那有红墙掩映的林中去了。他这时一点也不怕了，在马上回过头来，又向杨丽芳发出一阵嘻嘻的笑声。

却不料他的笑声未止，忽然身子一倾斜竟由马上坠下，马往旁边跳去了，老贼趴在地上，就再也不起。这边的杨丽芳反倒吓了一跳，觉得奇怪，怕是老贼又施用什么恶计。她就不敢贸然向前，便跳下马来，提枪走过去看，迈步都很谨慎；她唯恐老贼身有暗器，设有陷阱。但来到一丈以内，她就见费伯绅趴在地下，如同一只死狼似的，脑后中了一支弩箭，已溢出血和脑浆，但手脚都在抽搐着，还没有断气。杨丽芳怒火腾起，身子近前，一枪向老贼的身上扎去！她紧紧咬着牙，瞪着眼，及至看见费伯绅确已死了，胸头的怒火才降下，悲痛复起，哭了一声："爸爸，娘！女儿已替您们报仇了！"

第十四回　礼佛妙峰投崖尽愚孝
　　　　停鞭精舍入梦酬痴情

　　突然，见林中走出来一个身躯彪大的青年男子，她又不禁吃了一惊，疾忙抬起泪眼来看。自林中走出来的这个魁梧男子，身穿青褂短衣，腰间系着一条蓝色的绸带，上插一口带有铜环的宝刀，手持着一个不到一尺长的弩弓。杨丽芳看了，先是一惊，因见这人有些眼熟，继而细一辨识，才知道这是罗小虎；她倒呆了，不知说甚样的话才对。

　　罗小虎却面有愧色，向前走了几步，恭敬地说："现在仇已报了，请少奶奶快些回北京去吧！并请上复德五爷、德少爷，就说罗小虎在京之时多蒙包涵、照应。尤其是德少爷，前次我一时鲁莽，将他杀伤，蒙他不究，但我也实在羞愧。告诉他们，我日后遇着机缘，必要舍了性命图报！"至此时，杨丽芳就忍不住顿脚哭叫道："哥哥呀！"罗小虎也低着头黯然落泪。

　　此时俞秀莲已然骑着马赶来了，但只是她一人；那个领路的小贼，却因眼见前面就是三清庙，他怕这里的道士，所以不敢近前来，俞秀莲就打发他回到岭南去帮助史胖子和孙正礼去了。

　　当下俞秀莲一来到，见费伯绅已死，她就叫罗小虎暂把费伯绅的尸身藏匿起来。她又劝慰杨丽芳说："得啦！现在你的仇也报了，你们兄妹又见着面了！你们虽然自幼不同姓，可是确实是一母所生。在北京时，你哥哥是不知你嫁在德家，不然他不会做出那件事。那件事也过去了，你们都不要再记着了。丽芳你不是常说你孤苦吗？现在你可又有了一位亲胞兄!"杨丽芳听了俞秀莲这样的话,愈是哭得厉害,一边流泪,一边向罗小虎行了个礼,罗小虎却更惭愧。

罗小虎将费伯绅的尸身拉进林中,又向着红墙吹了一声呼哨,就见由那庙中跑出来了花脸獾。罗小虎遂就吩咐他去取锄头刨坑,将费伯绅的尸身掩埋,又将马牵到了庙里。好在这地方极为空旷荒凉,又远离着大道,所以他们在此办什么事,竟没有一个人瞥见。

当下因为俞秀莲问到罗小虎为什么也来到这里,罗小虎就不住地叹息。他请俞秀莲和杨丽芳进内去休息一会儿,便把他来到这里的前因后果,以及这庙中的情形,自己这些日来的抱负、意志,全都感慨地说出。

这座三清庙,即是北京西城隐仙观的下院,也就是那位曾在武当山修炼过的老道士募资重修的。现在这庙中的方丈,就是那位老道的师弟,此人道号慎修,俗名徐继侠,四川阆中县人,原是当年川北著名的侠客"阆中侠"徐麟的裔孙。他的父亲名徐雁云,已故去了,在世时却是老侠江南鹤的好友。

这个徐继侠幼秉家传,学得武当剑术,并会使一根铁棍。因为他们兄弟三人,他是最小,年轻时又犷悍无知,在家乡得罪了官绅;并因与人争夺一个女人,杀伤了人命,所以他才逃走于外,漂泊南北十余年,以在河南居住之时为最多,与杨豹也有过些交谊。只因为他练的是力功,不是练飞檐走壁,所以没出过什么惊震遐迩之事;且又生性冷僻,因此没有多少人知晓他的名字。后来他流浪得倦懒了,又忏悔少年之时所做的错事,因此才被那隐仙观的老道人度入道门,在此修真。

这五回岭本是个强人时常出没的地方,早先这座庙简直就是一个贼巢,无论多么道行高深的人,也在此居住不下。自从隐仙观那位老道人来,强盗们知晓老道人会武艺,他们才不敢来搅;其后,这位慎修道人来此住持,他的铁棍打伤过几个贼人,就更把贼人吓破了胆,这座庙周围一里地内从那时就绝无贼踪。

可是在去岁,费伯绅在恶牛山之时,曾闻慎修道人的大名前来拜访,在庙中布施了一些香资,并在此下榻约半个月,与慎修道人联络得甚好。费伯绅为人斯文儒雅,善谈吐,会应酬,又是三教九流无所不知,作赋吟诗提笔立就，因此慎修对他也相当敬佩。

　　费伯绅走后月余，隐仙观的老道人又来到，师兄弟二人偶然就谈起了"诸葛高"之名，隐仙观老道士听了却不禁微笑。原来这位老道人久游南北，各地的各色人等他无不知晓，那个以书吏出身、结交盗匪、惯用阴谋的费伯绅，更是瞒不了他。费伯绅的历史他全知晓，遂就告诉了师弟，嘱此后不可再与该人接近，但费伯绅也就没有再来。

　　隐仙观的老道士既知费伯绅与恶牛山的盗贼相结识，又想要像度化徐继侠似的，把罗小虎也度化得叫他割断柔情放下宝刀，来做道士，所以才由北京把他打发了来。此庙距恶牛山很近，罗小虎若能在此长住，必有与费伯绅相见的机会。老道人之意虽愿罗小虎清修，但并不拦阻他报仇，且有意叫他快将此事结束，并借以剪除人间一个巨憝大恶。

　　罗小虎此时本是心灰意懒，慎修道士让给他两间偏殿，令他三个人居住。沙漠鼠跟花脸獾知道这附近有强盗，虽然若说起来，也是他们的同行，但却不是一条路上的，连黑话都不一样。他们恐怕人家欺生，自己人单势弱，惹出麻烦来挡不住，所以都不敢出这庙门，天天只跟着他们老爷，除了吃饭，就是睡觉。

　　罗小虎因日与慎修闲谈，就提到了费伯绅，他就不禁愤恨起来，向慎修说："我家仇人的姓氏，我本来不甚知晓。二年之前，我的恩人高朗秋病故，在新疆且末城外有他自己立的碑文，上面就提到我家仇人的姓名，据说是姓贺。但后来，去年腊月我从新疆回来，路过山西漪氏县，在客店中遇着一伙河南客人，其中有两个是汝南的人，我就向他们询问杨家的仇人之事。他们说杨家仇人非只一个，除了姓贺的知府之外，还有个费什么绅。当时我没听清楚，再向他们问时，他们却用笑话岔开了。他们对这过去的一件惨事似是不愿多谈，且还有些顾忌，大概就是畏惧费某与绿林多有相识之故。如今道爷你所说的这老贼，必就是我的仇人！只是他既然改了名，诸葛高就是他，那我可听说此人现在京都了，可惜现在我已懒得再回那北京城了！"

　　于是罗小虎就赶紧派沙漠鼠重返京师，嘱他即速探明，帮助鲁君佩的那个诸葛高是否姓费；如果是姓费，那就叫他速去报告德少奶奶，以便报仇。

沙漠鼠走了，罗小虎依然意志颓唐，有时独自唱唱那首"天地冥冥降闵凶"的歌，就不住地欷歔感慨，且复自恨。因为他深深地明白，为什么自己偌大的汉子，一身的好武艺，唱了十几年的歌，却不能去报仇？他知道全是儿女私情累他成了这样！不是为玉娇龙的事，他就连刀都懒得摸；离开了玉娇龙，他的心神都不定。现在他已把玉娇龙的事情办完了，倒像是一切都已失去，一切希望全都断绝了似的，他整天觉得昏沉疲倦。

罗小虎在这里住着，没有人来扰他，他倒很是乐意；可是慎修道人要叫他束冠修行，他却不愿意干，因为他知道他绝修行不了，什么打坐、念经、炼丹等等的事儿，他绝干不下去。在他脑中时时浮现的就是新疆的大漠、草原，与玉娇龙的一夜温柔；前些日，隐仙观那一夜潇潇的风雨，在鲁宅临别时玉娇龙那种愁黯感泣的情景，他也一点不能忘记。所以他现在时常瞪着大眼睛发怔，几乎成了一个废人。但是他的宝刀、弩箭永远不离开身，这一来是习惯了，二来也是知道这地方附近的强人多，他又多财，有宝刀，所以他不能不防备。

今天的事原是凑巧，他清晨起来出了庙，正在林中徘徊，拿弩箭射树上的喜鹊，以排遣心中的愁闷。不料就见林外有一匹马跑来，马上的那个老头子，他原来不认识，可是后面追的那个拿枪直向前面扎刺的马上的少妇，他却认出来是他的胞妹杨丽芳。在一阵惊愕之下，罗小虎就猜出这老头子必就是费伯绅，必是被杨丽芳追赶得无路可奔，才想投到这里，来求慎修道人相助。他就突发冷箭将费伯绅射下马去，然后才出了树林，兄妹相见。迨俞秀莲赶到，他又将这两位女客让进了观中的偏殿。那花脸獾在外面掩埋了费伯绅的尸身，就来给他们烧水献茶。

俞秀莲又问了罗小虎许多话，罗小虎却答得不多，只是提到了玉娇龙的时候，他就发出长声的叹息。杨丽芳跟他虽是亲兄妹，他见了丽芳，却极为拘束，低着脸，总觉无颜面对他的胞妹。丽芳倒是说："哥哥，你把姓改回来，名字也换上一个，将来再谋一个出身好不好？我家跟邱侯爷家全可为你出力。不然，你可以到我干爹的镖店里去做个镖头？"罗小虎却摇头，不说话。杨丽芳又拭着泪，谈到嫁在正定姜三员外家为妾的姐姐丽英,他也不注意听似的,杨丽芳竟觉得她这个哥哥好像是个傻子。

杨丽芳跟俞秀莲在此歇了一会儿,史胖子就赶来了,说是请她们回到那庐舍去吃饭。他见了罗小虎,拍拍肩膀叫了声"虎爷",说:"你老人家的心我都知道!当年李慕白犯过你这样的毛病,可是现在他已然好了。"俞秀莲听了这话,脸上似乎有点儿红。

史胖子又说:"干脆!你老哥不如就在这儿出家吧,过些日我再叫猴儿手给你来做伴儿。好在像你们这样的出家人,也不必念经,刀还可以藏在袍袖里。"

俞秀莲见罗小虎的神态太是抑郁,史胖子这样跟他玩笑,恐怕他急躁起来;又兼杨丽芳见她的哥哥已成了这样,她也很是伤心,俞秀莲遂就说:"咱们走吧!现在的事情都已办完了,我们回到那里用一点饭,还得赶紧走呢。丽芳若在外面待的日子多了,也诸多不好!"又向罗小虎说:"再会吧!以后你如有什么困难的事,可以到巨鹿县雄远镖店去找我,我必能够帮你的忙。"杨丽芳又向他行礼辞别。史胖子拉拉他的胳臂,笑着说声:"再见!"罗小虎遂就把俞秀莲等三个人送出庙门。火热的阳光照在他们的脸上,但罗小虎的脸色依然是十分阴冷愁黯。

俞秀莲、杨丽芳、史胖子三人一同上了马,齐向罗小虎拱手,便一同挥鞭走去。他们过了山岭,回到那庐舍中,见孙正礼正跟那个被放的小贼和那姓郭的妇人都在院中吃饭。那妇人也不像昨日那么泼辣了,她只是求俞秀莲饶命,并说:"我愿意跟您去做个老妈子,只求您别杀我!"

俞秀莲却说:"本来我们没有杀你的心,只要你以后再别跟那些盗贼在一块混就得了,老妈子我们也用不着!"说着,望着杨丽芳笑了一笑,就一同进到厨房里去吃饭。

那个小贼自以为刚才他领路过山有功,早知道这几个人不至于要他的性命,他倒很放心,大口地扒饭吃,并说:"以后我要再跟强盗混,就叫我脑门子上长疔!"史胖子说:"我们走后,这房子也空着,你就跟这老婆在这儿过日子好啦!"小贼说:"哎哟我可不敢!郭大娘比我大十多岁,我不愿意再认个妈!再说这房子,谁爱来住谁就住,我可不敢,我害怕地底下那个大窟窿!"

正说着，忽听短墙外一阵马蹄急响，孙正礼立时又瞪起了大眼，抛下碗筷，抄起大刀。史胖子拦住他说："喂！喂！可别冒失！"蹄声停住了，由外面进来个脸上有刀疤的人，正是花脸獾。史胖子就笑着说："你怎么又来啦？莫非你是想跟我们回北京去吗？"

花脸獾摇头说："不是！我们老爷叫我追上俞姑娘、德少奶奶，有点事情托付。"

俞秀莲在厨房里说："你就在窗外说吧！"

花脸獾遂站在院中大声说："我们老爷来托求俞姑娘和德少奶奶，如回到北京城见着玉娇龙，就把我们老爷现在住的这个地方说一说；如果她能来，请她千万来一趟，再与我们老爷见上一面。反正我们老爷也说了，他将要在此住一辈子啦，永远也不想往别处去啦！就是过个十年八年，玉娇龙再来，我们老爷也一定还在这儿等着她。干脆的一句话吧！叫她别忘了沙漠、草原的事情就完了！"

俞秀莲在窗里说："好吧！我们回到北京之后，一定要把这些话告诉玉娇龙！"

史胖子推了花脸獾一下，说："你们那位老爷到现今还是不死心呀？"

花脸獾摇了摇头，叹息着说："没有办法！"他又到那三间屋里去看了看，出屋来笑着说："不错呀！以后这屋子谁住呀？"

史胖子笑着说："你在这儿住好不好？这儿还有现成的媳妇！"说着一指那妇人，又指着花脸獾向妇人说："他可真有钱！你别瞧他这样儿。"妇人也抬起头来，瞪了花脸獾一下。

花脸獾拿手摸摸他脸上的刀疤，就笑着说："史老爷别开玩笑，正经我要问您的，那水池里的几只鸭子，有主人没有？"

史胖子说："这你可泄了气啦！怎么念记上人家的鸭子了呢？大概也是跟你们老爷在道士庙里住了这些日，把你给馋的？得啦，你就抱走一只开开斋去吧！"花脸獾就很高兴地抱着一只鸭子走了。

少时，众人用完了饭，俞秀莲还发给那小贼和妇人一些银钱，劝他们以后不要作恶，遂就一同乘马走去。他们到了房山县内，见一家店房里停着一只灵柩，原来那贺颂已因伤身死，灵停此处，赶车的往良乡报丧去了。他们又往东去，在路上便遇见了杨健堂、猴儿手和雷敬春，他们是由雷敬春带领着要往恶牛山去。

两下会着了面，便找了一家客店歇下；俞秀莲述说了这两日在恶牛山、五回岭所做的那一切事情，然后便决定今后各人的行止。俞秀莲是不想再回北京去了，想从此就南下回返巨鹿，杨丽芳却要到正定府去看看她的姐姐，俞秀莲就说："如今你们父母的大仇已报，又认了一个哥哥，也应当去告诉你姐姐一声。那么请杨老师带着你，再往河南走一走。到了正定，咱们分手，等你看完姐姐，再由杨老师带着你回京。"杨健堂也点头。

现在只是雷敬春一人无处投奔，而且他的衣食都没有着落，杨健堂就说："我可以请你在全兴镖店做个镖头，孙兄弟先同他回京去吧！下月初旬我们必可在京会面。"于是大家在这客店里宿了一夜，次日就分别起身。

史胖子是手里永远有钱，可永远没有准定的归宿。猴儿手本来也是应当回北京，可是他又怕见李慕白，倒跟史胖子要好，于是他就决定跟着史胖子走。所以孙正礼、雷敬春往北；俞秀莲、杨健堂、杨丽芳一同南下；史胖子跟猴儿手反倒往西，因为史胖子是山西人，也许是带着猴儿手到他的老家去住了。如今，算是刀兵具息，仇恨全消，人轻马缓。

杨丽芳在正定府她的姐姐家中住着，把小外甥抱着玩了几天，一切事情也都又悲又喜地向姐姐说了，她便随着杨健堂又北返。路上几日，这日来到了彰仪门关厢，杨健堂先找了一家店房，叫丽芳进去歇着，他就骑马进城。过了些时，由镖店里雇来了车，把杨丽芳接进城去，送回到德家。

杨丽芳离家约半个月，如今一回来，是满身的风尘，又黑又瘦，但是精神却很愉快；早先她时常凝结的两道纤秀的眉毛，此时也展开了。见了公婆，她便流下来感激的泪，说了说路上的事，但没把事情说得过于紧张、过于凄惨。偷眼又瞧瞧她的丈夫，露出来一点嫣然的笑容。

德大奶奶却说："幸亏你今天回来！不然明天就许叫人疑惑你这些日子是没在家。玉宅的太太已然故去啦！在家里停九天，明天是伴宿，后天就发引，预定在德胜门外广缘寺停灵。接三的那天我去行人情，因为你没跟着我，就有许多人向我问你。我说你病啦，在家里不能出来，别人还以为你有了喜。"杨丽芳的脸又一红。

德大奶奶又说："今儿你在家里好好歇一天，明儿我带你到玉家去吊祭，叫亲友们也都见见你，你出外这些日子的事情不也就掩弥过去了。"杨丽芳答应着，但是也并不休息，她换了衣服和佩饰，伺候婆母，服侍丈夫，反比往日有精神。当晚闺房灯畔，她又把在外报仇的详细情形，低声向她夫婿述说了一遍，文雄也颇喜他妻子的英勇。

次日午饭之后，她就跟着她婆母按照与玉宅老亲戚的关系，都穿着细布的孝衣；两把头虽然仍是金簪子，可是未戴花朵；脸上只擦粉未染胭脂，就坐着家中的车，往玉宅去了。此时天气虽仍然很热，但一阵一阵的风儿吹来，已有点儿秋意了。

到了玉宅大门前，就见高坡上搭有牌坊，飘着素白的绸子；门前停着素车白马，出入的人全都穿着孝衣。里面咚咚打着鼓，悲哀地奏着管乐，显出来一种惨黯凄凉，与两三月前这里小姐出嫁时的景况完全不同了。杨丽芳被仆妇搀着下了车，随着婆母往门里走，对此情景，心里也不禁感到难过，并想：回头我应当怎样对玉娇龙说出我哥哥罗小虎所嘱托之事呢？

当下，苍凉的鼓声、哀婉的乐器声把她们送进了里院。里院搭着过脊的高大席棚，四壁悬着蓝绒的幛子和白纸的挽联；这全是各位显官要员送来的，都用着"驾返瑶池""福寿全归"等等的辞句。正中是灵台，有白布幔帐掩着，楠木棺椁前有三桌供菜和素花、白银五供等等。素烛高烧，香烟缭绕，白布幔帐里却传出一阵阵震人心弦的哭声。

杨丽芳随同婆母在灵前奠过了酒，行过了礼，就有穿着孝衣的女仆来搀扶她们。搀杨丽芳的是一个丫鬟，倒把杨丽芳吓了一跳！因为这丫鬟她认得，这正是所传随同玉娇龙外出，假作玉娇龙的太太的那个绣香。她不由得心说：她怎么回来啦？绣香却带点笑说："德少奶奶您的病好了？您请到屋里歇着吧！"德大奶奶瞧见她，神色也有些惊疑。

她们婆媳随同绣香进到白布幔帐里，这是三间正房，就是玉太太早先住的那房子。左边的里间是孝子宝恩、宝泽和孙男等在那里跪灵；右边里间却是女眷，有大少奶奶、二少奶奶和孙女们，那受伤的蕙子却因伤转病，情形危殆，没在这屋里。在炕头上还坐着一个人，这人见了人来，也不知道起立。她是梳着少妇的旗髻，身穿粗布孝服，头上戴的是白银簪子、白银耳坠，并戴着一个孝箍儿；按照她穿的孝来看，就知道是亡人的亲女，本宅的姑奶奶了。

这玉娇龙，芳颜苍白、瘦削，可倒显出出眼睛是更大了；她一手放在红木的炕桌上支着头，另一只手拿着一块绸子擦眼睛。德大奶奶同杨丽芳跟跪在褥垫上的两位奶奶，说了半天话，安慰了半天，玉娇龙依然不站起来，依然连眼皮都不抬。倒是绣香过去，低声说："德宅太太、奶奶来啦，您见见吧！"玉娇龙这才懒懒地站起身来。

德大奶奶过来拉着她的手说："你就少烦恼吧！老太太的年岁也到啦，儿女孙男都已成行，身后也没有什么不放心的。你就往开了想吧！你的身体更要紧！"玉娇龙更是汪然流泪，情致颓废，连话都懒得说；别人劝她什么话，她只是点头。

绣香常伴着她，她的嫂嫂们又都在眼前，亲友中的女眷纷纷地出入。杨丽芳在这里又是个小辈数，她的心里虽然存着话，而且还许是玉娇龙所急于愿听的话，但她绝没有机会能够说出，心里头觉得慌急万分。少时就被仆妇请到女客休息的屋内，这里有许多亲友，多半是梳着素头，穿着孝衣，喝着茶抽着烟，亲家鲁太太可是没有来。德大奶奶跟人叙了一些寒暄的话，杨丽芳是跟着几个同一辈数的女客们到另一间屋里闲谈去了。

这时屋外是男女客纷纷前来吊祭，临时支搭的经台上，乐器也开始响了，还有叮当叮当的钟鼓声、平缓的没有什么抑扬顿挫的诵经声。和尚念过一遍经后，又是清细声音的女尼，再次则换了一番高昂激楚之声。杨丽芳跟几位年轻的奶奶都扒着玻璃窗往外偷看，见有九名道士，个个身披锦绣的水田衣，有的手捧宝剑，有的手托如意，钟磬齐鸣，经声齐唱，在灵前转了一周，又回到那支搭得很高的飘着素彩绸的经台上去了。接着又是番僧喇嘛，一个个戴着黄缎的冠，吹着一种一丈多长、声音如牛吼一般的大喇叭，敲着有圆桌面大小的皮鼓，吹着呜呜的海螺，念着像潮风鸣起一般的经咒。

院中男客纷纷往来，穿孝的少，穿官服戴红顶花翎纬帽的人多，可是没看见玉大人。只见鲁君佩穿着一身肥大的粗布孝衣，被两个男仆搀着，他的口眼都有点歪斜，行动更是艰难，简直没人搀架着他就走不动了。因此许多人都在旁悄悄地谈论，原来玉、鲁两家前些日所闹的事情，几乎无人不晓，不过都在背地里抱怨玉娇龙，说："要不是她，两家不至于成了这个样子，鲁姑爷也不至于弄成个半身不遂，玉小姐蕙子也不至于叫强盗杀伤。玉大人不是为女儿的事，哪能丢官？哪能现在病得不能见客？连玉太太的死，还不是因为女儿的事太叫她伤心所致吗？"

忽然，邱少奶奶来到了，在灵前行过了礼，也去见了玉娇龙。然后又来到女客的屋里，同许多女客谈了一阵，就来找杨丽芳。她急急慌慌地把杨丽芳拉到了一旁，悄声问说："你是几时回来的？事情都办完了吗？"

杨丽芳倒吓了一跳，脸一红，点点头说："事情办完了！"又用极小的声儿说："我是昨天才回来的。"邱少奶奶又问："俞秀莲也回来了吗？"杨丽芳说："没有！俞姑姑是在正定府我姐姐家里跟我分的手，她自己回巨鹿县去了。"

邱少奶奶点点头，转身要走，杨丽芳却叫了声："邱婶母！"邱少奶奶又回身，杨丽芳赶紧上前去，向窗外指了指，惊疑地悄声问说："绣香她怎么又来到这儿啦？不是听说她跟着她们小姐出外了，没有下落吗？"

邱少奶奶低声告诉丽芳，说："原来她们走出了很远，到了柳河村，住在一个姓祝的乡下人家里。那姓祝的家里的老太太，原来就是我们家里早先用过的那个祝妈，这个人你不知道，你婆婆见过她。玉娇龙把绣香安置在那儿，她就又出去胡闹去了；可是绣香在祝家等她小姐多日，也不见回来，她也不能往别处去。不知怎么着，最近李慕白忽然找到祝家去了，把她的小姐在鲁家又做了少奶奶的事情告诉了她。她就求那祝妈的儿子把她送回北京，先到了我家里，我才知道她们在外边的一切事情，这是前天的事情。现在那祝妈的儿子祝老头儿，还在我们家里住着，没走呢！

"绣香那丫头倒很有良心，她听说她们太太病故了，所以她又赶紧到宅来吊祭、帮忙。她是昨天在我们家里歇息了一日，我派人跟这儿的大少奶奶说好了，玉大少奶奶允许她回来，她今天一早才到的。办完了事之后, 我想她们宅里的人对她一定有一番审问, 可就不知道她是肯不肯实说了! 反正, 玉娇龙会飞檐走壁, 有一身江湖的本事, 已是瞒不住人了, 她跟罗小虎的事情也是尽都晓得了。

"听说玉太太的死, 自然是因为病, 可也是为那口气; 她没想到她的女儿, 一位千金小姐, 会爱上一个大盗。现在罗小虎还是千万别在京城露面, 许多大官都要派人拿他, 要给玉、鲁两家出气。还有, 那陪房过去的丫头吟絮, 现在病也好了, 也会说话了, 现在里院服侍蕙小姐的伤病; 她可不敢再见玉娇龙, 那天在洞房里玉娇龙是怎么用点穴把她点倒的, 玉娇龙是怎样走的, 她一句话也不肯对人说。

"你没看吗? 今天来的这些女客, 谁又敢跟玉娇龙接近? 大家一半是怕她, 一半是不满意她, 瞧不起她。将来她那两个哥哥一丁忧, 她爸爸再一死, 我看就没有人再跟她家来往了。婆家虽然没休了她, 她可也没有脸再去住了, 我倒看着她怪可怜的! 早先她才到北京的时候, 那时多风光呀! 多少人羡慕她妒忌她呀! 现在别人可都称了心啦!" 正说着, 有别的女客走过来, 邱少奶奶就立时止住了话头, 杨丽芳便又过去伺候她婆母。

男客女宾, 老老少少来得更多, 经声乐器, 一阵比一阵嘈杂, 亲眷们的哭声愈惨。直到晚间 "送圣", 到外面去焚烧了大批的纸扎楼库; 有人见玉娇龙始终是在那儿坐着, 整整的一天, 她对任何人连半句话也没有说。天黑了, 除了至亲, 其余宾客如德大奶奶、杨丽芳和邱少奶奶都已散去, 各自回宅。二更以后, 家属辞灵, 哭声齐起。姑奶奶玉娇龙跪在灵前, 哭得连断了两次气, 都是被人点着了草纸熏救才活过来, 但是她仍然半句话也不出口。

夜深, 玉娇龙仍在她早先的闺阁之内寝居, 这屋子的后窗户和那有着活板, 早先在其中曾藏过宝剑、夜行衣、《九华拳剑全书》的木榻, 叫她看了, 都一阵阵的刺心。床的隔扇心上裱贴着的字画犹存, 被银烛照着, 字是笔力遒劲, 画是清远秀丽, "意云轩主人" 的图章, 朱色如新。"意" 即是 "忆", "云" 就是 "半天云", 这只有她自己知道。那半天云蹂躏了她的青春, 扰乱了她闺中安静的生活, 破坏了她家庭的天伦之乐; 但是那雄壮、伟岸、粗暴激昂慷慨亦复缠绵有情的 "云", 又使她绝忘不了。她不由躺在床上，伏在枕边，又呜呜地痛哭起来。

这时有仆妇钱妈在旁伺候，钱妈是伺候玉太太的旧仆，向来极得亲信。玉太太临殁之时，曾嘱咐过玉娇龙说："孩子呀! 早先的事全都不怪你，是怪我管教不严，你须以咱家的门第为重呀!"姑奶奶从那时起，泪就没有停，到如今已然整整九天了。这九天之内她就没有怎么吃饭，也没有怎么说话，谁劝她也不行，而这时她哭得更厉害。钱妈在旁忍不住地擦眼泪，真怕姑奶奶会因此哭死了，遂就走近床前，婉言劝解，说："姑奶奶您就免忧吧! 咱家的太太一定是到西天成佛祖去啦! 您要是好好的，往开了去想，太太在西天如来我佛的座前听着经，也就安心了，不然太太可是不能够瞑目，魂灵也得永远念记着家里。您是个知书识字的人，难道您还不晓得这点道理吗?"

钱妈的这一套话，连她自己都听熟了，向姑奶奶说了已不止一遍。但玉娇龙从未往耳里去听过，随便什么人用话来劝，也是宽解不了她的悲痛紧蹙欲碎的心弦。钱妈在旁是干着急，依然絮絮不断地劝说着。

忽然屋门一响，软帘一掀，进来了一个穿白孝衣梳着长辫子的女子。钱妈定睛看了看，才看出来是绣香，她就叹着气，说："绣香姑娘，你看看咱们的姑奶奶，要是这样哭下去，不就哭坏了吗? 你是走了这些日才回来，你是不知道呀! 唉，我在这宅里伺候了二十多年，由北京伺候到新疆，由新疆又伺候着回来，真没想到一年之内，这大宅门会成了这样，叫咱们当下人的瞧着也伤心呀!"

绣香却暗中摆了摆手，说："你别着急! 这样是越劝越不行。小姐的脾气你不知道，你先歇着去吧，让我来劝劝，也许行!"钱妈擦擦眼泪，说："早先你就不该走! 你要是陪房过去，后来也许没有那些事!"绣香赶紧又摆手，悄声说："别再提这些话了! 快出去吧!"她连推带劝，叫钱妈出了屋，随手将屋门关严，上了插关，然后慢慢回到了里屋。

屋中的素烛光焰惨黯，比柳河村祝家小屋里的那盏油灯还要昏暗，灯花已结得很长，她故意不去剪，就走到床前，轻轻地拍了玉娇龙一下，说："小姐! 咱们在外边遇见了多少灾难，全都闯过来了。现在太太虽说是归西去啦，可是您还年轻，以后您爱在娘家就在娘家，爱在婆家就在婆家;若都不爱,我还跟着您出外,您不是想往衡山去吗?"

玉娇龙听出来劝她的是绣香,就翻过来身,瞪着两只又红又肿的眼睛四下看了看,蓦然坐起身来,低声说:"我正要问你呢!你在祝家住着,我又不是没给你留下钱,你跟祝家的人又都挺熟和,我就是走了,你也应当在那儿住着;若是你不愿意在那儿住,也应当回桃峪你自己的家里去,何必回来给我丢这个人?你以为别人不知道你是跟我走的吗?恐怕现在连钱妈她们全都知道了!"又瞪着眼悄声问:"我那只首饰匣你带回来没有?现在你搁在哪儿啦?搁的地方稳妥吗?"

绣香却现出来一种惊慌的神色,簌簌地流下眼泪来,她嚅嚅地说:"我就是为这件事,才赶紧回来告诉小姐;要不然没有小姐的话,我也绝不敢离开祝家,现在我还得在那儿住着呢!自您走后,祝大哥他们还是天天找雪虎,可是怎么找也找不着。"

玉娇龙叹气说:"一只猫,丢了也就丢了,现在我也不想要它啦!就是首饰匣,难道现在你没带回吗?还在祝家的炕洞里搁着吗?"

绣香说:"我带回来啦!可是,初三的那一天,柳河村的祝家去了一个人,就是跟您比过剑的那个有三绺黑胡子的人。"

玉娇龙一听,立时变了色,疾忙问:"哪一个?是李慕白吗?"

绣香说:"是!他自己说是姓李,那人倒是还和气。他去了就找我,说是没有别的事,就是跟我要什么《九华拳剑全书》。我说我不知道,我们小姐走后就留下衣服跟被褥,没有留下别的东西;他也没有怎么磨烦,就走了,我就没在意。晚上祝二嫂跟招弟请我到她们屋里去斗纸牌,我离开屋子的时候,还把屋门锁得很严……"

玉娇龙听到这里,就把床连捶了两下,说:"咳!咳!"急叹了几口气。

绣香又说:"回屋之后,因为门锁没出什么毛病,我就又没介意。那首饰匣不是你不叫我常拿出来看吗?我想一定还在炕洞里,绝没有错。我就把屋门顶得很严,还有招弟陪着我睡;我因为心里挂念着您,那一夜还没怎么合眼……"

玉娇龙更发急说:"你就快说吧!是匣子里的书丢了不是?"

绣香啜泣着点头,说:"原来在那个时候,首饰匣早就丢了!第二天一清早，姓李的又到祝家去拍门，他就拿着您的那首饰匣，可是已然给启开了。他说昨天被他取去，但匣里的首饰他一点也没动，以后若发现短少了，他还可以赔；可是匣子里有几本书，那本来是他的，他已收回去了。祝大哥、祝二哥本来要揪住他不依，可是又听他说小姐您已经回到了北京，又在鲁家当了少奶奶了，别的话都没说，他就走了。我们怕他有点来历，又因为知道他的本领大，就没敢惹他。

"后来祝老头儿觉着我在他家里住长了不合适，就劝我回来。我也想，得把书给人拿了去的事情告诉您，我就叫祝老头儿雇了车把我送回来啦！祝老头现在还在邱府没走，他也是想见见您，交代交代在他家丢了东西的事。可是昨儿我在邱府，就见那李慕白去找邱小侯爷去了，像位贵客似的。大概依着邱小侯爷，还不叫我回这宅里，说是什么怕再出麻烦。邱少奶奶又嘱咐我，那丢书的事，只要您不问，就暂且别提。可是我想，小姐您虽然因为太太死了，也顾不得这件事啦，可是，书是教我给弄丢了的，我哪敢不告诉您呢！"

绣香说这些话的时候，声音是又低又慢，说完了恐怕她小姐立时就有严重的责罚降在她的头上，但玉娇龙只重复地问了一句："书是全丢了吗？匣子里一本也没有了吗？"

绣香拿孝衣的衣襟擦着眼睛，悲声说："全丢了！就剩了四付镯子、六副耳坠、十个戒指……"

玉娇龙摆手说："不必细说啦，那点首饰我也不要了，我全都赏给你啦。我问你，除了李慕白，还有人去找你没有？你没见着有一个姓罗的吗？"

绣香发着呆，摇头说："没有啊！"

玉娇龙深深地叹了一口气，只说："你服侍我睡吧！"

绣香遂赶紧替小姐脱去了孝衣，并脱去了鞋。玉娇龙却不解内衣，就颓然地往床上一躺。绣香又把蓝色的缎被为她盖好，把她头下的枕头垫高了一些；在昏暗的烛光之下，就见玉娇龙已不流泪，双目紧闭，如同死去了一般。绣香想着小姐那样一个生龙活虎的人，如今竟成了这样，倒不禁有些害怕。她轻轻将幔帐掩上，然后持着灯到套间去睡。这时窗外棚下还有灯光，有守灵的人在那里按着时候烧纸，四下却寂静无声。

这一夜过去了，便是出殡的日子，宅里的人全都特别忙碌。门外的杠夫是很早就来了，土坡下一片吵嚷声，能够传到最深的院落。和尚、尼姑、道士、番僧也都到来诵经，不过今天他们诵的经却很匆急，仿佛是催着灵柩快点走似的。亲友也来了不少，也都坐立不安似的。

待了一会儿，玉宅全家男女及幼小，衣冠似雪，围住了棺材，一齐号啕大哭，连仆人都落眼泪。那玉大人叫一个仆人搀扶着，也到灵前顿了顿脚，又大声喊着："快些吧！快叫人进来把棺材抬走，要哭你们到庙里再哭去！让我耳根清静点，叫我眼前也……也换换别的东西，不然我也非得死不可！咳！家门不幸啊！"又一顿脚，几乎把灵台的浮板踏断。这位老将军戎马一生，向来是威严显赫，没有这样过。他顿完了脚，便双泪直垂，泪水都流到苍白的胡子上，跟个小孩子一样地哭，亲友们赶紧上前劝。宝恩、宝泽全身重孝跪在灵前，几乎哭昏了过去，倒没人顾得来劝他们了。

玉娇龙是独自一人躲在她自己的屋里，只有绣香在旁，听到外边的哭声、嚷声和杂乱的劝慰声，她的脸色一阵一阵地发白，白得像她身上穿的孝衣一样颜色。这些日她都是以泪洗面，但如今她的眼眶里却连一点泪水也没有。

少时外面的声音都停止了，反现出一种肃穆、凄惨的气氛；是杠夫进院来了，用红绳子捆上棺材，好慢慢地往外去抬。杠夫头儿敲打着清脆的响尺，众人都随着棺材往外去走，仆妇也来请玉娇龙，说："姑奶奶！您请出门上车吧！"玉娇龙连眼皮全不抬，头也不点。于是绣香便上前来搀扶，慢慢往前院去走。还没有走到门外，听门外面又发出一片哭声，真能将铁石之心全都震碎。玉娇龙忽然一声悲哽，双肩发颤，绣香赶紧把一块新的白绒手绢递给她，玉娇龙就用此掩住了面。

此时玉太太的楠木棺材已放在杠上，上罩以文彩斑驳、骧龙起凤、奇伟瑰丽的棺罩，六十四名杠夫换班抬着，就仿佛抬起来一座建筑宏伟的大亭子似的。前面是全份的仪仗，是开道的锣、旗、牌、伞、扇、金瓜、钺斧、朝天镫，鹰、狗、骆驼、缠马、单钩、影亭、小轿、松狮、松鹤、松亭，还有许多纸扎，其后就是敲打着各项乐器的僧道了。

送丧的人很多，都是些贵官、显宦，京城中的名公子、阔差官，灵柩前面步行的两位孝子又都是知府，更为人所称赞。在官罩的后面就是送丧的女眷，都坐着骡车，一共三十多辆，鱼贯着走；前面的几辆都蒙着素白的车围，其中有一辆就是姑奶奶玉娇龙乘坐的。这支大出丧的队伍直占满了一条大街，前面的开道锣已走出了德胜门，后边的官罩跟玉娇龙乘坐的白车还慢慢地才离开大门不远。

路两旁已是人山人海，看热闹的万头攒动，比上次这里的小姐出阁时可又热闹得多了。因为那时玉娇龙还没有如今这么大的名气，如今真有由十里地之外赶到这儿来看的，大家想看一看的还是玉娇龙。然而玉娇龙只是在走出大门之时，一手掩面，一手被绣香搀扶，神龙似的一闪，她便进车里去了，给人的印象只是她那身穿雪白的纤纤俏影。她那绝世的容貌，观众们却没有眼福，然而大家却仍蠕动地跟着。有的人还怕今天再跳出一条莽汉来，拿弩箭射白车；可是直到了德胜门外广缘寺，一路上幸是平静无事。

这广缘寺的面积颇大，是一处有名的禅林。但在其东，土阜隆然，上有枣树丛生，鸦群飞噪，那就是辽金的城垣遗迹，俗名为"土城"。去岁，刘泰保、蔡湘妹初会碧眼狐狸，玉娇龙镖伤蔡九，便是在这里；这是他们昔日的战场，是玉娇龙初露锋芒，惹下后来种种的争斗、纠纷、苦难的所在。玉娇龙在庙门前下车之时，一眼就望见了此处，不禁感慨万端，但勃勃的雄心却又自心底翻起，心想：我真就这样一辈子算完了吗？

玉太太之灵柩停在庙中的西庑，当日又设祭开吊，诵经烧纸。直到傍晚之时，人才渐渐地散去，庙中才恢复了平日寂静；只留下玉大少爷宝恩在庙中住着守灵，其余的人全都趁着天还未黑，赶紧坐车进城回宅。在路过土城之时，玉娇龙在车上扒着车窗又向外投了一眼，只见彩云如血，晚风如刀，乱噪的群鸦似江湖上的那些小盗、草寇，乌合之众。而秋风吹起来沙尘，吹着一望无边的秋禾，又令她想起遥远的大漠和草原。牧羊人在何处吹着芦笛，悲凉凄楚，如豪士之悲歌，她心中又不禁一阵酸楚。

玉娇龙姑奶奶本来不是玉宅的人了，回到玉宅后，她应当至多在这儿再住一天, 或是当日就坐着车回鲁宅去; 但她不但不回去, 连跟她来的鲁宅的一个仆妇、一个丫鬟, 她全都给遣走了。她就在娘家住着, 只让绣香服侍她。她除了有时看看侄女蕙子的伤势, 以她私存的刀创药亲自给蕙子医伤, 就不再做什么别的事, 连跟她的大嫂、二嫂谈话都很少。因为丧事才过, 父亲已然辞官, 两位兄长又都丁忧家居, 所以对外也没有什么应酬, 大门也终日掩闭。深深宅院, 充满了岑寂萧条, 外面什么事她也不知道。鲁宅除了仆妇还时来看看, 鲁太太、鲁君佩是绝对不来了, 仿佛两家的亲戚已无形断绝。

秋雨连秋风, 严霜降过之后便落了大雪, 气候一天比一天寒冷; 廊下菊花百余株, 什么时开的, 什么时谢的, 也无人经意。玉娇龙不但多日未读书, 连武艺她也不习练了。有一次钱妈给抱了一只猫来, 一身的黄毛, 大圆的眼睛, 长尾巴; 对着太阳光一抚它的毛, 身上就像是冒火星儿, 真跟个小老虎一般。钱妈原是为给姑奶奶解闷, 绣香也很喜欢, 说是比雪虎还好, 但玉娇龙连瞧也不瞧, 摆手说: "快抱出去! 快抱走吧! 我这屋里不要! "

她每日身上穿着青素的衣裳, 粉也不擦, 素花也不戴。从清早绣香给她梳过了头, 她就坐在一把红木的铺着厚棉垫的椅子上; 眼前摆着一个黄铜镂着花儿的炭盆, 用木架子支着, 旁边是一竹篓儿木炭。她拿着带链子的铜筷箸, 夹了炭往盆里续, 拨拨灰, 扇扇火, 有时把几块炭搭成了个小房子似的, 为叫它燃烧得更旺; 有时又拿铜筷箸在灰上画, 仿佛写字似的, 写着写着就许流泪痛哭; 有时啪的一声铜筷箸飞了出去, 正正插在床隔扇上画的牡丹花心上, 绣香还得给她把筷箸捡回来, 弄得绣香也是一阵阵着急, 一阵阵害怕。玉娇龙就这么天天过活着, 饭蔬茶水都得送到她眼前她才吃, 不送她也不要; 而且饮食方面也不像早先那么挑剔了, 衣服鞋袜虽仍要干净, 但不再讲究。

到了冬月, 新年已近, 蕙子姑娘的伤已然好了。这天仆妇林妈抱着她来了, 还有吟絮拉着蕙子的四岁的弟弟刚儿, 但吟絮却没敢进屋来, 林妈说: "大奶奶叫我抱蕙小姐来看看姑娘! "刚儿也揪着玉娇龙的衣襟问说: "姑姑, 你在屋里净干吗? 跟我去抬棺材玩, 好不好? "玉娇龙惨然一笑,很亲热地拉着侄子的手。

突然蕙子又问说:"龙姑姑,那一回我们住在庙里下雨闹贼,您那时怎么穿着那样一件衣裳呀?伤了我的那个女贼,您把她捉住了没有啊?"玉娇龙听了面色突又一变,一阵发紫,绣香赶紧找出个绣花的荷包来给蕙子玩,才算把话岔开。

可是那刚儿混头混脑的又爬到椅子上站着,大声嚷嚷说:"我要学龙姑姑上房!我也会使飞镖!"绣香赶紧抱他下来,仆妇林妈吓得赶紧抱着蕙子就走了。玉娇龙却直着眼又发了半天怔,然后长叹一声。

过了些日,就到了岁暮。去年此时,是她与刘泰保斗得正厉害的时候。那时她就已然想到家门的名誉为重,自己的身份要紧,不可给母亲添病,令父亲着急;就已然决定洗心革面,销声匿迹。但不料罗小虎又来了!"罗小虎呀……"她一想起来罗小虎,就已不再是气愤,而是一种悲哀。她忘不了罗小虎的深情,更不能不佩服罗小虎的胆气,又不能不忆起草原、沙漠、古庙和他那舍身仗义、持刀焚契、爽快而谈、慷慨而去的往事,并且牵挂他那渺无下落的雄躯和失意飘零的身世。

但一这样想念起来罗小虎,她就会想起母亲垂殁时的嘱咐,仿佛又听到母亲用微弱的声音嘱咐:"明白的孩子呀!你须以咱家的门第为重呀……"那意思就是不叫女儿再去接近那大盗罗小虎,而改嫁大盗,更是忤逆、狂谬的幻想。然而她又无法将那大盗的形影由自己的脑中剔去,深闺锁不住她一颗驰放的心,冷泪灭不了她重燃的爱情,炉灰掩埋不了她的长恨。

斯时,父亲玉大人病势又重,在病床上还愤怒地骂人。别人他都不骂,他只骂高云雁,仿佛高云雁跟他家有不共戴天之仇似的。其实除了几个在新疆住过的仆人,知道高云雁就是那个风雅文弱、有点胡子、走路迈方步、说话爱撰文的高老师,别人全不知他骂谁啦;高老师早就死在且末城了,就说他娶过一个老婆碧眼狐狸,是个女贼,可是与他也没有多大相干呀?然而玉大人是骂上了他啦,一天至少要骂十遍,并且誓与女儿不再相见。仆人们都瞒着他,只说:"姑奶奶早就回婆家去了!"

玉娇龙却对她父亲的病体十分关心,并引起她的悲伤和愧恨,她想:

母亲是因我而死的,我不可叫父亲也因我而死。但她自己不通医书,又不能亲为父亲诊病,煎药都另有管水房的仆妇们负责,她想要割股疗疾都不能够。良心的责罚,使她在百般无计之下,只有依赖神明。她开始动起笔墨,每天要写一篇金刚经;并且许下心愿,如果神佑老父病愈,明年四月,自己要到金顶妙峰山去进香朝顶,舍身跳崖。

在凄凉情景之中就把新年过了,玉大人的病势益形危殆。玉娇龙于十五灯节的那一天,要赴东岳庙烧香为父亲求寿。但,才过了初十,鲁宅托来一位亲戚见玉大少爷,话虽未说明,可是意思已然表露出来,就是说:"两家的亲戚既然走到了这个地步,鲁家少爷的病是也不见好,这里的姑奶奶又不回那里去了,两下这样分离着也不像话,而且又容易招出外面的许多闲言闲语。假若这里的姑奶奶是拿定主意不再回婆家了,那就不如打断了关系;鲁家把嫁妆退回,这里把定礼拿出,那么,也不能算是鲁家把少奶奶休回去。以后新亲虽断,老亲的关系可还仍在,依旧常来往着。"

玉大少爷立时就认为这件事情办不到。鲁家虽然不在乎,休了儿媳妇,免去了若干麻烦,并且鲁君佩的病倘若好了一点,他仍然能娶名门之女;可是玉家的脸面太难看,家中有被退之女,于子弟们的前程都有妨碍,所以向来人答应设法劝妹妹回婆家去就是。鲁家拜托的这个人走后,玉宅的大少爷、二少爷就互相商量,当然两位少奶奶也参加讨论,结果就是由两位少奶奶去向小姑劝解。

玉娇龙对于大家劝她回婆家的事并不反对,可是她说:"我在娘家住着不是没有原因的,我是为伺候我爸爸的病,只要他老人家的病好了,我立时就回去。"

她这样一说,理由也是相当地充足,玉宅就以此回复了鲁宅。鲁宅当然也无话可说,但是鲁太太和那病得已成了残废的鲁君佩都不再盼望玉娇龙回去。因为过去的事已使他们胆战心寒,都知道玉娇龙不但自己会武艺,她还有许多朋友都是飞檐走壁、鬼没神出;尤其是罗小虎——她的情人,简直无法对付,所以谁把她娶到家里谁就要倒霉。

玉娇龙,这貌美多才、出于名门的玉娇龙,现今已被人视为一个可怕的东西，大家猜疑着她，就像是个迷人的女鬼、美丽的毒蛇。连她的兄嫂，仆妇丫鬟中除了绣香一人之外，谁也不敢跟她接近，见了她的面就想立时能够躲开才好。她现在成了一个孤独的人，自觉得在家里、在北京是不能再住了，但往外去，可又往哪边去呀？《九华拳剑全书》和青冥宝剑、珍珠弩已全都失去，赤手空拳揣着一颗受伤的心，可往哪里去呢？何况父亲又正病着，母亲还没有安葬，她的精神更为颓唐。

又过了两三日，这天是正月十五日，上元佳节，玉宅里依旧很是凄清；可是外边，大街上却是加倍的热闹。今天玉娇龙要到东岳庙为父亲求寿，所以仆人们已将香烛办好，歇了好多天的赶车的也把车套出去了；青布的车围子，还表示出是穿着孝。玉娇龙虽然梳着两板头，可是满头的白玉首饰，插着两三枝素花，脸上只擦着粉，并未擦胭脂；穿的是一条青绒蓝镶缎边儿的乳羊皮袍，同样颜色、材料的坎肩；腕子上的玉镯、手指上的戒指一律是白色，鞋也是纯青色的。这样素净俏丽的一位少妇，简直是罕见。她不叫别人跟随，只带着跟她穿着一样的衣裳但是梳着辫子的绣香出了门，鸦雀无声的，放下了车帘，就往东岳庙去了。

这天是个很晴和的日子，街上还留存着残雪，但没有什么风，天气是已有点春意了。繁华的后门大街跟东四牌楼，游人拥挤，市声嘈杂；即使是在深山清修多年的人来到这里，也得对尘世的名利荣华发生些羡慕。玉娇龙在车上隔着车窗向外看了两眼，她忽然觉得自己还年轻，还有勇力和胆气，还可以找到愉快、安慰，还能够跟别人争一争、比一比，甚至于斗一斗。总之，她突然因此动了尘念，增加了生气，恢复了骄傲，振作起来雄心。

绣香是在车帘外跨着车辕坐着，忽然她回身撩了撩车帘，向里边笑着说："小姐！您瞧这街上有多么热闹呀？到底还是北京。我瞧天底下的所有的地方，哪儿也没有北京好！"说完了话，抬眼瞧着她的小姐，希望小姐能够笑一笑；但玉娇龙只微微点了点头，看上去虽未发愁，可是一丝笑意也没有。

车咕隆隆地走着，因为街上的人太多，车也无法走得快。绣香的话也没引起小姐的喜欢来，她只得把车帘又掩好了，但两旁的繁华景象却令她目无余暇,她也顾不得她的小姐对此良辰美景、绮市华街是抱有如何的感想了。

其实此际的玉娇龙,却又因为刚才绣香那两句话,心底滋出来悲痛。她想起了去年的今日,晚间随母亲在绸缎庄的楼上观灯。那时满街的灯彩,火树银花,并没想到罗小虎就杂在楼下的人群里,所以自己也很快乐。母亲就说到京城热闹,比新疆好得多;但自己却摇头,说是新疆好,很想念新疆。那时自己实在是希望罗小虎能够得个出身,博个功名,自己好与他结为夫妇,并没想到今日……

想到这里,一阵心痛如绞,又想,如何可以对得起罗小虎呢?他不能做官不是因他没出息,是因为真难!他早已洗手不干强盗了,但又无人不知半天云罗小虎是大盗。母亲临死之时,且谆谆嘱咐不可再接近他,然而他又多么可怜呢?玉娇龙柔肠迴转,不觉车已走出了齐化门。

齐化门的关厢也是一条很繁华的街道,东岳庙就坐落在这条大街的东端路北。不只因今天是上元节,平日每逢初一、十五,来这里进香的男女老幼就很多。庙门前且有集会,平日就比石桥镇的那个集会热闹得多,今天的热闹更加了十几倍。人挤着人,不透风,车更是过不来,任凭赶车的拿着大宅门的势力腔调,大声喊着:“借光喂!让让路吧!哪儿来的这么许多人?喂!喂!”可是前面的人连整步儿都不迈,实在这时真是走不动。

玉娇龙只好叫车停住,绣香抱着香烛,两人下了车。一下车仿佛就掉在人粥里了,行动都不能由着自己,前后左右都是人头,玉娇龙的高高的两板头都有几次要被人挤掉。除非她这时忽然蹿上这些人的头顶,踏着人头,像在西瓜地里走着似的,跳进东岳门;但这是绝不可能,她只得被人挤着。前边是几个老太太,左边是两个小媳妇;右边是三个年轻的男子,都向着她扭脸,嘴里喷着臭葱气味;身后还不知是什么人,但觉得四周的压力都很大,喧哗之声震耳。绣香都要哭了,叫着:“哎哟!哎哟!挤死啦……小姐您可要留神!哎哟!你们可别挤我们的小姐呀……”可是,她嚷嚷的这些话谁听得见呢?

其实玉娇龙是不怕挤的,前边、左边都是妇女,她应当容让;但右边的三个年轻男子,永远向她喷臭葱气,她可真觉得讨厌。她就把右边的胳臂肘儿弯起来，向那边去顶，顶完了一个再顶一个，顶得那三个人全都皱眉咧嘴，其中一个且喊着说："我的肋骨快要折了！妈哟！"

好在这里的人虽彼此拥挤，几乎用不着自己迈腿走路，可是大家都是同一方向、同一目的，要进那庙门，所以挤了一会儿，不觉着就走进庙里来了。只听磬声嗡嗡，只见香烟弥漫，这东岳庙本供的是泰山之神，可是后边又供着十殿阎罗，所以这里的神又像是管辖着世人的生死。到这里来烧香的多一半是为家里的什么人求寿，少一半是到偏殿的子孙娘娘殿去拴娃娃或是还童儿；这只说的是烧香的人、有目的而来的人，至于那些没有目的的也不烧香的人，恐怕还要多两倍。

庙里的拥挤不下于庙外，但一上台阶，到了大殿前，这里的人却不太多了。玉娇龙在这香烟磬声之中，就虔诚地将香拈毕，将头叩完。她流着泪默祷，求神佛再给她父亲几年阳寿，并祝她母亲在地府平安，末了还私自忏悔她自学得武艺之后，在新疆沙漠、在土城、在荒山河畔、孤村古庙，所无意或不得已而杀人的罪愆。绣香搀扶她起来，说："小姐！咱们回去吧！"玉娇龙拿一块青绸揉着眼睛，微点了点头。

绣香搀着她，下了台阶，但一回到人群中，一挤起来，可又谁也不能够搀扶谁了。往外面去挤更不容易，因为对面的人比身后的人力量大，挤得玉娇龙真急躁，她真想一阵乱打，打出庙去。

这时忽听得前面有妇人的尖锐声音，喊说："哎哟！你们倒留神点儿人家的脚呀？赶鬼门关吗？挤什么呀？把庙都挤破啦！不挤就过不去今天这灯节了吗？"又听是男子的声音，说："诸位借光！让堂客先过去……"又听别人发了闲话，那妇人却发起怒来了，说："你是什么东西？你说的什么话？你敢摸我的手？你没看看老太太我是谁？"又听那男子说："算了算了！这人绝不是故意的，咱们也没得罪谁，他不能不认得我。朋友！让点路，这不是自己的家里……来！借光借光！大节下的何必惹气？挤死了人又得叫阎王爷费一本账！"

玉娇龙觉出这男女二人的声音颇为厮熟，正在诧异，就见那两口子一边嚷嚷一边把人乱推着，就出现在她的眼前，原来，来者正是一朵莲花刘泰保与他的媳妇蔡湘妹。玉娇龙不由得一下愕然，刘泰保也直了眼，那穿着一身红、拿着一股香的蔡湘妹却在人群里就屈腿儿请安,满脸带笑,像遇见了至亲似的,说:"玉小姐您也来啦?您一向好呀?我也曾去望看您!"又皱皱眉说:"您府上太太故去啦,我们也没去行个人情,唉!真对不起!今儿就是您跟着这位大姐来的吗?您瞧有多么挤,有些个坏蛋是成心来这儿起哄!"又向她丈夫说:"你给哄哄闲人,把小姐送出去,小姐人家哪儿经得起这样乱挤呢?"

刘泰保也向玉娇龙递着笑容弯了弯腰,然后回身抢臂大喊一声:"诸位!让点路!识点相,睁点眼,看看这位小姐是谁?这是前任九门提督玉正堂老大人宅中的小姐千金,你们敢挤?谁敢挤?快让路!"

也怪,不知是刘泰保的声音大还是玉娇龙的名声大,这么稠密拥挤的人群,居然让出一条很宽的道;两旁的人莫不仰脸抬头,直眼看着。刘泰保是开路的先锋,蔡湘妹是殿后的女将,就从这股大道上大摇大摆地将玉娇龙主仆送出了庙门。

玉娇龙的脸可都气紫了,上了车,蔡湘妹还殷勤地说:"小姐,我一半天望看您去,您不是常在家吗?早先的那些事您可千万都别计较啦!"又拉着绣香的手说:"这位大姐有工夫时找我玩去,我们还住在那儿,你问小姐,小姐她知道!"刘泰保又向车里解释,说:"小姐您可别在意,不这么着,您绝挤不出来。过去的事早已烟消雾散,您对待我们俩总是好处多,过错少,以后还得……"玉娇龙不等他说完,就自己放下了车帘,发怒地指挥赶车的快将车赶走。

立时鞭子响了,车轮转动了;四周的人彼此议论,齐都惊惧,又让开了一条大道,看着玉娇龙的骡车向西走去。绣香害怕似的掀着车帘又向里说:"那媳妇不是早先在咱们门前走软绳的吗?"玉娇龙沉着脸一句话也不说,赶车的似乎也知道是怎么回事,总之,刘泰保那小子又蘑菇上啦!驱车疾走,少时进了城,又一时就回到玉宅的门前。赶车的由车上取下了那个脚凳儿来,绣香就搀扶着小姐下车进内。

此时玉娇龙的脸色依然一阵一阵地发白。刚才在东岳庙中之事,自己并不十分恨刘泰保夫妇,但是太可惊,那些人怎会一听说了自己,就全都惊慌着让路?这是什么缘故呢?莫非自己在京城中的名声竟闹得如此之

大, 连妇人孺子全都知晓了? 这样, 即使我深自韬晦, 但万一将来京城中
若再出什么大事, 譬如像三年前禁宫盗珠之事, 那纵不是我做的, 也必叫
人疑惑是我做的, 我有口也难分辩; 我家中的人想脱祸, 届时也恐怕不能
够幸免……咳, 我真不可再在这儿住着了! 想到这里, 她只是叹气。绣香
在旁, 一句话也不敢多说, 但见她的小姐这时已不甚伤悲, 也不像怎样气
愤, 只是有点坐立不安似的, 时时站着, 翻着眼睛发呆。

这几日每逢晚饭后, 绣香必要为小姐研上一小盘朱砂, 展开黄纸, 为
的是小姐抄写金刚经, 并且要在几上焚烧檀香一炉。但今日绣香刚要照
例去预备, 玉娇龙却摆手说: "今儿晚上我不想写了, 你不必预备了! 你
睡觉去吧! "绣香听了, 倒不由一阵发怔: 这时还没到二更天呢, 小姐就催
着自己去睡, 是什么原因呢? 但她绝不敢问, 就答应了一声, 遂先去扫床
铺被。

玉娇龙就又说: "把那开箱子的钥匙给我, 你快睡去吧! "绣香又一
惊, 只好由身边把一串钥匙掏出来, 放在小姐的手心上。她铺好了被, 给
铜盆中续了几块炭, 将蜡烛剪了剪, 又将热茶预备好了。玉娇龙又向她摆
手, 她只得怀着惊疑, 慢慢地启帘退出了屋去, 并轻轻地将门带上。

此时虽然壁间的自鸣钟才打了八下, 但玉宅里外院全都十分寂静, 淡
淡的月色浸在窗棂上, 一格一格的影子很是分明。外面微风拂动, 不知触
到什么东西上, 刷刷作响。玉娇龙独自站在屋中, 遥想着大街上不定是多
么的热闹了, 灯光不定是多么的繁华了! 去年的今夜, 是自己与母亲观灯
的日子, 也是罗小虎见着自己的日子, 但现在呢? 母亲已在灵柩之内长眠
了, 罗小虎也不知何往, 人事真是变迁得快呀!

此时虽然周围十分凄清, 但她的心中却十分紧急。她将臂伸了伸, 将
腿踢了踢, 觉得自己的身子还能用得。又在室中慢慢地打了一套拳, 撩起
了衣服, 以手作式, 又舞了一趟剑; 觉着《九华拳剑全书》虽已尽失, 可是
书上大半的招数, 已深深印在自己的脑中, 并未忘记, 她又不禁傲然自喜。

直待到自鸣钟的短针已过了十一点, 眼见就要敲打三更了, 玉娇龙这
才用钥匙将箱子上的铜锁打开。启开箱子翻了半天, 才找出一条深蓝色
的绸子夹裤和一件绿色绸子的小夹袄, 可镶着红边; 她的衣服只有这一

身还瘦小、利落，并且在月色下还不太显。只是她此刻手中并无寸铁，但又想，没有兵刃自己照样能敌得过人，遂就不在意。她到床里急急忙忙地将衣服换上，外面又罩上一件浅蓝色的不太短的旗袍，换上了平底鞋。又待了一会儿，等着更夫将三更敲过，她就轻轻地开门出屋，脚下一点响声也不出，就偷偷地走到外院；然后趁着无人发觉，飞身上墙，由墙上跳到门外。

门外树影萧疏，高坡上连一只狗也没有，她就贴着墙根去走。虽然这时天青如洗，月明如镜，马路上也有三三五五往来的人，但都是观完了灯或是饮够了酒的疲倦醺醉的人，所以没有人会注意这个蠕蠕的纤秀的影子是男还是女，更没人管她是个干什么的，尤其是没人会想到她即是玉娇龙，如今又飞出了深闺，半夜而出，做她的诡秘难测的事。

玉娇龙走到鼓楼前，见那条后门大街的两旁还有点点的灯火、寥寥的游人，有的卖元宵的摊子还在高声吆喝。但走到鼓楼东，进了小巷，却又一切都沉寂了，一些小门破户全都紧紧地关着门。玉娇龙迤逦地行走，脚步渐渐地加快了。

又走了一些时，她就走到了花园大院。这里地旷人稀，天更宽，色更深青，上面嵌着的月轮显得更圆更大。刘泰保住的那所小房子，就像是个小摊似的摆在北首。玉娇龙来到这门前，就将长衣脱了，搭在肩上，然后一耸身跳过了墙去，故意将声作大了些。北屋中的灯光昏昏，就听刘泰保在屋中发出，问道："是谁？快说！"

玉娇龙来到窗下，向里边说："是我，今日白天咱们在庙里见了面，我有几句话在那时没得空跟你们说，现在，你开开门吧！"屋里却一点声音也没有，仿佛都惊愕住了。玉娇龙又隔窗补充了一句，声音低小但很急躁，说："你开开门吧！我无恶意。"

这时才听见屋里又是一阵忙乱，少时门开了。蔡湘妹走过来，惊惊慌慌的，借着月光把玉娇龙看了看，就笑着走过来，悄声地说："玉小姐！您今儿来，可真是我们这儿的贵客！您快请进屋来吧，外边冷。"刘泰保这时也一边扣着大棉袄上的纽子，一边走出来，向玉娇龙恭恭敬敬地问说："您是才看完了灯吗？后门大街今年的灯可比去年的多，我们是才逛完回来，您没去瞧瞧吗？”

玉娇龙并不言语，她轻快地走进屋内，只觉得扑身的一阵暖气，小炉子很旺，蒸发出来一阵尿布的气味。蔡湘妹随着进屋把灯挑了挑，玉娇龙见屋中四壁洁白，粘着各种年画，还有朱红的“抬头见喜”“立春大吉”的春联；桌上有煮元宵的锅，炕上有被褥，另一份小的被褥里边，睡着一个小娃娃。刘泰保是满面红光，蔡湘妹是温和地带着笑，玉娇龙看着人家的这个小家庭，倒觉得很好，亦羡亦妒。

当下刘泰保给倒茶，蔡湘妹拉着玉娇龙的手，请她在椅子上坐。玉娇龙却摆手说：“我不坐，我也不喝茶！”刘泰保又请安说：“今天在庙里我实在是一时高兴，就忘了形啦！并不是我要故意向大家指出您来。事后，我见大家竟然给您让出了一条路，我也有点害怕了，我想您一定得恼了我们！”

玉娇龙叹了口气，又摇了摇头说：“过去，你们太逼迫我了，但我也有许多对不起你们之处，现在全不必提啦！总算我败于你们之手！”

刘泰保听了这话，倒吓一跳，赶紧说：“玉小姐的这话我们哪当得起！早先，说实话，我实在是想借您的事出风头，露一露脸，好找一碗饭。现在幸蒙铁小贝勒开恩，又叫我回去啦，一节还给我加了几两银子……”

玉娇龙就打断了他的话，问说：“李慕白、俞秀莲现都住在哪里？我还想见一见他们，有几句话要说！”

刘泰保跟蔡湘妹两人彼此望了一眼，全都有些发怔，蔡湘妹就说：“俞秀莲早就走啦，早回巨鹿县去了，难道您还不知道吗？那李慕白是……”

玉娇龙说：“你们也不必替李慕白隐瞒，我去找他，只是说几句话，并不想和他再争斗，因为我在他们的手下也早就认输啦！”说着又微微地叹气。

刘泰保又笑着说：“您别说啦！您的武艺堪称今世无敌，李慕白的武艺不过是徒负虚名……”说到这里，他吐了吐舌头，又停住了话，向窗外听了听，然后才说：“李慕白那位爷，完全学的是江南鹤的派头儿；小事儿他不管，闲气他不惹，女人他不斗，富贵荣华他不贪。铁贝勒爷把他供若上宾，最近把书房，就是当年藏青冥剑之屋，收拾得干净极了，让他大爷居住，然而他大爷常常三五日也不归。铁贝勒的意思是留他长住，将来给他谋取功名，也算是出于一片爱才之心。但他大爷不肯，住了这么几个月，见京中无事了，他还是要走，铁小贝勒也无法挽留。我们跟他又没有多大的交情，更是劝留不住。玉小姐，您要是想找他，还是得快点去，不然他说不定什么时候就走啦！走后，他大爷闲云野鹤，到处云游，不知何年何月才能再回北京。"

玉娇龙一听这话，就点了点头说："好！明天就许找他去谈谈。"刚要转身出屋，却听刘泰保又说："玉小姐留步！"玉娇龙倒不由得一怔，就见刘泰保去掀开炕布乱找。玉娇龙这时才看见他们的被窝里，原来藏着刀，大概刚才自己初来时，他们一定是预备着拼斗，后来自己隔窗表示此来并无恶意，他们便把刀藏在被窝里才开门的。当下玉娇龙心里明白，但也没有说什么。

刘泰保在炕席下摸索了半天，蔡湘妹全不知道他摸的是什么，结果见他摸出一张纸来。他就亲自递在玉娇龙的手里，笑嘻嘻地低声说："这就是早先小姐第一次施展奇能，从铁府盗来了青冥剑，后来又派了个小叫花子送去了的那半张信。那时，这封信就到了我的手里啦，一年以来，我把这半张信纸宝贝一样的存着。实说吧！我这小子实在是居心不善，留着这半张笔迹，为的是将来对付您。如今蒙您不究往事，还肯光临到我家，可称得是光明磊落、大量宽宏。您既然如此，我倒不好意思那么小器啦！将这信奉还您，以表我从今以后再无与您作对之意！"

蔡湘妹推了他一把，说："你就别说啦！这么絮烦，人家小姐哪耐烦听呢？"

刘泰保说："不是！我得把话跟小姐表明啦，因为小姐不能常到咱们这儿来，今天见了面就许不能再见面。小姐的名头高、声气大，以后还难免有些江湖小，要在她老人家的太岁头上动土，到那时别又疑惑是我。我现在幸仗李慕白大爷的面子，贝勒爷又将我召回叫我教拳，从今我决定安分守己；你在家里抱孩子也少出门，这全得跟玉小姐说明了，不然，将来万一，倘或……"

蔡湘妹又推了她的丈夫一下，把刘泰保推得坐在炕上。她笑着，望望玉娇龙，又望望她丈夫，说："人家还不知道咱们两人统共才会几手儿吗？你放心，以后人家车受惊了，轿被撞了，绝不能找到咱们头上来！"

玉娇龙听了她后边的那两句话，又不由脸色一变，但她急于要走，不愿多听他们絮烦，就将那半张信纸在灯上烧了，又握了握蔡湘妹的手，带着微笑说了声："后会有期！"刘泰保赶紧说："快送小姐！"蔡湘妹也说："您请再坐一会儿好不好？我们待会儿才睡觉啦！"这时孩子又在炕上呱呱啼哭，蔡湘妹便赶紧叫刘泰保看孩子，她就往外去送。到了院中，她要去开门，玉娇龙摆手，她只见玉娇龙身躯一拧，也没听见什么声音，便已跳过院墙走去。

这时月轮已经转向西方，月光渐渐惨淡，寒风益紧，四下更为岑寂。玉娇龙踏着月色疾疾地行走。少时即到了铁贝勒府前。这广大庄严的府门前，此刻也十分寂静，门前的一对玉狮，浴在月光里，远望着如同两堆云似的。玉娇龙就将长衣卷起来，紧系在身上；此时她的精神愈为振奋，行动更是小心，就耸身越进了府墙，然后又蹿上房去。

因为是元宵佳节，府中的下人们都在聚赌，所以各院中的屋里多半有灯光，但是也没有人再顾到外边了。玉娇龙曾两次盗剑、一次还剑，共曾来此三回，所以这是她的熟地方。她躲避着月光，专寻着房影墙根那些黑暗的地方去走。

少时玉娇龙就到了那西廊下，这里早先是藏那口青冥剑的屋子，如今是李慕白下榻之地。窗里却很昏黑，也许李慕白没在这里，但她却加倍的谨慎，其行轻如鹤鹭，其动敏似猿猴。来到廊下先蹲了一会儿，然后才慢慢站起身来，隔窗向屋里去听，却一点声儿也没有。她倒是很诧异。走到门前拿着拳脚的姿势，一手高举在前，一手向下去摸门上的锁，但见并没有锁着，里边倒是另一层门，可关闭得很严。

她知晓屋中有人在睡觉，就更不敢做出一点响声。然而她是急于要跟李慕白会会，即使再打斗一番她也不怕，于是她用着极细的心，放着极大的胆，就从头上拔下来一支半截玉半截银的簪子去拨门。自然她做得极为小心，一点声音也没发出来。但是门才拨开，她才轻轻地推开了一道缝，见屋里倒没有人，背后却有个人一拍她的肩，轻声说："你来有什么事？"

玉娇龙这一惊非同小可，疾忙闪身回头，一看身后站着的，原是手持青冥宝剑的李慕白。她吓得头发都要竖起来了，索性拼出去，抢手跳起来要夺李慕白的剑。李慕白却一脚向她踹来，就听咕咚咚一阵乱响，屋里的门也给撞开了，玉娇龙整个被踹到屋里，坐在地下，并且撞翻了一张小桌。

她几乎叫了起来，赶紧挺身立起。知道李慕白是持剑堵着屋门呢，她不敢往外去撞去跑，想要抄起个什么东西先抛出去；但见这时身旁起了一片光，原来李慕白已在自己滚进来时进屋来了，一手持剑，一手将灯点上。玉娇龙疾忙退到了墙角，双手抱起来一只花瓷的绣墩，想要拿这作兵器。

李慕白却昂然站在灯旁，向她说："玉娇龙你不要动手！自你回到家中安分居住后，我便不愿使你难堪。青冥剑在我这里，铁贝勒也不愿再留它了，叫我后天带走；《九华拳剑全书》二部，一共四卷，也都被我取来了。你我已没有再争斗的理由，今天你来，还有什么事？"

玉娇龙放下了绣墩，却哭了，顿着脚，也不顾声音之大小，就急急地说："我来找你就为的是这两件东西！青冥剑你给不给我，还不要紧；那书，一部是我保存的，一部是我抄写的。没有我保存，那原书早就落在恶人的手里了！没我抄写……"又顿脚说："我抄写那不容易！虽然我多半已经记熟了，可是还是得要回来我的书。今天你不将书还我，我们就再斗吧！我并不怕你！"

李慕白却摆手说："不要嚷嚷！你嚷嚷得使人来了，于你玉小姐的身分有损。你抄写的书当然要给你。连这口宝剑，假使你是个明义气、晓道理，真正的行侠仗义、助弱扶危的人，我还可以送给你。但拿以往的事来说，你实与盗贼无异，我不能给你利器，助你去横行！"

玉娇龙流着眼泪，愤愤地想了半天，忽然她叹了一口气，就说："我知道你厉害，我在你跟前认输就是，以后我也不能再到外面去横行了！但是你要那两部一样的书有什么用？你快些把我抄的那一部还给我吧！

我就走！"

李慕白未料到玉娇龙会认起输来了，看她此时颓唐懦弱的态度，与早先那种倔强、骄傲大不相同，而且她只是要她自己誊写的那书，并无奢望，心里便也有些活动。他就放下了宝剑，沉思了一会儿，忽然昂起头来，说："以你过去杀人放火的行为，我不信你能够长久改悔，而且你在家中绝住不长，早晚你还是要去为非作歹的！"

玉娇龙忽然就扬起脸来，忿然地说："你不信又当怎样？你不是我的师傅，又不是我的亲族，你凭什么要永远管辖着我呢？"

李慕白说："因为你的武艺全是自书中学来的。书是九华老人所传，我盟伯江南鹤所写，后来被哑侠不慎遗失。所以你若在外作恶，便如同是我九华山上的人作恶一样，这次我将书收回，也是为此之故。我看你的武艺虽然精熟，但真正的书中奥妙你还并未得到，倘若给了你书，你的恶性仍然不改，再将书中的奥妙得到，就越发难制了！"

玉娇龙说："你说我恶我就不服，干脆你就说，你是怕我将书中的武艺再学几年，本领将你迈过去罢了！"

李慕白说："我要将这两部书都送到江南鹤之处，他现在在江南九华山上。如果将来你确已改过，我想他必能将书送还你，你也可以派人去取。"玉娇龙只是冷笑不语，李慕白便转过脸去，也不看她，只拂手说："快走吧！"

玉娇龙咬着牙，发着恨，往门外去走，同时她却斜眼溜着放在李慕白身旁的那口青冥剑。蓦然她就蹿将过去，刚要用手去抓，不料李慕白早已将剑高举起来；她跳到桌上又用脚去踢，狠狠地说："还我！"李慕白将剑身平击在她的脚上，她立足不住，摔下桌来。她虽没有倒下，那盏灯烛却掉在地下，火焰突突的腾起。

李慕白发怒说："快走！不然我要用剑伤你了！"玉娇龙却嘿嘿一声冷笑，说："将来再会面吧！无论你将来到哪里去，无论有多少人锁着我，困着我，我要得不回我的书，取不回这口剑，我誓不为人！"李慕白厉声说："你若再怙恶不改，我剑下绝不饶你！"玉娇龙又一声冷笑，出屋上房而去，李慕白也没追她出来。

铁府中夜深院大，护院的仆人们除了聚在前院赌钱的，就是酒醉了的和回家去了的，连打更的都敷衍了事；所以玉娇龙踏着房瓦到了府外，竟无人察觉。她向西走去，来的时候是一股勇气，及至败在李慕白的手里，她是伤感灰心；后来夺剑，她是又想趁李慕白的一时疏忽，图自己的侥幸，但也没有成功。这时候她是伤感、气愤交杂在一起，她恨李慕白是当世的奇侠，但对她竟毫不客气，而且看她不起，这个仇将来非报不可，这口气将来非出不可！她又想，自己自从学会了武艺，空负一身本领，但所得到是什么？得到的是被辱遭欺、坎坷失意、母死家败、骨肉乖离、情人分散，因此又不禁伤悲起来。

在淡淡月色、呼呼寒风之下，她如同孤零的鬼魂一般，飘飘荡荡地走回到家里。家中更如同一座古坟一般，她直回到屋中也没有人察觉。她一头趴在床上哭泣了一阵，然后记起来门还没有关，就坐起身来，取火将蜡烛点着，过去关闭了屋门；一回身，对着那后窗户又发了半天怔。她叹息了一声，重进到里屋，拨了拨炭盆，见灰里还埋着两块红炭，她就又续上了两块新炭，屋子又渐渐暖起来。她坐在椅子上，手拿铜筷箸拨着炭灰。这时壁上的自鸣钟虽都已交到了三点，她却还不困乏，思前想后，一阵悲一阵气，有时落泪，有时又自发冷笑。过了许多时，她忽然啪的一拍桌子，心中决定了主意，这才更换了寝衣去睡。

由次日起，玉娇龙的态度又骤变，但除了跟她最接近的绣香之外，谁也看不出来。她不再像往日那般忧愁，也不再落泪，但脸儿却永远沉着，脸色如冰雪一般，眼神如寒星一样。金刚经她已不再抄写了，她却命人买来了顶上等的白绫，钉了个很厚的本子。她每天在本子上写极小的字，画很精细的抢拳舞剑的小人。有时画着画着她忽然停住了笔，仿佛是想不起来了，就立刻离开椅子，回身掀起衣襟，挽起袖子，以笔作剑，在屋中舞练一会儿；练完了又呆呆地细细地想，然后才接着再往下去画，有时能画到深夜还不休息。

她又命绣香出去买了一些黑色的布，叫绣香整天的在套间屋里给她做衣服做鞋。她倒不是做男子的衣服，可全是短的瘦的，而且不用什么漂亮颜色的里子，也不镶花边；鞋也做平底的，而且底儿都要用极软的绒布，做完了一双一件，她就秘密地收起来。有旁人要问绣香近些日做的是些什么活计，她也不许绣香实说。因此，绣香终日提心吊胆，猜不出她的小姐又要做出些什么惊人之事。但是玉娇龙毫无表示，也不像心里存着什么着急的事情似的，并且对于绣香的情谊更好，把她的很新的花缎衣裳、很值钱的首饰全都赏给了绣香。但她却渐渐干涉起家务来了，出入的大宗银钱，时常要由她经手。绣香曾亲眼看见她克扣下许多银钱，全都私藏起来，并且将宅中几件贵重细软的东西，也全都收起。

有一天晚上，玉娇龙又叫绣香早睡觉。这是个沉沉的黑夜，绣香知道她的小姐今夜必做怪事，所以很是担心。她一个人在套间里睡不着觉，便乍着胆，于深夜三更以后，到小姐的屋里去偷偷地看了看。原来床上抛着换下的衣服，屋中空洞无人，门也虚掩着，她们的小姐却不知哪里去了；绣香吓得几乎叫了出来，浑身哆嗦，心里极度的忧虑和惊惧。她门也不敢掩，回到套间，更不能睡了，就扒着门缝向外偷听。一夜门也没响，窗也没动，可是第二天早晨，玉娇龙照样由床上懒惝惝娇怯怯地起来，也不知昨夜是往哪里去了？是什么时候回来的？绣香也不敢问，更不敢向别人去说。

就在这天下午，那早先在门前踏软绳，后来嫁了刘泰保的那个小媳妇忽然来了，还送来几包茶叶、点心等等的礼物。门房的仆人惊惊慌慌地来问绣香，说：“怎么办呢？是请进来呢？还是谢绝呢？那媳妇是夜猫子进宅，无事不来，不定刘泰保又憋着什么坏！”

绣香也提心吊胆的，赶紧去向小姐请示，玉娇龙立时就说：“快请进来！”她仿佛很是欢迎的样子，并且精神突然振作起来。

蔡湘妹袅袅娜娜、大大方方的走进来，仆人仆妇却都偷眼瞧看，偷着谈论，仿佛宅中来了个怪异的危险的人。绣香将蔡湘妹请到她小姐的房里。隔着门帘，蔡湘妹就笑着说道：“小姐在屋了吗？我来瞧您来啦！”绣香掀开帘子，玉娇龙往外迎了一迎，脸色非常和蔼，问说：“你好啊？”

蔡湘妹请了安，说：“上次在东岳庙遇见您，我没得工夫跟您多说话。今儿我买了一点礼物来瞧瞧您，找您来说会闲话，我知道您在家里也是怪闷得慌。”玉娇龙笑着说：“谢谢你了，你何必还花钱？”

这时绣香把蔡湘妹送来的那点礼物放在外屋,她叫仆妇拿来了开水,泡了一壶上好的茶,倒在两只康熙五彩朱砂的茶杯里,用银盘托着送进里间,却听蔡湘妹正对玉娇龙说:"昨天夜里您走后……"突然见绣香送进茶来,她立时把话咽下去,赶紧起身来接茶,又笑着说:"大姐别张罗我!"

绣香将茶敬完了客,又送到她小姐面前一杯,然后赶紧避到外屋来。就听身后蔡湘妹低声说话,又听玉娇龙说:"不要紧,我的事情不瞒她,上次就是她随着我出去的,她是我用的丫鬟之中最心腹者。"又听蔡湘妹说:"李慕白早就走了。"

两人又低声谈了半天,可又听玉娇龙叹着气说:"我在这里实在住不住了!我没有朋友,只得请你们夫妇帮我……过去,我伤了你的令尊,我真对不起你!"蔡湘妹却也声音悲惨地说:"您也不是故意……不打不相识,以后我们求您帮助的地方还多着呢!"再往下的话却声音极微,不能听得清楚。绣香在外屋却又忧虑,晓得她的小姐是又要外走,但不知道带不带她,若带着她呢,她却真有些害怕;若不带着她呢,她可有些舍不得离开小姐。

当日蔡湘妹跟玉娇龙秘密地直谈了半日话,玉娇龙留她在这里用的晚饭。天黑了时,玉娇龙才叫人从外面雇来了车,送蔡湘妹回去。蔡湘妹走的时候,玉娇龙送她两个大包裹,里边装的仿佛是些衣物,绣香却又惊异。

当日,玉娇龙很早就就寝了,但阁宅的人,只要是知道刘泰保的媳妇、那个骂过这里老大人的女贼来过的,就全都惴惴不安,惟恐引狼入室,两三日内不定又会发生什么麻烦。可是蔡湘妹走后就没有再来,玉娇龙也很安静,十多日后,毫无事故发生。

这期间,鲁宅又来接过少奶奶两次,玉娇龙还是说暂不回去,鲁宅的人也不勉强她,只派了两个仆妇来这儿帮助伺候。同时,在新疆的玉娇龙的母舅瑞大人来京,一来是参加玉太太的下葬典礼,二来是送次女玉润小姐来京就亲。瑞二小姐给的是福公爷家的大少爷;至于玉润的姐姐瑞大小姐玉清,已于去年春间,与玉娇龙差不多同时出的阁,给的是新疆巡抚的公子。玉清过门以后很好,听说如今已有喜了,并且带来了致候玉娇龙的信,还说盼玉娇龙将来有机会时,能到新疆去玩玩最好。玉娇龙看了信却不禁感慨,觉着别人都比自己强! 她因为穿着孝,所以表妹的婚礼也没有参加。

又过了些日子,她母亲玉太太的灵柩就在祖茔安葬。这一天又在广缘寺开吊,玉娇龙又穿上了孝衣。亲友来的也很多,德大奶奶带着儿媳也来到了。因为这庙中有个后院子,里边的桃花已开,一些女宾吊祭完了,都走到那园中去观赏桃花,灵旁没有别的人,杨丽芳便找着了玉娇龙。

她先说了几句闲话,然后就悄悄地说:"上一次,我随我俞姑姑出外,遇见我的哥哥罗小虎了,他现住在京西五回岭三清庙中,我见过了他。走的时候,他曾叫我把他的住址告诉您,说他将在那里长居。他如今十分颓靡不振,见了人,他连话也不爱说,他只希望将来能够再与您见上一面!"

玉娇龙听了,眼泪不禁纷纷乱落,虽然极力忍着,想不要在一个晚辈的媳妇面前露出形迹来,然而竟自忍不住心里难过。她听完了,一句话也没说,连头也没点;杨丽芳说完了话,也就走开了。

当日玉太太安葬已毕,又过了几日,玉大人的病也渐愈了,所以玉娇龙在娘家住着仿佛已毫无意义,也毫无理由了。瑞大人这次来京,带来的差官仆人共有十多个,其中有个差官是个汉人,姓萧,年纪很轻,差事当得很红,人也不错。他要在北京顺便娶一房妻子,就托人说了一个名叫浣春的大丫鬟。

玉大少奶奶本已同意了,但被玉娇龙听见了,她却说:"先别把浣春打发出去! 咱们家里现在还少不了那么一个能管事的跟亲友们都熟的大丫鬟。我倒想把绣香聘出去,绣香跟我多年,这二次回来也是专为服侍我。过几天我要回鲁宅去,她既不能跟了我去,也不便再在这儿;回到她自己家里去,她也受不了乡间的清苦。既然那个差官的人不错,就由我做媒,把绣香嫁给他,让他把绣香带到新疆去吧! 那里的生活绣香也很过得惯!"

姑奶奶说出了这话,玉大少奶奶当然不敢不依,而且绣香也是惟小姐之命是听。不过，从此就要离开了小姐，而且不知小姐将来还要沦落于何等地步，绣香又忍不住伤心落泪。玉娇龙安慰她，主婢二人又秘密地谈了一夜，次日就决定了。过了两天，那位萧差官就将绣香接出宅去，玉娇龙当然送了很丰厚的妆奁。

又过了几天，绣香随着她的夫婿来玉宅拜辞，因为日内就要随瑞大人回返新疆去了。奇怪的是玉娇龙与绣香离别之时，只是互相用眼波掠视，并没有什么惜别的表现。从此玉娇龙就一个人在屋，有时是本宅里的仆妇伺候她，有时是鲁宅派来的仆妇伺候她，但送完了茶或饭，就得立时走开，她不许任何人在她的屋里多留一会儿。

她的性情似乎是越发流于怪癖了，但是对于两位兄嫂和孩子们却是益加亲善，尤其关怀她父亲的病后之躯。虽然他们父女之间颇有误解，她愧对父亲，不敢和父亲见面，但是一切保养身体的药剂与食品，她全都亲自督促着仆人们去办理，并且时常叫侄女侄男们去到玉大人的屋里，替她给她的父亲承欢、慰病、娱情。

这时天气已渐暖，人们身上的衣服渐渐单薄，小燕子飞来了，春雨落了几场。后园中的海棠开过了一片白雪和红云，如今也成了满地落英，一树繁叶。天气暖洋洋的使人发倦，蜜蜂儿撞着窗户，嗡嗡的，像唱着催眠的歌。然而玉娇龙的精神却益加兴奋，时时地像坐也不安，立也不安似的。

这一天，忽然她家门首，那久已断了车踪马迹的高坡上，来了一大群人。为首的穿着长袍坎肩，拿着个三角形的黄绸小旗子，杆子可很长，上绣"朝顶进香"四个黑字。身后有八个穿着黑边粗布大坎肩的人，每个人负着一只缸盖大的铜家伙，像锣又不是锣，像盆又比盆浅；来到玉宅的门前，就用木锤子将这八个铜家伙，铛铛铛铛乱敲一阵。大门前是立时热闹了，拿小旗的人进去领了钱，然后在大门旁贴了一张很长的黄纸布告，就走去了。这张黄纸的布告是刻板印的，上边还印着"金顶妙峰山碧霞元君庙"，画得很粗劣，下面就写着"信士弟子某某，虔诚朝顶进香，特捐香资多少两"等等的话，这是北京城每年一次的善举。

妙峰山在京西，距城不过数十里，山很高，据说由下面到山顶共合就有四十里;上有敕建碧霞元君庙,供的是一位女神,皆呼为"娘娘"。每年春季,顺天府京师各县的人,齐往朝山进香,有的求财,有的求子,有的是为父母的病许愿、还愿。庙会是由四月初一直到十五,整整半个月的会期。在事前就有人组织什么灯油会、香烛会,都是为届时贡献在庙里。还有集了资,届时在山上搭席棚,施粥舍馒头,并预备宿处,以利朝山众香客的。如今来到玉宅门前募捐的,就是这一种人。往年玉大人做着九门提督,威风赫赫,门禁森严,他们都不敢来;如今可来了,捐了四十两银子走了,并闻说这宅里的姑奶奶届时也要亲自朝山,为老大人还愿。

关于玉娇龙要上妙峰山为父还愿之事,玉宅两位丁忧在家的知府宝恩和宝泽,全都非常忧愁。其实妙峰山离京城很近,妹妹前去烧一股香并不至有什么舛错,可是,听说妹妹当初为父亲许的愿是要跳崖。

妙峰山上有一座悬崖,其高无比,下临深涧。一般孝子贤女常为父母之病来此舍身跳崖,据说因为是一片孝心,一秉虔诚,能够感动了神明;时常由高崖跳下之时,有神保佑,竟能丝毫无恙,而父母之病却因之得以痊愈。但这也不过是一个传说,谁也没有看见过。

如今玉娇龙要去投崖,纵使她会武艺,精拳脚,投了下去也多半是死,谁能放心呢?所以两位知府和夫人们便劝阻他们的胞妹,鲁宅听了这信儿也派人来拦阻,但玉娇龙却意已坚决,并说:"只要心诚,必有神灵保佑,不会摔死的,你们就都放心吧!"

转眼四月初一到了,一清早,玉娇龙便带着本宅的两个丫鬟、一个男仆和鲁宅的两个仆妇,共乘骡车三辆,前往妙峰山;但临出门上车之时,她不禁落了几点眼泪。她们的车马出了德胜门,就往西北,直奔妙峰山。

妙峰山从今天起就热闹起来了,因为那些善男信女都讲究抢先烧香,尤其是传说烧第一股香最好。可是第一股香连庙里的老道都烧不着,那平日久闭的殿门到今天一敞开,香炉里早就有香在焚烧着了。据说,历年来抢这第一股香烧的人,都是那种飞檐走壁的江湖大盗,他们那种生活尤其要求顺利,可是,今年的第一股香不是别人烧的,正是一朵莲花刘泰保!

今年他的兴头比往年都大,因为他现在又是铁贝勒府的教拳老师啦。去年虽然连仆连起，可是也得到了不少的名头，使他在京城中的"字号"更叫得响了，"人物"更站得起来了，朋友也更结得多了，而且家中的太太又添了一个小宝宝；在外边呢，他们夫妇又结识了个秘密的朋友，就是昔为冤家今为莫逆的玉小姐。

刘泰保是在上月二十八来到的妙峰山，他是全家来此烧香。他是骑着一匹胭脂色的健马，鞍辔皆新，不知他是怎么发了一笔财，竟能买得起这么一匹上等的马。蔡湘妹是坐着骡车，在车里抱着孩子，另外还有两只鼓鼓囊囊的大包裹及一口鲨鱼皮鞘上嵌着崭新的铜活、剑柄上有青丝穗子的宝剑。他们来到这里之时，还没有开山哩，所以山上的人很少，也无人对他加以注意。

刘泰保就带着妻子到了山后一个村落里，这村落在一个三岔口的中间，位在山中，而交通却极便利，地名叫作"三瞪眼"。这里有一家姓胡的老太太，是秃头鹰的丈母娘。他们来到这里，马就喂在胡家，蔡湘妹就在胡家住着，仿佛等待着什么事情似的，刘泰保却上山去了。他有几个朋友在山上搭了一座最大的茶棚，舍粥舍馒头，棚里有十几个人尽义务做招待，供着佛，还在棚前贴着捐钱的"信士弟子"的名单，第一名便是他。他在半夜里，到山顶庙中施展早先在玉宅、鲁宅使用的本领，烧了头一股香，跑出来一声也不语，穿着青洋绉的长衫在山底下转。

朝阳渐起，香客渐多，大家见面无论认识不认识，都拱手说："虔诚！""您虔诚！"没有一个瞪眼吵架的。这时大家都是善人，地上掉了一块金子也绝没有人肯拾。茶棚里的人也都高声吆喝："喂！歇歇来！"无论是谁，进去可以尽量大吃大喝，临完了道声"虔诚"就走。

山下有本地的农妇、村女、小孩售卖桃木拐杖，麦梗儿染了颜色编制的扇子、帽子、篮子和种种玩意儿。有坐在路旁专管缝衣裳钉鞋的，譬如香客上山把鞋磨破了，随处都有人管修理，修理好了不必给钱，只道声"虔诚"完事，因为这些人也都是出于"愿心"。还有十七八岁的大姑娘，身穿红色罪衣，披枷带锁去上山；更有的由山下走一步叩一个头，直叩到山顶，这也如同跳涧一样的是为还愿。

不到晌午，香会就来了。先来的是"秧歌"，十几个人都踏着高跷，赶情真好。刘泰保直伸大拇指头，并向一个高跷上的穿着花红柳绿的衣裳、拿着一块花手绢直扭的人，喊了声："好啊! 就是他好啊!"这人黑脸上擦着粉，秃头上戴首饰，原来正是秃头鹰，刘泰保一叫好儿，他在高跷上更是扭得厉害了; 只瞧后影，别瞧前面，他倒真像个风骚浪漫、半男不女的美人儿。

接着又来了两档子"开路"，是七八个人都扮成大鬼的模样，勾着花脸，耍的是哗啦啦在光脊梁上乱滚，飞起来又接住的钢叉; 有锣鼓助威，十分的热闹。这耍叉的人里就有花牛儿李成，刘泰保也喊着说："不错呀! 留神叉着了脖子!"

又待了会儿，耍"钟幡"的来了，这个幡足有五丈高，上面系着铃铛无数，但耍的人讲究扔起幡来拿脑袋接住，并且不准用手扶。歪头彭九就是这个会上的，他的头歪，可是顶着幡却最准最周正，刘泰保又捧了一会儿场。再接着是"花坛"，就是拿脑袋顶绍兴酒坛; "双石头"，就是练石锁; 还有舞"仙人担"，拿大磨盘压人，人上还站着人。更有"旱船""小车会""跨鼓""莲花落"和专耍贫嘴的"杠箱官"。这些也多半是由各乡农民、五城弟子、街头流氓所组合而成，几乎没有人不认得刘泰保。刘泰保的手不知拱了几百回，口中道出的"虔诚"也不计其数。

又待了一会儿，"五虎棍"来了，这是扮成赵匡胤棍棒斗五虎的故事，在锣鼓声中，大家拿着棍子乱打，刘泰保也在里头认识不少的熟人。

又过了些时，忽然大家喊着："少林棍来了!"少林棍耍的全是真刀真枪、钩镖剑棍、流星锤等等家伙，练的人都是南城的镖头，当然刘泰保在这里的朋友更多了。大家道个"虔诚"之后，就有人来请他练一手儿。

刘泰保本来看着技痒，于是就脱去了青洋绉的大褂、青洋绉的短衫，光着健壮的脊背，露出他胸脯上的一朵莲花，只穿着青洋绉肥腿的裤子，系着青洋绉的汗巾、青洋绉的腿带，下面可蹬着一双白缎子帮儿的"抓地虎"靴子。在锵锵的刀枪声中，咚咚铛铛的锣鼓急奏中，他一手拿流星锤，一手拿单刀，练了一通三义刀夹流星单锤赶月、快刀刮风、水里摸鱼、天空捉雁，外带就地十八滚，四面的彩声如雷声一般喝了起来。

刘泰保是出尽了风头，东边练练，西边走走，北边道声"虔诚"，南边又找人开开玩笑，他像是千万香客之中最忙的一个人。但到了下午，他突然看见由东边来了三辆骡车，他的脸色就立刻一变，可是没有人注意到。又过些时，许多熟人找他，却不知道刘泰保混到哪儿去了，他已然没有了踪影。

这时三辆车已来到山下，离着山口还很远就停住了，因为山口这边的人太拥挤，车过不来。头一辆车有个跨车辕的男仆，下来在前面开道，口里和气地嚷嚷着说："诸位虔诚！借借光！让我们过去！"随后车里又下来两个仆妇。后面的车上是下来两个丫鬟，全都是二十上下，穿的衣裳虽然素，可是很漂亮，就招得一些闲人不去看那正在耍得热闹的种种香会，而来看她们了。

就见这两个丫鬟打开中间那辆车的纱帘，由里面搀着一位旗装的少妇下来。这位少妇不过十八九岁，身材细高而窈窕，如临风杨柳，傍水翠竹，是那么婷婷可爱。她穿着一件雪青色的绸子袷袍，镶着彩绣的宽边，如绛树，如绮云；下穿薄底的雪青缎子平金的坤鞋，那鞋帮上用金丝缀成的"凤穿牡丹"，闪烁地发着光亮。头上并没戴着两板头，只挽着旗髻，乌云高堆，上戴着珍珠宝玉的首饰。髻边斜插着一只雪青色的绒凤，凤翅和凤口里衔着的垂穗，全是用许多极细小的珠子所串成，头一动就闪闪发光。

这位少妇的瓜子脸儿有点清瘦，但也因清瘦才愈显俊俏。高鼻梁，显出她的多才、有威，但性情似流入于偏狭；两条柳叶形的细眉，是告诉人们她天资聪明。两眼尤大而美，且明亮有神，但凝滞着不爱流动，且时时用细长的睫毛遮覆着，这是表示她的身份尊崇、人品娴雅，而又似含着一些渊深难测的忧郁。

下了车来，仆妇丫鬟搀着她慢慢地走着，还有仆妇在后面提着包袱，里边装的是顶上的香烛。这时两旁锣鼓喧阗，人声嘈杂，香会一班跟着一班的过去了。踏高跷的"丑锣""俊锣""老坐子""渔婆"和莲花落会上的"老妈上京"，那几个莽汉子所扮成的"小娘儿们"正在卖俏，然而谁爱看？"五虎棍"的真刀真枪也没有人理啦！无数人的目光齐集于一处，有的说："啊！这是哪个府里的？真赛过天仙呀！"有的人在东岳庙里听刘泰保介绍过，就说："妈呀！这是大名赫赫的玉娇龙呀！"

有人道出玉娇龙的名字后，于是万头攒动，接踵摩肩，有许多老太太、小媳妇、大姑娘也全都争着看，就仿佛看见了碧霞娘娘下了界似的那么新奇，且含着些惊讶。鲁宅随来的那两个仆妇都被人看得有点害怕了，但玉娇龙却连眼皮儿也不抬，慢慢地上了山。

山上怪石嶙峋，树木繁茂，虽然香客众多，那些山兔及山下罕见的鸟儿早已逃逸无踪。但黄莺和麻雀犹在树荫深处婉转地歌唱，嘀溜溜地密语；燕子还超出人群，在如洗一般的晴空中飞翔。山道旁生着密密的青草，开着惹人怜爱的娇艳野花。清风吹来阵阵的草香，好像到了边塞草原的地带。而石头缝儿里涓涓流下来的泉水，像眼泪似的，流下来就随着石隙汇成了一道小河，碧清如玉，滚动着，发出潺潺的声音，泻于深涧之下。

上面茶棚里也敲着磬，有人高唱着说道："进来歇歇吧！您虔诚哩……"但一瞧见玉娇龙由下面来了，也都喝声中止，把眼直了。许多山轿过来争着让座，玉娇龙也都一概拒绝，她是为父还愿而来的，所以不能乘轿朝顶。步行她不怕艰难，因为她不是没有行过山路。

鲁宅跟来的两个仆妇全都是小脚，每人虽都买了一根桃木棍子，可是往上走着都觉非常吃力；她们越走越喘，又因身后跟着许多人，都像舍不得离开她们似的，所以她们是气恼极了。可是因为是随着少奶奶出来的，少奶奶又是这么一位可怕的少奶奶，她们便不敢发半句怨言，何况上头还有"娘娘"呢！来这儿朝山，要因为走不动了就抱怨，岂不是要被"娘娘"降灾吗？现在她们就是走得动也得走，走不动也得走。只是她们向下看着山涧有点提着心，真怕少奶奶不改志愿，不避艰险，往下一跳；纵使"娘娘"能够保佑，摔不死，可是她们也没法给拉上来了，那才坑了她们呢！两个玉宅的丫鬟跟那男仆都是大脚，人家倒都不觉得累。

往上走了多时，过了一岭又是一岭。山风渐冷，夕阳在山后如同一只血红的大火球，群鸦惊飞，红霞纷落，各茶棚里已点上了灯了。虔诚的香客都讲究连夜朝顶，平常这座山，即使白昼也是没有什么人行，可是现在竟如不夜城，是个通宵的山市。

眼看天快黑了，那男仆征得姑奶奶的同意，这才找地方去投宿，预备天明时再朝顶上香，好在离着山顶也没多远了。这个男仆对于妙峰山的路径当然很熟，在许多茶棚里也有熟人。迎着暮色又向上走了不远，就来到了一座很大的茶棚之前，棚里悬着十多只宫灯，设备得极为款式；在这里做招待的人也都是长袍青坎肩，是很规矩的人；当中供着佛桌，两旁插着黄旗子，都写着是"铁贝勒府"。

这是铁府特设的，派一个侍卫和几个仆人在这里经管，专为接待本府眷属朝山在此休息。但本府中的眷属得过两天才能来呢，这又是善事，到此讲不了身份的尊卑，即使是乞丐来这儿道声"虔诚"，也得照样竭诚招待。不过有"铁府"的贵族气逼着人，平常的人都不敢接近；只有些贪便宜的来这儿喝碗上好白米的稀饭，吃两个飞箩白面的馒头，拱拱手就走，不敢多留。可是这里棚中还设着暖棚，暖棚又分出来男女座位，里边物器俱全，山风儿一点儿也吹不到，已有几位官眷早就来到这里歇息了。

玉宅这仆人上前一道"虔诚"，随着就把姑奶奶往里请。棚里的人一看见来了官眷，本来就更得恭敬，及至一听说来的是玉宅的姑奶奶，鲁宅的少奶奶，就是曾在他们府里两次盗剑之人，谁不惊讶呢？一齐说："请！请！请到堂上棚里！"但不禁声音全有点发颤，眼睛都不敢顺着灯光去瞧那姗姗走来的一条儿雪青颜色，可是眼珠儿都发了直啦。

玉娇龙一看见这是铁府所设的茶棚，她就有点心里不痛快。一进了堂客的暖棚，却又见这里有三四位贵族的太太正在闲谈，旁边还全有仆妇丫鬟在伺候；并且有位四十多岁的身穿紫色绸袍、托着水烟袋的太太，惊讶地向她笑着说："啊！鲁少奶奶！您怎么也来啦？"接着又问候了一大遍府里的这个好，那个好。玉娇龙不得不依照辈数的尊卑来上前行礼，并且赔笑答话。

原来这位是展公爷的太太，跟玉娇龙的娘家没有多大来往，但却是她婆家鲁太太的好朋友，玉娇龙叫她展三婶儿。这位太太向来是信佛的，当下见了玉娇龙也来此烧香，她是特别地喜欢；及至听说玉娇龙要为父还愿，舍身跳崖，她更是大大地赞成。她就说："跳吧！只要到时候你一秉虔心，自有神灵保佑你。我的祖婆婆年轻时就跳过，是真的，那时她闭眼跳下去的时候,就觉着身子被云托着,忽忽悠悠的把她送走了。她睁眼一看,原来回到家里啦,连皮肉儿也没伤着。从那回,我那位老奶奶就一辈子没灾没病,直活到九十九,死的时候真跟个老比丘似的,那一定是成啦!"

她又说:"顶上的娘娘可真灵!比方这座山,平日有的是豺狼虎豹,现在一个也没有啦!因为开庙的几天前,娘娘就派了灵官把那些东西全都赶走了,所以咱们在这儿处处有神灵保护,何况你又是个孝女呢?"

玉娇龙一听,对这件事居然有了同情的人,而且是位贵族的太太,婆家的亲友;她非常喜欢,就也敛起了愁容,跟展太太很高兴地谈起闲话来了。两个丫鬟听了那些话,全都半信半疑,但在这里是没有她们插言的份儿。那两个仆妇也像放了心了,因为万一少奶奶跳涧摔死了呢,她们回宅也有话可以推诿,反正这是展太太知道而且主张的。

旁边几位太太也全是城中公侯大臣之家的女眷,展太太都给玉娇龙引见了。这几位在初见玉娇龙之时,全都惊羡她的雍容曼美;听说了她要跳崖,可都又惊异,有的还赞叹。及至展太太说出姓名来了,才知道她就是玉娇龙。玉娇龙的父亲本已退休,两个兄长又都丁忧,丈夫也因中风失掉了官位,所以大家就觉着不必联络她、亲近她;何况这一年来的谣言与事实谁不知道?所以又都暗中对她生出来鄙视,揣着疑心。展太太介绍之后,几位不得不点头,但谁也不跟她说话了。

茶棚内有预备的很好的稀饭、馒头,还有展太太自己带来的素菜,请她在一起吃了。这地方像客厅不是客厅,似驿舍又非驿舍,棚中的灯越来越暗,外面的山风却越吹越紧。山深夜静,门外夜行的香客还彼此道着"虔诚",桃木棍敲在山石上的响声极为清脆,如刀棍交鸣。高处的磬声散下却更清彻而悠扬,如壮士放歌,如大江拍浪,如远漠驼铃,如草原牛吼⋯⋯四壁的人都坐在椅子上打盹,展太太说得疲倦了,趴在桌上直打鼾;玉娇龙却终宵未寐,心中一阵酸楚,又一阵奋发。

渐渐棚中的蜡烛和灯油已将燃尽,暖棚里的炭火也将熄灭,觉得很冷,但天色已渐发曙光。玉娇龙看了看身边带着的金表,长短针已指在四点三刻,她就赶紧叫仆妇丫鬟全都醒来,催着说:"咱们就往顶上去吧!"两个仆妇揉着困倦的眼睛,都说:"天还早吧?"可是棚外却足声杂沓,许多人彼此道着"虔诚",玉娇龙就说:"你们看有多少人都往顶上去了?烧香不赶早儿还行?"

展太太打了个哈欠,直起腰来,她也把表掏出来看了看,就说:"哎哟!睡得过了时候啦!天都快要亮啦,我们可要朝顶去啦!再晚一点,娘娘可就回宫去啦!"遂就疾忙叫醒她带来的仆妇,匆匆忙忙的,这就预备走。鲁宅的那两个仆妇可都慌了,一齐说:"展太太,您等一等,跟我们少奶奶一块走吧!"展太太点头说:"好!你们也快着点!"

这时玉宅的那个男仆,站在门外问姑奶奶何时朝顶,丫鬟向外告诉他了。他又叫茶棚的人端来热气腾腾的稀饭和馒头,玉娇龙和展太太、丫鬟、仆妇们匆匆用了些,身上都又觉着暖和了。丫鬟并取出一件夹坎肩,给玉娇龙穿上;展太太也披了一件皮马褂,拿起她的那枣木棍子。别了那几个虽然已被吵醒可还不愿这么早就朝顶去的太太们,她们就还带着点倦意,一齐走出了茶棚。

这时天还黑着,繁星还在高坡上乱进,风很寒,吹得两腿发抖,可是确实有不少人往顶上去走了。虽然沿着山路隔个百十步远,尚有一只"路灯会"捐助的玻璃灯,香客们手里也都打着玻璃的、纸的、牛角的各式灯笼,但照不明这段山路;大家都须用木棍向前试探着,半步半步的往前走。可是玉娇龙却也不用拄棍,她走得非常轻快,但她必须压着脚步等等展太太。

往上走了一会儿,回头再往下看,就见巍然起伏的山岭,崎岖宛转的山路上,处处是悠悠荡荡的灯光。又走了一会儿,顶上的磬声就散漫下来,而辉煌的香火也可以望得见了,此时的情景真是十分神秘。

她们一共是九个人,到了顶上,先到灵官殿,后即到了碧霞元君宫。这座殿建筑在山顶之上,本来不大,可是香火之火光,钟磬之声,拥挤叩拜的香客,求钱的老道,是纷乱极了。好不容易她们才挤进了庙门,但想到殿中去从从容容地烧香可也不能够,只得在许多人的后头。玉娇龙跪倒叩了头。男仆一股一股地点香,因为没有地方插,随手就扔在大香炉里。

天虽未大明，可是这里的火光很亮，香烟弥漫着比云还厚，谁也看不清楚谁的脸。玉娇龙被丫鬟搀扶起来，丫鬟却觉得小姐的冷泪滴在了她们的手上。一时又挤不出去，并且展太太还手举着火光熊熊的香，跪在地下，一边叩头，一边嘴里还咕噜咕噜的念经，她们只好等着。

等了半天，展太太方才起来，手里还拿着香，把她自己的皮马褂都烧着了，吓得她直叫唤；幸亏鲁宅的两个仆妇上前用手去扑救，才只烧了一片皮毛，并未延及全身。香抛在地下，散了，倒有许多人吓得都往旁边去躲。展太太又不敢在这儿抱怨，连叹气都觉得不大吉利，只得说："香烧完啦，就算跟娘娘见了面啦，咱们走吧！"于是，又由那男仆在前面开路，她们几个人便挤出了庙。

这时天空上的星光已隐，云已渐明，东方宣起一片紫色的曙光。她们愈往下走天愈明，紫色的曙光也愈宣愈大，连东方的一片云都成了玫瑰色，景象颇为绮丽。山鸟也噪起了清细的歌声，但晨风却更紧，云雾都向顶下去坠，更显得稠密。

此时，她们这一行人的精神齐都十分紧张，都用眼看着玉娇龙，都盼着她忘了那许下的心愿才好；但脸色如雾一般的颜色、双眉愁锁的玉娇龙，却走到了一座悬崖之上面。崖下是山涧，云雾弥漫，如一片茫茫的大海，旁边的人全不敢往近去走。玉娇龙发鬓微蓬，绒花乱颤，雪青色的衣裙被山风吹得时时飘起。她以纤手弹泪，站立在那里回首说："你们全回去吧！"声音哀惨而坚决，说完了话就再不回头。

两个丫鬟全都跪下来痛哭，仆妇们声音颤抖着说："少奶奶！别……别……"展太太也双腿不住地哆嗦，打着问讯，闭上了眼，嘴里不住地动。男仆跑过来躬身哀求说："姑奶奶！您来了就是啦！大人的病也好啦，娘娘早就知道您的孝心啦！您还得保重千金之躯，您跟我们回去吧！您还得照顾您那几个侄男侄女呢！"

玉娇龙却并不回答，低着头看着崖下的云雾。忽然见她一顿脚，丫鬟仆妇们齐都惊得举起臂来，高喊着："呀……"男仆要向前去揪也没有揪着。只见玉娇龙向下跳去了，风一吹，头上的一支绒风簪落在石上，她的雪青衣影已如一片落花似的坠下了万丈山崖。下面云雾茫茫，什么东西也看不见。

丫鬟仆妇都齐声大哭，那男仆急得也要跳下去，说："咱们还怎么回去？大少爷、二少爷嘱咐咱们，到时无论如何也得把她拦住，现在，咳，咳……"

展太太见人已然跳下去了，她仿佛倒不害怕了，打着闻讯念了声："阿弥陀佛！"又说："你们就都别哭啦！这绝不要紧，不信咱们进城里去瞧瞧，她早比咱们先回去啦。顶上的娘娘要是连这么一点灵验都没有，哪还能有这么些个人来这儿烧香吗？"

此时又有许多往上走的跟往下走的香客们，一齐赶过来看。听说有小姐投了崖，全都啧啧地赞叹不止，都认为这事绝不要紧。这座山崖虽是最高的山崖，涧虽是最深的涧，现在涧里是云雾，但本地的人都知道，云雾之下是乱石荒地，有点涧水也不算多。向来没人到那里去，可是那里假若是有石可攀、有路可行的话，就离着"三瞪眼"那地方不远了，人也许不至摔死。

当下仆妇和丫鬟们的心里全都将信将疑，男仆却愁眉苦脸，想着：完了！这还有个不死的吗？展太太虽然口里说："不要紧，一定没妨碍！就是有了舛错，玉宅鲁宅也问不着咱们；又不是咱们逼着她，是她自己许下的心愿！"心里却不住地打鼓。

此时太阳已然高升，山上的人更多，都争传此事。展太太雇了一顶山轿，带着她的仆妇下去了。这里玉宅的男仆也同着仆妇丫鬟们向下走一会儿，歇一会儿，直到过午方才下了山。这男仆就叫车先把仆妇丫鬟们送进城去，分向玉、鲁两宅去报信，然后就找了许多人跟他到山涧里去找。这时各项香会来得更多，京城八邑、天津卫、保定府，各处的人也都到这儿进香来了，玩意儿更多，人更热闹了，但都没有这件事能够惹人听闻。

玉宅的男仆在这儿连住了五天，玉宅、鲁宅又派了几个仆人来这儿帮助寻找，并且悬出来很重的赏格。可是山崖依样巍峨，涧云犹然飘荡，玉娇龙的本身或尸体都无下落，连一只鞋也没找着。有的人就说："她还会摔死？她那身本领，别说跳崖，就是从天上摔到地下，由灵霄殿的瓦上摔到森罗殿的地坑里，她也不会死呀！别是借着这个因由儿，她飞了吧？"

有个从妙峰山才回来的，却摇头说："不行！那座崖我看了，太高！涧太深！无论多大的本领，掉下去也准没有活命！"因此又有人传来了谣言，说是有人在山涧里拾着了一缕青丝发，尸首大概是叫狼给吃了，那只狼才算有艳福的呢！又有人说："玉娇龙给她的爸爸托了一个梦，说是她确已死了，她的爸爸因此吐了一口血，病又反复了。"传说不一，谁也没有凿实的根据，不过鲁宅却延僧请道为少奶奶念了一场经，从此再也不提这件事。

刘泰保夫妇在妙峰山足玩了半个月，十六那天才一同坐着骡车进城，马也没有了，宝剑和那两只包裹也都不知送给谁啦。有人向他问到玉娇龙跳崖之事，他却连连摆手说："别提别提！我姓刘她姓玉，我是穷光蛋，人家是名门小姐少奶奶。去年我是一时好事，跟她家捣过几次小麻烦，倒是真的，但我们只有一面之识，实无两面之缘。人家跳了崖，只要不是我给推下去的，就休来问我。至于玉娇龙是活着或是已然呜呼了，那恕我跟阎王爷没有交情，不能去查那本生死簿。得啦，诸位别来问我，现在我一切闲事都不管，只顾的是我的饭锅！"

蔡湘妹也是向街坊邻居们叹息，拿手背拍着手心，说："咳！这真是想不到！可惜了的！她还待我怪好的呢！"

他们夫妇自玉娇龙跳涧之后，日子过得是特别的平安。蔡湘妹头一胎生的这个男孩，十分肥胖可爱，刘泰保在铁府里也比早先得脸啦。虽然群雄俱去，他在街面上大可以为王了，但他却不再像早先那样好吹，非他力量所能及的那些闲事儿，他也不爱管啦。他的朋友秃头鹰可不知从哪儿发了一笔邪财，处处都显出阔来了。至于德啸峰和邱广超两家的人，对玉娇龙之事，丝毫不加以评议。妙峰山的会期一过去，京城中倒显得冷冷清清，玉娇龙之事已无人再提，就像大家已把她忘记了，她的生死问题就算是没有结果而结束。

天气又一天比一天热了，柳条一天比一天长了，草已由青而变绿，花已由零落而变结实。在西陵五回岭一带，那地方按位置说是在北京的南边，所以气候更暖，山上的草更高。山下那不知是谁家的几间庐舍，附近有山泉流成一道小溪，汇聚在庐舍旁边成了一亩小湖。岸上芦苇新生，槐柳成林。池面上浮着五六十只鸭子，掠水游戏；山坡上放牧着四十多只绵羊，在那儿吃青草。那绵羊跟鸭子都像雪一样的白，遥遥对照，相与争辉。

这地方很少有人来往，只有岭北一座庙里的道士，常至庐中访问这里的主人。这庐舍里只有主一仆二，二仆之中一个管牧羊，一个管养鸭。但牧羊的这个人并不像画上的牧童那样吹着短笛，风流潇洒，却是个形容古怪、两只红眼、跟个老鼠似的人，常坐在羊群里闻鼻烟。那个管养鸭子的，也不像江南水村的娇娆村女那样，坐在小船上以竹竿赶鸭，却是个慓悍的，脸上有一块刀疤，像当过几天喽啰的家伙；这家伙很懒，白天常在林中睡觉，倒好像坟窟窿里住的獾。

但他们的这份家计也就仗着他们两人操持了，羊养肥了就去卖给附近镇上的羊肉铺，鸭子也是养肥了就送到烧房，或是自己炖着吃。主人却什么事也不干，每天只是愁眉不展。他天天刮脸，天天站在庐舍前或上山坡去东瞧西望，有时又顿脚、叹气、唱歌，但他只唱一句，只唱"天地冥冥"四个字，往下他就不唱了，仿佛他心中永远是焦急暴躁，在盼望着什么人来。但一阵春风过去，又是一阵细雨，白天过去了，又是黄昏，日子一天一天的过去了，他所盼望的人却永久不至，他越来越愁，越来越急。

这时候燕子已经成双，蜜蜂蝴蝶已在花间寻侣，羊儿在山坡上互相追逐，鸭子都两两相并着游水，月儿也圆了。就是这一天，柳梢上拱出来一轮圆圆的明月，月光照得这个地方，山石似玉，树影如描，池水亮得像一汪水银似的。舍中也无灯光，鸭已回到栏中去睡，羊群也挤到林下去安眠，只有那两个仆人坐在山坡上，像赏月的诗人似的。其实他们一点也没注意这月亮，只是彼此闻着鼻烟，两人在闲扯。

这时便从北边有一阵清脆的马蹄声来了，声音并不急促，但由远而近，越来越响。于是那耗子似的人就把耳朵一扎竖，推了他的伙伴一下，说："你听听! 是有马来了不是? "

两人都跑下了山坡，把路挡住，直着眼睛借着月光向北方看。北方是一重一重的峻岭，白天由那边的岭上爬过来都不容易，何况是这月夜，是什么人呢? 有多少人呢? 可是由蹄声听得出来，来者只是单人匹马。蹄声嘚嘚,不多时候马已渐渐来近,这边脸有刀伤的小子高举着双臂吆喝着说:"喂! 喂! 你是干什么来的呀?"

身后那老鼠一般的家伙却拉了他一下,说:"别是咱们的太太来了吧?"因为他的两只红眼已看出来,月光之下,来到三十步之内的是一匹胭脂色的骏马,马上带着两只大包裹,还有长长的像是一口宝剑,剑的铜护手、丝绦穗跟鞍鞯上的全份新铜活、银镫等等,都映着月光闪闪发亮。马上的人是高身细腰,一身青色的紧紧的短衣裤,但头上却蒙罩着花绸的帕子,掩住了云鬟,来者却是个女子。

那个老鼠似的人赶紧转身欢跳着跑了,而有刀疤的便疾忙上前拉马,并说:"我们老爷在这儿等着您,等了快有半年啦!"

马上的女子发出清细而急快的声音,说:"人家告诉我的,说你们是住在岭北这三清庙里,我去找了,那里的老道却说你们早就搬到这里来了。早要知道你们在这儿,我可以省走好多的路!"

花脸獾说:"这是我们老爷的主意,因为老爷觉着在庙里会您,有点不方便。恰巧,这儿有几间没主儿的房子,又很雅静,过日子正相宜;地下虽然有个大洞,可是也叫我们填死啦。我们搬在这儿就等您来,太太……"他又赶紧改口说:"小姐!"女子不做什么表示,款款走了几步,她见庐舍里已点上了淡红色的灯光。

庐中的主人,一个虎背熊腰、脸刮得比月亮还亮的少年男子,闻了信就疾忙走出。于是女子也赶紧下了马,嘱咐牵马的人说:"马上的东西别动!"她一手提着丝鞭,袅袅娜娜的,如月中下凡的仙子一般走了过去,跟那男子见了面,两人的手就紧拉在一起了。

那男子微叹了一声,先低下头来看着她,又扬起来脸;她的俏脸上现出来娇笑,是多情而感动的笑,睫毛上可挂着露水一般的泪珠,被月光照得晶莹闪动。两人就携着手进了短垣、竹篱、帘栊,而到里屋去了。

屋里有一张床的那个里间,窗上的灯光发出娇艳的颜色。男子雄健的身影和女子掠鬓倚身的俏媚身影都很清晰地印在窗上,并时时换着姿势。外面的这两个人把那匹胭脂马牵到门中系在桩上,两人就蹲在厨房的檐下,抬着头瞧着那窗棂彼此笑着,挤鼻子弄眼做手势,他们可都不敢近前去偷着听。

那屋里的男女二人谈话的声音都很低微，散不到窗外来，窗上的人影也只一闪一闪的断续无定。但是过了许多时，忽然女子发出一阵笑声，咯咯的，声儿极为娇细；并见那个男子把手放在她的柔肩上，斜托着她的脸儿，也哈哈大笑起来。这外边的两个人都吐着舌头，彼此看了看，悄声说："今天怎么这么喜欢呀？这样看来，可以在这儿过上日子啦！咱们哥儿俩可怎么办呀？看看人家……"突然，室中的笑声中止，灯光忽灭。

这时明月走到天心，地下越显得明亮，树影、竹篱的影子描绘得更清楚，四周的景象越静越幽美。屋檐下的这两个人，一个拉着一个说："得啦！别看啦！进屋睡觉来吧！明天早晨，别忘了给咱们太太贺喜就得啦！"当下两人就进厨房去睡觉了。外面愈静，只有山风吹着树叶颤动，泉水在石隙中作微微的细语，两三颗星向下眨眼微笑……

一夜过去了，次晨，天微明，朝雾弥漫在岭上和林间。屋里的人，连羊和鸭子，还都没有睡醒；桩子上的马，身上还备着鞍鞯，挂着两只大包裹跟宝剑，嘴唇跟鼻孔噗噜噜的往外吹气儿。月已转向西方，成为了一轮无光的银盘。风撼着树枝，似要唤醒鸟儿。

此时，那正房的帘栊忽然一动，那女子走出来了；虽然压着脚步并无声音，但她走得很快，一手提着丝鞭，一手向上掠那蓬松的云鬓。走到了桩子旁，她解下马来，牵出了短墙，用绢帕揉了揉眼睛，就上马挥鞭向东驰去，连头也不回。蹄声一响，宿鸟惊飞，鸭子也乱叫，绵羊也齐鸣。庐中的那男子已然惊醒，发现失去了那女子，他疾忙追出来；四下张望，连声喊叫，但那女子的俏影、骏马是早已无踪无影。

东方现出了玫瑰色，天际薄云作鱼鳞之状，云雾也渐消散，大地长天如扯去了一层美丽的幕，飘去了一个幻梦，而又露出了苦闷、惆怅的脸色来。那男子站在山坡上发呆了半天，他明白，他即使去追上也无用，但他又叹气、惋惜，就一步一步懒懒地走回庐舍。厨房里的那两个仆人还在梦乡之中，却还不知他们主人的这场绮梦又已散了。

《卧虎藏龙》写至此处，作者应当搁笔了。聪明的读者应该知道，昨夜在庐舍中同圆好梦的那一男一女是谁，也当知道他们为什么要分散而不能长聚。从此罗小虎时时回忆着这一段梦境一般的绮丽温柔。他住在这里，心灰意懒，不自做事，更不斗气横行，竟成了一个庐中高"卧"的隐者。而至玉娇龙，既难忘爱人的痴情，又不能不守母亲未殁之时的遗言。总之，她虽已走出了侯门，究仍是侯门之女；罗小虎虽久已改了盗行，可到底还是强盗出身，她绝不能做强盗妻子的。所以来此一会，绮梦重温，酬情尽义，但又不敢留恋，次日便决然而去，如神龙之尾，不知"藏"往何处去了。尘海茫茫，人生繁琐，其后尚有许多事情，留待《铁骑银瓶》中再述。

为《王度庐武侠言情小说集》而作

张赣生

我第一次读度庐先生的作品，是四十多年前刚上中学的时候，做梦也想不到今天为《王度庐武侠言情小说集》写序。

度庐先生是民国通俗小说史上的大作家，他的小说创作以武侠为主，兼及社会、言情，一生著作等身。最为人乐道的，自然首推以《鹤惊昆仑》《宝剑金钗》《剑气珠光》《卧虎藏龙》《铁骑银瓶》构成的系列言情武侠巨著，但他的一些篇幅较小的武侠小说，如《绣带银镖》《洛阳豪客》《紫电青霜》等，也各具诱人的艺术魅力，较之"鹤-铁五部"并不逊色。

度庐先生以描写武侠的爱情悲剧见长。在他之前，武侠小说中涉及婚姻恋爱问题的并不少见，但或作为局部的点缀，或思想陈腐、格调低下，或武侠与爱情两相游离缺少内在联系，均未能做到侠与情浑然一体的境地。度庐先生的贡献正在于他创造了侠情小说的完善形态，他写的武侠不是对武术与侠义的表面描绘，而是使武侠精神化为人物的血液和灵魂；他写的爱情悲剧也不是一般的两情相悦、恶人作梗的俗套，而是从人物的性格中挖掘出深刻的根源，往往是由于长期受武德与侠道熏陶的结果。这种在复杂的背景下，由性格导致的自我毁灭式的武侠爱情悲剧，十分感人。其中包含着作者饱经忧患、洞达世情的深刻人生体验，若真若梦的刀光剑影、爱恨缠绵中，自有天道、人道在，常使人掩卷深思，品味不尽。

　　度庐先生是一位极富正义感的作家，这在他的社会言情小说中表现得格外鲜明。《风尘四杰》《香山侠女》中天桥艺人的血泪生活，《落絮飘香》《灵魂之锁》中纯真少女的落入陷阱，都是对黑暗社会的控诉，很能引起读者的共鸣。度庐先生自幼生活在北京，熟知当地风土民情，常常在小说中对古都风光作动情的描写，使他的作品更别具一种情趣。

　　度庐先生是经受过"五四"新文化运动洗礼的人，他内心深处所尊崇的实际上是新文艺小说，因而他本人或许更重视较贴近新文艺风格的言情小说和社会小说创作。但从中国文学史的全局来看，他的武侠言情小说大大超越了前人所达到的水平，而且对后起的港台武侠小说有极深远影响的，是他创造了武侠言情小说的完善形态，在这方面，他是开山立派的一代宗师。几十年来出版的中国现代文学史，无例外地排斥通俗小说，这种偏见不应再继续下去，现在是改写中国现代文学史的时候了。

已知王度庐小说目录

1926—1937

作品名称	始载时间	连载报刊/署名/备注
半瓶香水	1926.9之前	小小日报/王霄羽
黄色粉笔	1926.9之前	同上
红绫枕	1926.9	小小日报/王霄羽/同年报社出版单行本
残阳碎梦	1926.12	小小日报/王霄羽
侠义夫妻	1927.1	同上
琪花恨	1927.3	同上
孀母孤儿	1927.4	同上
飘泊花	1927.5	同上
红手腕	1927.8	同上
护花铃	1927.8	小小日报/霄羽
青衫剑客	1927.10	小小日报/王霄羽
蝶魂花骨	1928.3	同上
疑真疑假	1928.4	小小日报/葆祥
双凤随鸦录	1928.7	小小日报/王霄羽
战地情仇	1929.6	同上
自鸣钟	1930.4	同上
惊人秘束	1930.4	同上
神獒捉鬼	1930.6	同上
空房怪事	1930.7	同上
绣帘垂	未详	同上
玉藕愁丝	1930.7	小小日报/香波馆主
烟霭纷纷	1930.7	同上
鳌汉海盗	1930.8	小小日报/霄羽
缠命丝	1931.8	小小日报/王霄羽
触目惊心	1931.8	同上
燕燕莺莺	1931.8	小小日报/香波馆主
黄河游侠传	1936.10	平报/霄羽
燕赵悲歌传	1937.4	同上
八侠夺珠记	1937.7	同上

作品名称	起止时间	连载报刊署名	出版时间、出版社/署名
河岳游侠传	1938.6–1938.11	青岛新民报 王度庐	
宝剑金钗记	1938.11–1939.7	青岛新民报 王度庐	1939年青岛新民报社，1948年上海励力出版社（改题《宝剑金钗》）/王度庐
落絮飘香	1939.4–1940.2	青岛新民报 霄羽	1948年上海励力出版社，分为四册：《落絮飘香》《琼楼春情》《朝露相思》《翠陌归人》/王度庐
剑气珠光录	1939.7–1940.4	青岛新民报 王度庐	1941年青岛新民报社，1947年上海励力出版社（改题《剑气珠光》）/王度庐
古城新月	1940.2–1941.4	青岛新民报 霄羽	1949–1950年上海励力出版社，分为四册：《朱门绮梦》《小巷娇梅》《碧海狂涛》《古城新月》/王度庐
舞鹤鸣鸾记	1940.4–1941.3	青岛新民报 王度庐	1941年（？）青岛新民报，1948年（？）上海励力出版社（改题《鹤惊昆仑》）/王度庐
风雨双龙剑	1940.8–1941.5	京报（南京）王度庐	1941年南京京报社/王度庐，1948年上海育才书局/王度庐
卧虎藏龙传	1941.3–1942.3	青岛新民报 王度庐	1948年上海励力出版社（改题《卧虎藏龙》）/王度庐
海上虹霞	1941.4–1941.8	青岛新民报 霄羽	1949年上海励力出版社，分为二册：《海上虹霞》《灵魂之锁》/王度庐
彩凤银蛇传	1941.5–1942.3	京报（南京）王度庐	
虞美人	1941.8–1943.10	青岛新民报 霄羽	1949年上海励力出版社，分为数册：《琴岛佳人》《少女飘零》《歌舞芳邻》等/王度庐
纤纤剑	1942.3–1942.10	京报（南京）王度庐	
铁骑银瓶传	1942.3–1944.?	青岛新民报 王度庐	1948年上海励力出版社，改题《铁骑银瓶》/王度庐
舞剑飞花录	1943.1–1944.1	京报（南京）王度庐	1949年上海励力出版社，改题《洛阳豪客》/王度庐
大漠双鸳谱	1944.1–1944.7	京报（南京）王度庐	

（接上表）

寒梅曲	1943.10–（？）	青岛新民报 霄羽	1948年（？）上海励力出版社，分为数册：《暴雨惊鸳》等/王度庐
紫电青霜录	1944–1945	青岛新民报 王度庐	1948年上海励力出版社，改题《紫电青霜》/王度庐
春明小侠	1944.7–1945（？）	京报（南京） 王度庐	
琼楼双剑记	1945.4–1945（？）	京报（南京） 王度庐	
锦绣豪雄传	1945.5–（？）	民民民 王度庐	
紫凤镖	1946.12–1947.7	青岛时报 鲁云	1949年重庆千秋书局/王度庐
情侠传	1947.5–？	民治报 鲁云	
清末侠客传	1947.4–1948（？）	大中报 鲁云	1948年上海励力出版社，分为二册：《绣带银镖》《冷剑凄芳》/王度庐
晚香玉	1947.6–1948.1	青岛时报 绿芜	1948年上海励力出版社，分为二册：《绮市芳葩》《寒波玉蕊》/王度庐
雍正与年羹尧	1947.7–1948.4	青岛时报 鲁云	1948年上海励力出版社，改题《新血滴子》/王度庐
粉墨婵娟	1948.2–1948.7	青岛时报 绿芜	1948年元昌印书馆，分为二册：《粉墨婵娟》《霞梦离魂》/王度庐
风尘四杰	1948.2–（？）	岛声旬刊 佩侠	1949年上海励力出版社/王度庐
宝刀飞	1948.4–1948.9	青岛时报 鲁云	1948年上海励力出版社/王度庐
燕市侠伶	1948.7–1948.10	青岛时报 绿芜	1948年上海励力出版社/王度庐
金钢玉宝剑	1948.9–1949.2（？）	青岛公报 联青晚报 王度庐	1949年上海励力出版社/王度庐
香山侠女			1949年上海励力出版社/王度庐
春秋戟			1949年上海励力出版社/王度庐
龙虎铁连环	1948.9–1948.10	军民晚报 王度庐	1949年上海励力出版社/王度庐
玉佩金刀记	1949.1–1949.？	民治报 王度庐	

王度庐年表

徐斯年　顾迎新

说明：

　　1.本表曾在《西南大学学报》刊出，此为补订本，包括增补史料及其说明、考证，并订正了个别疏误。

　　2.本表包含许多新发现的资料，特别是在辽宁省实验中学档案室发现的王度庐档案，从而补正了徐斯年《王度庐评传》的一些误判和部分欠缺。

　　3."度庐"实为1938年启用的笔名，为了统一，本表用为表主正名。

　　4.由于史料不全，历年行状、著述依然详略不一，有待继续挖掘、补充史料。

　　5.表中所记日期，阳历用阿拉伯数字，清、民国年份及旧历日期用汉字。

　　6.表中所系年龄均为虚岁。

　　7.由于旧报缺失严重，所以连载作品肯定不全。表中所录者，始载时间和结束时间多难确认，一般仅记月份，有线索可资考证者在按语中加以说明。

1909年（清宣统元年，己酉）　1岁

　　正月，清帝爱新觉罗·溥仪改元"宣统"。清廷决定消除"旗""民"界限，旗人不再享受"俸禄"。是年七月廿九日（9月13日），王度庐生于北京"后门里"一户下层旗人家庭，原名葆祥，字霄羽。父亲"在清宫管理车马的机构里当小职员"。家庭成员除父母外还有一位姐姐、一位未嫁的姑母和

一位叔祖父。一家六口，全靠父亲薪金维持生计。

按：后门即地安门，后门里位于地安门内，属镶黄旗驻地。司礼监胡同，得名于明代位于该地之司礼太监署；后改称"吉安所左巷"，则得名于清代宫中嫔妃、宫女卒后停尸之"吉祥所"（后改"吉安所"）。毛泽东青年时代曾租寓于本胡同8号。

关于父亲职务的记述引自王度庐手写简历，其父任职机构当系内务府下属之"上驷院"。内务府为管理皇家事务的机构，成员均为满洲上三旗（镶黄、正黄、正白）"从龙包衣"。"包衣"，满语，意为"自家人"，一定语境下也指"奴仆""世仆"。据此，王氏当属编入满洲镶黄旗的"汉姓人"（不同于"汉人""汉军"），这一族群不仅属于"旗族"，而且也被承认为满族。

1912年（民国元年，壬子）　4岁

1月1日孙中山宣誓就任中华民国总统。2月2日，清宣统帝宣告退位。根据清室优待条件，宫内各执事人员照常留用，王度庐父亲依然可以领受部分薪金，家庭生计勉得维持。

1916年（民国五年，丙辰）　8岁

1月，王度庐父亲病故。2月，遗腹弟出生，名葆瑞，字探骊。是年2月2日，王度庐夫人李丹荃生于陕西周至。

按：葆瑞出生时间据人民日报社1991年1月3日印发之《谭立同志生平》。葆瑞（即谭立）为遗腹子，由此可知其父当卒于1月份。周至，离西安甚近。

1918年（民国七年，戊午）　10岁

是年王度庐始入私塾读书。曾与姐、弟同染重症，母亲变卖家当为之治疗，终得转危为安，而家庭经济更加贫困。

1919年（民国八年，己未）　11岁

五四运动爆发。王度庐仍在私塾就读，至1920年。

1921年（民国十年，辛酉）　13岁

是年王度庐入景山高等小学就读，至1924年。

1925年（民国十四年，乙丑）　17岁

是年1月，宋心灯在北京创办《小小》日报（后改《小小日报》），自任社长、主笔。王度庐从景山高等小学毕业，先在精精眼镜店当学徒，后在《平报》和电报局任见习生，可能已经开始向《小小》日报投稿。

按：宋心灯（？—1949），字信生，原籍河北大兴（析津）。新闻专科学校毕业，也是北京早期足球运动和羽毛球运动的发起者之一。《小小》日报即注重刊载体坛信息，后来发展为综合性小报。

又按：辽宁实验中学所存退休人员档案中的王度庐登记表，"文化程度"一栏填为"九年"，当系虚数。

1926年（民国十五年，丙寅）　18岁

是年《小小日报》先后刊载王度庐所撰侦探小说《半瓶香水》《黄色粉笔》和"实事小说"《红绫枕》，均署"王霄羽"。9月，《小小日报》馆印行《红绫枕》单行本，标类改为"惨情小说"。12月，《小小日报》连载社会小说《残阳碎梦》，亦署"王霄羽"。12月24日，《小小日报》刊出宋信生所撰《本报改版宣言》，"将旧有之八小版易为四大版"。

按：由于存报缺失严重，《半瓶香水》《黄色粉笔》未见，不知确切发表时间。因《红绫枕》内文提及它们，故知连载于《红绫枕》之前。由此亦不排除其一已于上年开始见报的可能。又据李丹荃女士回忆，早期作品还有《绣帘垂》《浮白侠》两种，均未见。《残阳碎梦》，现存第十次载于是年12月20日，由此推知当始载于12月1日；现存第三十三次载于次年1月21日，末注"（未完）"。

1927年（民国十六年，丁卯）　19岁

是年王度庐始在宽街夜授计民小学任职，先当会计，后任教员，直至1929。同时继续卖稿和自学，包括到北京大学旁听，往三座门北京图书

馆、鼓楼民众图书阅览室阅读。

1月，《小小日报》连载武侠小说《侠义夫妻》，署"王霄羽"。3月16日，《小小日报》始载社会小说《琪花恨》，署"王霄羽"。4月，《小小日报》连载社会小说《孀母孤儿》，署"王霄羽"。5月，《小小日报》连载社会小说《飘泊花》，署"王霄羽"。6月，《小小日报》连载侦探小说《红手腕》，署"王霄羽"。8月，《小小日报》连载侠情小说《护花铃》，署"霄羽"。10月，《小小日报》连载武侠小说《青衫剑客》，署"王霄羽"。

按：《侠义夫妻》，现存第八次载于1月31日，当始载于《残阳碎梦》结束后；连载结束时间当在《琪花恨》始载之前。《孀母孤儿》仅存5月2日第十一次，由此推知始载时间在4月（《琪花梦》结束之后）。《飘泊花》，现存第六次载于5月30日。《红手腕》，现存第十一次载于7月9日，可知始载于6月末。《护花铃》仅存十四、十七次，载于9月2日、5日，是知始载于8月，标类"侠情小说"，写当时题材。《青衫剑客》，第四次载于10月9日，至11月9日犹未结束。

1928年（民国十七年，戊辰） 20岁

是年北京改称"北平"。3月，《小小日报》连载侦探小说《疑真疑假》，署"葆祥"。3月，《小小日报》连载社会小说《蝶魂花骨》，署"王霄羽"。7月，《小小日报》连载"醒世小说"《双凤随鸦录》，署"王霄羽"。

按：《疑真疑假》，第四次载于3月12日，当始载于8日。《蝶魂花骨》，第三十四次载于4月11日，当始载于3月9日，与《疑真疑假》同时，故用两个笔名。《双凤随鸦录》，第四十二次载于8月21日。

本年存报缺失严重，当有不少连载作品至今未知。以下类似情况不再逐一说明。

1929年（民国十八年，己巳） 21岁

6月，《小小日报》连载社会小说《战地情仇》，署"王霄羽"。

按：《战地情仇》，仅存7月4日一次（序号未详）。本年几无存报。

1930年（民国十九年，庚午）　　22岁

是年王度庐离开宽街夜授计民小学，改任家庭教师，不久认识李丹荃。

按：李丹荃在所遗手稿《王度庐小传》中说："我在北京读中学时，在一个同学家里认识了王度庐。那时，他正给我的同学的弟弟补习功课。记得他曾送过我两本书，一本是纳兰容若的《饮水词》，另一本是《浮生六记》。我不喜欢《浮生六记》，却很喜欢那本词，有些句子至今仍能记得，如'摇落尽，有发未全僧，风雨消磨生死别，似曾相识只孤灯；情在不能醒……''瘦狂那似肥痴好，任他肥痴好，笑他多病与长贫，不及衮衮诸公向风尘……'"（按文中所记纳兰词句与原作略有出入。）

3月，《小小日报》连载侦探小说《自鸣钟》，署"王霄羽"。

按：《自鸣钟》残存连载文本至三十一次告"全卷终"，次日接载《惊人秘柬》第一次。故暂系于3月。

是年，王度庐始用笔名"柳今"在《小小日报》开辟个人专栏"谈天"，每日发表短文一篇，纵论国事、民生、世态、人情、风习、学术、艺文等。"柳今"在这些短文里经常述及"自己"的"经历"，多属杜撰；但是，这位论说者的心态、性格、气质又与当时的王度庐十分相符。

按：因存报缺失，"谈天"开栏、终结时间未详。所载杂文均署"柳今"，以下不作逐篇标注。

4月1日，《小小日报》"谈天"栏刊出杂文《世态》。4月4日，《小小日报》"谈天"栏刊出杂文《荒芜的青年》。

按：4月2日、3日报纸缺失，或漏杂文两篇。以下类似情况不再加注按语。

4月5日，《小小日报》"谈天"栏刊出杂文《中等人》。4月6日，《小小日报》"谈天"栏刊出杂文《架子》。4月7日，《小小日报》"谈天"栏刊出杂文《性的广告》。4月8日，《小小日报》"谈天"栏刊出杂文《笑》。4月9日、10日，《小小日报》"谈天"栏连续刊出杂文《永垂不朽》（一）（二）。4月11日，《小小日报》"谈天"栏刊出杂文《女性的教育与生育》。4月12日，《小小日报》"谈天"栏刊出杂文《一位平民文学家》，赞赏满族鼓词作者韩小窗。文中说："世界本来是平民的世界，尤其是文学家，更要有一种平民化的精神，他才能够用文学的力量，来转移风化，陶冶民情；否则琢句雕章，自以为是，至多不过只能得到少数

的文蠹的几遍诵读罢了。"韩小窗"这人确实是位有天才、有词藻、有思想的文学家。他能把他这种才学,不去作八股,不去批试帖,而能用来编大鼓,他的平民思想可见了,他的环境可见了,而他的清高也可见了"。

按:韩小窗(约1828—1890),辽宁开原人,满族,子弟书(即鼓词)作家。其代表作有《露泪缘》《宁武关》《长坂坡》《刺虎》《黛玉悲秋》《红梅阁》及影卷《谤可笑》《金石语》等。

4月13日,《小小日报》"谈天"栏刊出杂文《绝顶聪明》。4月14、15日,《小小日报》"谈天"栏连续刊出杂文《道德》(一)(二)。

4月17至23日,《小小日报》"谈天"栏连载杂文《伦理与中国》。全文分为五节:一、伦理的产生;二、伦理的优点;三、伦理被利用以后;四、伦理存亡与中国之存亡;五、伦理的蟊贼。

4月25日,《小小日报》"谈天"栏刊出杂文《小难》。4月26日,《小小日报》"谈天"栏刊出杂文《女招待》。4月27日,《小小日报》"谈天"栏刊出杂文《落子馆》。4月29日,《小小日报》"谈天"栏刊出杂文《麻醉剂》。4月30日,《小小日报》"谈天"栏刊出杂文《万寿寺》。

4月,《小小日报》连载侦探小说《惊人秘柬》,署"王霄羽"。

按:《自鸣钟》残存连载文本至三十一次告"全卷终",次日接载《惊人秘柬》第一次,具体日期均难考定。

5月1日,《小小日报》"谈天"栏刊出杂文《赘泽品》。5月2日,《小小日报》"谈天"栏刊出杂文《童子军》。5月3日,《小小日报》"谈天"栏刊出杂文《女腿》。5月4日,《小小日报》"谈天"栏刊出杂文《颠倒雌雄》。5月5日,《小小日报》"谈天"栏刊出杂文《歌舞剧》。5月6日,《小小日报》"谈天"栏刊出杂文《招与待》。5月7日,《小小日报》"谈天"栏刊出杂文《恢复北京》。5月8日,《小小日报》"谈天"栏刊出杂文《野鸡》。5月9日,《小小日报》"谈天"栏刊出杂文《女招打》。5月13日,《小小日报》"谈天"栏刊出杂文《署名》。5月14日,《小小日报》"谈天"栏刊出杂文《迷》。5月15日,《小小日报》"谈天"栏刊出杂文《恶五月》。5月16日,《小小日报》"谈天"栏刊出杂文《送春》。5月17日,《小小日报》"谈天"栏刊出杂文《哭》。5月18日,《小小日报》"谈天"栏刊出杂文《雨天》。5月19日,《小小日报》"谈天"栏刊出杂文《名士派》。5月20日,《小小日报》"谈天"栏刊出杂文《小算盘》。5月21日,《小小日报》"谈天"栏刊出杂文《自行车》。5月22日,《小小日报》"谈天"栏刊出杂文《穷北京?》。5月23日,《小小日报》"谈天"栏刊出杂文《服从》。5月24日,《小小日报》"谈天"栏刊出杂文《奴隶性》。5月28日,《小小日报》"谈天"栏刊出杂文《澡堂里》。5月29日,《小小日报》"谈天"栏刊出杂文《安慰》。5月30日,《小小日报》"谈天"栏刊出杂文《中国剧》。5月31日,《小小日报》"谈天"栏刊出杂文《游民》。5月,《小小日报》连载侦探小说《触目惊心》,署"王霄羽"。

按:《触目惊心》未见,据《空房怪事》前言列入,连载时间在《神獒捉鬼》之前,故系入5月。

6月1日,《小小日报》"谈天"栏刊出杂文《端午节》。3日,《小小日报》"谈天"栏刊出杂文《打麻雀》。4日,《小小日报》"谈天"栏刊出杂文《谋事》。5日,《小小日报》"谈天"栏刊出杂文《无聊的北平》。6日,《小小日报》"谈天"栏刊出杂文《病》。同日开始连载侦探小说《神獒捉鬼》,署"王霄羽"。

按:《神獒捉鬼》始载时间据原件图片背面报头,共连载二十五次,当结束于6月30日(7月1日始载《空房怪事》,参见《空房怪事》引言)。

7日,《小小日报》"谈天"栏刊出杂文《造化儿子》。8日,《小小日报》"谈天"栏刊出杂文《疯人》。9日,《小小日报》"谈天"栏刊出杂文《阔事》。10日,《小小日报》"谈天"栏刊出杂文《骗术》。11日,《小小日报》"谈天"栏刊出杂文《财神 阎王》。12日,《小小日报》"谈天"栏刊出杂文《画中人》。13日,《小小日报》"谈天"栏刊出杂文《醉酒》。14日,《小小日报》"谈天"栏刊出杂文《夫妻间》。15日,《小小日报》"谈天"栏刊出杂文《不开壳》。16日,《小小日报》"谈天"栏刊出杂文《憔悴》。17日,《小小日报》"谈天"栏刊出杂文《伤心人》。18日,《小小日报》"谈天"栏刊出杂文《情书》。19日,《小小日报》"谈天"栏刊出杂文《琴声里》。20日,《小小日报》"谈天"栏刊出杂文《☯》。21日,《小小日报》"谈天"栏刊出杂文《什刹海》。22日,《小小日报》"谈天"栏刊出杂文《凶杀案》。23日,《小小日报》"谈天"栏刊出杂文《关于裤子》。24日,《小小日报》"谈天"栏刊出杂文《三件痛快事》。25日,《小小日报》"谈天"栏刊出杂文《诗人》。26日、27日,《小小日报》"谈天"栏连续刊出杂文《贵族学校》（一）（二）。28日，《小小日报》"谈天"栏刊出杂文《穷　　住》。29日，《小小日报》"谈天"栏刊出杂文《妙影》。30日，《小小日报》"谈天"栏刊出杂文《罪恶场中之未来者》。6月，《小小日报》连载社会小说《烟霭纷纷》，署"香波馆主"。

按：现存《烟霭纷纷》第三十六次连载文本复印件上有副刊"编余"一则，云"今天这版算作'七夕特刊'"。查1930年七夕为阳历8月30日，由此推知《烟霭纷纷》当始载于6月27日。

7月1日，《小小日报》"谈天"栏刊出杂文《吃饭问题》。5日，《小小日报》"谈天"栏刊出杂文《平民化》。6日，《小小日报》"谈天"栏刊出杂文《面子》。7日，《小小日报》"谈天"栏刊出杂文《醋　　忌讳》。8日，《小小日报》"谈天"栏刊出杂文《文士与蚊士》。9日，《小小日报》"谈天"栏刊出杂文《人品与装饰》。12日，《小小日报》"谈天"栏刊出杂文《消夏》。13日，《小小日报》"谈天"栏刊出杂文《财神爷》。同日，《小小日报》始载惨情小说《玉藕愁丝》，署"香波馆主"。

按：《玉藕愁丝》始载日期据预告图片背面报头推知。

14日，《小小日报》"谈天"栏刊出杂文《妓女问题》。15日，《小小日报》"谈天"栏刊出杂文《杨耐梅　朱素云》。

按：杨耐梅，生于1904年，中国早期影星，曾出演《玉梨魂》《奇女子》《上海三女子》《空谷兰》等无声片。当时北平讹传她已"香消玉殒"，作者故撰此文悼念。实则杨在1960年卒于台湾。朱素云，京剧小生演员朱沄之艺名，生于1872年，卒于1930年。

16日，《小小日报》"谈天"栏刊出杂文《难民返国》。17日，《小小日报》"谈天"栏刊出杂文《灯下人》。18日，《小小日报》"谈天"栏刊出杂文《捧》。19日，《小小日报》"谈天"栏刊出杂文《快乐人多？》。20日，《小小日报》"谈天"栏刊出杂文《西游记》。21日，《小小日报》"谈天"栏刊出杂文《火警》。22日，《小小日报》"谈天"栏刊出杂文《人体美》。23日，《小小日报》"谈天"栏刊出杂文《穷　光　蛋》。24日，《小小日报》"谈天"栏刊出杂文《抵抗力》。25日，《小小日报》"谈天"栏刊出杂文《香艳文章》。26日，《小小日报》"谈天"栏刊出杂文《雨夜柝声》。27日，《小小日报》"谈天"栏刊出杂文《爱河》。28日，《小小日报》"谈天"栏刊出杂文《调戏》。29日，《小小日报》"谈天"栏刊出杂文《"嫁"的问题》。30日，《小小日报》"谈天"栏刊出杂文《阎罗王》。31日，《小小日报》"谈天"栏刊出杂文《知音》。《小小日报》连载侦探小说《空房怪事》，署"王霄羽"。

按：《空房怪事》共连载二十九次，残存文本图片均无报头，难以确认具体时间。（第一次疑载于7月3日，见图片背面；结束于第二十九次，当为8月1日。）

8月2日，《小小日报》"谈天"栏刊出杂文《战》。

3日，《小小日报》"谈天"栏刊出杂文《时髦》。4日，《小小日报》"谈天"栏刊出杂文《人逛人》。5日，《小小日报》"谈天"栏刊出杂文《跳舞场里》。6日，《小小日报》"谈天"栏刊出杂文《奸杀案》。7日，《小小日报》"谈天"栏刊出杂文《阴阳电》。8日，《小小日报》"谈天"栏刊出杂文《办白事》。9日，《小小日报》"谈天"栏刊出杂文《眼光》。10日，《小小日报》"谈天"栏刊出杂文《无与偶　莫能容》。11日，《小小日报》"谈天"栏刊出杂文《喜新厌旧》。12日，《小小日报》"谈天"栏刊出杂文《洋化的话》。13日，《小小日报》"谈天"栏刊出杂文《发财学》。14日，《小小日报》"谈天"栏刊出杂文《儿童　成人》。15日。《小小日报》"谈天"栏刊出杂文《英雄难过美人关》。16日，《小小日报》"谈天"栏刊出杂文《交际》。17日，《小小日报》"谈天"栏刊出杂文《呻吟》。18日，《小小日报》"谈天"栏刊出杂文《枇杷巷里》。19日，《小小日报》"谈天"栏刊出杂文《捕蝇》。20日，《小小日报》"谈天"栏刊出杂文《殉情》。21日，《小小日报》"谈天"栏刊出杂文《人死不值钱》。22日，《小小日报》"谈天"栏刊出杂文《癞蛤蟆　天鹅肉》。23日，《小小日报》"谈天"栏刊出杂文《作时评》。25日，《小小日报》"谈天"栏刊出杂文《马路》。26日，《小小日报》"谈天"栏刊出杂文《女朋友》。27日，《小小日报》"谈天"栏刊出杂文《跳楼者》。28日，《小小日报》"谈天"栏刊出杂文《蟋蟀》。29日，《小小日报》"谈天"栏刊出杂文《古城返照》。30日，《小小日报》"谈天"栏刊出杂文《惹气》。31日，《小小日报》"谈天"栏刊出杂文《活得弗耐烦》。8月，《小小日报》始载武侠小说《鳌汉海盗》，署"霄羽"。

按：《鳌汉海盗》连载文本基本完整，但原件图片无报头，难以确认日期。共连载四十二次，当结束于9月间，时《烟霭纷纷》仍在连载。

　　9月1日，《小小日报》"谈天"栏刊出杂文《由线订书说起》。2日、3日，《小小日报》"谈天"栏连续刊出杂文《"娶"的问题》（一）（二）。4日，《小小日报》"谈天"栏刊出杂文《罂粟味》。5日，《小小日报》"谈天"栏刊出杂文《忏悔》。6日，《小小日报》"谈天"栏刊出杂文《想当然耳》。7日，《小小日报》"谈天"栏刊出杂文《标奇与仿效》。8日，《小小日报》"谈天"栏刊出杂文《复古》。9日，《小小日报》"谈天"栏刊出杂文《野草闲花》。同日同报又载影评《看了〈故都春梦〉》，署"柳今投"。10日，《小小日报》"谈天"栏刊出杂文《倡门》。12日，《小小日报》"谈天"栏刊出杂文《乞丐》。13日，《小小日报》"谈天"栏刊出杂文《心》。9月15日，《小小日报》"谈天"栏刊出杂文《短　小　经济》。9月16日，《小小日报》"谈天"栏刊出杂文《性的文章》。9月17日，《小小日报》"谈天"栏刊出杂文《逢场作戏》。9月18日，《小小日报》"谈天"栏刊出杂文《浮云变幻》。9月19日，《小小日报》"谈天"栏刊出杂文《敲钗小语》。20日，《小小日报》"谈天"栏刊出杂文《俗礼》。21日，《小小日报》"谈天"栏刊出杂文《何不当初》。22日，《小小日报》"谈天"栏刊出杂文《醋的考证》。23日，《小小日报》"谈天"栏刊出杂文《劲秋》。28日，《小小日报》"谈天"栏刊出杂文《柴　米　油　盐　酱　醋　茶》。30日，《小小日报》"谈天"栏刊出杂文《烛边思绪》，叙述阅读《朝鲜义士安重根传》的感受，抒发爱国情怀及对国内现实的愤懑。

　　10月1日，《小小日报》"谈天"栏刊出杂文《吵嘴》。29日，《小小日报》"哈哈镜"栏刊出杂文《团圞月照破碎国家》，署"柳今"。

1931年（民国二十年，辛未）　23岁

　　是年，王度庐应聘担任《小小日报》编辑员，至1933年离职。5月，《小小日报》连载哀情小说《缠命丝》，署"王霄羽"。同时连载社会小说《燕燕莺莺》，署"香波馆主"。9月18日，沈阳发生"九一八"事变，日本加紧侵华。

　　按：《缠命丝》仅存第九〇次，内文曰"全卷终"，图片有"31,8,1"标注，据此倒推，当始载于5月；《燕燕莺莺》仅存第六二次，未完，图片注"31,8"。

　　又按：耿小的在《我与〈小小日报〉》中说，自己进入《小小日报》任编

辑是在"1933年后","之前似乎赵苍海编过很短时期",却未提及王霄羽。若其记忆无误,则王之去职,当在赵前。

1934年(民国二十三年,甲戌)　26岁

是年,李丹荃随父亲离北平去西安。不久王度庐亦往西安,任陕西省教育厅编审室办事员,《民意报》编辑员。

3月10日,山西省教育厅在西安民众教育馆举办西安中小学讲演竞赛会;28日、29日,又在西安民乐园举办西安中小学第二届唱歌比赛,均派王霄羽任记录。

3月20日,西安《民意报》"戏剧与电影周刊"第一期刊载《中国戏剧生命之革新》第一节"九一八后的中国戏剧界",署"柳今"。文中慨叹中国剧坛进步缓慢,以至"今日远东国际纠纷之病菌集于中国,而我国之戏剧仍然如沉睡,如枯死,反使他人——俄国——高呼曰:'怒吼吧中国!'"27日,"戏剧与电影周刊"第二期续载《中国戏剧生命之革新》第一节"九一八后的中国戏剧界",署"柳今"。文中续论中国戏剧的觉醒与"推翻""旧剧势力"之关系。同期又载《电影是应合大众所需要　真不容易利用它》,署"潇雨"。文中说:"艺术只要不是'自我'的而是'大众'的,那就当然要被利用成为一种工具。电影尤其要首先被人利用的,不过常常又见人们弄巧成拙,利用影片作某种宣传,结果倒被观众利用,"从而形成与国外影片亦步亦趋的种种题材热,当前已由伦理片、武侠侦探片演进为民生片。当局于"九一八"后号召影界多制作"关于唤起民族精神的片子"固然不错,但是"现在的民众,只是恐慌他们的经济穷困,生活惨淡,实在没有充分的力量去供给到民族上。或者,现在的电影也只走到了替穷人呼吁,次一步,才是民族精神"。

4月3日,西安《民意报》"戏剧与电影周刊"第三期未见,当续载《中国戏剧生命之革新》第二节"新旧戏剧之检讨"。10日,"戏剧与电影周刊"第四期续载《中国戏剧生命之革新》第二节"新旧戏剧之检讨",署"柳今"。文中认为,"中国旧剧虽然不能追随时代,但确能利用科学,亦缘近代科学文明多供给于资产阶级之享乐,旧剧靡靡之音当愈适合于人之享乐。新剧

□□□□，自难免在比较之下落后也"。（原件有四字无法辨认。）同期并载《伦敦公演〈彩楼配〉的问题》，署"潇雨"。文中认为，在伦敦由中国人与外国人用英语同演旧剧《彩楼配》，只能像《蝴蝶夫人》那样，迎合一部分外国人的扭曲了的东方观，"但是歪曲的东西在现代剧坛上实在没有它的地位，何况这《彩楼配》国际性质的公演"。

按：（1）王度庐档案中的履历表填："1934—1935年 西安民意报 编辑员"，"1935-1936年 陕西省教育厅 办事员"。而从文章刊出情况判断，任《民意报》编辑员应该在后（报馆编辑不可能受厅长派遣去任竞赛记录），或者同时兼任二职。

（2）西安《民意报》"戏剧与电影周刊"仅存一、二、四期，日期据打印稿说明（周刊第四期为4月10日）向前推算而得。4月3日报缺失，内容可据前后两期推知（不排除3日还有其他文章刊出）。4月10日以后报纸缺失，当有其他未知史料。

5月，《陕西教育月刊》第五期发表《陕西省教育厅举办西安中小学讲演竞赛会经过》和《陕西省教育厅举办西安中小学第二届唱歌比赛会经过》记录，均署"王霄羽"。

10月，《陕西教育旬刊》第二卷第廿九、卅、卅一期合刊"论著"栏刊出《民间歌谣之研究》，署"王霄羽"。全文五章：第一章"歌谣之史的发展"；第二章"歌谣的分类法"；第三章"歌谣价值的面面观"；第四章"歌谣技巧的研究"；第五章"结论"。文中有这样的论述："贵族化的文学在'五四'时就已被人打倒，现在一般人都提倡大众文学。真正的'大众文学'在哪里？我们离开了歌谣，恐怕再没有地方寻找了罢？"

1935年（民国二十四年，乙亥）　27岁

是年，王度庐与李丹荃在西安结婚。婚后李父卒于三原，王度庐前往料理丧事，曾遭歹徒劫持。

按：王度庐后来在《〈宝剑金钗〉序》中写及"频年饥驱远游，秦楚燕赵之间，跋涉殆遍"当有所夸张，实则未离陕西。

1936年（民国二十五年，丙子）　28岁

　　是年王度庐夫妇返回北平。10月13日，《平报》刊载《献于〈平报〉——十五周年》，署"王霄羽"。同日，《平报》开始连载武侠小说《黄河游侠传》，署"霄羽"。12月12日，发生"西安事变"。

　　按：李丹荃在遗稿中回忆返京前后的生活说："我有晕眩症，那时常犯，昏迷中常听到王叨念：'谢家有女偏怜小，自嫁黔娄万事乖……'后来我知道了这是元稹的悼亡诗。我就说：'你老叨念什么，我又没有死呀！'现在回想当时情景，如在目前。"

1937年（民国二十六年，丁丑）　29岁

　　是年春，王度庐夫妇应李丹荃二伯父伊筱农召，同赴青岛。4月17日，《平报》连载《黄河游侠传》结束。18日，《平报》开始连载武侠小说《燕赵悲歌传》，署"霄羽"。4月末，王度庐回北平料理"文债"，于端午节后返青岛。不久，弟探骊与北平进步青年同来青岛，王度庐夫妇送他们取道上海奔赴陕北参加革命。

　　按：李丹荃在所遗手稿中说："弟弟到了青岛，我们大家分析了当时的形势，都赞成他去内地找出路。他们兄弟一向感情很好，分手时不无留恋。最后王度庐慨然说：'你就放心走吧，我们以后会团聚的，母亲的生活，家里的一切，有我呢。'他把自己的怀表给了弟弟。"

　　7月7日，卢沟桥事变爆发。9日，《平报》连载《燕赵悲歌传》结束。10日，《平报》开始连载武侠小说《八侠夺珠记》，署"霄羽"。30日，北平、天津失守。

　　12月底，青岛守军撤离。

　　按：伊筱农（1870—1946？），广东法政及警察速成学校毕业。1912年来青岛，创办《青岛白话报》（后改名《中国青岛报》），在当地颇有影响。"伊"为满族所冠汉姓，可知李丹荃家族亦有满族血统。

　　《八侠夺珠记》殆未载完。

1938年(民国二十七年,戊寅)　30岁

1月10日,日寇全面占领青岛。伊筱农博平路宅第被日军作为"敌产"没收,王度庐夫妇与伯父同往宁波路4号租屋居住。生计陷入极度困难之时,王度庐偶遇在《青岛新民报》任副刊编辑的北平熟人关松海,应约向该报投稿。

5月30日、31日,《青岛新民报》发布《本报增刊武侠小说预告》,称"已征得名小说家王度庐先生之精心杰作长篇武侠小说《河岳游侠传》",即将刊出。是为"度庐"笔名首次见报。

按:《青岛新民报》和后来的《青岛大新民报》在刊出王度庐作品之前都先发布预告,下不一一列载。

6 月1日,《青岛新民报》开始连载武侠小说《河岳游侠传》,署"王度庐"。2日,《青岛新民报》刊载散文《海滨忆写》,署"度庐"。

11月15日,《河岳游侠传》连载结束。共20回,未见单行本。16日,《青岛新民报》开始连载武侠悲情小说《宝剑金钗记》,署"王度庐"。配图:刘镜海。

按:刘镜海,时在海泊路23号开设"镜海美术社",除为王氏作品配插图外,在生活上与王度庐夫妇也经常互相照顾。

1939年(民国二十八年,己卯)　31岁

是年春,王度庐长子生于青岛。4月24日,《青岛新民报》开始连载社会言情小说《落絮飘香》,署"霄羽"。配图:许清(刘镜海笔名)。7月29日,《宝剑金钗记》在《青岛新民报》载毕。30日,《青岛新民报》开始连载武侠悲情小说《剑气珠光录》。

是年,青岛新民报社印行《宝剑金钗记》单行本,前有王度庐自序,谓"频年饥驱远游,秦楚燕赵之间跋涉殆遍,屡经坎坷,备尝世味,益感人间侠士之不可无。兼以情场爱迹,所见亦多,大都财色相欺,优柔自误。因是,又拟以任侠与爱情相并言之,庶使英雄肝胆亦有旖旎之思,儿女痴情不尽娇柔之态。此《宝剑金钗》之所由作也"。

按:《宝剑金钗记》自序仅见于青岛新民报版单行本,也是至今所见

王度庐为自己著作所写申述创作意图的唯一自序（其他著作连载时虽或亦加引言，均系说明性文字，出版单行本时皆被删除）。

1940年（民国二十九年，庚辰）　32岁

2月2日，《落絮飘香》在《青岛新民报》载毕。3日，《青岛新民报》开始连载社会言情小说《古城新月》，署“霄羽”，配图：许清。22日，《青岛新民报》刊载《〈落絮飘香〉读后》，作者傅琍琳系关松海之夫人。文中介绍霄羽“曩在北京主编《小小日报》时，以著侦探小说知名”，并且透露“霄羽”“度庐”实为一人。

4月5日，《剑气珠光录》载毕，随后亦由报社印行单行本。7日，《青岛新民报》开始连载《舞鹤鸣鸾记》，署“王度庐”，配图：刘镜海。此日所载为该书“序言”，出单行本时被删却，全文如下：“内家武当派之开山祖张三丰，本宋时武当山道士，曾以单身杀敌百余，因之威名大振。武当派讲的是强筋骨、运气功、静以制动、犯则立仆，比少林的打法为毒狠，所以有人说‘学得内家一二，即足以胜少林。’此派自张三丰累传至王咸来，咸来弟子黄百家，又将秘传歌诀，加以注解，所以内家拳便渐渐学术化了。可是后因日久年深，歌诀虽在，真功夫反不得传。自清初至近代，武当派中的侠士实寥寥无几，有的，只是甘凤池、鹰爪王、江南鹤等。甘凤池系以剑术称，鹰爪王专长于点穴，惟有江南鹤，其拳剑及点穴不但高出于甘、王二人之上，且晚年行踪极为诡异，简直有如剑仙，在《宝剑金钗记》与《剑气珠光录》二书中，这位老侠只是个飘渺的人物，如神龙一般。而本书却是要以此人为主，详述他一生的事迹。又本书除江南鹤之外，尚有李慕白之父李凤杰，及其师纪广杰。所以若论起时代，则本书所述之事，当在李慕白出世之前数十年了。”

8月16日，南京《京报》开始连载《风雨双龙剑》，署“王度庐”。配图：刘镜海。

按：南京《京报》为汪伪时期出版的四开小报，原系三日刊，1940年8月16日改为日报，终刊于1945年8月16日。该报约得王度庐文稿，当亦出诸关松海之绍介。

介绍王度庐去市立女中代课的是潘思祖，字颖舒，河北邢台人，1930

年毕业于河北大学国文系，时在青岛市立女中任教。李丹荃在回忆手稿中说："潘先生常来我家，一坐就是半天。他善谈吐，知道的事情多，打开话匣子什么都说。""潘先生是王度庐那时唯一可以谈得来的人，只有和潘先生在一起，王度庐才肯毫无顾忌地说话。在有些言情小说里，故事情节也是取自潘先生的谈话资料。"王子久则在《王度庐和他的小说》（载于1988年1月9日《青岛日报》）中说，"下课后学生常常把他包围起来"，要求他别把《落絮飘香》《古城新月》里女主人公的下场写得太惨。

1941年（民国三十年，辛巳）　33岁

是年王度庐任青岛圣功女中教员。3月15日，《舞鹤鸣鸾记》在《青岛新民报》载毕，随后亦由报社印行单行本。16日，《青岛新民报》开始连载《卧虎藏龙传》，配图：刘镜海。4月10日，《古城新月》在《青岛新民报》载毕。11日，《青岛新民报》开始连载《海上虹霞》，署"霄羽"。配图：许清。5月9日，《风雨双龙剑》在南京《京报》载毕，共17回。随后即由报社印行单行本。10日，南京《京报》开始连载《彩凤银蛇传》，署"度庐"。配图：刘镜海。8月27日，《海上虹霞》在《青岛新民报》载毕。28日，《青岛新民报》开始连载社会小说《虞美人》，署"霄羽"。配图：许清。

按：《风雨双龙剑》连载本与后来的上海育才书局重印本相比，在回目、内文上都略有差别，后者当经作者修订。

1942年（民国三十一年，壬午）　34岁

是年王度庐曾任青岛市立女中代课教员一个多月。

按：青岛王铎先生之母当年为市立女中教员，他听母亲说，王度庐担任的是培训社会人员的课程，上课地点在市立女中附小（即位于朝城路5号的今朝城路小学）。

3月1日，《彩凤银蛇传》在南京《京报》载毕，共13回。2日，南京《京报》开始连载《纤纤剑》，署"王度庐"。配图：刘镜海。3日，南京《京报》刊载读者傅佑民来信《关于〈彩凤银蛇传〉鲁彩娥之死》，对《彩凤银蛇传》女主人公因伤重死于中途而未见到自幼失散之生母的结局提出异议。该报

副刊编辑在《编者谨按》中说："王先生写鲁彩娥之死，才正是脱去中国武侠小说的旧套……给读者一种'此恨绵绵无绝期'的尾巴……这才是全书的力量。""读者越是这样着急，气愤，越是著者的成功，越见王先生文笔感人之深。6日，《卧虎藏龙传》在《青岛新民报》载毕。同日，南京《京报》又载读者陈中来信，再次对《彩凤银蛇传》写鲁海娥之死提出商榷，以为固然"不必'大团圆'或带'回令'"，而"'见娘'似为必要"。信中还提及"某日路过平江府街，闻一擦皮鞋者与一少年，亦在津津然预测鲁海娥之未来"，可见读者关心之一斑。7日，《青岛新民报》开始连载《铁骑银瓶传》，署"王度庐"。配图：刘镜海。17日，南京《京报》再载读者王德孚来信，认为虽然鲁海娥之死写得好，但是还应加上一些交代后事、劝导爱人走正路的临终遗言。24日，南京《京报》刊出王度庐《关于鲁海娥之死》一文，回答读者批评，说明"在写该书的第一回之前，我就预备着末了是一幕悲剧。""向来'大团圆'的玩意儿总没有'缺陷美'令人留恋，而且人生本来是一杯苦酒，哪里来的那么些'完美'的事情？'福慧双修'的女子本来就很少，尤其是历史或小说里的'美人'。古人云：'自古美人如名将，不许人间见白头。'西施为千古美人，原因是她后来没有下落；林黛玉是读过了《红楼梦》的人一定惋惜的，原因也是她早死。近代的赛金花就不够'绝代佳人'的条件，她是不该后来又以老旦的扮相儿再登台。'好花不常开，好景不常在'，美与缺陷原是一个东西。本此种种理由，于是我更得叫我们的'粉鳞小蛟龙'死了。""因为这样的女人决不可叫她去与人'花好月圆'，度那庸俗的日子；尤其不能叫她跟十三妹一样去二妻一夫的给男子开心。"

10月31日，《纤纤剑》在南京《京报》载毕，共10回。

1943年（民国三十二年，癸未）　35岁

是年，《青岛新民报》与《大青岛报》合并，更名《青岛大新民报》。是年王度庐曾任《治平月刊》编辑员一个多月。1月23日，南京《京报》开始连载《舞剑飞花录》，署"王度庐"。配图：刘镜海。

10月5日，《青岛大新民报》刊出《寒梅曲》广告，其中说："名小说家王霄羽先生自为本报撰《落絮飘香》《古城新月》《海上虹霞》《虞美人》等数

篇之后，篇篇脍炙人口，远近交誉，百万读者每日争先竞读，投来赞誉之函件无数。盖王君文学湛深，复精研心理学，对于社会人情，观察最深；国内足迹又广，生活经验极为丰富；并以其妙笔，参合新旧写法，清俊流畅，细腻转灵；描写之人物，皆跃跃如生，令人留下深深印象。其所选之故事，又皆可悲可喜，新颖而近情合理，章法结构，亦极严谨，无懈可击。即以现刊之《虞美人》言，连刊二年余，若换他人之著作，恐早已令人生倦，然王君之文，日日有新的描写，故事有新的发展变幻，令人如食橄榄，越嚼其味越长；如观大海，久望而其波澜无尽。是以每日每人争相阅读，并常有向本社函电相询者。此均系事实，凡读者皆能信而不疑者也。故虽饱学之士，极富人生阅历之人，对王君之著作亦莫不称誉，谓之为当代第一流之小说家。今《虞美人》即将终篇，新作已由王君开始动笔，名曰《寒梅曲》。系由民国初年北京极繁华之时写起，先述女伶之生活，但与一般的俗流写法迥异；次叙一好学上进的女子，于艰苦环境之中不泯其志气，不失其天真。渐展为一段恋爱，男主角为一音乐家，于是《寒梅曲》遂写入本题矣。其后则此女主角遭境改变，如寒梅之遇风雪，花片纷落，然不失其皓洁。中间穿插许多新奇而合理之故事，出现许多面貌不同、心情各异之人物，但人物虽多而不杂乱，每个人又都是在前几篇中未见过的，可也就许是读者眼前常见的。写至中段，则情节极为紧张，能不下泪、不感动者恐少；斯时又写一洁身自爱、有为之少年人，排万难立其身，颇富伦理知识，且有教育意味。至篇末结束之时，写得尤为高超，读者到时自然赞佩。并且此书与前几篇不同，王君之作风稍加改变，简洁流丽，不作繁冗之藻饰，不用生涩的字句，更以悲哀与滑稽相衬而写，非但令人回肠荡气，有时亦令人喷饭。总之，王君之作品早已成熟，已至炉火纯青之候，已有挥洒自如之才力，此《寒梅曲》尤最，不待多加介绍也。"6日，《虞美人》在《青岛大新民报》载毕。7日，《青岛大新民报》开始连载《寒梅曲》，署"霄羽"。配图：许清。

按：因存报缺失，《寒梅曲》连载结束时间未详。

1944年（民国三十三年，甲申） 36岁

是年《铁骑银瓶传》在《青岛大新民报》载毕（具体月、日未详）。1月

18日,《舞剑飞花录》在南京《京报》载毕,共19章。19日,南京《京报》开始连载《大漠双鸳谱》,标"侠情小说",署"王度庐"。配图:镜海。7月3日《大漠双鸳谱》载毕,共6章。4日,南京《京报》开始连载《春明小侠》,标"侠情小说",署"王度庐"。

按:《舞剑飞花录》后由上海励力出版社印行单行本,改题《洛阳豪客》,被压缩为16章。连载本之章题与单行本完全不同,文字出入也较大。

又,本年上海《戏世界》报曾刊出武侠小说《铁剑红绡记》,署"王度庐",现仅存4030、4031、4032、4033、4034、4035、4036、4038、4039、4040十期(即十段连载文本,分别属于第一、二章,时间为3月20日至30日)。待辨真伪。

1945年(民国三十四年,乙酉) 37岁

2月18日,王度庐之女生于青岛。25日,《春明小侠》载至第20章。5月1日,南京《京报》连载《琼楼双剑记》第二章,署"王度庐"。同日,青岛《民民民》月刊连载《锦绣豪雄传》,署"王度庐"。是年夏秋之际,《青岛大新民报》停刊。8月15日,日本正式宣布投降。10月25日,青岛举行日军受降典礼。《青岛时报》等老报复刊,《民治报》《民众日报》等新报创刊。

按:《春明小侠》于本年2月25日载至第二十章,改标"武侠小说",以下报纸缺失,连载结束时间当在4月末。《琼楼双剑记》亦因报纸缺失而不知始载时间;至5月27日,所载内容仍为第二章,以后始未续载。《锦绣豪雄传》亦未载完。

1946年(民国三十五年,丙戌) 38岁

是年王度庐为维持生计,曾任赛马场办事员,于周日售马票。12月2日,《青岛时报》开始连载王度庐所著武侠小说《紫凤镖》,署名"鲁云"。

1947年(民国三十六年,丁亥) 39岁

5月1日,青岛《民治报》开始连载王度庐所撰武侠小说《太平天国情侠传》,署"鲁云"。19日,青岛《大中报》开始连载王度庐所撰武侠小说《清

末侠客传》，署"鲁云"。6月11日，《青岛时报》开始连载王度庐所撰社会言情小说《晚香玉》，署"绿芜"。7月18日，《紫凤镖》在《青岛时报》载毕。19日，《青岛时报》开始连载王度庐所撰武侠小说《雍正与年羹尧》，署"鲁云"。是年王度庐收到弟弟来信，得知中共即将获得全面胜利。

按：《太平天国情侠传》仅见一节，未知是否载毕。《雍正与年羹尧》《清末侠客传》当于次年载毕。

李丹荃在回忆文中说："1947年，我们忽然收到分离多年的弟弟的信，那信是经过几个人辗转捎来的。信中大意是：我在外买卖很好，我们不久即可团聚，望你们放心。信虽很短，但却是莫大喜讯。信中真实的含义，我们是明白的，知道多年的战争是将结束了。只是这时他们在北平的母亲已故去，没有来得及知道，是终身遗憾。"

1948年（民国三十七年，戊子）　40岁

是年王度庐曾任青岛摊商工会文牍。1月31日，《晚香玉》在《青岛时报》载毕。2月1日，《青岛时报》开始连载《粉墨婵娟》，署"绿芜"。4月29日，《青岛时报》开始连载武侠小说《宝刀飞》，署"鲁云"。6月，上海育才书局出版增订本《风雨双龙剑》。7月10日，《粉墨婵娟》在《青岛时报》载毕。15日，《青岛时报》开始连载侠情小说《燕市侠伶》，署"绿芜"。9月17日，《宝刀飞》在《青岛时报》载毕。9月20日，《青岛公报》开始连载武侠小说《金刚玉宝剑》，署"王度庐"。

按：《金刚玉宝剑》之"玉"字当系"王"字之误，参见丁福保主编之《佛学大辞典》：【金刚王宝剑】（譬喻）临济四喝之一，谓临济有时一喝，为切断一切情解葛藤之利剑也。《临济录》曰："师问僧：有时一喝如金刚王宝剑，有时一喝如踞地金毛狮子，有时一喝如探竿影草，有时一喝不作一喝用，汝么么生会？僧拟议，师便喝。"《人天眼目》曰："金刚王宝剑者，一刀挥断一切情解。"又：【金刚】（术语）梵语曰缚罗。……译言金刚，金中之精者，世所言之金刚石是也。……又（天名）持金刚杵之力士，谓之金刚。……【金刚王】（杂语）金刚中之最胜者，犹言牛中之最胜者为牛王也。……

9月24日，青岛《军民晚报》开始连载武侠小说《龙虎铁连环》，署"王度庐"。10月，上海励力出版社将《清末侠客传》分为两册印行，分别改题《绣带银镖》《冷剑凄芳》。11月，上海励力出版社出版《宝刀飞》。同年，上海励力出版社还出版或再版了王度庐的以下作品：《鹤惊昆仑》（即《舞鹤鸣鸾记》），《宝剑金钗》（即《宝剑金钗记》），《剑气珠光》（即《剑气珠光录》），《卧虎藏龙》（即《卧虎藏龙传》），《铁骑银瓶》（即《铁骑银瓶传》），《紫电青霜》《新血滴子》（即《雍正与年羹尧》），《燕市侠伶》，《落絮飘香》《琼楼春情》《朝露相思》《翠陌归人》（此为《落絮飘香》连载本的四个分册），《暴雨惊鸳》（此为《寒梅曲》连载本的第一分册，以下分册未见），《绮市芳葩》《寒波玉蕊》（此为《晚香玉》连载本的两个分册），《粉墨婵娟》《霞梦离魂》（此为《粉墨婵娟》连载本的两个分册）。

　　按：《燕市侠伶》之后集为《梅花香手帕》。后集未见连载，励力版《燕市侠伶》亦未见，该版当不包括后集。

1949年（己丑）　41岁

　　是年，王度庐之弟谭立（即王探骊）出任中共大连市委副书记。1月1日，青岛《民治报》开始连载《玉佩金刀记》，署"王度庐"。未完。2月，《金刚玉宝剑》改由《联青晚报》连载。4月，上海励力出版社出版《金刚玉宝剑》，共三册。6月29日，王度庐幼子生于青岛。

　　是年秋，王度庐夫妇携长子、女儿同由青岛迁往大连（幼子暂留青岛）。王度庐任旅大行政公署教育厅编审委员。李丹荃先在市教育局初教科任科员，后任教于英华坊小学和大同坊小学。

　　本年，重庆千秋书局出版《紫凤镖》。上海励力出版社还出版了王度庐的下列作品：《朱门绮梦》《小巷娇梅》《碧海狂涛》《古城新月》（此为《古城新月》连载本的四个分册），《海上虹霞》《灵魂之锁》（此为《海上虹霞》连载本的两个分册），《琴岛佳人》《少女飘零》《歌舞芳邻》（此为《虞美人》连载本的前四个分册，以下分册未见），《洛阳豪客》（即《舞剑飞花录》），《风尘四杰》，《香山侠女》，《春秋戟》，《龙虎铁连环》。

1950年（庚寅） 42岁

王度庐在旅大行政公署教育厅任编审委员。

1951年（辛卯） 43岁

王度庐调入旅大师范专科学校任教员。

1952年（壬辰） 44岁

王度庐在旅大师范专科学校任教员。

1953年（癸巳） 45岁

是年王度庐调入沈阳东北实验学校（现辽宁省实验中学）任语文教员，李丹荃任该校舍务处职员。

1954年（甲午） 46岁

王度庐在沈阳东北学校（现辽宁省实验中学）任教。

1955年（乙未） 47岁

5月，《人民日报》公布《关于胡风反革命集团的材料》。在清查"胡风分子"时，王度庐曾经受到无端怀疑。

1956年（丙申） 48岁

1月13日，文化部发出《关于续发处理反动、淫秽、荒诞图书参考目录的通知（56）（文陈出密字第9号）》，其第二条称："有一些人专门编写反动、淫秽、荒诞的图书，如徐訏、无名氏、仇章专门编写政治上反动的、描写特务间谍的小说，张竞生、王小逸（捉刀人）、蓝白黑、笑生、待燕楼主、冷如雁、田舍郎、桑旦华专门编写含有反动政治内容或淫秽、色情成分的'言情小说'，朱贞木、郑证因、李寿民（还珠楼主）、王度庐、宫白羽、徐春羽专门编写含有反动政治内容或淫秽、色情成分的神怪、荒诞的'武侠小说'。为了肃清反动、淫秽、荒诞的图书，请各省市文化局在审读图书时，对于徐訏……徐春羽等二十一人编写的图书特别加以注意。但决定是否处理和如何处理，仍应按书籍内容而定。"（见中国出版科学研究所、中央档案馆编：《中华人民共和国出版史料》第8辑，中国书籍出版社，2002。）

同年，王度庐加入中国民主促进会，并任该会沈阳市第五届市委委员；又曾被选为皇姑区政协委员和沈阳第六届人民代表大会代表。

按：以上政治身份据辽宁省实验中学所存退休人员登记表及李丹荃回忆文。加入民进当在本年，其他事项或在其后，因无法查实年份，姑均暂系于本年。

1957年（丁酉）　49岁

实验中学也掀起"反右"运动，王度庐没有受到大冲击。

1958年（戊戌）　50岁

王度庐继续任教于辽宁省实验中学，至1965年"文化大革命"爆发。

1966年（丙午）　58岁

"文化大革命"爆发。王度庐受到冲击，被贬入"有问题的人学习班"，接受"清队"审查。

1967年（丁未）　59岁

王度庐仍被"审查"，但实际上处于"逍遥"状态。

1968年（戊申）　60岁

王度庐仍处于"逍遥"状态。

1969年（己酉）　61岁

王度庐当在是年被结束"审查"，获得"解放"，即被宣布没有查出问题，恢复原来的政治身份。

按：依照"文革"程序，"有问题的人"被"解放"之前，仍需召开一次表示"结案"的批判会。李丹荃在回忆文中写道："……开了一个小型批判会。也不知从什么地方找来一本《小巷娇梅》，批判者念一段，批判一番……当批判者念到生动有趣处，听者笑了，王度庐也忍不住笑了，当然要招来申斥：'你还笑？你要端正态度！'批判者们又从我们家拿走了我们的一本相册，里面有两张全家照片。一张中有我抱着1949年初生的幼子；另一张是我穿着在旅大行政公署发的女干部服装，王度庐穿着他兄弟给他的呢子干部服装。批判者举着照片说：'你们穿得这么好，可见你们过去生活多么优越！你爱人还穿着裙子！'……对他的批判只是一种虚张声势的形式。那些老师并未认真对待。"

1970年（庚戌）　62岁

是年春，王度庐以退休人员身份，随李丹荃下放到辽宁省昌图县泉头公社大苇子大队，不久转到泉头大队。

按：王度庐幼子在一封信里这样回忆父母被"下放"的情景："……我在农村'接受再教育'，得知后立即赶回家。前往农村时，年迈的父母坐在卡车顶上，一路颠簸。爸爸当时身体就很不好，加上这一折腾，半路解手时，站了半天也解不出来。妈妈晕车，走一路吐一路。那情景我现在回忆起来都止不住要流泪。"

其女则曾在一封信里回忆到昌图看望父母的情景："听说他们下乡了，我很急，不久就请假找去了。他们一辈子住在城里，父亲更是年老体弱，手无缚鸡之力，忽然到了农村，借住在人家的半间小屋里，怎么生活？我还没走到家，就远远地看见父亲坐在一棵繁茂的大树下（很像一幅中国山水画），我的心顿时平静下来了。他永远是那么心平气和，不知是怎么修炼的。我女儿小时候跟我父母在农村住过。有一次闹觉（困了，不睡，哭闹），我很烦，可我父亲说：'世界多美好啊，她是舍不得去睡觉啊。'有时，父亲用手比成一个取景框，东照一下，西照一下，对我的小孩说：'快来看，这边是一个景，那边也是一个景。'（父亲原本喜欢摄影，在小说《海上虹霞》中曾写到购买'莱卡'照相机，就颇内行。）他还常让母亲下地干活回来时带些野花野草。那时父　亲走路已不太方便了。"

1971年（辛亥） 63岁

王度庐在昌图。

1972年（壬子） 64岁

王度庐在昌图。其幼子考入迁至铁岭的沈阳农学院农学系。

1973年（癸丑） 65岁

王度庐在昌图。

1974年（甲寅） 66岁

1月14日，长子突然亡故，王度庐夫妇不胜哀痛。

同年，幼子毕业于迁至铁岭的沈阳农学院农学系，留校任教。李丹荃于下放人员"落实政策"时也被安排退休。

1975年（乙卯） 67岁

王度庐夫妇迁往铁岭与幼子同住。

1976年（丙辰） 68岁

王度庐在铁岭。

1977年（丁巳） 69岁

2月12日，王度庐因病卒于铁岭。

按：李丹荃在回忆手稿中这样记述丈夫逝世的情景："儿子工作的学校已放了寒假，这天正是旧历年末。晚上儿子去办公室值夜，女儿远在几千里外工作。我们住在一间很小的宿舍里，暖气不热，电灯不亮，风吹得屋外树枝簌簌地响，偶然能听得到远处一声声犬吠。他病已重危，该说的话早已说完，他静静地合上双眼去了。我不愿惊动他，也不想叫别人，坐在床前陪伴着他，送他安静地走完了人生最后的旅程，时年六十八（周）岁……我遵从他的遗嘱，没有通知很多人，没有举行一切世俗的仪式，没有哀乐，没有纸花，悄然地由他的儿子和几位热情的青年同事用担架（把他）抬到离我家很近的火葬场。"

（承张元卿博士协助查阅南京《京报》并发现、提供有关陕西教育月刊、旬刊资料，特此致谢！）

《王度庐作品大系》书目一览表

武侠卷第一辑（2015年7月已出版）

鹤惊昆仑（上、下）

宝剑金钗（上、下）

剑气珠光（上、下）

卧虎藏龙（上、下）

铁骑银瓶（上、中、下）

武侠卷第二辑（待出版）

风雨双龙剑

彩凤银蛇传

纤纤剑

洛阳豪客

大漠双鸳谱

紫电青霜

紫凤镖

绣带银镖

雍正与年羹尧

宝刀飞

燕市侠伶

金刚玉宝剑

社会言情卷（待出版）

落絮飘香

古城新月

海上虹霞

虞美人

晚香玉

粉墨婵娟

风尘四杰

香山侠女

早期小说与杂文卷（待出版）

红绫枕

惊人秘柬

燕赵悲歌传

黄河游侠传

河岳游侠传